Amir Shauls Liebe

Aus dem Hebräischen
von Stefan Siebers

Eli Amir

Shauls Liebe

Roman

editionLübbe

Die editionLübbe ist ein Imprint der Verlagsgruppe Lübbe

Originalverlag: Am Oved Publishers Ltd., Tel Aviv
Titel der Originalausgabe אהבת שאול

Aus dem Hebräischen von Stefan Siebers

Schutzumschlag- und Einbandgestaltung:
Klaus Detjen, Holm bei Wedel
Umschlagbild: William Merritt Chase, »Back of Nude«
Foto: Mauritius
Satz: Kremerdruck GmbH, Lindlar
Gesetzt aus der DTL Documenta
Druck und Einband: Friedrich Pustet, Regensburg

Printed in Germany
ISBN 3-7857-1517-X

Sie finden die Verlagsgruppe Lübbe
im Internet unter: http://www.luebbe.de

3 2 1

Für Lili

Erster Teil

Kapitel 1

Zwei Jahre nach dem Unabhängigkeitskrieg, ich war damals zehn Jahre alt, nahm Papa mich mit zu Ben Sinors Villa in der Rachel-Immenu-Straße in Jerusalem. Unser Ziel war eine Zusammenkunft der Veteranen der »Kämpfenden Familie«, früheren Angehörigen von Menachem Begins Untergrundorganisation *Etzel*. Es war ein frostiger Jerusalemer Winterabend, und mir widerstrebte es, das warme Haus verlassen zu müssen. Es war von einem Ölofen beheizt, und zwar von einem dieser hohen, runden Sorte, an die sich vielleicht noch mancher erinnert. In den Häusern einfacher Leute wie wir stand immer ein Kessel oder ein Topf darauf. Der Brennstoff sollte ja nicht allein durch etwas so Abstraktes und wenig Greifbares wie die Beheizung eines Hauses aufgebraucht werden. Mama bat Papa, er solle Mitleid mit mir haben und mich bei einem solchen Wetter zu Hause lassen. Aber Papa sagte, es sei ein Privileg für mich, »unseren großen Befehlshaber und Führer Menachem Begin – möge ihm ein langes und glückliches Leben vergönnt sein – von Angesicht zu Angesicht sehen zu dürfen«. Draußen peitschte uns der Wind entgegen, heulend wie ein Tier, und hier und da klapperte lockeres Blech an der Wand eines Hauses in Chart at-Tanadsch, einer angrenzenden Wellblechsiedlung. Schließlich hielten wir ein *Monit* an, oder besser gesagt ein Taxi – das schöne hebräische Wort *Monit* existierte noch nicht –, und ließen uns chauffieren. Das hatte in unserem Leben damals Seltenheitswert; Leute wie wir, die in der Nissim-Bachar-Straße oder ähnlichen Gegenden wohnten, gingen zu Fuß oder nahmen den Autobus. Sei es, daß mein Vater ein schlechtes Gewissen hatte, weil er mich der Bitte meiner Mutter zum Trotz in ein solches Wetter hinausgeschleppt hatte, sei es, daß ein Treffen mit Begin in seinen Augen einer solchen Anreise würdig war, jedenfalls ließen wir uns wie feine Herrschaften mit dem Taxi dorthin bringen, fuhren durch das Tor in den Hof der Villa ein und stiegen auf dem marmornen Vorplatz des Gebäudes aus. Hier war es windstill, wohl dank des dichten Zypressengürtels, der Haus und Garten schützend umschloß. Als wir die geschwungene Treppe hinaufstiegen, tat sich das geschnitzte Holzportal wie von selbst vor uns auf. Eine schlanke, hochgewachsene Hausangestellte nahm uns die Mäntel ab und führte uns in einen riesigen Salon, der, so schien mir, zweimal so groß war wie die Fläche unserer ganzen Wohnung zusammen. So etwas kannte ich damals nur aus dem Kino. *Adon* Ben Sinor, ein ernster älterer Herr, begrüßte Papa mit einem Händedruck, schaute dann auf mich, und der Anflug eines Lächelns zeigte sich an seinen Schnurrbartspitzen. »Ist das der Kleine?« fragte er und kniff mich in die Wange. Die wohlige Wärme und der angenehme Geruch, die das Gebäude erfüllten, ließen mich die draußen herrschende Kälte rasch vergessen. Wie im Film fiel mein Blick sofort auf den großen Kamin, der mit roter Keramik eingefaßt war und in dessen gelbem Feuer Holzscheite loderten. Die Hausangestellte reichte Tee und duftendes Gebäck in einem wunderschönen Service. Ich hörte, wie *Adon* Ben Sinor jemandem mit gedämpfter Stimme erklärte: »Das ist österreichische Keramik, alles Handarbeit. Jede Kachel trägt eine Signatur.« Und als sie einige Schritte weitergegangen waren, fuhr er fort: »Der Flügel ist etwas ganz Besonderes. Er ist aus Eichenholz, hat aber die Farbe von Schildpatt. Er wurde 1926 gebaut mit einer typischen Ardeko-Rundung« – erst Jahre später begriff ich, daß er Art deco meinte

und was es bedeutete. Ein Glasschrank neben dem Flügel barg eine große altertümliche Uhr. Und hier und dort sorgte ein Abendkleid für einen Farbtupfer zwischen den schwarzen und grauen Anzügen der Männer.
Plötzlich wurde es unruhig im Saal. Alle erhoben sich und knöpften ihre Jacketts zu, als erwarteten sie den Einzug eines Königs. Menachem Begin erschien; er ging von einem Anwesenden zum nächsten, schüttelte jedem die Hand und nannte ihn beim Namen, dem er in manchen Fällen »Herr« oder »Frau« oder »Exzellenz« voranstellte. Er wechselte Worte mit einer Mischung aus absolutem Ernst und Humor, mit der ich in späteren Tagen noch sehr vertraut werden sollte. Als er vor mir stehenblieb, umfaßte er mit beiden Händen mein Gesicht und fragte: »Zu wem gehört dieser entzückende Knabe?« Papa errötete und erklärte, vor Aufregung stotternd, daß ich sein Sohn sei. Heute, viele Jahre nach jenem Abend, kann ich es ruhig gestehen: Der Lobgesang, den der vornehme *Adon* Ben Sinor mit tausend Verbeugungen und einem Ausdruck größter Ehrerbietung auf Begin anstimmte, war bestimmt auf seine Art interessant, und als Begin selbst sich erhob, lauschten ihm alle wie hypnotisiert. Aber die Aufmerksamkeit des »entzückenden Knaben« war fast vollständig von dem Haus in Anspruch genommen, dessen Portal er durchschritten hatte: von dem prächtigen Saal und dem funkelnden Licht der Kristallüster und der goldenen Blaker mit den kunstvoll geformten Armen, von den geschnitzten Möbeln und farbigen Sofas, den Gemälden und Plastiken und all den anderen Schmuckstücken, vor allem aber von dem roten Kamin, dessen bloßer Anblick schon ein angenehmes Wärmegefühl zu erzeugen schien. Nicht umsonst nahm er elf Jahre später Chaja mit dorthin, um es ihr wenigstens von außen zu zeigen. Und Chaja sagte damals: »*Ja'alla!* Ich hätte nichts dagegen, in so einem Haus zu wohnen!« Damals war an so etwas gar nicht zu denken, nicht einmal im Traum.

Heute, zweiundvierzig Jahre nach meinem ersten Besuch in diesem Haus und zwei Wochen nach unserer Niederlage bei den Parlamentswahlen des Jahres 1992, in deren Verlauf ich mich durch finanzielle Unterstützung der Likud-Partei engagiert hatte, gehört die Villa Ben Sinor mir. Seit genau zwei Monaten. Insgeheim nenne ich sie noch immer Villa Ben Sinor, obwohl sie nun »Villa Bar Adon« heißen müßte. Vielleicht fürchte ich, etwas von ihrem Reiz ginge verloren, wenn ich den Namen änderte, den sie so viele Jahre lang in meinen sehnsüchtigen Träumen getragen hat.
Morgen abend kommt Masi zu Besuch. Letzten November haben wir uns in einem Fischrestaurant am Hafen von San Francisco getroffen, aber leider nur für zwei Stunden, denn Masi hatte zu einem Kongreß nach Aspen weiterfliegen müssen. Da wir uns sechzehn Jahre nicht gesehen und nur ab und zu miteinander telefoniert hatten, war, wie wir sagten, der Geschmack auf mehr zurückgeblieben. Daher verabredeten wir, uns nach den Wahlen in Israel zu treffen. Vorige Woche habe ich sie angerufen, um ihr zum Sieg ihres politischen Lagers zu gratulieren und zum Erfolg der Bürgerrechtspartei Merez, für die sie sich im Wahlkampf stark eingesetzt hat. Masi dankte mir für die Glückwünsche und lud mich ein, doch ihrer Partei beizutreten. Wir lachten, und ich schlug vor, daß wir uns in meinem neuen Haus treffen. Da wir uns ohnehin sehen wollen, liegt mir daran, ihr auch gleich die Villa zu zeigen, und statt in ein Restaurant zu gehen, werden wir bei mir essen. Ich habe ihr gesagt, sie kann, wenn sie will, auch über Nacht bleiben und in der kleinen Einliegerwohnung schlafen.
Es war mir unangenehm, ihr zu erzählen, daß es hier außer mehreren Bädern, Toiletten und zwei Küchen elf Zimmer gibt, die sich, der Keller mitgerechnet, über drei Etagen verteilen. Das klingt irgendwie unmöglich. In Beverley Hills hört sich eine solche Beschreibung vielleicht bescheiden an,

aber in unserem Ministaat und ganz besonders in Jerusalem, der Stadt, in der ich aufgewachsen bin, würde es ziemlich arrogant wirken. Wenn sie kommt, wird sie ohnehin einen Rundgang durch das Haus unternehmen wollen, und dann kann ich ihr alles zeigen.

»Eine prima Idee«, hatte Masi gesagt. »Nach dem Irrsinn der vergangenen Wochen wird es mir guttun, ein bißchen auszuruhen. Ich muß am Mittwoch zur Hebräischen Universität. Wenn es dir paßt, kann ich abends um sechs bei dir sein.«

Jetzt sitze ich auf einem geschnitzten antiken Holzsessel im großen Saal, der sich, seit ich ihn als Kind zum ersten Mal sah, kaum verändert hat, und überlege, was wir übermorgen essen werden. Ich glaube, ich bestelle bei Al-Muselino auf dem Machane-Jehuda-Markt echte sephardische Hausmannskost, etwas im Stil der Küche, die bei ihren Eltern in Tiberias genauso geschätzt wurde wie bei mir daheim in Jerusalem. Ich darf bloß nicht vergessen, aus der exzellenten Bäckerei im Deutschen Viertel Brot zu holen. Ich denke immer wieder daran, wie mich Avschi 1973, zwei Monate vor dem Jom-Kippur-Krieg, in einem Geschäft in Zürich ein Brot kaufen sah – wir waren auf dem Rückweg zum Hotel – und zu mir sagte: »Du bist immer noch der Sohn armer Schlucker, der sich am liebsten von Brot ernährt, *ja dschachsch.* Wirst du in der Fünf-Sterne-Herberge etwa nicht satt?« Masi hatte zu lachen begonnen und gesagt: »Wie gut ich ihn verstehe! Wenn ich nicht auf die Figur achten müßte, würde ich den ganzen Tag Brot essen.« Avschi, der damals schon einen Bauch hatte und wie ein heruntergekommener Athlet aussah, hatte ihre Hüften umfaßt, sie an sich gezogen und erwidert: »Auch wegen des besten Brots der Welt solltest du diese Figur nicht ruinieren. Du hättest sehen müssen, wie unser kleiner *dschachsch* das Fladenbrot meiner Mutter in sich hineingestopft hat, als er das erste Mal bei uns zu Gast war.«

Kapitel 2

Ich hatte mich gewundert, daß es Avschi überhaupt aufgefallen und all die Jahre im Gedächtnis geblieben war. Die Geschichte hatte sich 1960 zugetragen, als wir beide in der Armee dienten. Ich erinnerte mich an seine Mutter, wie sie am Ende der Herzlstraße in Talpiot, ganz in der Nähe des lärmenden Marktes, im Eingang eines alten Wohnblocks stand und laut rief: »Avschoooolom!« Mit großen Schritten war er, den wir unter dem Namen Avschi oder Avschalom kannten, auf die mondgesichtige, in einen bunten Kittel gekleidete Matrone zugeeilt, die ihn mit den fremdartigen Worten begrüßte: *»Kapporo alecha.«* Langsam und mit großer Zärtlichkeit sprach sie seinen Namen aus, als lasse sie ihn wie eine Praline auf der Zunge zergehen. Avschi hatte gelächelt, und sein riesenhafter Körper, an dem die langen Arme hinabbaumelten, sah etwas verloren aus.

»Avscholom, mein geliebter Sohn, herzlich willkommen«, flüsterte sie aufgeregt, als kehre er von einer langen Wanderschaft aus fernen Ländern zurück.

»*Jamma,* ich bin befördert worden«, sagte er und tippte mit dem Zeigefinger auf seine Schulter.

»Herzlichen Glückwunsch. Mögest du der Chef der ganzen Armee werden«, entgegnete sie und umarmte und küßte ihn stürmisch.

»*Jamma,* das ist Shaul«, erklärte er und wies völlig unbefangen auf mich. In meiner Familie hätte man bei einem solchen Zusammentreffen seine Gefühle nie derart offen gezeigt.

»Willkommen. Ich heiße Rumia«, sagte sie und forderte mich mit einer Handbewegung auf einzutreten. Es war fast Mittag, und die kleine vollgestopfte Wohnung blitzte vor Sauberkeit. Der Flur ging in ein bescheidenes Wohnzimmer über. An den Wänden hingen Fotografien von Rabbinern, und auf einem Regal in einer Ecke standen, fein säuberlich aufgereiht, die heiligen Bücher. Oberleutnant Avschi, mein furchteinflößender Vorgesetzter, wirkte in dieser Wohnung gelöst und heiter, seine Bewegungen und sein Tonfall drückten Bescheidenheit aus. Mit stillem Stolz betrachtete er seine Mutter und hörte ihr zu, während sie von seinem Vater und seinen sieben Geschwistern berichtete. Ich fragte mich nicht, wie sie alle in dieser Wohnung zurechtkamen. Aus meinem Viertel in Jerusalem kannte ich viele große Familien, die ähnlich beengt wohnten. Rumia, deren Hände vom Arbeiten sehnig geworden waren, stellte eine Flasche Apfelsinensaft und Gläser auf den großen Tisch. »Er hat mir den Tisch von seinem ersten Lohn gekauft«, sagte sie und tätschelte glücklich Avschis Wange. »Bitte bedient euch. Gleich mache ich etwas zu essen.« Ihre tiefe Stimme und die kehlige Aussprache waren ein eindeutiger Hinweis auf ihre jemenitische Herkunft. Avschi selbst schien mir irgendwie kein reiner Jemenite zu sein. Er hatte etwas von einem *Moghrabi* oder *Baghdadi*, zumindest bildete ich mir das ein. Doch als ich später seinen Vater kennenlernte, machte mich auch das nicht schlauer. »Hauptsache, er ist einer von uns«, ahmte ich insgeheim in meinem Innern Avschis Mutter nach. Avschi selbst fragte ich nie nach seiner Herkunft.
Unterdessen drangen betörende Essensdüfte in das Wohnzimmer, und ich wußte, daß mich dank der seltsamen Laune, die Avschi am Morgen gepackt hatte, ein Festmahl erwartete. »Mach dich fertig, Shaul, wir fahren zu meiner Mutter«, hatte er überraschend gerufen, und während ich noch versuchte, den ungewöhnlichen Befehl zu verstehen, saßen wir bereits

in Major Modi Edelmanns Jeep. Avschi, der während unserer Manöver oft wie ein Wahnsinniger über entlegene Staubpisten raste – manchmal starb ich fast vor Angst, wenn ich neben ihm saß –, achtete auf der Hauptstraße auf korrekte Fahrweise. Derweil erzählte er mir zum ersten Mal von seiner Ausbildung im Militärinternat des Reali-Gymnasiums in Haifa. Als wir dann später bei ihm zu Hause saßen und die Köstlichkeiten ruhig vor sich hin köchelten, zeigte er mir ein Album mit Fotos aus seiner Internatszeit und gab mir Erklärungen dazu.

Heute habe ich, ergänzt durch das, was ich im Verlauf der Jahre aus Gesprächen und durch Hörensagen noch erfuhr, ein ziemlich genaues Bild von dieser Zeit. Verlegen und unsicher war der Junge vom Ende der Herzlstraße damals durch das Tor des Internats getreten – der Junge, der im Lärm und Schmutz eines verwahrlosten Elendsbezirks am Rande eines halb verlassenen Araberviertels aufgewachsen war, der seine Ausbildung in einer religiösen Schule erhalten hatte, in orientalischem Stil Gebete und gottesdienstliche Poesie vortragen konnte und der, wenn er am Sabbat in der Synagoge aufstand, um zur Torahlesung vorzutreten, stets zuerst ehrfurchtsvoll vor seinem Vater innehielt und ihm vor der ganzen Gemeinde die Hand küßte. Mit der *Kippa* auf dem Kopf fühlte er sich in der neuen Gesellschaft wie ein seltsames, etwas aus der Art geschlagenes Wesen, und er hatte den Eindruck, daß die anderen ihn nicht weniger seltsam fanden und ständig auf seine Kopfbedeckung starrten. Aber die Uniform und das Barett, in die man sie am ersten Tag einkleidete, standen ihm gut, und als er sich im Spiegel sah, hatte er das Gefühl, daß sich sein ganzer schwerer Körper mit Freude erfüllte – diese Farbe, die einzigartig und volkstümlich zugleich war, und diese Einheitlichkeit, der gerade Schnitt, die Epauletten, die ganze elegante Einfachheit, die in allem zum Ausdruck kam. Jetzt sah er aus wie die Jungen

aus feinem Haus, diese Aschkenasim aus den Reichenvierteln auf dem Karmel, die Söhne begüterter *Mapainiks*, der Fürsten des proletarischen Haifa, darunter Söhne von landesweit bekannten Männern, führenden Militärs, Doktoren, Professoren oder anderen Mitgliedern der Elite dieses Landes – die neue Uniform machte alle gleich. Da stand er nun, der Sohn eines kleinen Angestellten, der bei einer religiösen Einrichtung beschäftigt war und die Familie von seinem Gehalt nicht ernähren konnte, so daß seine Kinder selbst arbeiten und zum Unterhalt beitragen mußten; da stand er nun in den heiligen Hallen des Erfolgs und des Ruhms. Aber er wußte, daß er das Tragen der Uniform rechtfertigen, sich beweisen, auszeichnen, ändern, an die neue Umgebung anpassen mußte. Zwar verging einige Zeit, ehe er sich mit der Redeweise und den Scherzen seiner neuen Freunde auskannte, doch nachdem er gelernt hatte, an welcher Stelle man lachen mußte, fing er an, auch sie zum Lachen zu bringen, indem er ihrer Art von Witz den würzigen Orienthumor seines Viertels beimengte.
Vier Monate lang stand er eine Stunde vor den anderen auf und legte die Gebetsriemen an, um vor dem morgendlichen Dauerlauf zu beten. Als er jedoch bemerkte, daß entgegen seiner Befürchtung weder seine Freunde noch seine Ausbilder und Lehrer über ihn spotteten, sondern ihm sogar Hochachtung zollten, weil er die Kraft besaß, sich das Leben durch das frühe Aufstehen noch schwerer zu machen und in dieser uniformen Gesellschaft seine Besonderheit zu bewahren, da nahm er eines Tages die *Kippa* vom Kopf, und einen Monat später hörte er auf zu beten. Das tat er – zumindest am Anfang – jedoch nicht, weil er seinen Glauben verloren hätte. Ebensowenig vertraute er allein auf das wehrhafte Israel mit seinen Volksvertretern und seiner Unabhängigkeitserklärung, die ihm im Unterricht eingebleut wurde, vielmehr ehrte er weiterhin die Tradition seiner Väter; wenn er am

Sabbat frei hatte, setzte er die *Kippa* auf und ging – mit unbändigem Stolz auf seine Uniform – mit seinem Vater in die Synagoge, dabei erfreute er sich am Klang der Gebete, der Pijjutim, der Torahlesung und all der anderen Sabbat-Melodien. Aber allmählich lernte er seine säkular eingestellten Freunde besser kennen, die seinen beschwerlichen Alltag teilten, der einer unerschütterlichen Tagesordnung und Disziplin folgte: frühes Aufstehen, Dauerläufe, Drill und zum Appell antreten, Hindernisrennen, Feldübungen und Orientierungsläufe, und all das neben einem anspruchsvollen Unterricht und vielen Hausaufgaben, so daß das Tagespensum sie fast zu erdrücken drohte. Im Internat wurde ihm klar, daß diese Säkularen, die nicht nach orthodoxen Regeln lebten, von der Last, die der Nation aufgebürdet war, einen weit größeren Teil trugen als jede andere Gruppe der israelischen Gesellschaft, und unter seinen Internatsfreunden gab es viele, deren Väter und Brüder gefallen oder kriegsversehrt waren. Darum glaubte er nicht mehr, daß seine neuen Freunde schlechtere Menschen waren und weniger Gefallen vor ihrem Schöpfer fanden als diejenigen, die wie er die Gesetze des jüdischen Glaubens einhielten. Die kameradschaftliche Atmosphäre, die von Verantwortungsbewußtsein und gegenseitiger Unterstützung geprägt war, die Erkenntnis, daß die Kraft zweier Menschen mehr als doppelt soviel wie die eines einzelnen zu bewirken vermochte, und das Wissen, daß kein Angehöriger dieser verschworenen Gemeinschaft je einen Kameraden in der Not im Stich lassen würde und der Zusammenhalt sie stark machte, rückte das, was ihn mit seinen Freunden und dem Ort verband, in den Vordergrund.

Durch seine neuen Freunde und mit ihnen gemeinsam lernte er in kurzer Zeit Dinge kennen, die ihm früher kaum etwas bedeutet hatten, die ihm nun aber schnell ans Herz wuchsen: die Liebe zum Land, zur Landschaft und zur Natur, fremde Lieder, eine neue Art des Gesangs und der Musik, Sänger aus der großen weiten Welt oder Freizeitvergnügen wie das Fotografieren, Briefmarkensammeln, Tanzen und natürlich hinter Mädchen her zu sein. Im Internat war oft vom Zionismus die Rede, von der Heimat des jüdischen Volkes, von Berufung, Aufopferung und Verantwortung des einzelnen für das ganze jüdische Volk. Diese großen, erhabenen Worte bewegten ihn sehr und gaben ihm das Gefühl, Teil einer großen, alles umfassenden und überragenden Wirklichkeit zu sein. Wenn er aber in den Ferien nach Hause fuhr und in sein Viertel zu seinen früheren Freunden zurückkehrte, hütete er sich, zionistische Reden zu schwingen. Böse Zungen verbreiteten in der Nachbarschaft, er sei nur auf Druck des Rates der sephardischen Gemeinschaft in das Internat aufgenommen worden, denn aus eigener Kraft konnte ein Junge aus dem Marktviertel von Talpiot es doch gar nicht so weit gebracht haben. Und er spürte, daß man ihn beobachtete und sehen wollte, ob ihm das Tragen der Uniform nicht zu Kopfe stieg und ob er nicht vielleicht wie die *Mapainiks* wurde, diese Hausherren im Staate Israel, deren große Worte einem ununterbrochen aus den Radios und Zeitungen entgegentönten und hinter deren Pathos sich nur der Wille versteckte, die anderen auszubeuten und zu diskriminieren – derartiges hatte er die Erwachsenen in der Synagoge mehr als einmal sagen hören. Der Zweifel, den die Äußerungen der Erwachsenen nun in ihm wachriefen, half ihm, geistig erwachsen zu werden und sich eine eigene Meinung zu bilden. Die ganze Zeit über war ihm bewußt, daß er eine Chance erhalten hatte, die er nicht verschwenden durfte – das wußte er von dem Augenblick an, in dem er die Zulassung zum Militärinternat erhalten hatte. Deshalb vergeudete er keine Zeit, tobte nie wild herum oder verweigerte die Disziplin, wie er es in der Grundschule immer wieder getan hatte, und selbst als er längst begriffen hatte, daß weder im Unterricht noch auf dem Übungsfeld die Herkunft eine Rolle spielte und daß es auf Qualitäten ankam, in denen er seinen Kameraden in nichts nachstand, ja sie in manchen Bereichen sogar übertraf, hörte er nicht auf, sich als Mitglied auf Probe zu betrachten. Nicht einmal die Tatsache, daß er sich allmählich die Position eines Ausnahmeschülers eroberte, veränderte seine Haltung.

An eine Sache konnte er sich allerdings nur schwer gewöhnen, und er mußte irgendwie immer grinsen, wenn seine Freunde ihn deswegen verwöhnt nannten, und das war das Essen. Auf dem Speiseplan stand immer dasselbe: Oliven, hartgekochte Eier, Marmelade, Kommißbrot mit Margarine und kaum gewürzte warme Speisen. Er sehnte sich nach den aromatischen Gerichten seiner Mutter. Eines Tages beschloß er, auf seinen Vater zu hören, und nahm ein Glas *s'chug* mit ins Internat, und er war überrascht, wie sich seine aschkenasischen Freunde über die scharfe Paste hermachten, als er ihnen davon anbot – er fand damals heraus, daß die meisten von ihnen die arabische Küche kannten und mochten und in ihrer Freizeit mit Begeisterung in erstklassigen orientalischen Restaurants aßen. Trotzdem hatten sie einen *Schiknosi-*, also einen Aschkenasi-Gaumen, wie einer von ihnen, den jemenitischen Akzent nachahmend, sagte –, und daher stürzte für sie wegen der eintönigen Internatskost die Welt nicht ein.

In der Zwischenzeit deckte Avschis Mutter den Tisch: Sie stellte Teller und Schälchen mit Salat, *s'chug, chilbe* und *dschachnun* bereit, legte duftende Fladenbrote und in Stücke gerissenes Graubrot dazu und verteilte Gabeln und Löffel, die nicht zueinander paßten. Messer gab es allerdings nicht; ihr Gebrauch schien bei Avschis Familie nicht üblich. In großen Schüsseln trug Rumia mit Gelbwurz und Paprika gebratene Stücke Hühnerfleisch, Reis mit Tomaten und Erbsen und gefüllte Gemüse auf. »Wollt ihr zur Feier des Tages ein

Gläschen Arrak?« fragte sie, aber da setzte Avschi sein Oberleutnantgesicht auf und sagte freundlich, aber bestimmt: »Danke, *Jamma,* aber wir müssen heute noch Auto fahren, und es wartet noch Arbeit auf uns.« Mit den Händen nahmen wir die dampfenden Hühnerteile und verschlangen sie mit dem Appetit junger Kerle, die in der Armee hart schufteten. Damals kam ich gar nicht auf den Gedanken, daß Avschi, der selig und in sich versunken schien, bemerkte, daß ich trotz der Fülle an Speisen zu allem viel Brot aß. Nur selten erlebte ich, daß meine zu Schwermut neigende Mutter an mir eine solche Freude hatte wie jetzt Rumia, deren strahlendes Gesicht mir das Gefühl gab, daß nichts sie glücklicher machen konnte, als mich ihre Speisen essen und genießen zu sehen. Vielleicht werden die Söhne solcher Mütter immer so starke und selbstbewußte Persönlichkeiten wie Avschi.

Die Ausbildung im Internat schloß Avschi mit besten Noten ab, und er war überglücklich. Er wußte, daß ihm nun der Weg zur Verwirklichung seines größten Traums offenstand: Er wollte eine Armeekarriere einschlagen, in die Befehlsränge aufsteigen und Berufssoldat in der Israelischen Verteidigungsarmee werden. Dieser Schritt öffnete für einen Jungen wie ihn das Tor zur Gesellschaft und zur Welt. Vertreter der Eliteeinheiten kamen ins Internat, und jeder wollte ihn überreden, in seine Einheit einzutreten. Er entschied sich für die Fallschirmspringer. Im Geiste sah er sich schon vor den Augen des ganzen Viertels mit dem roten Barett und dem Fallschirmspringerabzeichen über den Markt von Talpiot spazieren. Während er sich mühelos an das Leben in der Armee gewöhnte, lernte er neue Leute kennen, darunter viele *Kibbuzniks*, die der allgemeinen Überzeugung nach aus jenem Holz geschnitzt waren, aus dem man die besten Kämpfer und Befehlshaber machte. Im Internat hatte er gelernt, mit ihnen, wie mit allen übrigen Söhnen der israelischen Elite, gut auszukommen. Aber seine Vorgesetzten wußten, daß er auch Verbindungen und Zugang zu einer anderen Welt hatte und es darum gut verstand, mit den Männern aus den orientalischen Vierteln, den Einwanderern aus den Ländern Asiens und Afrikas und nicht zuletzt auch mit Verweigerern und Aufrührern umzugehen. Nicht allein seine Persönlichkeit und Ausstrahlung halfen ihm dabei, sondern auch sein riesenhafter Wuchs und seine Körperkraft. Diese Vorzüge wollte die Armee sich zunutze machen. Da er sich nach seinen Freunden aus dem Internat sehnte, mit denen er sich stark verbunden fühlte, freute er sich sehr, als er viele von ihnen, aus den verschiedensten Kampfeinheiten kommend, bei den Fallschirmspringer- und Offizierslehrgängen wieder traf.

Kurz nachdem er die Offiziersausbildung mit Auszeichnung beendet hatte, begegnete Avschi Major Mordechai Edelmann, Modi genannt, einem ehemaligen *Palmachnik*, der in der Har'el-Brigade unter Jitzchak Rabin gekämpft hatte. Diesem Zusammentreffen hatte er seine Aufnahme in ebenjene Sondereinheit zu verdanken, die ihn an diesem Morgen feierlich zum Oberleutnant ernannt hatte. Daraufhin war er nach Hause geeilt, um sich stolz seiner Mutter zu präsentieren, und ich hatte so ebenfalls von dieser Ehre profitiert. Später erfuhr ich, daß Major Modi Edelmann für Rumia fast zur Familie gehörte, und einmal hatte sie ihm gestanden, daß sie Angst um ihren Avschi hatte und im Grunde gar nicht wußte, was er in der Armee tat. Modi hatte sie zu beruhigen versucht und sich beeilt, ihr zu versichern, daß ihr Sohn ein Prachtkerl war, aber es war ihm nicht gelungen, ihre Furcht zu zerstreuen. War es in dieser Armee nicht so, je besser du wurdest und je mehr du dich auszeichnetest, desto größer wurden die Gefahren, die dir bevorstanden? So war Rumias Stolz auf die rote Mütze, die Avschi an seine Schulter geheftet trug, von einer unausgesprochenen Furcht getrübt, die sie jedesmal beim Anblick der ehrenvollen Farbe beschlich.

Nach einer Pause, die nur dazu diente, sich auf neue Köstlichkeiten vorzubereiten, trug Rumia in einer blauen Keramikschüssel selbstgemachten Nachtisch auf, und zum formvollendeten Abschluß des Festmahls gab es süßen Minztee.
»Ihr geht über die Grenze, nicht wahr?« fragte sie mich.
»*Jamma!*« fiel Avschi ihr harsch ins Wort.
»Er glaubt, ich wüßte es nicht! Aber ich sehe alles in meinen Träumen.«
Avschi dankte seiner Mutter mit einem Kopfnicken und einem Brummen des Vergnügens und der Zuneigung für das schöne Essen und wirkte freundlich und froh, als er sie mit seinen gutmütigen Augen anschaute. Ich beneidete ihn. Im Gegensatz zu mir nahm er seine Familie so, wie sie war, ohne jede Spur von Scham oder Kritik. Nachdem Rumia ihren Sohn zum Abschied umarmt und geküßt hatte, drückte sie jedem von uns einen mit Essen gefüllten Beutel in die Hand. »Darin ist *s'chug* und *chilbe*«, sagte sie zu mir. »Ich habe doch gesehen, daß dir das schmeckt.« Ich nickte und drückte mit beiden Händen ihre Hand. »Wann immer du in Haifa bist, komm zu uns – du bist uns willkommen«, erklärte sie. »Avscholoms Freunde sind wie Söhne für mich.«
Im Jeep, auf der Rückfahrt zur Einheit, schwieg Avschi und schien sich hinter sich selbst zu verschanzen, als wolle er der Vertraulichkeit, die er mir gegenüber bekundet hatte, Grenzen setzen. Er nahm mich zwar noch zweimal mit nach Hause, aber beim letzten Mal war mir der Verdacht gekommen, daß er mich nur mitgenommen hatte, um mich mit seiner Schwester Margalit, einer energischen Schönheit mit schwarzem Haar, zu verkuppeln. Margalit und ich hatten einige Blicke gewechselt und kurz miteinander gesprochen, und spaßeshalber hatte ich wie jeder junge Mann, der seine Chancen abschätzte, daran gedacht, daß sich zwischen uns tatsächlich eine Beziehung entwickeln könnte. Aber als ich Avschi und seine Brüder laut prustend prahlen hörte, einmal

hätten sie einem Verehrer ihrer Schwester Schoschanna »den Prozeß gemacht«, ihn einem Kreuzverhör unterzogen und ihm kräftig die Federn gestutzt, so daß er schließlich die Flucht ergriffen hatte, beschloß ich, daß ich, selbst wenn ich wirklich an Margalit interessiert gewesen wäre, nichts in diesem Hause zu suchen hatte, vor allem nicht, solange Avschi mein Ausbilder und Vorgesetzter war. Trotzdem kommt mir noch heute manchmal der müßige Gedanke, daß es mit Margalit hätte klappen können, wenn es nach Avschis Mutter gegangen wäre. Ich hatte nämlich das Gefühl, daß sie mich mochte. Aber vielleicht bildete ich mir das nur ein, weil ich mich angezogen fühlte von dieser Frau mit dem freundlichen, mütterlichen Wesen und dem fülligen Körper, die so ganz anders war als meine Mutter.

Ich selbst war von Anfang an für den Einsatz im Nachrichtenkorps vorgesehen, und zwar für eine Aufgabe, für die mich die Verbindungsleute meines Lehrers Avnon aufgrund meiner hervorragenden Arabischkenntnisse bestimmt hatten. Denn alles begann mit Avnon, meinem Lehrer am Gymnasium, dem Mann, der mich überredete, Mathematik und alle anderen naturwissenschaftlichen Fächer, in denen ich mich hervorgetan hatte, zugunsten der Orientalistik fallenzulassen. Er, dem es gelang, mir die arabische Sprache und Kultur noch näherzubringen, als sie es ohnehin schon war. Vom Mutterleib an und seit meiner Geburt hatte ich die arabische Umgangssprache mit der Luft eingeatmet – mein Vater, dessen Familie seit sechs Generationen im Land lebte, sprach den palästinischen Dialekt, als wäre er selbst Araber, und im Gymnasium hatte ich Hocharabisch bei Herrn Schahrabani zu lernen begonnen. Herr Schahrabani war aus dem Irak eingewandert, sprach hebräisch mit starkem Akzent und lief immer in gestreiften Anzügen und mit Krawatten herum, die er von dort mitgebracht hatte, so daß uns seine Erscheinung etwas lächerlich vorkam. Der Arabischunterricht versetzte uns nicht gerade in Begeisterung, bis Schahrabani eines Tages in eine Entwicklungsstadt versetzt wurde und an seiner Stelle Avnon auftauchte, ein dunkler, schlanker *Sabre*, etwa dreißig Jahre alt, Sohn einer angesehenen deutschstämmigen Familie aus Jerusalem, ein typischer Israeli, unkompliziert und gesellig, der sommers kurze Hemden und winters Strickpullover mit Reißverschluß trug. Mehr als einmal lud er uns, die Schüler und Schülerinnen des orientalistischen Studienzweigs, zu sich nach Hause nach Rechavia ein. Michal, seine Frau, eine attraktive Brünette mit grünen Augen, war der Schwarm aller Jungen. Sie war Physiklehrerin an einem anderen Gymnasium und bereitete an der Universität ihre Promotion vor. Mit spöttischem, aber verständnisvollem Lächeln beobachtete sie, wie die Mädchen unserer Klasse Avnon mit bewundernden Blicken anhimmelten. Einmal traf ich sie, als sie auf dem Machane-Jehuda-Markt, ganz in der Nähe unserer Wohnung, bei einem Metzger Hühnerflügel einkaufte. »Avnon liebt Hühnerflügel«, sagte sie lächelnd, während ich stumm wie ein Idiot vor dieser schönen Frau stand und gar nicht fassen konnte, daß sie mich erkannt hatte. Wenn wir Avnon besuchten, bewirtete er uns mit türkischem Kaffee oder englischem Tee und mit Michals selbstgebackenen Plätzchen. Einmal erkundigte sich eins der Mädchen im Kennerton danach, wie man die Plätzchen machte, und Avnon antwortete: »Das ist gar nicht so einfach. Dafür muß man gut in Physik sein.« Michal, seine Frau, warf vor unser aller Augen ein Kissen nach ihm. Wir kringelten uns vor Lachen, und insgeheim schwor ich mir, daß es in dem Heim, das ich mir einmal schaffen würde, genauso ausgelassen zugehen sollte wie bei meinem Lehrer – niemals sollte es so trübselig sein wie in meinem Elternhaus. Während unserer Besuche lasen wir ausgewählte Stücke aus den Werken arabischer Schriftsteller, von Taha Hussain,

Taufik al-Hakim und Ahmad Schauki. Dabei saßen wir in Avnons mit damaszenischen Tischchen und Schemeln eingerichtetem Wohnzimmer, und wer keinen Platz auf einem der Sitzmöbel gefunden hatte, machte es sich auf dem Teppich bequem.

In der Armee war Avnon Fallschirmspringer gewesen, war aber nach einer Verwundung auf einen anderen Posten versetzt worden, über den er nie sprach. Legenden und Gerüchte kursierten, denen zufolge er bei geheimen Aktionen jenseits der Landesgrenzen Heldentaten vollbracht hatte. Die Fragen, wie wir nach bestem Vermögen dem Vaterland dienen und welche Ausbildung wir machen sollten, brannten uns unter den Nägeln, und Avnon versicherte uns, daß Abiturienten unseres Zweiges zum Nachrichtenkorps eingezogen würden. Wir wußten, daß er seine ehemaligen Schüler während ihres Militärdienstes besuchte, als seien sie gute Freunde. Außerdem wünschte er sich, daß sie sich, heil aus der Armee entlassen, zum Studium der arabischen Sprache und Literatur an der Hebräischen Universität einschrieben.

Ich sehnte mich nicht gerade danach, Soldat in einer Kampfeinheit zu werden, obwohl mein Vater, der zur Zeit des britischen Palästinamandats Mitglied des *Etzel* gewesen war, sie immer als die wahren Nachfolger der *Makkabäer* betrachtete. Insgeheim fürchtete ich mich vor dem Militärdienst, auch wenn ich das niemandem verriet. Folgsam durchlief ich meine Grundausbildung in Lager achtzig und erfüllte, ganz der brave Junge aus Jerusalem, meine Aufgabe, so gut ich konnte. Ich gab mich dickhäutig und diszipliniert und wurde am Ende ausgezeichnet. Zu meiner Überraschung schickte man mich zu einem Unteroffizierslehrgang der Infanterie, und auch den schloß ich mit Auszeichnung ab. Aus irgendeinem Grund hielt man mich für einen mustergültigen Soldaten. Besonders geschätzt wurde meine Besonnenheit im Feindkontakt. Zunächst hatte ich mich immer an die Strategieanweisungen aus dem Lehrbuch gehalten, einmal jedoch tat ich es nicht, und tatsächlich entschied man, meine Spontanstrategie umzusetzen. Ich vermute, es gibt einen Zusammenhang zwischen meiner Fähigkeit, eine Situation oder Lage schnell zu erfassen, und meiner besonderen Begabung für die Informatik, auf die ich mich später spezialisiert und mit der ich mein Vermögen verdient habe. Als man mir vorschlug, an einem Offiziersanwärterkursus teilzunehmen, dachte ich, innerlich über mich grinsend, ich würde es dereinst noch zum General bringen, allein aus Furcht, zu versagen, bestraft zu werden und dumm dazustehen. Jedenfalls blieb ich zunächst bei den Bodentruppen, wo man mir die Leitung eines neuen Jahrgangs künftiger Unteroffiziere anvertraute. Indessen wartete ich weiterhin auf meine Versetzung zum Nachrichtenkorps.

Als mich eines Tages ein Major namens Modi Edelmann zu sprechen wünschte, hoffte ich, von der elenden Plackerei erlöst zu sein und von den kämpfenden Truppen endlich zur Intelligenzija aufzusteigen. Stundenlang fragte Edelmann mich über meinen Werdegang, meine Familie und meine Herkunft aus, und zum ersten Mal verheimlichte ich bei einer Befragung, daß mein Vater früher dem *Etzel* angehört hatte und heute in der Cherut-Partei war und daß ich selbst Mitglied der Jugendbewegung des *Betar* gewesen war, so sehr fürchtete ich, die verfluchten *Mapainiks* würden mir im letzten Moment die Aufnahme in meine Traumeinheit verderben. Als die Befragung vorüber war und ich zur Tür ging, fragte Edelmann unvermittelt: »Bist du bereit zu töten?« Ein kalter Schauder lief mir über den Rücken. Ich entgegnete, auf das Vergnügen und die Ehre könne ich gut verzichten. Man habe mir zwar schon in der ersten Stunde des Rekrutentrainings erklärt, daß ein Gewehr zum Töten da sei, aber niemand habe gefragt, ob mir auch der Sinn danach stehe. Dies war das erste Mal, daß sich der wohlerzogene Junge aus Jeru-

salem traute, einem Vorgesetzten gegenüber einen zynischen Unterton anzuschlagen. In den darauffolgenden Tagen meldete sich in meinem Innern eine warnende Stimme, und mit einemmal wußte ich nicht mehr, ob ich wirklich noch zum Nachrichtenkorps wollte. In den drei Monaten, die vergingen, ohne daß ich von Edelmann hörte, schwanden meine Zweifel, aber es schwand auch mein Glaube an die Zusicherungen Avnons, meines Lehrers, und ich war beinahe so weit, mich zum Offiziersanwärterkursus anzumelden – die Leitung des Unteroffizierlehrgangs war anstrengend genug, da sollte sie mich wenigstens weiterbringen.
Aber vorher unternahm ich noch einen letzten Versuch. Ich schrieb an Avnon und fragte ihn: »Weshalb haben wir Arabisch und Orientkunde gepaukt, warum hat man uns gefördert, und warum hat man uns solche Versprechungen gemacht?« Zwei Tage nachdem ich von Avnon ein beschwichtigendes Antwortschreiben erhalten hatte, wurde ich zum Adjutanten meiner Einheit befohlen, und der schickte mich mit einem verschlossenen Umschlag zum Generalstab. Ich stieß Freudenschreie aus und rannte mit großen Sprüngen zu meiner Wohnbaracke zurück. Jedem, der mir über den Weg lief, rief ich zu: »Ich werde zum Generalstab versetzt!« Ich sah mich schon Englisch, Französisch und Spanisch pauken – schließlich brauchte das Nachrichtenkorps doch Männer, die Fremdsprachen beherrschten, und war das nicht schon immer mein Steckenpferd gewesen? Auf dem Weg zum Generalstab sollte ich, so lautete der Befehl, in der Schreibstube eines Adjutanten vorsprechen. Dort wies man mich an, draußen zu warten, man käme mich holen. Und tatsächlich fuhr kurze Zeit später ein Jeep vor, dessen Fahrer allerdings die Fallschirmspringeruniform trug. Ich sagte zu ihm: »Das muß ein Irrtum sein. Ich muß zum Nachrichtenkorps.« – »Spar dir deine Weisheiten, und steig ein«, sagte er und fuhr mich zu einer Militärbasis im Landes-

innern. Dort erwartete mich ein Leutnant mit dunkelbrauner Haut, Locken und Bart, ein Riese und Kraftprotz, der alle Umstehenden um einen Kopf überragte, mit einem Stiernacken und muskulösen, sehnigen Händen. Außer den Schulterklappen der Fallschirmspringer trug er noch jede Menge anderer Rangabzeichen an seiner Brust. Er sah beinahe aus wie einer von Gamal Abd el-Nassers Komitee der freien Offiziere. Als er jedoch zu reden begann, klang sein »ch« nicht besonders kehlig, und auch sonst hatte seine Aussprache nichts Orientalisches. Einen Augenblick glaubte ich, er sei nur ein zu dunkel geratener Aschkenasi – das kommt ja manchmal vor.

»Bist du der Neue?« fragte er mich, als ob mir klar sein müßte, das ich der Neue war, und ohne auf eine Antwort zu warten, fuhr er fort: »Wie heißt du?«

»Shaul Bar Adon.«

»Ich heiße Avschalom, aber alle nennen mich Avschi. Wenn du deine Ausrüstung und deine Waffe abgeholt hast, zieh die Arbeitskluft an, und melde dich bei mir.«

Kapitel 3

Im Büro des Befehlshabers der Schwarzen Brigade fiel der Entschluß, Avschi und mich während unseres ersten Urlaubs nach Tiberias zu schicken, um herauszufinden, wie man Sakki helfen konnte. Dessen Freundin Mary war von ihm schwanger, wollte das Kind auch bekommen, ihn jedoch nicht heiraten. Sakki war nur noch ein Schatten seiner selbst und befand sich offenbar in einem Zustand tiefer Depression. Anfangs glaubte ich, sein merkwürdiges Verhalten habe mit dem Vorfall in der Moschee zu tun. Sakki war ein waschechter Tiberianer, ein munterer Witzbold, der uns gern zum Lachen brachte und viele arabische Ausdrücke aus dem Slang seiner Heimatstadt in unseren Wortschatz einführte, etwa *balut*, was dasselbe bedeutete wie »öd wie die Pampa«, oder *chalik*, das für »laß stecken« stand, und *schuf lak*, das er statt »schau sich den einer an« gebrauchte. Wenn er in Stimmung war, konnte er Witze reißen und so geschickt mit Worten spielen, daß wir uns vor Lachen fast auf dem Boden wälzten. Manchmal brach er wegen irgendeines plötzlichen Einfalls selbst in ein derartiges Gelächter aus, daß er kein Wort mehr herausbrachte und uns nicht einmal den Grund seiner Heiterkeitsattacke mitteilen konnte. Das war aber auch nicht nötig, denn schon sein Lachen riß uns so mit, daß wir am Ende tränenüberströmt unsere Bäuche hielten, ohne überhaupt zu wissen, weshalb. Während der überaus zermürbenden Manöver der Schwarzen Brigade – in jenen Tagen, das war in den Jahren 1959 bis 1961, war sie nicht mehr als ein leicht erweiterter Zug – gelang es ihm wie keinem zweiten, Momente der Niedergeschlagenheit mit einer Slapstickeinlage oder einer unvergleichlichen Parodie zu verscheuchen und uns so neuen Mut zu machen. Scherzhaft, doch mit einem Gefühl leichter Besorgnis, fragte ich mich zuweilen, was geschähe, wenn Sakki bei einer Operation auf feindlichem Boden unvermittelt losprustete. Aber das passierte natürlich nie, denn bei solch schwierigen Unternehmungen hatten wir Wichtigeres im Sinn. Einige Zeit vor unserem ersten richtigen Einsatz erhielten wir hohen Besuch: Chaim Laskow, der Generalstabschef, erschien auf dem Stützpunkt. Als wir mit ihm gemeinsam im Clubraum saßen, fragte Avschi ihn, wann es denn losginge. General Laskow sah ihn lange an und schwieg. Dann zog er an seiner Pfeife, die er die ganze Zeit über in der Hand gehalten hatte, und sagte: »Es geht los, wenn die Armee euch braucht. Bis dahin müßt ihr üben und wieder üben, so lange, bis ihr hart seid wie Stahl und kein Hindernis und keine Schwierigkeit euch mehr aufhalten kann.« Daraufhin ließ Avschi, der Laskow bewunderte, eine Reihe zusätzlicher Trainingsmaßnahmen durchführen, darunter spezielle Aktionen auf feindlichem Terrain, die uns mit den Bräuchen und Gewohnheiten unserer Vettern, der Araber, vertrauter machen sollten; wir sollten lernen, uns unerkannt unter sie zu mischen. Sakki war bei diesen Übungen lebensnotwendig für uns. Er war außergewöhnlich sprachbegabt und konnte dank seines Imitationstalents nicht nur marokkanische, jemenitische und irakische Juden perfekt nachahmen, sondern diente uns auch als Fachmann für die örtlichen arabischen Mundarten und Akzente. Er sprach den syrischen und den ägyptischen Dialekt fließend und beherrschte das Palästinensische besser als wir alle zusammen. Eines Freitags zogen wir aus, um unsere Tarnfähigkeiten weiter zu perfektionieren. Eine Gruppe ausgewählter Männer, darunter kein einziger Blondschopf – so nannten wir die *Kibbuzniks*, deren Muttersprache nicht das Arabische war und um die Major Edelmann unsere Einheit verstärkt hatte –, betraten wir die Moschee eines israelischen Araberdorfs und schlossen uns den Betenden an. Im nachhinein fällt es schwer zu sagen, wann die Sache aus den Fugen geriet, was den alten Muslim mißtrauisch machte und weswegen er sich ausgerechnet an Sakkis Fersen heftete, um herauszufinden, was es mit diesem auf sich hatte. An einem gewöhnlichen Tag hätte Sakki den alten Mann vielleicht mit ein paar humorvollen Bemerkungen ruhiggestellt und sich so aus der brenzligen Situation befreit. Aber erst nach dem Vorfall wurde uns klar, daß Sakki schon an diesem Freitag wegen Mary in Sorge gewesen sein mußte. Auf jeden Fall verlor er die Beherrschung und schrie den Araber an; große Unruhe brach aus, und Sakki sah sich plötzlich von Menschen umringt, die er vergeblich zu beschwichtigen versuchte. Sein Glück und sein Pech bestanden darin, daß Avschi sich unter den Leuten in seiner unmittelbaren Nähe befand. Da Avschi begriff, daß irgend etwas unternommen werden mußte, versetzte er Sakki mehrere Ohrfeigen und zerrte ihn aus der Moschee. Ehe jemand die Ursache des Tumults erfaßt hatte, war die Situation gerettet, und wir verdrückten uns, so schnell wir konnten. Als wir eine Viertelstunde gefahren waren, ließ Avschi uns auf offenem Feld von der Ladefläche des Jeeps absteigen, schlug Sakki ins Gesicht und brüllte ihn an. »Du Null! Glaubst du Idiot, ich hätte nicht gesehen, wie du mit der Hand an deiner Arschtasche herumgefummelt hast?« Dann wandte er sich an uns, die wir die Szene mit stummem Entsetzen verfolgten: »Dieses kleine Stück Scheiße hatte vergessen, daß wir keine Papiere dabeihatten. Um seine Haut zu retten, wollte er sich als Mitglied der Streitkräfte ausweisen – damit hätte er die ganze Einheit ausgeliefert!« Sakki, der gleichzeitig schluchzte und von einem hysterischen Lachen geschüttelt wurde, traute seinen Ohren nicht. Wahrscheinlich hatte er nur reflexartig und ohne Ab-

sicht gehandelt. Und selbst wenn er seinen Ausweis in der Gesäßtasche ertastet hätte, bedeutete das nicht zwangsläufig, daß er ihn auch herausgezogen hätte. Aber Avschi war nicht bereit, wegen solcher Unwägbarkeiten Gefahren in Kauf zu nehmen – das wußten wir bereits. Schließlich, das wurde mir damals klar, hatte Modi Edelmann ihn nicht zuletzt aus diesem Grund dazu ausgewählt, unseren wilden Haufen zu trainieren und zusammenzuschweißen, in dem die meisten zwar von Kindesbeinen an Arabisch konnten, aber Herzl und Rothschild für nichts weiter als Straßennamen im Gusch Dan hielten. Manche waren solch rauhe Typen, daß sie sich gewiß in der Unterwelt wiedergefunden hätten, wären sie nicht zu unserer Einheit eingezogen worden. Modi Edelmann wußte, daß nur ein beharrlicher, konsequent auftretender Befehlshaber vom Schlage Avschis, der nicht bereit war, auch nur einen Millimeter vom Weg der Perfektion abzuweichen, aus unserem chaotischen Haufen das Beste herauszuholen vermochte; Avschi zeigte keinerlei Schwäche, die hätte ausgenutzt werden können. Die meisten von uns hatte Modi Edelmann persönlich ausgesucht, nachdem er uns interviewt hatte, aber empfohlen hatten uns, wie er sagte, seine Informanten in Schulen, Straßengangs und Kasernen. Edelmann war es auch, der den Generalstab und seine Vorgesetzten davon überzeugt hatte, daß sich unter den orientalischen Einwanderern und in den Elendsvierteln ideales Menschenmaterial für eine solche Nachrichteneinheit finden ließ.
Und Avschi verstand es, Major Edelmanns Lehren in die Tat umzusetzen. Nicht allein auf Erkundungstrips und Expeditionen, bei strategischen Übungen und anstrengenden Manövern, sondern genauso im Sprachunterricht und bei Vorträgen über arabische Kultur bewies Avschi äußerste Prinzipientreue und Unnachgiebigkeit, und wenn er in Wut geriet, zögerte er nicht, gegen Ungehorsame auch die Hand

zu erheben und eine Prügelei unter Männern zu riskieren. Auf diese Weise verschaffte er sich Respekt.
Als wir eines Tages mühsam einen steilen Hang erklommen hatten, war Gamli'el, ein dunkelhäutiger Jemenite, unvermittelt stehengeblieben, hatte nach Luft geschnappt und scherzhaft, in stöhnendem Ton hervorgestoßen: »Ah, ahhh, *Schwarze ficken* macht immer noch am meisten Spaß.« Diese Redewendung war damals gerade in Mode gekommen, und alle waren in ein großes Gelächter ausgebrochen. Seit jenem Tag nannten wir uns »Schwarze Brigade« oder einfach »Die Schwarzen«. Von all unseren aufregenden Erlebnissen wie Beschüssen aus dem Hinterhalt oder nächtlichen Scharmützeln auf feindlichem Terrain hat sich mir ein Vorkommnis besonders eingeprägt, das nichts mit kämpferischen Auseinandersetzungen zu tun hat. Eines Abends waren wir zu einer schwierigen Expedition durch den Negev aufgebrochen. Avschi hatte eine dreißig Kilometer lange Wanderung bis zum Jarach-Berg nahe der ägyptischen Grenze angeordnet. Die Verantwortung für die Ausarbeitung des letzten Teils der Marschroute, einer Distanz von zwölf Kilometern, war mir übertragen worden. Also hatte ich tagsüber die Landkarte studiert und den Weg, den wir nehmen mußten, genau eingezeichnet, um unsere Einheit nachts sicher durch das unwegsame Gelände zu führen. Im Morgengrauen, als sich am Horizont der Jarach-Berg abzeichnete und bis zum Ziel nur noch ein Kilometer zurückzulegen war, ließ die bis dahin vorbildliche Disziplin der Männer nach, und die Stille und Konzentration, die die ganze Nacht über geherrscht hatten, waren verflogen. Ich nahm es nicht so genau und ließ meine Kameraden etwas entspannen und plaudern. Ich war einfach froh, daß der lange Marsch bald vorüber war, meine Planung sich als genau erwiesen und die Kraft aller ausgereicht hatte, um diese harte Prüfung zu bestehen. Plötzlich überholte Avschi mich und versperrte mir mit dem Maschi-

nengewehr im Anschlag den Weg. Die ganze Nacht über war er im Mittelfeld der Kolonne marschiert und hatte sich in die Marschführung nicht eingemischt. Jetzt fragte er:
»Shaul, was soll das Chaos? Bummeln wir durch Tel Aviv, oder sind wir ein paar hundert Meter von der Grenze entfernt? Shaul, du hast mich enttäuscht.«
Bis auf den heutigen Tag fühle ich die Kränkung, die dieser Satz verursachte, und obwohl ich später im Leben sehr erfolgreich war und mich selbst in der rauhen Computerbranche in Fragen der Menschenführung bewährte, hinterließen Avschis Worte einen dauerhaften feinen Kratzer an meinem Selbstwertgefühl. »Shaul, du hast mich enttäuscht.« Ich hätte wissen müssen, daß jemand wie Avschi Disziplinlosigkeit nicht einmal einen Meter vor dem Ziel dulden würde. Tausendmal habe ich mich seither gefragt, ob ich aus Nachlässigkeit oder aus taktischen Gründen das Nachlassen der Konzentration der Truppe hingenommen hatte. In den Tagen, die auf den Vorfall folgten, war ich niedergeschlagen. Deshalb konnte ich später auch gut verstehen, was in Sakki vorging, als ihm Avschi wegen seines Fehlverhaltens in der Moschee so furchtbar den Kopf wusch und dabei sogar so weit ging, ihm ins Gesicht zu schlagen. Dabei hatte Sakki nie zu den Aufmüpfigen gezählt, die gelegentlich mit Prügeln zur Raison gebracht werden mußten. Aber der Verdacht, der auf Sakki gefallen war, wog sehr schwer. Hätte Sakki uns alle durch eine Unbesonnenheit ans Messer geliefert?
»Sobald wir unseren Stützpunkt erreicht haben, werfe ich dich aus der Einheit«, hatte Avschi mit einemmal beängstigend ruhig gesagt. »Besser für dich, ich mache dir den Garaus, als wenn die Syrer es tun.«
»Das ist nicht dein Ernst«, flehte Sakki. In einem Monat sollte er aus dem regulären Dienst entlassen werden, und die Vorstellung, ihn mit einem Rausschmiß abzuschließen, versetzte ihn in Panik.

Vielleicht war es dank der Narbe, die meine Seele seit unserem Marsch zum Jarach-Berg trug, daß ich meinen Mut zusammennahm und zu Avschi sagte:
»Wir verstehen deinen Zorn, aber unter Umständen war es keine so gute Idee, uns in eine Moschee zu schicken, wo jeder jeden kennt. Vielleicht kann die Lehre, die wir aus dem Zwischenfall ziehen, künftig Leben retten, und es ist gar nicht so schlimm, wenn Major Modi davon erfährt.«
Avschi schaute mich an. An seinem Blick glaubte ich zu erkennen, wie sich die Rädchen in seinem Kopf auf Hochtouren drehten. Die instinktive erste Empörung, die mein Einwand bei ihm hervorrief, wich allmählich Nachdenklichkeit. Deutlich sah ich, daß er meine Worte ernst nahm.
Nun ist Avschi nicht der Typ Mann, der vor versammelter Mannschaft zugibt, daß er zu weit gegangen ist. Aber er hatte seine eigene Art, so etwas auszudrücken:
»Auf nach Tel Aviv«, sagte er im Kommandoton, als handle es sich um einen echten Befehl.
Alle grinsten, selbst Sakki, der von da an nicht mehr von meiner Seite wich, weil er mich als seinen Schutzengel betrachtete. Mir fiel auf, wie niedergeschlagen er wirkte, und ich war überzeugt, daß sein Versagen genauso an ihm nagte wie das meine an mir. Ich wußte, daß dies etwas war, das man mit sich selbst ausmachen mußte, und daß ich Sakki nicht helfen konnte. Als ich aber trotzdem einmal versuchte, Sakki Mut zu machen, und sagte, von dem Vorfall gehe die Welt nicht unter, schüttete er mir sein Herz aus und schilderte mir die Probleme mit Mary, seiner Freundin. »Ich weiß nicht, was ich tun soll«, schloß er bedrückt.
Ich riet ihm: »Sprich mit Avschi darüber.«
»Mit Avschi?!«
Und so wurde im Büro des Befehlshabers der Schwarzen Brigade der Beschluß gefaßt, daß Avschi und ich während unseres ersten Urlaubs nach Tiberias fahren sollten.

Kapitel 4

Tiberias hatte ich schon seit Jahren keinen längeren Besuch abgestattet. Zwar hatte die Schwarze Brigade im Zuge ihrer Manöver die Stadt und ihre Umgebung einige Male zu Fuß oder in Jeeps durchquert, doch hatten wir höchstens an einem Falafelstand oder Kiosk einen Zwischenstopp eingelegt. Tief in meiner Erinnerung bewahrte ich jedoch einige Kindheitseindrücke dieser Kleinstadt am See: die drückende Hitze und Mamas Versuche, mich zum Sprudeltrinken zu bewegen, dann die Furcht, Papa würde mich Jerusalemer Landratte in den See Genezareth tauchen – ich lernte erst viel später im Gymnasium das Schwimmen –, und schließlich der Pilgerweg zum Grab des Rabbi Me'ir Ba'al ha-Ness, die drängelnde Menschenmenge, der abstoßende, erstickende Geruch nach Kerzenwachs und Weihrauch und meine Mutter, die den Kopf bedeckte und mit Tränen in den Augen ein Gebet murmelte.

Sakkis Beschreibung folgend, stieg Avschi zielsicher den Hang des Dschabal Ban hinauf. Weil damals noch nicht jedes Haus ein Telefon hatte, war Sakki schon einen Tag vor uns nach Tiberias gefahren, um seine Familie auf unseren Besuch vorzubereiten. Eine magere schwarze Katze lief neben Avschi her und versuchte, sich an seine langen Beine zu schmiegen, die immer nur einen Schritt machten, wo ich, der ich eigentlich nicht klein geraten bin, zwei Schritte machen mußte. Wir sahen arabische Häuser, die schmutzig und verwahrlost dalagen; hier und da tauchten darin seltsame Gesichter auf.

In einem Garten stieß ein räudiger Hund ein kurzes Bellen aus, als wolle er einer Pflicht genügen, bevor er sich wieder der Ruhe im Schatten eines Baumes hingab. Plötzlich tauchte ein Stück Stadtmauer vor uns auf, und wir gingen auf ein arabisches Haus aus schwarzem Basalt zu; ein riesiger Hof umgab es, mit einem Bienenkorb inmitten von Erdbeersträuchern, Zitrusbäumen, einem großen Oliven- und einem Mispelbaum. Araberhühner mit prächtigem buntem Gefieder stolzierten herum und reckten die Hälse, als überlegten sie verwundert, was wir hier suchten. »Das ist es«, sagte Avschi. Eine Araberin, die an der Schwelle des Nachbarhauses gestanden und uns angestarrt hatte, beeilte sich, die Tür hinter sich zu schließen, aber ich hatte den Eindruck, daß sie uns, durch eine Ritze lugend, weiterhin beobachtete. Plötzlich erschien Sakki auf dem vorderen Balkon des schwarzen Gebäudes und rief:
»Mama, sie sind da.«
»Willkommen!« begrüßte uns seine Mutter.
»Ich heiße Avschi, und das ist Shaul.«
»Herzlich willkommen«, wiederholte sie. »Ich bin Rosina. Aber vielleicht wollt ihr euch erst mal die Hände waschen. Sakki, zeig ihnen das Bad.«
Kurz darauf saßen wir in Korbsesseln auf dem großen, von Weinreben überdachten Balkon. Rosina schenkte uns aus einem Krug Limonade ein und wies mit einer einladenden Geste auf zwei Tabletts mit Melonenstücken, Feigen und Äpfeln. Ansonsten verzichtete sie auf weitere Förmlichkeiten; jeder, der essen oder trinken wollte, durfte sich selbst bedienen. Mit ihrem länglichen Gesicht, den braunen Augen und der schwarzen Lockenpracht sah Rosina ihrem Sohn kein bißchen ähnlich. Mir fiel auf, daß sie Avschi für einen Augenblick jenen interessierten Blick zuwarf, wie er begehrenswerten Frauen eigen war. »Es gefällt mir, wenn sich Vorgesetzte so um ihre Soldaten kümmern«, sagte sie. Sakki

hatte ihr gegenüber eine Ausrede benutzt und ihr erklärt, Avschi besuche die Elternhäuser aller Männer seiner Truppe.
»Unsere Einheit ist wie eine große Familie«, erklärte Avschi.
»Macht er Ihnen Probleme?« fragte sie.
Avschi lächelte.
»Er ist *mdalla'* – verwöhnt. Als er klein war, schickte ich ihn zum Bibelunterricht zu Rabbi Rafael Bibas, einem weisen Mann. Als der Lehrer ihn einmal schlagen wollte, lief Sakki davon. Er wollte in einen *Kibbuz* der Jugend-Alija, aber sein Vater war dagegen und sagte, die wäre nur für junge Einwanderer da. Schließlich schickten wir ihn zur *Alliance,* dort fühlte er sich wohl und büffelte Fremdsprachen.«
Sakki blinzelte mir verschwörerisch zu – der Clown in ihm war erwacht. Obwohl er nichts sagte, wandte ich sofort den Blick von ihm ab, denn ich fürchtete, unvermittelt loszulachen. Der Ausblick, der sich vor meinen Augen auftat, war überwältigend. Ein silbriger See Genezareth warf flirrende Reflexe auf unsere Gesichter.
»Wir wollen am Strand zu Mittag essen«, entschied Sakkis Mutter.
Da mir auffiel, daß sie diesmal mich ansah, entgegnete ich:
»Leider haben wir keine Badehosen mitgebracht.«
»Ualla jehimmak«, sagte sie in Sakkis tiberianischem Tonfall.
Plötzlich kam ein junges Mädchen hüpfend auf den Balkon.
»Ihr Berge, Berge des Gilboa ...«, sang es, doch als es uns sah, hielt es erschreckt inne.
»Das ist Masal, meine Tochter«, stellte Rosina sie vor. »Ihr Vater nannte sie Masal, Glück, weil er am Tag ihrer Geburt eine kleine Erbschaft von seiner Tante erhielt.«
Wir erhoben uns, um das Mädchen zu begrüßen.
»Papa nennt mich Masal, aber sonst sagen alle Masi zu mir«, erklärte sie, als sie uns die Hand gab.
»*Jalla,* laßt uns zum See hinuntergehen«, forderte ihre Mutter uns auf.

Es war Mittag, und eine angenehme Trägheit hatte sich meiner bemächtigt, so daß ich lieber auf dem schattigen Balkon geblieben wäre. Aber Rosina befahl: »Zieht euch um …«, und breitete eine Kollektion Badehosen vor uns aus. Avschi ging zuerst ins Bad und kehrte als Tarzan, König der Affen, zurück – nur daß seine Brust braun gebrannt und behaart, statt glatt und hellhäutig wie die Johnny Weissmullers war. Die arabische Nachbarin beugte sich über den in das Grundstücksmäuerchen eingelassenen Steinofen, rief: *»Umm Sakki, tfaddali«* und reichte Rosina einen Beutel mit frischem Fladenbrot, das sie in der glühenden Mittagshitze gebacken hatte. Uns war klar, daß Rosina es bei ihr bestellt hatte, um uns eine Freude zu bereiten.
»*Tislam ideiki*, gesegnet seien deine Hände, *ja Umm Nassr*«, antwortete Sakkis Mutter ihr.
»Sakki, erzähl uns etwas über das Viertel«, meldete sich kurz darauf Avschi zu Wort, in dem sich der Pfadfinder mit seiner neugierigen Liebe zu seinem Land meldete.
»Ich bin der Lastesel«, erwiderte Sakki und hob den Korb und die *machschake*, die er in seinen Händen trug, ein wenig in die Höhe. Eine *machschake* war ein mit Löchern versehener Blechkanister mit einer größeren Öffnung an der Seite. Durch diese schob man eine Scheibe Brot ins Innere, ehe man sie auf den Grund des Sees stellte, um Fische zu fangen.
»Masi«, forderte Sakki seine Schwester auf, »spiel du den Touristguide.«
Masi blieb stehen. Sie hatte eine ärmellose hellgrüne Bluse und einen geblümten Sommerrock über ihren Badeanzug gestreift und trug Sandalen. Mit gewichtiger Miene holte sie zu einem Vortrag aus: Wir stünden auf dem Dschabal Ban, einer abgeflachten Anhöhe nördlich von Tiberias, dozierte sie. Weil diese den Winden aus allen Himmelsrichtungen ausgesetzt sei, sei das Klima hier oben verträglicher als in den tiefer gelegenen Stadtteilen. In den zwanziger Jahren sei der

Dschabal Ban zu Berühmtheit gelangt, da er die Keimzelle Qirjat Schmu'els, des dritten Wohnviertels außerhalb der Stadtmauer, war. »Die Araber, die hier lebten, sind im Unabhängigkeitskrieg geflüchtet«, fuhr Masi fort. »In ihren Häusern ließen sich Pilger, evakuierte Orthodoxe und alle möglichen Sonderlinge nieder.« Während sie sprach, hatte Masi den Abstieg begonnen.

»Shaul, du mußt die Stufen zählen«, unterbrach Sakki die Ausführungen seiner Schwester, die gemeinsam mit Sakki und Avschi loslachte.

»Es sind hundert Stufen«, erklärte Masi, »aber Mama behauptet immer, es wären nur neunundneunzig. Das habe Abu Jussuf ihr gesagt – der hat die Treppe einmal renoviert. Mit Hilfe der Treppe hat Mama mir das Rechnen beigebracht. Und deswegen habe ich jetzt eine Zwei in Turnen.«

»Sie ist ein Spaßvogel wie ihr Bruder, hm?« fragte Avschi, nachdem wir uns von der Lachsalve, zu der Sakki uns durch sein Losprusten veranlaßte, erholt hatten.

»Gestern hat sie eine Eins in Literatur nach Hause gebracht. Sie kommt in die sechste Klasse, und ihr Lehrer empfiehlt, daß sie auf den sprachlich-literarischen Zweig gehen soll. Aber sie will sich nach dem nächsten Schuljahr auf Naturwissenschaften spezialisieren. Sie wäre gern Botanikerin«, berichtete Rosina. »Sie kennt den Namen jeden Grashalms. Wer behält so etwas im Kopf?! Unsere olle *pustema* sticht uns noch alle aus.«

»Uff, Mama, hör auf!«

Masi war rot geworden. Vielleicht ahnte sie mit ihren fünfzehn Jahren bereits, welch außergewöhnliche Schönheit in ihrem aufrechten Gang lag, in den wohlgeformten Waden, die unter ihrem Rock herausschauten, dem dicken dunklen Zopf, der fast bis zu ihren Hüften reichte, und ihren leicht schräg stehenden Augen, die, passend zu ihrer beinahe durchschimmernden Haut, zwischen Braun und Grau chan-

gierten. Als ich sie von der Seite betrachtete, fiel mir das anmutige Profil ihres länglich geschnittenen Gesichts mit der geraden Nase auf. Bei dem Wort *pustema* war mir warm ums Herz geworden. Ein Gefühl des Heimischseins erfüllte mich, und die Verbindung, die sich plötzlich zwischen dem *Ladino* meines Jerusalemer Umfelds und dieser sephardischen Mutter im abgelegenen Tiberias ergab, gefiel mir; wie eine alte Freundin erschien Rosina mir auf einmal. In der Zwischenzeit setzte Masi ihren Vortrag fort: »Rechts seht ihr das Kloster. Das Haus daneben, mit dem Ziegeldach, gehört Doktor Lindsey, dem Direktor des Schottischen Krankenhauses. Für uns Kinder hat er immer tolle Sommerkurse organisiert. Und direkt gegenüber, unterhalb der Treppe, wohnt Juliette. Sie ist Schriftstellerin und wird von allen die Zigeunerin genannt. In stillen Nächten hört man das Klappern ihrer Schreibmaschine. Ihre beiden Kinder wissen nicht, wer ihre Väter sind. Sie hat einen großen Hund, und an heißen Tagen setzt sie ihm einen Hut auf und flaniert mit ihm durch die Straßen – wie eine *principessa*, sagt der italienische Mönch aus dem Kloster. Sie ist Vegetarierin und ißt Gras – ich meine natürlich Gräser und Kräuter, zum Beispiel Sauerklee, *churfisch* und *busbas*, aber auch Chrysanthemenknospen, Pilze und hausgemachten Quark. Aus den Kräutern macht sie obendrein Tee und Arzneien. Zwei Freundinnen aus meiner Klasse holen sich bei ihr Pickelsalbe …«
»Und das hilft?« fragte ich und sah vor meinem geistigen Auge Batja, meine Klassenkameradin aus dem Gymnasium, die kein Mittel unversucht gelassen hatte, ihre Pickel loszuwerden.
»Nein. Aber Juliette sagt, das läge daran, daß sie nicht die ganze vegetarische Lebens- und Ernährungsweise übernähmen. Sie selbst trinkt zum Beispiel nicht das Leitungswasser aus dem See Genezareth, sondern schöpft aus einer besonderen Quelle, zwanzig Minuten zu Fuß von hier. Und

jeden Tag, bevor die Sonne aufgeht, schwimmt sie darin. Sie war einmal in den jungen Toledano verliebt. Immer wenn er sie besuchte, schickte sie ihre Kinder zur Quelle, um Wasser zu holen ...«

»Eines Tages«, flüsterte Sakki mir unüberhörbar ins Ohr, »sah ich die beiden Kinder auf dem Zaun neben ihrem Haus sitzen und hörte, wie der Kleine zu seinem älteren Bruder sagte: ›Glaubst du, daß sie mit dem Vögeln jetzt fertig sind?‹ Und der Ältere antwortete: ›Besser, wir warten noch zehn Minuten ...‹«

Peinlich berührt, schaute ich zunächst zu Masi und danach zu ihrer Mutter und hoffte, daß sie Sakkis Worte nicht verstanden hatten. Schließlich schrieben wir erst das Jahr 1961, und es war noch nicht entschieden, ob man so vor einem fünfzehnjährigen Mädchen und dessen Mutter und im Beisein zweier Gäste sprechen durfte. Aber Rosina schien nicht beunruhigt, und auch Masi redete unbeirrt weiter: »Und sie bekam einen Sohn und zieht ihn und die beiden anderen mit Umm Aa'ibs Hilfe auf. Umm Aa'ib ist eine Araberin, die keinen Mann und keine Kinder mehr hat. Juliette hat sie aus einem Dorf namens Ilabun mitgebracht, und jetzt lebt sie als Hausmädchen bei ihr. Von Toledano will Juliette nichts mehr wissen. Er bettelt, er wolle sie heiraten, und verspricht ihr, für die beiden anderen Kinder genausogut wie für sein eigenes zu sorgen. Aber sie antwortet ihm, sie wolle nicht immer einen Mann um sich haben, der ihr sagt, was sie zu tun hat ...«

»Woher wißt ihr das alles?« fragte Avschi, daran gewöhnt, zunächst die Quelle einer Nachricht zu prüfen.

»Von Toledano selbst. Er besuchte Mama und alle anderen Nachbarinnen, um ihnen sein Leid zu klagen und sie zu bitten, bei Juliette ein gutes Wort für ihn einzulegen. Seht ihr das Haus gegenüber? Es hat zwei Geschosse. Oben wohnt Wladimir, der Bildhauer, der nackte Frauen aus Stein meißelt, und im unteren Stockwerk lebt Rabbi Chasakijahu. Jedesmal wenn der Rabbiner sieht, daß ein Mädchen die Treppe neben seinem Fenster zu Wladimir hinaufgeht, protestiert er lauthals gegen den Sittenverfall«, erzählte Masi mit undurchdringlichem Sphinxgesicht, während sie uns weiter den Hang hinabführte.

»Sie ist eine gute Erzählerin, der kleine Bastard«, flüsterte Avschi mir zu. Er hatte sie nicht einen Moment aus den Augen gelassen.

»Am Ende des Winters ist das ganze Feld voll blühender Anemonen und Alpenveilchen. Und wenn Mama es nicht sieht, befestige ich ein Seil am Eukalyptusbaum und hangele mich zum Strand hinunter.«

»Wehe, du tust so etwas«, sagte Rosina halb im Ernst, halb lachend und drohte ihr mit dem Zeigefinger. »Ich erzähl' es deinem Vater!«

»Und das ist das Schottische Krankenhaus. Es wurde am Ende des vorigen Jahrhunderts eröffnet. Die Juden bekamen nicht genügend Geld zusammen, um sich ein eigenes Krankenhaus zu bauen, deshalb kümmert sich das christliche Spital um alle Kranken. Sämtliche Kinder von Tiberias sind dort geboren – ich auch«, fügte Masi besonders vergnügt hinzu. »Doktor Torance, der erste Direktor, war ein *Wohltäter aus den Völkern der Welt.* Er sorgte dafür, daß es im Krankenhaus eine koschere Küche gab, und Doktor Lindsey, der jetzige Direktor, folgte seinem Beispiel. Trotzdem behaupten böse Zungen, die Leute vom Spital wollten *die Juden ihrem Schöpfer entfremden und sie ins Verderben stürzen, der Herr bewahre sie vor dem Unglück* – diesen Satz habe ich einmal in einem Buch gelesen. Sie haben auch einen botanischen Garten angelegt, aber ihn zu betreten ist verboten. Am Anfang war Abu Jussuf, der Gärtner, immer wütend auf mich, weil ich mich hineinschlich, um die schönen Blüten zu bewundern. Aber dann gewöhnte ich mir an, ihm zu sagen, wie wunderschön sein Garten ist, und nach einer Weile fing er an, mich heimlich einzulassen und mir alle Gewächse zu erklären ...«

»Die Kleine kennt den Namen jeder Blume in diesem Land«, sagte Rosina abermals mit einem ironischen Unterton, der aber ihren Stolz nicht verbarg.

»Hat noch jemand Fragen?« wollte Masi wissen, als sei sie Gruppenleiterin in einem Jugendlager.

Wie ein braver Schüler hob Avschi den Finger.

»Ja bitte?« fragte die Kleine und fing gegen ihren Willen zu lachen an.

»Was ist eine *printsche Pessa*?«

»Das spricht man zusammen, als ein Wort: *principessa* bedeutet Prinzessin auf italienisch. Ein Mönch aus dem Kloster stammt aus Italien.«

Das Ufer beim Schottischen Krankenhaus war sauber und gepflegt. Meine Begleiter stürmten sofort ins Wasser, nur ich blieb noch eine Weile bei den Picknickkörben, ehe ich mich mit zögerlichen Schritten in die Fluten traute. Nicht nur in meiner Kindheit, auch bei den wenigen Malen, die ich mit unserer Brigade am See Genezareth gewesen war, hatte ich mich immer wieder darüber gewundert, daß sein Ufer nicht aus Sand war. Und auch jetzt tastete ich mich unsicher über die glitschigen Steine, bis das Wasser mich zu tragen begann. Avschi, ein gebürtiger Haifaer, war ein exzellenter Krauler; im Militärinternat war Schwimmen eine der sportlichen Disziplinen gewesen. Auch Masi kraulte, als wäre sie in ihrem Element, und sie und Avschi schwammen immer weiter auf den See hinaus, bis sie sich kaum noch von der Stelle zu bewegen schienen und nur ihre Köpfe sich aus dem Wasser hoben. Unterdessen schwamm Rosina langsam neben mir her und schaute gelegentlich nach Masi und Avschi aus.

»Die Männer aus Javni'el«, sagte sie mitten aus ihren Gedanken heraus, hielt kurz inne und sah mich an, »die Männer aus

Javni'el holten sich unsere Mädchen. Abends kamen sie an den Strand, um ihnen schöne Augen zu machen. Manchmal schliefen sie hier und lauerten ihnen auf, wenn sie morgens zum See gingen, um mit Krügen Wasser zu schöpfen – damals gab es noch keine Leitungen. Sie versuchten sie zu verführen und versprachen ihnen das Blaue vom Himmel, Farmen und Ländereien. Vor dem Unabhängigkeitskrieg wollte mein Mann mit uns nach Javni'el ziehen – Sakki war ein Baby und Masi noch nicht geboren. Wir wollten Land kaufen, aber sie gaben uns keins. Sie zwangen uns, in einer Hütte aus Lehm und Stroh zu hausen wie die Araber, die bei ihnen schufteten. Wir wollten ein besseres Leben, deshalb sind wir nach Javni'el gegangen, aber die Leute dort behandelten uns wie Sklaven. Niemals werde ich meine Tochter einem Javni'eli überlassen ...« Ihr Blick verlor sich hinter mir in der Ferne.

»Da ist Abu Jussuf«, sagte sie plötzlich, wies mit dem Kopf in Richtung des Ufers und winkte jemandem. Ich folgte ihrem Blick und sah einen Araber von kräftigem Wuchs, der eine *Keffije* trug und ihren Gruß erwiderte, indem er mit den Fingerspitzen an seine Schläfe tippte. »Er geht zu Umm Nassr hinauf. Sie ist die einzige Araberin, die im Unabhängigkeitskrieg nicht aus unserem Viertel floh. Ihr Mann hatte sich mit ihrem einzigen Sohn abgesetzt. Sie behauptet, ihr wäre die Flucht nicht mehr gelungen, weil sie da oben festgesessen hätte, aber ich glaube, daß sie nicht fortgehen wollte. Sie hielt mit Zähnen und Klauen an ihrem Haus fest, und niemandem gelang es, sie dazu zu bewegen, ihrem Mann und ihrem Sohn zu folgen – die waren inzwischen in Damaskus, das wußte sie von Verwandten. Seit damals trauert sie um ihren Sohn und sagt zu mir: ›In eurem Herzen ist kein Mitleid. Mein Sohn und mein Mann sind dort drüben, und eure Militärverwaltung erlaubt ihre Rückkehr nicht. Am Ende wollen sie auch mich noch vertreiben.‹ Das sind ihre Worte.

Aber ich halte dagegen: ›Wolltet ihr uns nicht ins Meer werfen? Wer hat euch gesagt, daß ihr einen Krieg gegen uns anfangen sollt?‹«
»Und woher stammt Abu Jussuf?«
»Aus Nazareth. Er kam erst nach dem Krieg und wurde Hausmeister und Gärtner des Spitals. Eines Tages besuchte er Umm Nassr, und seither geht er jeden Tag zu ihr hinauf. Er baute das Grundstücksmäuerchen und den Ofen, den ihr gesehen habt – gleich werden wir ihr Fladenbrot essen –, er legte einen kleinen Garten für sie an und montierte Rolläden an ihre Fenster. Am späten Nachmittag schließen sie sich in ihrem Haus ein und bleiben die ganze Nacht drinnen. Am Anfang war mir das unangenehm: ihr Haus direkt neben meinem. Wir sind erst nach dem Krieg eingezogen, früher gehörten beide Häuser zum selben Grundstück. Aber dann dachte ich: Was geht das dich an? Sollen sie da drinnen glücklich werden … Masi mag Abu Jussuf. Sie sagt, er wäre nett und anständig. Aber ich sage: ›Den Arabern kann man nicht trauen.‹ Umm Nassr ist fast so etwas wie eine Freundin von mir, und deshalb weiß ich, daß sie die Juden haßt. So sind die Araber. Wenn du einmal etwas Falsches sagst, vergessen sie das vierzig Jahre lang nicht – bis sie sich dafür rächen. Die ganze Zeit über schüren sie den Haß und den Zorn in ihren Herzen. Verrate ihnen nie, was du über sie denkst. Sei immer freundlich zu ihnen, aber nie mehr als das – das rate ich auch Sakki immer.« Sie wies mit dem Kopf auf ihren Sohn, der ein Stück weit von uns entfernt aus dem Wasser ging. In der *machschake* in seiner Hand zappelten Fische. »Prima, die werden wir zum Abendbrot zubereiten«, meinte Rosina. »Aber jetzt wird erst mal zu Mittag gegessen. Kommt, ihr habt sicher großen Hunger.«
Rosina und Sakki breiteten auf der Uferböschung eine Decke aus, auf die sie ein grünes Tischtuch legten. Dann richteten sie *medschadara*, Salat, in Salz eingelegte Zitronenachtel,

schwarze Oliven und Frischkäse an; der Käse war noch immer ein wenig kühl. Die beiden Hungrigen draußen auf dem See schienen das Essen zu wittern; sie unterbrachen ihr Gespräch und kehrten, diesmal brustschwimmend, zum Ufer zurück. Wir schauten ihnen zu und ahnten noch nicht, welche Beziehung sich zwischen den beiden sechs Jahre später, nach dem Sechstagekrieg, entwickeln sollte. Dennoch unterzogen Rosinas Augen Avschi einer eingehenden Prüfung, während er dasaß, es sich mit tierischem Vergnügen schmecken ließ und dabei Masi zuschaute, wie sie den Reis mit einem Stück Fladenbrot aufnahm und konzentriert und mit herzhaftem Appetit aß. Aus irgendeinem Grund schien es mir, als seien die drei – die Mutter, die Tochter und Avschi – plötzlich auf geheime Weise miteinander verbunden, und in einem plötzlichen Anfall von Neid wünschte ich, ein Teil ihrer Gemeinschaft zu sein oder wenigstens von dem schönen jungen Mädchen gemocht zu werden. Doch wegen meiner Schüchternheit im Umgang mit Mädchen fiel mir kein einziger Satz ein, der sich zu sagen gelohnt hätte.
Gegen Abend gingen Avschi und Sakki zu Mary, während ich mit Rosina und ihrer Tochter daheim blieb. Vielleicht weil ich nun nicht mehr mit Avschis Ausstrahlung konkurrieren mußte, schien es mir zu gelingen, Masis Interesse und Sympathie zu wecken. In humorvollem Ton erzählte ich Episoden aus dem Leben in Jerusalem. Ich plauderte über meinen Lehrer Avnon und seinen Unterricht und beschrieb, wie ich einmal Avnons Frau, der schönen Michal, zufällig auf dem Markt begegnet war und wie ein Idiot vor ihr gestanden hatte.

Mitte Juni 1961, ungefähr einen Monat nach Sakkis Entlassung vom Grundwehrdienst, brachten wir unsere Uniformen auf Hochglanz, sammelten Geld für ein Geschenk und fuhren nach Tiberias zur Hochzeit von Sakki und Mary, deren Problem sich scheinbar von selbst gelöst hatte. Marys Eltern waren schon vor langer Zeit gestorben. Nach dem Tod der Mutter lebte sie bis zum Abitur zwei Jahre lang allein in der Wohnung, die ihre Eltern ihr hinterlassen hatten. Ihren Lebensunterhalt verdiente sie unter anderem mit Tippen, das sie zu diesem Zweck lernte. Rasch brachte sie es darin zur Meisterschaft, als sei sie für diese Tätigkeit geschaffen; sie wurde eine gefragte Bürokraft. Und einige Jahre darauf erwarb sie sich dann den Ruf einer Zauberin in Sachen Textverarbeitung und Seitenlayout; sie übernahm die Leitung eines großen Druckhauses. Doch obwohl sie bereits zwei Jahre auf eigenen Füßen gestanden hatte, erlebte Mary ein Gefühl von Freiheit und Selbständigkeit zum erstenmal in der Armee. Vielleicht war das auch der Grund, weshalb sie sich anfangs für mutig genug hielt, ein Kind allein aufzuziehen und das zu werden, was man Jahrzehnte später eine alleinerziehende Mutter nennen würde. Aus weiblicher Solidarität hatte ihre Vorgesetzte, Oberstleutnant Dina, ihr zwei Wochen Urlaub gewährt, damit sie eine Entscheidung in der Angelegenheit treffen konnte. »Versprich mir nur eins«, hatte sie zu ihr gesagt. »Wenn du dich entschließt zu heiraten, bleib noch zwei, drei Monate bei mir – solange man den Bauch nicht sieht. Du mußt mir unbedingt eine Büroleiterin heranziehen, die genauso gut ist wie du.« Feldwebel Mary hatte freudig zugestimmt, denn die Armee und die Unabhängigkeit, die diese ihr beschert hatte, gefielen ihr. Als sie jedoch länger über ihre Situation nachdachte, gelangte sie zu der Ansicht, daß, wenn sie keine Abtreibung vornehmen lassen wolle, eine Heirat mit Sakki das beste für sie war. Und als Sakki und Avschi sie an jenem Abend besuchten, hatte sie nur so getan, als bedürfe es noch ihrer sanften Überredung. Die Entscheidung war längst gefallen.

Entgegen Sakkis und Avschis Befürchtung war Rosina glücklich. »Mit einem Mädchen, das seinen Lebensunterhalt selbst verdient und gleichzeitig Abitur gemacht hat, wird es Sakki gutgehen. Ein so fleißiges Paar kann es im Leben weit bringen. Und ich werde mit vierundvierzig Jahren eine junge Großmutter abgeben!« sagte sie zu mir und Avschi und umarmte und küßte uns liebevoll. »Danke, daß ihr uns geholfen habt.« Als ich Rosina sagte, daß ich mit der Vermittlungsaktion nichts zu tun gehabt hätte, erinnerte sie mich daran, daß ich es war, der auf den Gedanken gekommen war, Avschi zu informieren. Damals beneidete ich Sakki darum, daß er mit seiner Mutter über alles so offen reden konnte. Später sollte sich herausstellen, daß Sakkis und Marys Ehe von allen, die ich je kannte, die stabilste war; sie waren ein Musterpaar, zumindest dem Augenschein nach – aber ich bin davon überzeugt, daß der Schein in ihrem Fall nicht trog. Während der Hochzeitsfeier forderte Avschi Rosina und Masi mehrmals zum Tanz auf. Masi war mit Itamar, ihrem Freund, erschienen, einem Jungen, der in die siebte Klasse ging. Erst jetzt lernte ich auch Avraham, Sakkis und Masis Vater, kennen und sah, daß Sakki ihm ein wenig ähnelte. Auf dem Fest trat Avraham bescheiden und zurückhaltend auf, als wollte er sagen: In solchen Dingen überlasse ich meiner Frau, der Generalin, das Feld. Während der Trauung nahm Oberstleutnant Dina, die in Uniform angereist war, den Platz an der Seite der elternlosen Braut ein.

Kapitel 5

Einige Tage nach Sakkis und Marys Hochzeit und mehrere Wochen bevor mein regulärer Militärdienst endete, ließ mich Major Modi Edelmann zu sich kommen. Erst nach unserer Unterredung begriff ich, daß er mich in sein Zimmer und nicht in sein Büro bestellt hatte, weil er dem Gespräch einen freundschaftlichen, informellen Charakter hatte geben wollen. Er sagte, da meine Entlassung bevorstünde, würde er mich zu einer Einheit nach Jerusalem versetzen, wo ich Arabisch unterrichten sollte. Mit Soldaten unserer Einheit wurde nach seinen Worten hin und wieder so verfahren, wenn die Suche nach einem Nachfolger im Interesse der konstanten Sollstärke nicht bis zum letzen Moment hinausgezögert werden konnte. Mittlerweile hätte sich das zu einer Art unverbindlicher Tradition entwickelt, auch wenn das ursprünglich nicht beabsichtigt gewesen sei: Soldaten, die den zermürbenden Dienst in einer Kampftruppe geleistet hätten, würde gewissermaßen ein Erholungsurlaub gegönnt, indem man ihnen für den Rest ihrer Armeezeit eine angenehmere Aufgabe übertrug. Ehe er jedoch endgültige Anweisungen erteilte, läge ihm daran, mich zu fragen, ob die Aussicht bestünde, daß ich ein weiteres Jahr oder wenigstens noch ein paar Monate zu dienen bereit war.

»Eigentlich wollte ich Avschi zu einem Kursus für Kompanieführer schicken«, sagte er, »aber aufgrund verschiedener längerfristiger Erwägungen und Konstellationen haben wir beschlossen, ihn zunächst Orientalistik studieren zu lassen.

Ich habe schon einen ausgezeichneten Nachfolger für ihn gefunden, Oberleutnant Doron Barqai, ein prächtiger Junge mit einer glänzenden Vita, wie man sagt. Aber es liegt in der Natur der Dinge, daß einem Blondschopf wie ihm, so nennt ihr das doch, der dazugehörige Schliff fehlt. Avschi hat das gewisse Etwas im Blut – sicher brauche ich dir das nicht zu erklären. Shaul, du bist ein hervorragender Feldwebel und hast das Zeug zum Offizier. Deshalb habe ich beschlossen, dich im nächsten Sommer während deines Reservedienstes zu einer verkürzten Offiziersausbildung anzumelden. Ich darf dir etwas verraten: Ich habe dafür gesorgt, daß alle, die unserer Truppe angehören, in ein und derselben Einheit Reservedienst leisten. Im Kriegsfall übernehme ich ihr Kommando. Mit deiner Erfahrung, Shaul, könntest du dem neuen Offizier in der Eingewöhnungsphase eine große Hilfe sein. Was sagst du dazu? Du mußt mir nicht gleich antworten, vielleicht brauchst du ein oder zwei Tage zum Nachdenken.«

Ganz offen gesagt schmeichelte mir das Angebot sehr. Hatte Avschi hier vielleicht seine Hände im Spiel? Aber mir war klar, daß ich das Angebot auf der Stelle ablehnen mußte. Leicht stammelnd, aber ausreichend deutlich erklärte ich, daß ich ebenfalls studieren und nicht noch ein Jahr versäumen wollte. Major Modi erhob sich, drückte mir die Hand und wünschte mir viel Erfolg.

Nun war ich also wieder in meiner Geburtsstadt Jerusalem, doch das Leben in der Schneller-Kaserne erschien mir trostlos; mich plagte Heimweh nach den Kameraden aus meiner alten Einheit. Das änderte sich erst, als mir wie ein Lichtblick Marcelle über den Weg lief. Sie war gebürtige Belgierin, Soldatin und für einen der Lehrgänge tätig, die in der Kaserne abgehalten wurden. Eines Tages landeten wir gemeinsam im Bett. Noch heute ertappe ich mich manchmal dabei, daß ich ihr nachtrauere. Daran schuld ist möglicherweise der

Umstand, daß unsere Beziehung ohne Komplikationen und Krisen endete. Außerdem war ich ihr wirklich dankbar, denn sie hat mich alles gelehrt, was ein Mann über die Frauen und die Freuden des Körpers wissen sollte. Als erstes besuchten wir stets ein Kino oder Café, und wenn wir von dort zurückkamen, vergnügten wir uns im Bett, bis der Morgen graute. Zu meinen Arabischstunden ging ich schläfrig und mit schweren Gliedern; allein die Lust am Unterrichten, die tief in meinem Innern verwurzelt war, hielt mich wach und trieb mich voran. Von Anfang an wußten wir, daß es für uns nur wenige gemeinsame Wochen geben würde: Marcelle stand ebenfalls kurz vor ihrer Entlassung und sollte anschließend nach Brüssel reisen, um im Kreise der Familie ihren israelischen Verlobten zu heiraten, der bei der Europäischen Wirtschaftsgemeinschaft arbeitete. Ich selbst wurde kurz vor ihrem Abschied in eine andere Armeebasis in der Küstenebene vesetzt, um theoretische Ausbildungseinheiten von je dreitägiger Dauer zu geben.
Als Marcelle von meiner bevorstehenden Versetzung erfuhr, ließ sie mich schwören, daß ich zum Funkraum meiner neuen Basis gehen und ihrer guten Freundin Chaja – Chaja Rosner – Grüße von ihr ausrichten würde. Sie hatten die Grundausbildung und weitere Abschnitte ihrer Militärlaufbahn gemeinsam durchlaufen. Und wie es in Büchern nie passiert, dafür aber im wirklichen Leben: Die erste Soldatin, der ich auf dem Weg zum Funkzentrum begegnete, war tatsächlich Marcelles Freundin. Ahnungslos fragte ich sie, ob sie ein Mädchen namens Chaja Rosner kenne, und sie rief: »Du mußt Shaul sein!«
Vor mir stand ein weiblicher Unteroffizier mit kerzengerader Körperhaltung, so als wollte sie größer erscheinen, als sie war. Sie wirkte wie ein kleines Mädchen, das sich als Soldatin verkleidet hatte. Ihre Uniform war zwar ordentlich und gebügelt, schien aber irgendwie zu groß für sie. Erst nach eini-

ger Zeit wurde mir klar, daß es sich um eine optische Täuschung handelte und daß die Uniform in Wirklichkeit ganz eng an ihrem aufrechten Körper und der vorragenden Brust anlag. Ihre dunklen, lachenden Augen bewegten sich blitzschnell, die Nase war leicht gebogen und ihre Haut weiß wie Milch. Ohne Unterlaß stellte sie Fragen über Marcelle, gab mir aber keine Gelegenheit zu antworten. »Sie ist ein tolles Mädchen, nicht wahr?« sagte sie, aber ich war nicht sicher, wieviel sie von mir und Marcelle wußte und ob ich zu erkennen geben durfte, wie toll genau auch ich Marcelle fand. Erst Monate nach unserem Kennenlernen verriet mir Chaja, daß sie schon aus Marcelles Erzählungen wußte, daß ich angeblich ein »Klassefick« war und daß Marcelle ihr empfohlen hatte, es auch einmal mit mir zu probieren.

»Komm, laß uns essen gehen«, sagte sie und führte mich, ohne meine Zustimmung abzuwarten, zur Kantine ihrer Abteilung. »Das geht schon in Ordnung, er gehört zu mir«, erklärte sie dem Aufseher, der mich mißtrauisch musterte. Wir setzten uns einander gegenüber an einen Tisch, und sie hielt ihre erstaunlichen Augen auf mich gerichtet, bis ich aus Verlegenheit dümmlich zu grinsen anfing. Um etwas zu sagen, fragte ich sie, wann sie aus der Armee entlassen werde.

»Werden – Marcelle und ich werden entlassen, fast am selben Tag.«

»Was hast du danach vor?«

»Ich will Chemie studieren.«

Der Tanz ihrer Pupillen schien sich nun in der Tiefe ihrer Augen abzuspielen. Blitzschnell wechselten Staunen und Skepsis, Zerstreutheit folgte auf Konzentration, Rastlosigkeit auf Augenblicke der Ruhe, ein Ausdruck des Wissens wechselte mit Unsicherheit, offene mit verschleierten Blicken. Aber vermutlich eile ich der Wirklichkeit voraus, und ich war in jenem Moment damals noch gar nicht fähig, die ganze Fülle der Ausdrucksmöglichkeiten ihrer Augen zu erfassen. Als ein Soldat zwei Tabletts mit dem Abendessen vor uns auf den Tisch stellte, war ihr Blick mit einemmal vollkommen konzentriert. Sie begann damit, das Gedeck neu zu arrangieren: Den Teebecher stellte sie rechts hin und die Brotscheiben links; sie drehte den Teller, bis der Salat unmittelbar vor ihr lag, schob die Oliven an den Rand, zog eine klare Linie zwischen dem Quark und dem Auberginenkaviar und breitete sich eine Serviette über die Knie. Danach bestrich sie das Brot mit Margarine, warf mir einen kurzen Blick zu und eröffnete, alle Regeln des Anstands beachtend, die Mahlzeit. Sie aß zwar langsam, aber mit einem kräftigen, beinahe gierigen Appetit, und man glaubte ihrem Mund anzusehen, daß er gar nicht anders konnte, als schön zu essen und mit geschlossenen Lippen zu kauen. Das Auberginenpüree war versalzen und der Salat nicht frisch. Ich mußte mich überwinden, wenigstens eine Scheibe Brot mit Quark hinunterzuwürgen, um nicht ungesellig zu erscheinen.

»Weshalb ißt du nicht?« fragte sie, auf meinen Teller schauend.

»Ich bin schon satt.«

»Man läßt kein Essen übrig«, entgegnete sie mit seltsamem Ernst und wirkte für einen Augenblick älter, als sie tatsächlich war – als käme Dora aus ihr zum Vorschein, unsere polnische Nachbarin, deren Tochter Aviva in meiner Kindheit meine Spielgefährtin gewesen war. Ständig hatte Dora meiner Mutter in den Ohren gelegen: »In Europa sterben die Kinder vor Hunger, aber Aviva will nicht essen.« Chaja hielt den Teebecher mit beiden Händen, als wolle sie sich an ihm wärmen. Dann nahm sie die Scheibe Brot, die ich übriggelassen hatte, zwinkerte mir verschmitzt zu und schnitt ein Stück davon ab, das sie sich in den Mund steckte und zusammen mit kleinen Schlückchen des Tees genoß. Am liebsten wäre ich sitzen geblieben und hätte ihr einfach nur zugesehen, aber ich wußte nicht, was ich sagen sollte. Ich kannte sie doch überhaupt nicht, und war sie von der Mahlzeit nicht so sehr in Anspruch genommen, daß sie sich nicht einmal aus Höflichkeit mit mir unterhielt? Ich erhob mich und setzte meine Mütze auf.

»Hast du es eilig? Gleich fährt ein Laster nach Jerusalem. Warte hier«, sagte sie, wischte sich den Mund ab und lief hinaus, um eine Mitfahrgelegenheit für mich zu organisieren. Während der Fahrt dachte ich eine Weile über sie nach, doch an den folgenden Tagen verblaßte ihr Bild in meiner Erinnerung, bis ich sie ganz vergessen hatte.

Kapitel 6

Tante Bukas war Mamas ältere Schwester. Sie hatte Mama nach dem Tod ihrer Eltern großgezogen. Eines Tages erzählte Tante Bukas mir, daß mein Vater als Neunzehnjähriger im Jahr 5694, also 1934 »nach *deren* Zeitrechnung«, wie Tante Bukas immer betonte, sein Bündel geschnürt, es an einem Wanderstock befestigt und sich zu Fuß von Jerusalem nach Amman aufgemacht hatte. Dort fand er Arbeit in einer Süßwarenfabrik und verdiente nebenher noch etwas Geld bei einem alten Beduinen, dem er die Gelenke und Wirbel einrenkte. Diese Kunstfertigkeit hatte er seinem Vater abgeschaut, als dieser die vielen Kranken behandelte, die vor seiner Haustür warteten. Als zwei Jahre vergangen waren, kehrte er mit seinen Ersparnissen heim, um eine Familie zu gründen. Kurze Zeit nach seiner Ankunft heiratete Tante Bukas, die mit ihren vierundzwanzig Jahren im jüdischen Viertel Altjerusalems fast schon als alte Jungfer galt. Bei ihrer Hochzeit gehörte Papa zu den Gästen des Bräutigams. Damals sah er Rebekka, die kleine Schwester der Braut, zum ersten Mal, und es traf ihn wie ein Blitz. Rebekka zählte kaum fünfzehn Jahre und hatte lange Zöpfe und ein weißes Gesicht mit rosigen Wangen; als »schön wie der Mond und rein wie die Sonne« beschrieb Tante Bukas sie. Mehrere Jahre machte Papa dem unschuldigen Mädchen den Hof, das nicht allein vor dem durchdringenden Blick seiner großen Augen, sondern vor seinem ganzen Benehmen zurückschrak. Vielleicht hielt sie ihn nur deshalb für penetrant und aufdringlich, weil sie ihn nicht zum Ehemann wollte. Bereits einen Tag nach Tante Bukas' Hochzeit erschien er zum ersten Mal mit einem Korb voll Fisch, Gemüse, Obst und Fladenbrot im Haus des frisch verheirateten Paares und hielt um Rebekkas Hand an. Er beabsichtigte, sich zunächst nur zu verloben und mit der Hochzeit zu warten, bis sie ein wenig älter wäre. Doch die Kleine, die nichts davon wissen wollte, nahm bei jedem seiner Besuche Reißaus und versteckte sich in einem Kleiderschrank. Sie liebte ihren Cousin Sasson, den Kantor der Synagoge, der ein gefühlvoller Sänger war. Wenn er bei Familienfesten mit seiner angenehmen, warmen Stimme ein Lied intonierte, flog ihm ihr Herz zu. Der Fremde hingegen war brutal in ihr Leben eingebrochen und versuchte mit einer furchterregenden Hartnäckigkeit, ihrer habhaft zu werden. *»Ja kappara«*, sagte Tante Bukas zu Papa, »laß sie in Frieden, sie ist noch ein Kind.« Er aber wollte nicht auf sie hören, und je öfter Rebekka ihm zu entfliehen versuchte, desto heftiger liebte er sie. Die Angelegenheit wurde zum Tagesgespräch im ganzen Viertel. Einmal flüchtete sich das Mädchen zu den Nachbarn, die ihr jedoch ins Gewissen redeten, er sei gesund und kräftig und sehe obendrein gut aus; auch genug Geld werde er nach Hause bringen, während sie selbst doch nur eine mittellose Waise sei, die immer in Not gelebt habe. Allmählich schloß sich der Kreis derer, die sich für ihn einsetzten, immer fester um sie, bis sie den Eindruck gewann, alle in ihrer Umgebung drängten sie, ihn zu erhören. Wie hätte sich ein junges Mädchen im jüdischen Viertel Altjerusalems damals verweigern können? Mit tränenerstickter Stimme willigte sie schließlich ein, allerdings unter der Bedingung, daß die Hochzeit erst stattfände, wenn sie achtzehn Jahre alt war. Insgeheim hoffte sie wohl, bis dahin werde etwas Unerwartetes geschehen und der Vollzug des bösen Urteils bliebe ihr erspart. Er aber war glücklich und umwarb sie auch weiterhin, indem er ihr unermüdlich

Geschenke brachte; außerdem unterstützte er ihre Familie, vor allem Tante Bukas, die inzwischen schwanger war. So vergingen die wenigen Jahre des Aufschubs, und kurz nach ihrem achtzehnten Geburtstag trat Rebekka mit verweinten Augen unter die *Chuppa*. Unter den Gästen befand sich auch ihr Cousin Sasson, der heimliche Geliebte ihres Herzens, der während der Zeremonie die religiösen Lieder vortrug. Die Menge antwortete ihm mit Inbrunst, und die Frauen stießen Jubelschreie und Träller aus.

Mein Vater brachte die junge Braut in die Nissim-Bachar-Straße im Nachla'ot-Viertel in ein neues Haus, das Raschid Abu Ali aus Jerusalemer Stein hatte bauen lassen. In nächster Nähe befanden sich der Machane-Jehuda-Markt und Chart at-Tanadsch, das Blechhüttenviertel, das so hieß, weil die Wände der ersten Häuser, die dort errichtet wurden, tatsächlich aus Blechplatten bestanden. Mein Vater zählte zu den ersten ladinosprachigen Sepharden, die in diese Gegend zogen, die bis dahin vor allem von Kurden und Urfalen bevölkert war. Er hatte eine Wohnung zu einem monatlichen Preis von zwei Palästinisch-Erezisraelischen Pfund gemietet – »Palästina-Erez Israel«, so hieß unser Land in allen offiziellen Papieren der britischen Mandatsperiode. Jedes Pfund war genau ein Pfund Sterling wert oder fünfzig amerikanische Dollar, und aufgrund seiner Kaufkraft konnte eine vierköpfige Familie, die, wie es damals üblich war, sparsam haushaltete, eine Woche überleben. Von seiner Arbeit in einer Süßwarenfabrik brachte mein Vater monatlich fünf Palästina-Pfund, wie man die Währung abgekürzt nannte, nach Hause, genug für seinen Unterhalt und den seiner Frau. Ein Zubrot verdiente er, indem er auch hier an zwei Abenden wöchentlich Wirbel und Gelenke einrenkte, doch gab es für diese Tätigkeit keine festen Tarife, und jeder Patient, dem die Behandlung Erleichterung verschaffte, hinterließ auf der Kommode einen Betrag, dessen Höhe sich einzig nach sei-

nem Verdienst und seiner Großzügigkeit richtete. Darüber hinaus verfügte mein Vater noch über den größten Teil seiner Ersparnisse aus der Zeit in Amman.
5698 ging zu Ende – »nach *deren* Zeitrechnung« schrieb man das Jahr 1938. Entgegen dem damaligen Brauch, wonach Mieter alle zwei Jahre im muslimischen Monat Muharram umziehen mußten, blieben meine Eltern ihr Leben lang in derselben Wohnung. Als nämlich in den ersten Tagen der Existenz des Staates Israel das Mieterschutzgesetz in Kraft trat, nahm mein Vater einen günstigen Bankkredit auf und kaufte den Erben seines Hauseigentümers die Wohnung ab. Für die Erben rechnete es sich, den Immobilienbesitz zu einem guten Preis zu veräußern, statt sich mit den bescheidenen Mietzahlungen zu begnügen. Als es mir Jahre später leicht möglich war, wollte ich meinen Eltern zu einer geräumigeren Wohnung verhelfen, aber sie weigerten sich fortzuziehen; ich konnte sie nur dazu überreden, mich ihnen die Nachbarwohnung hinzukaufen zu lassen, für deren Erwerb ich dem Eigentümer ein unwiderstehliches Angebot machte. Mit der auf diese Weise vergrößerten Wohnung, die ich auch renovieren und neu streichen ließ, waren meine Eltern offenbar zufrieden. Sie fühlten sich dort wohl, und mehr verlangten sie nicht, Hauptsache, sie waren zu Hause. Ich konnte sie nie dazu bewegen, mich für längere Zeit in meinem Haus in den Vereinigten Staaten zu besuchen; nicht einmal Mama, die Papa um einige Monate überlebte, folgte meiner Einladung. Nur eine Sache trübte das Glück meiner Eltern: der Umstand, daß ich weder verheiratet war noch Kinder hatte. Aber wieder greife ich den Dingen vor.
Gegenüber dem Gebäude, in dem sie wohnten, befand sich in den dreißiger Jahren ein Badehaus, das Jochannan Esra gebaut hatte. Mama liebte es hinüberzugehen, wenn sie freitags mittags die Vorbereitungen für den Sabbat weitgehend erledigt hatte oder wenn eine junge Braut zum Klang einer Ka-

pelle zum Bad geführt wurde und dort einen Imbiß spendierte: Brezeln, Blätterteigpasteten, Kuchen und Früchte. Am volkstümlichen Geschmack jener Zeit gemessen, war die Wohnung meiner Eltern schön eingerichtet. Papa hatte Hochzeitsbilder aufgehängt, vor allem Aufnahmen, die Mama im Brautkleid zeigten, und eine Fotografie von sich selbst aus den Jahren in Transjordanien; Mama hatte Hof und Balkon mit Töpfen und Kübeln voll gestellt und züchtete Blumen, Nanaminze, Zitronenmelisse und Basilienkraut, die sie hingebungsvoll hegte und pflegte. Nichtsdestotrotz schien Mama seit ihrer Verheiratung in einer stillen, zurückgehaltenen Trauer versunken. 5700, rund anderthalb Jahre nach ihrer Hochzeit und acht Monate nach Ausbruch des Zweiten Weltkriegs, wurde Schim'on und Rebekka Bar Adon ein Sohn geboren. Sie nannten ihn Shaul nach seinem Großvater mütterlicherseits, der von den Türken zur Zwangsarbeit abgeholt worden und nicht lebend zurückgekommen war. Dieser Sohn, also ich, sollte ihr einziges Kind bleiben.

In der Erinnerung an meine ersten Lebensjahre vermischen sich eigene Erlebnisse mit Erzählungen, die ich später hörte: von meiner Tante Bukas, von Stella und Rachelika, den beiden besten Freundinnen meiner Mutter, die sie noch von der Altstadt her kannte und die, nachdem sie selbst geheiratet hatten, ebenfalls in unser Viertel zogen, und vor allem von Dora, unserer polnischen Nachbarin, die meiner Mutter seit dem Unabhängigkeitskrieg im Jahr 5708 in einer beständigen Freundschaft verbunden war. Dora war die einzige Aschkenasin in der näheren Umgebung, und zu einer Zeit, in der das Wort Feminismus in unserem Viertel noch unbekannt war, wurde sie von allen nur die Geschiedene genannt. Sie lebte von ihrem Mann, einem Urfalen, getrennt; die Ehe mit ihm sei der »Fehler ihres Lebens« gewesen, behauptete sie immer.

Nachdem ich auf die Welt gekommen war, hatte Mama noch

drei Fehlgeburten. Ich war fünf Jahre alt, als sie eines Morgens nicht aus dem Bett aufstehen konnte. Sie fühlte sich sehr schlecht und sagte ächzend zu Papa, ihr schmerze der Kopf und ihr sei schwindelig vom Waschgeruch, der im ganzen Haus hänge. Mit geblähten Nasenflügeln schnüffelte Papa in der Wohnung umher und erwiderte naiv: »Hier riecht es nirgends nach Seife.« Mit einem Gesicht, als ob sie ohnmächtig würde, sah Mama ihn an und machte resigniert eine abweisende Handbewegung, mit der sie zu sagen schien, es bestehe keinerlei Aussicht, daß sie in diesem Haus je verstanden würde. Papa setzte seine Suche fort und fand die Ursache ihres Unwohlseins nicht. Dennoch entfernte er jegliche Seife aus dem Haus, nahm Eimer und Putzlappen, Besen und Bürste und fegte, wischte und schrubbte jeden Raum. Danach wusch er sich selbst und setzte sich an ihr Bett, doch sie klagte noch immer über den Wäschereigestank, über Übelkeit und Schwindelgefühl.

Das war die erste von Mamas depressiven Phasen. Nicht nur als kleiner Junge, auch als Jugendlicher und Erwachsener erlebte ich sie immer wieder in diesem beklagenswerten Zustand. Erst Jahre später war ich in der Lage, mit ihr so lange die besten Psychiater aufzusuchen, bis wir ein wirksames Mittel gefunden hatten, das sie fortan einnahm, sobald sich ein Anfall abzeichnete. Aber zunächst holte Papa, auf göttlichen Beistand hoffend, Wunderheiler, Rabbiner, Kabbalisten und alle möglichen anderen Scharlatane ins Haus, die Beschwörungen flüsterten, Amulette entwarfen und Mama Talismane umhängten, um danach ein Honorar einzustreichen und schnell zu verschwinden. Die Anfälle wiederholten sich alle vier bis sechs Monate, und jeder einzelne dauerte zwischen zwei und sechs Wochen. In der Rückschau scheint es mir manchmal, als hätten all die Jahre, die ich in der Nissim-Bachar-Straße lebte, im Zeichen dieser Trauer gestanden, dieser Atmosphäre der Wehmut, die durch Mamas Depressionen das Haus erfüllte. Die Einbildung vom Wäschereigeruch blieb ein Einzelfall, doch wenn der böse Geist begann, Mama zuzusetzen, saß sie tagelang schwermütig und mit stumpfem Blick da oder lag mit zur Wand gekehrtem Gesicht im Bett und vernachlässigte alle häuslichen und familiären Aufgaben. Waren die Anfangstage der depressiven Phase vorüber, wurde sie zunehmend nörgelig und streitsüchtig. Trotzdem wußten wir, daß nun der Erholungsprozeß einsetzte, und das Wissen, daß es mit ihr aufwärtsging, machte uns diese unangenehme Periode erträglicher, in der Mama hart und bitter war, jeden von uns ununterbrochen quälte und wegen jeglicher Kleinigkeit anschrie und in der sie jammervoll fragte, weshalb Gott sie derart strafe und sie mit Menschen umgebe, die sie nicht verstanden. Sie sei in einer Schlangengrube gefangen, klagte sie und verlangte zu erfahren, warum sie in eine solche Welt hineingeboren sei und ob es nicht besser wäre zu sterben, als so zu leben – »kein bißchen Freude, *Senjor del Mondo*, gibt es hier für mich.« In dieser Phase der Depression kam es zuweilen auch vor, daß sie zu schreien begann und alles, was sich in ihrer Reichweite befand, durch die Luft schleuderte; auf diese Weise zerschlug sie viele Tassen, Teller und Gläser, bis ihre Kraft anscheinend nachließ und sie wie ausgelaugt auf das Bett sank. Sogleich nahm Papa den Schrubber und einen Lappen – merkwürdig: jetzt, wo ich darüber nachdenke, scheint es mir, als hätte sie sich in Papas Beisein nie so gehenlassen –, er nahm also den Schrubber und einen Lappen und wischte gewissenhaft jeden Splitter auf, weil er fürchtete, wegen ihrer Krankheit könnte Mama unachtsam sein und sich die Füße aufschneiden. Um ihr keinen Anlaß für weitere Wutausbrüche zu geben, gingen wir nur noch auf Zehenspitzen und verständigten uns flüsternd. Mein Vater, dieser stolze Mann, dessen Zorn leicht entflammte und der die Menschen zum Frohsein nicht brauchte, erduldete das alles aus einer großen

Zuneigung heraus, und noch heute bin ich mir im unklaren darüber, ob er wirklich nicht sah oder nicht sehen wollte, daß er selbst vielleicht eine der wichtigsten Ursachen für ihre Trauer war. Er liebte sie von ganzem Herzen und schaute nie eine andere Frau an; wenn er mit seinen Bekannten sprach, nannte er sie »meine Königin« und war ihr gegenüber auch an normalen Tagen immer sanft und nachgiebig.

Eines Morgens erhob sie sich dann verschämt lächelnd und mit einem engelhaften Glänzen im Gesicht aus ihrem Bett und begab sich an ihr Tagewerk, als wäre nichts geschehen. Mit Hingabe kümmerte sie sich um den Haushalt und ging ihren Pflichten nach. Ihr Benehmen war liebenswürdig, und in ihrer Art zu reden kamen Freude und Wohlgefühl zum Ausdruck. Jedesmal hoffte ich insgeheim, daß es von nun an immer so bliebe. Aber der Zustand hielt nur wenige Tage an, und danach war sie wieder völlig sie selbst, das heißt die in sich gekehrte Frau, die meistens ernst dreinschaute, mit der zu plaudern jedoch angenehm war und die ihre Aufgaben und ihre Verantwortung mit Würde trug. Sie hörte gern Radio, insbesondere die Sendungen des Musikers Esra Aharon; am meisten aber liebte sie sephardische Romances in der Interpretation des Sängers Jitzchak Levi. Deshalb kaufte Papa ihr ein Grammophon und Schallplatten ihrer beiden Favoriten. Sie las auch gern Zeitung und ab und zu ein Buch. Ich erinnere mich noch, wie sie das Schicksal Mikas in »Er ging in den Feldern« von Mosche Schamir beweinte. »Sie hat den Auserwählten ihres Herzens bekommen – warum wird er ihr weggenommen und muß sterben?« klagte sie. »*Uai di mi, uai di musotros!* Herr im Himmel, ein so schöner Junge! *Ah, Dio santo, Senjor del Mondo!* Die Welt ist ungerecht!«

Sie freute sich, wenn Stella und Rachelika, ihre Freundinnen, zu uns kamen, und war guter Laune, wenn sie sich aufmachte, um sie zu besuchen. Daß sie sich von ihrem Anfall erholt hatte, wußte ich allerdings erst mit Gewißheit, wenn sie wieder daran dachte, mich wie üblich donnerstags abends mit Weißenbohneneintopf für den Sabbat zu der verwitweten Adela zu schicken. Dabei ermahnte sie mich, erst die Schüssel vor der Tür abzustellen, als nächstes anzuklopfen und dann sofort wegzulaufen und in einiger Entfernung zu warten, bis sie aus dem Haus trat und die Schüssel gewissermaßen unbemerkt entgegennahm, ohne sich dafür schämen zu müssen. Das ging dann einige Monate so, bis zum nächsten Anfall, mit dem die ganze Geschichte von vorn anfing. Nur ein einziges Mal erlebten wir, daß sie sofort wieder zu sich kam, ohne vorher all diese Phasen zu durchlaufen. Das war zu Beginn der Belagerung Jerusalems im Jahr 5708, als auf unser Viertel erste Geschosse aus den Kanonen der Jordanischen Legion niedergingen, die in Nabi Samuil nordwestlich der Stadt in Position gebracht worden waren. Papa war schon eingezogen, und Stella saß bei Mama und wartete, daß Rachelika oder Tante Bukas sie ablöste. Derweil spielte ich mit Doras Tochter Aviva, die in meinem Alter war. Als Mama von draußen die Detonationen und Schreie hörte, erwachte sie aus ihrer Erstarrung; ihr Blick schärfte sich, sie schaute Stella an, die im ersten Moment totenblaß vor Entsetzen war, und fragte: »Wo ist Shauliko?« Dann sprang sie auf, rannte in den Hof hinaus und schrie: »Shauliko! Shauliko!« Ihre Stimme rüttelte auch mich wach und befreite mich von der Furcht, die mich gefangenhielt, obwohl unsere Nachbarin, die geschiedene Dora, Aviva und mich gleich beim ersten Kanonendonner schützend in die Arme geschlossen hatte. »Er ist hier bei mir, Rebekka!« rief Dora, und zu mir sagte sie: »Lauf zur Mama, Shaul.« Ich lief die Treppe hinunter, vom oberen Stockwerk ins Erdgeschoß, und sah Mama draußen im Hof stehen. Hastig zog sie mich in die Wohnung und trat noch einmal hinaus, um zu rufen: »Dora, kommt zu uns, hier ist es sicherer!«

Von da an kamen Dora und Aviva jedesmal, wenn wir beschossen wurden, zu uns herunter, und in den Nächten schliefen sie mit uns gemeinsam auf dem Fußboden. Dazu gesellten sich noch zwei Frauen, deren Männer ebenfalls eingezogen worden waren, mit ihren drei Kindern; Mama hatte sie eingeladen, bei uns zu wohnen, bis der Sturm vorüber war. Es schien uns wie ein Wunder. Wohl aus einem Gefühl der Gefahr heraus und aus Sorge um mein Schicksal war Mama unruhig geworden und hatte mit einem Schlag die Depression abgeschüttelt – die Bärin raffte sich hoch, um ihr Junges zu schützen. Bis zum Ende der Belagerung übernahmen Mama und Dora die Führung unter den Bewohnerinnen der umliegenden Häuser. Noch heute höre ich unsere Nachbarinnen zu Mama sagen: »*Vesina Rebekka, cualo vas a gisar a manjana?* Nachbarin Rebekka, was sollen wir morgen kochen?« Die Frage, die in normalen Zeiten belanglos war, nahm in der Not eine besondere Bedeutung an, denn Lebensmittel waren knapp, und man mußte sich mit dem eintönigen Angebot begnügen, das den Geschäften aus den Notreserven zugeteilt wurde und vornehmlich Konserven und getrocknete Hülsenfrüchte umfaßte. Eine gehörige Portion Phantasie und Improvisationsgabe waren notwendig, um Abwechslung in den Speiseplan zu bringen. Zwar zeigte sich niemand besonders wählerisch – die Hauptsache war, daß es etwas zu essen gab –, aber die gemeinschaftliche Beschäftigung mit dem Thema brachte die Menschen einander näher und minderte ein wenig die Spannung und die Angst vor dem Beschuß. Zu jener Zeit festigte sich auch die Freundschaft zwischen Dora und Mama. Dora, die bei Tippat Chalav – einer Organisation, die junge Mütter und Säuglinge betreut – und in diversen Schulen als Krankenschwester arbeitete, zeichnete sich durch überlegtes Handeln und Einfallsreichtum aus. Mama und sie besprachen sich oft unter vier Augen, und mein Gefühl sagte mir, daß Mama ihr Dinge erzählte, die selbst Stella und Rachelika nie erfuhren. Dora nannte Mama nicht Rebekka, sondern hebräisch Rivka oder Rivkale. Was mich betraf, so mochte ich Dora sehr; ich fühlte mich zu ihr hingezogen, als fände ich bei ihr etwas, das mir zu Hause versagt blieb. Außerdem war ich ihr dankbar für den positiven Einfluß, den sie auf Mama ausübte. Zwei Jahre lang erlitt Mama keinen Anfall mehr. Es ist möglich, daß die intimen Gespräche mit Dora wie eine Therapie wirkten. Wir hofften bereits, daß Mama wieder völlig gesund war. Aber zu unserem großen Kummer bekam sie eines Tages einen neuen Anfall; allerdings waren die Krisen von nun an nie wieder so schwer wie früher.

Kapitel 7

»Du hast mich vergessen, gib's zu!« sagte das Mädchen, das über den Vorplatz des Wise-Auditoriums auf mich zugekommen war und mir herausfordernd lächelnd mit dem Finger drohte. Es dauerte einen Augenblick, bis ich mich entsann, um wen es sich handelte. Sie trug einen engen schwarzen Rock, der die runden, kräftigen Knie betonte, und eine ärmellose schwarze Bluse; ihr Haar wurde von einem Band zusammengehalten. »Chaja Rosner!« rief ich, ohne die seltsame Freude zu begreifen, die mich befiel. »Marcelles Freundin! Entschuldige, aber seitdem ist eine Menge Zeit vergangen – wieviel Monate ist das jetzt her? Außerdem hast du damals Uniform getragen.«

»Und wie gefalle ich dir besser?« fragte sie und fuhr fort, ohne meine Antwort abzuwarten: »Übrigens alle Achtung, daß du dich ohne weiteres an meinen Namen erinnerst!« Ihre Begleiterin drängte sie, sich zu beeilen. »Das ist Shaul – das ist Ruthi«, stellte sie uns einander vor. Ungeduldig nickte die Rothaarige mir zu, und Chaja notierte eine Adresse auf einem Zettel, den sie mir in die Hand drückte. »Telefon habe ich noch nicht. Jetzt muß ich aber schleunigst ins chemische Labor. Wenn du Montag vormittag Zeit hast, könnten wir zusammen zum Eichmann-Prozeß gehen. Gib mir Bescheid. Auf Wiedersehen.«

Ausgerechnet zum Eichmann-Prozeß! Das Verfahren lief bereits seit mehreren Monaten auf Hochtouren, und man hätte glauben können, daß sich die Medien in Israel und auf der ganzen Welt mit nichts anderem mehr beschäftigten. Trotzdem spürte ich, das muß ich heute zu meiner Schande gestehen, daß mein Interesse an der Gerichtsverhandlung sich in Grenzen hielt. Erst nach einiger Zeit begriff ich, daß ich das Thema mied, weil es mir unbequem war. Bis zum Eichmann-Prozeß war mir das große Schlachten in Europa als etwas eher Abstraktes erschienen, und ich empfand Widerwillen gegen die Auseinandersetzung mit dem Holocaust, obwohl mein Vater, der im Zweiten Weltkrieg Mitglied des *Etzel* gewesen war, oft vom Verlust ganzer Zweige seiner Familie erzählte, die mit der Judenheit Salonikis ausgelöscht worden waren. Leichenblaß wurde er, sobald von der Vernichtung der Juden an all ihren Wohnorten in Europa die Rede war, und unter dem Einfluß Menachem Begins, den er verehrte und der bei seinen Auftritten mit ehrfürchtigem Schauder über den Genozid sprach, steigerte sich Papas Interesse noch. Als ich ungefähr zwölf Jahre alt war, nahm er mich einmal zu einer wütenden Protestdemonstration mit, die sich gegen die Wiedergutmachungszahlungen richtete und von Begin geleitet wurde. Ich war zwar ebenfalls ein begeisterter Anhänger Begins, aber ich hörte ihm nicht gern zu, wenn er von der »Verbrennung unseres Volkes in den Krematorien« redete oder davon, wie »sie sich gegen uns erhoben, um uns zu verderben, und der Heilige, gepriesen sei er, uns aus ihrer Hand rettete«. Seine Worte verrieten, daß er *einer von dort* war, und auch sein Schwur, wir würden so etwas Ungeheuerliches nie wieder zulassen, änderte nichts daran. Ich war Jerusalemer, und meine Familie lebte seit sieben Generationen in diesem Land, ich hatte in einer Eliteeinheit gedient und kannte das militärische Potential unseres Staates. Ohne die Ehre des Heiligen, gepriesen sei er, mindern zu wollen, war ich überzeugt, daß es ratsam war, ihm in solchen Angelegenheiten unter die Arme zu greifen, denn offenbar kam er damit allein nicht mehr zurecht – das hatte unser Volk ja erlebt. Obwohl auch mir von Kindesbeinen an beigebracht worden war, daß die *Gojim* immer auch potentielle Antisemiten waren, weigerte ich mich, die Ängste *derer von dort* auf mich zu laden und immer den *Goj*, der mich töten könnte, vor mir zu sehen. Für mich und viele meiner Freunde im Gymnasium, vor allem aber in der Armee, war der Holocaust ein unrühmliches Kapitel, und es galt, die Ohnmacht und den Geist des Exils, der darin zum Ausdruck kam, zu bekämpfen – die Identität eines Volkes und sein Anspruch, an diesem Land festzuhalten, durften nicht auf dem Glauben, man sei das ewige Opfer, begründet werden. Und dann begann der Eichmann-Prozeß und brachte unsere Überzeugung ins Wanken: Plötzlich wurde klar, daß es unmöglich war, den Schrecken mit Hilfe eines harten, aber vereinfachenden Urteilspruchs abzuschütteln, der nicht wirklich erklärte, wieso man »wie das Vieh zur Schlachtbank« gegangen war. Tag für Tag wurden die persönlichen Erfahrungen von Überlebenden der Öffentlichkeit zugänglich gemacht, und allen wurde die menschliche Seite der Dinge, die furchtbare Hilflosigkeit angesichts der grausamen Mordmaschinerie, vor Augen geführt. Selbst Eichmanns Erscheinung bewies, daß das Gespenst, der Teufel in Person, derjenige, der die Macht zur Zerstörung besessen hatte, nur ein grauer, erbärmlicher Mensch war, der wie wir aus Fleisch und Blut bestand. Es klingt paradox, doch durch ihn ließ sich leichter erfassen, weshalb es so schwer gewesen war, den Schlächtern aufrecht entgegenzutreten. Es blieb mir also nichts anderes übrig, als aufzuhören, den Holocaust zu verdrängen, und meine Sichtweise zu korrigieren. Vor diesem Hintergrund verwundert es nicht, daß mir der Prozeß lästig war. Heute, mehr als dreißig Jahre danach, weiß ich, was meine damalige Beklommenheit verursachte, die ich mit einer nationalen Paranoia zu begründen suchte: Noch immer gibt es Völker, die uns vernichten würden, wenn sie nur könnten. Aber dieses

Wenn-sie-nur-Könnten macht den großen Unterschied. Damals hatten sie es gekonnt.
Auf jeden Fall war ich nicht sicher, ob ich mit Chaja am Montag zum Prozeß gehen sollte. Freie Vormittage hatte ich bei der Arbeit, die ich vor einigen Monaten im Archiv des *Jischuw* im Regierungsviertel angenommen hatte, eigentlich nicht. Ich war schon froh, daß sie mir für die Unterrichtsstunden an der Universität freigaben. Montag mußte ich außerdem die zweite Rate meiner Studiengebühren einzahlen, die ich selbst von meinem Arbeitslohn finanzierte – unter keinen Umständen wollte ich das Geld vom bescheidenen Lohn meines Vaters nehmen, auch wenn er mir seine Hilfe angeboten hatte. Es reichte schon, daß ich gezwungen gewesen war, drei Wochen lang bei uns zu Hause zu wohnen; ich hatte das Gefühl, ich ersticke dort, und wäre am liebsten geflüchtet. Zwar hatte ich damals keine Freundin, aber welcher Student fragt sich nicht, wohin er mit seinem Mädchen ginge, wenn er eins hätte? Da selbst das Lernen mir im Haus meiner Eltern keinen Spaß machte, saß ich oft in der Bibliothek. Schließlich mieteten Avschi und ich gemeinsam eine Wohnung in Qirjat Mosche, nicht weit von Giv'at Ram, dem damaligen Campus. Außerdem, was sollte das überhaupt heißen: »Gib mir Bescheid«? Wann und wie sollte ich ihr denn Bescheid sagen? Heute war Donnerstag, und sie sagte, sie habe kein Telefon. Das heißt, ich hätte extra zu ihr hingehen müssen, nur um ihr mitzuteilen, daß ich sie am Montag nicht begleiten würde. Das war absurd, sie würde es von selbst begreifen, wenn sie sah, daß ich nicht kam. Ich beschloß, die Sache auf sich beruhen zu lassen.
Aber am Abend ertappte ich mich, wie ich den Zettel hervorkramte, den Chaja mir in die Hand gedrückt hatte. Henrietta-Szold-Straße las ich – das ist die Straße, die später in Narkisstraße umbenannt wurde und auf der Grenze zum Nachla'ot-Viertel lag, also nicht weit entfernt von meinem

Elternhaus. Den ganzen Tag über, in Vorlesungen und bei der Arbeit, hatte ich immer wieder die vollen, festen Schenkel und diese Brust vor mir gesehen, vor allem aber ihr Gesicht, an dessen Züge ich mich seltsamerweise nicht genau erinnern konnte. So stieg ich zur dritten Etage des Hauses in der Henrietta-Szold-Straße hinauf und klingelte. Sie öffnete selbst die Tür. Wegen des Größenunterschieds zwischen uns konnte ich von oben in ihre Bluse schauen und den Spalt zwischen ihren Brüsten erkennen. »Schön, daß du kommst«, sagte sie und führte mich ins Wohnzimmer, besann sich jedoch sofort eines Besseren: »Komm lieber mit in die Küche, ich koche dir einen Kaffee.«

In der Küche wies sie auf den vollen Spülstein und sagte: »Setz dich erst mal hin. Bis das Kaffeewasser kocht, wasche ich Teller und Tassen ab.« Sie drehte den Wasserhahn weit auf, so daß ein kräftiger Strahl herausschoß. Am liebsten wäre ich aufgesprungen, hätte den Hahn zugedreht und ihr erklärt, daß jeder Tropfen kostbar war. Alle Jerusalemer waren mit der Notwendigkeit des Wassersparens aufgewachsen, und deswegen konnte ich Chajas Tun nicht ungerührt zuschauen. Schließlich hatte ich die Blockade der Stadt im Unabhängigkeitskrieg erlebt. Damals war ich acht Jahre alt gewesen, und einmal, als der Six-Pounder-Beschuß, der, von Nabi Samuil kommend, auf Scheich Badr und das Nachla'ot-Viertel regnete, nachgelassen hatte und ich gemeinsam mit meiner Mutter unsere Wasserration vom Tankfahrzeug holen ging, das vor dem Haus auf der Straße hielt – mein Vater war damals eingezogen –, blieb ich mit dem Fuß am Bordstein hängen, stolperte und vergoß fast ein Fünftel der uns zubemessenen Menge auf das Pflaster; und weil das restliche Wasser in unserem Kanister nun hin und her schwappte und Gefahr bestand, daß noch mehr verschüttet würde, wollte ich das Blechgefäß abstellen, bis sein Inhalt zur Ruhe gekommen war. Aber aus Furcht vor den Kanonen trieb Mama mich zur Eile an, und als sie am Kanister zog, ging noch mehr Wasser verloren. Ich begann zu heulen, und Mama schrie mich ungeduldig an, es sei ja nichts passiert; eigentlich war auch nur wenig Wasser verlorengegangen, aber für mich war das eine unverzeihliche Sünde, so sehr hatte man mir eingetrichtert, damit sparsam umzugehen, ganz besonders in Notsituationen wie dieser. Aus demselben Grund wurde ich ärgerlich, als ich zusah, wie Chaja den Hahn bis zum Anschlag aufdrehte, das Wasser laufen ließ und in aller Ruhe das Geschirr einseifte und abspülte – typisch Tel Aviv. Da ich aber nicht unhöflich scheinen wollte, traute ich mich nicht, sie zu ermahnen. Unterdessen fragte sie mich, wo ich wohnte, und ich erzählte ihr, wie schwer es war, einen Platz im Studentenheim zu ergattern und daß ich mit einem Freund eine Wohnung in Qirjat Mosche hatte mieten müssen. Plötzlich bemerkte ich, daß ich anfing, mich zu beklagen, und daß sich wohl schon seit längerem Groll in mir angestaut hatte, der jetzt aus mir herausbrach.

»Wäre ich ein Einwanderer«, sagte ich, »stünden mir Fonds und Stipendien offen, und ich könnte nahezu kostenlos studieren. Die Einwanderer bekommen alles geschenkt und beschweren sich noch über Rassismus und Diskriminierung. In Amerika«, hörte ich mich Dinge wiederholen, die ich kurz zuvor in einem Zeitungsartikel gelesen hatte, »in Amerika wissen die Immigranten ihre neue Heimat zu schätzen und sind dankbar, daß ihnen Zuflucht gewährt wurde. So schnell wie möglich lernen sie die Sprache und einen Beruf und zeigen, daß sie ihr neues Land lieben. Stolz schwenken sie das Sternenbanner, und mit Leidenschaft singen sie die Nationalhymne. Jahrelang strengen sie sich an, um die Staatsbürgerschaft verliehen zu bekommen und sich ihrer würdig zu erweisen ...«, Chaja stutzte kurz und schaute mich mit einer Mischung aus Neugierde und Amüsement an, aber den Wasserhahn schloß sie auch jetzt nicht. Meine Stimme wurde lauter, als versuche sie das Rauschen des Wassers zu übertönen: »Unsere Immigranten sind anspruchsvoll, sie wollen so schnell wie möglich auf der obersten Sprosse der Leiter stehen. Und beschweren sich ununterbrochen, sie würden ausgegrenzt! Sie sind nie zufrieden mit dem, was wir ihnen geben. Jeden Tag erlebe ich die jungen Einwanderer aus den arabischen Ländern im Institut für Orientalistik. Sie führen sich auf, als müßten wir uns dafür entschuldigen, daß wir vor ihnen hier waren, daß wir einen Staat für sie aufgebaut und sie gerettet haben und daß das Blut unserer Eltern für sie vergossen wurde. Vor lauter Ehrgeizlingen aus Ägypten, Syrien und dem Irak, die eh Arabisch als Muttersprache sprechen, ist in den Seminaren für Einheimische kaum noch Platz. Ihnen hat man keine Schwierigkeiten bei der Zulassung gemacht, mir dagegen erhebliche: Ich bin Sepharde, und mein Arabisch ist gar nicht so schlecht. Seit sieben Generationen lebt die Familie meines Vaters in Palästina und die meiner Mutter seit fünf Generationen. Trotzdem mußte ich zum Fachleiter, Professor Richter, zu einem Einstufungstest – als ob die Tatsache, daß ich den orientalistischen Zweig eines Gymnasiums einen Steinwurf von der Uni entfernt durchlaufen und in der Armee im Nachrichtenkorps gedient habe, nicht Qualifikation genug wäre, um in der Hochschule meiner Heimatstadt angenommen zu werden. Auch wenn es um ein Zimmer im Wohnheim geht, werden sie bevorzugt. Mir wurde gesagt, ich sei aus Jerusalem und hätte eine Arbeit, deshalb bestünde kein Anspruch auf Unterbringung. Aber auch unter ihnen gibt es welche, die arbeiten und trotzdem ein Zimmer bekommen. Was kann ich dafür, daß ich hier geboren und nicht eingewandert bin und in keinem Übergangslager gewohnt habe? Bin ich etwa schuld, daß wir in der siebten Generation in Palästina leben? Und ... Was ist los? ...«

Mitten im Satz hörte ich zu sprechen auf. Ich sah, daß Chaja lachte. In meiner kleinlichen Empörung war ich so sehr mit mir selbst beschäftigt gewesen, daß ich es nicht sofort bemerkt hatte. Die Hände auf die Marmorplatte neben dem Spülstein gestützt, stand sie da und bog sich vor Lachen. Schließlich faßte sie sich ein wenig, richtete sich auf und trat auf mich zu, um mir über die Wange zu streicheln. »Armer Junge, du bist nicht schuld, daß du nicht im Durchgangslager gelebt hast«, sagte sie, dann ließ sie schnell meine Wange los und fing wieder an zu lachen.

»Amüsier dich nur, aber ich finde wirklich, daß ich diese Zurücksetzung nicht verdient habe. Es stimmt, wahrscheinlich war das Leben im Lager beschwerlich – ja und? Trotzdem war es kein Weltuntergang ... Warum stellst du nicht endlich das Wasser ab? Schade um jeden Liter!« Wie eine Schelte entluden sich die Worte aus meinem Mund.

Ihr Gesichtsausdruck wandelte sich. Sie drehte den Wasserhahn zu, schaute mich sehr ernst an und fragte:

»Das ärgert dich also?«

Ich spürte, wie angesichts ihres prompten Einlenkens Scham in mir aufstieg. »Entschuldige«, sagte ich, »aber als Jerusalemer kann ich einfach nicht zusehen, wenn Wasser vergeudet wird.«

»Ich verstehe solche Obsessionen«, entgegnete sie grüblerisch. »Ich habe auch eine Menge davon ...«

Auf dem Gaskocher brodelte das Wasser, und ich dachte automatisch, daß da unnötig Gas brannte. Als könne sie Gedanken lesen, löschte sie die Flamme, goß den Kaffee in große Tassen und stellte Frumin-Kekse dazu. Dann setzte sie sich mir gegenüber an den Küchentisch und sagte: »Du meinst, das Lagerleben sei schwer gewesen? Du hast ja keine Ahnung, wie himmlisch es mir vorkam ...«

»Du? Warst du ...«, stotterte ich.

»Eines Nachts brach in Zemmach im Übergangslager ein Gewitter aus. Es regnete in Strömen, es stürmte und wurde für diese Gegend außergewöhnlich kalt. Die Pflöcke der Zelte lockerten sich, und die Zeltplanen flogen hoch. Wir wurden bis auf die Knochen naß, und die wenigen Sachen, die wir besaßen, trieften vor Wasser. Papa nahm eine der flatternden Zeltwände und hielt sie über mich, um mich zu schützen. Aber ich sagte zu ihm: ›Ich habe keine Angst, Papi, das ist doch nur Regen. Hier sind keine Deutschen, nur Juden. Wenn es wieder trocken ist, wischen wir den Schmutz vom Brot ab und können es wieder essen ...‹«

Gerührt und beschämt zugleich stammelte ich:

»Entschuldige, ich wußte nicht ...«

»Ach, Blödsinn«, sagte sie mit einer abwehrenden Handbewegung. »Ich verspreche dir: Du wirst mich nie wieder Wasser verschwenden sehen. Wer könnte solche Zwänge und Selbstzensur besser verstehen als ich? Bei allem, was wir in Europa durchgemacht haben, hatten wir eigentlich immer genug zu trinken. Deshalb war Wasser nicht kostbar, sondern wie die Luft eine Selbstverständlichkeit. Anders als Eßbares, von dem es im Lager viel zuwenig gab ...«

Chaja trank einen Schluck Kaffee und knabberte gedankenversunken an einem Keks. Vatergefühle erwachten in mir: Am liebsten hätte ich ihren Lockenkopf in die Hände genommen und an mich gedrückt. Ihr Schweigen erinnerte mich an den Augenblick der Stille in der Funkerkantine. Es schien wieder, als empfinde sie nicht den Druck, Momente wie diesen mit höflichem Geplauder zu füllen. Ich hingegen suchte krampfhaft nach einem Gesprächsthema.

»Wohnst du hier allein?«

»Nein, mit Ruth, einer Freundin – der Rothaarigen, mit der ich heute morgen zusammen war. Wir haben drei Zimmer, meins, ihrs und das Wohnzimmer. Ausgerechnet unser Chemielehrer im Gymnasium bleute uns ein, daß es korrekt Wohnzimmer heißt und nicht Salon, wie meine Eltern immer sagten. Seither hüte ich mich, das Wort Salon in den

Mund zu nehmen – das ist noch so eine Obsession von mir.« Wieder lachte sie herzlich. »Es ist ein bißchen teuer, hier zu wohnen. Eigentlich hätte ich Anspruch aufs Studentenwohnheim – ich bin aus Tel Aviv, Überlebende des Holocaust und im Übergangslager großgeworden«, zählte sie auf, und der Schalk blitzte in ihren Augen. »Aber ich bin Einzelkind und der einzige Daseinszweck meiner Eltern. Nur für mich existieren und arbeiten sie. Seit es ihnen gelungen ist, mich zu retten, bin ich der Sauerstoff, der sie am Leben hält, der Holzscheit, der dem Feuer entkam, wie man so sagt. Sie meinen, ich hätte ein Anrecht auf das Beste, das sie mir bieten können. Und wehe mir, ich weigere mich, ihre Unterstützung anzunehmen. ›Chaja-Gittl, willst du uns auf unsere alten Tage soviel Kummer bereiten?‹ fragt mein Vater mich dann auf hebräisch inmitten einer Flut von polnischen und jiddischen Vorwürfen und Ermahnungen. Er ist Musiklehrer wie meine Mutter. Ich sage mir immer: Mit dem Chemiestudium kann ich einen Beruf erlernen, der mich voranbringt und mir eine gesicherte Existenz garantiert. So kann ich später meine Eltern für alles, was sie in mich investiert haben, entschädigen. Sie sollen ihren Lebensabend in Würde verbringen. Als ich vor zwei Monaten hier einzog, war es auch wegen der Nähe zum Volkshaus – nur ein Katzensprung, und ich bin beim Eichmann-Prozeß. Ich verbringe jede freie Minute dort in dem Raum mit dem Monitor. Du mußt nicht mitkommen, wenn es dir unangenehm ist ...«

»Ich muß arbeiten«, sagte ich. Gegen meinen Willen nahm meine Erklärung einen entschuldigenden Unterton an.

»In Ordnung, ich verstehe. Fühl dich zu nichts verpflichtet. Vielleicht sehen wir uns in der Mensa – ißt du da manchmal? Komm, begleite mich zum Bus, ich fahre übers Wochenende nach Hause. Nur ein paar Minuten noch – ich muß erst einen Koffer packen. Meine Mutter dreht mir den Hals um, wenn ich nicht meine Wäsche mitbringe.«

»Keine Mädchen und auch sonst keine Ausschweifungen«, lautete die Bedingung, die der Mann mit der schwarzen *Kippa* uns stellte, als er uns die Zweizimmerwohnung im Jerusalemer Stadtteil Qirjat Mosche vermietete. Trotz der Abzeichen und des roten Baretts, die Avschi trug, schaute er ihn die ganze Zeit mißtrauisch an, als habe er einen Araber vor sich. Dabei war ich, der brave Einheimische, derjenige, der sich auf der Stelle umdrehen und gehen wollte, denn wie konnte man sich verpflichten, nie ein Mädchen in die Wohnung mitzunehmen? Ohne mit der Wimper zu zucken, sagte Avschi zu dem Vermieter: »Sehen wir etwa so aus?« und trat vor, um den Vertrag zu unterschreiben. Zwei Stunden später zogen wir ein: Avschi wählte für sich das geräumigere Zimmer. Mit großem Elan putzten wir die Fußböden und Fenster und wienerten alles, als erwarteten wir die Inspektion eines Vorgesetzten. Danach fuhr Avschi mich in dem Armeejeep, der ihm für Erledigungen zur Verfügung stand, zu mir nach Hause in die Nissim-Bachar-Straße, um meine Sachen zu holen, Bettzeug, Bücher, ein paar Dinge für den Haushalt und persönliche Gegenstände, und natürlich forderte meine Mutter mich auf, auch etwas zu essen einzupacken. Vater half zähneknirschend, den Wagen zu beladen. Eigentlich mußte er wissen, daß dies der Lauf der Welt war: Ein Mann verläßt seinen Vater und seine Mutter. Hatte er, als er in meinem Alter war, nicht bereits für sich selbst gesorgt und war für zwei Jahre nach Amman gegangen, um etwas Geld anzusparen? Dennoch war das Gefühl der Kränkung, das ihn erfüllte, in der Luft spürbar. Derweil stand Mama mit traurigem Gesicht im Eingang des Hauses. Nichtsdestotrotz war mein Vater hoch erfreut, Avschi die Hand schütteln zu dürfen, der ihm mit seinem kräftigen Wuchs, seinen orientalischen Zügen und seinem roten Barett ganz den würdigen Nachkommen der *Makkabäer* zu verkörpern schien. In dieser Nacht lag ich auf meiner Liege in der neuen Wohnung und blickte lange in die Dunkelheit. Ich wußte, daß ich in das Haus meiner Eltern nie zurückkehren würde, und obwohl ich in der Armee bereits mehrere Jahre ohne meine Familie gelebt hatte, war ich ein wenig traurig. Im Zimmer auf der anderen Seite des Flurs vögelte Avschi inzwischen Hermona, das hochgewachsene Mädchen, mit dem er am Morgen in Professor Richters Vorlesung aufgetaucht war. Sie eröffnete die Parade derer, die von nun an in sein Bett drängen sollten, um so das dem Vermieter gegebene Versprechen zu erfüllen: »Keine Mädchen und auch sonst keine Ausschweifungen.«

Kapitel 8

Am Montag, zwei Tage nach meinem Besuch bei Chaja, beschloß ich, nicht in der Kantine des Jischuw-Archivs, sondern in der Mensa zu Mittag zu essen. Ich war schon einige Male dort gewesen und mochte den Lärm und das Gefühl dazuzugehören. In dieser körperlich-konkreten Atmosphäre drückte sich für mich die ganze akademische Märchenwelt aus: Die Speisen und der jugendliche Heißhunger, die Studenten aller Fächer und die vielen Mädchen aus den verschiedensten Bevölkerungsgruppen – all das an diesem Ort versammelt und nur aus einem Grund, nämlich um der Lehre willen und der Aneignung von Weisheit. Mir war klar, daß ich dort vielleicht Chaja sehen würde, aber erst als ich sie tatsächlich erblickte, wurde mir bewußt, daß ich nur ihretwegen dorthin gegangen war. Sie stand mit dem Rücken zu mir und trug ein weißes enganliegendes Kleid, unter dessen Stoff sich die Konturen ihres Schlüpfers abzeichneten und ein wunderbarer Körper sichtbar wurde. Ich bekam Lust, mich einfach an sie zu drücken, doch als ich neben ihr stand, rief ich nur: »Chaja!« Meine Unbeholfenheit im Umgang mit Frauen gebot mir, einen überraschten Ausdruck anzunehmen, und ich fragte scheinheilig: »Was tust du hier?«

Einen Moment betrachtete sie mich mit Augen, die alles durchschauten, und ich lief rot an.

»Bist du meinetwegen hier?«

»Ja«, sagte ich. Ich hatte verstanden, daß es keinen anderen

Ausweg gab als den der absoluten Offenheit. Jetzt war mir leichter zumute.

»Schade. Ich bin mit dem Essen schon fertig und habe es eilig, gleich beginnt mein Unterricht. Ich war den ganzen Morgen beim Eichmann-Prozeß und muß einiges nacharbeiten, um die Lücke zu schließen. Hol mich doch heute abend ab, auf dem Campus tritt eine Studentenband aus New Orleans auf. Und iß vorher nichts, Abendbrot gibt es bei mir«, sagte sie und hielt einen Augenblick meine Hand. »Sei um sechs Uhr bei mir. Auf Wiedersehen.«

Vor Freude benommen, gelang es mir nicht einmal, »auf Wiedersehen« zu stammeln. Am Eingang angelangt, drehte sie sich noch mal um und winkte mir zu.

Abends in ihrer Wohnung brieten wir Rührei und stellten Sardinen, Käse und Rosenblättermarmelade auf den Tisch – die Marmelade habe ihre Mutter gekocht, sagte Chaja. Sie schnitt Dreiecke aus Graubrotscheiben und arrangierte sie hübsch auf einem Teller. Der süßliche, aromatische Brotaufstrich schmeckte wunderbar, nie wieder habe ich so gute Marmelade gekostet. »Ich kenne das Rezept auswendig«, sagte Chaja. »Meine Mutter erklärt mir alles, aber sie läßt mich nichts selbst machen.«

»Wozu erklärt sie es dir dann?«

»Weil man für jedes Problem eine Lösung bereithalten muß, denn so kann es gar nicht erst auftauchen – behaupten jedenfalls meine Eltern. Wir waren auf einem illegalen Einwandererschiff auf dem Weg nach Palästina, aber die Briten zwangen uns zur Umkehr und steckten uns in ein Lager auf Zypern. Dort brachte Papa mir das Lautespielen bei – ich habe dir doch erzählt, daß meine Eltern Musiklehrer sind? Warum er das tat? Weil in Europa Juden, die ein Instrument beherrschten, dem Tod entrannen. Darum ist es ratsam, gleich mehrere Instrumente spielen zu können ...«

»Was für eine verrückte Geschichte!«

»Sie brachten mir auch bei, aus grobem Stoff Hemden zu nähen. Ich bin Expertin auf diesem Gebiet.«
»Unglaublich.«
»Papa meldete sich freiwillig zum Dienst in den Kloaken, damit er mir zeigen konnte, wie man richtig saubermacht. Das könne einem helfen zu überleben, sagte er …«
»Du machst dich doch nicht über mich lustig?«
»Nein, ich meine es völlig ernst«, sagte sie und lachte. Dabei hielt sie einen Augenblick die Hände vor ihr Gesicht, so als weine sie, aber ich war nicht sicher, ob in ihren Augen tatsächlich Tränen standen. »Hast du etwas, das geflickt werden muß? Ich kann auch prima Löcher stopfen. Und du kannst mir Unterhosen zum Waschen geben oder jedes andere Kleidungsstück …«
»Chaja!«
»Keine Sorge, ich bin nicht hysterisch. Es gibt einfach Dinge, die du nicht verstehst, weil du hier geboren wurdest. Was ist schon dabei? Lachen ist gesund! Möchtest du Kaffee oder Tee?«
Zum Campus von Giv'at Ram machten wir uns zu Fuß auf. Die ganze Strecke gingen wir untergehakt, in einer Vertrautheit, die den Anschein erweckte, als wären wir ein junges Liebespaar auf dem Weg zum Konzert. Als wir von der Henrietta-Szold-Straße zum Nachla'ot-Viertel hinabgingen und an der Nissim-Bachar-Straße vorüberkamen, fürchtete ich einen Moment lang, mein Vater könnte mich so sehen. Was würde er über Chaja denken?
»Du sagtest, daß du arbeitest?«
»Ja, schon seit einigen Monaten, im Jischuw-Archiv. Ich hatte anfangs befürchtet, die Stelle nicht zu bekommen. Ich dachte, diese *Mapainiks* würden Nachforschungen anstellen und herausfinden, daß mein Vater beim *Etzel* war und heute Mitglied der Cherut-Partei ist …«
»Wirklich?« fiel Chaja mir ins Wort und sah mich neugierig an. »Du auch?«

»Ich auch. Das heißt, ich bin nicht Parteimitglied, aber ich habe *Cherut* gewählt...«

Chaja lachte, doch ich verstand nicht, worüber.

»Es ist nichts«, beruhigte sie mich. »Einen Moment fragte ich mich, was meine Eltern sagen würden, wenn sie mich Arm in Arm mit einem *Cherutnik* spazierengehen sähen. Früher, im Ausland, waren sie Anhänger des *Schomer ha-Za'ir.* In Israel wurden sie dann *Mapainiks.* Für Menschen, die soviel Energie an den Gedanken verwandt haben, sich in Sicherheit zu bringen, um zu überleben, scheint es sinnvoll und ratsam, *Mapai* zu unterstützen. Komm mal her, ich will etwas ausprobieren«, sagte sie, zog mit ihrer freien Hand meinen Kopf in Richtung ihrer Lippen und küßte mich auf die Stirn. Danach brach sie erneut in ein übermütiges Lachen aus. »Wie würde meine Mutter, die Spitzenköchin, wohl reagieren, wenn ich ihr erzählte, daß ein sephardischer *Cherutnik*, in der siebten Generation im Land ansässig, gar nicht so übel schmeckt. Bestimmt würde sie eine Grimasse schneiden und antworten, daß ich davon nicht genug verstehe...«

Ihre gute Laune war ansteckend. Wir standen auf dem Weg, der hinter dem Kreuzkloster ansteigt, und krümmten uns derartig vor Lachen, daß wir uns beinahe auf den Boden gesetzt hätten. Es erinnerte mich an die Lachanfälle, die Sakki immer unter uns ausgelöst hatte. Und verwundert dachte ich: Da stehe ich nun – ich, der ich in dieser Hinsicht immer so vorsichtig bin und rede, ohne zu zögern und völlig offen über meine politischen Bindungen. Ich wollte sie in meine Arme nehmen und auf die Lippen küssen, aber sie hakte sich wieder bei mir ein, und der schüchterne Jerusalemer Junge ließ sich brav zum Campus führen. Währenddessen erzählte er von seiner Arbeit, als habe ihm jemand die Zunge gelockert.

»Du wirst nicht glauben, was dann passiert ist. Ich trete in Genosse Josef Bursteins Zimmer – aus dem ›Genosse‹ kannst du schon entnehmen, daß er nicht gerade den Allgemeinen

Zionisten angehört –, ich trete also ein und erkläre ihm, daß ich Shaul Bar Adon heiße und mich die Arbeitsvermittlung des Studentenausschusses geschickt hat. Und jetzt rate, was er als erstes sagte.«

Chaja blieb stehen, schaute mir direkt ins Gesicht und entgegnete: »Er erkundigte sich, ob du der Sohn des Mannes gleichen Namens bist, den er kennt ...«

»Du bist umwerfend!«

»Aber das liegt auf der Hand – worauf sonst hätte ich aus den wenigen Anhaltspunkten schließen können? Hießest du Cohen, hätte er sicher anders reagiert. Bar Adon ist ein ziemlich seltener Name.«

»Trotzdem bist du umwerfend! Fast wörtlich sagte er: ›Bist du nicht der Sohn von Schim'on Bar Adon aus der Nissim-Bachar-Straße?‹ Ich nicke und denke: Die Stelle kannst du abschreiben. Mal sehen, welche Ausrede er erfindet, um dich nicht einzustellen. Da sagt er zu mir: ›Ich freue mich, dich kennenzulernen, dein Vater und ich sind gute Freunde. Er war einer meiner Soldaten während der Blockade von 1948, nachdem die Etzel-Einheiten in die Armee eingegliedert waren. Auch zu meiner Kompanie stieß damals eine Gruppe von Etzel-Kämpfern, sie stand unter seinem Befehl. Ich war Kommandant im Abschnitt Lifta, im nordöstlichen Sektor von Jerusalem, und er war ein hervorragender Soldat, engagiert und aufopfernd, zu jedem Einsatz bereit. Ich mochte ihn sehr. Wir waren viele Männer und diskutierten ständig über Politik. Dein Vater und ich, wir hatten beide im Untergrund gekämpft, ich bei der *Hagana* und er beim *Etzel* – wußtest du schon, daß er zum Etzel gehörte?‹ Verstehst du? Dem Genossen Burstein war nicht nur entfallen, daß er selbst es mir eben erst erzählt hatte, sondern auch, mit wem er sprach. Wie aus Gewohnheit fragte er mich, ob ich es wisse! Und was sagt er danach zu mir? ›Mir ist bekannt, daß du in einer Elitetruppe gedient hast – ich begegne deinem

Vater manchmal auf der Straße, und er hat mir mit großem Stolz davon berichtet. Kein Wunder, sicher bereitet ein solcher Sohn einem Patrioten wie ihm viel Freude. Ich erinnere mich, wie er mir einmal mit einer gewissen Besorgnis erzählte, er habe seine schriftliche Einwilligung gegeben, damit du in einer Kampfeinheit dienen kannst, obwohl du Einzelkind bist ... Hör zu‹, sagt er dann plötzlich zu mir, ›mein Sohn Jig'al wird Ende des Jahres eingezogen, und er will in deiner Einheit dienen.‹ Ich antworte ihm: ›Herzlich willkommen! Nur erwartet ihn kein einfaches Leben bei uns.‹ Und Genosse Burstein nickt und meint: ›Ja, gewiß ist es nicht leicht ... Auch für die Eltern ist es nicht leicht ... Selbst hinzugehen, das war einfacher – aber jetzt die eigenen Kinder zu schicken ...? Trotzdem muß jemand die Aufgabe übernehmen.‹ Ich entgegne ihm: ›Soweit es in meiner Macht steht, würde ich mich freuen, Ihnen zu helfen.‹ Kurzum – ich bekam die Stelle. Und er sagte noch zu mir: ›Wenn wir, du und ich, feststellen, daß dir die Arbeit gefällt, wird es eine Ehre für uns sein, einen jungen Mann deines Schlages in unserer Mitte zu wissen.‹ Das hat Genosse Burstein gesagt!«
»Und gefällt dir die Arbeit?« stellte Chaja treffsicher die Frage der Fragen. Wir hatten fast das Tor des Campus erreicht und tauchten in die Menge der Studenten ein, die die Ruppinstraße entlang zum Konzert strömten.
»Um die Wahrheit zu sagen: Die Arbeit selbst langweilt mich. Ich erledige sie korrekt, schließlich bin ich ein verantwortungsbewußter Mensch, der jede Aufgabe, die man ihm stellt, gewissenhaft ausführt. Aber hast du schon einmal so ein Archiv von innen gesehen? Stell dir einen riesigen Saal vor, der voller Eisenregale steht. Es sieht aus wie in einem Kaufhaus, allerdings sind die Regale enger gestellt, und statt Waren liegen Zehntausende Aktenordner voller Dokumente und unzählige Papiere darin. Und auf dem Fußboden stehen Kartons, die ebenfalls mit Aktenordnern gefüllt und aus al-

len möglichen Dienststellen dorthin geschafft worden sind. Meine Arbeit besteht darin, Karton für Karton aufzulösen, den Inhalt nach einem Oberthema und mehreren Unterthemen zu klassifizieren, zu katalogisieren, entsprechende Karteikarten anzulegen und den richtigen Platz in den Regalen zu finden. Das Ganze ist ein ziemlich öder Vorgang. Hin und wieder fällt dir zwar spannendes Material in die Hände. Dafür darfst du dich aber nicht allzusehr interessieren, denn sonst schmökerst du den ganzen Tag, statt deine Arbeit zu tun. Aber momentan zerbreche ich mir den Kopf über eine Frage, die mich wirklich fasziniert. Die Antwort zu finden stellt eine echte Herausforderung für mich dar …«

Von neuem blieb Chaja stehen und betrachtete mich.

»Erzähl mir mehr darüber.«

»Angenommen, daß plötzlich hundert Aktenordner zu einem einzigen Thema eintreffen. Nicht daß das vorkommt, aber was mich interessiert, ist der hypothetische Fall. In kleinerem Umfang geschieht das ja wirklich. Jetzt stell dir vor: Du ordnest alle Akten nach Themengebieten in die Regale ein. Gehen wir mal davon aus, daß hundert Akten zwei Meter beanspruchen und …«

»… die Hälfte des archivierten Materials um zwei Meter nach links verrückt werden muß«, sagte Chaja. »Das alte Problem aller Archivare und Bibliothekare! Wenn man dem Nutzer – wie in unserem Fachbereich – eine nach Themen geordnete Bibliothek zugänglich macht, dann kommt eine Sisyphusarbeit auf den Bibliothekar zu. Läßt man den Nutzer statt dessen nur im Katalog suchen und ist die Bibliothek wie ein Zentralarchiv aufgebaut, dann werden weitere Bücher einfach rechts hinter die letzte Neuerwerbung plaziert. Es entsteht also keine inhaltliche, sondern eine chronologische Ordnung, und wenn eines Tages im Archivgebäude kein Platz mehr ist, braucht man nur einen Anbau zu errichten und macht wie gehabt weiter …«

»Gut! Genau darauf wollte ich hinaus! Es macht Spaß, sich mit dir zu unterhalten. Das Problem, über das ich seit einiger Zeit oft nachdenke, besteht nicht nur darin, wie man katalogisiert, sondern auch darin, ob es eines Tages möglich sein wird, den Bestand von jedem beliebigen Punkt aus ohne Komplikationen zu erweitern und nicht nur vom Endpunkt der Sammlung aus.«

Zu jenem Zeitpunkt waren mir noch nicht die Begriffe geläufig, anhand derer ich hätte wissen und beschreiben können, daß ich über die theoretische Möglichkeit dessen nachdachte, das Jahrzehnte später jedem Kind als Datenbank im PC vertraut wurde. Zudem hatte ich keine Ahnung, ob irgendwo auf der Welt jemand darüber forschte; ich wußte fast nichts über den Entwicklungsstand der Datenverarbeitung und Computertechnik.

»Interessant«, sagte Chaja. »Vielleicht beschäftigt sich im Ausland jemand damit. Du solltest versuchen, es herauszufinden.«

»Daran denke ich manchmal wirklich. Durch meine Arbeit bin ich neugierig geworden, wie man Informationen am sinnvollsten speichert.«

»Hast du schon mal mit Burstein über die Effizienz der Arbeitsabläufe gesprochen?«

»Du weißt nicht, wie kompliziert es ist, die Gewohnheiten von Leuten zu ändern, die mit ihrem Job alt werden. Wenn man Jahrzehnte im selben Beruf tätig war, fällt es einem schwer, neue Ideen anzunehmen. Aber zu Bursteins Gunsten muß ich hinzufügen, daß er mir trotzdem angeboten hat, auf Kosten des Archivs an einem Lehrgang teilzunehmen, damit ich mir Spezialkenntnisse aneignen und später Verbesserungsmaßnahmen vorschlagen kann.«

»Darüber reden wir später weiter«, sagte Chaja, und das Versprechen, das ich aus diesem Satz heraushörte, ließ mich in meinem Innern jubeln.

Der Veranstaltungssaal des Sprinzak-Clubs war bereits voller

Menschen. Das Konzert der Gruppe aus New Orleans wurde von einer attraktiven schwarzen Sängerin eröffnet, die mit einem wunderbaren vollen Timbre in der Stimme afroamerikanische Lieder vortrug. Dann stimmte die schwarze Studentenband in den Gesang ein. Zum Aufwärmen spielten sie Jazz- und Bluesstücke. Dann gingen sie langsam zu schnelleren Rhythmen über, bis die Tanzfläche tobte. Ab und zu besänftigten sie den Sturm mit einem Walzer, Tango oder Foxtrott. Das Licht im Saal war gedämpft und die Luft wegen des Zigarettenrauchs stickig. Einer der Studenten war ein ausgezeichneter Tänzer. Obwohl klein und untersetzt, schwebte er förmlich über die Tanzfläche, und alle anderen machten ihm Platz, während er sich leichtfüßig und elegant im Walzertakt drehte; seine Partnerin, die größer als er war, führte er, als sei sie ein Teil von ihm. Ich nahm Chajas Hand:

»Laß uns tanzen.«

»Ich habe keine Lust.«

»Komm doch.«

»Momentan steht mir der Sinn nicht danach ...«

Dennoch zog ich sie an der Hand auf die Tanzfläche. Sofort stellten sich ihre Bewegungen auf meine ein, und ihr Körper war ganz Anpassung, Rhythmus und Sportlichkeit, aber er schien irgendwie eigenständig zu handeln, in antrainierten Bewegungsabläufen, von ihren Gedanken abgelöst. Ihre Augen wirkten nach innen gekehrt und reagierten auf keinen Blick und kein Lächeln, die doch das wichtigste beim Paartanz sind. Während sie sich drehte, flog der Charlestonrock hoch, den sie der damaligen Mode entsprechend trug, und entblößte nicht nur ihre runden Knie, sondern auch einen Teil ihrer Oberschenkel. Am liebsten wäre ich vor ihr niedergesunken und hätte meinen Kopf dazwischen geschoben. Jetzt spielte die Band wieder ein schnelles Stück, zu dem man, was in jenen Tagen noch recht ungewöhnlich war, ohne Partnerkontakt tanzte. Chaja befreite sich aus meiner Umarmung und hörte zu tanzen auf. Von irgendwoher erschien Avschi mit Hermona, seiner hochgewachsenen Freundin. Sofort stand er im Mittelpunkt des Geschehens. Seine Bewegungen hatten die Geschmeidigkeit einer Katze, und er legte eine Mischung aus jemenitischem, chassidischem und afrikanischem Tanz aufs Parkett, woraus im Handumdrehen ein eigener Stil wurde, der die Aufmerksamkeit aller anderen Tänzer auf sich zog. Manchmal schien es, als führe Avschi einen Dialog mit der Band. Eben noch hatten sich die Musiker, die hervorragend zu improvisieren verstanden, Avschis Capricen angepaßt, da verfielen sie, sich verschwörerisch zuzwinkernd, in ein überraschendes Stakkato, um zu testen, wie Avschi reagieren und sich einfinden würde. Schließlich blieb er schweißbedeckt mit dem Gesicht zur Band stehen, die ihrerseits kurz in ihrem Spiel innehielt, und verbeugte sich vor den Musikern. Als sie ihm zunickten, kamen in ihren schwarzen Gesichtern perlweiße Zähne zum Vorschein. Dann nahm Avschi Hermonas Hand, winkte mir zum Gruß und ging hinaus. Ich erinnerte mich, daß ich ihm bei Sakkis Hochzeit gesagt hatte, wie schön er mit Masi getanzt habe. Bei dieser Gelegenheit hatte er mir erzählt, daß er der Tanzgruppe des Militärinternats angehört und mit seinen Kameraden und den Mädchen aus dem Tanzkurs eines benachbarten Gymnasiums alle zwei Wochen geübt habe. Ich wandte mich Chaja zu und sagte:

»Er tanzt wirklich gut.«

Plötzlich bemerkte ich, daß ich ins Leere sprach. Sie war nicht mehr da. Ich wartete eine Weile, doch als sie nicht zurückkam, verließ ich den Saal. Ich lief durch das Gebäude hinaus auf den Vorplatz, wo ich sie auf dem Rasen jenseits des Platzes entdeckte. Dort saß sie mit um die Knie geschlungenen Armen.

»Chaja, was ist passiert?«

»Hast du etwas dagegen, wenn wir sofort mit dem Autobus zu mir fahren?«

Kapitel 9

Ich hatte nicht das geringste dagegen, zu ihr zu fahren. Der Autobus der Linie fünf startete beinahe leer. Fast niemand sonst verließ den Campus, vielmehr strömten weiterhin Studenten zum Konzert. Wir saßen Oberschenkel an Oberschenkel. Sie lehnte sich an mich, und ich legte meinen rechten Arm um ihre Schultern und zog sie ein wenig fester zu mir heran. Wieder schwieg sie, ohne die Stille als Last zu empfinden und sie mit einem seichten Gespräch überdecken zu müssen. Ihr Duft berauschte mich. Mein Körper fing Feuer.

»Ich habe einen Freund«, sagte sie. »Im Sommer heiraten wir. Wir gelten als verlobt.«

Verständlicherweise zuckte ich zusammen, aber sie sagte rasch zu mir:

»Hör nicht auf, laß deinen Arm um mich.«

»Ist er in Jerusalem?« fragte der wohlerzogene Junge in mir voller Schrecken.

»Er wohnt und arbeitet in Tel Aviv.«

Ich wußte nicht, was ich sagen sollte. Für Sekunden hatte ich das Gefühl, dasselbe schon einmal erlebt zu haben. Ich dachte an Marcelle und ihren Verlobten in Belgien. Damals hatte mich das Wissen, daß sie bald heiraten würde, ungerührt gelassen, ja, vielleicht war ich sogar erleichtert gewesen. Weshalb war ich diesmal schockiert? Als ich ihr einige Minuten später mechanisch die Treppe hinauf folgte, war mein Kopf wie vernebelt. Sie schloß die Tür auf und führte mich in die Wohnung. Mit einer ruckartigen Bewegung der Füße befreite sie sich von ihren Schuhen und ging mir voran in ihr Zimmer. Noch ehe ich mich umschauen konnte, war sie aufs Bett gestiegen und streckte die Arme nach mir aus. Beinahe flüsternd sagte sie:

»Liebe mich.«

Sie schaute mich unverwandt an, und wie hypnotisiert ging ich auf das Bett zu und schlang meine Arme um ihre Hüften. Immer noch hielt mich ihr Blick fest. Dann senkte ich meine Arme, so daß sie ihr Gesäß umschlossen und barg mein Gesicht an ihrem Bauch. Mit den Händen preßte sie meinen Kopf so fest an sich, daß mir fast der Atem verging. Ich legte sie auf das Bett, bestürmte ihre Lippen und küßte sie mit heißer Glut. »Einen Moment«, flüsterte sie und schob mich sanft zur Seite, richtete sich auf und zog Bluse und Rock aus; der Anblick ihrer runden, kräftigen Knie machte mich rasend. Ungeduldig begann sie, die Knöpfe meines Hemdes und meiner Hose zu öffnen, und riß sie dabei fast ab. Ich senkte mein Gesicht auf ihre Brust, saugte an den Brustwarzen und erkundete ihre Brüste mit meinen Lippen und meiner Zunge; dann drehte ich sie um und küßte und leckte entlang ihrer Wirbelsäule, ihren Hals, die Rückseite ihrer Ohren und ihre Achselhöhlen. Als sie sich mir wieder zuwandte, umarmte ich sie mit unbändiger Lust, und sie antwortete mit der gleichen Leidenschaft. Mir schien nun, daß die Flamme, die wir entfacht hatten, nicht mehr auszulöschen war; sie verbrannte uns und trieb uns dazu zu verschmelzen. Schon wollte ich in sie eindringen, da wich sie zurück, rollte sich zusammen, schloß ihre Beine und wollte nicht zulassen, daß ich ihr den Schlüpfer auszog. Ich legte sie von neuem auf den Bauch, preßte mich an ihr Gesäß und küßte und leckte ihren Nacken und die Rückseite ihrer Ohren, bis sie laut aufstöhnte, sich abermals umdrehte und ihre Beine um mich schlang. Sie rieb sich an meinem kleinen Vogel, der nach Erleichterung schrie, biß mich in die Schulter, saugte an meinem Hals wie ein Vampir, zerkratzte meinen Rücken, wand sich mit gequältem Gesicht hin und her und keuchte dabei beschwörend:

»Liebe mich, liebe mich.«

»Komm! Komm!«

Doch von einem Augenblick zum anderen war ihre ganze Lust erloschen. Chaja hielt meine Hand fest und hinderte mich, nun meinerseits die Unterhose auszuziehen.

»Nein, bitte nicht, ich kann nicht . . ., ich kann nicht . . . Sei mir nicht böse . . .«

Mit einem leichten Stoß ihrer Hand bedeutete sie mir, von ihr herunterzurutschen, dann wandte sie mir den Rücken zu und lag mit dem Gesicht zur Wand. Von irgendwoher kamen mir Worte in den Sinn, die ich bei Josef, meinem Friseur, in einer dieser Frauenzeitschriften gelesen hatte: In Fällen wie diesem solle man verständnisvoll und geduldig sein. Geduld konnte ich aufbringen, Verständnis jedoch nicht. Ich lag neben ihr auf der Seite, stützte meinen Kopf auf meine Hand und betrachtete sie. Für einen Moment ging mir der Gedanke durch den Kopf: Habe ich das nötig? Ich liege hier mit einer völlig Verrückten, die demnächst heiraten wird? Was will sie überhaupt von mir? Mir war, als ob ich eine Art Beben in ihren Schultern spürte, und als ich mich vorbeugte, sah ich, daß ihre Wangen feucht waren. Sie weinte! Es drängte mich, sie zu trösten, wie man ein kleines Mädchen tröstet, ohne seinen Kummer zu kennen, und ich küßte sie und wischte die Tränen mit meinen Lippen und meiner Zunge ab. Da sagte sie: »Lieg einfach still bei mir, und halt mich in den Armen.« Ich zog die Decke über uns, die wir vorhin hastig auf den Boden am Fußende des Bettes geworfen hatten, schmiegte mich an sie und legte meine Hand auf ihre Hüfte, so daß wir wie zwei Teelöffel reglos ineinander lagen. Mein kleiner Vogel hatte sich beruhigt und war in seinen Käfig zurückgekehrt. Ich fühlte, wie eine große Gelassenheit über mich kam, in der ich Ruhe fand. Kurz darauf schlief ich ein. Im Laufe der Nacht stellte ich fest, daß ich mich auf die andere Seite gedreht hatte und jetzt ihre Hand meine Hüfte hielt, als hätten die Teelöffel die Richtung geändert. Ihr Atem sandte mir wohlige Schauder über den Rücken, bis ich wieder in Schlaf fiel, nun wieder erfaßt von großer Wollust.

Als ich von lautem Vogelzwitschern abermals wach wurde, bemerkte ich, daß Chaja zitterte und schweißbedeckt war; sie machte im Schlaf Geräusche, die wie erstickte Aufschreie klangen. Sofort umarmte und schüttelte ich sie, um sie aus dem Alptraum zu holen. Sie wachte in Panik auf und schrie: »Die Pferde zertreten mich!« Ich beruhigte sie und sagte ihr, daß es nur ein Traum gewesen sei. Einen Moment schaute sie mich verständnislos an, dann lächelte sie müde und sagte: »Gut, daß du hier bist.« In meine Arme gebettet, schlief sie rasch wieder ein, auf der Seite liegend und in sich gerollt wie ein Embryo.

Als ich am Morgen die Augen öffnete, war sie nicht mehr da. Ich stand auf und zog schnell meine Hose an, denn mein kleiner Vogel hatte sich eigenmächtig ein letztes Mal in dieser Nacht geregt und ein kleines Zelt wachsen lassen. Aus Gründen des guten Geschmacks wollte ich mich Chaja so nicht zeigen – ich hatte nicht das Gefühl, daß wir dieses Stadium der Intimität erreicht hatten. Ich fand sie in der Küche beschäftigt, im Morgenrock, das Haar feucht; offensichtlich hatte sie geduscht.

»Geh dich waschen, und komm danach frühstücken«, sagte sie unbefangen, als stünden wir schon seit Monaten jeden Morgen gemeinsam auf.

Die warme Dusche, der mit lauter guten Dingen gedeckte Tisch und der betörende Duft ausgezeichneten Kaffees vermittelten mir ein Gefühl des Zuhauseseins. Ich glaubte, bis ans Ende meiner Tage an diesem Ort verweilen zu wollen.

Erst als ich mir viele Jahre später der Tatsache bewußt wurde, daß sich dieses Gefühl bei meinen Abenteuern mit Frauen später nie mehr hatte einstellen wollen, begriff ich, daß man dergleichen nur spürt, wenn man die Liebe seines Lebens gefunden hat – selbst wenn man davon noch nichts ahnt.
Sie schenkte mir aus der Kaffeekanne ein und ließ aus einer Pfanne zwei Spiegeleier auf meinen Teller gleiten. Dabei beugte sie sich über mich und küßte mich auf den Kopf. Ich legte meine Arme um ihre Hüften, aber sie entwand sich mir und sagte: »Paß auf, die Pfanne ist heiß.« Sie hob die beiden restlichen gebratenen Eier auf ihren Teller, setzte sich mir gegenüber und wünschte mir einen guten Appetit. Eine Weile saßen wir in dieser Stille, die mir inzwischen vertraut war, und aßen. Gelegentlich lobte ich mit echter Begeisterung die Käsezubereitungen und die Marmelade polnischer Machart, die mir ungewohnt, aber köstlich erschienen. »Wenn ich von Tel Aviv hierher zurückfahre, packt meine Mutter mir den ganzen Koffer voll«, erklärte sie. Es ist überflüssig zu sagen, daß ich etwas verlegen war. Ich wußte nicht, woran ich war. Genau besehen, frühstückte ich in größter Vertrautheit mit einem fremden Mädchen, das bald heiraten würde und mit dem ich eine Nacht verbracht hatte, in der …, ja, was eigentlich passiert war?
Und als nähme sie auf meine Gedanken Bezug, umfaßte sie meine Hand, die auf dem Tisch lag, und sagte:
»Danke für deine Geduld und Rücksichtnahme. Es fällt mir nicht leicht, glaub mir.«
»Liebst du ihn?«
Sie zog ihre Hand zurück und ließ meine Frage unbeantwortet. »Meine Eltern mögen Gerschon. Er ist das, was man eine gute Partie nennt: *Sabre*, dreißig Jahre alt, aus reichem Elternhaus – den Abramskis gehört eine Kette von Baustoffläden. Seinen ersten Universitätsabschluß hat er erworben, als er noch fest bei der Armee war, und jetzt arbeitet er und be-

reitet sich auf die Übernahme eines florierenden Unternehmens vor. Kann sich eine jiddische Mame, die den Holocaust überlebt hat, Schöneres für ihre Tochter vorstellen? Vielleicht wäre ihr lieber, er wäre kein Pilot und würde seinen Dienst fürs Vaterland nicht an der Front, sondern zum Beispiel bei der Regierung ableisten. Aber es ist eben niemand perfekt. Seine Eltern mögen mich ebenfalls – wie meine Familie sind sie polnischer Herkunft, aber sie kamen schon vor dem Zweiten Weltkrieg nach Palästina, das heißt eigentlich 1930; die Mutter trug damals Gerschon schon in ihrem Bauch. Du mußt wissen, meine Zeitrechnung zerfällt in die Zeit vor dem Zweiten Weltkrieg und die danach, obwohl ich am Ende des Krieges erst vier Jahre alt war. Aber all die Jahre über sorgten meine Eltern dafür, die Dinge lebendig zu halten und, was ich vergessen hatte, fein säuberlich zu ergänzen, so daß es mir scheint, als erinnere ich mich wirklich an alles, was wir ihnen zufolge erlebt haben. Tatsächlich erinnere ich mich auch selbst an manches. Unmöglich, daß du jemals ganz vergißt, daß du gehungert hast, ohne dich nicht zumindest an dieses Gefühl des Hungers und der Angst zu erinnern und an dein Wissen, daß es dir verboten war zu weinen. Denn es war gefährlich zu weinen, die Deutschen und die Ukrainer hätten dich hören können. Eines der ersten Dinge, an die ich mich im Zusammenhang mit dem Tag erinnere, an dem die Russen kamen und uns endlich retteten, war, daß ich weinen durfte: ›Die Deutschen sind fort, *meidele*‹, sagten meine Eltern zu mir, ›jetzt darfst du weinen.‹ Trotzdem zögerte ich anfangs noch, bis ich mich dann an die neue Situation gewöhnt hatte und begriff, daß es tatsächlich möglich war zu weinen. Ich erinnere mich also an einiges, aber vor allem deshalb, weil meine Eltern die Erinnerung wachhalten. Ich kenne mehrere Kinder von Holocaustüberlebenden, die nach dem Krieg in Israel auf die Welt gekommen sind. Ihre Eltern schweigen wie ein Grab und erwähnen nichts von all-

dem, was ihnen während der Shoah widerfuhr. Ich weiß nicht, ob meine Eltern einfach ein anderer Typ Mensch sind oder ob sie mich einfach deshalb von früh bis spät daran erinnern, weil ich ebendort war. Im nachhinein wird es sich möglicherweise auszahlen, daß sie mir keine Chance gelassen haben, etwas zu verdrängen. So stürzen die Dinge vielleicht nicht irgendwann durch die Hintertür auf mich ein in Form irgendeiner seelischen Störung. Aber ich glaube nicht, daß es meinen Eltern darum geht. Ich habe eher den Eindruck, daß sie meinen, wenn ich immer vor Augen habe, wie sie mich gerettet und was sie alles für mich gemacht und getan haben, dann würde ich ihnen gewissermaßen im Gegenzug erlauben, mein Leben so zu gestalten, wie es ihnen paßt und am besten erscheint. Damit wird ein Bedürfnis befriedigt, das den Ängsten entspringt, die der Holocaust ihnen eingepflanzt hat: mich zu schützen vor dieser trügerischen Welt ... Nimm noch Kaffee – möchtest du eine Zigarette?«
»Du rauchst?«
»Nein, aber ich habe immer ein Päckchen für Gäste im Haus.«
Nach dieser ganzen Geschichte von Gerschon und seinen Eltern konnte man wohl nur noch einen Gast in mir sehen; jedenfalls begann ich, mich selbst als solchen zu betrachten.
»Danke, ich rauche nicht.«
»Auch Mirale hilft mir, mich zu erinnern. Sie erzählt mir Dinge über mich, die geschehen sind, bevor meine Erinnerung einsetzt«, sagte sie mit versonnenem Gesicht.
»Mirale?«
»Ach, entschuldige, du kennst sie natürlich nicht – meine Cousine Mirale. Sie ist Nonne in einem Kloster auf dem Berg Tabor.«
Ich verstand nicht. Sofort nahm ich an, daß es in ihrer Familie einen Fall von Mischehe gegeben hatte.
»Ist sie ein ... *Goj*?«
»Nein. Das heißt, sie wurde nicht als *Goj* geboren. Sie nahm

den christlichen Glauben an, als sie während des Holocausts in einem Kloster versteckt war. Und nach der Befreiung wollte sie nicht wieder Jüdin werden. Sie ist meine beste Freundin, so etwas wie eine fürsorgliche große Schwester und manchmal auch eine Art Muttterersatz ... Du solltest sie kennenlernen, ein bezaubernder Mensch. Ihr Ordensname ist Maria, aber für mich ist sie Mirale – so nannte ihre Familie sie vor dem Holocaust.«

Ich schwieg. Die ganze Angelegenheit kam mir mysteriös und ein bißchen wunderlich vor.

»Erinnerst du dich an dieses Foto in Jad va-Schem? Gestern beim Prozeß sah ich es wieder vor mir: Frauen, Mütter und junge Mädchen. Man kann mehr oder weniger an den Gesichtern und am Körperbau erkennen, welche von ihnen Kinder geboren hat, welche schon Großmutter ist und welche vielleicht noch zu jung ist, um den Geschmack der Liebe zu kennen. Sie alle stehen vor der Erdgrube, in die sie wenig später fallen werden, völlig nackt vor den Augen ihrer Mörder, und warten auf die Kugel, die ihren Rücken treffen wird, ihren Nacken, ihr Becken. Ein Schauder lief über meinen Rücken, als ob die Kugel jeden Moment auch mich treffen würde. Und ich versuchte, in den verschlossenen, etwas verschwommenen Gesichtern zu lesen, versuchte, einen Bruchteil dessen zu begreifen, das da passierte. Was bedeutete es, in der Blüte seiner Jahre einen solchen Tod zu sterben? Aber ich sah nur den Ausdruck auf den Gesichtern der Mörder, die weiter hinten sichtbar waren. Da wurde mir klar, daß der Versuch hoffnungslos war und völliger Unsinn, denn niemand war dabei, mich zu töten. Ich atmete, war lebendig und würde weiterleben. Und inmitten der erschütternden Zeugenaussage einer Frau, die sich aus dem Leichenhaufen und dem Staub hatte befreien können, dachte ich an dich. Ich sagte mir, daß ich mit dir schlafen wollte. Ich sagte mir, daß wir angesichts dieses Grauens verpflichtet sind, zu leben und zu lieben. Wozu zögere ich noch? Was schere ich mich um das reine, unbefleckte jüdische Mädchen, das meine Eltern in mir sehen wollen ...?«

Ein Schluchzer, der ihr in der Kehle saß, ließ ihre Stimme brechen; sie verstummte. Als ich meinen Arm über den Tisch streckte und ihr Handgelenk nahm, legte sie ihre andere Hand auf meine.

»Entschuldige. Ich habe mich bemüht, mich zu betäuben und zu vergessen, aber ich wurde diesen Anblick nicht los ..., diese Frauen und Mädchen ... Danke, daß du so geduldig warst ...«

Ich bot an, freiwillig das Geschirr auf die sparsame Jerusalemer Art abzuwaschen, und die ganze Zeit über, bis der letzte Teelöffel gespült war, hielt Chaja meine Hüften von hinten umschlungen und lehnte ihren Kopf an meinen Rücken. Dabei sagte sie: »Ich bin ein bißchen durcheinander. Gib mir ein paar Tage, um in meinem Inneren etwas Ordnung zu schaffen. Und sei weiter so lieb zu mir. Warte, bis ich auf dich zukomme. Ihr habt in eurer Wohnung kein Telefon, oder? Wenn ich dich auf anderem Weg nicht erreiche, hinterlasse ich einen Zettel am Schwarzen Brett der Mensa, in der Ecke unten links. Darauf steht dann: ›Shaul, ich brauche dich.‹«

Kapitel 10

Im Radio hörte ich, wie K. Zetnik über Auschwitz sagte: »Es war wie auf einem anderen Stern.« Unmittelbar danach war ein unruhiges Rascheln vernehmbar, und es wurde bekanntgegeben, daß K. Zetnik während seiner Zeugenaussage in Ohnmacht gefallen war. Durch den Prozeß wurden die Schrecken des Holocausts auch für mich lebendig und nahmen in der Not und Bedrängnis des kleinen Mädchens Chajale Gestalt an. Ich wunderte mich, wie der gleiche Ben Gurion, der den Befehl gab, Eichmann gefangenzunehmen, die Aussöhnung mit den Deutschen hatte initiieren können. Zwölf Jahre war ich alt, als Papa mich zu der wütenden Massenkundgebung gegen die Wiedergutmachungszahlungen mitnahm. Und noch heute klingen mir die furchtbaren Worte in den Ohren, die Menachem Begin damals auf der Demonstration sprach: »Als sie mit Kanonen auf uns schossen, befahl ich: Nein! Diesmal aber befehle ich: Ja! Das wird ein Krieg zwischen Brüdern sein, ein Kampf auf Leben und Tod. Vielleicht müssen wir abermals das Schafott besteigen ...« Dann versuchte die Menschenmenge, die Knesset zu stürmen, die damals noch im Frumin-Gebäude tagte. Um uns herum brüllten die Leute und warfen Steine, Fensterscheiben zersplitterten; Polizisten drängten die Masse zurück und droschen auf alle ein, die Widerstand leisteten. Ich versuchte, Papa von dort fortzuziehen, denn ich hatte Angst, er würde verhaftet werden. Dabei dachte ich an Szenen von Inhaftierungen durch die britische Polizei, von denen Papa mir erzählt hatte und die manchmal übel ausgegangen waren. Aber Papa, dessen Hemd zerrissen war, schrie weiter, obwohl seine Stimme schon heiser war. Als wir später die Bezalelstraße hinab nach Hause gingen, blieb er einen Augenblick stehen und sagte, an eine Mauer gestützt: »Mein Sohn, du darfst ihnen niemals verzeihen, und schließe dich nie ihrem Lager an. Du mußt alles unternehmen, um sie aus der Regierung zu jagen. Sie haben die Ehre unseres Volkes mit Füßen getreten.« Zu jener Zeit begriff ich noch nicht, was das alles bedeuten sollte. Der Zweite Weltkrieg und mit ihm der Holocaust waren vorüber, als ich gerade fünf Jahre alt war, und über Jahre hinweg sollte ich mich, wie schon gesagt, dem Thema Holocaust ganz verweigern, so wie viele Kinder meiner Generation, die in Israel geboren wurden und denen das alles unangenehm war.

Als mich nun, zehn Jahre nach jener Kundgebung, die Rundfunk- und Zeitungsberichte über den Eichmann-Prozeß innerlich aufwühlten, fühlte ich, wie sich verspätet, aber machtvoll dieser giftige Haß in meine Seele fraß, dem ich mich bis dahin zu entziehen versucht hatte. Wenn ich allein war, stellte ich immer wieder fest, daß ich mordlüstern und mit verzerrtem Gesicht die Hände zu Fäusten ballte. Da ich mich nach Chaja verzehrte, wollte ich unbedingt auch an ihren unerträglichen Erinnerungen teilhaben.

Tage verstrichen, und noch immer hing keine Nachricht von ihr am Schwarzen Brett in der Mensa – es ist überflüssig zu sagen, daß ich täglich nachschauen ging. Und weil sie mir so fehlte, sagte ich eines Abends voller Wut zu Avschi: »Jetzt helfen wir den Mördern, sich freizukaufen!«

»Ben Gurion hatte vollkommen recht«, widersprach er mir. »Wir brauchten Waffen für die Armee, Geld, um Einwanderer unterzubringen, und Maschinen für den Aufbau des Landes.«

»Geld für unser Blut? Bis ans Ende aller Tage müßten sie ein

Kainsmal auf ihrer Stirn tragen!« Die verdrängten Ansichten und Gefühle meines Vaters lebten plötzlich in mir auf und schoben sich in den Vordergrund meines Denkens.
»Phrasen nutzen niemandem, dabei geht es ums Überleben. Meinst du etwa, ich wollte diesen verfluchten Deutschen für die Verbrechen, die sie an uns begangen haben, nicht auch manchmal den Kopf einschlagen? Aber das hilft einem im Leben nicht weiter. Man kann einen jungen Deutschen, der voller guter Absichten nach Israel kommt und hier ohne Lohn arbeitet, nicht anschauen und sagen: Am liebsten würde ich ihm das Hirn ausquetschen. So etwas geht einfach nicht, schon gar nicht, wenn er uns freundlich und menschlich entgegentritt. Wir sind nicht zum Haß geboren.«
»Das hat damit nichts zu tun. Begin sagt, daß …«
»Begin lamentiert, während Ben Gurion Aufbauarbeit leistet – das ist der entscheidende Unterschied.«
»Ich wußte nicht, daß du ein *Mapainik* bist …« Plötzlich wurde mir bewußt, daß meine Streitlust Zorn und Schmerz entsprang und nichts mit logischem Denken zu tun hatte.
»Und was hat *das* damit zu tun?« fragte Avschi wütend.
Auch in mir hinterließ der Disput ein Gefühl der Wut. Wahrscheinlich, weil ich mir nicht eingestehen wollte, daß Avschi recht hatte. Statt dessen schien aus mir mein Vater zu sprechen.
Nach der Arbeit im Archiv, den Vorlesungen und einem längeren Bibliotheksaufenthalt eilte ich kurz vor zwölf durch eine strahlende Mondnacht nach Qirjat Mosche. Ich dachte an Chaja. Auch an diesem Tag hatte ich die ersehnte Botschaft nicht vorgefunden. Als ich die Wohnung betrat, saßen Avschi und Hermona bei einem fröhlichen Mitternachtsmahl. Ich gesellte mich dazu und trank ein Nescher-Bier; kurz darauf verließen sie die Wohnung. Schon wenige Minuten später war Avschi wieder da, worüber ich mich nicht zum ersten Mal wunderte. Mir lag erneut die Frage auf der

Zunge, die ich ihm schon einmal gestellt hatte, als mir sein merkwürdiges Verhalten aufgefallen war:
»Begleitest du sie nicht nach Hause?«
»Sie ist kein Kind mehr«, hatte er sich damals gerechtfertigt. Es war zwar eine helle, schöne Nacht, aber Avschi machte es immer so, bei jedem Wetter, auch wenn es regnete und kalt und finster war. Während der verbleibenden Nacht- und Morgenstunden schlief er lieber allein. Anscheinend war diesmal Hermona an der Reihe gewesen; an den vergangenen Abenden hatten ihn andere Mädchen besucht, die offenbar alle wußten, wann sie sich im Harem des jungen Paschas einzufinden hatten. Zu keiner war er besonders zärtlich, vielmehr behandelte er alle auf die gleiche, etwas schroffe Art. Zeigte sich so trotz aller Bildung und gewisser Ideale in Avschis Benehmen ein Anflug von Geringschätzung gegenüber Frauen, die sich ihm hingaben? Erwies sich das Haus in der Herzlstraße, in dem Avschi und seine Brüder die Verehrer ihrer Schwester aufs Korn genommen hatten, in dieser Situation als mächtiger als das Internat und jede spätere Erziehung? Ich wunderte mich, weshalb die Mädchen immer wieder zu ihm kamen und so mit sich umspringen ließen. Aber mir war auch klar, daß mein Grübeln sinnlos war. Sie waren erwachsen und hatten wohl ihre Gründe.
Nach meinem rechthaberischen Ausbruch über die Einwanderer, deretwegen ich, wie ich vor Chaja behauptet hatte, nicht im Studentenheim wohnen konnte und denen angeblich alles geschenkt würde, bedurfte es nur eines kleinen Schritts bis zu der Einsicht, daß eine der wahren Ursachen meiner Verbitterung darin zu suchen war, daß ich mit Avschi die Wohnung teilen mußte. Als Avschi erfahren hatte, daß ich keinen Platz im Studentenheim bekam, hatte er mir vorgeschlagen, mit ihm zusammenzuziehen. Sein Angebot kam mir gelegen, und anfangs gefiel es mir auch, ihn um mich zu haben. Aber binnen kürzester Zeit stellte

ich fest, daß es mich unzufrieden machte, abermals auf so engem Raum mit ihm zu leben. Ich hätte es bei dem belassen sollen, was ich in der Armee über ihn gelernt hatte; etwas Distanz wäre unserer Freundschaft besser bekommen. Die Kluft, die zwischen Avschis Benehmen als Internatszögling und Soldat und demjenigen als Zivilist klaffte, war mir ein Rätsel. Am Tag, an dem wir in Qirjat Mosche einzogen, trug er noch seine Armeekluft und wischte und schrubbte die Wohnung mit der Gründlichkeit eines guten Rekruten. Aber kurz darauf schien er beschlossen zu haben, die Uniform an den Nagel zu hängen und sich für die Zeit seines Studiums in einen Durchschnittsbürger zu verwandeln. Es war, als wäre er plötzlich ein anderer Mensch. Aus seinem Benehmen hätte man schließen können, es verletze seine Mannesehre, einen Besen in die Hand zu nehmen oder sich ein Ei zu braten – derartige Tätigkeiten waren Frauensache oder die Aufgabe von Höflingen, die ihn zu bedienen hatten. All das ärgerte mich gehörig, aber ich hatte nicht den Mut, ihn damit zu konfrontieren; und wenn ich einmal vorsichtig eine Andeutung machte, nahm er sie gar nicht zur Kenntnis.

Doch in dieser Nacht trat eine Veränderung ein. Vielleicht ließen die großen Gefühle, von denen ich jetzt erfüllt war, für derartige Banalitäten keinen Raum mehr. Als Avschi Hermona hinausgebracht hatte und zurückkam, hörte ich mich entschlossen sagen:

»Mein Lieber, du mußt dir einen neuen Mitbewohner suchen. Ich ziehe aus.«

»Wohin?« fragte er entgeistert. Offenbar war er so naiv zu glauben, kein vernünftiger Mensch würde auf seine Gesellschaft verzichten, nur um sich ins Ungewisse zu stürzen.

»Egal, wohin. Hauptsache, ich bin nicht mehr hier. Diese Unordnung ertrage ich nicht mehr. Wenn dein Zimmer ein einziges Chaos ist und dein Bett nie gemacht wird, wenn du überall Kleider, Bücher und Hefte hinwirfst und Kaffeetassen voll Kippen herumstehen läßt, dann ist das deine Sache. Du willst in einem Saustall wohnen? Bitte schön! Aber wenn ich dich mal aufgefordert habe, ab und zu aufzuräumen, hast du mich nur angesehen, als wäre ich nicht bei Trost. Ich frage mich, wie oft ich noch spätabends heimkommen soll, und der Spülstein quillt von Tellern und Tassen über, die ihr nach euren Bettorgien hinterlaßt. Dir fällt nicht mal auf, daß alle Arbeit an mir hängenbleibt. Letztendlich bin ich immer derjenige, der die Unordnung nicht aushält und euch hinterherräumt. Sollte es dem ehrwürdigen Pascha unangemessen erscheinen, seinen Kaffeelöffel selbst zu spülen, dann möge er die diensthabende Gespielin veranlassen, den Abwasch zu übernehmen!«

»He, he! Hast du eine Krise?«

»Keine Krise und kein *batih*. Mir ist nicht nach Scherzen zumute. Ich habe genug davon, daß du dich aufführst, als wäre ich dein Diener oder so eine Art Butler. Es ist vorbei, mein Herr, wir sind nicht mehr beim Kommiß. Ich habe keine Ahnung, was in dich gefahren ist, jedenfalls warst du im Internat und in der Kaserne diszipliniert und verantwortungsbewußt – hielten wir dich nicht in allem, was Ordnung angeht, für ein Vorbild? Wie geleckt sah deine Unterkunft aus. Das einzige, was dich jetzt noch interessiert, ist deine körperliche Form. Du trainierst, machst Liegestütze und läufst jeden Tag zehn Kilometer, als ob es nichts Wichtigeres im Leben gäbe ...«

»Das läßt wieder Blut in deinen Schwanz fließen und hilft ihm wieder hochzukommen, wenn die Mädchen ihn umgehauen haben ...«

»Und die ganze Wohnung stinkt nach deinen Seifen, Shampoos und After-shaves wie der Harem von König Achaschwerosch ...«

»Das macht die Weiber scharf. Was für ein Drama du um

einen vollen Spülstein machst! Hast du in deinem Leben noch nie abgewaschen?«

»Hör zu, Mann! Dreimal täglich an dreihundertfünfundsechzig Tagen im Jahr würde ich abwaschen, für ..., für ..., sagen wir für eine Frau, die ich liebe! Leidenschaftlich gern täte ich das. Aber kein einziges Mal mehr bin ich bereit, den Dreck wegzumachen für ein Paar, das wie ihr nur ans Vögeln denkt ...«

»He, he, *ja dschachsch*«, sagte Avschi und schaute mich aufmerksam an. »Du willst mir doch nicht weismachen, daß du dich verliebt hast und jetzt eine Ausrede suchst, um mit ihr zusammenzuziehen?«

Der schlaue Bastard! Mit niemandem wollte ich zusammenziehen, aber vielleicht stimmte es, und ich bereitete wirklich das Terrain für etwas Neues. »Glaubst du«, fragte ich ihn, »wenn mir so etwas passierte, würde ich mich genieren, es dir zu erzählen?«

»Nein«, antwortete Avschi, dessen Gesichtsausdruck sich plötzlich veränderte. »Du würdest die Karten offen auf den Tisch legen ...« Zum ersten Mal, seit ich ihn kannte, schien es mir, als zeige sich in seinen Zügen echte Betroffenheit.

»Was ist mit dir los, Avschi? Du hast dich verändert. Bedrückt dich etwas?«

»Oho! Jetzt spielt er den Psichologen!« rief Avschi, das Wort absichtlich falsch aussprechend. »Laß das Geschirr stehen. Ich werde es selbst spülen.«

Zwei Stunden später, es war drei Uhr morgens, hörte ich ein Klopfen an meiner Zimmertür. So spät? Das konnte nur eine Verrückte wie Chaja sein, überlegte ich schlaftrunken. Ich stand auf und öffnete. Doch es war Avschi.

»Entschuldige wegen der Uhrzeit. Ich möchte mir dir reden.«

»Bitte sehr«, sagte ich und versuchte, meine Verwunderung nicht zu zeigen. Wegen meines mitternächtlichen Wutausbruchs war ich inzwischen leicht verlegen. Schließlich kommt es nicht alle Tage vor, daß jemand einem Mann, der zwei Jahre lang sein respektgebietender Vorgesetzter gewesen ist, solche Dinge an den Kopf wirft. Noch war ich auf die möglichen Auswirkungen des Zwischenfalls nicht vorbereitet und fühlte mich verunsichert. »Sollen wir uns in die Küche setzen und einen Kaffee trinken?« schlug ich vor und fuhr in frotzelndem Ton fort: »Du hast abgewaschen, also mache ich den Kaffee.«

Avschi trug dieselben Kleider wie vorher, und man konnte sehen, daß er sich weder ausgezogen noch geschlafen hatte. Bis das Wasser kochte, saß er da und strich sich mit der linken Hand über seinen schwarzen Bart; seine Rechte lag zur Faust geballt auf dem Tisch. Ihr Daumen knetete ununterbrochen die übrigen Finger. Als ich einschenkte, steckte er sich die Zigarette an, die er als Raucher zum Kaffeetrinken brauchte.

»Shaul«, sagte er, »ich mache mir Sorgen.«

Aus der Art der Anrede schloß ich, daß er wirklich ernsthaft mit mir sprach. Andernfalls hätte er mich (wie alle seine Freunde) *ja dschachsch*, »Eselchen«, genannt.

»Wozu hat man Freunde?« entgegnete ich.

»Genau. Nachdem du mir den Kopf gewaschen hattest, habe ich auf einmal begriffen, daß du ein Freund bist, mit dem man reden kann. Du hast gefragt, ob mich etwas bedrückt. Ja, eine Sache setzt mir zu. Vielleicht bin ich verrückt, aber seit ein paar Monaten quält mich immer mehr die Frage, weswegen ich in diesem Stadium meiner Laufbahn auf die Universität geschickt werde? Kommt man nicht, wenn man nicht von Anfang an zur Akademischen Reserve gehört, normalerweise später dorthin, wenn man schon Hauptmann oder Major ist? Unter den Studenten sind Oberstleutnants und sogar Oberste. Ich dagegen bin erst Oberleutnant – weshalb läßt man mich schon jetzt studieren?«

»Ich verstehe nicht, was dich daran stört. Wenn die Armee bereit ist, zu einem so frühen Zeitpunkt in dich zu investieren, hat man vielleicht Großes mit dir vor...«
»Kann sein, ja. Genau daran versuche ich zu glauben. Aber dann denke ich an Oberleutnant Doron Barqai, diesen Blondschopf, der meinen Posten übernommen hat, angeblich vorübergehend, bis ich mit dem Studium fertig bin. Hätte man mich nicht zu einem Lehrgang für angehende Kompaniechefs schicken können? Das Studium kann warten. Ich sage es dir ganz ehrlich, ich sehe mich als Nachfolger Edelmanns als Befehlshaber unserer Einheit. Sie soll erweitert und verstärkt werden. Wer paßt besser auf diesen Posten als ich, der ich soviel für den Aufbau der Einheit getan habe...?«
Ich erinnerte mich an Edelmanns Vorschlag, noch eine Weile in der Armee zu bleiben, um Doron zu unterstützen. »Aufgrund verschiedener längerfristiger Erwägungen und Konstellationen ist beschlossen worden, Avschi zunächst einen Universitätsabschluß in Orientalistik erwerben zu lassen.«
Plötzlich fürchtete ich, Avschis Besorgnis könne begründet sein. »Und du meinst, sie hätten auf diese Weise einen Weg gefunden, um Oberleutnant Barqai an deine Stelle zu befördern?«
»Richtig! Und ich zerbreche mir den Kopf, ob es einen Grund dafür gibt. Oder soll hier nur wieder ein Schwarzer gefickt werden?...«
Der große, starke Avschi. Auch er war nicht immun gegen diesen nagenden Wurm, der sich immer wieder meldete. Ich sagte zu ihm: »Ich glaube nicht, daß du momentan Grund zur Sorge hast. Es kann doch sein, daß sie Doron auf die Universität schicken, sobald du deinen Abschluß in der Tasche und den Lehrgang für angehende Kompaniechefs absolviert hast. Dann löst du ihn ab, und alle Wege stehen dir offen. Und wenn die Einheit vergrößert und ihre Bedeutung gestärkt wird, brauchen sie euch beide. Es ist zu früh, um sich

über einen möglichen Erbfolgestreit den Kopf zu zerbrechen.«

»Es tut gut, mit dir zu sprechen, Shaul«, erwiderte Avschi mit rührender Schlichtheit. Nachdem ich hatte loswerden können, was mich bedrückte, und er mir sein Problem erklärt hatte, schien die Situation zwischen uns bereinigt. Auf jeden Fall fühlte ich mich in seiner Gesellschaft wieder wohler.

»Wenn das so ist«, sagte ich, »muß ich auch ein Geständnis ablegen. Ich glaube, daß ich wirklich dabei bin, mich zu verlieben. Aber tu mir einen Gefallen, stell vorläufig keine Fragen.«

Avschi musterte mich. Vielleicht sah er mir etwas an: ein anderes Licht in den Augen, ein leises Strahlen auf dem Gesicht, eine leicht veränderte Haltung des Kopfes auf meinen Schultern.

»*Ja dschachsch*«, sagte er, »ein bißchen neidisch bin ich schon.«

Kapitel 11

Am darauffolgenden Donnerstag, zehn Tage nach der Nacht bei Chaja, entdeckte ich mittags in der Mensa die ersehnte Botschaft: »Shaul, Chaja braucht dich. Komm am Samstag abend zu mir. 021730.« Sie hatte die Nachricht wie früher als Soldatin datiert: Die Ziffern standen für den Tag des Monats und die Uhrzeit. Bis zum heutigen Tag habe ich den Zettel aufbewahrt, obwohl die Schriftzeichen im Laufe der Jahre verblaßt sind. An den unteren Rand, unter die Worte »Chaja braucht dich«, hatte ein Spaßvogel geschrieben: »Auch ich – Mosche.« Es war das längste Wochenende meines Lebens. Wer behauptet, ein Sabbat, bei *Chamsin* in einer befestigten Stellung verbracht, wäre quälender, hat keine Ahnung, wovon er spricht. Als es auf den Samstag abend zuging, stürzte ich mich in die Vorbereitungen, die in einem solchen Zustand freudiger Erwartung unabdingbar sind: Rasieren, Duschen, saubere Unterwäsche anziehen und so weiter. Im Taxi – der Sabbat war noch nicht zu Ende, und die Autobusse fuhren noch nicht – bemühte ich mich, mein Hemd und die Bügelfalten meiner Hose nicht zu zerknittern, und am Haus in der Henrietta-Szold-Straße angekommen, zwang ich mich, auf der Treppe nicht drei Stufen auf einmal zu nehmen. Schließlich wollte ich nicht ins Schwitzen geraten und meinen Aqua-Velva-Duft verderben; nichts sollte an meiner Erscheinung in Unordnung geraten. Ich klingelte, Schritte nahten, und mein Herz pochte laut.
In der Tür stand die Rothaarige.

»Guten Abend, Shaul. Ich bin Ruthi, Chajas Mitbewohnerin, wir sind uns schon mal begegnet.« Mit einer ausholenden Geste bat sie mich herein und führte mich in das Wohnzimmer. »Es tut mir leid, dir sagen zu müssen, daß Chaja heute abend nicht kommt. Sie rief mich in Tel Aviv an – ich bin selbst erst vor zwei Stunden mit einem Sammeltaxi zurückgekommen – und bat mich, sie vielmals zu entschuldigen. Ich habe den Auftrag, dich aufs beste zu empfangen.«
Langsam setzte ich mich in einen Sessel.
»Enttäuscht? Du siehst niedergeschlagen aus. Nimm es nicht so schwer. Ich habe das Gefühl, hier gilt das Motto ›Auf den Abstieg folgt der Aufstieg‹ – wenn du verstehst, was ich meine.«
Es wäre übertrieben zu sagen, daß ich verstand.
»Weißt . . ., weißt du etwas . . .?«
»Nicht alles, was ich gern wüßte, aber das wenige genügt. Am Donnerstag erzählte Chaja mir, in den Tagen davor wäre es ihr gelungen, ein wenig Ordnung in ihre Gefühle zu bringen. Nun wollte sie nach Hause fahren, um klare Verhältnisse zu schaffen. Sie ist vor Angst fast gestorben. Es sieht so aus, als sei das mit den Gefühlen noch das leichteste gewesen, verstehst du?«
Allmählich begann ich zu begreifen.
»Komm, trink eine Tasse Kaffee, und iß ein Stück Kuchen mit Schokoladenguß.«
Ich hatte keinen Appetit, trotzdem nickte ich höflich. Sie ging hinaus, und ich schaute in die Zeitung, die neben mir lag, nahm jedoch gar nicht auf, was ich las.
»Liest du ›La-Merchav‹?« fragte ich Ruthi, als sie mit einem Tablett zurückkehrte.
»Chaja kauft die Zeitung beinahe täglich, um Chaim Gouris Kolumne zu lesen, ›Im Schatten der Glaskabine‹. Du weißt, daß Eichmann während der Verhandlung in einer Glaskabine sitzen muß? Wenn es um den Prozeß geht, ist sie wie

vom *Dybbuk* besessen, ist dir das auch aufgefallen?« fragte sie und legte ein Stück Kuchen neben meine Tasse. »Der ist natürlich von Bronia.« Ich verstand, daß damit Chajas Mutter gemeint war. »Lecker, nicht?« fragte sie, während ich das Gebäck kostete.

»Köstlich. Entschuldige, wenn ich etwas frage. Hast du einen Freund?«

Plötzlich war es mir wichtig zu erfahren, ob die Rothaarige wußte, was es bedeutet, verliebt zu sein.

»Sieh, der Regen, Regen naht ...«, trällerte sie und warf mir einen verschlossenen Blick zu; dann besann sie sich und sagte ruhig: »Ich habe einen, aber das ist eine komplizierte Geschichte, verstehst du?«

»Nein. Ich habe wohl eine Menge Erklärungen nötig heute abend ...«

»Er ist verheiratet. Unsere Romanze ist ein Geheimnis. Chaja weiß davon, deshalb verrate ich es auch dir.«

»Ich schweige wie ein Grab. Von mir wird es niemand erfahren.« Ich fragte mich, ob sie mich in jeder Beziehung als Chajas Freund betrachtete. Und wußte sie von Gerschon?

»Ihr Vater fühlte sich an diesem Wochenende nicht wohl, deshalb beschloß sie, einen Tag länger zu bleiben. Ich schätze, daß es einen Riesenkrach gegeben hat. Sie hat vorher zu mir gesagt: ›Ich werde ein sehr böses Mädchen sein. Das werden meine Eltern mir nie verzeihen.‹ Diese Worte hat sie gebraucht. Hoffentlich hat ihr Vater keinen Herzanfall erlitten.«

Wußte sie nun über Gerschon Bescheid oder nicht? Es war mir peinlich, sie direkt darauf anzusprechen. Doch als hätte sie meine Gedanken gelesen, sagte sie:

»Schon bevor sie dich an der Uni traf, plagten sie Zweifel wegen ihrer Hochzeit. Du gabst nur noch den Anstoß, etwas zu unternehmen.«

»Glaubst du ..., glaubst du, daß ..., daß sie nach Hause gefahren ist, um die Verlob ... die Beziehung zu lösen ...?«

»Sie hat es nicht ausdrücklich gesagt, aber ich bin davon überzeugt.«
Ich weiß nicht, wie weit die Rothaarige in meinem Gesicht lesen konnte. Vielleicht war mir auch gar nichts anzumerken. Jedenfalls sagte sie von sich aus: »Keine Panik. Das betrifft allein Gerschon und sie.«
Ich dankte Ruthi und stand auf, um zu meiner Mutter zu gehen. Es war nur ein Spaziergang von wenigen Minuten, und ich wußte, daß Papa noch nicht aus der Synagoge zurück war. Ich hatte wieder Appetit, sogar größeren als gewöhnlich. Eine Art Freßlust hatte mich überkommen, als wollte ich durch die Befriedigung eines Hungers einen anderen stillen. So schlang ich das samstägliche Eintopfgericht aus Rindfleisch, weißen Bohnen und Reis in mich hinein; sogar einen Knochen zum Auslutschen hatte meine Mutter übriggelassen für den Fall, daß ich käme. Ich besuchte meine Eltern nicht mehr an jedem Samstag mittag, bemühte mich aber, freitags abends beim Segnen des Weins und dem Sabbatmahl dazusein. Später trank ich mit Mama Nelkentee aus dem Samowar. Ich streckte mich auf dem Sofa aus, blätterte im Cherut-Organ und versuchte, die Artikel von Menachem Begin und Jochanan Bader zu lesen. Aber ich konnte mich nicht konzentrieren. Irgendwann war ich eingeschlummert. Als ich erwachte, schob ich die Zeitung, die auf mein Gesicht gesunken war, beiseite und sah, daß es fast halb acht war. Papa war von der Synagoge zurückgekehrt und trug noch den blauen Festtagsanzug. Papa und Mama hatten beschlossen, mich schlafen zu lassen und mich zur *Havdala* nicht zu wecken. Jetzt stand Papa vor dem Spiegel und richtete seine Krawatte. Er hielt inne und betrachtete sich. Da er offenbar noch nicht zufrieden war, trat er an den Schrank und wählte eine andere Krawatte, legte sie an und band sie mit einem exakten dreifachen Knoten. Dann musterte er sich erneut, inspizierte seine glänzenden Schuhe und setzte seinen grauen

Hut auf; endlich war alles so, wie es sein mußte. Er beabsichtigte, noch einmal auszugehen.
»Menachem Begin – möge ihm ein langes und glückliches Leben vergönnt sein – hält eine Rede«, sagte er gutgelaunt und streichelte Mamas Arm, als entschuldige er sich, daß er nicht bei ihr blieb. Dann nickte er uns beiden zu und verschwand. Ich wollte Mama nicht allein lassen, außerdem hatte ich nach dem entspannenden Nickerchen nichts weiter vor. Avschi war übers Wochenende weggefahren, und nichts zog mich in die leere Wohnung in Qirjat Mosche. Doch auch die Wohnung meiner Eltern bedrückte mich. Mama schien meine Gedanken zu erraten:
»Sorgt euch nicht meinetwegen«, sagte sie. »Ich bin bei Dorika eingeladen. Es kommen noch andere Gäste.«
Gott sei Dank gab es Dora, die polnische Nachbarin, die geschieden war, Mamas Freundin. Was hätten wir ohne sie getan? Es war nicht zu übersehen, wie sehr Mama sich jedesmal freute, wenn sie Dora besuchen ging.

Anderntags, inzwischen war Sonntag, überfiel Chaja mich in der Mensa, wohin ich mich meinerseits aufgemacht hatte, um sie zu suchen. »Entschuldige wegen gestern abend. Komm heute abend um sechs Uhr zu mir. Bis dann! Ich muß mich beeilen.«
Und schon war sie wieder verschwunden. Ich hatte nicht einmal genügend Zeit gehabt zu nicken. Ich stand da, und mein ganzer Körper schien zu jubilieren vor Freude, und mein Herz konnte es kaum fassen. In Sekundenschnelle waren aller Groll und alle Enttäuschung des Vortags wie weggeweht. Es war, als hätte ich die Zeit zurückgedreht, und es fiel mir schwer, an das Studium oder die Arbeit zu denken. Was war das nur für ein Feuer, daß sie da in mir entzündet hatte? Ich erinnerte mich, wie sehnsüchtig ich ein Treffen mit Marcelle erwartet hatte, aber diesmal war alles anders. Vom Be-

ginn unserer Freundschaft an hatte Chaja das Bild der Frau an sich für mich verkörpert. Manchmal sah ich ihr Gesicht hell und klar vor mir, mitunter verschwamm es, als beherrsche meine Phantasie noch nicht alle Blickarten ihrer lebendigen schwarzen Augen, die über der kleinen, aber energischen Nase standen, die scheinbar unaufhörlich die Welt in sich aufsog, und darunter die Lippen, die auf unterschiedlichste Weise körperliche Lust und geistiges Verlangen zum Ausdruck brachten. An diesem Tag sah ich sie überall. Ob draußen mein Blick auf die Mauern der Universitätsgebäude fiel oder ich drinnen die Wände der Vorlesungssäle anstarrte, ob ich einen Strommast, einen Rasen oder ein Wäldchen sah, in Sekunden zerstreuten sich meine Gedanken, und ich erblickte Chaja, ihren Körper und ihr Gesicht. Um drei Uhr nachmittags ließ ich eine Vorlesung ausfallen, fuhr schnellstens nach Hause und begann von neuem mit der vorbereitenden Zeremonie: Ich rasierte mich, duschte, zog frische Wäsche an und kämmte mich, nichts wurde ausgelassen. Nun war ich froh, daß ich am Morgen das weiße Hemd gewaschen hatte, das am Abend zuvor auf dem Sofa meiner Eltern knittrig geworden war. Es war inzwischen getrocknet, und ich holte es von der Wäscheleine auf dem Balkon. Als ich jedoch das heiße Bügeleisen ansetzte, dachte ich: Idiot, das nächste Mal duschst du erst nach dem Bügeln.

An diesem Abend öffnete Chaja mir selbst. In kurzer Hose und einer ärmellosen, nur halb zugeknöpften Bluse stand sie vor mir; ein türkisfarbenes Band hielt ihr Haar. Ich hatte die Tür noch nicht hinter mir geschlossen, da umarmte sie mich stürmisch. Schon unser erster Kuß war geradezu gewalttätig, fast ein Beißen. Immer wieder leckte sie meine Haut, streichelte mich und roch an mir. Und ich erwiderte ihre Liebkosungen, völlig berauscht von ihrem Duft. Während ich das wenige, das sie trug, von ihr abstreifte und sie mich gleichzeitig auszog, fürchtete ich, das Feuer könnte sich jeden

Augenblick in tausend Funken entladen – ich war kurz vor dem Höhepunkt. Was für eine Blamage! In einer immensen Anstrengung versuchte ich, mich zu zügeln. Dazu mußte ich meine Aufmerksamkeit auf etwas anderes richten. »Atme tief durch, und denk an Pinchas Sapir«, hatte die gewitzte Marcelle mir immer geraten, bis ich mich zu beherrschen gelernt hatte. Jetzt aber stand die Explosion unmittelbar bevor, so als hätte ich nichts begriffen. Um mich vor der Berührung unseres Fleisches zu schützen, ließ ich die Unterhose vorerst an. Ich nahm Chaja in die Arme und trug sie zum Bett. Die Anstrengung dämpfte die brandende Lust, so daß ich Zeit gewann und mein kleiner Vogel wenigstens ein bißchen abgelenkt war: Sein Fieber sank, obgleich er seine aufrechte Stellung bewahrte – meine Selbstsicherheit war wiedergewonnen. Unterdessen wand sich Chaja in meinen Armen und bedeckte mein Gesicht und meinen Hals mit Küssen, doch als ich sie auf das Bett legte und mich über sie beugte, preßte sie abermals die Schenkel zusammen, ehe ich mich dazwischen schieben konnte. »Noch einen Augenblick, Liebling, laß mich dich noch einen Augenblick so spüren«, hauchte sie. Diese Worte besänftigten mich, und ich gab mich ganz dem wunderbaren Spiel des Küssens, Saugens und Leckens, des Tastens und Streichelns hin und vernahm die schönsten Laute der Welt, die hohen Seufzer einer Frau, deren Lust einem selbst galt. Schließlich flüsterte sie: »Komm jetzt ganz vorsichtig, Liebling«, aber ich verstand nicht und drang stürmisch in sie ein, als müßte ich eine Festungsmauer durchbrechen. Für die Dauer eines Moments erstarrte sie und schrie leise auf; ich hatte immer noch nicht begriffen und drang wieder und wieder in sie ein. Sie hörte auf, mich zu küssen und mit den Nägeln über meinen Rücken zu fahren, und keuchte: »Liebling, mein Mann.« Jedes Wort gab dem Vogel, der in ihrer Höhle flatterte, kreiste und sich auf und ab und zur Seite bewegte, Kraft. Leidenschaftlich antwortete ich ihr: »Chaja, meine Chaja, Geliebte, meine über alles geliebte Frau«, bis der Sturm in ihr mächtiger wurde, und das Beißen und Kratzen von neuem begann. Mit einer Mischung aus Zärtlichkeit und Härte stieß ich in sie hinein, doch als die Hitze meines Triebes unerträglich wurde, atmete ich tief durch und dachte kurz an etwas anderes. Die Welle der Lust verlor an Heftigkeit, und der Vogel in ihrem Geschlecht konnte seinen Liebesflug wiederaufnehmen: Sein Rumpf bedrängte und knetete ihren Schamberg, bis die Tätigkeit ihrer Lippen und Zähne mit einemmal abbrach und ihre Fingernägel von meinem Rücken ließen. Sie stöhnte, hielt während Sekunden den Atem an und schrie: »Mama, Mama«, um sich danach unter schnellen, gewundenen Bewegungen und einem langgezogenen Jaulen an mich zu drücken. Schließlich lockerte sie ihre Umklammerung und lag still unter mir. Ich aber küßte immer noch liebevoll ihr Gesicht und bewegte sanft den Vogel in ihr. Mir gehörte die ganze Welt; ich hielt die Zeit in meinen Händen; für immer war sie mein. Mit schwacher Stimme wiederholte Chaja: »Mama, Mama«, und begann zu weinen. Als ich ihre Tränen aufleckte, erstarkte die Brandung wieder, aber diesmal konnte oder wollte ich die Kontrolle nicht halten. Einen Augenblick überlegte ich noch, ob sie sich schützte, zog mich schnell aus ihr zurück und überschwemmte ihren Bauch mit mächtigem Strahl. »Mein Liebling, mein Mann«, seufzte sie in mein Ohr.

Der Ohnmacht nah, glitt ich von ihr hinunter und legte mich neben sie. Ich erinnerte mich, in den Zeitschriften meines Friseurs gelesen zu haben, daß es sich nicht gehörte, nach dem Akt sofort einzuschlafen. Ich sollte sie streicheln und küssen. Also bemühte ich mich, doch es gelang mir nicht. Um mich her hörte alles auf zu existieren. Erst als ich erwachte und sie nicht neben mir lag, ich mich erschrocken umdrehte und sah, daß sie auf dem Stuhl saß und mich lächelnd betrachtete, begriff ich, daß ich eingedöst war. »Schlaf, Liebling, schlaf«, sagte sie und beugte sich über mich, um mein Haar zu streicheln. Später verstand ich, daß nicht die körperliche Liebe den einundzwanzigjährigen Mann, dessen Säfte sich schnell und problemlos erneuerten, so erschöpft hatte, sondern die Erfüllung einer Sehnsucht, das jähe Abflauen der verzehrenden, unendlich scheinenden Lust, die mich zehn Tage lang in ihrem Bann gehalten hatte. Als ich kurz vor sieben Uhr morgens von neuem erwachte und mich im Bett aufrichtete, bemerkte ich den Blutfleck auf dem Laken. Einen Augenblick versuchte ich ihn mit etwas anderem in Verbindung zu bringen, doch dann fügten sich die Dinge in meinem Kopf zusammen, und endlich begriff ich.

Anscheinend hatte Chaja gehört, daß ich mich rührte. Sie kam ins Zimmer und sah mich den Fleck anstarren.

»Entschuldige, ich wußte nicht ...«, stammelte ich.

»Wofür denn, du Dummerchen? Daß du mir eine unvergeßliche erste Liebesnacht geschenkt hast? Schon als ich dich auf der Armeebasis kennenlernte, kam mir der Gedanke, du solltest der erste sein. Vielleicht weil Marcelle am Telefon zu mir sagte: ›Er ist ein Klassefick. Probier es auch mal mit ihm.‹«

»Das hat der kleine Bastard gesagt?«

Ich wußte nicht, ob ich von dem Kommentar der Könnerin geschmeichelt sein sollte oder enttäuscht, weil vielleicht hinter allem nur die scherzhafte Vereinbarung zweier Freundinnen steckte.

»Dann wußte auch sie nicht, daß du ..., daß du ...«

»... daß ich Jungfrau war? Schüchterner Dummerjan, weshalb genierst du dich, das Wort auszusprechen? Du hast recht. Gerschon besuchte mich öfters auf unserer Basis, manchmal in seiner Fliegeruniform, und genausowenig wie du konnte Marcelle sich vorstellen, daß wir nicht miteinander schliefen – obwohl wir auf andere Weise durchaus zum Höhepunkt kamen.«

Ihre Worte stürzten mich in Verlegenheit. Erst später sollte ich mich an ihre freimütige, direkte Art, über Intimitäten zu reden, gewöhnen.
»Schon vor langer Zeit habe ich beschlossen, daß der erste Mann, mit dem ich richtigen Sex haben würde, jemand sein müßte, der mich in jeder Hinsicht elektrisierte, körperlich und geistig, wie in meinen heißesten erotischen Träumen. Und die ganze Zeit über spürte ich, daß du das schaffen würdest. Ich habe die Hochzeit abgesagt, die Verbindung mit Gerschon existiert nicht mehr.«
»Wie bitte?« Obwohl ich durch Ruthis Erzählung darauf vorbereitet war, erschrak ich.
»Zu Hause hat der dritte Weltkrieg stattgefunden, Papa erlitt fast einen Schlaganfall, aber das ist jetzt vorbei. Gestern abend habe ich es auch Gerschon gesagt. Deshalb kam ich später zurück.«
»Der Ärmste«, stammelte ich. »Wie hat er es aufgenommen?«
»Zuerst schien es mir, als begreife er es nicht wirklich. Als stünde er unter Schock. Einen Tag später, das heißt heute früh, rief er mich an und sagte: ›Ich hoffe, daß du bald darüber hinweg bist. Jedenfalls glaube ich, daß du zu mir zurückkehren wirst. Ich warte auf dich.‹«
»Das hat er zu dir gesagt?« Um ehrlich zu sein, behagte mir das gar nicht. Ich fühlte mich leicht bedroht, obwohl ich mir über die Qualität unserer Beziehung noch nicht im klaren war. Sollte ich den Platz des unbekannten Gerschon einnehmen?
»Ja. Aber letztlich wird er sich damit abfinden. So ist es besser für ihn. Wozu braucht er eine Verrückte wie mich? Komm, laß uns essen. Ist dir aufgefallen, daß wir gestern abend keinen Bissen zu uns genommen haben?«
»Dafür haben wir uns gegenseitig verschlungen ...«
»Eine gute Diät – man stillt seinen Hunger und verliert dabei

Kalorien«, sagte sie, und ihre Augen und Lippen nahmen einen lustvollen Ausdruck an. Als ich aus dem Bett aufstand, sprang sie auf mich zu, und wir standen lange da und umarmten uns. Unsere Münder preßten sich aneinander und verschmolzen miteinander, und der Vogel regte sich von neuem und klopfte an ihren Bauch. »Müßte ich nicht zum Prozeß«, sagte sie, als sie schließlich ihre Lippen von meinen löste, »ließe ich dich drei Tage lang nicht aus dem Bett heraus …«

Kapitel 12

Avschi beschloß, daß es jetzt, wo wir meiner Aussage und seinem fachmännischen Urteil nach ein Liebespaar waren, an der Zeit war, einmal zu viert (das heißt ich, Chaja, er und Hermona oder wer sich sonst gerade an seiner Seite befand) gemeinsam in ein teures Restaurant zu gehen und mir und Chaja zu Ehren auf seine Einladung zu speisen – ein »fürstliches Mahl auf Baron Avschis Kosten« sagte er und schlug sich dabei mit seiner Riesenhand flach auf die Brust.
Die Wirklichkeit sah aber so aus, daß Chaja und ich in dieser Zeit völlig den Wonnen des »Honigmondes« verfallen waren und es uns um jede Nacht und jede anderweitig verbrachte Stunde leid tat. Denn was reichte an die Freuden einer Liebesnacht heran, in der bald die Seele sich verzehrt und der Körper zu neuem Leben erwacht und bald der Körper verbrennt, die Seele sich aber erfrischt, was an dieses unaufhörliche Wechselspiel, das nur von kurzen Pausen eines süßen verliebten Schlummers unterbrochen wird und bis zum Morgengrauen dauert? Wer will da etwas von einem Essen in einem – jedenfalls für damalige Begriffe – teuren Restaurant hören? Ohnehin verwöhnten wir uns mit den Speisen aus Bronias Küche und den Gerichten, die ich vom nahe gelegenen Machane-Jehuda-Markt mitbrachte; seit ich als kleiner Junge Papa zum ersten Mal dorthin begleitete, kannte ich dort jeden Verkaufsstand mit besonders guter Ware. Was wohl Bronia gesagt hätte, wenn sie gewußt hätte, mit wem ihre Tochter vor und nach der Liebe und manchmal sogar auf

ihrem Höhepunkt die von ihr bereiteten Leckereien verspeiste, wobei beispielsweise die Marmelade aus Rosenblättern an Stellen verstrichen wurde, die Bronia bei der Herstellung gewiß nicht im Sinn gehabt hatte – die Antwort auf diese Frage kannte ich damals noch nicht. Mit Leib und Seele hatten Chaja und ich uns erregenden Erkundungstouren verschrieben, die wir gegenseitig unternahmen und die keine Unterbrechung zugunsten eines abendlichen Freizeitvergnügens außerhalb der Wohnung gestatteten. War es nicht Zumutung genug, daß wir den ganzen Tag lang getrennt waren, während der Arbeit, des Studiums und der Stunden, die Chaja im Gerichtssaal beim Eichmann-Prozeß verbrachte? Es versteht sich von selbst, daß wir abends übereinander herfielen »wie zwei Tiere, die die Stimme des Waldes vernehmen« – so beschrieb es die rote Ruthi, die sich unser Stöhnen durch die Wand anhören mußte; es sei denn, sie verbrachte die Nacht mit ihrem reichen verheirateten Liebhaber in der Wohnung, die er eigens zu diesem Zweck unterhielt, oder sie fuhr auf ein langes Wochenende, das bei ihr manchmal schon am Mittwoch begann, nach Hause. Selbst ein Feigling wie ich, der in der Anfangszeit in den Nächten, in denen Ruthi anwesend war, nur im Flüsterton sprach und sich wegen der Seufzer und Schreie, die Chaja im Taumel der Lust ausstieß, schämte, verlor seine Hemmungen zumindest halbwegs; vor allem nachdem Ruthi einmal witzelnd, vielleicht aber auch mit einem Anflug von Ernst bemerkt hatte, manchmal, wenn sie uns höre, würde sie am liebsten in unser Zimmer stürmen und mitmachen, woraufhin Chaja aus Eifersucht schnell entgegnet hatte: »Nein, danke. So sehr langweilen wir uns noch nicht.« Mir gefiel Ruthis Idee nur in der Theorie. In der Praxis benötigte ich solche Phantasien nicht, denn ich hatte in Chaja eine Frau, die alle Frauen enthielt – einen ganzen Harem –, und für nichts und niemanden sonst blieb Raum. Da Avschi keinen Termin für unser gemeinsames Essen festgelegt hatte, war es uns recht, die Sache in der Schwebe zu belassen. Das galt um so mehr, als sich die pflichtbewußte Chaja nach den beiden ersten Wochen des Liebeswahns und der allnächtlichen Mammutportionen der süßesten Wonnen bewußt wurde, daß ihr die Stunden für ihr Studium fehlten. Fortan verließ sie zumindest in der ersten Hälfte der Nacht für ein oder zwei Stunden unser Liebeslager, um bis etwa ein Uhr früh über ihren Büchern zu sitzen. Wenn sie dann wieder die lockende innere Stimme vernahm, weckte sie mich mit einer leidenschaftlichen Umarmung. Danach ließ sie mich weiterschlafen und kehrte zu ihrer Lektüre zurück. Immer wieder kam es vor, daß sie im Schlaf schrie oder aus einem Alptraum aufschreckte; einmal noch rief sie: »Die Pferde zertreten mich!« Eine Erklärung für diese Worte hatte sie nicht. Wir nahmen an, daß sie mit einem bösen Erlebnis aus dem Nomadenleben zusammenhingen, das sie in jener harten Zeit mit ihren Eltern geführt hatte.

Obwohl Chaja und ich so intensiv miteinander beschäftigt waren, schafften Avschi und ich es, hin und wieder etwas Zeit für unsere Freundschaft zu finden. So beriet er mich, als ich ein Moped kaufte, und ich machte ihn mit Josef, meinem Friseur, bekannt. Nach jenem nächtlichen Gespräch hatte sich Avschi auf wundersame Weise in den Mann zurückverwandelt, der er früher gewesen war. Wie gewohnt achtete er auf Ordnung und Sauberkeit, und seine Gesellschaft behagte mir wieder. Eine allmähliche Veränderung trat zwischen uns ein, und ohne daß wir bemerkten, wie sich das Band immer enger um uns wand, begannen wir, echte Freunde zu sein. »Es geht doch nicht an«, sagte Avschi jetzt, »daß ein Mann, der in Qirjat Mosche wohnt und eine Freundin in der Stadt hat, wie ein Looser mit dem Autobus zu ihr fährt. Wie sieht das denn aus?! Wir kaufen dir eine Vespa«, beschloß er und ignorierte meinen Einwand, wo ich denn das Geld dafür hernehmen sollte. Das Motorradfahren hatte ich bei der Schwarzen Brigade gelernt. Major Modi Edelmann vertrat den Standpunkt, jeder in unserer Einheit sollte imstande sein, alles zu lenken, das sich bewegt, vom Esel bis zum Schützenpanzerwagen. Man könne nicht wissen, ob diese Fertigkeiten eines Tages nicht nützlich oder sogar lebensrettend sein würden. Von da an hatten wir wie alle jungen Männer den größten Spaß daran, uns in jeder freien Minute an allen verfügbaren Fahrzeugen zu erproben – an verschiedenen Jeepmodellen und Militärlastern ebenso wie an Mopeds und Motorrädern, die wir während der kurzen Aufenthalte in unserer regulären Basis vorfanden. Bei der ersten Gelegenheit machten wir den Militärführerschein, mit dem es ein leichtes war, in den Ferien auch die allgemeine Fahrerlaubnis zu erwerben.

Avschi brachte mich zur Garage Tschetschik in der Mamillastraße, wo er mich vorstellte und dann zu mir sagte: »Das ist Tschetschik, der Meister der Vespas.« Avschi und jener Mann schienen alte Bekannte zu sein, und es stellte sich heraus, daß Tschetschik vor meiner Zeit als Stabsfeldwebel für den Fuhrpark unserer Basis verantwortlich gewesen war und dort auch jetzt noch von Zeit zu Zeit Reservedienst leistete. Er brachte den Nachwuchsmechanikern bei, wie man ein Fahrzeug im Schuppen wie im Feld richtig behandelte. Tschetschik war eine große, stattliche Erscheinung und sah nicht so aus, als beschmutzte er sich die Hände mit Maschinenöl. Doch rasch bemerkte ich, daß er, wenn es sein mußte, seinen Arbeitern durchaus erklärte und auch vorführte, was sie zu tun hatten. Zion, sein Gehilfe, ließ den Motor einer Vespa an, und Tschetschik schien die Maschine wie ein erfahrener Mediziner abzuhorchen. Dann befahl er, drei weitere Mopeds herbeizurollen, um auch ihre Motorgeräusche zu prüfen. Schließlich blieb er bei einer dunkelblauen Vespa stehen. »Drei Jahre alt, Baujahr 1958«, sagte er, »das beste Vespamodell überhaupt.« Er schaltete den Motor aus, ließ ihn erneut an und forderte Avschi auf: »Hör dir das an. Was für eine Maschine – eine Symphonie!« Weder stellte ich die übliche Frage nach dem Preis, noch erkundigte ich mich, weshalb das Moped zum Kauf angeboten wurde – mir war klar, daß der Handel von jetzt an eine Angelegenheit zwischen Tschetschik und Avschi war und ich mich auf die beiden verlassen konnte. »Shaul und ich sind wie Brüder«, erklärte Avschi, um Tschetschik zu signalisieren, daß er jede Vergünstigung, die er ihm einräumte, auch mir gewähren mußte. Bevor das Geschäft abgeschlossen wurde, drehte ich eine Runde mit dem Moped. Ich saß auf der Maschine und war glücklich; sie entsprach genau meinen Vorstellungen. In die Werkstatt zurückgekehrt, zahlte ich mit einem Scheck an und stellte mehrere vordatierte Schecks über die restlichen, freundlich bemessenen Raten aus. Dann sagte ich zu Avschi:

»Steig auf. Jetzt fahren wir zu Josef, meinem Friseur.«

»Wie kommst du denn darauf?«

»Mit der Mähne und dem Bart siehst du wie ein Neandertaler aus. Es wird dir nicht schaden, dich hin und wieder in einen zivilisierten Menschen verwandeln zu lassen. Außerdem sagt Chaja, daß ich ebenfalls einen neuen Haarschnitt brauche. *Jalla*, steig auf, wir fahren!«

»Wenn Chaja das sagt ... Wer bin ich, daß ich ihr widersprechen könnte?« sagte Avschi, teils um mich aufzuziehen, teils um mir eine Freude zu machen, denn er verstand nun, wie eilig ich es hatte, Chajas Wünsche zu erfüllen. »Aber nur unter der Bedingung, daß ich lenke ...«

»Gib Gas!«

Avschi fing laut zu lachen an:

»Ich war mir sicher, daß du Spaß daran haben würdest. Du wirst mir jeden Tag dankbar sein, wenn du mit deiner Vespa unterwegs bist.« Und er hatte recht. Ich genoß es aufs höchste, so durch die Straßen Jerusalems zu fahren, und bedauerte

es fast, als wir in kürzester Zeit bei Josef, dem Friseur, ankamen. Man muß bedenken, daß der Stadtverkehr damals noch nicht so dicht war; es gab vergleichsweise wenig Autos, und als junger Vespafahrer fühlte man sich wie ein König.
Der Friseursalon war leer. Wie immer in den geschäftsschwachen Stunden hatte sich Josef in einem Frisiersessel niedergelassen und las in einem der Frauenmagazine, die er regelmäßig für die wartenden Kunden kaufte; er wußte, wie neugierig Männer auf den Inhalt solcher Zeitschriften sind. Als er mich sah, sprang er auf und begrüßte mich mit einem freudigen *ahlan*. Der Salon, in dem mir von Kindesbeinen an die Haare geschnitten wurden, befand sich in der Qeren-Qajemmet-Straße, westlich der Ussischkinstraße, auf der Grenze zwischen Rechavia und dem Nachla'ot-Viertel, und seine Kunden stammten aus diesen beiden Welten. So hatte Josef einst mir kleinem Jungen aus der Nissim-Bachar-Straße zuflüstern können: »Der Herr, dem ich eben die Haare geschnitten habe, ist Professor Chaim Jehuda Roth, ein wichtiger Mann von der Universität. Er unterrichtet Philosophie«, woraufhin der kleine Junge Josef fragte: »Was ist Philosophie?« – »Das ist ..., nun, das ist ... Philosophie ist ein sehr wichtiges Fach«, antwortete der Friseur, und der kleine Junge staunte: »Aah.« Als ich mich später als Geschäftsmann und Weltbürger mit erstklassigen Friseursalons auskannte, ging ich bei meinen gelegentlichen Aufenthalten in Jerusalem weiterhin gern zu Josef, um mich mit jener mit freudiger Erregung gepaarten Hochachtung, die er mir jedesmal entgegenbrachte, von ihm umsorgen zu lassen. Nun konnte er anderen Kindern ins Ohr flüstern: »Der Herr, der sich eben die Haare schneiden ließ, war einmal ein kleiner Junge wie ihr, aus der Nissim-Bachar-Straße, und heute ist er ein wichtiger Mann in der Computerbranche. Niemand weiß, wie viele Millionen er besitzt.«
Zu dieser Zeit war sein Rücken bereits leicht gekrümmt und

sein Haar grau meliert. Ich fühlte, daß er in mir den Sohn aus einfachem Hause sah, der erwachsen geworden war und seinen Weg gemacht hatte, und daß ich ihm ein Quentchen der Zufriedenheit schenkte, die ein Vater durch seinen Sohn erfährt. In jeder Phase meines Lebens freute es mich, mich mit seinen Augen zu sehen; es war, als reflektierten die Spiegel in seinem Friseurgeschäft alle Stationen meines Lebens. Gleichzeitig war Josef, der Friseur, natürlich auch älter geworden. Inzwischen gab es ein Telefon im Salon, und die Ausstattung, die beiden Sessel und die Spiegel, waren einer modernen Ausstattung gewichen. Dennoch arbeitete er wie früher meistens allein und ließ nur in heißen Geschäftsphasen einen greisen Verwandten, einen Friseur im Ruhestand, zur Unterstützung kommen. Wenn ich den Salon in einem der teuren Anzüge betrat, die für Josef das Zeichen meines Erfolges waren, forderte er manchmal einen wartenden Jungen auf, mir den Vortritt zu lassen, so wie er mich in meiner Kindheit gebeten hatte, einen »sehr wichtigen Herrn« zuerst bedienen zu dürfen. Ich wollte aber unter keinen Umständen einem Kind den Platz wegnehmen; viel lieber wartete ich, denn in Wahrheit suchte ich Josefs Salon nur auf, um mich etwas vom gehetzten Leben des Geschäftsmanns zu erholen; ich wollte still und zufrieden dasitzen, wie früher in den Zeitschriften blättern und Josef und seiner Kundschaft zuhören, wenn sie erregt über den letzten Sieg des FC Betar Jerusalem diskutierten.

Als ich in das Gymnasium nahe der Universität aufgenommen worden war, hatte sich Josef wie ein Vater gefreut und versprochen, meinen ersten Haarschnitt als Student erhielte ich kostenlos. Selbstverständlich erinnerte ich ihn nicht daran, als ich nach der Aufnahme meines Hochschulstudiums zum ersten Mal zu ihm ging. Nachdem der Schnitt beendet war, stand ich auf und reichte ihm die Bezahlung. Aber Josef schob meine Hand fort und wies mich auf sein Versprechen hin, auf dem er hartnäckig bestand. Als ich ihn in der Uniform meiner Eliteeinheit aufsuchte, hatte ich in Josefs Augen den Olymp erreicht; er wußte vor lauter Stolz gar nicht, wohin damit. Vielleicht mochte ich ihn auch, weil er zu mir vollkommen aufrichtig war und ohne jede Verstellung mit mir umging.

Jetzt sagte ich zu ihm: »Avschi und ich sind wie Brüder. Er war mein Vorgesetzter in der Armee.« Und Avschi, der durch seinen Wuchs und sein Auftreten auf Josef vom ersten Augenblick wie ein israelischer Dschingis Khan wirkte, wurde wie eine Majestät begrüßt und voll tiefem Respekt zu einem der Sessel geleitet. Sofort war Avschi in seinem Element: Wie zwei Freunde aus dem Volk fachsimpelten er und Josef über Fußball, den wichtigsten Lebensinhalt des Friseurs, und Avschi bewunderte Josefs genaue Kenntnis von allem, was sich hinter den Kulissen der Jerusalemer Vereine abspielte. Als sich Avschi aus dem Frisiersessel erhob, waren sein Haar und sein Bart mit äußerster Präzision geschnitten. Er betrachtete sich noch einmal im Spiegel und verlieh seiner Zufriedenheit Ausdruck, indem er »Alle Achtung« sagte – zumindest an diesem Tag konnte die Welt Josef, dem Friseur, nichts Größeres mehr bieten, das war klar. Und auch mir zollte Josef Anerkennung, denn ich hatte Avschi zu ihm geführt.

»Verpassen Sie ihm eine schöne Frisur«, sagte Avschi zu ihm, als ich mich auf dem Sessel niederließ. »Er muß für seine Freundin hübsch sein.«

»*Ualla!*« entgegnete Josef. »Du hast eine Freundin?«

Ich nickte.

»Sicher werdet ihr heiraten, *inscha'allah*.«

»Vielleicht, man kann nie wissen«, antwortete ich und hörte mich zum ersten Mal diese Möglichkeit laut in Erwägung ziehen.

Kapitel 13

An meinem Arbeitsplatz klingelte das Telefon, und ich nahm ganz in Gedanken den Hörer ab und sagte »Hallo« – es war sicher jemand, der etwas über das Archiv wissen wollte. Da vernahm ich eine Frauenstimme, die geheimnisvoll heiser wie Marlene Dietrich oder irgendeine andere Diva im Tonfall eines verzogenen Görs krächzte: »Es stimmt doch? Du bist verrückt danach, jetzt gleich auf deinem Schreibtisch mit mir zu schlafen.« Von einem Augenblick auf den nächsten war mein ganzer Körper von Lust überschwemmt. Genosse Burstein saß mir gegenüber, als ich mit hochrotem Kopf antwortete: »Ah, guten Tag, Chaja. Kann ich dich in ein paar Minuten zurückrufen? Ich bin nicht allein.« Doch Chaja sagte: »Du hast meine Frage nicht beantwortet.« Ich wußte bereits, daß sie, wenn sie einmal in Stimmung war, nicht so rasch lockerließ, und erwiderte: »Ja, natürlich möchte ich das.« Daraufhin fragte Chaja: »Was möchtest du?« und ich konnte nichts anderes tun, als zu sagen: »Hervorragend, danke, also bis bald.«

Ich legte den Hörer auf und wandte mein Gesicht, das noch heiß glühte, wieder dem Genossen Burstein zu. Dieser schaute mich freundlich an, als habe er Verständnis für die Verlegenheit eines verliebten jungen Mannes, der offenbar soeben die Stimme seines reizenden Mädchens vernommen hatte. Natürlich konnte ich Chaja nicht zurückrufen, denn ich wußte nicht, von wo aus sie telefoniert hatte. Überall, wo es ein Telefon gab und die Möglichkeit bestand, ohne Zuhörer

zu sprechen, konnte sie auf die verrückte Idee gekommen sein. Da ihr überfrachteter Stundenplan nur selten Zeit für solche Scherze ließ, gelang es ihr immer wieder, mich damit zu überraschen.
Ein andermal erwischte sie mich allein in meinem Zimmer im Archiv und fragte: »Sag mal, findest du nicht, wir sollten regelmäßig tagsüber vögeln, wenn die Sonne scheint, im prallen Licht statt im Schutz der Dunkelheit – wenn ich dir alles zeigen und bei dir alles anschauen kann?« Als hätte dieses schamlose Wesen mir in unseren Liebesnächten nicht auch bei elektrischer Beleuchtung schon alles gezeigt und alles gesehen ... Aber sie um neun oder zehn Uhr vormittags so reden zu hören gab mir das Gefühl, wir hätten bis dahin tatsächlich in einem Schattenreich gelebt, und ich wollte nur noch eines: sie ganz sehen und mich ihr ganz zeigen, ihr die Seele aus dem Leib vögeln, *job twoju matj*, beim Arsch ihrer Mutter, am hellichten Tag und – das verstand sich von selbst – auf dem Schreibtisch, an dem ich saß ... Und um mich ganz zu verbrennen, fügte das süße Luder hinzu: »Stell dir vor, wir wären am Strand, an einem Plätzchen, das uns allein gehört.« In allen Einzelheiten beschrieb sie, wie wir uns betrachteten und es im grellen Sonnenschein gemeinsam trieben, und mir war, als hätten wir noch nie nackt voreinander gestanden. Aber in dem Moment, in dem ich voll entflammt war und noch mehr anzügliche Details hören wollte, sagte sie zu mir: »Denk darüber nach, mein Liebling«, und legte kurzerhand auf. Es läßt sich schwerlich behaupten, daß es mir nach einem solchen Gespräch leichtgefallen wäre, mich wieder mit Leib und Seele meiner Archivarstätigkeit zu widmen, auch wenn so ein braver Jerusalemer Junge wie ich selbstredend versuchte, eifrig mit der Arbeit fortzufahren. Am Abend fielen wir dann übereinander her, als habe uns tatsächlich die Sonne eines Meeresstrands einen ganzen Tag lang mit sexueller Energie aufgeladen.

Wiederum ein andermal eröffnete sie das Telefongespräch mit den Worten: »Hättest du nicht Lust, mich zu riechen?« Ich krächzte vor Verlangen, als ich fragte: »Dich wo zu riechen?« – »Jetzt ist es zwei Uhr, wir sehen uns heute abend um sieben. Bis dahin hast du Gelegenheit nachzudenken, wo du mich riechen willst«, entschied sie und ließ mich auf der Sandbank dieses Phantasiebilds im Stich. Bis sieben Uhr abends fiel mir kein Fleckchen ihres Körpers ein, dessen Duft ich nicht bereits in mich aufgesogen hatte. Ich spürte den Duft ihres Haars und ihrer Haut und nahm den Apfelduft des Atems ihrer Nase und des Hauchs ihres Mundes wahr, der mir die Sinne nahm und eine erste Erektion bescherte; und so wanderte ich ihren Körper hinab, von vorn und von hinten, bis zu ihren Fußsohlen.

Abends in ihrer Wohnung steckte ich meine Nase dann ohne Umschweife zwischen ihre Schenkel, atmete den Duft ihrer Säfte und flüsterte in ihre Scham hinein: »Nach fünf Stunden intensiven Nachdenkens bin ich zu dem Schluß gelangt, daß du diese Stelle meintest.« – »Genie!« rief Chaja, faßte meinen Kopf mit beiden Händen und drückte meine Nase in ihre Höhle. Doch als ich anfing, die Lippen und die Zunge zu gebrauchen, was sie sonst immer um den Verstand brachte, protestierte sie laut: »Nein, nicht doch! Du sollst bloß an mir schnuppern. Der Gedanke daran hat mir den ganzen Tag keine Ruhe gelassen. Heute früh in der Universität sahen wir einen Film über Gerüche in der Natur, darin gab es eine kurze Sequenz über Pferde.« Spontan drehte ich sie um und zwang sie auf die Knie: »Da du von Pferden sprichst ...«, sagte ich und schnüffelte an ihr wie ein Hengst oder zumindest so, wie ich glaubte, daß Hengste an Stuten rochen. »Du bist phantastisch«, rief sie. »Wie du dich so leicht in meine verrückten Phantasien hineinversetzt!« Es versteht sich von selbst, daß wir nun, da wir wie Pferde begonnen hatten, auch nach deren Methode fortfuhren ...

Im Anschluß an das Abendessen widmete sich Chaja zwei Stunden lang ihren Büchern. Als sie eine Pause benötigte, weckte sie mich zur zweiten Runde, aber ich protestierte: »Darf das Genie sich nicht ausruhen?« und wir lachten Tränen, bis wir erschöpft auf die Matratze sanken. Schließlich drehte sie mich auf den Rücken und setzte sich auf mich, um mich im Rhythmus von »Hoch zu Pferde singen sie« zu *reiten* – so nannte sie diese Position. Allerdings brach ihr Gesang, ganz im Gegensatz zur Interpretation des Duda'im-Ensembles, in der Mitte ab, um sich in ein lustvolles Keuchen und Ächzen zu verwandeln, das in einem ekstatischen Aufheulen endete.

Manchmal jedoch sprach sie am Telefon in ganz anderem, ernstem Ton zu mir: »Mein Süßer, ich möchte dir etwas verraten. Du weißt es vielleicht noch nicht, aber ich liebe dich sehr ...« In solchen Momenten war ich tief gerührt. Aus der Ferne hörten sich diese Worte noch besser und noch wahrer an, irgendwie durch nichts zu erschüttern. Einmal sagte ich leise in den Telefonhörer: »Du fängst doch nicht an, mich so zu lieben, wie ich dich liebe? – Es macht mich traurig, dich zu lieben. Ich habe Angst. Angst, du könntest aufhören, mich gern zu haben, Angst, ich könnte dich verlieren, du könntest mich verlassen und zu einem anderen gehen ... Vielleicht willst du sogar zu Gerschon zurück ... Es macht mir angst, daß er in jedem freien Moment anruft und dir sagt, daß er auf dich wartet. Warum hat er noch nicht aufgegeben? Ich fühle mich unsicher und finde keine Ruhe.« Von Angesicht zu Angesicht hätte ich sicherlich nicht den Mut gefunden, diese tief verborgene Befürchtung auszusprechen; sie war wie ein Dämon, der mir immer wieder für einen Moment die Zunge herausstreckte, um mich daran zu erinnern, daß nichts sicher und selbstverständlich war. Und Chaja flüsterte mit bebender Stimme: »Wenn du so empfindest, dann liebst du mich vielleicht wirklich. Danke!« – und legte auf.

Einmal erschreckte sie mich, indem sie mich fragte:
»Was meintest du, als du sagtest, Ruthi hätte dich aufs freundlichste bewirtet?«
»Wann habe ich das gesagt?« fragte ich zurück, ohne zu wissen, worum es ging.
»Damals, als ich verspätet aus Tel Aviv zurückkam, hast du mir erzählt, die Rothaarige hätte sich deiner angenommen und dir vom Kuchen meiner Mutter gegeben. Was hat sie dir noch angeboten?«
»Keine Ahnung. Kaffee, nehme ich an. Das ist Monate her, wie soll ich mich daran erinnern? Sie sagte, sie hätte von dir den Auftrag bekommen, sich um mich zu kümmern. Und genau das hat sie getan.«
»Wer hat ihr erlaubt, den Kuchen meiner Mutter anzurühren? Hast du sie dazu ermutigt? Was hast du ihr sonst noch gestattet?«
»Ich? Ich war damals Gast – aber ich verstehe nicht, weshalb dir das jetzt einfällt und du so ein Theater deswegen machst...«
»Warum hat sie gesagt, sie hätte Lust mitzuvögeln, wenn sie uns hört?«
Endlich ging mir ein Licht auf.
»Sag mal, bist du noch ganz bei Trost? Was stellst du dir vor?«
»Ich möchte, daß du laut und vernehmlich zu mir sagst: ›Ich habe mit Ruthi nicht gevögelt.‹«
»Du bist verrückt! Das wirst du aus meinem Mund nie hören. So etwas zu sagen wäre unter meinem Niveau, aber auch unter deinem!«
»Aha! Ich habe es gewußt!«
»Chajale, was ist los...?«
Schon hatte sie den Hörer auf die Gabel geworfen, und ich saß staunend und etwas erschrocken da. War es das, was mich erwartete? Um die Wahrheit zu sagen, hatte ich schon früher unangenehme Zeichen der Eifersucht an ihr entdeckt.

Wenn wir manchmal zusammen in der Mensa aßen, fragte sie mich scheinbar zum Spaß: »Meinst du, ich hätte nicht gesehen, wie du das Mädchen, das gerade vorbeiging, angestiert hast?« Ich wußte nicht einmal, von wem sie sprach, und entgegnete scherzhaft in ritterlichem Ton: »Chajale, andere Frauen sehe ich nicht, denn ich habe nur Augen für dich.« Bisweilen stellte sie mich auch auf die Probe, indem sie sagte: »Schau die an, das Mädchen in der engen Hose, das mit dem Hintern wackelt – was hältst du von ihr?« Einmal antwortete ich: »Die ist nicht mal deinen kleinen Fingernagel wert.« Ehrlich gesagt, begann mich ihr Verhalten zu stören. In der Vorstellung, die ich mir von der Idealform eines offenen Gesprächs zwischen Liebenden machte, hörte ich mich auf eine derartige Frage folgendermaßen antworten: »Sie sieht klasse aus, wirklich bildschön, und ihr Hintern ist eindeutig eine Wucht. Ich behaupte nicht, daß sie mich kaltläßt, aber du beeindruckst mich mehr. So ist es nun mal.« Aber mir war mittlerweile klar, daß ich über andere Frauen kein gutes Wort verlieren durfte, vor allem nicht über einen bestimmten Jungmädchentyp. Chaja, die nicht groß war und volle, feste Oberschenkel hatte (die mich schier verrückt machten), fühlte sich aus irgendeinem Grund vom Anblick eines schlanken, hochgewachsenen Mädchens, das leichtfüßig daherkam, bedroht. Mehrmals wollte sie von mir wissen, ob ich nicht Lust auf Hermona hätte (heutzutage würde sie wahrscheinlich fragen, ob ich auf Hermona geil sei) oder auf eine andere von Avschis Partnerinnen, und ich mußte sie mit vielen beschwichtigenden Worten vom Gegenteil überzeugen. Unterdessen spürte ich, wie die Lüge sich in unsere Sprache einschlich oder in das, was man später im funktionalistischen Fremdwörterhebräisch Kommunikation nennen würde. Aber da die positiven Seiten für den Frischverliebten bei weitem überwogen, war ich gern bereit, diesen kleinen Preis für mein Glück zu

zahlen – bis zu jenem Telefongespräch, das mich ziemlich erschreckte.
Am Abend desselben Tages begrüßte sie mich gleich mit Umarmungen und Küssen. Sie weinte, und sie lachte und sagte zu ihrer Entschuldigung, sie wisse, daß sie verrückt sei. »Plötzlich geht die Phantasie mit mir durch, und ich habe Angst, jemand könnte dich mir wegschnappen. Ich finde deinetwegen keine Ruhe. Bei Gerschon war ich immer beruhigt. Ich wußte, daß er mich liebte, und das gab mir Sicherheit. Ein solider, ernster Junge, ein Kampfpilot ohne Flausen im Kopf, auch kein übler Liebhaber, wenn auch nicht so phantasievoll wie du, und das, obwohl ich mit ihm nicht bis zum Ende ging. Manchmal scheint mir, daß dieser Mangel ein Vorteil ist, der einem Frieden und Stabilität verleiht. Aus irgendeinem Grund hatte ich das Gefühl, daß ihn mir nie jemand wegnehmen könnte. Mit dir bin ich auf einmal rastlos. Du hast mir selbst gesagt, daß du Angst hast, mich zu verlieren. Vielleicht ist das ein Zeichen wahrer Liebe, aber warum muß das alles so schwierig sein?«
Ich nahm zwei Armeedecken aus Wolle, die zu dem Fundus gehörten, den ich für die kälteren Winternächte in ihre Wohnung gebracht hatte, und sagte: »Komm mit, wir gehen.« Mit einem Schlag erwachte ihre Neugierde: »Jetzt? Wohin?« fragte sie, und wie stets, wenn die Abenteuerlust sie packte, wartete sie die Antwort nicht ab und sagte: »Ich zieh' mir nur eine andere Bluse an.« Es war schon dunkel, und sie legte ihre Arme um meine Hüften, so wie sie es immer tat, wenn wir auf dem Moped saßen. Es schien selbstverständlich, daß ich ihr das Ziel bis zu unserer Ankunft nicht verriet. Es war kühl, aber der Himmel war klar und voller Sterne. Seit mehreren Tagen hatte es nicht geregnet. Der Fahrtwind strich sanft über unsere Haut. Am Rande von Bajit wa-Gan, im Westen der Stadt, bog ich in die Straße zum Jerusalemer Forst ein und fuhr dann ein Stück des Wegs

langsam zwischen den duftenden Bäumen hindurch. Ich suchte die Lichtung, wo ich damals den Deux Chevaux von der Armee geparkt hatte, mit dem ich eines Abends mit Marcelle hierhergefahren war, als unsere Zimmer in der Schneller-Kaserne belegt waren. Dort schloß ich das Moped an einen Baum an, legte den Arm um Chajas Schultern und führte sie in den Wald hinein, genau an den Ort, an dem ich jene wilde Nacht mit Marcelle verbracht hatte. Davon erzählte ich Chaja jedoch nichts. Ich wollte ihr das Gefühl des Neuen nicht verderben. Ich breitete die Decke aus und stellte mich darauf. Durch die Baumkronen zeigte sich der sternenklare Himmel, und allmählich gewöhnten sich unsere Augen an die Dunkelheit. Ich nahm Chajas Hand, zog sie an mich und küßte sie lange auf den Mund. Ganz langsam ging ich vor ihr auf die Knie, und meine Hände glitten dabei zärtlich und liebkosend an ihr herab. Schließlich umfaßte ich ihre Hände, rutschte einige Zentimeter von ihr ab und sagte:
»Chajale, ich liebe dich. Mein Herz gehört dir ...« Und für einen Moment verlegen, ging ich zu einem heitereren Ton über und fragte in der Sprache meiner Kinderbücher: »Willst du mein Weib sein?«
Chaja nahm meinen Kopf und blickte mich lange an, bis ich in der Dunkelheit erkannte, daß ihre Augen von Tränen glänzten. Schließlich antwortete sie mir im selben Ton:
»So soll es sein.«
Wir brachen in Gelächter aus und legten uns angezogen nebeneinander, umarmten uns und versicherten uns flüsternd erneut unserer Liebe. Dann zogen wir uns ganz langsam gegenseitig aus, allerdings wegen der Jerusalemer Kälte nur das, was wir am Unterkörper trugen. So erlebten wir einige unserer herrlichsten Liebesmomente. Danach lagen wir auf der Seite und blickten uns an; wir deckten uns mit der zweiten Decke zu und sprachen, ohne daß es uns vollends bewußt war, über die Ängste, die uns angesichts der Tragweite

unseres Beschlusses erfüllten. Wir mußten es unseren Eltern mitteilen. »Au weia!« stöhnte Chaja, doch im Dunkeln konnte ich an ihrem Gesicht nicht erkennen, ob ihr Seufzer ernst gemeint war. Darüber hinaus mußten wir uns um eine Wohnung kümmern, natürlich in Jerusalem, wo wir beide studierten. Und wir mußten ...

»Zuallererst werde ich mit Mirale sprechen«, beschloß Chaja, »mit meiner Cousine, der Nonne, von der ich dir erzählt habe – sie ist meine beste Freundin. Eine so wichtige Entscheidung muß ich zuallererst ihr mitteilen, noch vor Mama und Papa und allen anderen. Außerdem möchte ich dich ihr vorstellen. Ich werde eine Nachricht zum Berg Tabor schicken, zu ihr ins Kloster, und dann fahren wir zusammen hin.«

Kapitel 14

Auf dem Moped fuhren wir über die Höhen des Gilboa, auf dem Weg zu dem Kloster auf dem Berg Tabor, wo wir Mirale, die Nonne, besuchen wollten. Chaja sprach immer voller Zuneigung und Sehnsucht von dieser Cousine Mirale, die den christlichen Glauben angenommen hatte, als sie sich im Krieg in einem Kloster versteckt hielt, und die nach der Befreiung nicht zum Judentum hatte zurückkehren wollen. Als Chaja erfuhr, daß eine Verwandte von ihr in Israel lebte, die, abgesehen von Chaja und ihren Eltern, als einzige aus der weitverzweigten Familie überlebt hatte, war sie eines Tages aufgebrochen und zu ihr gereist. Zwischen den beiden Cousinen entwickelte sich eine intensive Beziehung, und Chaja sah in Mirale nicht nur eine gute Freundin, sondern auch eine Schwester, ja sogar eine Mutter, mit der sie alles bereden konnte, was sie Bronia nicht anvertrauen mochte. Es war also kein Wunder, daß ich darauf brannte, Mirale kennenzulernen, erst recht jetzt, wo Chaja es für notwendig hielt, mich ihr vorzustellen. Im nachhinein scheint es mir, daß Chaja hoffte, bei diesem Besuch die nötige Bestärkung und Sicherheit zu erhalten, bevor sie mich ihren Eltern vorstellte.

Die Berge des Gilboa standen in voller Blüte, als hätte König David nie gesagt: »Weder Tau noch Regen soll es auf euch geben.« Diese Verbindung zwischen dem Land und den Versen der Bibel erstaunte mich jedesmal von neuem. Schon bei den Expeditionen und Manövern der Schwarzen Brigade, die stets von historischen Erläuterungen begleitet gewesen waren, hatte mich das Bewußtsein erregt, daß wir tatsächlich auf den Spuren unserer alten Brüder wandelten, die uns aus jenem wundervollen Buch so vertraut waren; daß du dieses Buch öffnen konntest und deine Augen gleich auf den Namen irgendeines Ortes fielen, von dem du sagen konntest: Sind wir nicht gerade erst auf einer Fahrt oder bei einer Übung dort vorbeigekommen? In diesem Land scheint jeder Fußbreit Boden, wie der Dichter sagt, nicht allein durch das Blut derer gesühnt, die in den Tagen unserer Neuerstehung fielen, sondern auch durch das Blut unserer fernen und doch so nahen Brüder. Meine Klassenlehrerin, Frau Liechtenstein-Schakdi, hatte mir einmal aufgetragen, bei der Abschlußfeier der sechsten Klasse der Volksschule – heute nennt man das Grundschule – die Ballade »Geschlechterquell« vorzutragen, aber erst an dem Tag, als ich mit dem Moped durch das Gilboa fuhr und Chaja von hinten meine Hüften umschlungen hielt, während ihr Kopf entspannt auf meinem Rücken ruhte, erst da wurde mir plötzlich klar, daß die Lehrerin mich ausgewählt hatte, weil ich wie Shaul Tschernichowski, der Verfasser, den Namen jenes unglücklichen Königs trug, dessen Geschichte mir so zu Herzen ging und der hier auf den Höhen des Gilboa gefallen war. Nun erinnerte ich mich wieder, wie sehr mich damals die Zeilen bewegt hatten, die die Zauberin, aus ihrer Höhle tretend, spricht, und deklamierte mit kräftiger Stimme von meinem Moped hinab:

Auf seinem Antlitz zeigt sich Blässe,
im Herzen aber trägt er keine Furcht,
Nur in den Augen blitzend Bilder,
das Ahnen eines schreckenvollen Tods.

»Frau Lehrerin«, hatte ich mich mit der damals üblichen Anrede zu Wort gemeldet. »Warum heißt es ›blitzend‹? Muß es nicht heißen: ›Nur in den Augen blitzen Bilder‹?«

»Sehr gut, Shaul«, sagte Frau Liechtenstein-Schakdi. »›Blitzend‹ bedeutet hier tatsächlich dasselbe wie ›blitzen‹. Die Dichter dieser Zeit drückten sich manchmal so aus.«
»Mein süßer Meschiggener!« schrie Chaja in mein Ohr, ehe sie ihr Gesicht wieder an meinem Rücken barg.
Und das Gilboa stand in voller Blüte. Als wir eine Eukalyptusallee hinauffuhren, bat Chaja mich, einen Moment anzuhalten. Wir standen dort und sogen mit den Augen die tulpen-, alpenveilchen- und anemonenbedeckte Weite in uns auf, mit all den bunten Tupfern aus Krokussen und großen Urgineen, zwischen denen hier und da das Grün der Mandragora leuchtete.
»Sag mal, wie heißt diese Blume noch gleich?« fragte ich Chaja und zeigte auf ein violett und gelb gewirktes Exemplar, das majestätisch aus dem bunten Teppich ragte.
»Schwertlilie«, sagte Chaja. »Dabei handelt es sich um ein äußerst zartes und anspruchsvolles Gewächs. Es wird auch Prinz von Gilboa genannt.«
Ich schaute sie erstaunt an. Ich mußte an Masi denken und überlegte verwundert: Die eine war eine waschechte Tiberianerin und die andere eine Holocaust-Überlebende aus Polen, die erst vor dreizehn Jahren eingewandert war, und beide kannten den Namen jeder Blume und jeder Pflanze in diesem Land. »Wo gibt es noch ein einziges Volk auf Erden wie dein Volk Israel«, begann ich laut ein Lied zu singen, das ich im Geiste hörte, ein Lied, das ich in der Jugendbewegung des *Betar* gelernt hatte. Chaja stimmte laut und vergnügt ein und gab, während wir weiterfuhren, mit ihrer freien Hand den Takt an. Die Musiklehrerstochter hatte eine schöne Stimme und ein feines Gehör.
Kfar Tabor, die berühmte Ortschaft in Untergaliläa, erhob sich östlich des gleichnamigen Berges. Sie wurde von manchen noch Mess'cha genannt, wie sie ursprünglich geheißen hatte. Einstöckige Häuser aus schwarzem Basalt, Ziegel-

dächer, mit unregelmäßig langen Baumstämmen umzäunte Gärten, eine Schule, ein Kulturhaus und Reste der Stadtmauer. Für mich war dies der Ort, an dem zur Zeit der Urväter eine Begräbnisstätte gewesen war, und in der Nähe stand jetzt die renommierte Kaduri-Landwirtschaftsschule, aus der viele verdiente Persönlichkeiten hervorgegangen waren. Außerdem war es die Heimat der Familie Peikowitz, aus der Jig'al Allon, der bewunderte Führer des *Palmach*, stammte – das wußte ich noch von meinem ersten Besuch Kfar Tabors mit der Schwarzen Brigade. Die ganze Verbitterung meines Vaters über die *Hagana* und den *Palmach*, die von der berüchtigten *Jagdsaison*, jenem beschämenden Verrat unter Brüdern, herrührte, hatte die Dankbarkeit und Verehrung nicht beeinträchtigen können, die ich als Angehöriger einer Eliteeinheit der Armee dem *Palmach* gegenüber empfand, dem ja auch Major Edelmann angehört hatte. Im Militärinternat hatte Avschi eine Abschlußarbeit über die Schlachten des *Palmach* verfaßt. Später, bei unseren Geländefahrten und Manövern, erzählte er gern davon, und während wir auf den Spuren der Kämpfer wandelten, gab er ihre Kriegserinnerungen an uns weiter. Jetzt war ich zum ersten Mal als Zivilist in dieser Gegend, nicht zu Fuß und ohne Kampfausrüstung und Waffe. Kein Armeejeep oder Laster hatte mich hergebracht, sondern mein Moped, und Chaja, meine Freundin, begleitete mich. Es war ein schöner Tag, und ich fühlte mich völlig glücklich. Nichts drängte uns. Von Anfang an war klar gewesen, daß dies ein Ferientag sein würde; überall stand geschrieben, daß ich Urlaub hatte, in den Akten des Jischuw-Archivs ebenso wie in meinem Herzen, das sich von allem sonst freigemacht hatte.
Wir fuhren gemächlich dahin und legten immer wieder Zwischenstopps ein. Irgendwo stapfte ein stämmiger Landwirt in einem bunten, bis zum Hals geknöpften Hemd, mit schwarzen Stiefeln und einer für seinen Kopf zu kleinen

Fischerkappe durch eine Bresche in einer Steinmauer. Einen Milchkrug in jeder Hand, bewegte er sich offensichtlich auf einen Stall zu, aus dessen Tor das Hinterteil einer Kuh ragte. Dahinter verborgen saß eine melkende Frau, von der nur die Beine und die Hände, die das Euter des Tiers bearbeiteten, erkennbar waren. »Das ist Ida Berkowitz«, erklärte Chaja mir. »Mirale hat mich einmal zu ihr mitgenommen. Bei dieser Gelegenheit erklärte Ida uns, daß es weiche Euter gibt, die angenehm zu melken sind, und zähe, aus denen man nur mit Mühe Milch herausbekommt.« Im selben Augenblick erhob sich Ida Berkowitz, und ich sah sie in voller Größe unter dem Stalltor stehen: eine korpulente Frau, die ein buntes Kopftuch, ein Leinenkleid und um die breiten Bäuerinnenhüften einen Schal trug, der aus dem gleichen Stoff wie ihre Kopfbedeckung gefertigt war. Der Bauer, sicher ihr Ehemann, stellte die beiden Krüge am Tor ab, und Ida schüttete aus dem Eimer die schäumende Milch hinein. Danach wischte sie mit dem Mittelfinger der freien Hand über ihre Stirn, und als sie den Blick hob, sah sie uns, die wir ein Stück entfernt stehengeblieben waren und ihr vom Moped aus zuschauten.

»Chajale?« rief sie zunächst zögerlich. Als sie jedoch sicher war, daß es sich um Chaja handelte, gewann ihre Stimme Kraft: »Wir haben uns lange nicht gesehen. Warst du bei Mirale?«

»Ich bin auf dem Weg zu ihr!« rief Chaja genauso laut und winkte ihr zu. »Du hast sie verwirrt«, fuhr sie, an mich gewandt, fort. »Sie hat dich noch nie gesehen, letztes Mal war ich mit Gerschon hier. Wir können ein Glas kalte Milch bei ihnen trinken.«

»Ich habe keine Lust auf Milch«, sagte ich über die Schulter hinweg zu Chaja.

»Es gab Zeiten, da mußten die Leute hier schwer schuften«, erzählte sie. »Aber Ida sagt, daß das Leben leichter geworden ist. Sie haben Einwanderer aufgenommen, Irakis, Kurden und ein paar Marokkaner. Die verstanden zwar anfangs nicht viel von Landwirtschaft, aber sie konnten zupacken und gewöhnten sich mit der Zeit ein. Sie arbeiteten für andere, ehe sie anfingen, eigene Farmen zu bewirtschaften. Bieg hier ab, und fahr bis zum Lebensmittelladen. Ich möchte, daß du Lola, die Inhaberin, kennenlernst. Auch sie und ihr Mann Jozy sind Überlebende aus Polen. Mirale hat sie mir einmal vorgestellt.«

Das Lebensmittelgeschäft war ein eingeschossiges verputztes Gebäude mit einem quadratischen Betonplatz davor. Ein behäbiger, fetter Bauer mit Glatzkopf, der ein Unterhemd trug und breite Arme und Arbeiterhände hatte, saß an einem der Tische, die draußen aufgestellt waren; er trank Bier aus einer Flasche und aß ein belegtes Brot. Im Eingang des Geschäfts stand ein mit köstlich duftenden Graubrotlaiben gefüllter Karton. Als Verkaufstresen im Innern diente eine buffetähnliche, langgestreckte Kühltheke, die von einer Marmorplatte bedeckt war. Außer Milchflaschen, Quark und Frischkäse erspähte ich durch die beschlagene Scheibe Nahrungsmittel, die mir, hungrig, wie ich war, als Delikatessen erschienen: Feta und Schnittkäse, eingesalzenen Fisch, geräucherte Sardinen und Makrelen sowie kleine und große Würste. Der Ladenbesitzer, ein feingesichtiger, hagerer Mann von kleinem Wuchs, fragte mit einem Einwandererakzent:

»Wos darf es sajn?«

»Jozy, puschpuschtchetcheschischischinjenje?« sagte Chaja in befremdlichem, tadelndem Ton. So ungefähr klang Polnisch in den Ohren eines sephardischen jungen Mannes, dessen Familie seit sieben Generationen in Palästina lebte und der nur Dora, unsere Nachbarin aus der Nissim-Bachar-Straße, hin und wieder slawische Laute hatte hervorbringen hören. Natürlich hätte ich die Wörter nicht einmal verstanden, wenn ich jedes einzelne deutlich vernommen hätte,

doch aus der Sprachmelodie konnte ich schließen, was Chaja in etwa sagte: »Jozy, kennst du mich denn nicht mehr?«
»Chajka«, rief der Ladenbesitzer lachend und überschüttete sie mit polnischen Entschuldigungen. Und Chajka – später sollte auch ich sie bisweilen so nennen, denn besonders in gespannten Situationen wirkte diese Koseform befreiend und ließ allen Groll verpuffen –, Chajka also entgegnete ihm mit einer Flut von *schischs* und *tschetschs*, in die sie ein oder zweimal den Namen Lola einflocht. Zur Antwort zuckte der Ladenbesitzer mit den Schultern und hob die Hände; in dem sich anschließenden Wortwechsel fielen ein hebräisches »Wie schade« und der Ortsname Afula.
»Wirklich bedauerlich, daß Lola nicht da ist«, sagte ich. »Sie konnte ja nicht wissen, daß wir kommen. Was sagt er, wohin sie gefahren ist?«
»Nach Afula«, erwiderte Chaja geistesabwesend. Doch dann schaute sie mich unvermittelt an: »He, du verstehst Polnisch?«
»Ja«, behauptete ich. »Vor allem die Wörter ›Lola‹, ›Wie schade‹ und ›Afula‹.«
Die geballte Faust, die meinen Bauch traf, erstaunte und amüsierte Jozy gleichermaßen, und ich hatte für einen Moment den Eindruck, daß ihm eine Frage auf der Zunge lag. Ich konnte förmlich zusehen, wie er sie nach kurzem Überlegen taktvoll hinunterschluckte, weil er wohl zu der Überzeugung gelangt war, daß es nicht ratsam war, sich nach Gerschons Verbleib zu erkundigen. Sicher sagte er sich, was jetzt, dreißig Jahre danach, auch mir öfters durch den Kopf geht: Bei der heutigen Jugend muß man auf alles gefaßt sein …
Jozy reichte Chaja eine Flasche Milch aus der Kühltheke und einen Pappbecher. »Was willst du essen?« fragte sie mich. »Er kann dir ein Sandwich mit Wurst oder Käse machen oder gleich zwei – eins so, eins so.«

»Hast du vergessen, daß ich Fleischiges und Milchiges nie mische, auch wenn das Essen nicht aus der Küche deiner Mutter stammt? Ich möchte zwei Wurstbrote.« Zwar hielt ich mich nicht streng an die religiösen Gebote, doch war es meinen Eltern gelungen, mir gegen manche Speisen einen gewissen Ekel anzuerziehen.
»Wenn das so ist, nehme auch ich nicht von beidem«, flüsterte mir Chaja zu. »Wenn du dich heute abend über mich hermachst, sollst du nicht den Eindruck haben, ich wäre nicht ganz koscher ... Und für mich ein Sandwich mit Schnittkäse, Jozy.«
Wir aßen draußen an einem Tisch. »Wenn *Trefes* immer so aussieht wie du, könnte ich ein Leben lang Tag für Tag davon essen – gleich hier, auf diesem Tisch«, entgegnete ich und spürte, daß bereits diese Worte meine Leidenschaft weckten. Sie warf mir einen begehrlichen Blick zu, ehe sie sich einem gleichsam religiösen Zeremoniell zu widmen begann: Damit kein Tropfen verlorenging, goß sie die Milch langsam und vorsichtig in den Becher. »Wie kann jemand keine Milch mögen?« fragte sie. »Jedesmal wenn ich an einer Molkerei vorbeikomme, weiß ich, wie froh ich bin, in Israel zu sein. Ich muß an die Angst denken und daran, wie ich mit Mama im Schutz eines Zauns oder der Bäume zurückblieb, damit uns keiner sah, wenn sich Papa einem Bauernhaus näherte, um ein Glas Milch für ein Kleinkind zu erbitten. Nie wußten wir, ob man ihm welche geben würde und ob sie nicht mit Wasser verdünnt war. Außerdem mußte man abschätzen, wieviel sie wohl kostete, falls die Bauern dafür etwas verlangten, und ob Papa nicht ausgeplündert würde, wenn sie bemerkten, daß er jeden Preis zu zahlen bereit war. Papa trug sein Geld unter einem speziellen Gürtel unter dem Hemd verborgen und holte immer nur kleine Beträge hervor, die er dann in der Manteltasche bereithielt. Niemand sollte sehen, daß er noch mehr Geld bei sich hatte.

Am schlimmsten war die Furcht, er könnte nicht zurückkommen und sie würden ihn ausliefern, wenn sie errieten, daß wir Juden waren. Offenbar spürte auch ich schon die Gefahr, obwohl ich noch so klein war. Es kann aber auch sein, daß meine Eltern mir später halfen, das Angstgefühl, an das ich mich erinnerte, mit einer Bedeutung zu füllen. Jedenfalls lebten wir in dem Teil Polens, der nach dem Molotow-Ribbentrop-Abkommen russisch wurde, in der Nähe der ukrainischen Grenze. Aus Mißtrauen gegenüber den Sowjets hatte Papa unser Geld rechtzeitig in Sicherheit gebracht. Als die Deutschen in die Sowjetunion einfielen, war ich ein Jahr alt, und wir flohen über die Grenze. Aber die Deutschen rückten rasch vor und überholten uns. Der Winter, die ukrainischen Antisemiten und die Deutschen spielten bis zur Befreiung der Ukraine 1944 ein grausames Versteckspiel mit uns. Ich erinnere mich an viele Keller und finstere Verliese. Papa und Mama nahmen mich immer zwischen sich und wärmten mich an ihrer Brust, damit ich nicht erfror. Ich kann nie an den Gerüchen eines Bauernhofs vorbeigehen, ohne daß ich daran erinnert werde, daß ich im Staat der Juden bin. Magst du den Geruch nicht?«

Man konnte schwerlich behaupten, daß man bei mir daheim einen romantischen Kult um den Duft von Dung und Heu betrieben hätte. Obwohl die alteingesessenen Bauern eher als Anhänger der Parteien der Mitte und der Rechten galten, gab es in unserer Familie die Neigung, alle Landwirte, insbesondere die Bewohner der *Kibbuzim* und *Moschawim*, mit den sogenannten Abtrünnigen, den eingeschworenen Gegnern der jüdischen Untergrundorganisationen, gleichzusetzen. »Sie grenzen uns aus der Gemeinschaft des jüdischen Volkes aus«, hatte mir mein Vater damals, in meiner Kindheit, mit unterdrücktem Zorn erklärt, und auch später, nach der Errichtung des Staates, betrachtete er sie weiterhin als Feinde. Ich selbst war während meines Dienstes in der

Schwarzen Brigade in vielen landwirtschaftlichen Siedlungen zu Gast gewesen und hatte unter den hervorragenden Soldaten, die daraus hervorgingen, gute Freunde gewonnen. Ich wußte, daß keiner von ihnen gezögert hätte, in der Stunde der Prüfung sein Leben für die anderen aufs Spiel zu setzen, und war daher nicht fähig, wie mein Vater über sie zu denken. Jahre später, als der von mir verehrte Menachem Begin als Premierminister die *Kibbuzim* besuchte, blickte ich in die ganze Tiefe dieser sinnlosen Kluft, und mein Schmerz verdoppelte sich: Orientierte ich mich an meinem Vater, so konnte ich den Schmerz der »Kämpfenden Familie« fühlen, der Zurückgesetzten, Ausgestoßenen und Verfolgten, die nicht vergessen wollten und denen Menachem Begin als Sprachrohr diente; identifizierte ich mich mit meinen Freunden, den jungen Kämpfern aus den *Kibbuzim*, dann spürte ich, welche Kränkung dieser Bevölkerungsgruppe zugefügt wurde, die im Verhältnis zu ihrer Größe mehr Opfer als jede andere für den Bestand unseres Staates gebracht hatte. Wo gibt es ein idiotischeres Volk auf Erden als dein Volk Israel?
Chaja hielt den Becher mit beiden Händen und trank in kleinen Schlucken. Eine ferne Zeit schien sich auf ihr Gesicht und ihre Augen gelegt zu haben; sie befand sich in einer anderen Welt. Wenn es stimmt, wie manche sagen, daß die Seele einem Hügel aus den Ascheschichten vieler Epochen gleicht, dann sah ich jetzt für einen Augenblick, wie die dreijährige Chajale in der Nähe eines ukrainischen Dorfs einen Becher Milch genoß. Ein Araber mit einer weißen *Keffije* betrat den Laden. Er kaufte eine Packung Dubek-Zigaretten, ging wieder hinaus, setzte sich vornübergebeugt mit dem Rücken zur Wand und rauchte mit geschlossenen Augen. Seine Lippen schienen ein Gebet zu murmeln. Eine Frau mit verbittertem Gesicht näherte sich dem Bauern am Nachbartisch und zischte:

»Hast du gesehen? Die Ladenbesitzer haben gekachelte Toiletten.«

»Ich hab's gesehen«, sagte er und rülpste.

»Nur wir besitzen nichts. Sie haben auch einen Plattenspieler. Einwanderer sind sie und leben wie die Kaiser, während wir in der Erde verfaulen.«

»Ich hab' schon verstanden«, murrte er feindselig, als sei die Benachteiligung, die einen Alteingesessenen wie ihn in einer Armut leben ließ, die in deutlichem Gegensatz zum Wohlstand der Neuankömmlinge stand, nichts, aber auch gar nichts gegen das himmelschreiende Unrecht, durch das er dazu verurteilt war, diese Frau ertragen zu müssen.

»Tischler«, rief er dem Ladenbesitzer zu, »kannst du mir ein Paar Arbeitshosen borgen?«

»Leider ist Lola nicht da«, sagte Chaja. »Ich wünschte, du könntest sie kennenlernen, eine wunderbare Frau. Du müßtest hören, wie gut sie hebräisch spricht. Sie stammt aus einem kultivierten zionistischen Elternhaus. Sie hat das Abitur an einem hebräischen Gymnasium in Wilna gemacht, und schon daheim in Polen las sie die ganze neuhebräische Literatur bis hin zu Bialik. Man findet sie ständig in ihre Bücher vertieft, am Sabbat, abends und in jeder freien Minute im Laden; sie liest auch moderne israelische Literatur und Werke in den vielen anderen Sprachen, die sie versteht. Ich habe keine Ahnung und möchte auch nicht danach fragen, warum sie ausgerechnet ein Lebensmittelgeschäft aufgezogen haben, jedenfalls betreiben sie es mit Erfolg. Jozy begegnete Lola nach dem Holocaust. Er ist nicht besonders gebildet und spricht nur ein einfaches Hebräisch, aber er ist feinfühlig und voller Herzlichkeit.«

»Und sie kommen gut miteinander aus?«

»Diese Frage habe ich mir auch schon gestellt. Aber es scheint, sie führen ein glückliches Leben. Bei Holocaust-Überlebenden gelten offenbar andere Maßstäbe, wenn es darum geht zu beurteilen, wie ein Paar sich versteht. Das ist *mein* Eindruck, aber wer weiß?«

Ein Jude mit jemenitischem Aussehen kam langsam näher. Als Jozy ihn sah, trat er an die Tür und rief:

»Herr Elioschiw, die Gewürze, die Sie bestellt haben, sind da.«

»Das sind Alteingesessene«, sagte Chaja. »David und seine Frau Badra gehörten zu den ersten Dorfbewohnern. Zunächst arbeitete er in den Zitrushainen von Petach-Tiqwa, bis sein Arbeitgeber eines Tages zu ihm sagte: ›Hör zu, in Kfar Tabor wird ein Bauernhof frei. Du solltest hinfahren. Willst du ewig bei mir den Boden umgraben?‹ Und seither lebt die Familie in Kfar Tabor, inzwischen in der dritten Generation – ihre Kinder haben Aschkenasim geheiratet. Außerdem gab es hier zwei Sepharden, die aus der Umgebung des See Genezareth stammten. Beide betrieben ein Kolonialwarengeschäft. Ihnen folgte in den zwanziger Jahren Binjamini. Er war ein Jude, der mit einer Blechkiste voll Goldbarren aus dem Irak immigrierte. Auch er eröffnete einen Kolonialwarenladen. Wie ich schon sagte, in den fünfziger Jahren kamen aus den Übergangslagern weitere Irakis, Kurden und einige Marokkaner in den Ort. Nimm noch die ältesten Dorfbewohner dazu, die vorher in Rosch-Pinna, Sichron le-Zion, Metulla und Schfeje ansässig waren – allesamt zionistische *Pioniere* aus der Ukraine und Rumänien beziehungsweise Kinder von solchen –, schon hast du die ganze Diaspora hier versammelt.« Ein freudiger Ausdruck lag auf Chajas Gesicht. Bis zu meiner Einberufung hatte ich ein behütetes Leben in meiner Heimatstadt Jerusalem geführt und hatte, abgesehen von einigen Ausflügen und Exkursionen mit der Schule und der Jugendgruppe des *Betar*, nur selten andere Teile des Landes besucht. Und obwohl ich später mit der Schwarzen Brigade Israel kreuz und quer durchreist und dabei viele neue Orte entdeckt hatte, schien

mir jetzt, daß sich das Einwanderermädchen aus Polen weitaus besser auskannte als ich.
Uns gegenüber erhob sich der kahle Berg Tabor, dessen braune Nacktheit von den verstreuten Flecken kümmerlichen Waldes noch unterstrichen wurde. Ich erzählte Chaja, daß Se'ev Jabotinski 1909 den Berg besuchte und im Jahr 1910 die Geschichte »Ba'al bajit ke-sajit« schrieb, in der es über den Tabor heißt: »Schon von weitem war er sichtbar, ein Berg, majestätisch und rund wie ein Kreis, als sei eine große Apfelsine in der Mitte durchgeschnitten und ihre eine Hälfte zwischen dem Lande Issachar und dem Lande Sebulon niedergelegt und als hätten alle anderen Höhen sich zurückgezogen und stünden nun gedrängt, um einen breiten Ring flachen Landes um den schönen Tabor zu legen und ihm Raum zu geben.«
»Bravo!« sagte Chaja. »Daß du das auswendig aufsagen kannst!«
»Die Schriften Jabotinskis gehörten zu den wenigen Büchern, die es bei uns zu Hause gab. Immer wenn ich gerade kein Buch aus der Bibliothek entliehen hatte, las ich darin, vor allem in Jabotinskis belletristischen Werken. Kinder lesen Geschichten, die ihnen einmal gefallen haben, immer wieder.«
Bevor wir uns auf den Weg machten, suchten wir die Toiletten auf, deren neue Kachelung den Neid der Bauersfrau geweckt hatte. Sogar in der Nissim-Bachar-Straße hatte ich schon Beeindruckenderes als diese Kacheln zu sehen bekommen, aber an jedem Ort hat man wohl seine eigenen Vorstellungen von Luxus.
»Grüße an Mirele!« rief Jozy uns hinterher, als wir auf das Moped stiegen.
»Heißt sie Mirele oder Mirale?« fragte ich Chaja.
»Wie du willst. Es läuft auf dasselbe hinaus. Auf hebräisch sagt man Mirale, und jiddisch heißt es Mirele.«

Auf dem Parkplatz von Daburije, dem arabischen Dorf am Fuße des Tabor, stolzierten buntgefiederte Araberhähne umher. Zuweilen blieb einer stehen und warf sich in die Brust wie ein kaiserlicher Herold in einem Burghof. Chajas Rat folgend, stellte ich das Moped dort ab. Für den restlichen Weg bis auf den Gipfel des Berges, wo das Kloster lag, nahmen wir eines der arabischen Sammeltaxis, die am Platz auf Touristen warteten.
Die Chaussee, die in spitzen Kurven bergan führte, war beschädigt, und die Reifen des Taxis rissen Stücke von den Wegrändern, so daß Gesteinsbrocken den Hang hinunterstürzten. Trotz der Geschicklichkeit des Fahrers erlebten wir »ein paar ungemütliche Augenblicke«, wie wir bei der Schwarzen Brigade Momente der Furcht nannten. Dennoch gelangten wir heil zum Parkplatz vor dem Kloster oben auf dem Gipfel.

Kapitel 15

Der große steinerne Bogen, durch den wir fuhren, war laut einem Schild, das daran befestigt war, 1868 erbaut worden. Das offenstehende Eisentor zierten große Fische, die – so erfuhr ich später – ein Symbol für das Christentum sind. Die schmale, alte Chaussee führte zwischen Kiefern und schlanken jungen Zypressen hindurch bis zum Parkplatz. Dort hockte eine Araberin, in eine weiße *Keffije* gehüllt, auf dem Boden und fütterte die Kinder, die um sie her krabbelten. Zur Linken erstreckte sich ein von einer Mauer umfriedeter Obst- und Gemüsegarten. Das letzte Stück des Weges folgten dem Taxi mehrere Exemplare jener arabischen Hundesorte, aus der später die Rasse der Kanaanäer gezüchtet wurde. Auf dem Parkplatz fielen sie laut kläffend übereinander her, offensichtlich in politischen Auseinandersetzungen über die Herrschaft und die Autorität in der Gruppe. Als Chaja aus dem Taxi stieg und die Hunde anschrie, wichen sie zurück und beruhigten sich.

»Weißt du, in Israel habe ich meine Furcht vor Hunden verloren«, erzählte sie, während wir die Allee entlang auf ein rechter Hand gelegenes zweistöckiges Gebäude zugingen. »Ich hätte mir einen Hund zugelegt, wenn meine Eltern einverstanden gewesen wären. Aber für sie ist diese Tierart untrennbar mit den antisemitischen *Gojim* verknüpft, sie wollen nichts davon hören. Papa kann nicht vergessen, wie er jedesmal, wenn er sich einem Bauernhaus näherte, auf der Hut sein mußte, um nicht gebissen zu werden. Außerdem streunten auf den Straßen und Wegen viele hungernde Hunde umher, deren Besitzer sich nicht mehr um sie kümmern konnten. In Israel ging mir auf, daß meine Angst vor Hunden daher rührte, daß ich mich vor Menschen fürchtete. Als ich aufhörte, vor Menschen zu erschrecken, verschwand auch meine Hundephobie ... Shaul, was ist los?«

»Nichts ...«, sagte ich leise und blieb einen Augenblick unentschlossen stehen. War dies das Kloster? Von meiner frühesten Kindheit an hatten mein Vater und andere mich Vorsicht gegenüber der Mission, vor Kirchen, Klöstern und allen übrigen Ausdrucksformen des Christentums gelehrt. Waren sie uns angesichts des Antisemitismus und der Verfolgungen, mit denen sie die Juden zur Annahme ihres Glaubens hatten zwingen wollen, nicht mit dem größten Recht verdächtig? Gerade der Holocaust hatte die Ansicht der Juden bekräftigt, daß es einen Zusammenhang gab zwischen der kirchlichen Judenfeindschaft, welche die Zwangstaufe als Mittel der Läuterung für die Juden erachtete, und ihrem Abkömmling, dem Rassenhaß der Nazis, der kein anderes Mittel der Läuterung für die Juden sah als die Vernichtung. Mittlerweile bin ich in der Welt herumgekommen und habe viele Christen kennengelernt, von denen einige gute Freunde von mir wurden. Ich habe Kirchen besichtigt, die die größten Kunstschätze verkörpern, und fand allmählich Zugang zur großen christlichen Kunst und zur wunderbaren Kirchenmusik. Und doch kann ich noch heute nicht mit Gewißheit sagen, daß es mir gelungen ist, in jenem Punkt die Lehren meiner Kindertage ganz zu überwinden, der an das Verabscheuenswerte und Abseitige rührt, das verfolgte Juden und ihre Nachkommen in der christlichen Kirche erkennen. Zwar hatte Chaja recht: Je aufgeschlossener man Menschen gegenübertrat, desto geringer war der Widerwille, den man angesichts ihrer Überzeugungen und ihres

Glaubens empfand. Dennoch könnte ich nicht beschwören, daß ich völlig frei bin von Mißtrauen und Reserviertheit gegenüber Nichtjuden und ihrer Kultur. Für Juden meines Hintergrundes wird es wahrscheinlich länger als eine Generation dauern, bis sie ihre Wachsamkeit gegenüber dem Antisemitismus ablegen können. Zumal der Antisemitismus uns keinen Anlaß gibt, den Vorgang zu beschleunigen – jetzt, da der Wiedergänger seine jüngste Wandlung vollzogen hat und in neuer Gestalt den islamischen Fundamentalismus auf seinen Fahnen trägt. Ich stand also vor dem Kloster und fühlte, daß es mir nicht behagte hineinzugehen. Was hätte Papa gesagt, wenn er mich ein solches Gebäude hätte betreten sehen?

Chaja aber nahm mich bei der Hand und zog mich in einen rechteckigen Saal, dessen tiefe Fensternischen auf die Dicke der kahlen Mauern hinwiesen. Zu beiden Seiten waren lange, schmale Tische aneinandergereiht, mit einfachen Holzstühlen davor. Rechts von uns stand an einem der Tische eine Nonne mit dunkelbraunem Teint, die Andenken, Kreuze und Fotopostkarten der Kirche verkaufte. Chaja sprach sie auf englisch an: »Wären Sie so freundlich, Schwester Maria Bescheid zu geben, daß Gäste für sie da sind?«

Die Nonne bat uns, uns einen Augenblick zu gedulden, und verschwand durch eine Seitentür.

»Chaja, soll ich nicht lieber draußen warten?«

»Weshalb? Man ruft sie gerade.«

»Nur so. Ich fühle mich unwohl hier ...«

Im selben Moment ging die Tür auf, und es erschien eine schlanke, gutaussehende Frau von schätzungsweise dreißig Jahren. Chaja und sie stießen Jubelschreie aus und schlossen sich fest in die Arme. Vor lauter »Oh, Mirale!« und »Meine Chajale!« und angesichts all ihrer polnischen Liebesbekundungen befiel mich für einen Moment eine dumme Eifersucht. Chajas Augen strahlten. Sie legte ihren Kopf an die

Brust der jungen Frau, die, so zeigte sich in der Umarmung, um einiges größer als sie war. Mehrmals hob die Nonne Chajas Gesicht mit beiden Händen zu sich empor, betrachtete und streichelte es, bis ihrer beider Augen zu glänzen anfingen und man vermuten mußte, sie würden gleich in Tränen ausbrechen. Mich beschlich das Gefühl, daß Chaja ihr Herz ganz von mir abgewandt hatte, so als wäre darin kein Raum für zwei so große Lieben, und ich fühlte mich fremd und überzählig an diesem Ort, zu dem ich ebensowenig einen Bezug hatte wie er zu mir. Doch siehe da, endlich erinnerte sie sich an mich:

»Mirale, das ist Shaul, mein Freund.«

Ich wußte nicht, wie ich mich verhalten sollte. Geben Männer Nonnen die Hand? Aber Mirale trat mit ausgestreckten Armen auf mich zu, drückte mir lange die Hand und sagte in fließendem Hebräisch ohne den Anflug eines fremden Akzents:

»Herzlich willkommen, Shaul. Chaja hat mir einen Brief geschickt und von dir geschrieben. Ich freue mich, dich kennenzulernen.«

Sie schaute mich freundlich an, wandte sich dann Chaja zu und sagte auf hebräisch zu ihr: »Er sieht genauso gut aus, wie du ihn mir beschrieben hast. Hab ihn lieb, Chajale, seid fruchtbar und mehret euch und erfüllt die Erde*. Meine Schwester, werde du zu Tausenden, ja, Unzähligen, und vergiß nicht, einen deiner Söhne nach meinem Vater zu nennen, Avraham oder Avremale, und eine deiner Töchter Zipora oder Veigele nach meiner Mutter – sie mögen beide in Frieden ruhen.«

Sie ließ meine Hand los und lächelte mir engelgleich zu. Ich wurde rot und begann töricht zu grinsen. Daher senkte ich den Blick und beschloß, daß dies der richtige Zeitpunkt war,

* Vgl. Genesis 9,1 bzw. 24,60

um das Weite zu suchen und die Cousinen allein zu lassen. Ich nahm eine Broschüre über das Kloster und sagte zu ihnen:
»Ich warte solange draußen.«
»Einen Moment. Du gehst hinaus?« protestierte Mirale. »Dann kommen wir mit.«
Sie drehte sich zu der dunkelhäutigen Nonne um und sagte auf arabisch mit einem perfekten palästinischen Akzent: »Ich gehe mit meinen Gästen ein bißchen an die frische Luft.« Einen Augenblick war ich sprachlos, doch dann sagte ich ebenfalls auf arabisch: »Nein, das ist nicht nötig, es ist besser so. Ich gestatte dem lieblichen Paar, sich zurückzuziehen.« Die arabische Nonne schlug die Augen nieder und unterdrückte ein Kichern. Diesmal war es Chaja, der es gelang, die Sprachmelodie und vielleicht sogar das eine oder andere Wort zu deuten. Sie tuschelte Mirale etwas auf polnisch zu, das wahrscheinlich bedeutete: »Laß ihn, er muß sich an das Klosterleben erst noch gewöhnen. Schließlich ist das kein Ort, an dem ein echter Sepharde, dessen Familie seit sieben Generationen in Palästina lebt, gewöhnlich ein und aus geht.« Ich nahm mir vor, Chaja später zu fragen, was sie wirklich gesagt hatte, nickte Mirale zu und trat auf den Vorplatz des Klosters hinaus, wo ich erleichtert durchatmete.
Am Abhang des Berges blieb ich stehen und schaute auf das vertraute Jesre'el-Tal, das ich mit der Schwarzen Brigade in seiner ganzen Länge und Breite erkundet und in dessen Dörfern wir Rast gemacht hatten. Auch von verschiedenen Aussichtspunkten hatte ich es schon betrachtet, zum Beispiel von Qeren ha-Karmel, dem arabischen Al-Muhraqqa, aus. Vom Berg Tabor her hatte ich es jedoch noch nie gesehen. Aus dem ungewohnten Blickwinkel erkannte ich Mischmar ha-Emmeq, den *Kibbuz* Sorea, Nahalal, Kfar Jehoschua und das Einwandererdorf Jiqna'am. Im Klostergarten raschelten die Bäume im sanften Wind, und von einem nahe gelegenen,

aber verborgenen Ort war das unregelmäßige Glockengeläut einer Ziegenherde zu hören. Mein Blick wanderte zum Hermonmassiv, das sich, von einer Schneekappe gekrönt, jenseits der Grenze erhob. Und unten, am Fuße des Tabor, lag 'Arab asch-Schibli, das Beduinendorf, aus dem zwei Spurenleser stammten, mit denen ich während meines Militärdienstes eine Zeitlang befreundet war. Es würde mich interessieren zu erfahren, wo die beiden heute sind – wahrscheinlich haben sie sich als Berufssoldaten verpflichtet. An einem normalen Tag hätte mir all das schön erscheinen und mir Herz und Seele aufgehen müssen. Was war das für ein Makel, der mein Vergnügen unvollkommen machte? Leider war mir der Grund klarer, als mir lieb war: Ich sah meinen Vater vor mir und fragte mich unwillkürlich, wie er auf meiner Hochzeit mit Chaja – einer Hochzeit, von der er noch gar nichts ahnte und über die ich ihn noch in Kenntnis setzen mußte –, wie er also auf dieser Hochzeit reagieren würde, wenn inmitten der Gäste die Nonne Maria auftauchen und Chaja sie vorstellen und sagen würde: Darf ich dich mit meiner Cousine Mirale bekannt machen?
Ich lachte laut auf. In Wahrheit war die Vorstellung lustig, und es gab keinen Grund, sich darüber Sorgen zu machen. Mirale war ein jüdisches Mädchen, das den Holocaust in einem Kloster überlebt hatte und seither dem Glauben seiner Retter anhing – Punkt, aus! Dem war nichts hinzuzufügen. Trotzdem war ich besorgt. Mein ernster, strenger Vater würde überhaupt nicht lachen. »Eine getaufte Jüdin? Was für eine Familie ist denn das? Wer weiß, was sie noch alles zu verbergen haben? *Ah Dio santo*, Herr der Welt, leben in den Häusern unserer sephardischen Brüder nicht genug reine, gute und schöne jüdische Töchter? Mußtest du, mein einziger Sohn, dir unbedingt diese Aschkenasin aus Polen aussuchen?« So hörte ich mich in der Rolle meines Vaters fragen. Es würde mir nichts anderes übrigbleiben, als ihn langsam,

aber sicher darauf vorzubereiten. Aber selbst dann ... Mirale würde in ihrer Nonnentracht vor seinen Verwandten und Freunden stehen. Wie sollte er ihnen das erklären? Vielleicht wäre es besser, wenn sie an der Hochzeit nicht teilnähme.
Doch dann faßte ich einen Beschluß: An meiner Hochzeit mit meiner heißgeliebten Chaja-Chajka-Chajale würde auch die Nonne Mirale teilnehmen, und ich würde sie herzlich und respektvoll empfangen, wie es einer lieben Verwandten gebührte, die der Braut so nahestand. Und wenn das meinem Vater, meiner Mutter und dem Rest der Mischpoche nicht gefallen sollte, würde es mich zwar traurig machen, aber es sollte keiner versuchen, uns dazu zu überreden, daß Mirale nicht bei unserer Hochzeit dabeisein sollte.
Aus der zeitlichen Distanz scheint mir dies eine der wichtigsten Entscheidungen meines Lebens gewesen zu sein, denn mit ihr begann die Befreiung vom Joch meines Vaters. Das heißt die bewußte Befreiung. Unbewußt hatte der Vorgang sicher bereits früher eingesetzt. Wenn ich an manche meiner Freunde denke, besonders an die aus meinem Viertel und der Volksschule, die in geistiger Hinsicht fast eine Kopie ihrer Eltern sind, dann denke ich im stillen: Wenn's ihnen so gefällt, mögen sie froh damit werden. Aber wenn es jemandem – so wie mir – weniger gefällt, dann wünsche ich ihm das Glück, das ich hatte, daß sein Charakter und seine Erziehung es ihm möglich machen, aufzustehen und zu sagen: »Ehre gebührt dem, der mich aus dieser Welt entläßt, aus der meines Vaters, meiner Mutter und meiner Familie. Vielen Dank für alles, was ihr für mich getan habt, aber für mich ist der Zeitpunkt gekommen, in die Welt zu gehen und mir eine eigene Meinung zu bilden.«
In meinem Fall stellte ich bald fest, daß es gerade diese Befreiung war, die es mir möglich machte, meine Familie so zu lieben und zu akzeptieren, wie sie war, meine Seele von Vorwurf und Groll zu reinigen und ihr alles zu verzeihen, was

mir begründet oder eingebildet als Last und Unrecht erschien.
Als ich ein Geräusch hörte, wandte ich mich um und sah die beiden Frauen ins Freie treten. Froh und vergnügt schritten sie auf mich zu. Mirales Arm lag auf Chajas Schultern, während Chaja Mirales Hüfte umschlungen hielt. Als sie mich erreichten, ließen sie einander los und hakten sich rechts und links bei mir ein. Chaja sagte: »Darum kommst du jetzt nicht herum, früher oder später wirst du dir die Kirche ohnehin ansehen. Also sei brav, und komm mit. Wenn du schon einmal hier bist, wäre es schade, sich die Besichtigung entgehen zu lassen.« Fraglos fühlte ich mich nach meinem Entschluß, Mirale zu akzeptieren und mich mit dem Gedanken an ihre Lebensweise zu versöhnen, wohler, auch wenn ich immer noch etwas auf der Hut war. Die Kirche, in der nur wenige Bänke für Betende standen, war vom wunderbaren Gesang von rund zwanzig Pilgern erfüllt. Entlang den Bögen, die die Längsseiten des hallenartigen Raums zierten, geleiteten Chaja und Mirale mich auf ein beeindruckendes buntverglastes Fenster zu, das zwei sich gegenüberstehende Pfauen darstellte. Oberhalb davon war ein Kreuz abgebildet, das auf einem großen Tisch stand, und neben ihm zwei weiße Kerzen. Die Abbildung gipfelte in einem goldschimmernden Mosaik, in dessen Zentrum ein weißgewandeter Jesus zu sehen war, dessen Hände zum Gebet erhoben waren und über dessen Kopf eine Aureole leuchtete. Hingebungsvoll erklärte Mirale uns die christliche Überlieferung von der Verwandlung Jesu: wie er mit Johannes dem Täufer und Petrus an diesen Ort auf dem Berg Tabor gelangte, wie Moses und der Prophet Elias ihm erschienen und wie er sich von einem Menschen aus Fleisch und Blut in ein heiliges, engelartiges Wesen verwandelte, über dessen Haupt fortan ein Lichtkranz schwebte. Deshalb nannten die Christen den Tabor auch Berg der Verklärung.

Ein weiterer Besucherstrom ergoß sich in die Kirche. Einige der Neuankömmlinge traten ehrfürchtig ein, sie schienen gläubige Christen zu sein; andere waren offenbar nur neugierige Touristen, von denen manche laut hebräisch sprachen und auch sonst nicht sonderlich wohlerzogen wirkten. Als ich Mirale betrachtete, wie sie uns mit leuchtendem Gesicht ihre Erklärungen gab, sah ich eine schöne Frau mit gerader Haltung und blauen Augen, deren überbordende Sinnlichkeit, wenn man es so sehen wollte, ganz auf den Gott der Schlächter ihrer Familie und ihres Volkes gerichtet war. Ich mußte an die Verfolgungen der Inquisition und die Ritualmordanklagen denken, und als ich versuchte, diese Bilder zu verscheuchen und nur Mirale, die Frau, zu sehen, fragte ich mich, wie es sein konnte, daß sie ihre bezaubernde Weiblichkeit einem fremden Götzen darbrachte.

»Womit seid ihr den ganzen Tag beschäftigt?« wollte ich wissen.

»Wir beten, kochen und backen, müssen Hausarbeiten erledigen, saubermachen. Außerdem haben wir ein paar Kühe und Geflügel, stellen Käse und Butter her und bereiten Nudeln und leckere Saucen für die Geistlichen und Pilger zu, die sich hier aufhalten. Natürlich haben wir auch im Obst- und Gemüsegarten zu tun«, erklärte Mirale, »und mit Kohl, jeder Menge Kohl.« Chaja und Mirale kicherten. »Ich muß dir erklären, Shaul, worüber wir lachen«, sagte Mirale, prustete aber gleich wieder los und Chaja mit ihr; im nächsten Moment fing auch ich an zu lachen, ohne zu wissen, warum. »Es war, als ich mit meinem kleinen Bruder vor den Schlächtern floh«, sagte Mirale, als sie sich ein wenig beruhigt hatte. »Ein Sonntag ist mir besonders im Gedächtnis geblieben. Die Glocken läuteten wie wild, und ich war beinahe sicher, daß wir vor Hunger und Kälte sterben würden. Ich phantasierte nur noch von Kohlsuppe – was hätte ich nicht für einen Teller heißen, dickflüssigen Eintopf gegeben? Wahrscheinlich

verliehen mir diese Tagträume die Kraft, nicht zusammenzubrechen und weiterzuleben. Aus diesem Grund baue ich Kohl an, jede Menge Kohl.« Dabei begann sie gleich wieder zu lachen.
Nun führte Mirale Chaja und mich zum Wohnflügel, um uns ihr Zimmer zu zeigen. Es war bescheiden und klösterlich karg. Es gab eine Dusche und eine Toilette wie in einem Motelzimmer, einen Kleiderschrank, einen Tisch und einen Stuhl, aber weder Vorhänge noch Raumschmuck – die Wände waren nackt bis auf ein naives Ölbild, das ein klobiges Haus und einen aus einer Wolke heraustretenden Regenbogen zeigte und das die Kahlheit der Wand noch unterstrich. Auf dem Tisch lagen ein Buch und ein Heft. Ich näherte mich und schaute auf den Einband des Buches, aber ich verstand kein einziges Wort.
»Das ist Polnisch«, sagte Mirale, »ein Lateinbuch für Fortgeschrittene. Die Mutter Oberin gestattet mir, abends zu lesen und Sprachen zu lernen ...«
»Hast du dir so auch Arabisch beigebracht?«
»Ja, an meinem Arabisch habe ich drei Jahre lang hart gearbeitet, und durch die Gespräche mit den arabischen Nonnen und den Leuten aus der Umgebung hat es den letzten Schliff bekommen. Hebräisch konnte ich noch von zu Hause, aus Polen. Darum fiel es mir nicht schwer, es hier in Israel zu vervollkommnen. Ich stamme aus einer Zionistenfamilie, und siehe da, ich erfülle das zionistische Ideal und lebe hier. Als ich herkam, ahnte ich nicht, daß ich über die Vermißtenrubrik meine Chajale finden würde, aber da sind wir nun. Wußtest du, daß ich ihr Babysitter war, bis der Krieg uns erreichte? Ich war damals neun Jahre alt, und in ihrem ersten Lebensjahr habe ich mich um sie gekümmert und mit ihr gespielt.« Ich sah, wie ihr die Tränen kamen, und die beiden Cousinen umarmten sich und weinten still. Betroffen stand ich daneben und schaute in eine

andere Richtung, damit sie nicht bemerkten, daß auch meine Augen feucht wurden.
Wir verließen den Wohntrakt, und Mirale unternahm mit uns einen Rundgang über den Berg und erklärte uns, daß das neue franziskanische Verklärungskloster auf den Ruinen einer Kirche aus dem vierten Jahrhundert stand. Sie zeigte uns das griechisch-orthodoxe Gotteshaus, Überreste des Kreuzfahrerklosters und Teile der Befestigungen aus römischer Zeit. Als sie von der muslimisch-aijubidischen Periode erzählte, in der hier eine Festungsmauer errichtet worden war, begann ich, mich wieder wohler zu fühlen, und zum Vergnügen der beiden Cousinen konnte ich einige ergänzende Details über die Epoche beisteuern, die unserer Gastgeberin noch nicht bekannt waren.
Chajas und Mirales Abschied fiel genauso stürmisch aus wie ihre Begrüßung.
»In einigen Monaten beginnt mein Dienst in Jerusalem«, sagte Mirale. »Dann müßt ihr mich unbedingt besuchen. Ich hoffe aber, daß wir uns schon vorher wiedersehen.«
Trotz der Hitze bestand Chaja darauf, den Berg zu Fuß hinunterzugehen. Vielleicht wollte sie so den Sturm besänftigen, der sicherlich in ihrem Innern tobte.
»Was für einen Dienst meinte sie?« wollte ich wissen.
»Als du sie gefragt hast, womit sie sich den ganzen Tag beschäftigen, hat sie nur Nebensächlichkeiten erwähnt, Kühe, Gemüse und so weiter. Aber das Wesentliche hat sie nicht erzählt. Die Nonnen sind examinierte Krankenschwestern und regelmäßig in medizinischen Einrichtungen arabischer Dörfer tätig; sie kümmern sich um Mütter und Kinder und leisten Schichtdienst in Krankenhäusern. In jüdischen Orten nimmt man ihre Dienste nicht gern in Anspruch, abgesehen von einem Bereich: bei der Pflege unheilbar Kranker, mit denen es zu Ende geht. Nicht nur in Jerusalem, sondern auch in anderen Städten sind die Nonnen in allen möglichen

Hospizen beschäftigt, in denen Patienten im Endstadium aufgenommen werden. Dem Bevölkerungsanteil entsprechend sind die meisten dort natürlich Juden. *Das* wird sie mehrere Monate lang in Jerusalem tun.«

Chaja verstummte, und ich erkannte, daß dies der Anfang einer ihrer schweigsamen Phasen war.

»Sie fand euch also über die Vermißtenrubrik?« fragte ich, um Chaja zum Sprechen zu animieren.

»Was?« fragte sie zerstreut. »Ach ja. Sie schrieb uns einen Brief aus dem Kloster.«

»Und deine Eltern?«

»Was ist mit meinen Eltern?«

»Wie haben sie es aufgenommen?«

»Mama bezeichnet sie als Verräterin, und vor meinem Vater darf man ihren Namen nicht erwähnen.«

Kapitel 16

Smadar – so heißt das Programm, das ich für Speicherungszwecke und den bequemen Umgang mit archiviertem Material entwickelt habe. Es kam in den achtziger Jahren auf den Markt, über zwanzig Jahre nachdem ich meine Anstellung im Jischuw-Archiv aufgegeben hatte. Obwohl es keineswegs das wichtigste unserer Erzeugnisse war, stellte es doch eine Art Meilenstein in unserer Firmengeschichte dar. Von der Idee oder, besser gesagt, dem Traum eines solchen Programms angetrieben, interessierte ich mich, bewußt oder unbewußt, schon während meiner Archivtätigkeit für Datenverarbeitung, also zu einer Zeit, als ich noch kaum wußte, was dieses Wort bedeutete. Schon damals, lange bevor Lupo, mein späterer Förderer und Chef, mir sein sagenhaftes Angebot unterbreitete, beschäftigte mich der Gedanke der Rationalisierung von Speichervorgängen, und das sollte über viele Jahre so bleiben, bis ich in unserem Programmierzentrum besagtes Smadar-Programm ausgetüftelt hatte. Seine Bausteine existierten in meinem Kopf und auf meinen Notizzetteln, lange Jahre bevor überhaupt die nötige Hardware entwickelt und die Technologie so ausgereift war, daß ich mit der Umsetzung in Computersoftware beginnen konnte. Von der ersten Version an hatte Smadar einen besonderen Platz in meinem Herzen, obwohl wir die meisten unserer Programme, und darunter weitaus raffiniertere, für völlig andere Bereiche entwickelten.

Schon seit einigen Jahren benutzt das Jischuw-Archiv Smadar, und ich achte darauf, daß sie dort immer als erste die aktuellen Versionen erhalten, und zwar mit einem kräftigen Preisnachlaß. Vor kurzem wurden sie mit Smadar 3 ausgestattet. Hätte der Genosse Burstein mich seinerzeit nicht zur Arbeit im Archiv eingestellt, dann hätte mir der Gedanke an computergesteuerte Archivierung wahrscheinlich nicht wie ein Floh im Hirn gesessen; nicht nur Smadar wäre nie geboren, auch mein heutiges Geschäft existierte nicht. Genosse Burstein ist inzwischen gestorben, aber vorher habe ich ihn und seine Frau noch für zwei Wochen als meine Gäste in Los Angeles begrüßen können. Ich hatte Urlaub genommen und brach *in persona* (so würde man das in der Amtssprache vielleicht ausdrücken) mit ihnen und Sylvia, meiner damaligen Freundin, zur obligatorischen Kalifornienrundfahrt auf: Los Angeles, Teile des Highway Number One, San Francisco, das Yosemitetal.

Auf Bitten des Genossen Burstein machten wir auch einen Abstecher in den Yellowstone-Nationalpark, denn er wollte den Ort sehen, von dem er als Heranwachsender in den Tiergeschichten Ernest Thompson Setons gelesen hatte. Ich war überrascht, denn mein erster Besuch im Yellowstone-Park hatte aus dem gleichen Grund stattgefunden. Auch ich hatte die Geschichten in meiner Kindheit verschlungen, und als wir den Park gemeinsam besuchten, tauschten wir unsere Leseerlebnisse und Eindrücke aus. Ich erinnere mich, daß wir mit beinahe kindlicher Begeisterung über »Lobo, den König von Korompo« sprachen, die offenbar wahre Geschichte eines Leitwolfs, der mit seinem Rudel viel Schaden unter dem Vieh anrichtete und seinen Jägern und all ihren Finten schlau auswich, bis sein Weibchen, die weiße Wölfin Blanka, in eine Falle geriet. Als er auszog, um sie zu suchen und ihr zu helfen, vergaß er alle Vorsicht, so daß auch er sich mit einem Lauf in dem grausamen Gerät verfing. Diese Geschichte war eigentlich gar nicht im Yellowstone-Park passiert, aber sie hat sich mir noch aus einem anderen Grund eingeprägt: Papa hatte mich erwischt, als ich sie in »Davar lajeladim« las, einer hervorragenden Wochenzeitschrift für Kinder, in der die Erzählung in Fortsetzungen abgedruckt war; die gebundenen Jahrgangsausgaben hatte ich von einem Klassenkameraden ausgeborgt. Wie bitterlich hatte ich damals über Lobos und Blankas Ende geweint! Genosse Burstein hatte die Hefte für seinen Sohn Jig'al abonniert, sie aber auch selbst verschlungen. Meinem Vater hatte es nicht besonders gefallen, daß sein Sprößling die Kinderzeitschrift der *Mapainiks* las. Aber er hatte das richtige Gespür gehabt, sich niemals in das, was ich las, einzumischen. Er verstand, daß man den Leseeifer eines Kindes nicht dämpfen sollte.

Wir machten auch einen Ausflug nach Las Vegas. Dort hatte Bella Burstein Anfängerglück und gewann zweihundert Dollar. Aber das erschreckte sie so sehr, daß sie auf ihre herzerfrischende, humorvolle Art klagte: »Wehe mir! Seht euch an, wie weit es gekommen ist – mit mir, einer zionistischen Pionierin und Kämpferin der Arbeiterbewegung!«

Kurzum, ich gab ihnen *the works* auf, wie man in den USA sagt, das heißt das komplette Programm in einem Minimum an Zeit. Mit großem Vergnügen zeigte ich dem Genossen Burstein in Los Angeles unser Programmier- und Vertriebszentrum Brainstorm und stellte ihm unsere junge Entwicklungscrew vor, mehrheitlich Israelis und Inder, die im Silicon Valley bei Sunnyvale und Palo Alto fleißig an unseren Projekten arbeiteten, an der Kreation neuer Produkte ebenso wie an der Optimierung älterer Angebote. Genosse Burstein hörte gar nicht auf, mich zu beglückwünschen, und verzichtete auf jede Bemerkung dazu, daß dieses riesige Expertenheer fern von Israel aufgebaut worden war. Aber mir war klar, daß der Gedanke ihn betrübte. Ganz unaufgefordert erzählte ich ihm darum, daß ich mehrmals im Jahr nach Israel fuhr und wir bereits mit israelischen Unternehmen zusammenarbeiteten, ja sogar planten, einen größeren Teil unserer Aktivitäten, langfristig vielleicht sogar ihren Schwerpunkt, dorthin zu verlagern, da, wie man heutzutage sagt, die Welt immer kleiner wurde und unsere Teams, mit der entsprechenden Ausrüstung versehen, genausogut in Mevasseret-Zion oder Be'erscheva sitzen konnten wie in Palo Alto.

Ich erzählte ihm auch, daß ich mich immer daran erinnerte, wie nett er damals bei meiner Vorstellung für die Arbeit im Archiv reagiert und mit welcher Großzügigkeit er mich eingestellt hatte, obwohl er wußte, daß ich der Sohn eines *Cherutniks* war. Es war das erste Mal, daß ich, halb ernst und halb scherzhaft, in einem Gespräch mit ihm diese Angelegenheit berührte, und Burstein entgegnete mir, gleichfalls halb im Ernst und halb im Scherz, ein bißchen beleidigt sei er schon, weil ich es für möglich gehalten hätte, daß so etwas für ihn einen Beweggrund darstellen könnte – in seiner Abteilung! Aber er sagte mir auch ganz offen: »Meinst du, der Jerusalemer Parteisekretär hätte mich nicht angerufen und gefragt: ›Burschi, bist du sicher, daß du ihn brauchst? Bist du der Ansicht, daß das gut für die Allgemeinheit ist?‹ Damit wollte er mir zu verstehen geben, daß mein Vorhaben dem Parteiwillen widersprach und keine Allgemeinheit außerhalb der Partei existierte. Aber ich tat so, als verstünde ich die Anspielung nicht.« Und es gab noch eine andere Erinnerung, von der ich Genosse Burstein erzählte: wie verständnisvoll er trotz seiner Enttäuschung auf meinen »Verrat« reagiert hatte, als ich die Archivstelle aufgab, um zum Studium der Volks- und Betriebswirtschaft nach Kalifornien zu gehen und dort Lupos Experte in Sachen Datenverarbeitung zu werden.

Es ist schwer zu sagen, wann genau dieses Kapitel anfing. Schon zu Beginn meiner Freundschaft mit Chaja hatte mich ein Problem beschäftigt, das einem heute, auf dem Höhepunkt des EDV-Zeitalters, simpel, wenn nicht sogar primitiv vorkommt, und Chaja hatte die entscheidende Frage formuliert: Wie kann man eine Datensammlung, beispielsweise ein Archiv, nicht allein durch das Anhängen neuen Materials an ihrem Ende, sondern an jeder beliebigen Stelle mühelos erweitern? Chaja sagte damals, sie nehme an, daß irgendwo auf der Welt bereits jemand nach einer Antwort forsche und es sich für mich lohnen würde, mich in das Thema einzuarbeiten – womit sie einen meiner geheimsten Wünsche aussprach.

Aber vielleicht sollte ich zuallererst von dem Lehrgang erzählen, an dem ich teilnahm, als ich noch im Jischuw-Archiv angestellt war. Ehrlich gesagt, der Unterricht langweilte mich. Lediglich die Ausführungen des Genossen Burstein, der seine Vorträge mit originellen Anekdoten zu würzen verstand, zu denen ihn im Archiv gelagerte Dokumente und manche Archivbenutzer inspirierten, ließen ahnen, daß die Erforschung alten Archivmaterials anregend, zuweilen sogar faszinierend sein konnte. Die Teilnehmer der Fortbildungsmaßnahme ähnelten mehr einem Panoptikum trauriger Gestalten. Ich erinnere mich zum Beispiel an eine verknitterte ältliche Frau, deren Blusenausschnitt eine flache, knochige Brust freilegte. Sie schien jeden Tag Angst vor dem Augenblick zu haben, an dem das Kursprogramm beendet war und sie in ihre Einsamkeit zurückkehren mußte – dabei war das für mich der Augenblick, dem ich entgegenfieberte, weil ich dann endlich zu Chaja gehen konnte. Auch einen Mann mit grauem Haar und Brille sehe ich noch vor mir. Sein Rücken war leicht gekrümmt, und sein Gesicht blickte immer konzentriert und todernst zum Dozenten, als gäbe es nichts Spannenderes auf der Welt als Archive. Beunruhigt fragte ich mich, was ich bei diesen Leuten suchte. Wollte ich wie sie mein Dasein bis ans Ende meiner Tage in diesem Archiv fristen, nur um der Sicherheit willen, die mit einer geregelten Tätigkeit verbunden war? Andererseits mußte jedoch irgendwer diese Arbeit erledigen. Heute, nachdem ich Menschen mit den unterschiedlichsten Berufen kennengelernt habe, weiß ich, daß man jemanden nicht auf diese Art beurteilen darf. Jeder sollte die Arbeit tun, die er tun möchte; es kommt nur darauf an, daß man sich bemüht, sie gut zu machen, und so betrachtet, als wäre sie die wichtigste auf der Welt – nur so wird man einem arbeitenden Menschen gerecht. Mag sein, daß das ein Anspruch ist, dem viele nicht gerecht werden, denn nicht jeder hat das Glück, einen Beruf auszuüben, der ihn dazu motiviert, sein Bestes zu geben. So sah auch ich mich damals als jemanden, der seinen Weg noch nicht gefunden hatte, auch wenn sich ein braver Junge wie ich selbst bei der meist öden Archivarbeit einigermaßen bemühte. Auf der Abschlußfeier des Lehrgangs hielt der Fortbildungsbeauftragte des Öffentlichen Dienstes eine geschwollene Rede, die in keinem Verhältnis zur Bedeutung dieses gewiß ehrenhaften Berufszweiges stand und aus der man hätte schließen können, wir seien zwanzig Generaldirektoren mächtiger Konzerne.

Einige Tage danach fand ich auf meinem Schreibtisch im Archiv eine Benachrichtigung über einen Termin beim Direktorium; wenn ich diese Prüfung bestand, sollte ich eine Festanstellung bekommen. Mir fiel auf, daß der Termin mit einem großen Manöver zusammenfiel, an dem meine Einheit teilnehmen sollte. Genosse Burstein, der wollte, daß ich den Termin wahrnahm, bemühte sich auf jedem erdenklichen Weg, ihn zu verschieben, jedoch ohne Erfolg. Ich selbst machte mir weniger Gedanken; vielleicht war die zeitliche Überschneidung für mich ein Wink des Schicksals, der mich vor der beängstigenden Dauertätigkeit im Archiv bewahren sollte. Wesentlich mehr Sorgen machte mir, daß ich während meines zweiwöchigen Reservedienstes, dem ersten seit meiner Entlassung aus dem Grundwehrdienst, Chaja nicht sehen würde. Eine absurde Befürchtung begann mich zu quälen: Vielleicht schaffte es Gerschon, sie zu sich zurückzuholen. Heute weiß ich, daß meine Furcht weniger mit Gerschon Abramski zu tun hatte als mit Chaja selbst. Ungerufen tauchte in meinem Herzen immer wieder dieser Dämon auf, der mir die Zunge herausstreckte und mir einflüsterte, daß dieses Mädchen trotz unserer großen Liebe höchst unberechenbar blieb. Nichts war sicher, nichts selbstverständlich. Avschi, der im Reservedienst mein Vorgesetzter war, hätte mich für die notwendige Zeit für den Prüfungstermin freistellen lassen können, aber er wollte sich nicht einmischen, solange nicht feststand, welche Aufgabe wir bei dem Manöver zu übernehmen hätten. Er wollte, daß ich meine Beurlaubung offiziell, über die üblichen Kanäle, erwirkte. Chaja regte sich darüber sehr auf, und ihr ganzer Kampfgeist erwachte. Sie behauptete, eine Festanstellung sei ungeheuer wichtig für mich, aber insgeheim wußte ich, daß meine Beschäftigung im Jischuw-Archiv ihren Eltern gegenüber das einzige Argument darstellte, das sie gegen den Abramskischen Reichtum als Garantie für ihre wirtschaftliche Absicherung ins Feld führen konnte. »Ehe du einen offiziellen Antrag beim Kommando der Einheit stellst oder den Stadtkommandanten aufsuchst, möchte ich, daß du Modi Edelmann zu Hause anrufst und ihm die Sache erklärst. Du darfst dir die Festanstellung wegen des Reservedienstes nicht verscherzen!« schrie sie, und dabei verzerrte sich ihr Gesicht mit einer Häßlichkeit, die ich bereits von früheren ihrer plötzlich auftretenden, befremdlichen Ausbrüche kannte. Es war mir peinlich, Modi Edelmann privat zu stören, und ich griff nur zögernd zum Telefonhörer. Aber Modi war unvergleichlich. »Was heißt das?!« rief er. »Natürlich darf dir eine solche Chance nicht entgehen. Schreib einen an mich gerichteten Brief an die Verwaltungsstelle der Einheit, ich werde dafür sorgen, daß du für den notwendigen Zeitraum freibekommst.«

Am Tag bevor ich zur Reserve einrückte, waren Chaja und ich trüber Stimmung; Unruhe plagte uns. Als ich ihr einen gemeinsamen Ausflug auf dem Moped vorschlug, willigte sie gleich ein. Die Sonne stand noch über den Hochbauten, von denen es in Jerusalem damals nur wenige gab, und die Luft war klar und angenehm. Auf einmal bemerkte ich, daß ich mit Chaja zur Rachel-Immenu-Straße fuhr, und mir wurde klar, daß ich von Anfang an heimlich gespürt hatte, daß ich ihr das Anwesen des reichen Ben Sinor zeigen mußte, das im Volksmund »Villa Ben Sinor« hieß. Ich habe schon erzählt, wie mein Vater mich eines Abends dorthin zu einer Versammlung der »Kämpfenden Familie« mitgenommen hatte, an der auch Menachem Begin teilnahm. Seit damals war die Erinnerung an den Reichtum und die Pracht des Hauses in meine Seele eingebrannt. Jetzt zeigte ich Chaja das Gebäude, allerdings nur von außen, aber obwohl wir nur durch das schwarze Eisentor lugten, war der Eindruck so überwältigend, daß Chaja rief:

»*Ja'alla!* In *den* Palast würde ich sofort einziehen!«

Das war eine Vorstellung, die zu fern schien, um sie sich auszumalen. Deshalb frage ich mich heute verwundert, was ich mir eigentlich davon versprochen hatte, Chaja zu der Villa zu führen. Wollte ich genau diesen Satz aus ihrem Mund hören? Von dort fuhren wir zurück in ihre Wohnung und aßen zu Abend. Wegen meiner bevorstehenden Abreise verzichtete Chaja darauf, über ihren Büchern zu hocken, und die ganze Nacht gehörte der Liebe, dem Gespräch und einem unruhigen Schlaf. Ich sagte ihr, wenn sie zufällig nachts erwachen, ich nicht da sein und sie an mich denken sollte, dann könnte sie sicher sein, daß ich im selben Moment in Gedanken bei ihr wäre und mich sehnsüchtig nach ihr verzehrte. Sie antwortete mir auf ihre übliche schamlose Art, sollte ich nachts aufwachen und an sie denken, dann könne ich sicher sein, daß sie es gerade in diesem Moment mit dem Kopfkis-

sen treiben würde – »und zwar so«, fügte sie hinzu und demonstrierte, was sie damit meinte.
Als ich am Morgen erwachte, war der Tisch festlich gedeckt. Chaja war früh aufgestanden, um sich von mir zu verabschieden. »Sei kein Held. Sei vorsichtig, und bleib gesund«, sagte sie an der Wohnungstür mit Tränen in den Augen. »Und vergiß keine Sekunde, daß ich dich sehr, sehr liebhabe.«
»Ich dich auch – sehr, sehr, sehr!«
»Und ich dich sehr, sehr, sehr, sehr!«
»I milioni!« rief ich, und wir lachten. Wir hatten einmal den Film »Wunder in Mailand« zusammen gesehen.
Das Be'erscheva jener Tage deprimierte mich. Das Stadtzentrum war eine schmale Straße mit Geschäften und Falafelständen, ein staubiges Wüstennest, eine Ansammlung von Buden am Rande einer entlegenen Landstraße. Hätten unsere Vorväter Be'erscheva in diesem Stadium seiner Entwicklung kennengelernt, wäre es ihnen vielleicht als die Krone aller Städte erschienen. Aber es war noch weit entfernt von der boomenden Hauptstadt des Negev, die ich dreißig Jahre später erlebte, als mein Freund Ijo Rager, der als Bürgermeister ganz verrückt danach war, die Stadt zu entwickeln, mich zu Investitionen überreden wollte. Er begleitete mich auf einer äußerst spannenden Besichtigungstour, die mich davon überzeugte, daß dem Ort eine große Zukunft bevorstand. Während der Rundfahrt dachte ich plötzlich daran, wie es war, als wir im Jahr 1962 auf dem Versammlungsplatz angekommen waren. Von dort aus brach unsere Einheit am frühen Abend nach Ze'elim auf, und ich verbrachte die darauffolgenden Tage vorwiegend im Schützenpanzerwagen und atmete Unmengen Staub ein. Die wenigen Stunden, in denen ich Schlaf fand, lag ich auf dem nackten Erdboden und spürte ein schmerzliches Verlangen nach Chaja. Damals stellte ich erstmals fest, daß die Erinnerung an den Geruch der Geliebten eine Sache ist, die einen Mann um den Ver-

stand bringen kann – so verhält es sich wenigstens bei mir. Als ich bereits am Vortag der Prüfung um zehn Uhr abends freibekam, war das für mich eine freudige Überraschung. Ich hatte angenommen, mein Urlaub begänne erst um fünf Uhr früh, doch hatte Avschi, ohne mich davon zu unterrichten, eine Vertretung für mich organisiert. Als ich um ein Uhr nachts auf Zehenspitzen in Chajas Wohnung schlich, stieß ich im Wohnzimmer auf Ruthi, die dort saß und las.

»Oho«, sagte das rothaarige Mädchen und begann, ihre Bücher zusammenzusammeln. »Ich verschwinde umgehend in mein Zimmer und stecke mir Stöpsel in die Ohren.«

Falls Ruthi die Ohren wirklich fest verschloß, tat sie gut daran, denn unter Freudenschreien stürzte Chaja auf mich zu, küßte und umarmte mich und behauptete, ich sei ja ganz schmutzig und sie würde mich umgehend ins Bad bringen, um mich zu waschen. Von ihrem Zimmer aus hätte Ruthi dem stürmischen Liebesakt, der nun einsetzte, mühelos lauschen können. Chaja hatte mir die puritanische Scham, die ich früher empfunden hatte, wenn ich nackt war, ausgetrieben und mich daran gewöhnt, so vor ihr zu stehen, wie sie vor mir stand: in aller Nacktheit und im hellen Licht, behutsam und neugierig zugleich die Enthüllungen des Zauberlandes erforschend. Sie wartete nicht, bis ich sauber war, sondern zog mich aus, beschnupperte meinen ganzen Körper wie eine läufige Raubkatze und verkündete, daß sie wenigstens einmal mit einem von oben bis unten schmutzigen, verschwitzten Mann, einem ausgehungerten Soldaten, der heimkehrt, vögeln müsse. Diese Vorstellung erregte sie offenbar so sehr, daß ihr Atem, weniger als eine Minute nachdem sie mir befohlen hatte, mich auf die zugeklappte Toilette zu setzen, und sie sich, den Rücken mir zugekehrt, über mein vor Lust schmerzendes Glied gegrätscht hatte, jäh stockte, zu zucken anfing und die Laute ausstieß, die das Ende der ersten Runde anzeigten. Erst danach war ihr Kopf wieder frei, und sie konnte ein betörendes, nichts auslassendes Reinigungszeremoniell an mir vornehmen, bei dem es mir untersagt war, selbst Hand anzulegen. Ich sollte mich einfach gehenlassen, sagte sie, ich war Sultan und sie die Dienerin. Doch plötzlich änderte sie ihre Meinung, und mit dem gebieterischen Ton einer Fürstin gab sie bekannt: »Nein, der Sklave bist du, und ich bin die Herrin!« und machte sich lustvoll über mich her. Als der Sklave es nicht länger aushielt, nahm er seine Herrin, die protestierte und um sich schlug, in die Arme und trat – Ruthi hin oder her (doch war keine Ruthi zu sehen) – mit ihr in den Flur hinaus, während er selbst splitternackt und noch von Seife glitschig war. Er warf seine Gebieterin auf ihr Bett, drehte sie auf den Bauch, hob ihr Becken an, so daß sie knien mußte und ihr Kopf auf dem Kissen lag, und drang von hinten in sie ein wie die Sultane in ihre Mägde oder die Sklaven in ihre Herrinnen, wie der Elch in seine Lieblingskuh oder vielleicht einfach wie zwei Liebende. Die Wüstensonne, die in ihm gespeichert war, erhitzte sie eine lange Stunde über, bis ein Beben ihre Wirbelsäule hinauflief, sie den Kopf in die Höhe warf, sich auf die Hände stützte und den Abschlußschrei der zweiten Runde ausstieß, der wahrscheinlich viel weiter als bis zu Ruthis Ohr hörbar war – ich hatte den Eindruck, die ganze Straße bekäme ihn mit. Ihr Höhepunkt wurde begleitet vom selben Ächzen, den Grimassen und dem Keuchen, mit denen schon der erste Durchgang geendet hatte. Erst danach fanden die beiden Liebenden die Gelegenheit, sich sanft zu umarmen und in die Augen zu sehen und sich gleichermaßen leidenschaftlich und zärtlich zu gestehen, wie sehr sie einander vermißt hatten. Dann übermannte den Liebenden der Schlaf des jungen Soldaten, der aus dem Feld zurück ist, eine Müdigkeit, die manchmal stärker ist als die Liebe, so daß er den Kaffee und die leckeren belegten Brote, die seine Freundin ihm brachte, nicht mehr anrühren konnte.

Als ich tags darauf an der Reihe war, in das Prüfungszimmer zu treten – es gab vier Anwärter auf die Stelle –, sah ich mich drei Männern gegenüber, unter denen sich der Genosse Burstein befand. Die Sekretärin, die am Ende des Tisches plaziert war, strahlte mich an, als wäre ich ihr Traumprinz. Der Kommissionsvorsitzende klopfte mit seinem Bleistift auf den Tisch und sagte zu mir: »Könnten Sie uns in aller Kürze sagen, wer Sie sind, Genosse Bar Adon?« Ich lächelte, und Burstein blickte mir freundlich ins Gesicht. Vielleicht dachte er in diesem Moment, daß ihm eine solche Aussage über sich selbst auch nicht leichtgefallen wäre, obwohl er mindestens dreißig Jahre älter war als ich. Derweil überlegte ich, was wohl mein Vater sagen würde, wenn er erführe, daß ich nun schon der »Genosse Bar Adon« war. Doch dann erzählte ich, wovon ich glaubte, daß ein Beamter es hören wollte: Einzelheiten über meinen bisherigen Werdegang, über den Militärdienst, die Arbeit im Archiv und mein Studium. »Und was wollen Sie nach dem Universitätsabschluß unternehmen?« Ich wisse es noch nicht genau, entgegnete ich, doch zöge ich in Erwägung, mich auf hebräische und arabische Dokumente zu spezialisieren. Außerdem fessele mich die Optimierung von Archivierungsprozessen; seit ich im Jischuw-Archiv tätig sei, hätte ich auf diesem Gebiet bereits einige Ideen entwickelt. Das Gesicht des Vorsitzenden hellte sich auf, und seine Augen leuchteten. Für ihn bestand kein Zweifel: Vor ihm saß ein Vertreter der neuen israelischen Archivarsgeneration. Nachdem er sich mit den übrigen Kommissionsmitgliedern beraten hatte, schlug er lautlos die Hände zusammen und sagte: »Mir scheint, daß wir keine weiteren Fragen haben. Wir danken Ihnen.«
In der Cafeteria verschlang ich zwei große Stücke Zimtkuchen und trank zwei Becher Tee mit Zitrone. Dann stieg ich in den finsteren Flur der Archivetage hinab. Dort wartete schon der Genosse Burstein, der mir beide Hände entgegen-

streckte und mich herzlich begrüßte. »Ich gratuliere dir, Shaul, mein Freund. Das hast du prima gemacht, du bist einstimmig angenommen worden. Und jetzt«, fuhr er schelmisch fort, »feiern wir. Ich mache uns Tee!« Ich wollte ihm den Spaß nicht verderben, deshalb erwähnte ich nicht, daß ich gerade erst zwei Tassen in der Cafeteria in mich hineingeschüttet hatte. Ich setzte mich zu ihm, und wir tranken gemeinsam von dem heißen Getränk. Die Worte seiner Einladung wurden für mich zur feststehenden Redewendung, die ich bei vielen Gelegenheiten benutzte. So sagte ich auch auf unserer Kalifornienrundfahrt einmal zu Burstein: »Und jetzt feiern wir. Ich bestelle uns Tee«, und klärte ihn darüber auf, von wem ich diesen Ausspruch übernommen hatte. Die Anekdote amüsierte ihn sehr.

Kapitel 17

Vierzehn Tage nach Beendigung des Reservedienstes geschah etwas, das mir mehr als andere Vorkommnisse in meinem Leben als Zeichen des Himmels erschien – oder als wunderbare Laune des Zufalls. Eine Vorlesung an der Uni fiel aus, weil der Dozent zur Reserve einrücken mußte, und um die beiden Freistunden zu füllen, ging ich zu einer Gastvortragsreihe, deren Ankündigung mir schon mehrere Tage zuvor ins Auge gefallen war. Allerdings war ich davon ausgegangen, daß ich die Veranstaltung nicht würde besuchen können, wenn gleichzeitig eine reguläre Vorlesung stattfand. Als ich nun aber nichts zu tun hatte, fiel mein Blick erneut auf die Ankündigung, und ich sah, daß die Kurzreferate in zehn Minuten im Institut für Mathematik anfangen sollten, und zwar zusammengefaßt unter der Überschrift: »Unter der Zunge des *Golems* vom Weizmann-Institut« – ein phantasievoller, in jeder Hinsicht Interesse weckender Titel, der einem sofort den *Golem* von Prag ins Gedächtnis rief, der zum Leben erweckt worden war, indem man ihm ein Amulett mit dem unaussprechlichen Gottesnamen unter die Zunge schob. In jenem Augenblick ahnte ich nicht, daß ich mich mit den jungen Dozenten, die in der Ankündigung aufgeführt waren, eines Tages anfreunden würde: Amiram Blech, Ilan Jehuda'i, Ronni Sarir, Oded Gleser, Micha Maimon und nicht zuletzt Jehudit Porat-Irma'i. Mit ihnen allen verknüpfe ich schöne Erinnerungen.

Ich begab mich also ins mathematische Institut. Der Vortragssaal war mit Studenten der Naturwissenschaften gefüllt, mit Gesichtern, die ich aus der Mensa, nicht aber aus den Gebäuden der geisteswissenschaftlichen Fächer kannte. Ich schaute mich in dem Saal um, denn ich hoffte, Chaja zu sehen, obwohl ich wußte, daß sie sich zu dieser Zeit im Labor aufhielt. Zwei Stunden lang verfolgte ich zwanzigminütige Referate über Computer (das Wort *Golem* diente nur als bildhafte Umschreibung und war der Name des ersten primitiven Riesenrechners in Israel, der im Weizmann-Institut installiert war und bereits als veraltet galt), die theoretischen Grundlagen der damals bestehenden »Computersprachen« und vor allem über die notwendigen Technologien, die zur Verkleinerung der Rechner und ihrer Beschleunigung und Leistungssteigerung führen sollten. Das Anliegen der Vorträge bestand darin, Neugierde und Bewußtsein für einen Bereich zu wecken, der noch in den Kinderschuhen steckte.

Von der ersten Minute an war ich völlig gebannt. Aus heutiger Sicht scheint mir, daß ich damals sofort erkannte, daß hier meine Berufung lag. Am Ende jedes Vortrags durften sich die Studenten zu Wort melden. Als ich drei Fragen, die ich notiert hatte, vorlas, schauten sich die sechs Dozenten erstaunt an. Doktor Jehudit Porat-Irma'i erhob sich, um mir zu antworten.

»Wie heißen Sie, bitte?« erkundigte sie sich zuerst.

»Shaul Bar Adon.«

»Was studieren Sie, Shaul?«

»Orientalistik.«

»Orientalistik?«

»Ja.«

»Verzeihen Sie, daß ich neugierig bin. Wie sind Sie in diese Veranstaltung geraten?«

»Ich hatte eine Freistunde, und der Titel der Vortragsreihe reizte mich. Deshalb entschloß ich mich, daran teilzunehmen.«

»Shaul, sind Sie sicher, daß Sie das richtige Fach studieren?« fragte sie mit einem Lächeln. »Um umfassende Antworten auf Ihre Fragen zu geben, insbesondere auf die erste, haben wir leider nicht genügend Zeit. Aber wir würden uns freuen, Sie als unseren Gast begrüßen zu dürfen und uns ausführlicher mit Ihnen zu unterhalten, wenn Sie einmal die Gelegenheit haben, ins Weizmann-Institut zu kommen. Vorläufig kann ich nur sagen ...«

Es war ein überwältigendes Erlebnis. Am Ende der Veranstaltung fühlte ich, daß viele Blicke auf mich gerichtet waren, darunter natürlich auch die von Mädchen. Als ich im Strom der Menge den Saal verließ, trat ein etwa fünfunddreißigjähriger Mann auf mich zu und reichte mir eine Visitenkarte.

»Entschuldigen Sie, daß ich Sie aufhalte«, sagte er. »Hätten Sie Lust, einmal eine Tasse Kaffee mit mir zu trinken?«

Im Blick dieses Mannes lag eine Herzlichkeit und eine Entschlossenheit, die mir sagte, daß ich mir nicht entgehen lassen durfte, was er mir zu sagen hatte. Es war offensichtlich, daß er mich ansprach, weil ich ihn beeindruckt hatte.

»Gern«, entgegnete ich und lächelte höflich. »Wenn es Ihnen recht ist, können wir in die Cafeteria gehen.«

»Leider habe ich jetzt keine Zeit«, erklärte er. »Meine Adresse steht auf der Visitenkarte. Wären Sie so freundlich und notieren mir Ihren Namen, möglichst auch die Nummer Ihres Personalausweises, ihre Anschrift und jede andere Möglichkeit, Sie zu erreichen? Es kann sein, daß ich Ihnen in zwei oder drei Wochen ein Angebot unterbreiten werde. Ich glaube, es könnte Ihnen gefallen.«

Das war Lupo, der Mann, der mein Leben verändern sollte. In jenem Augenblick wußte ich das noch nicht, aber eine innere Stimme sagte mir, daß sich in meinem Leben etwas ereignen würde. Vielleicht beschloß ich aus diesem Grund zu warten, bis er sich von selbst bei mir meldete, und Chaja solange von der Angelegenheit nichts zu erzählen. Das fiel mir schwer, aber ich hielt durch. Im nachhinein scheint es mir, daß mein Innerstes längst Bescheid wußte, während mein Verstand noch ahnungslos war.

Ein Monat verging, ohne daß etwas geschah. Schließlich glaubte ich, der Fremde würde sich nicht mehr melden, und dachte schon daran, Chaja die Geschichte mit dem *Golem* mit einem Lachen zu erzählen und dabei gleich von dem anderen *Golem* zu berichten, der gehofft hatte, daß sich daraus etwas Wichtiges ergeben würde. Doch dann erreichte mich eine handgeschriebene Postkarte, auf der Lupo mich zum Mittagessen im Chez Simon einlud. Ich möge so freundlich sein, hieß es auf der Karte, ihn unter der Telefonnummer soundso anzurufen und ihm mitzuteilen, welcher der drei angegebenen Termine mir zusagte.

Lupo war schon da, als ich das Restaurant betrat. Er erhob sich von seinem Platz und kam hinter dem Tisch hervor, um mir herzlich die Hand zu schütteln. Er trug einen teuren Anzug, während ich in einem weißen Hemd und Jeans erschienen war. Der Kellner eilte herbei und überreichte uns die Speisekarte. Verständnislos blickte ich auf die französischen Namen der Gerichte. Heute, als weitgereister Geschäftsmann, fühle ich mich in guten Restaurants heimisch und kenne mich mit den kulinarischen Bezeichnungen nahezu aller europäischen und sogar einiger fernöstlicher Sprachen aus, besonders mit denen Taiwans, des Landes der Elektronikriesen, mit denen wir inzwischen Geschäftskontakte geknüpft haben. Meine Intuition befahl mir, völlig offen mit diesem Mann zu sprechen, und ich erinnere mich noch genau, was ich damals sagte:

»Herr Perlman ...«

»Sagen Sie Lupo zu mir«, unterbrach er mich. »So nennen mich alle.«

»Lupo ... Herr Lupo ...«, setzte ich von neuem an. »Ich

benötige Ihre Hilfe. Ich stamme aus einer einfachen Familie und verstehe die Speisekarte nicht – ich bin mit diesen Dingen nicht aufgewachsen.«
Lupos Lächeln war freundlich und warm. Später sagte er einmal, daß er in diesem Moment wußte, daß er sich in mir nicht getäuscht hatte.
»Keine Sorge«, beruhigte er mich. »Mit vereinten Kräften werden wir das Problem gleich lösen. Aber zunächst möchte ich zur Sache kommen, damit wir uns anschließend ungestört dem Essen zuwenden können. Shaul – Sie erlauben mir doch, daß ich Sie so nenne –, ich möchte mich Ihnen vorstellen. Ich bin gebürtiger Rumäne und als Kind nach Israel emigriert. Unmittelbar nach dem Militärdienst ging ich nach Kalifornien und baute dort innerhalb von zehn Jahren ein Wirtschaftsimperium auf, das sich aus den verschiedensten Unternehmungen zusammensetzt. Ich habe Sie bei der Vortragsreihe erlebt. Zwar verstehe ich nichts von Computern und Datenverarbeitung, aber ich verstehe etwas von Geschäften, von Vertrieb und von Marketing. In den USA wie in Israel bin ich diesen *Golems* häufig auf Besichtigungstouren begegnet, bei denen potentielle Sponsoren geworben werden sollten, und obwohl ich nicht viel von dem verstand, was man mir erklärte, habe ich doch eines begriffen – ich habe keinen Zweifel, daß diese Computer das Geschäft der Zukunft sind. Es ist nur noch eine Frage der Zeit, bis die Technologie ausgereift ist und jeder Handwerker seinen Personalcomputer besitzen wird. Auf dieses Wunschziel arbeiten alle Firmen hin, die sich jetzt oder demnächst mit Chipkarten beschäftigen werden (so nennt man das doch, und gewiß verfügen Sie, Shaul, über die Begabung zu verstehen, was damit gemeint ist, und werden es mir eines Tages erklären können). Ein Ziel treibt alle an: als erster kleinere und leistungsstärkere Computer zu bauen. Ich sage voraus, daß in zehn bis zwanzig Jahren die Welt voller Elektronenhirne ste-

hen wird und wir keinen Schritt mehr ohne sie unternehmen können. Und derjenige, der das Ganze rechtzeitig durchschaut, wird im entscheidenden Moment die Nase vorn haben.

Ich will Ihnen die Wahrheit sagen«, fuhr er nach einer Pause fort. »Sie haben mich bei der Vortragsreihe beeindruckt. Vor allem, als sich herausstellte, daß Sie Orientalistik studieren und in das Thema der Referate vorher keinen Einblick hatten. Nachdem ich mit Ihnen gesprochen hatte, griff ich mir Jehudit Porat-Irma'i, eine der Referenten – ich sagte Ihnen, ich hätte es eilig, denn ich wollte sie noch zu fassen bekommen; sie kennt mich vom Weizmann-Institut, das ich mit Geldspenden fördere. Ich erreichte sie noch und fragte sie, weshalb sie zu Ihnen gesagt hatte, Sie studierten das falsche Fach. Ihre Antwort war eindeutig: ›Der Junge denkt, wie wir sagen, EDV-kompatibel. Er besitzt einen Sinn für die Probleme und Möglichkeiten auf diesem Sektor. Bedauerlich, daß er seine Energien an ein anderes Fach verschenkt.‹ Das hat sie wörtlich zu mir gesagt.«

Dann kam er zum Wesentlichen. »Ich will Ihnen ein fabelhaftes Angebot unterbreiten: Auf meine Kosten schicke ich Sie zum Betriebs- und Volkswirtschaftsstudium an die Stanford-Universität in Kalifornien. Dort gibt es das Fach Computertechnik und Informatik noch nicht, aber soweit mir bekannt ist, bilden sich derzeit im mathematischen und in anderen Instituten Zirkel von EDV-Verrückten. Auch am M.I.T., dem Technologischen Institut von Massachusetts, sammeln sich solche Leute, sogar in größerem Umfang als in Stanford, aber mir wäre es lieber, Sie blieben in meiner Nähe – ich halte mich meistens in Los Angeles auf. Wünschenswert ist, daß Sie auch dieses Fach studieren und alles beobachten, was sich im EDV-Bereich, der ja noch in den Windeln steckt, tut. Sie sollen mein Berater werden und mir gewissermaßen als Spürhund für Investitionsmöglichkeiten dienen. Ich wittere das Potential, das in diesem Bereich schlummert, und glauben Sie mir, meine Sinne haben mich noch nie getrogen. Allerdings müssen Sie wissen, daß unser Vorhaben nicht leicht für Sie sein wird: Wirtschaftswissenschaften, Informatik und Informationsbeschaffung in Sachen EDV – da werden Sie hart arbeiten müssen. Wenn Sie mein Angebot annehmen, setzen wir noch eine Art Protokoll auf. Es muß darüber Klarheit herrschen, daß ich die Option habe, meine Förderung am Ende eines jeden Studienjahrs einzustellen – am Semester- oder Trimesterende, mitten im Studienjahr werde ich meine Zahlungen natürlich fortführen. Ich sage das der Ordnung halber, lassen Sie uns hoffen, daß ein solcher Schritt nicht erforderlich sein wird. Alle Ihre Ausgaben gehen auf meine Rechnung, dafür widmen Sie sich ausschließlich den vereinbarten Studien und Dienstleistungen.«

Stumm vor Freude und Furcht, saß ich vor ihm und wußte nicht, was ich sagen sollte.

»Herr Lupo, ich bin sprachlos, das alles kommt sehr überraschend«, stammelte ich. »Ich studiere Orientalistik …«

»Seien Sie unbesorgt«, unterbrach Lupo mich. »Was ich Ihnen vorschlage, ist in Amerika üblich. Nach dieser Methode binden große Unternehmen begabte Leute an sich. Ich verfüge bereits über alle notwendigen Informationen bezüglich Ihrer Person – über Ihre Ausbildung, Ihren Militärdienst, Ihr Studium. Sogar daß Ihr Vater beim *Etzel* war, weiß ich. Ich selbst war übrigens beim *Lechi* …«

»Wirklich?«

»Ja. Auch mit Major Edelmann habe ich bereits gesprochen. Dabei stellte sich heraus, daß wir uns schon einmal begegnet waren. Nach der Auflösung des *Lechi* bin ich in einer Kompanie gewesen, die im Unabhängigkeitskrieg bis Al-Arisch vorgestoßen ist. Auch mit Oberleutnant Avschalom Qehati habe ich mich unterhalten …«

»Mit Avschi?«

»Ja, auch mit ihm.«

»Er hat mir davon nichts erzählt«, entgegnete ich verwundert und fragte mich, ob Avschi ihm von Chaja berichtet hatte.

»Weil ich ihn gebeten hatte, Ihnen nichts zu verraten. Und ich bin froh, daß er sein Wort gehalten hat. Sogar mit Ihrem Lehrer Avnon hatte ich eine Unterredung. Es scheint, als müßten Sie nun zu Ihrer alten Leidenschaft, der Mathematik, zurückkehren. Er erzählte mir, daß er Sie ermutigt hat, die orientalistische Richtung einzuschlagen, obwohl Sie sich lieber den exakten Wissenschaften verschrieben hätten. Die Sache ist mir ernst, deshalb will ich überflüssige Risiken vermeiden. Ich habe den zurückliegenden Monat gebraucht, um Nachforschungen über Sie anzustellen. Ich biete Ihnen an, mit allem, was Sie bisher getan haben, zu brechen, und eröffne Ihnen einen neuen Weg. Sie sind jung, da kann man noch einmal von vorn anfangen. Schade um die vertane Zeit.«

»Entschuldigen Sie die Frage – gibt es keine Amerikaner, die für Sie arbeiten könnten?«

»Doch, ich kenne genügend, aber unsere Leute sind mir lieber.«

»Israel wird weit weg sein ...«

»Auf lange Sicht möchte ich auch in die Entwicklung des EDV-Bereichs hierzulande investieren. Möglicherweise werde ich letztlich den Schwerpunkt meiner Aktivitäten nach Israel verlagern.«

»Ich ..., ich muß es mir noch überlegen und mich mit verschiedenen Leuten besprechen ...« Insgeheim dachte ich an Chaja. Ich wußte nicht, ob ich Lupo sagen sollte, daß ich demnächst heiraten wollte. Doch aufgrund einer vagen Ahnung beschloß ich, mit dieser Mitteilung noch eine Weile hinter dem Berg zu halten. Zunächst mußte ich Chaja Bericht erstatten. Über unsere enge Beziehung schien Lupo

im zurückliegenden Monat nichts herausgefunden zu haben.
»Sie brauchen sich nicht zu beeilen, aber denken Sie gut über meinen Vorschlag nach. Das neue Studienjahr beginnt in Stanford am ersten September ...«
»Am ersten September! Schon so bald?«
»Ja. Das Studienjahr drüben folgt einem anderen Rhythmus. Das bedeutet, Sie müssen alle hiesigen Prüfungen schon zum ersten Termin ablegen – was Sie dann nicht abgeschlossen haben, war umsonst. Ohnehin werden Sie, falls Sie mein Angebot annehmen, kaum noch Verwendung für die Orientalistik haben.«
In diesem Punkt irrte Lupo. Zwar legte ich zu dem einzigen Termin, der für mich in Frage kam, keine Prüfung ab, doch das Teilwissen, das ich mir im ersten Jahr des Orientalistikstudiums angeeignet hatte, sollte sich viele Jahre später noch als hilfreich erweisen, als das israelische Verteidigungsministerium mich bat, hin und wieder für den Nachrichtendienst als Softwareexperte tätig zu werden. Allerdings beschäftigte mich nach jenem Gespräch vor allem eins: September war in drei Monaten! Und was war mit Chaja? Und mit unserer Hochzeit, die für September geplant war? Und mit unseren Eltern? Die vielen Fragen und Befürchtungen, die mir durch den Kopf schwirrten, machten mich schwindelig. Weshalb ängstigte mich der Gedanke, mit Chaja zu reden?
»Du Schuft hast mir nicht erzählt, daß Lupo mit dir gesprochen hat«, sagte ich zu Avschi, bevor ich am Abend zu Chaja aufbrach.
»Ich mußte ihm versprechen, den Mund zu halten. Zwar ist es bedauerlich, dich hier zu verlieren, *ja dschachsch*, aber wenn du mich fragst, darfst du dir das Angebot dieses Mannes nicht durch die Lappen gehen lassen. Er hat keine Details genannt, aber mir war sofort klar, daß es ihm ernst war.«

»Sehr ernst ... Ich nehme an, daß du ihm nichts von Chaja erzählt hast.«
»Mir lag es auf der Zunge, aber eine innere Stimme sagte mir, ich solle den Mund halten. Ich wollte es lieber dir überlassen, über deine Intimsphäre Auskunft zu geben.«
»Gut gemacht. Um dir die Wahrheit zu sagen: Ich habe ein bißchen Angst. Ich weiß nicht, wie ich es ihr beibringen soll.«

Kapitel 18

In diesem Jahr, 5722, mußte sich Papa um den Frühjahrsputz kümmern, der das Haus für *Pessach* rein machen sollte. Tante Bukas, Stella und Rachelika halfen ihm dabei. Unterstützung erhielten sie auch von Dora, unserer polnischen Nachbarin, die es bei sich daheim mit den religiösen Vorschriften zwar nicht so genau nahm, jedoch über einen Expertenstatus verfügte, weil sie sich exakt an alles erinnerte, was sie auf Weisung ihrer Mutter in ihrem Elternhaus getan hatte, »in Grodno in der Woiwodschaft Biaystok«, wie sie immer bekräftigte, wenn sie nach ihrer Herkunft gefragt wurde, in ihrer Heimatstadt, aus der sie 1937 als neunzehnjähriges Mitglied der zionistischen Pionierbewegung Hechaluz nach Israel emigriert und auf diese Weise dem Morden entronnen war.

Zu unser aller Freude hatte Mama sich dann doch drei Tage vor *Pessach* von dem depressiven Anfall, der diesmal vergleichsweise leicht ausfiel, vollkommen erholt, und nun sputete sie sich, den *Seder* vorzubereiten, als sei nichts geschehen. Wie üblich luden Mama und Papa Dora und ihre Tochter Aviva ein, mit uns gemeinsam zu feiern, aber auch in diesem Jahr reisten die beiden nach Kfar Saba zu Tante Kela, einer Schwester von Doras Mutter, die schon 1926 ebenfalls mit dem Hechaluz nach Palästina eingewandert war. So hatten Dora und Kela als einzige Angehörige einer weitverzweigten Familie überlebt. Auf dem Höhepunkt eines Frühlings, der das Blut in Wallung versetzte und durch seine

Üppigkeit, seine Blüten und Düfte alle Liebenden in den Wahnsinn trieb, reiste Chaja wie stets am Sabbat und an Feiertagen zu ihren Eltern, und so konnte ich ohne Ablenkung und in aller Ruhe das traditionelle, köstliche Seder-Mahl in meinem Elternhaus feiern.
Papa beging den Pessach-Abend mit der ganzen Leidenschaft seines jüdischen, zionistischen Herzens. Denn er war ein reiner Zionist – im wahren Sinne des Wortes »rein«, in aller Unschuld und Naivität und mit ganzem Herzen. In vielen Dingen rebellierte ich inzwischen gegen meinen Vater, ich löste mich von ihm, wurde selbständig und bildete mir einen eigenen Standpunkt. Beispielsweise war ich vom öffentlichen Auftreten des Rats der sephardischen Gemeinschaft, wie er auch im Monatsblatt dieser Vereinigung zum Ausdruck kam, unangenehm berührt. Einmal hatte Papa mich überredet, ihn zu einer Versammlung zu begleiten. Ein Mitglied des Rates hielt dort eine Ansprache und beklagte das Los der Sepharden, die seit vielen Generationen dem Land Israel verhaftet und Zionisten der ersten Stunde seien, deren Status und Überlegenheit sogar die Türken anerkannt hätten. »Und nun helfen wir den *Mapainiks*«, lamentierte der Redner, »diesen aschkenasischen Bolschewisten, die erst vor kurzem hierherkamen, uns aus unseren Positionen zu verdrängen und zu Negern in ihren Plantagen zu degradieren.« Von da an mied ich diese pathetischen Zusammenkünfte. Auch bezüglich vieler anderer Dinge glaubte ich mich im Besitz der umfassenden, ausgewogenen Sichtweise eines Menschen, der fortschrittlicher und gebildeter war als sein Vater. Aber etwas übernahm ich von Papa unverändert: seine Treue zum Zionismus, ohne einen Hauch von Zynismus, ganz ohne Anführungszeichen; den unerschütterlichen Glauben, daß der Zionismus *die* Grundlage für unser Leben und Überleben in diesem Land war. Dieser pure Zionismus, der im Haus meines Va-

ters, eines einfachen Juden, eines Etzel- und Cherut-Anhängers, allgegenwärtig war, ist mir in Fleisch und Blut übergegangen und bis heute in jeder Zelle meines Körpers, ja, noch im entlegensten und verborgensten Winkel meiner Seele lebendig. Daher erscheint mir übrigens die abstruse Ideologie, die unter der Bezeichnung Postzionismus neuerdings von sich reden macht, als eine neue Form der Entstellung, wie sie jüdisches Leben so oft erfahren hat, als Fortschreibung des Exils, das sich hinter der Maske der scheinbaren Unabhängigkeit eines Staates verbirgt, der doch kaum mehr als ein paar Tel Aviver Intellektuellenghettos umschließt. Meine ganze studien-, berufs- und geschäftsbedingte Wanderschaft durch die Welt, selbst mein Aufenthalt in den Vereinigten Staaten, hat die Schärfe des Zionismus in meinem Herzen kein bißchen abstumpfen können.

Ich habe schon vielen unterschiedlichen Seder-Abenden beigewohnt, etwa der orthodoxen Feier strenggläubiger Juden, zu der ich ausgerechnet in Brooklyn, in Amerika, eingeladen worden war und die ich fasziniert und mit großem Interesse verfolgte, obwohl ich das Jiddische, das die Leute untereinander sprachen, nicht verstand. Oder den Pessach-Abenden entschieden weltlich lebender Juden, die den *Seder* nur um seines symbolischen Gehalts willen abhielten, den er für sie hatte – dabei kann ich nicht behaupten, ich hätte mich nicht über die legere Durchführung der Feier und die Unterschlagung einzelner Teile des Zeremoniells, die die Wartezeit bis zum Festessen verkürzten, gefreut. Aber es tat mir in der Seele weh, anzusehen, wie intelligente Kinder, die Bücher lieben, holprig und fehlerhaft die für sie seltsamen Worte der Pessach-Erzählung vorlasen.

Während meines Militärdiensts habe ich den Festabend einmal in Tirat Zwi verbracht, einem religiösen *Kibbuz*, in den mich Eli Chasson eingeladen hatte, einer meiner Kameraden aus der Schwarzen Brigade und Mitglied einer Jugendzelle, die kurz darauf in den *Kibbuz*, in dem ich mich durch und durch behaglich und in meinem Element fühlte, aufgenommen werden sollte. Das Wohlsein, das ich in Tirat Zwi empfunden hatte, wollte sich nicht wieder einstellen, als ich Jahre später zu einem *Seder* im großen Kreis in das ebenfalls religiöse Siedlerdorf Ta'anat Schiloh in den besetzten Gebieten geladen war. Hinter der Fassade der Festtagsfreude war ein übertriebener Eifer spürbar, und ich vermißte die Leichtigkeit und Offenheit, die ich in Tirat Zwi so genossen hatte. Auch in Mischmar ha-Emmeq, einem *Kibbuz* des linkssozialistischen *Schomer ha-Za'ir*, habe ich schon *Pessach* gefeiert. Die Einladung erhielt ich von meinem Freund Assaf Granot, der wie ich der Schwarzen Brigade angehörte, und ich muß gestehen, daß der tatenfrohe weltliche Zionismus, der sich in Mischmar ha-Emmeq ungebrochen zeigte, mich wirklich mitriß: Aus voller Kehle stimmte ich in die wunderbaren Lieder der israelischen Arbeiterbewegung ein und folgte mit Vergnügen ihrer ganz eigenen Festtagsdramaturgie; dabei drängte sich mir der Gedanke auf, daß – anders als die Gegner der Linken – die Verfasser der traditionellen Pessach-Erzählung über diese Art des Feierns vielleicht gar nicht die Nase gerümpft hätten. In den USA nahm ich mehrmals an einem überaus angenehmen *Seder* der *Konservativen* teil, der sich von der orthodoxen Art zu feiern in nichts unterschied. Natürlich bat man mich in den USA auch mehrmals zu einem Reform-Seder, der überwiegend auf englisch abgehalten wurde; das Bemühen, an einem Mindestmaß an Jüdischsein festzuhalten (oder, wie Chaja es auf jiddisch ausdrückte, an einem *pinteler jid*), rührte mich, aber ich versuchte, mich von dieser Form des Feierns fernzuhalten, und war froh, daß es in Israel nur eine Art von *Seder* gibt (sicherlich ist das Bestreben der Reformierten anerkennenswert, aber zwei grundverschiedene *Seder* sind einer zuviel).

Nichtsdestotrotz fehlte all diesen Pessach-Abenden, die mir viel Vergnügen bereiteten, das besondere Aroma jener Feier, die Papa bei uns daheim zelebrierte.
Denn, wie gesagt, Papa war ein einfacher Zionist. Er betrachtete den Auszug aus Ägypten als die zweite zionistische Welle, die auf die vom Gotteswort »Zieh hinweg«* ausgelöste Wanderschaft Abrahams gefolgt war. Wenn Papa aus der Pessach-Erzählung vorlas und sagte, die Juden jeder Generation müßten sich als Heimkehrer aus Ägypten betrachten, stellte sein kleiner Sohn sich vor, selbst aus dem Land der Knechtschaft geflohen und mit Zeichen und Banner durch die Wüste gen Zion gezogen zu sein. Beim Sabbatessen sprachen wir immer über das wöchentliche Kapitel der Bibellesung, dem wir kurz zuvor in der Qehilat-Ja'aqov-Synagoge gelauscht hatten. Von Papas simpler Lesart des Pentateuch und des Raschi-Kommentars angeregt, begleitete ich zunächst die Urväter des wunderbaren Buches Genesis und durchquerte anschließend mit der Karawane derer, die aus Ägypten ausgezogen waren, die Wüste. Als sähe ich ihn leibhaftig, ließ der Mann Moses Wasser aus einem Felsen hervorquellen, zerschmetterte in seinem Zorn die Gesetzestafeln, erhob müde die Hand gegen Amalek und rang um die Führerschaft seines undankbaren Volkes. Und als ich in der Legendensammlung Bialiks und Ravnizkis, bis heute eins meiner Lieblingsbücher, in dem Kapitel »Moses Tod« las, wie unser Vorfahr kämpfte, um das böse Urteil zu umgehen, wonach er sterben sollte, ohne zuvor das verheißene Land zu sehen, packte mich großes Mitleid. So waren auch Papas Worte am Pessach-Abend überaus konkret und begreiflich für mich, als er sagte, daß jede jüdische Einwanderungswelle nach Palästina einer Flucht aus Ägypten gleichkomme, dem Verlassen der Knechtschaft zur Freiheit hin, der Unter-

* Vgl. Genesis 12

drückung zur Erlösung und der Finsternis zum hellen Licht – all das war wörtlich gemeint, nicht als angelerntes Gebot. Und so sah Papa auch jeden jüdischen Immigranten als einen Gewinn an, der uns allen kostbar sein mußte. »Denk daran, mein Sohn«, ermahnte er mich, »sie haben es am Anfang schwer bei uns. Es ist unsere Pflicht, ihnen das Leben zu erleichtern und sie wie Brüder liebevoll aufzunehmen. Vielleicht fühlen sich viele, als wären sie in der Fremde, obwohl sie nach Israel heimgekehrt sind. Deshalb müssen wir ihnen das Heimatgefühl vermitteln, das uns selbst mit diesem Land verbindet.« Ich gestehe: Nicht immer gelang es mir, mich wie Papa auf diese Stufe zu erheben und die Einwanderer so zu betrachten wie er, und meine Empörung über die arabischen Juden, die mich angeblich beinahe aus dem Institut für Orientalistik verdrängt hatten, belegt das. Trotzdem soll nicht der Eindruck entstehen, als freute ich mich nicht ehrlich über jeden Juden, der zu uns stößt, um sich in Israel anzusiedeln, und ich bin überzeugt, daß ich meine im Grunde positive Haltung von Papa geerbt habe. Obwohl er ein Mann aus der Altstadt war, der lediglich über eine volkstümliche Kenntnis der Bibel verfügte, veredelte sich sogar seine Sprache, wenn er vom Zionismus redete. An den ersten Pessach-Abenden nach der Staatsgründung war er den Tränen nahe, wenn er die Heimführung der wenigen Geretteten erwähnte und sich dabei der Worte seines Lehrers und Vorbildes Menachem Begin bediente. Am Ende des ersten Teils jedes *Seders*, wenn das eigentliche Festmahl begann, hatte sich Papa angewöhnt, in lautem, leidenschaftlichem Ton jeweils ein Gedicht von Uri Zwi Greenberg zu rezitieren, zum Beispiel folgendes:

Hebräerkind in meinem Haus, im erniedrigten Zion.
Es ist Abend. Dämmer. Du sitzt auf meinem Schoß,
und ich rede.

> Dir, Liebes, will ich die Geschichte erzählen vom
> guten Messias, der niemals kam.
> Den Größeren erzähle ich sie nicht, Liebes. Sie haben
> nicht solche Augen wie du, die schauen.
> Die Größeren hören nicht zu, Zions Schicksal hat sie
> verschlossen gemacht, und in ihrer Seele brennt
> nur eine kleine Flamme wie in einem irdenen Leuchter in einem Dorf ... Und nicht wie in deinem Blick
> scheint in zwei wunderbaren Tränen ihr Kummer auf.
> Würde ich ihnen die traurige Geschichte vom
> Messias erzählen, könnte ich ihre Stirn nicht küssen
> wie deine ...

Als ich ein wenig älter war, stellte ich mit Verwunderung fest, daß ein einfacher Mann wie Papa sich aus eigenem Antrieb weitergebildet und bis zur Lektüre und Betrachtung der schwierigen Lyrik des »Dichters des Zorns und der Erlösung« vorgearbeitet hatte, aus dem einzigen Grund, daß seine gebildeteren Freunde im *Etzel* und der Cherut-Partei diesen Autor verehrten. Wie sie nannte Papa ihn Uri Zwi und versäumte keinen Dichterabend und keine Veranstaltung, die zu seinen Ehren abgehalten wurde. Was Greenberg anging, legte Papa die gleiche Beharrlichkeit an den Tag, mit der er zu Begins privaten wie öffentlichen Auftritten pilgerte. Überhaupt hatte Papa großen Respekt vor seinen gebildeten Freunden und zollte ihnen Dankbarkeit, daß sie ihm und allen anderen Leuten aus dem Volk in wahrer Brüderlichkeit und vollkommenster Freundschaft begegneten. Zweifelsohne liegt hierin begründet, weshalb er alles in seiner Macht Stehende unternahm, damit ich lernte und eine höhere Bildung erwarb – abgesehen davon, daß den ladinosprachigen Sepharden in Israel die Ausbildung ihrer Kinder keineswegs weniger wichtig war als den Aschkenasim. An folgendes Bild erinnere ich mich noch genau: Am Vorabend des *Neunten*

Aw begleitete ich meinen Vater, als er und seine Kameraden aus dem Untergrund und der Partei zum Davidsgrab auf dem Zionsberg hinaufstiegen. Auf dem Platz vor Terra Sancta hatte sich bereits eine Gruppe Angehöriger der »Kämpfenden Familie« versammelt. Als wir uns alle gemeinsam auf den Weg machten, ging ich hinter Papa und Rechtsanwalt Elijahu Meridor und konnte beobachten, wie sie gemeinsam voranschritten und sich, die Köpfe einander leicht zugeneigt, in ein Gespräch unter Freunden vertieften. Als wir einige Zeit später stehenblieben und auf die Altstadt blickten, sagte Papa, der in diesem Teil Jerusalems geboren worden war, tief bewegt: »Shaul, mein Sohn, ein Tag wird kommen, an dem wir die Legionäre dort auf den Mauern vertreiben und unsere Heilige Stadt befreien werden.« Darauf fragte Elijahu Meridor ihn: »Das ist dein Sohn, Schim'on?« und Papa antwortete: »Ach, entschuldige, ich habe ihn dir nicht vorgestellt.« Der Rechtsanwalt schüttelte mir freundlich die Hand und machte uns mit seinen Kindern bekannt.

Unter dem Einfluß des Traums der Rückkehr, der in Papas Innerstem glühte, sowie eines Märchens, das mir Mama erzählt und Oscar Wildes Erzählung über eine Lerche, die ich in hebräischer Übersetzung gelesen hatte, verfaßte ich einmal für eine Unterrichtsstunde in der Grundschule eine Kurzgeschichte über eine Bachstelze. Diese hatte Heimweh nach der Heiligen Stadt, die in den Händen Fremder war. Sie flog zum Kloster Notre Dame, überquerte die Waffenstillstandslinie und legte einen Zwischenstopp am Damaskustor ein, ehe sie weiterflog und das jüdische Viertel mit der Klagemauer erreichte. Der Vogel setzte sich in einen Busch, der zwischen den Steinen des Gemäuers herauswuchs, zupfte einen Zweig davon ab und kehrte zum Kloster Notre Dame zurück. Natürlich sah der Vogel unterwegs alle möglichen historischen, geweihten Stätten, die jede Bachstelze, in der das Herz eines guten Juden schlägt, sehnsüchtig stimmten. Ich war überzeugt, daß die Geschichte dem Lehrer gefallen würde und er sie mich der Klasse vorlesen ließe, aber er gab sie mir unbenotet zurück, und darunter stand: »Deine Geschichte ist nicht überzeugend.« Enttäuscht und traurig berichtete ich die Begebenheit meinem Vater, der den Text, wie es seine Art war, mit kindlicher Unvoreingenommenheit studierte und auf den Lehrer wütend wurde. Er nahm den Aufsatz an sich, und als er einmal von einer Veteranenzusammenkunft heimkam, sagte er zu mir: »Ich habe deine Geschichte Elijahu gezeigt. Er sagt, du hättest echtes Schriftstellertalent, und schickt dir dieses Buch als Geschenk.« Und er überreichte mir das Buch Bialiks und Ravnizkis in einer einbändigen Ausgabe in mit Vokalzeichen versehener Schrift. Fortan lag ich im Bett und las bis tief in die Nacht hinein in dem Buch; es gehörte von da an zu meiner Lieblingslektüre. »Er fragte mich«, fuhr Papa fort, »wie du sonst in der Schule stehst, und riet, daß du lernen und an die Universität gehen sollst. Zum Kommentar deines Lehrers meinte er, diesem Mann wäre der Traum von unserer Rückkehr offenbar nicht so wichtig wie uns.« Papa wirkte zufrieden wie jemand, der etwas Bedeutsames mitgeteilt hat, während ich an den schwarzen Trauerrand dachte, der die Cherut-Zeitung am Neunzehnten Ijjar, dem Jahrestag des Falls der Altstadt im Unabhängigkeitskrieg, einrahmte. Diese Liebe und Verbundenheit sollte später mehr als alles andere in der Person Menachem Begins zum Ausdruck kommen, in dem warmherzigen Juden aus Polen, der seinem Volk so zugetan war und die kleinen Leute, die Massen des Hauses Israel, dank seiner Kraft, aufrichtig und aus vollem Herzen zu lieben, mitriß. Eines Tages erwiderten sie all seine Zuneigung und trugen ihn an die Macht.

Damals, lange bevor der Fanatismus der aschkenasischen Orthodoxiebewegung begann, die Besten unserer sephardischen Brüder zu vereinnahmen, zu einer Zeit, als die Angehörigen der orientalischen Gemeinden noch wußten, wie man einerseits die Gesetze des Glaubens und die Tradition respektiert und andererseits absolute religiöse Toleranz bewahrt, ging Papa an jedem Sabbatnachmittag zu den Spielen des FC Betar Jerusalem. Er tat dies mit derselben frommen Anhänglichkeit, mit der er sich morgens zum Gebet begeben hatte. Nach dem Mittagessen verließen wir gemeinsam das Haus und steuerten auf das Sportfeld des YMCA zu. Tausende kamen und füllten nicht nur die Ränge im Stadion, sondern auch die Dächer und Balkone der Häuser ringsum. Mir scheint, als habe Papa dort alle Umarmungen nachgeholt, die er mir zu Hause und andernorts verwehrte, denn jedesmal, wenn zu unseren Gunsten ein Tor fiel, sprangen wir von unseren Plätzen auf, schrien vor Freude und umarmten uns mit ganzer Kraft. Wenn der FC Betar siegte – insbesondere bei Spielen gegen Mannschaften des *Po'el*, die eigentlich ein Ringen zwischen *Cherut* und *Mapai*, zwischen Begin und Ben Gurion waren –, traten Papa und ich überglücklich den Heimweg an und sangen Lieder des *Betar* und des jüdischen Untergrunds oder aus dem Gottesdienst. Hatten wir jedoch verloren, kehrten wir in niedergeschlagener Stimmung nach Hause zurück. »Wenn Chodorov, die Kröte, nicht die beiden Bombenschüsse von Simon gehalten hätte, wären wir die Sieger«, klagte der Junge, der ich war und der wie alle phantasiebegabten Jugendlichen gern das Wörtchen »wenn« gebrauchte. Bei unserer Ankunft zu Hause erkannte Mama an unseren Gesichtern, wie das Spiel ausgegangen war, und sagte: »Wir haben gewonnen, eh?« oder aber: »Wir haben verloren. Da kann man nichts machen, *ma'leesch*. Nächstes Mal! *Tuerto que vaya, derecho que venga*« – was soviel heißt wie: Selbst wenn du gebeugt losgegangen bist, wirst du aufrecht zurückkehren. Papa schöpfte neuen Mut und freute sich über Mamas Anteilnahme in einer Angelegenheit, die ihm so sehr am Herzen lag; ich hingegen glaubte in ihren Worten eine Spur von Spott zu bemerken.

Noch war der geliebte Pessach-Duft aus dem Haus nicht verflogen, da stand schon der nächste Feiertag vor der Tür. Für Papa waren der Gefallenengedenktag und das darauf folgende Unabhängigkeitsfest Tage des Ernstes und der Einkehr. Gleichsam mit Gottesfurcht, einer Mischung aus Hingabe und Schrecken, stieg er zum *boidem*, dem Dachboden, hinauf (erst dank Chaja erfuhr ich, daß *boidem* jiddisch und kein *ladino* ist), holte zwei große israelische Flaggen herunter, die dort das ganze Jahr über sorgsam verpackt lagerten, und hängte sie an der Straßenfront unseres Hauses auf; darüber hinaus brachte er an den Wäscheleinen im Garten und auf dem Balkon blau-weiße Fähnchen an. Das Wohnzimmer schmückte er mit den Porträts des Staatspräsidenten und des Generalstabschefs der Armee und, das versteht sich beinahe von selbst, mit den Fotos Menachem Begins und »Ja'ir« Avraham Sterns, des Begründers des *Lechi*. Schon am Vorabend des Gedenktags wand er ein schwarzes Band um den Glasrahmen, dem eine Wand unseres Wohnzimmers vorbehalten war. Er enthielt Aufnahmen der Opfer des Empires, das heißt der Kämpfer, die von den Briten hingerichtet worden, und seiner Freunde und Bekannten aus dem *Etzel*, die zur Mandatszeit im Untergrundkampf oder später im Befreiungskrieg gefallen waren. Wenn man im Wohnzimmer saß, nahm man die Fotos meist gar nicht wahr. Sie hingen an einem schmalen Streifen der Seitenwand, der gewöhnlich von der offenstehenden Tür zum angrenzenden Zimmer verdeckt war. Wenn Papa mit der Erinnerung an die Toten allein sein wollte, schloß er die Tür und stand schweigend vor den Fotografien. Zu der feierlichen Stimmung trugen aber auch die besonderen Einkäufe auf dem Machane-Jehuda-Markt bei: geräucherte Makrele, Arrak, Knabberzeug, frische und getrocknete Früchte, all dies wurde zusätzlich zu den üblichen Speisen, die wir an Feiertagen aßen, besorgt.

Am Gefallenengedenktag selbst holte der Unteroffizier der

Reserve Schim'on Bar Adon seine Armeeuniform aus dem Schrank, bügelte sie mit Sorgfalt und polierte das Abzeichen auf dem Barett, bis es glänzte. Solange ich noch nicht eingezogen war, putzte ich seine hohen Armeestiefel; das bereitete mir Vergnügen. Schließlich badete Papa wie vor jedem Fest, kleidete sich in die Uniform und legte stolz das Abzeichen seiner Untergrundorganisation und die Medaille aus dem Unabhängigkeitskrieg an. Später kam diejenige des Unternehmens Qadesch hinzu, des letzten Kriegs, in dem er zur Verteidigung Jerusalems herangezogen wurde. Anschließend verließen wir gemeinsam das Haus, besuchten einen Militärfriedhof, um die Trauer uns völlig unbekannter Familien mitzutragen, und begaben uns zum Grab der von den Briten Gehängten. Nach dem Sechstage- und dem Jom-Kippur-Krieg führte ich Papa manchmal zu den Gräbern meiner gefallenen Kameraden. Erhobenen Hauptes ging er in seiner Uniform durch die Straßen, und Passanten, die ihn kannten, grüßten ihn mit ernsten Gesichtern, in denen Hochachtung stand, oder mit einem leicht ironischen Lächeln im Blick, das mich manchmal an Mamas Art zu schauen erinnerte.

Papa bemühte sich, uns jedesmal eine Einladung zur feierlichen Entzündung des Feuers und dem Hissen der Fahnen am Vorabend des Unabhängigkeitsfests zu beschaffen. An diesem Tag gab er Mama nicht nach, sondern beharrte darauf, daß sie mitkam. Bis zum Feuerwerk saß er still und andächtig wie ein Kind. Nach der Veranstaltung gingen wir heim und gönnten uns ein königliches Mahl. Wenn es ihm nicht gelungen war, uns die Teilnahme an der offiziellen Zeremonie zu ermöglichen, saß er zu Hause vor dem Radio – damals gab es in Israel noch kein Fernsehen – und lauschte gebannt der Übertragung. Auch an jedem Unabhängigkeitstag rezitierte er bei Tisch mit lauter, getragener Stimme ein Gedicht von Uri Zwi Greenberg. Nach dem Essen gingen wir wieder auf die Straße und mischten uns unter die fröhliche Menschenmenge. Ich erinnere mich noch an seinen gekränkten Blick, als ich schon größer war und lieber mit meinen Freunden und Freundinnen aus dem Gymnasium zu einer Sing- und Tanzparty entschwand, statt bei ihm zu bleiben. So mußte er allein weiterfeiern. Ähnlich schaute er mich an, als ich ein Jahr nach meiner *Bar Mizwa* aufhörte, ihn am Sabbat und feiertags in die Synagoge zu begleiten. Nur noch hin und wieder schloß ich mich ihm an und auch das nur ungern. Ich erinnere mich nicht genau, wann mein Glauben ins Wanken geriet, aber mit Sicherheit geschah das bereits vor der *Bar Mizwa*. Mir scheint, daß nun, da ich nicht mehr glaubte, das Unbehagen, das mich in der Synagoge befiel, zu Slichot am größten war, während der Zeit der Buße und Einkehr, die bei den Sepharden bereits einen Monat vor dem Neujahrsfest beginnt, während sie bei den Aschkenasim, unseren klugen Brüdern, nur eine Woche dauert – »und das ist schon zuviel«, erklärte einmal Schajke Diamant, ein guter Freund aus der Schwarzen Brigade, der wie ich als Gymnasiast für den Dienst in dieser Einheit ausgewählt worden war, weil er ausgezeichnete Leistungen im Arabischunterricht erbrachte und die Fremdsprache obendrein mit perfektem Akzent beherrschte, obwohl er Aschkenasi war. In seiner Kindheit und frühen Jugend war Schajke Sänger im Chor der Tachkemoni-Synagoge in Jerusalem gewesen. »Und vom Fenster aus«, so erzählte er mir, »sah ich meine Kumpel Fußball und *alam salam* oder, wie die Jungen in anderen Straßen es nannten, *alam buli* spielen. Derweil saß ich den ganzen Samstagvormittag in der Synagoge fest, weil sich der Gottesdienst endlos hinzieht, wenn außer dem Kantor auch noch ein Chor singt. Wo war mein freier Sabbat? Hatte ich kein Recht auf einen Ruhetag in der Woche? Verstößt das nicht gegen die Zehn Gebote?« beklagte sich Schaijke mit einem Lachen, in das eine aufrichtige kindliche Empörung einfloß, die ich gut

verstand. Am Ende hatte auch er rebelliert und während seines ersten Jahrs auf dem Gymnasium den Synagogengang aufgegeben.
Besonders dankbar bin ich Schajke, weil wir es seinetwegen rechtzeitig schafften, aus den Vereinigten Staaten nach Israel zu gelangen, um noch am Jom-Kippur-Krieg teilzunehmen. 1973 war ich kurz nach Neujahr, am Sabbat der Umkehr, in eine Synagoge in Los Angeles eingeladen, in der die *Bar Mizwa* des Sohnes eines Freundes begangen wurde, und ich bewunderte, wie schön der Mann, der an den Torahschrein trat, sang. Als er während der Bibellesung den Kopf wandte, sah ich, daß es Schajke Diamant war, der sich inzwischen in Schajke Jahalom umbenannt hatte – es war wirklich er und kein anderer! Bereits aus unserer Dienstzeit in der Schwarzen Brigade wußte ich, daß zwar kein Körnchen Glauben mehr in ihm steckte und er nur noch widerwillig eine Synagoge betrat, daß er jedoch hoffnungslos in die Gesänge und Gebete verliebt war, die er genau wie ich bei jeder Gelegenheit anstimmte. In einem Motel hatte ihn einmal vom Nebenzimmer aus ein *konservativer* Rabbi gehört, als er inbrünstig und vor Wonne hinschmelzend mit dem ganzen Talent seiner Stimme ein kompliziertes Stück aus der Liturgie unter der Dusche sang. Es half Schajke nicht, daß er dem Rabbi erklärte, er sei kein gläubiger Jude, halte die religiösen Vorschriften nicht ein und benutze am Sabbat das Auto. Mein ahnungsloser Freund Schajke! Er war zum ersten Mal in Amerika, nur als Tourist, und wäre nicht auf den Gedanken gekommen, daß es fromme Juden gab, die am geheiligten Sabbat im Auto zum Gottesdienst fuhren. Der Rabbiner lachte und beruhigte ihn, indem er ihn in die Lebensordnung der Neuen Welt einweihte und ihm versicherte, daß der jüdische Geist, der sich in seinem Gesang offenbare, ihm völlig ausreiche. Und seither achtet Schajke, der von Beruf Lektor beim Schevna-Verlag ist, immer darauf, seinen Jahres-

urlaub zu den Feiertagen zu erhalten, während der Furchtbaren Tage und des Laubhüttenfests. Dann fliegt er von Israel nach Los Angeles und verdient sich in der Synagoge jenes Rabbis harte Dollars mit liturgischem Gesang. Einige Tage nach der *Bar Mizwa*, bei der wir uns wiedertrafen, brach der Jom-Kippur-Krieg aus. Es war schwierig, einen Flug in ein Kampfgebiet zu bekommen, doch dank seiner Beziehungen oder seiner Überredungskunst gelang es Schajke, einen Fürsprecher zu finden und über ihn zwei Plätze in einem Flugzeug zu ergattern. Obwohl wir erst zehn Tage nach Ausbruch des Krieges ankamen, war es noch nicht zu spät, um daran teilzunehmen, und Schajke wurde nach zwei Tagen des Kampfes sogar verwundet.

Während meines Aufenthalts in den USA hatte auch ich die aschkenasische Liturgie zu schätzen gelernt, selbst wenn sie für mich nicht das spanische Flair enthielt, das mir aus meinem Elternhaus und der Qehilat-Ja'aqov-Synagoge vertraut war.

Vielleicht wäre mir nicht eingefallen, an dieser Stelle von meinem guten Freund Schajke, dem Psalmisten, zu berichten, hätte er mich nicht einmal in Erstaunen versetzt, mich und einige andere Kameraden aus der Schwarzen Brigade. An einem anstrengenden Manövertag ruhten wir unter einem großen Feigenbaum aus, einem der vielen Exemplare, die weise Araber hier und dort als Sonnenschutz gepflanzt haben. Einer plötzlichen Eingebung folgend, begann ich ein Slichot-Lied in einer sofort als sephardisch erkennbaren Version zu singen: »Gott, dem König, der auf dem Thron der Barmherzigkeit sitzt und voller Güte handelt«. Und was glauben Sie, wer ebenso kunstfertig wie gefühlvoll in meinen Gesang einstimmte? Der Aschkenasi Schajke Diamant persönlich! Es stellte sich heraus, daß er zehn Jahre lang in der Alfandaristraße in Jerusalem gegenüber einer sephardischen Synagoge gewohnt hatte. »Ob ich es wollte oder nicht«, erzählte Schajke, »ich hörte sie jeden Tag, an jedem Sabbat und Feiertag, die Slichot und alle übrigen Gebete der Furchtbaren Tage, den ganzen Monat Elul hindurch und auch danach noch.« Da er bereits die aschkenasische Vortragsweise beherrschte und die Texte auswendig konnte, war es ihm nicht schwergefallen, auch in den sephardischen Gesangsarten Perfektion zu erlangen. Und dann hob er an und trug wie ein waschechter Spanier weitere Gebete vor. In den folgenden Monaten sollten wir noch oft zur Freude unserer Kameraden zusammen singen.

Als Kind hatte ich das frühe Aufstehen in der ersten Slichot-Nacht kaum erwarten können. Wenn Papa und ich noch bei Dunkelheit das Haus verließen, tauchten aus den Gassen unseres Viertels viele Männer auf, die alle auf dem Weg zur Synagoge waren. Ich liebte die Gebetsgesänge, bei denen die Gemeinde dem Vorsänger respondierte, und fühlte mich an den Furchtbaren Tagen wie im siebten Himmel. Nach dem Gottesdienst ging ich gern allein zu Schmaja, dem Bäcker, und kaufte uns ofenwarmes, nach syrischer Art gebackenes Fladenbrot. Doch all das ist dahin und gibt es seit meinem zwölften Lebensjahr, dem vierten Jahr nach der Staatsgründung, für mich nicht mehr. Damals wurde mir das frühe Aufstehen an Slichot lästig; wahrscheinlich symbolisierte es, wenigstens in meinem Unterbewußtsein, alles, wozu ich keine Lust hatte. Während der zwei Monate vor der *Bar Mizwa* hatte ich jeden Tag, auch unter der Woche, die Synagoge besucht und Gebetsriemen angelegt. Das gehört zu den Übungen jedes *Bar Mizwa*, weswegen es mir als selbstverständlich erschienen war. Erst später begann mich das Gefühl zu bedrängen, daß ich der Synagoge überdrüssig war. Trotzdem hat sich die Bar-Mizwa-Feier mir ins Gedächtnis eingegraben wie ein Eisennagel, der in ein Brett getrieben wird – das jedoch nicht aus Gründen des Glaubens und der Gesetzestreue.

Kapitel 19

An einem Samstag beim Mittagessen sagte ich zu meinen Eltern, daß ich eine Freundin hätte. Beide blickten mich an.
»Ich möchte, daß ihr sie kennenlernt. Sie heißt Chaja.«
»Ist sie eine von uns?« wollte Papa sofort wissen.
»Sie ist eine ausgezeichnete Studentin und sehr nett.«
»Ist sie eine von uns?« wiederholte er seine Frage.
»Was soll das heißen – von uns? Sie ist Jüdin und Israelin, keine Muslimin aus Indonesien, wenn du darauf hinauswillst«, entgegnete ich, obwohl ich genau wußte, was er meinte. Während Mama den Tisch deckte, hatte ich in der Zeitung geblättert und eine Meldung über Indonesien gelesen.
»Ich will wissen, ob sie eine echte Sephardin ist, aus Jerusalem.«
Ich fühlte, daß ich wütend wurde. Auf die Frage, ob sie aus Jerusalem stamme, war ich nicht vorbereitet. Welche Ansprüche dieser Mann stellte! Was hätte er über Masi gesagt, eine echte Sephardin aus Tiberias?
»Sie ist Aschkenasin, Polin und eine Überlebende des Holocaust«, sagte ich ärgerlich. »Verdammt noch mal, ihr habt sie noch nicht gesehen und kennt sie nicht, aber schon ist sie in euren Augen disqualifiziert!«
»Wer behauptet das?« erwiderte Papa zornig, als habe jemand seinen wunden Punkt getroffen. »Aber du bist unser Sohn, unser einziges Kind, da ist es doch die natürlichste Sache der Welt, daß wir uns um dich sorgen und wollen, daß

du vorsichtig bist. Sieh dir an, wie es Dora ergangen ist. Sie hat einen Urfalen geheiratet und lebt jetzt allein ...«

»Weil sie nicht miteinander auskamen«, unterbrach ich ihn beinahe schreiend, »oder, wenn man Dora glaubt, weil er ein Scheißkerl, nicht aber weil er Urfale war. Ohne Probleme kann ich dir Scheißkerle zeigen, die Sepharden sind oder Aschkenasim oder sonstwelcher Herkunft ...«

Es kam nicht oft vor, daß daheim in ausfallendem Ton gesprochen wurde, aber in dem Moment war ich wirklich wütend.

»Bring sie am nächsten Samstag zum Mittagessen mit«, sagte Mama schnell, ehe sich die Gemüter weiter erhitzten.

Es versteht sich von selbst, daß niemand in ein solches Elternhaus ein Freundin mitbrachte, es sei denn, es handelte sich um seine künftige Ehefrau. Dennoch schien jeder von uns bemüht, auf diese Frage nicht anzuspielen; vor allem meine Eltern hüteten sich davor. Als dächten sie: Wir wollen sie uns erst einmal anschauen. Und doch war ich erleichtert. Wenn Mama an Depressionen litt, besuchten uns nur ihre Schwester und ihre engsten Freundinnen und seit den Tagen der Belagerung Jerusalems auch unsere Nachbarin Dora, die Mamas Lieblingsfreundin geworden war. Andere Gäste luden wir nicht ein, und allmählich schienen unsere Verwandten und Bekannten zu der Auffassung gelangt, daß es selbst in normalen Zeiten nicht angebracht war, häufiger bei uns zu erscheinen. Vielleicht war uns das sogar recht, denn es schien uns sicherer. Als schwebe die schreckliche Gefahr ständig über uns; man konnte ja nicht wissen. Ich beneidete die sephardischen Familien unseres Viertels, deren Wohnungen abends, am Sabbat und an den Feiertagen voll von Gästen, von Freunden und Angehörigen waren, so daß der Hof vom Echo der Gespräche, des freundschaftlichen Lachens und der Geräusche der Kinder widerhallte, die bei ihren Spielen und Streitereien ständig hin und her liefen. In dem Haus, das ich

mir bauen würde, sollten die Menschen nicht zusammenzucken bei der Frage, ob es ratsam war, Gäste einzuladen oder nicht.
Als Mama mich aufforderte, Chaja zum Mittagessen mitzubringen, fiel mir ein Stein vom Herzen. Ich begann, von Chaja zu erzählen, von ihrer schweren Kindheit und dem Nomadenleben, das sie mit ihren Eltern im Krieg geführt hatte, von der Internierung auf Zypern und dem Lager Zemmach. »Sie sind beide Musiker«, antwortete ich mit übertriebener Vorsicht auf die Frage nach der Beschäftigung ihrer Eltern. Doch damit erreichte ich wahrscheinlich das Gegenteil dessen, was ich beabsichtigte, und betonte den Unterschied zwischen der Welt, aus der Chaja kam, und der meiner Familie. Ich bemerkte, wie Papa Mama einen Blick zuwarf, Mamas Gesicht blieb jedoch ungerührt wie das einer Sphinx. Als ich aufstand, um nach Hause zu gehen, fiel mir etwas ein, und ich sagte zögerlich: »Es kann sein, daß es ihr am Samstag nicht paßt. Am Wochenende fährt sie immer zu ihren Eltern nach Tel Aviv ...«
»Dann kommt am Mittwoch zum Abendessen«, schlug Mama sogleich vor.
Noch an diesem Samstag abend berichtete ich Chaja, daß sie bei uns zum Essen eingeladen war, und nachts, in den Pausen unseres Liebesspiels, erzählte ich ihr von meinen Eltern und ihrem Milieu, der Verwurzelung unserer Familie in diesem Land, dem Ehrgefühl und all den anderen beinahe krankhaften Empfindlichkeiten und dem Wesen des Sephardentums, so wie ich es verstand. Chaja hörte sehr aufmerksam zu, bald mit ernstem, bald mit amüsiertem Blick, und manchmal brach sie in schallendes Gelächter aus, legte ihren Arm um meinen Hals und sagte: »Shaul, das erinnert mich so sehr an meine Polen!« Ausführlich berichtete ich ihr von Papas Etzel-Mitgliedschaft und dem Bilderrahmen in der Ecke des Wohnzimmers, in dem er die Fotos der gehängten Etzel-

und *Lechi*-Mitglieder und die seiner Freunde und Bekannten aus dem *Etzel*, die im Kampf gegen die Briten und im Unabhängigkeitskrieg gefallen waren, wie kostbare Reliquien aufbewahrte. Ich überlegte, ob ich Chaja von den Anfällen der Trauer und Depression meiner Mutter erzählen sollte, aber ich beschloß, damit zu warten, bis sie Mama von ihrer besten Seite kennengelernt hatte. Nach all meinen Vorreden verließ ich mich auf Chaja und hielt es für peinlich und überflüssig, zu erwähnen oder auch nur anzudeuten, daß sie sich zurückhaltend kleiden und respektvoll benehmen sollte, damit wir die schwierige Zeremonie heil überstanden. Ich ging davon aus, daß an dem Abend die bezaubernde, feinfühlige, wohlerzogene Chaja erscheinen würde und nicht die übermütige, bei der man nie wußte, welcher Dämon sie trieb. Und gewiß auch nicht jene wilde, unberechenbare, die einen mit ihrem Trotz in Rage versetzen konnte. Chaja dachte nach und sagte, am Mittwoch passe es ihr gut, an diesem Tag stehe eine wichtige Prüfung an, und das Abendessen bilde den gebührlichen Abschluß einer Periode harten Lernens. Sie bat mich, sie in den beiden Nächten vor der Prüfung nicht zu besuchen – sicher, es war hart, sie wußte das, aber sie müsse von jetzt an Tag und Nacht über dem Lernstoff brüten. »Und«, fügte sie hinzu, »komm mich auch nicht abholen, wenn wir zu deinen Eltern gehen. Sie wohnen gerade mal fünf Minuten zu Fuß von meiner Wohnung. Ich muß mich vorbereiten, mich anziehen und schönmachen, dabei brauche ich dich nicht. Ich will nicht, daß du mir im Nacken sitzt oder zwischen den Beinen herumkriechst …«

»Das werde ich nicht tun, ich werde stillhalten …«

Wie damals, als sich die schöne Michal und ihr Mann Avnon, mein Lehrer, neckten, flog ein Kissen, das diesmal allerdings mein Gesicht traf. »Öffne du mir lieber die Tür, wenn ich bei deinen Eltern ankomme.«

In den beiden Nächten vor jenem Mittwoch schlief ich in

meinem Zimmer, und Avschi fragte mich, ob wir gestritten und uns getrennt hätten. Freimütig erzählte ich ihm die ganze Geschichte, und er zeigte Verständnis für Chajas Entschluß und sagte, daß auch er sich vor Prüfungen ein strenges Reglement auferlege, »keine Mädchen und kein Lotterleben«, genau so, wie der fromme Hausbesitzer es verlangt hatte. Avschi konnte eine, manchmal zwei Wochen am Stück ununterbrochen über seinen Büchern sitzen. Überhaupt war er ein fleißiger Student, selbst wenn es wegen seiner starken Neigung, sich auszutoben, nicht immer so schien.

Mama nahm zuerst den Hausputz in Angriff, sie wischte und polierte und achtete darauf, daß alles an seinem Platz war, als bemühe sie sich nachzuholen, was sie in diesem Jahr vor *Pessach* nicht selbst hatte erledigen können, weil ihr letzter Anfall erst drei Tage vor dem Fest abgeklungen war. Danach sah die Wohnung, trotz des alten einfachen Mobiliars, gepflegt und einladend aus. Dann trat sie an die Kochtöpfe und bereitete die Speisen zu: *Sufrito*, *medias*, Hackfleischbällchen, *machschi* und Salat aus feingehacktem Gemüse mit viel Zitronensaft und Olivenöl. Zusätzlich kochte sie *gefilte fisch* und backte zum Nachtisch runde *ma'amulim*, die sie nach Jerusalemer Art mit Nüssen, Rosinen und Pinienkernen füllte. Schließlich kaufte sie Blumen, die sie auf zwei Vasen verteilte, und zupfte die welken Blätter von den Pflanzen in den Töpfen und Blumenkästen. Nach zwei Tagen unermüdlicher Geschäftigkeit badete sie, zog ihr Sabbatkleid an und kämmte und schminkte sich, als wäre sie diejenige, die gefallen müßte. Für Papa suchte sie eine Hose, ein gebügeltes Hemd und eine passende Krawatte heraus. Auch er zog sich an, rasierte sich und benutzte After-shave. Vor allem aber schien er sich über Mama zu freuen, die einem jungen Mädchen ähnelte, das sich auf seine Verlobung vorbereitete. Für eine kurze Zeit wirkten sie beide wie ein glückliches, mit seinem Schicksal zufriedenes Paar. Ich selbst war nervös und ging unruhig im Flur auf und ab. In einem Anfall von Mißtrauen fragte ich mich, weshalb Chaja mich nicht hatte in ihrer Nähe haben wollen, während sie sich zurechtmachte, und ich wünschte, der Abend wäre bereits überstanden. Pünktlich um acht Uhr klingelte es an der Tür, und ich ging mit klopfendem Herzen, sie zu öffnen.

Chaja war schön und strahlte förmlich am ganzen Körper, dennoch war ich ein wenig schockiert. Als ich sie ins Zimmer führte und meine Eltern sich erhoben, um ihr zur Begrüßung die Hand zu reichen, sah ich, wie Mamas Blick auf den großzügigen Schulterausschnitt des enganliegenden Kleides fiel, das zudem die Umrisse ihrer Schenkel deutlich erkennen ließ. Papa schaute Mama an, um zu sehen, wie sie reagierte. Doch Mama stand da, lachte ihr warmes Lachen, von dem sich nie genau sagen ließ, ob es echt oder künstlich war, und sagte:

»Herzlich willkommen, herzlich willkommen.«

Chaja überreichte ihr ein Päckchen. Mama nahm es entgegen und fragte:

»Was ist das?«

»Öffnen Sie es bitte«, erwiderte Chaja.

Mama riß die Verpackung auf und zog eine neue Schallplatte mit sephardischen Romances in der Interpretation Abraham Ferreras heraus.

»*Ja'alla*, wie schön!« flüsterte Mama ehrlich begeistert. Einen Moment lang betrachtete sie bewegungslos das Foto Ferreras auf der Plattenhülle und vergaß dabei das obligatorische »Vielen Dank. Das wäre wirklich nicht nötig gewesen ...« Als ich mich einige Zeit später an die Begrüßungsszene erinnerte, dämmerte mir, daß Mama während jener Sekunden bei dem heimlichen Liebling ihres Herzens gewesen war, ihrem Cousin Sasson, dem Sänger. Chaja war wie eine Expertin vorgegangen; und die Wahl des Geschenks, das sie mir verheimlicht hatte, machte mich stolz. Mir fiel ein, daß im Radio einmal das Lied »Die Kleine mit den roten Wangen hat ein Feuer in mir entfacht« in der Interpretation Jitzchak Levis gespielt worden war und ich Chaja gegenüber erwähnt hatte, diese Schallplatte hätten wir bei uns zu Hause, meine Mutter höre ihn gern. Ich hätte nicht geglaubt, daß aus dieser Bemerkung die Idee entstehen würde, Mama eine Schallplatte des wunderbaren Ferrera zu schenken – obwohl ich bei einer Musikertochter auf so etwas hätte gefaßt sein müssen.

»Du hattest mir nicht gesagt, was für eine junge, schöne Mutter du hast«, rief Chaja in gespielt erbostem Ton.

»Selbst! *Eh beh du deh*!« gab Mama zurück, Worte gebrauchend, mit denen sich die kleinen Mädchen in Jerusalem neckten.

Die beiden Frauen lachten, und ich stand betroffen daneben: Während Sekunden sah ich meine Mutter als Kind in dem Viertel, in dem sie aufgewachsen war. Wenigstens für einen Moment hätte Papa das Kleid, das Chajas Schultern entblößte und ihre Schenkel hervorhob, übersehen und zugeben können, daß sie, die Frau, die sich seinen Sohn ausgesucht hatte, nicht nur etwas von Männern, sondern auch vom Umgang mit Frauen verstand – hatte sie nicht gerade erst gesagt, wie schön und einzigartig seine Rebekka war? Doch er stand da und hüllte sich in sein skeptisches Schweigen.

Bis wir zu Tisch gebeten wurden, nahmen wir alle Platz. Chaja wurde der bequemste Sessel zugewiesen, und Mama stellte einen Teller mit gesalzenen Pistazien und ein Glas Nelkenlimonade vor sie hin.

»Ich mag dieses Viertel«, sagte Chaja. »Ich selbst wohne in der Henrietta-Szold-Straße, fünf Minuten von hier entfernt, und wenn ich manchmal nachts das Gefühl habe, daß ich eine Pause vom Lernen brauche, mache ich einen kurzen Erholungsspaziergang in der Gegend. Und danach setze ich mich wieder *an die Bücher*!« Das Ende des Satzes sprach sie

mit einer Empörung aus, die an den Fluch »Möge ihr Name vom Antlitz der Erde gelöscht sein« erinnerte. Endlich zeigte sich auf Papas Gesicht der Anflug eines Lächelns, und sogar ich, der wußte, was Chaja nachts trieb, wenn sie ihr Studium unterbrach, glaubte ihr beinahe, so überzeugend klangen ihre Ausführungen, die den Eltern, die einer anderen Generation angehörten, bedeuten sollten, daß ihnen ein ernsthaftes junges Mädchen gegenübersaß, das keine übertriebene Eile verspürte, sich die Nächte mit ihrem Sohn um die Ohren zu schlagen. Nicht daß man dessen gewiß sein konnte, doch gab es einen Ansatz zur Hoffnung, daß vielleicht alles tatsächlich so war, wie sie es darstellte. Ob vorsätzlich oder instinktiv orientierte sich Chaja mühelos an dem, was mein Vater hören wollte; sie brauchte nicht einmal an ihre polnischen Eltern zu denken. Doch war es auch vorstellbar, daß sie das Behauptete wirklich getan hatte, zumindest in den beiden zurückliegenden Nächten.
»Nissim-Bachar-Straße«, fragte Chaja jetzt, »ist das nicht Nissim Bachar, der Erzieher von der *Alliance*? Wie lautet noch der hebräische Name der Organisation ... AJB, ›Alle Juden sind Brüder‹?«
Heute bekenne ich: So viele Jahre hatte ich in der Nissim-Bachar-Straße zugebracht und wußte doch kaum etwas über sie. Hilflos schaute ich meinen Vater an, doch dessen Blick war auf Chaja gerichtet.
»Ich glaube«, fuhr Chaja fort, »daß David Jelin, der Begründer des Lehrerseminars, Bachars Schüler in der Torah-u-Melachah-Schule war. Dieses fortschrittliche Institut wurde Ende vorigen Jahrhunderts, vor rund achtzig Jahren, von der *Alliance* ins Leben gerufen. Ganz im Sinne von Eli'eser Ben Jehuda redeten dort alle Hebräisch, das Unterrichtssprache war. Die aschkenasischen Rabbiner belegten ihn und die Schule deshalb mit einem Bann. Er starb in New York, ist aber in Jerusalem begraben.«

»Das stimmt«, sagte Mama und wandte sich an Papa: »Mein Onkel Jecheskel, Sassons Vater, war auf der Torah-u-Melachah, und als wir in diese Straße zogen, erzählte er uns, daß Nissim Bachar diese Schule gegründet hätte. Ich soll sogar mit ihm verwandt sein. Der Vater seiner Mutter war auch ein Abulaffia. Erinnerst du dich, Schim'on?«
Papa nickte, und ich sah ihm an, daß er seine Neugierde kaum noch unterdrücken konnte. Mama schaute wieder zu Chaja und fragte mit einer Mischung aus Verwunderung und Amüsement:
»Aber woher weiß die Kleine das?«
Die Kleine lächelte herzlich und zuckte bescheiden mit den nackten Schultern. »Dann sind Sie eigentlich eine Verwandte des großen Gelehrten Rabbi Jedidja Refa'el Chaj Abulaffia«, fuhr sie fort. »Er war Nissim Bachars Großvater und unterrichtete ihn in der Torah.«
Wir staunten.
»*Mira, mira! Mira maravilla!*« rief meine Mutter. »Du mußt uns später erzählen, wo du das alles gelernt hast. Entschuldigt mich jetzt, ich muß in die Küche.« Mama stand auf und ging hinaus. Und Papa, der auch nach Meinung des Genossen Burstein ein in jeder Hinsicht couragierter Mann war, schien so erschrocken, daß er schnell Mama folgte, um ihr zu helfen.
»Ja, woher weiß unsere Kleine das alles?« fragte ich.
»Es wird Zeit, daß du's erfährst: Ich bin allwissend«, antwortete Chaja mit geheimnisvoller Stimme, nahm meine Hand und drückte sie. »Hübsche Wohnung«, fuhr sie fort, während ihr Blick durch den Raum wanderte. Und schon war sie aufgesprungen und betrachtete die Fotografien der Hinrichtungsopfer und der gefallenen Etzel-Kameraden, Papas Heiligtum, das sonst meist hinter der offenstehenden Tür zum Nachbarzimmer verborgen war. »Ist das der Schrein deines Vaters, von dem du mir erzählt hast?« fragte Chaja und las die

Zeilen aus einem Gedicht Uri Zwis, die über dem unteren Rahmenrand standen:

Zellen sehe ich in dicken Mauern, Galgen –
In Akko, Jaffa und Jerusalem – Gesichter
Von Sikariern, dem Tod geweihten Juden.
Ich sehe sie zum Galgen gehen,
Das Morgenlicht Jerusalems auf ihren Wangen.
Doch sehe ich schon mein Fluggeschwader, kreisend
Über dem Tempelberg am Tag des Fests.
Ich sehe Tausende, die feiern,
Wenn Schüsse fallen im Kidrontal
Aus dem Gewehr zweier mittelloser Männer.
Wie einst der Sinai brennt der Tempelberg,
Posaune bläst ein Feuerreiter.
Und das Banner Davids weht von dessen Turm.

»Das jagt einem einen kalten Schauer über den Rücken«, stellte Chaja fest und setzte sich zu mir. »Sieh her, ich habe eine Gänsehaut. Wann wurde das Gedicht geschrieben?«
»Es stammt aus ›Buch der Anklage und des Glaubens‹, das im Jahr 5697, also 1937, erschien.«
»*Ja'alla*«, sagte Chaja. »Es klingt wie eine Prophezeiung ...« Sie verstummte, und einen Augenblick fürchtete ich, daß sie in Schweigsamkeit verfallen würde. Deshalb sagte ich: »Du hast Mama glücklich gemacht.«
»Das Problem ist dein Vater«, entgegnete sie zerstreut. »Ich lese in seinen Augen, daß er nicht besonders zufrieden mit mir ist – und damit du es weißt, es hat nichts mit meinem Kleid zu tun. Das benutzt er höchstens als Vorwand. Es wird eine Weile dauern, bis er sich von dem Bild, das er sich von deiner Künftigen gemacht hat, befreit haben wird.«
»Woran erkennst du das alles?«

Sie machte sich nicht einmal die Mühe, mir zu antworten, als entspringe die Fähigkeit, Dinge zu durchschauen, dem Kern ihrer Weiblichkeit – als hätte ich sie gefragt, weshalb sie zwei Brüste hat. Ich war sicher, daß meine Eltern in der Küche tuschelnd ihre Eindrücke austauschten. Daher nahm ich Chajas Hand und zog sie auf den Stuhl unmittelbar neben mir. »Du bist so schön«, sagte ich. »Nach dem zweitägigen Fasten bin ich wild darauf, mit dir einen Spaziergang durch unser Viertel zu machen, wenn du eine Pause vom Studium der verdammten Bücher brauchst.«

Chaja brach in Gelächter aus und stieß ihre Faust in meine Rippen. »Auch heute nacht wirst du dich des …, des … enthalten müssen – wie heißt das, was man an Jom Kippur nicht tun darf?«

»Gebrauch des Bettlagers.«

»Genau«, fuhr Chaja fort. »Wenn es Zeit ist zu gehen, sagst du, daß du mich nach Hause bringst und wieder zurückkommst. Daran führt kein Weg vorbei, heute nacht schläfst du hier.«

Als Sekunden später Mama die Tür öffnete, um uns zu Tisch zu rufen, erwischte sie uns, wie wir Hand in Hand nebeneinandersaßen, die Köpfe lachend einander zugeneigt. Aus ihrem freundlichen Ausdruck schloß ich, daß sie mit dem, was ihre Augen sahen, zufrieden war.

Der Tisch war wie für den Sabbat oder einen Feiertag gedeckt: das weiße Tischtuch, die von Mama selbst gebackenen Brotlaibe, die Fülle farbenfroher, himmlisch duftender Speisen und die vielen Kerzen. Papa saß am einen Ende des Tischs und Mama ihm gegenüber, während Chaja und ich an den Längsseiten Platz nahmen.

»*Ja'alla!* Sieht das toll aus!« rief Chaja. »Wie hungrig ich bin, ich habe den ganzen Tag nichts gegessen.«

»Guten Appetit, meine Tochter, iß, wohl bekomm's dir«, sagte Mama. Da ich keine Schwester hatte, fragte ich mich, ob das Wort »Tochter«, das Mama völlig selbstverständlich benutzte, einen Hinweis enthielt oder es sich dabei nur um die übliche Anrede eines jungen Mädchens handelte. Mama schien sich keine Gedanken darüber zu machen. Ich setzte die *Kippa* auf, die neben meinem Teller bereitlag, und Papa, der seine Kopfbedeckung bereits trug, ging hinaus, um sich die Hände zu waschen. Nach seiner Rückkehr nahm er die beiden glänzenden Brotlaibe, legte sie nebeneinander und segnete sie mit dem Spruch: »Der uns hinausgeführt hat aus Ägypten ...« Dann riß er ein Stück Brot ab, tauchte es in Salz und führte es zu seinem Mund. Weitere Brotstücke mit Salz reichte er Mama, mir und schließlich Chaja, die das Essen auf dem Tisch mit den Augen verschlang. Doch erst als Mama Papas Teller gefüllt hatte, kümmerte sie sich um den Gast.

»Was soll ich dir zuerst auftun?« fragte sie.

»Von allem viel!« antwortete Chaja.

Wir lachten. Chaja hatte sofort begriffen, daß sich in diesen Dingen eine sephardische Mutter von einer polnischen nicht unterschied: Je mehr jemand von ihren Speisen aß, desto lobenswerter erschien er ihr. »Laß es dir schmecken, meine Tochter, in der Küche steht noch mehr.« Papa hatte bereits zu essen begonnen, denn bei uns war es nicht üblich, daß derjenige, dem aufgetan war, wartete, vor allem nicht das Familienoberhaupt.

»Weshalb ißt du nicht?« fragte Mama und zeigte auf Chajas gefüllten Teller.

»Ich warte, daß Sie sich auch etwas nehmen und sich zu uns setzen.«

Papas Gabel blieb einen Moment in der Luft stehen. Dann faßte er sich und aß weiter, doch aus dem Blick, mit dem er Chaja jetzt ansah, schloß ich, daß sich die Tür endlich einen Spaltbreit geöffnet hatte. Sobald Mama am Tisch Platz genommen hatte, begann Chaja mit jener gezügelten Gier, die für sie typisch war, mit fein säuberlich geschlossenem Mund zu essen.

»Mamma mia! Mmmmh!« sagte Chaja mit geschlossenen Augen. »Was für eine paradiesische Köstlichkeit! Dieser Braten mit Kartoffeln – ich glaube, dafür habt ihr eine besondere Bezeichnung. Früher wußte ich das Wort, aber ich habe es vergessen …«

»*Sufrito* …«, sagte Mama lebhaft.

»*Sufrito*! Richtig! Jetzt erinnere ich mich. Was gibt dem Braten dieses besondere Aroma? Sie müssen mir unbedingt beibringen, wie man ihn zubereitet. Ein königlicher Genuß! Auch meine Mutter ist eine hervorragende Köchin, aber Sie wissen schon, sie kocht nur polnisch«, sagte Chaja mit gespielter Herablassung.

Mama lachte: »Da lasse ich mir nichts einreden! Wir haben eine polnische Nachbarin, Dorika – das heißt, ihr richtiger Name ist Dora. Wir tauschen Rezepte aus. Sie hat mir beigebracht, *gefilte fisch* zuzubereiten. Die polnische Küche ist vorzüglich.«

»Aha, wie interessant, die muß ich kosten«, entgegnete Chaja, nahm von den *gefilte fisch* und sagte im Kennerton: »Ausgezeichnet. Sie sind auf litauische Art zubereitet, mit weniger Zucker und mehr Salz. Woher genau stammt Ihre Nachbarin?«

»Aus Grodno in der Woiwodschaft Biaystok«, deklamierte ich in Doras Tonfall.

»Ich wußte es. Die Stadt gehört zu Litauen, nach dem Ersten Weltkrieg hat Polen sie sich einverleibt. Auch das Jiddisch, das dort gesprochen wird …, gesprochen wurde, war in vieler Hinsicht litauisch und nicht so sehr polnisch oder galizisch geprägt. Sie sagen zum Beispiel ›wos‹ statt ›wus‹ …«

»Aha!« rief Mama. »Jetzt kriege ich sie! Ich werde ihr sagen, daß sie ab sofort eine *Woswos* und keine *Wuswus* mehr für mich ist.«

Ein großes Gelächter erhob sich. Sogar Papa lächelte. In Mamas Augen blitzte der Schalk. Nur selten hatte ich sie so gelöst und fröhlich gesehen.
»Aber Sie, Frau Bar Adon, machen hervorragende *gefilte fisch …*«
»Sie nennt mich ›Frau‹«, protestierte Mama scherzhaft. »Ich heiße Rivka.« Mama sagte Rivka, so wie Dora sie nannte – nicht Rebekka.
»Glauben Sie mir, Frau … Rivka, ich kenne mich aus«, behauptete Chaja. »Ich selbst koche auch. Ich helfe Mama, wenn ich am Wochenende oder an Feiertagen zu Hause bin. Ehrlich, das Essen ist eine Wucht.« Sie atmete tief durch, als schöpfe sie Kraft, um weiteressen zu können.
Noch ein Expertenstreich. Wahrscheinlich sagte Mama insgeheim: *Mira nicuchira*, die Frau eines Soldaten! In ihrem Fall haben wir es mit keiner verwöhnten höheren Tochter zu tun, die im Haus keinen Finger rührt. Sie ist intelligent und studiert, aber unser Sohn wird bei ihr nicht verhungern. Gott sei Dank! Er hätte an sonst eine geraten können, der Arme …

Kapitel 20

In diesem Augenblick wandte sich Chaja an meinen Vater und sagte:

»Ich habe mir Ihr kleines Heiligtum angeschaut, Herr Bar Adon.«

»Mein kleines Heiligtum?«

»Die Fotografien der Gefallenen und der Opfer des Empires, der Gehängten, in dem Bilderrahmen an der Wand.«

»Ach, davon sprichst du«, sagte Papa. Er wiegte zustimmend den Kopf und sah Chaja überraschend offen an. »Kleines Heiligtum ..., kleines Heiligtum ..., das trifft es wirklich, genau das ist es.«

»Ich erinnere mich noch«, erzählte Chaja, »ich war sechs Jahre alt, und wir waren auf Zypern interniert. Sie wissen schon, in dem Lager, in das die Briten die Juden von den illegalen Einwandererschiffen steckten. Ende 1946 waren wir mit der *Knesset Israel* dorthin gebracht worden. Ein Morgen kurz nach *Pessach* ist mir noch im Gedächtnis – wir aßen Matzen, die vom Fest übrig waren. Jahre später habe ich etwas über diesen Tag gelesen und weiß daher, daß es am Ende des Nissan des Jahres 5707 war. Weil ich im Schlaf spürte, daß Papa und Mama früher aufgestanden waren, erwachte ich und fragte, was los sei. Sie antworteten, daß die Briten am Morgen des Vortags in Palästina vier junge Männer vom *Etzel* gehängt hätten. Der Vorfall war erst Stunden später über das Radio bekanntgegeben worden. Im Lager herrschte Unruhe, überall hörte man die Leute reden. Papa war draußen, und ich sprang aus dem Bett und lief zu ihm. Die Menschen standen in Gruppen und diskutierten. Manche weinten. Einige Jahre später erzählte Papa mir, daß die Männer von der *Hagana*, die mit uns interniert waren, den ganzen Tag getrauert hätten. Noch aus dem Lager erinnere ich mich an den Namen eines Mannes, Dov Gruner – die Menschen sprachen vor allem von ihm. Als ich älter war, las ich einmal, daß er hundertundfünf Tage in der Todeszelle gesessen hatte. Seine Rede im Gerichtssaal und die stolze Haltung, die er, Mordechai Elqachi, Dov Rosenbaum, der eigentlich Jechi'el Dresner hieß, Eli'eser Qaschani und all die anderen, die danach hingerichtet wurden, sich bewahrten, soll großen Eindruck gemacht haben. Erst mit der Zeit begriff ich, was für die Lagerinsassen, die den Holocaust überlebt hatten, die Erkenntnis bedeutete, daß es für Juden auch einen anderen Weg gab zu sterben – und zu leben. Nach all den Jahren weinte ich, als ich den Brief las, den Dov Gruner zwei Tage vor seiner Hinrichtung an Menachem Begin geschrieben hatte. Ich weiß den Wortlaut noch auswendig, so häufig habe ich ihn gelesen, besonders den Schluß: ›Ich schreibe diese Zeilen, achtundvierzig Stunden bevor unsere Frohnvögte den Mord begehen. In einem solchen Augenblick besteht keine Lüge mehr. Daher schwöre ich: Wenn ich die Wahl hätte, von vorn zu beginnen, würde ich denselben Weg wählen, ohne an die Konsequenzen zu denken, die mir daraus erwüchsen ...‹«

Ich war perplex: Ohne einen Fehler zitierte Chaja aus dem ehrfürchtigen Brief – so hatte ich den Ton der aus dem Gefängnis geschmuggelten Mitteilungen der Todeskandidaten immer empfunden –, und als spreche er ein Gebet, flüsterte mein Vater gemeinsam mit ihr die Sätze, die auch er auswendig kannte, und nickte mit dem Kopf, als erteile er seine Zustimmung.

»Es fällt mir schwer zu erklären«, sagte Chaja anschließend,

»warum mich seine Unterschrift so berührt hat: ›Ihr Soldat Dov Gruner‹ – ich habe das immer wieder gelesen und dabei geweint ...«

Mit der Serviette trocknete Chaja die Tränen in ihren Augen, und Mama schenkte ihr Wasser aus der Karaffe ein.

»Vielleicht ist es wegen der höflichen Anrede, die im Hebräischen ein bißchen gestelzt klingt und heute kaum noch gebräuchlich ist. Damals wurde sie häufiger verwendet, vor allem von Menschen, die in einer Sprache erzogen worden waren, in der die Höflichkeitsform selbstverständlich ist. Als Dov Gruner so unterschrieb, salutierte er gewissermaßen vor seinem Befehlshaber. Vielleicht ist es das, was mich so bewegt hat: In einer Situation, in der sein höchster Vorgesetzter hätte niederknien und sich vor ihm verneigen müssen, zollt er ihm wie ein gewöhnlicher Soldat offiziell Respekt, als wäre nichts passiert. Anscheinend waren alle Möglichkeiten, auch die Hinrichtung, von vornherein einkalkuliert, und deshalb bestand kein Grund, von den üblichen Verhaltensregeln abzuweichen. Ich weiß nicht, ob es mir gelingt zu erklären, was ich meine, vielleicht verstehe ich es selbst nicht ganz ... Was für einen großen Respekt diese jungen Männer Menachem Begin entgegenbrachten ...«

Chaja hielt einen Augenblick inne und lächelte durch ihre Tränen hindurch. Dann fuhr sie fort:

»Entschuldigt, daß ich mich habe gehenlassen ... Genug davon, jetzt will ich an nichts anderes mehr denken als an das leckere Essen.«

»Du sagtest: Was für einen großen Respekt diese jungen Männer Menachem Begin entgegenbrachten«, begann Papa nun, das Handgelenk auf den Tisch gestützt und den Kopf leicht zu Chaja geneigt, die rechts von ihm saß. »Ich möchte dir erklären, wer Menachem Begin ist. Nicht Begin, der Führer der Untergrundbewegung – über den haben sich schon bedeutendere Männer geäußert –, sondern ich will dir von

dem Knessetabgeordneten und Menschen Menachem Begin erzählen.
Zu Shaulikos *Bar Mizwa* lud ich natürlich auch ein paar enge Freunde aus der Untergrundbewegung und der Partei ein, aus den Kreisen, die wir ›Kämpfende Familie‹ nennen, unter anderem meinen Freund und Vertrauten, Rechtsanwalt Elijahu Meridor. Auch Menachem Begin hätte ich gern bei der Feier dabeigehabt, aber ich scheute mich. Ich sagte: Ich kann jemand so Wichtigem nicht auf die Nerven gehen und ihn nötigen, am Sabbat zu unserer Bar-Mizwa-Feier zu kommen. Ich wußte, daß er samstags nur selten in Jerusalem ist, weil er in Tel Aviv wohnt. Aber als ich eines Abends Elijahu bei sich daheim aufsuchte, um ihm meine Einladung zu überbringen, fragte ich ihn: ›Meinst du, ich könnte auch Menachem Begin einladen?‹ Die Frage rutschte mir heraus, eigentlich hatte ich das Thema nicht anschneiden wollen. Elijahu antwortete mir: ›Selbstverständlich. Warum denn nicht? Wo liegt das Problem?‹ Woraufhin ich sagte: *›Ana 'aarif,* es ist mir peinlich ... Vergiß die Sache, ich habe nur so gefragt ...‹ Er aber beharrte auf seiner Ansicht: ›Ich versichere dir, daß du ihn einladen kannst. Sollte es ihm nicht passen, wird er sich nicht scheuen, es dir mitzuteilen.‹ Also fragte ich Elijahu: ›Wie erreicht man ihn? Wo kann ich mit ihm sprechen?‹ Und er riet mir: ›Schreib einen Brief, und schick ihn an sein Büro in der Knesset. Glaub mir, es braucht dir nicht peinlich zu sein. Wenn du möchtest, gebe ich dir seine Privatanschrift.‹ Erschrocken sagte ich: ›Nein, nein, lieber schicke ich den Brief an die Knesset, aber ich weiß noch nicht, ob ich ihn wirklich einladen werde ...‹ Elijahu lächelte und schwieg. Am Ende hatte ich trotz seines Rates nicht den nötigen Mut – es war mir unangenehm, und ich lud Menachem Begin nicht ein ...«
Der Sabbat, von dem Papa sprach, war uns allen noch in lebhafter Erinnerung. Es war ein schöner, klarer Tag. Zu jener

Zeit war das Telefon noch eine Seltenheit in den Häusern der kleinen Leute, und Bar-Mizwa-Einladungen drucken zu lassen war unüblich, jedenfalls bei uns im Viertel. Man ging zu den Bekannten und Verwandten und lud sie persönlich ein, oder man informierte sie, wenn man sie in der Synagoge oder auf dem Markt traf.

An dem Sabbat, an dem ich zum ersten Mal aus der Torah vorlesen sollte, waren in der Synagoge zahlreiche Veteranen der »Kämpfenden Familie« versammelt, und Papa lief aufgeregt von einem zum anderen, um sie einzeln zu begrüßen, und fragte immer wieder: »Ist Elijahu noch nicht da?« Denn ihn hatte er ausdrücklich gebeten, an der Torahlesung teilzunehmen. Auf einmal, das Schacharit-Gebet war beinahe zu Ende und die Lesung sollte in wenigen Augenblicken beginnen, kam Unruhe auf. Vom Eingang waren Stimmen hörbar, und plötzlich erklangen draußen Rufe: »Es lebe Begin!« Ein Mann stürzte in die Synagoge und rief aufgeregt: »Begin kommt!« Unmittelbar danach trat Elijahu Meridor ein, der sich ein wenig seitlich hielt, als bahne er Begin, der neben ihm ging, einen Weg. Auf den Gesichtern beider lag ein breites Lächeln. Nach einem Moment der Erstarrung riß sich Papa von der Stelle los, an der seine Füße angewurzelt schienen, und eilte den Eintreffenden entgegen, um sie willkommen zu heißen. Tief bewegt blieb er vor ihnen stehen und stammelte: »Diese Ehre macht mich klein und bescheiden.« Herr Begin schüttelte ihm sehr herzlich die Hand, hielt lange seinen Arm und beglückwünschte ihn zur *Bar Mizwa* seines Sohnes. In der Zwischenzeit war die ganze Synagoge in Aufruhr, und *Chacham* Nissim, der Rabbiner, bat rasch zwei der angesehensten Mitglieder der Gemeinde, den Ankömmlingen ihre Plätze abzutreten. Sie waren hoch erfreut, das tun zu dürfen, und Begin und Elijahu Meridor nahmen als Ehrengäste im Ostende der Synagoge Platz. Elijahu saß links von Begin, Papa rechts von ihm und ich rechts von Papa. Doch zuvor stellte Papa mich Begin vor, der mir freundlich über die Wange strich und mich beglückwünschte.

»Weißt du noch, Papa«, unterbrach ich meinen Vater, als er die Geschichte nun Chaja erzählte, »wie ich zu dir gesagt habe, meiner Meinung nach hätte Herr Begin einen Fehler gemacht? Als er zur Torahlesung vortrat, sagte er: ›... der uns die Torah der Wahrheit gegeben hat‹ statt ›... unsere Torah, die Torah der Wahrheit ...‹ Ich glaubte, er hätte die Worte ›unsere Torah‹ vergessen, aber du hast mir erklärt, daß das die aschkenasische Fassung war, die du von den Bar-Mizwa-Feiern deiner Freunde aus Mitteleuropa kanntest ...«

»Das stimmt«, bestätigte Papa, und sein Gesicht strahlte eine Fröhlichkeit aus, die man selten an ihm sah. »Als ich das Elijahu erzählte, lachte er. Und einige Zeit später sagte er, er hätte Herrn Begin von dem Vorfall berichtet und auch er hätte gelacht.«

»Eigentlich«, fügte ich hinzu, »war das nicht das erste Mal, daß Begin mir die Wange streichelte und mit mir sprach. Du erinnerst dich, Papa, als du mich damals in die Villa Sinor mitgenommen hast, hielt er mein Gesicht mit beiden Händen und fragte: ›Zu wem gehört dieser entzückende Knabe?‹«

»Genau!« rief Papa übertrieben lebhaft. Wie bei meiner *Bar Mizwa* war er damals bei der Versammlung der Veteranen der ›Kämpfenden Familie‹ in der Villa Ben Sinor sehr verlegen gewesen. Er hatte vor Erregung gestottert, als Begin sich nach dem »entzückenden Knaben« erkundigte. Doch wie gesagt: Dieser war damals erst zehn Jahre alt und an Begin und den anderen Anwesenden nicht sonderlich interessiert gewesen. Viel mehr hatte ihn das prächtige Herrenhaus beeindruckt. Später, bei der *Bar Mizwa*, verhielt es sich anders. Als Begin meine Wange streichelte und zu mir sprach, war ich von ihm so eingenommen, daß ich kaum hörte, was er sagte. Ich nickte nur und entgegnete: »Vielen Dank ..., vielen Dank ...«

»Die Villa Ben Sinor?« hakte Chaja nach. »Ist das nicht das riesige Haus in der Rachel-Immenu-Straße, das du mir von außen gezeigt hast?«
»Ja«, erwiderte ich. Allerdings hatte ich Chaja nicht erzählt, daß sich, schon bevor ich sie kennenlernte, der verrückte Traum in meinem Herzen eingenistet hatte, eines Tages mit der Frau, die ich liebte, dort zu leben. Als Chaja beim Anblick des Gebäudes gesagt hatte: »*Ja'alla!* In *den* Palast würde ich sofort einziehen!« ging mir zwar der Gedanke durch den Kopf, wie schön es wäre, mit ihr an diesem Ort zu Hause zu sein. Doch einen derartig dummen Wunsch auszusprechen fand ich absurd.
Ich las die *Haftara* ohne jeden Fehler, so daß ich von den Sepharden mit dem Segenswunsch »Mögest du dich der Gesetze als würdig erweisen« und von einigen Aschkenasim mit den Worten »Gott stärke deine Kraft« bedacht wurde und mit allen anderen Lobpreisungen, die in einem solchen Fall üblich sind. Danach erhob sich *Chacham* Nissim und gebot der Gemeinde zu schweigen, indem er mehrmals mit der Hand auf das Pult schlug. Anstatt über das wöchentliche Bibelkapitel zu predigen, sagte er: »Ich habe die Ehre, unseren geschätzten Herrn Menachem Begin, der Heilige schütze und bewahre ihn, einzuladen, einige Grußworte an den *Bar Mizwa* zu richten.«
Und Begin stand auf, nickte respektvoll *Chacham* Nissim zu, der von dem Podium herabstieg, drückte ihm die Hand und flüsterte ihm seinen Dank zu. Dann erklomm er gemessenen Schrittes das Podium, stützte sein linkes Handgelenk auf das Rednerpult, sandte seinen Blick und sein gutmütiges Lächeln über die ganze Gemeinde und wandte sich schließlich an mich, der ich neben Papa saß. Mit leiser Stimme begann er zu sprechen; in der absoluten Stille, die im Saal herrschte, war jedes Wort deutlich vernehmbar.
»Mein lieber Shaul«, sagte Begin zu mir. »Ich werde dir ein

Geheimnis verraten: Ich war zu deiner *Bar Mizwa* gar nicht eingeladen. Zwar hat dein Vater daran gedacht, mich hierherzubitten, doch schämte er sich. Wäre nicht Elijahu Meridor gewesen, der heute unter uns weilt und der sowohl deines Vaters Freund ist als auch der meine, wüßte ich nichts von deinem Ehrentag. Dein Vater wollte mich nicht behelligen, weil er folgendes nicht wußte: Lädt mich ein Mann wie er ein, so beehre nicht ich ihn, sondern er mich. Mein lieber Shaul, du sollst wissen, daß es eine große Ehre für mich ist, an diesem Tag hierzusein, und aus diesem Grund habe ich beschlossen, auch ohne Einladung herzukommen. Sicherlich war mein Entschluß mit einem gewissen Risiko verbunden, doch ich habe mich im Laufe meines Lebens an manche Gefahr gewöhnen müssen und hoffte daher, daß man mich nicht hinauswerfen würde ...«
Die Versammelten brachen in großes Gelächter aus. Väterlich lächelnd wartete Begin einen Augenblick, bis sich die Unruhe gelegt hatte, und sagte dann: »Lieber Shaul, ein großes Anrecht wird dir zuteil, da du in diesem Land, und sogar in Jerusalem, die siebte Generation der Familie deines Vaters, Schim'on Bar Adon, verkörperst und die fünfte Generation der Familie deiner verehrten Mutter, Frau Rebekka aus der Familie Chasson. Der älteste Zweig der Familie ihres Vaters stammt aus Hebron, der jüngste Zweig aus Jerusalem. Aber zugleich bist du über die Mutter deiner Mutter auch ein Nachkomme der berühmten Familie Abulaffia. Wenn es überhaupt noch eines Beweises bedarf, daß dieses Land schon immer und ewig uns gehört hat, dann erbringen ihn Familien wie die deiner Eltern, die hier schon so lange seßhaft sind und die die Zionsliebe auf die selbstverständlichste Art von allen versinnbildlichen.«
»Mein lieber Shaul«, fuhr er fort, »heute ist dein Ehrentag, doch erlaube mir bitte, dieser heiligen Gemeinde zu erzählen, was dein Vater mir bedeutet. Für mich ist dein Vater

jener zweiundzwanzigjährige junge Mann, der gerade erst von einem zweijährigen Aufenthalt in Transjordanien heimgekehrt war und sich im selben Jahr 5696, kurz nach dem Ausbruch der Unruhen, die noch drei Jahre dauern würden, dem *Etzel* anschloß. Schon als Heranwachsender, in der Altstadt von Jerusalem, hatte er einen arabischen Aufstand miterlebt, das war im Jahr 5689. Er zählt zu den Auserwählten, die verstanden, daß wir nicht durch Zurückhaltung den Sieg in unserem Kampf um die nationale Befreiung erlangen würden. Obwohl sie den arabischen Angreifern und britischen Besatzern als kleine Gruppe entgegentraten und zu unserem Kummer auch unter ihren jüdischen Brüdern eine verfolgte und geschmähte Minderheit darstellten, sind Männer wie dein Vater mit der glühenden Überzeugung von der Richtigkeit ihrer Mittel unerschütterlich ihren Weg gegangen.«

Nachdem er die Worte wiedergegeben hatte, die Begin über seinen Etzel-Beitritt gesprochen hatte, rezitierte Papa auswendig einige Zeilen aus einem Gedicht Uri Zwis:

> Mit dem Schwert des Liedes ziehe ich, das mit
> dem Feuer der Vision,
> Dem Hammer der Vernunft geschmiedet ist
> auf festem Amboß:
> Gegen den, der gottlos ist und sein Gesicht
> nicht zeigen will,
> Gegen den, der mit verlogener Schrift kaschiert
> den Schlund, der auf uns lauert,
> Und den Erschlagenen Mäßigung predigt
> im Jahr 5696 …

»Überwältigend«, sagte Chaja. »Ist das aus ›Buch der Anklage und des Glaubens‹?«

Von allen guten Geistern verlassen, wollte ich ihr antworten,

daß das Gedicht tatsächlich aus diesem Buch stammte, das ich zuvor erwähnt hatte. Doch offenbar bemerkte Chaja, wie der törichte Gedanke sich in meinem Hirn formte, und stupste mich noch rechtzeitig unter dem Tisch mit dem Fuß an.
»Auch damit kennst du dich aus?« fragte Papa mit unverhohlenem Staunen.
Und auf dem Gesicht der Kleinen zeigte sich wieder das bescheidene, schüchterne Lächeln. Wahrlich, es war nicht ihr Verdienst, daß sie das alles wußte.
Tränen hatten in Papas Augen gestanden, als Begin damals fortfuhr:
»Die Organisation verstand es, die besonderen Fähigkeiten deines Vaters zu nutzen. Der palästinische Dialekt und die Gebräuche unserer arabischen Vettern waren ihm vertraut. Die Aufgabe, die er im Untergrund erfüllte, waren Kundschafterdienste und Recherchen. Als Araber verkleidet, drang er an die Versammlungsorte der Gewalttäter vor und verschaffte uns wichtige Informationen. Er tat dies, den Erfordernissen entsprechend, von den Unruhen des Jahres 5696 bis zum Unabhängigkeitskrieg 5708. Seine letzte Mission in dieser Funktion war die Vorbereitung des Kampfes um Malcha in Jerusalem, an dem er auch aktiv teilnahm. Wie ihr wißt, verlor der *Etzel* in diesem Krieg einige hervorragende Männer, unter anderem einen jungen Freund deines Papas, Shaul, Jehuda Slonimski, dessen Vater, Reb Alter Slonimski, mit seiner Familie bis heute gleich in der Nähe wohnt, unmittelbar auf der Grenze zu eurem Viertel.«
Einige Köpfe im Publikum nickten.
»Überhaupt brauche ich euch nicht zu sagen, daß viele Mitglieder des *Etzel* aus eurem und den angrenzenden Vierteln stammten. Ich weiß, daß zu der Zeit, als wir heimlich und unter Gefahren eine Spendenaktion durchführten, zahlreiche Familien dieser Gegend unsere Leute freundlich empfingen und ein jeder nach eigenem Vermögen und Ermessen

für den Eisernen Fonds gespendet hat. Jehuda Slonimski, seligen Angedenkens, und Schim'on Bar Adon, lang soll er leben, sind zwei Männer, deren Freundschaft die Bruderliebe symbolisiert, durch die wir in jenen Tagen unsere Einsamkeit und die Erfahrung, den Lagern entronnen zu sein, überwunden haben.«

Papa bebte, als er Chaja von dieser Freundschaft erzählte. »Sogar das hat er gewußt!«

»*Ja'alla!*« rief Chaja erwartungsgemäß, so wie sie es immer tat, während sie aß und Papa lauschte. Manchmal unterbrach sie das Kauen auch und schaute ihn mit leicht geöffnetem Mund an.

»Jehuda besuchte uns ab und zu in jenen blutigen Tagen«, sagte Papa, »um mir Nachrichten zu überbringen oder eine Antwort von mir weiterzuleiten. Und so freundeten wir uns an. Rebekka und Shaul kannten ihn, wußten aber nicht, weswegen er kam. Er war um einiges jünger als ich, und als er fiel, war ich sehr traurig.«

»An Shauls *Bar Mizwa* erfuhr ich zum ersten Mal, was Schim'on im Untergrund getan hatte«, sagte Mama und füllte mit verschwörerischem Lächeln erneut Chajas Teller. Chaja zwinkerte ihr aufmunternd zu. »Und als ich nach dem Mussaf-Gebet aus der Synagoge trat, sah ich, daß das ganze Viertel draußen versammelt war. Das Gerücht, Begin sei da, hatte sich wie ein Lauffeuer verbreitet. Alle waren gekommen, um ihn zu hören, und manche riefen: ›Er lebe hoch!‹ Die Menge folgte uns, als wir zum Kiddusch nach Hause gingen. Begin und Schim'on schritten an der Spitze, vor den Leuten aus der Synagoge und den Bewohnern des Viertels. Die Frauen beglückwünschten mich und Shauliko und sagten zu ihm: ›*Ben Porat Josef*‹, aber ich wollte schnell heim, um vor den anderen dazusein und nachzusehen, ob alles ordentlich war, vielleicht mußte ich ja zu Ehren unseres hohen Gastes noch das eine oder andere bereitstellen. Schim'on aber rief mich zu sich und sagte zu Herrn Begin: ›Begin, das ist meine Frau Rebekka, die Mutter des *Bar Mizwa*.‹«

Jahre später hatte ich bei der Hohenpriesterin der Etikette, Emily Post, gelesen, daß man nie eine Frau und einen Mann einander vorstellen dürfe, es sei denn, bei dem Mann handelt es sich um den Staatspräsidenten. Natürlich kannte sich mein Vater mit den feinen Gepflogenheiten einer Gesellschaft, zu der er nicht gehörte, nicht aus, doch selbst wenn er darüber im Bilde gewesen wäre, bin ich sicher, daß er Mama Herrn Begin vorgestellt hätte, denn in seinen Augen war er mehr als ein Präsident, ja, sogar mehr als ein König, erst recht an einem solchen Tag.

»Er hatte sich schon vorher nach ihr erkundigt«, erzählte Papa, »und ich hatte ihm geantwortet, daß sie auf der Frauenempore wäre und wir sie am Ausgang sehen würden.«

»Als er mich und meine Familie erwähnte, schauten alle Frauen auf der Empore zu mir hin. Er hat unserer Familie wirklich eine große Ehre erwiesen. Später, als Schim'on mich zu sich rief, drückte Begin mir die Hand und hielt sie dann so«, sagte Mama und umfaßte mit der Linken ihr rechtes Handgelenk, »so hat er sie festgehalten und geschüttelt, während er mir gratulierte: ›Rivka, Sie haben einen reizenden Sohn. Sie werden ihn zur *Chuppa* und zu guten Taten führen und dazu anleiten, das Volk und das Land Israel zu lieben.‹ Ich wurde puterrot und antwortete ihm: ›Vielen Dank, vielen Dank, Herr Begin, ich fühle mich sehr geehrt.‹ Und als er weiterging und immer noch meine Hand hielt, als hätte er vergessen, sie loszulassen, sagte ich zu ihm: ›Das ist das erste Mal, daß ich höre, was mein Mann im Untergrund getan hat. Ich habe all das nicht gewußt.‹

Plötzlich blieb Begin stehen, ließ meine Hand los und wandte sich an Schim'on. ›Ist das wahr, Schim'on?‹ fragte er ihn. ›Bis heute hat Rivka von deinen Aktivitäten im Untergrund nichts gewußt?‹«

»Nichts«, bestätigte Papa. »Ich wollte sie nicht beunruhigen.«
Begin war gerührt. »Aber die Tage des Untergrunds sind vorbei, und es gibt den Staat Israel!«
Die ganze Zeit über hatte ich, der *Bar Mizwa*, dem Gespräch schweigend zugehört, jetzt sagte ich zu Begin: »Vielleicht hat Papa sich zurückgehalten und darauf gewartet, daß Sie es uns erzählen.«
Begin und Elijahu Meridor, der dicht hinter ihm ging, lachten. Begin zwackte mich liebevoll in die Wange und sagte, mir schelmisch mit dem Zeigefinger drohend: »Ich sehe, daß du auch ein Julik sein kannst.«
Ich wußte damals nicht, was das war, ein Julik. Später habe ich erfahren, daß damit eine Art Verbrecher gemeint ist, ein Übeltäter, daß das Wort aber auch liebevoll für Strolch oder Wildfang gebraucht wird. Im nachhinein erst wurde mir klar, daß sie angenommen hatten, ich hätte aus Übermut einen Scherz gemacht. In Wahrheit aber stellten meine Worte den unbeholfenen Versuch dar, den Gedanken auszudrücken, daß es schöner gewesen war, die Geschichte von Begin persönlich zu erfahren.
Nach Jahren, als ich mich mehr für diese Dinge interessierte, erfuhr ich, daß der *Etzel* Mamas besondere Situation bedacht hatte. So waren Papa während ihrer depressiven Phasen keine nachrichtendienstlichen Aufgaben übertragen worden, und sie hatte aus Gründen der Sicherheit nichts erfahren dürfen. Anscheinend war dies ein Detail, das Herrn Begin selbst nicht bekannt war.
»Julik«, sagte Chaja und drohte mir mit dem Finger.
Papa erhob sich und schlug vor:
»Sollen wir ein Gläschen Arrak trinken?«
»Ich trinke normalerweise nicht«, erwiderte Chaja, »aber dies ist ein außergewöhnlicher, faszinierender Abend. Hoffentlich schlafe ich vom Alkohol nicht ein.« Sie hielt sich beide Hände vor den Mund und fragte mich flüsternd, doch laut genug, da-

mit alle es hörten: »Meinst du, ich kann deinen Vater um einen Wodka bitten, wenn er zufällig welchen hat?«

Papa lachte.

»Nicht zufällig, sondern mit Absicht. Ein paar meiner Kameraden von der ›Kämpfenden Familie‹ mögen Wodka, und ich halte immer eine Flasche für sie bereit.«

»Wie schmeichelhaft für mich, zur ›Kämpfenden Familie‹ zu gehören«, scherzte Chaja, deren Worte in dieser Situation auch anders verstanden werden konnten. Papa und Mama schauten sie an. Aber an diesem Abend sprach niemand seine Gedanken offen aus, als bestünde eine Übereinkunft, daß dies nur ein Kennenlernen war.

Papa ging zum Kühlschrank und zog die Flasche Wodka hervor, danach holte er kleine Gläser und den Arrak und schenkte jedem ein.

»*Le-chajim*!« sagte er.

»*Le-chajim*!« antworteten wir im Chor.

Den Kaffee tranken wir im Wohnzimmer in einer angenehmen, unvergleichlich gelösten Atmosphäre. Papa erzählte Geschichten aus der Jerusalemer Altstadt. Nie zuvor hatte ich ihn so redselig erlebt. Chaja beeindruckte ihn damit, daß sie über einige Familien, die er erwähnte, ergänzende Einzelheiten beisteuern konnte.

Als die Zeit näher rückte, nach Hause zu gehen, stand Chaja auf und bat Mama um eine Schürze. Sie wolle ihr beim Abwasch helfen.

»Du machst mir Spaß«, protestierte Mama. »Das kommt nicht in Frage. Heute bist du mein Gast.« Als wolle sie damit sagen: Wenn du erst zur Familie gehörst, werde ich dir den Abwasch noch früh genug überlassen …

Chaja reichte Papa die Hand und bedankte sich für den herrlichen Abend. Dann ging sie zu Mama. »Es war wunderbar, Rebekka«, sagte sie, umarmte sie unvermittelt und gab ihr einen Kuß auf die Wange. »Vielen Dank.«

»Ich bringe Chaja nach Hause«, verkündete ich. »Aber ich bin gleich zurück, ich schlafe heute nacht bei euch.«
Arm in Arm gingen wir zu ihrer Wohnung, glücklich und gutgelaunt. Es war offensichtlich, daß wir die erste Hälfte unserer Mission heil überstanden hatten. Chaja war zweifellos gern und mit Freuden aufgenommen worden. Jetzt mußte nur noch ich vor ihrer Familie bestehen.
»Ich wußte, daß ich es geschafft hatte, als dein Vater begann, über sich selbst zu sprechen«, sagte Chaja. »Wollte er mir mit der Geschichte, wer Begin ist, nicht eigentlich erklären, wer Schim'on Bar Adon ist? Was Begin zum Schluß gesagt hat, hat er uns nicht erzählt, aber ich vermute, daß Begin dir empfahl, dem Weg deines Vaters zu folgen und ein treuer Sohn deines Volkes und Vaterlands zu sein und so weiter. Und wenn deinem Vater daran gelegen war, daß ich erfahre, wer er ist, dann bedeutet das, daß er mich akzeptiert. Komm, laß uns einen Augenblick hinaufgehen. Ich möchte dir etwas zeigen.«
In der Wohnung führte Chaja mich an ihren Schreibtisch. Ich traute meinen Augen nicht. Er lag voller Xerokopien, wie man damals sagte, aus allen möglichen Veröffentlichungen über den *Etzel* und die ladinosprachige Gemeinschaft in Israel. Ein ganzes Heft war dicht beschrieben mit Exzerpten von allem, was sie hatte zusammentragen können, angefertigt im Verlauf von zwei Tagen, die sie in den Bibliotheken, und zwei Nächten, die sie daheim gesessen und in denen sie auswendig gelernt hatte, wie nur sie mit ihrem ausgezeichneten Gedächtnis und ihrer obsessiven Disziplin es vermochte, dank jener Begabung, die sie im Laufe von acht Jahren zu Frau Dr. Chaja Rosner-Abramski werden lassen würde, Dozentin für Chemie und Mutter zweier Kinder.
»Ich habe dir doch gesagt, daß ich heute eine wichtige Prüfung bestehen müßte«, erklärte sie. »Ich habe genau das ge-

macht, was Menachem Begin tat, bevor er euch besuchte: Hausaufgaben. Aber nur, daß du es weißt: Die Geschichte mit Zypern ist wahr. Ich erinnere mich wirklich an diesen Tag und an die Aufregung, die damals herrschte, und ich habe auch tatsächlich in der Bibliothek und zu Hause gesessen und geweint, als ich das alles las. Ich wundere mich, daß ich die Grundschule und das Gymnasium in Israel abgeschlossen habe und nichts davon wußte ...«

»Sie ist bezaubernd, keine Frage«, sagte Papa, als ich zurückkehrte. Mama trocknete sich die Freudentränen.

Kapitel 21

Als ein Monat vergangen war und ich meinen Eltern noch immer nicht mitteilen konnte, daß ich bei Chaja daheim eingeladen war, ganz zu schweigen davon, daß ein Treffen zwischen ihnen und Chajas Eltern verabredet worden wäre, begann mein Vater, sich Gedanken zu machen. Als wir an einem Freitag abend beim Sabbatmahl saßen, kam schließlich die ganze Verbitterung zum Ausdruck, die sich in den zurückliegenden Wochen in ihm gesammelt hatte. Zunächst, gleichsam als behutsame Einleitung, kritisierte er meine Arbeit im Archiv. »*Oye, mi hijo,* hör zu, mein Sohn, das ist nichts für dich. Burstein ist ein anständiger Kerl, ich kenne ihn seit 5708, und er ist ein Freund von mir, mit dem ich mich hin und wieder auf der Straße unterhalte. Er hat dir die Stelle besorgt. Er hat gekämpft und sich für dich ins Zeug gelegt. Der Himmel soll es ihm danken. Aber täusch dich nicht. Wir waren nicht im Lager, und du bist keiner von ihnen. Das wird immer so sein. Glaub nicht, daß die *Mapainiks* deinen Aufstieg auf Dauer dulden werden. Ich wundere mich, daß die Kommissionsmitglieder, die dich interviewt haben, keinen Wink bekamen, dich durchfallen zu lassen. Vielleicht hat irgendwer es Burstein zu Liebe verhindert. Aber du mußt wissen: Wenn Burstein morgen geht, werden sie dafür sorgen, daß du keinen Zentimeter mehr weiterkommst. Jahrelang wirst du auf demselben Posten schmoren. Unter Umständen werden sie dir so lange mit allen möglichen Finten das Leben erschweren, bis du freiwillig gehst.

Glaub mir, wir haben erlebt, wie die Bolschewiken von der Parteiführung in Jerusalem mehrere unserer Leute, die eine Stellung in einem Ministerium anstrebten, ja, sogar Fabrikarbeiter scheitern ließen. Es waren einfache Leute, die letztlich nur Arbeit suchten, um ihren Lebensunterhalt zu verdienen. Und die sogenannte Arbeiterpartei hat ihnen ein Bein gestellt. Hör mir zu, mein Sohn, das sind keine Perspektiven für dich. Wofür studierst du? Um ihr Diener zu sein?«

»Ich brauche das Geld, solange ich studiere«, fiel ich ihm ärgerlich ins Wort, vielleicht weil er Überlegungen berührte, die ich selbst über die Beschäftigung im Archiv anstellte – wenn auch nicht allein aus den politischen Gründen, die Papa aufzählte. Auch ich erschrak manchmal, wenn ich mir mein Leben im Archiv vorstellte. Beinahe hätte ich den Satz fortgeführt und gesagt: »... und um eine Familie zu gründen«, aber ich konnte meine Zunge gerade noch im Zaum halten.

»Glaub mir, *mi hijo*, das ist nichts für dich. Und ich erkenne auch nicht, daß aus der Sache mit ...« Papa brach den Satz ab, und ich beschloß, so zu tun, als verstünde ich ihn nicht. Ich sah, daß Mama unruhig wurde und Papa mit einem verwunderten, aufbegehrenden Blick betrachtete. Doch er fuhr fort: »Für dich wäre es besser, du machtest dich als Geschäftsmann selbständig. Wozu studierst du? Um ihr Lohnempfänger zu sein? Was bringt die Orientalistik dir ein, was kann man damit machen?«

»Alles Gerede!« sagte ich wütend.

»Glaub mir, wenn du Rechtsanwalt werden würdest oder Steuerberater, wärst du dein eigener Herr und von diesen Gaunern nicht abhängig. Du könntest ein Geschäft eröffnen und zehnmal soviel verdienen. Seit Jahren rate ich dir immer wieder dazu. Wer Geld hat, pfeift auf alle *Mapainiks*.«

Ohne daß ich es wollte, blitzte der Gedanke an Lupos Vorschlag in mir auf, und ich dachte daran, daß ich Chaja noch nichts von seinem Angebot erzählt hatte. Aus unerfindlichen Gründen verstärkte das den Zorn auf meinen Vater, obwohl ihn keine Schuld traf, doch erinnerten mich seine Worte an meine eigene Unterlassung.

»Ganz unter uns, mein Sohn, hör mir einen Augenblick zu ...« Er hielt inne und sah Mama an. Mein Innerstes sagte mir, daß jetzt das kam, was ich befürchtet hatte. An Mamas Gesichtsausdruck glaubte ich zu erkennen, daß er auch ihr bis jetzt nichts von alledem gesagt hatte. Endlich kam Papa zu dem Thema zurück, das an ihm zehrte: »Unter uns gesprochen, ich sehe nicht, daß aus der Sache mit dem Mädchen etwas wird ...«

»Woher weißt du das?« schrie ich. Jetzt explodierte meine Wut: Mit welchem Recht wagte er es, mir offen die Wahrheit zu sagen, wo es doch das Gebot der Stunde war, zu verdunkeln und zu verschleiern, den anderen Sand in die Augen zu streuen, sich zurückzuhalten und Zeit zu gewinnen, bis sich die Situation klären würde?

Auch er verlor die Beherrschung:

»Was stellst du dir vor? Daß ich keine Augen im Kopf habe, um zu sehen? Am ersten Sabbat kommst du zum Abendessen, und ich frage dich, ob du ihre Eltern schon kennengelernt hast. Du sagst zu mir: ›Demnächst, demnächst.‹ Am zweiten Sabbat frage ich dich noch einmal, und du erzählst mir etwas von angeblichen Prüfungen und Seminararbeiten. Man muß nicht zur Universität gehen, um die Schlußfolgerungen zu ziehen, die ich daraus gezogen habe. Am dritten Sabbat nehme ich mir vor zu schweigen, aber auch du schweigst dich aus. Und heute ist der vierte Sabbat, und ohne dich zu fragen, weiß ich, daß du uns immer noch nichts zu sagen hast. Hör mir zu, und werd nicht wütend. Auch das ist nichts für dich. Sie werden dich nicht akzeptieren, diese Polen. Du bist ein Sepharde, ein *Frenk,* und du bist ihnen für ihre Tochter nicht gut genug ...«

»Was interessiert mich, was sie denken? Sie, sie ist hier die Hauptsache! Sie liebt mich, und ich liebe sie! Wer fragt da nach den Eltern!«

Ich beging zwei Irrtümer in einem Satz: Erstens gestand ich andeutungsweise ein, daß auch ich fürchtete, von ihren Eltern abgelehnt zu werden, und zwar aus demselben widerlichen, empörenden Grund, den Papa genannt hatte. Zweitens sollte man zu einem Mann wie meinem Vater nie sagen, daß die Meinung der Eltern nicht zählt, jedenfalls nicht in diesem Stadium, in dem noch nicht alle Hoffnung verloren war. Zumal ich selbst Papa und Mama um ihre Meinung gebeten hatte, indem ich Chaja zum Essen mitbrachte, damit sie einen Eindruck von ihr bekommen konnten. Wie hätte darin mein Vater etwas anderes als eine Bitte um Zustimmung sehen können?

»Ich werde euch die Wahrheit verraten«, hörte ich mich sagen, »sie hat meinetwegen eine Verlobung gelöst. Ihre Eltern haben sich noch nicht damit abgefunden.« Vielleicht wollte ich mit diesen Worten mein Vergehen sühnen und ein Versprechen für die Zukunft ablegen.

»Was soll das heißen – eine Verlobung gelöst?« murmelte Papa mit verstörtem Gesicht.

»Was begreifst du daran nicht?« rief plötzlich Mama, die bislang still dagesessen und Papas Äußerungen nur mit ihrem Mienenspiel begleitet hatte. »Sie war mit jemandem verlobt, den sie nicht liebt, und sie hat beschlossen, die Verbindung für Shauliko zu lösen, weil er der Mann ist, den sie will.«

Eine seltsame Lebhaftigkeit war in Mama gefahren. »Alle Achtung!«

»Ein Mädchen löst seine Verlobung«, brummte Papa erstaunt, »und du heißt es gut?«

»Und wie ich es gutheiße! Alle Achtung! Alle Achtung! *Querida mia! Ojos mios!* Ich mag sie! Shauliko, sag ihr, daß sie mir gefällt, daß ich sie umarme und ihre Hände, ja ihre

Augen küsse! Ich bewundere sie! Alle Achtung!« Mama glühte vor Eifer. »Shauliko, nimm diese goldene Kette mit der *Chamsika,* die ich für sie gekauft habe, und überreich sie ihr als Geschenk von mir.« Mama nahm die *Chamsika*, die sie an ihrem Hals trug, und drückte sie mir in die Hand. »Das soll sie vor dem bösen Blick bewahren.«

»Ich verstehe nicht ...«, stammelte Papa.

»Natürlich begreifst du das nicht! Wie solltest du? Wie könntest du verstehen, daß ein Mädchen oder eine Frau nicht ihr Leben lang mit einem Mann zusammensein möchte, den sie nicht liebt? Ihr Leben lang, ihr Leben lang! Nicht einen Tag oder zwei, nicht eine Woche oder einen Monat, nicht ein Jahr, sondern ein ganzes Leben, *ah Dio santo!* Tagtäglich, Sabbat für Sabbat, *Pessach* für *Pessach*, *Sukkot* für *Sukkot*! Jahr um Jahr, das sie mit einem Mann zusammenleben muß, den sie nicht liebt – ist es das, was du diesem Mädchen wünschst? Daß es sich all die Jahre von einem Menschen umarmen läßt, der ihr mißfällt, während ihr Herz bei einem anderen ist, ihrem wahren Geliebten? Wünschst du ihr das? Die Hauptsache ist doch, daß sie ein anständiges Mädchen ist, daß sie ihrer Familie gehorcht und tut, was die für richtig hält ...«

Mama begann, bitter zu weinen.

Papa erschrak und wollte ihr seine Hand auf die Schulter legen, um sie zu beruhigen; doch sie zuckte zurück, als wolle sie ihn abschütteln, so daß Papas Hand einen Augenblick in der Luft innehielt, ehe er sie zurückzog. Beschämt drehte er sich zu mir um, und sein Gesicht sagte: Weiß der Teufel, was in sie gefahren ist, aber bestimmt geht es vorbei.

Seiner Verlegenheit war jedoch anzumerken, daß er diesmal trotz allem vielleicht ein wenig begriffen hatte. Wie hätte es auch anders sein können?

Kapitel 22

Und ich war noch immer nicht bei Chajas Eltern eingeladen. Es war nicht schwer zu erraten, daß es Chaja überaus schwerfallen würde, sie zu diesem Schritt zu bewegen. Noch hatte Gerschon einen Platz nicht nur im Bewußtsein ihrer Eltern, sondern anscheinend auch in deren Haus. Ehrlich gesagt, spukte er auch mir ständig im Kopf herum, obwohl ich diesen geheimnisvollen Gerschon nie gesehen hatte; irgendwie lag seine Anwesenheit in der Luft. In meiner Phantasie malte ich ihn mir als einen stämmigen Burschen aus, nicht besonders groß, sondern eher Chajas Maßen entsprechend, möglicherweise mit kahlen Stellen auf dem Kopf (er war ja schon dreißig Jahre alt), solide, im Gespräch sachlich und ausgestattet mit den schnellen Reflexen eines Kampffliegers – nicht daß ich gewußt hätte, in welcher Hinsicht Chajas Eltern ihm als Mann für ihre Tochter den Vorzug gaben, doch wahrscheinlich waren meine Reflexen tatsächlich langsamer, und wer weiß, möglicherweise war dies ein Punkt, der für ihn sprach.

Dies alles reimte ich mir aus den Informationssplittern zusammen, die Chaja gelegentlich vor mir ausstreute. Sie machte es mir nicht gerade leichter, wenn sie in ihren Berichten, nach ihrer Rückkehr aus Tel Aviv, ganz unbedacht auch ihn erwähnte und beispielsweise erzählte, daß er sie, wenn sie an Feiertagen oder Wochenenden bei ihren Eltern war, anrief und sie daran erinnerte, daß er auf sie wartete. Oder ihr Vater und ihre Mutter hatten seine Eltern zufällig am Sab-

bat zum Nachmittagskaffee eingeladen. Zufällig hatten diese Gerschon mitgebracht, zufällig hatte er dann neben ihr auf dem Sofa gesessen und ebenso zufällig leise zu ihr gesagt – »Solche Leute können gar nicht leise sprechen«, hatte Chaja an dieser Stelle scherzhaft in die Anekdote eingeflochten, die ich mir da erschrocken und von Eifersucht geplagt anhören mußte –, zufällig habe er also gesagt, daß er auf sie warte, bis sie darüber hinweg wäre. »Darüber« hinweg wäre! Wen oder was meinte er? Mich! »Bis Chaja über *dich* hinweg wäre!« antwortete ich ihm insgeheim, vor Wut schnaubend.
»Hast du ihm erzählt, daß wir heiraten wollen?«
»Nein. Ich will nicht, daß meine Eltern es auf diesem Weg erfahren. Ich möchte es ihnen selbst sagen.«
Am liebsten hätte ich Chaja gefragt, wann sie es ihnen denn erzählen wollte, aber der Klang ihrer Stimme deutete an, daß schon meine erste Frage sie nervös und ungehalten gemacht hatte. Wenn ich den Druck nur ein wenig verstärkte, würde einer ihrer hysterischen Ausbrüche folgen, die einen manchmal wegen der Abgründe erschauern ließen, die sich dahinter verbargen. Ich beschloß, den Mund zu halten, so wie ich es seit einiger Zeit immer häufiger tat, in der Überzeugung, daß nun, nach dem großen Erfolg des Essens bei meinen Eltern, ihre Eltern an der Reihe waren.
Inzwischen war das Studienjahr beendet, die erste Prüfungsphase begann, und ich hatte ihr noch immer nichts von Lupos Angebot erzählt. Offenbar drückte ich mich so davor, mir selbst einzugestehen, wie sehr die Sache mich belastete. Nahm ich das Angebot an, dann mußte ich in zwei Monaten mit dem Studium in Stanford beginnen. In zwei Monaten, Herr im Himmel! Weshalb und worauf wartete ich noch?
An einem Samstag abend ließ sie mir wieder von Ruthi ausrichten, daß sie erst am darauffolgenden Tag zurückkäme. Die ganze Nacht wälzte ich mich in ruhelosem Schlaf in mei-

nem Bett und ahnte Böses. Am Sonntag rief sie mich von Tel Aviv aus im Archiv an:
»Shauli, mein Süßer, sehe ich dich heute abend zu einem Bad im Meer?«
»In Tel Aviv?« fragte ich naiv, und alle bösen Ahnungen verflüchtigten sich angesichts des liebevollen Klangs ihrer Stimme.
»Was ist dabei? Laß einmal alles stehen und liegen, und komm her! Ich muß heute in Tel Aviv bleiben, bei Papa. Er fühlte sich nicht wohl und wird im Krankenhaus untersucht. Mama und ich sitzen abwechselnd bei ihm. Sie löst mich am Nachmittag ab, und ich bin erst von zehn Uhr abends bis früh um sechs wieder dran. Falls du kommst, erwarte ich dich um sechs Uhr am Theater.«
Wenn ich auf das Mittagessen und das Lernen verzichtete, konnte ich um ein Uhr aufbrechen und mir »einen Tel Aviver Tag gönnen«, wie Schajke und ich in der Armee oft gesagt hatten, wenn es uns während eines Kurzurlaubs oder einer Manöverpause auf die Dizengoff-, Allenby- oder Ibn-Gabirol-Straße zog. Das hatte nichts anderes zu bedeuten, als daß es auch uns aus Jerusalem, die in der beengenden Atmosphäre der Heiligen Stadt zu Hause waren, hin und wieder guttat, als Zivilisten die Weltoffenheit und Leichtigkeit Tel Avivs zu atmen, der großen Metropole – jedenfalls nach damaligen Begriffen.
»Ich komme!« sagte ich kurz entschlossen zu Chaja.
»Großartig!« rief sie in den Telefonhörer.
Ich war außer mir vor Freude. Aus dem Alltagstrott ausbrechen! Chaja wiedersehen! Und das in einer anderen Umgebung! Vom Archiv fuhr ich schnell nach Hause und packte die Badehose ein. Während der ganzen Fahrt nach Tel Aviv sang ich auf meinem Moped lauthals hebräische Lieder. Bei Hartuv – erinnert sich heute noch jemand, daß es damals nur diesen Weg gab? – erwiderten Kinder, die auf der hintersten

Bank eines Schulbusses saßen, mein Lächeln und applaudierten, als sie an meiner Mimik und meiner hin und wieder den Takt angebenden Hand erkannten, daß ich sang; natürlich gab es auch einen Klassenkasper, der eine Grimasse schnitt und mir die Zunge herausstreckte.

Mein Leben lang habe ich hart gearbeitet. Vielleicht bekommt es mir deshalb so gut, ab und zu genüßlich zu faulenzen, obwohl mir das nicht immer guten Gewissens gelingt. Ich spreche nicht davon, die Freizeit mit neuen Beschäftigungen und Aktivitäten zu füllen, sondern von absoluter Erholung. Gemächlich und mit dem mächtigen Appetit, der der Ruhe des Herzens entspringt, speiste ich in einem orientalischen Lokal, das ich aus der Zeit der Schwarzen Brigade kannte, und fühlte mich, als existiere um mich her nichts als der vortreffliche, reich garnierte *chummus*. Danach besuchte ich ein nahe gelegenes Café in der Ibn-Gabirol-Straße, wo ich mich an einem Tisch auf dem Bürgersteig niederließ. Alle Anspannung legte sich, und ich saß vor mich hinblickend da, mit leerem Kopf, als meditiere ich, auf vollkommene Weise erschlafft, als hätten sich alle Funktionen verlangsamt; nur mein Herz, das soviel Glück kaum fassen konnte, erinnerte mich mitunter daran, daß ich lebte. Diese Freude, die mich durchdrang, unterschied mich wohl ein wenig von dem freundlichen Kater, den ich manchmal auf einer Stufe zu meinem Haus sitzen sah, mit geschlossenen Augen, bewegungslos und ohne an morgen zu denken.

Ich schlürfte einen Eiskaffee mit einem Strohhalm, und meine Augen nahmen vage die Passanten wahr. Über was für eine Kraft verfügte sie bloß, um mit einem Wort Gefühle des Glücks oder der Beklommenheit in mir auszulösen? Sie sagte: »Shauli, mein Süßer« – schon schwebte ich auf Wolken. Zirka einmal stündlich erhob ich mich, ging rund hundert Meter weiter und setzte mich ins nächste Café. Das Moped hatte ich an meiner ersten Station stehenlassen. Obwohl ich nicht im mindesten den Eindruck hatte, Zeit zu verschwenden – ich wartete doch auf Chaja –, beschloß ich gegen fünf Uhr, etwas anderes zu tun. Ich stand auf, nahm das Moped und kettete es in der Nähe des Theaters an. Danach ging ich wieder zur Ibn-Gabirol-Straße und trat in ein Buchgeschäft.

In Buchläden befällt mich stets Trauer. Bei der Arbeit im Archiv, inmitten der vielen Ordner voller Dokumente und Veröffentlichungen und in dem ständigen Kampf gegen die Versuchung, darin zu blättern und zu lesen, hatte ich nicht umhingekonnt auszurechnen, wieviel ein Mensch, sagen wir in dreißig Jahren, liest. Wenn man eine Woche für ein Buch braucht, schafft man etwa fünfzig Bücher jährlich, das heißt tausendfünfhundert Bücher in dreißig Jahren.

»Das«, sagte Chaja, als ich ihr von meinen Berechnungen erzählte, »ist nur ein kleiner Teil der Publikationen, die jeden Monat in die Nationalbibliothek aufgenommen werden.«

Aber wer liest schon ein Buch wöchentlich, wenn das Lesen nicht sein Beruf ist wie beispielsweise bei einem Redakteur, der sich jede Woche mehrere Bände zu Gemüte führen muß, um alle sieben Tage eine Übersicht der Neuerscheinungen zu verfassen, und der sich zwangsläufig darauf beschränkt, deren Inhalt zu überfliegen. Dagegen liest ein gebildeter, vielbeschäftigter Mensch, der einen anderen Beruf ausübt, vielleicht einiges an Fachliteratur; Bücher aber, die, wie in meinem Fall, das Gemüt ansprechen, also all die Veröffentlichungen, die ich so gern habe, Belletristik im Original oder in Übersetzungen, philosophische Werke zu verschiedenen Fragekomplexen, geschichtliche Abhandlungen im allgemeinen und über das jüdische Volk und Palästina im speziellen, Biographien und Autobiographien, Gedenkbände wichtiger jüdischer und nichtjüdischer Persönlichkeiten, Reiseberichte und Texte über die Geographie ferner Länder und Völker usw. usf. (die Kürzel stehen hier für tausend andere Sektoren, die das Herz ergründen möchte, sobald das Auge darüber liest, für Dinge, die mit dem Beruf nichts zu tun haben und denen man sich dennoch, nur um des Lesens willen, hingeben möchte) – von diesen Büchern liest ein gebildeter, aber vielbeschäftigter Mensch schätzungsweise zehn bis zwanzig im Jahr. Das bedeutet, nur dreihundert bis sechshundert in dreißig Jahren! Wer also ein Buch wöchentlich oder tausendfünfhundert in drei Jahrzehnten konsumiert hat, ist eigentlich ein außergewöhnlich effizienter Leser, dennoch ist auch diese Menge nur wie ein Tropfen im Ozean! Wen wundert es da, daß ich beim Betreten eines Buchgeschäfts traurig werde?

Wie läßt sich all das zusammenfassen? Irgendwo habe ich gelesen, Goethe oder jemand anders habe gesagt: »Eine gute Bibliothek ist besser als jede Hochschule.« Weshalb scheint es mir, daß er ausgerechnet von der Art von Büchern sprach, die mir am Herzen liegt? Wann aber soll ich heute noch lesen, als Spezialist eines anderen faszinierenden Gebiets, der damit nicht nur sein eigenes Brot verdient, sondern weiteren Menschen ein Auskommen bietet? In meiner Kindheit hätte man mich als Leseratte bezeichnen können. Keine Woche verging, in der ich nicht wenigstens ein Werk aus der Schul-, der Bne-Brit- oder der Gewerkschaftsbibliothek verschlang (außer einigen religiösen Schriften, den Gedichten Uri Zwi Greenbergs, den Texten Se'ev Jabotinskys und mehreren Bänden, die ich geschenkt bekam, viele davon zur *Bar Mizwa*, gab es bei uns daheim keine Bücher. Doch was wichtige Errungenschaften wie die Gewerkschaftsbibliothek – oder die staatliche Krankenkasse – betraf, war Papa durchaus bereit zuzugeben, daß die *Mapainiks* auch ein paar gute Institutionen vorweisen konnten, die jeden Menschen ungeachtet seiner Parteizugehörigkeit akzeptierten). Und alle diese Bücher sprachen das Gemüt eines Kindes oder Heranwachsenden auf das lebhafteste an. Man muß bedenken, daß es damals kein Fernsehen gab und Kinder sich wirklich für das Lesen interessierten und ihre Eindrücke darüber austauschten:

»Hast du ›Allein ohne Familie‹ gelesen?« fragte mich einmal ein Junge.

»Nein, wer hat das geschrieben?«

»Darauf habe ich nicht geachtet, aber das Buch ist klasse. Du mußt es dir unbedingt holen. Die Bücherei hat mehrere Exemplare.«

Wie ich abends im Bett weinte, als ich »Allein ohne Familie« von Hector Malot in jener antiquierten Übersetzung, jenem wunderbaren altertümlichen Hebräisch, las, das die Kinder damals als kein bißchen schwierig empfanden, weil sie daran gewöhnt waren, mehr als Untertitel im Fernsehen zu lesen! Gewiß, wer wüßte das besser als ich, die Kinder von heute sind überaus geübt in der Bedienung des Computers, ein Phänomen, zu dem wahrscheinlich auch ich beigetragen habe. Doch wenn man mich fragen würde, ob ich bereit wäre, die Bücher meiner Kindheit gegen EDV-Kompetenz einzutauschen, dann wüßte ich nicht, ob ich damit einverstanden wäre.

In jenem Studienjahr an der Universität, ja eigentlich mein Leben lang, habe ich mir beinahe wöchentlich gesagt, ich müsse lesen, aber in der wenigen Zeit, die mir dafür blieb, habe ich mich aus der Notwendigkeit, auf meinem und den Nachbargebieten am Ball zu bleiben, in Fachliteratur vertieft, so daß ich es höchstens noch schaffte, mit geübtem Blick flugs die Zeitungen durchzuschauen. Nur in den Ferien finde ich Zeit zu lesen. So ist es nicht erstaunlich, daß Geschäfte voller Bücher, die in meinen Augen die schönste Art der Beschäftigung symbolisieren, mich melancholisch stimmen.

Und wenn das alles schon früher so gewesen ist, als ich noch jung war und hoffte, mehr lesen zu können, wenn ich älter wäre – was soll ich dann heute sagen? Daß ich jetzt weiß, daß ich dafür erst ein alter Mann werden und mich ganz aus meinem Beruf zurückziehen muß? Welches Pensum werde ich dann noch bewältigen? Bis auf den heutigen Tag ist mein Beruf für mich wichtig und spannend, voller Herausforderungen und Kreativität, und doch dürstet es meine Seele nach Büchern. »Mein Auge kann sich daran nicht satt sehen«, sagten unsere Weisen seligen Angedenkens in Bialiks und Ravnizkis Legendensammlung, die mir Rechtsanwalt Elijahu Meridor durch Papa überreichen ließ, nachdem er meinen Aufsatz über die Bachstelze gelesen hatte, und in der ich in meiner Kindheit bis tief in die Nacht schmökerte. Ich bin imstande, ganze Tage blätternd und lesend in Buchhandlungen zu stehen. Wie spät war es? Meine Güte, schon zehn vor sechs! Wie in einer solchen Umgebung die Zeit verfliegt!

Ich verließ das Geschäft und lief die Ibn-Gabirol-Straße zum Theater hinauf. Plötzlich, als entsteige sie einer Muschel im Meer, erschien auf der Anhöhe Chaja, die eine grüne Bluse und eine kurze gelbe Hose anhatte und einen Korb in jeder Hand trug. Ich schlich mich von hinten an sie heran und hielt ihr mit beiden Händen die Augen zu. Nach anfänglichem Zurückzucken entspannte sie sich, ließ ihren Kopf nach hinten sinken und rieb ihre Wange an meiner. »Shauli, mein Süßer«, flüsterte sie, »wie schön, daß du gekommen bist. Wenn ich nicht die Körbe dabeihätte, wünschte ich, du würdest mich bis morgen früh so halten.« Jetzt erst löste ich die Hände von ihren Augen und befreite Chaja von ihrer Last. Sie wandte sich um und stellte sich auf Zehenspitzen, um die Arme um meinen Hals zu schlingen und das Gesicht an meine Wange zu drücken. Gepriesen seist du, Tel Aviv, wo ich ein namenloser Fremder bin und nicht die Jerusalemer Furcht verspüre, jemand könnte mich so, mit einem Mädchen in den Armen, auf der Straße sehen. Nicht daß es eine Sünde gewesen wäre, aber so etwas tat man in unseren Vierteln nicht. Wie leicht lernt man derlei Dinge in der Kindheit, und wie schwer wird man sie später los! Tel Aviv, die Freundliche, ließ meinen Weg kurz erscheinen. Wie stets war ich von Chajas Duft betört. Schon von hinten sah ich, daß sie sich das Haar hatte ein wenig abschneiden lassen.

»Du warst beim Friseur, das steht dir gut«, sagte ich.

»Wie du immer gleich alles bemerkst! Sieht es wirklich gut aus?«

»Sehr gut! Ist die Bluse neu? Die Farbe steht dir ... Was hat dein Vater?«

»Wie es ausschaut, Schwierigkeiten mit dem Herzen. Die Untersuchungen sollen noch einige Tage dauern. Aber lassen wir das«, sagte sie, hakte sich bei mir ein und übernahm die Führung. Das erinnerte mich an das erste Mal, daß sie dergleichen getan hatte, im Tal des Kreuzklosters auf dem Weg zum Campus, wo die Musikergruppe aus New Orleans auftrat. Für einen Augenblick vergaß ich ihren Vater und seine Krankheit. Chaja schmiegte sich an mich und leitete mich durch die Stadt, die mir eine erfreuliche, in Jerusalem fehlende Anonymität verlieh. Von ihren ausführlichen Erklärungen begleitet, passierten wir die schattige Ben-Zion-Allee und bogen im goldenen Abendlicht in die King-George- und von dort in die belebte Dizengoffstraße ein, hielten vor Schaufenstern mit Kleidern oder Schmuck und vor Bohemien- und Politikercafés inne und genossen, als wäre es das erste Mal, an einem Stand, den Avschi uns nach dem Zwischenfall in der Moschee gezeigt hatte, ausgezeichnete jemenitische Falafel. Erst danach, als ich wieder Chajas Körbe aufhob, fiel mir ein:

»Ich habe die Vespa vor dem Theater vergessen!«

»Du bist mit dem Moped gekommen? Wunderbar!«

Und wieder wurde ich am Arm genommen, diesmal jedoch um mich zum Theater zurückführen zu lassen; unser Weg verlief jetzt nur durch die Dizengoffstraße. Es machte mir

nichts aus, daß wir zurückgehen mußten, denn jeder Augenblick mit Chaja bescherte mir Neues, sogar wenn wir uns im Kreis bewegten.
Wie immer, wenn wir auf dem Moped fuhren, legte sie die Arme um meine Hüften und das Gesicht an meinen Rücken. Ihren Anweisungen folgend, lenkte ich die Vespa über eine kurze Strecke bis in die Baselstraße vor ein Gebäude unweit der Stelle, an der sie die Ibn-Gabirol-Straße kreuzt.
»Hier wohne ich«, erklärte sie. »Ich will nur die Körbe in der Küche abstellen. Komm einen Augenblick mit hinauf, es ist niemand da.« Das hieß, sagte mir ein flüchtiger Gedanke, wenn jemand zu Hause wäre, dürfte ich nicht mitgehen. Sie hatte ihnen von unserem Beschluß zu heiraten noch immer nichts erzählt. Doch sofort schüttelte ich die unliebsame Vorstellung ab, die diesen schönen Tag nicht verderben sollte.
Es war ein altes Tel Aviver Haus. Offenbar drang der salzige Meerwind, der den Putz draußen angenagt und mit Flecken versehen hatte, auch in das dunkle Treppenhaus, in dem es keinen Aufzug gab, und hinterließ auch hier Spuren an den Wänden. Chaja stieg vor mir hinauf, während ich ihr mit klopfendem Herzen folgte. Im zweiten Stock blieb sie vor einer Tür mit einem Kupferschild stehen: »Rosner«.
Zunächst führte sie mich mit den Körben in eine bescheidene Küche, die vermuten ließ, daß die Wohnung klein war. Als sie die Lebensmittel ausgepackt und im Kühlschrank verstaut hatte, machte sie mit mir einen Rundgang. Das Wohnzimmer war mit Teppichen ausgelegt und mit schweren Möbeln vollgestellt: Die Anrichte nahm eine ganze Wand ein, ihr gegenüber stand ein Klavier, und die Bilder hingen in dicken Rahmen, nur die Vorhänge waren aus einem leichten, netzartigen Spitzengewebe. In der Luft lag ein undefinierbarer Geruch, vielleicht von leichtem Schimmel, oder es handelte sich um die spezifischen Ausdünstungen dieser Woh-

nung, einer fremden Welt, in die ich eingelassen worden war. Wir gingen in den Flur, und Chaja öffnete einen weiteren Raum.

»Das ist mein Zimmer«, sagte sie, und ich blickte auf eine Tür, die zu einer Art Wintergarten hinausging oder, genauer gesagt, zu einem Balkon, der zu einem Wintergarten umgebaut worden war. Danach fiel mein Blick auf den Schreibtisch mit dem Bücherregal darüber, den Kleiderschrank und das Bett, das, mit einer Tagesdecke und großen Kissen versehen, auch als Sofa diente. »Auf diesem Bett bin ich groß geworden«, verkündete Chaja übermütig. »Anfangs reichte ich bis hier« – sie zeigte auf eine Stelle der Matratze –, »später bis hier und schließlich bis fast zum Rand ..., das heißt, bis hier« – jetzt hielt sie sich die Hand an den Scheitel, um auch an sich selbst zu demonstrieren, wo ihr Wachstum geendet hatte.

»Ich bin damit vollauf zufrieden«, versicherte ich ihr und umarmte sie. »Ist dir schon einmal aufgefallen, daß du in diesem Zimmer größer und größer wurdest, ohne einen einzigen Kuß von mir?« Leidenschaftlich und lange preßten wir unsere Lippen aufeinander. Anschließend fügte ich hinzu: »Und noch etwas haben wir hier nie getan« und versuchte, sie auf das Bett zu ziehen. Sie schob mich sanft von sich.

»Ich habe eine bessere Idee«, sagte sie verheißungsvoll. »Komm, wir fahren noch ein Stück.«

Zuvor ging ich noch auf die Toilette und kommentierte anschließend, man müsse dort das Fenster zumachen, um im Stehen von der Wohnung gegenüber nicht gesehen zu werden. Vielleicht könnte ich mich an dieses nebensächliche Detail nicht mehr erinnern, wäre es nicht die letzte Impression gewesen, die ich aus der Wohnung mitnahm. In den folgenden Jahren stellte ich manchmal die absurde Überlegung an, daß ich, wäre ich damals sicher gewesen, die Wohnung nie wieder zu betreten, mir jede Kleinigkeit aufmerksam ange-

schaut hätte, statt mich mit einem zögerlichen Blick auf diese unbekannte, ein wenig abweisende und gewöhnungsbedürftige Welt zu begnügen.
»Wir fahren zum Kraftwerk«, erklärte Chaja, als wir erneut das Moped bestiegen. Nachdem wir uns eine Weile in Richtung Norden bewegt hatten, gab sie Befehl, von der Ibn-Gabirol-Straße abzubiegen und die Jarkonbrücke zu überqueren.
Teile der Zufahrt zum Kraftwerk waren übersät mit Müll, alten Möbeln und Gerüstplanken, rostigen Konservenbüchsen, Resten von Fischernetzen, Kot, Kondomen und blutgetränkten Baumwollbinden. Chaja wies mir den Weg, und als ich mich einen Moment umdrehte, nahm ich aus dem Augenwinkel ihren leuchtenden Blick wahr: Weder den Schmutz schien sie zu sehen noch die Verwunderung zu spüren, die in der Haltung meines Rückens und meinen Kopfbewegungen gewiß zum Ausdruck kam – weshalb ausgerechnet hierhin? Als wir auf die Brücke gelangten, deren dunkelbraune Planken vom Seewind faulige Stellen aufwiesen, forderte Chaja mich auf anzuhalten.
Wir stiegen ab, und sie stellte sich mitten auf die Holzkonstruktion. »Östlich von hier«, sagte sie, »ist nur Süßwasser, westlich ist das Wasser salzig. Unsere Füße stehen genau über der Nahtstelle zwischen dem Jarkon und dem Mittelmeer.«
Als wir das Ende der Brücke erreichten, sahen wir die künstliche Kaskade des Kraftwerks, deren Rauschen mich an die Gasflamme erinnerte, mit der, als ich noch zu klein war, um Papa in das nahe gelegene Badehaus zu begleiten, donnerstags abends in einer Blechwanne Wasser erhitzt wurde, um mich darin zu waschen.
Chaja kuschelte sich an mich, und wir umarmten uns. Dann standen wir mehrere Minuten lang dort, das klare Wasser betrachtend, das die Turbinen kühlte und danach ins Meer floß.

Am anderen Ende der Brücke tauchte überraschend ein junger Fischer von großem, hagerem Wuchs auf, dessen Haar im Seewind flatterte. Wie hypnotisiert starrten wir zu ihm hin, während er hoch konzentriert das Wasser beobachtete. Als er sich ein wenig drehte, war das Netz erkennbar, das er gerafft über dem Arm trug. Er hob den Blick zum Horizont, verharrte Sekunden lang reglos und schleuderte es dann unvermittelt von sich. Ein Aufplatschen, und es versank in den sich ausbreitenden Wellen, die es schlug. Von der Seite gesehen, vor dem Hintergrund der untergehenden Sonne, glichen die Bewegungen des Mannes denen eines Ballettänzers. Danach blickte sein Gesicht wieder starr auf das Wasser, als sendeten seine Augen Strahlen aus, um die Fische anzulocken. Schließlich zog er das Netz mit rhythmischen Bewegungen herauf. Scheinbar aus dem Nichts tauchten zwei weitere Fischer auf, die ihm helfen wollten; wahrscheinlich hatten sie seitlich der Brücke am Ufer gesessen. Doch der junge Mann holte das Netz aus eigener Kraft ins Trockene. Als kämen wir zufällig des Weges, näherten wir uns ihm, um neugierig zu sehen, was er gefangen hatte. Kein einziger Fisch war im Netz. Aber sein Profigesicht blieb ungerührt und ließ sich vom Ausdruck der Bewunderung, gemischt mit Enttäuschung, den unsere Züge verrieten, nicht weiter beeindrucken. Wer wußte besser als er, schien er zu uns zu sagen, daß er das Netz nicht umsonst ausgeworfen hatte. Jeder Versuch brachte ihn dem reichen Fang näher, der ihm zuteil würde, sobald er oft genug den kultischen Tanz aufgeführt hatte, der seine magischen Kräfte von Mal zu Mal steigerte. Wir kehrten zum Moped zurück und fuhren weiter über ein Gelände, das erstaunlich sauber wirkte.

Am Ende der Fahrt schloß ich das Moped an einen Mast an. Chaja griff nach meiner Hand und zog mich hinter sich her. So liefen wir um den kleinen Hügel in der Nähe des Leuchtturms herum zum Strand hinab. Inzwischen dämmerte mir, weshalb Chaja mich ausgerechnet hierhin gelotst hatte. Unter der Bluse und der Hose, die sie jetzt ablegte, trug sie bereits ihren türkisfarbenen Bikini. Ich schaute nach rechts und links, und als ich mich vergewissert hatte, daß sonst niemand in der Nähe war, zog auch ich mich aus und stieg in meine Badehose. Chaja nahm wieder meine Hand und führte mich zu einem Wasserfall. Wir setzten uns unter den bogenförmigen Strahl und blickten zum Horizont, der im Westen erglühte. Die prasselnden Fluten massierten uns Nacken und Rücken, und unsere Muskeln lockerten sich, sich einem sanften, wohligen Gefühl des Entspannens hingebend, während das ununterbrochene Rauschen des Wassers, das sich in die kleine Bucht ergoß, in Leib und Seele zu dringen schien und eine willkommene Dumpfheit und Ruhe in uns einkehren ließ. Eine majestätische, an einen riesigen Pfirsich erinnernde Sonne lag in roten und gelben Wolkenbändern gefangen, doch wie Samson hatte sie sich in Sekunden befreit und ließ sie Wergfasern gleich verglimmen. Gemächlich sank die brennende Königin hinter Schleiern in ihr überdimensioniertes Bad.

»Betrachtet man die Sonne, wenn sie genau zur Hälfte im Meer versunken ist, dann erscheint in ihr ein türkisfarbener Stern, und was man sich in diesem Augenblick wünscht, geht in Erfüllung.«

Das sagte Chaja, die Wissenschaftlerin und Rationalistin. Damals, in jener Stimmung, war ich Feuer und Flamme und wollte das türkisfarbene Leuchten unbedingt sehen. In der verzweifelten, fieberhaften Anstrengung, mir im richtigen Moment etwas zu wünschen, blitzten wie Teufelswerk die Bilder Gerschons und Lupos vor mir auf. Den Stern sah ich nicht, doch unter dem Druck der Angst, die mich befiel, steuerte mein Begehren auf das Wesentliche zu: Würden Chajas Eltern ihr doch erlauben, mich zu heiraten und zum Studium in die USA zu begleiten …

Die Sonne war verschwunden. Ich spürte, daß auch Chaja mit einemmal Trauer befiel, genau wie mich. Unzählige Male habe ich mir seither die Frage gestellt, ob ihr schon in diesem Moment alles klar war und vielleicht auch mir, ohne daß ich mir dessen bewußt wurde, mein Herz eine Ahnung zuflüsterte. Die Dunkelheit verdichtete sich. Chaja legte ihre Arme um mich und schmiegte sich sanft und heiß an meinen Körper. Dort, unter dem Wasserfall, zog sie mir die Badehose aus, streifte ihr Bikiniunterteil ab und preßte ohne Vorspiel den schmerzenden Vogel in sich hinein. Weder schrie sie auf, noch biß oder kratzte sie mich. Nur leise Seufzer drangen an mein Ohr. Ich versank in ihr, wurde von ihr umhüllt, schwamm und schwebte in ihr und ließ mich noch dieses eine Mal in einem Gefühl der Ruhe und des Wohlseins dahintreiben.

Als ich die Augen öffnete, sah ich, daß sie weinte.

»Was ist geschehen?« fragte ich und stützte mich auf den Ellenbogen auf.

»Vor ein paar Tagen habe ich meinen Eltern erzählt, daß ich dich heiraten und dich ihnen vorstellen will ...«

»Und sie ...«

»Sie schauten sich an, und als Papa mit der üblichen Leier anfing: ›Chaja-Gittl, willst du uns auf unsere alten Tage soviel Kummer bereiten?‹ sagte ich mir: Laß es sich erst mal setzen, schlag bloß keinen Lärm. Ich hörte schon die Predigt, was sie alles für mich getan hätten und daß ich mein Leben wegwerfen würde, wenn ich auf einen Jungen wie Gerschon verzichtete, und so weiter und so weiter. Und die ganze Zeit sagte ich mir: Nur nicht explodieren und ausfallend werden, lieber ein paar Tage, ja vielleicht sogar ein oder zwei Wochen abwarten, damit sie sich an den Gedanken gewöhnen. Ungefähr eine halbe Stunde hielt ich es durch, danach schrie ich wie eine Irre: ›Ich liebe ihn! Hört auf, ›dieser Junge‹ zu sagen, wenn ihr von ihm sprecht! Er heißt Shaul, Shaul Bar Adon! Shauli! Mein Freund! Prägt euch das gut ein! Ich liebe ihn! Ich bin verrückt nach ihm! Es geht um mein Leben, nicht um eures! Wie lange noch wollt ihr euch einmischen?‹ Ich konnte mich einfach nicht beherrschen. Vor allem Papa habe ich beleidigt, ihn beschämt. Ich brüllte ihn an: ›Wozu schaust du nach draußen? Um zu sehen, ob die Nachbarn das Geschrei hören? Das Herz deiner Tochter blutet, und du machst dir Gedanken über die Nachbarn!‹«

Chaja heulte laut auf. Ich umarmte sie und drückte ihren Kopf an meine Brust.

»Das war nicht nett von mir …«, schluchzte sie. »Ich war unfair … Das hat nichts miteinander zu tun … Es besteht kein Zusammenhang zwischen dem, was er für mich getan hat und in Zukunft tun wird, und der Peinlichkeit, die es für ihn bedeutete, daß die Nachbarn uns vielleicht hörten. Nehmen wir an, sie bekamen tatsächlich etwas mit – was war schon dabei? Ich hatte nicht das Recht, ihn so zu beleidigen. Wenn er diese Schwäche besitzt und es ihm unangenehm ist, daß die Nachbarn uns so erleben, ist das wirklich von Belang? Wenn ich an all die Unannehmlichkeiten denke, die er meinetwegen auf sich genommen hat …«

Chaja gab ein schmerzliches Jammern von sich. Es war offensichtlich, daß ihr Herz vor Kummer und heftigen Reuegefühlen fast zersprang. Als sie sich ein wenig beruhigt hatte, erzählte sie weiter:

»Einen Augenblick sah er mir betreten in die Augen, dabei lief sein Gesicht rot an. Doch dann schien er sich zu fassen und nickte, als wolle er mir zu verstehen geben, ich bekäme schon das, was ich verdiene. Er sagte: ›Ich denke an …‹, dann brach er ab und wurde kreidebleich. Erst hielt er sich die Brust, seine Stirn war schweißbedeckt, dann fiel er vom Stuhl. Ich konnte ihn gerade noch auffangen und behutsam auf den Boden setzen. Er schaute mich feindselig an, und ich rief: ›Einen Krankenwagen! Schnell, Mama! Bestell einen Krankenwagen!‹«

Chaja verstummte.

»Und seither ist er im Krankenhaus?« fragte ich. Sie nickte.

»Wie geht es ihm jetzt?«

»Die Ärzte sagen, er brauche Ruhe. Er wird es überleben, aber einen Infarkt muß man ernst nehmen. Papa ist jetzt herzkrank.« Sie begann wieder zu schluchzen.

Ich fuhr sie zum Ichilov-Krankenhaus, vor dessen Tor sie mich lange umarmte, wobei sie den Kopf an meiner Schulter barg.

Diesmal sang ich nicht auf den Mond, als ich mit dem Moped durch die Nacht zurückfuhr.

Sie blieb noch eine Woche in Tel Aviv und rief mich kein einziges Mal im Archiv an. Es waren schreckliche Tage für mich. Ich ging gebeugt, war ängstlich, und mein Herz prophezeite mir nichts Gutes. Manchmal hat das Gefühl eins und eins zusammengezählt, ehe der Verstand begreift. Doch am Ende der Woche begann ich zu verstehen. Könnte ich das heute doch noch von mir behaupten! Gefühle, insbesondere die einer derartig heftigen, verwirrenden Liebe, sind so mächtig, daß sie alle bösen Ahnungen verdrängen. Jedenfalls wurde mir klar, daß Chaja, selbst wenn meine schlimmsten Befürchtungen unbegründet waren, angesichts des Zustands ihres Vaters nicht mit in die USA kommen und es ihr schwerfallen würde, die Jahre, die ich für mein Studium benötigte (und sie für ihres, denn auch sie würde dort studieren, das konnte ich Lupo zur Bedingung machen), von ihren Eltern getrennt zu sein. Mit Sicherheit bedeutete eine Hochzeit mit Chaja, Lupo eine Absage zu erteilen. Schade drum, aber Chaja deswegen aufzugeben war unvorstellbar für mich. Als am Ende jener Woche auf meinem Tisch im Büro ein Brief lag, der nicht an meine Privatanschrift, sondern an das Archiv adressiert war, verdüsterte sich die Welt um mich. Wieder und wieder las ich ihn, um einen Funken Hoffnung in ihm zu entdecken, eine Kleinigkeit, die seine Aussage revidierte. Doch vergebens.

»Mein geliebter Shauli«, hieß es in dem Brief. »Es ist wie ein Schnitt ins lebendige Fleisch, aber wir müssen uns trennen. Versuch mit aller Kraft, die schmerzende Wunde nicht noch tiefer zu reißen. Ich habe meinen Eltern – und Gerschon – gesagt, daß ich ihn im September heiraten werde, an dem ursprünglich vereinbarten Datum. Ich werde in den nächsten Wochen nicht in Jerusalem sein. Alle Prüfungen habe ich auf den zweiten Termin verschoben. Danke, danke für eine Sache, die einem vielleicht nur einmal im Leben vergönnt ist. Versuch, mich zu verstehen. Sei nicht allzu wütend auf mich. In Liebe, in Liebe, in Liebe – Chaja.«

Kapitel 23

»Komm, mein Lieber, komm, laß uns ins Hinterzimmer gehen. Ich will nur Jozy Bescheid sagen, daß er im Laden bleiben und sich um die Kunden kümmern soll, damit wir in Ruhe zusammensitzen können und niemand uns stört. Du hast also Mirale nicht gefunden, sie muß gleich aus dem arabischen Dorf zurückkommen, von ihrer Arbeit in der Klinik. Möchtest du hier auf sie warten und dich mit mir unterhalten, mit Lola, die Chajka auch ein bißchen kennt? Ja, ich weiß, Mirale hat es mir schon erzählt, sie findet es genauso traurig wie du. Sie ist sich ganz sicher, daß Chajka dich liebt, und deshalb tut es ihr auch um Chajka leid. Ich verstehe, Chajka hat dich verlassen, und nun läufst du umher und begreifst es einfach nicht. Dein Herz sagt dir, daß sie dich liebt, aber warum ist sie dann gegangen? Ja, ich habe in meinem Leben schon viel Schmerz und Kummer erlebt, schließlich komme ich von dort, aus der schlimmsten aller Höllen. Und ich versichere dir: Wer schweres Leid kennt, ist begabter als andere, den Schmerz eines Mitmenschen zu verstehen. Aber du mußt wissen, es gibt keinerlei Garantie, daß es klappt.
Sieh dir Bronia und Selig an, Chajkas Eltern. Selbst wenn du mich umbrächtest, ich könnte ihre Beziehung zu Mirale nicht erklären. Weißt du, daß Bronia vorgestern hier war, um Mirale zu bitten, nicht an Chajkas Hochzeit teilzunehmen? Ja, ich sehe, daß dich das nicht allzusehr überrascht, du hattest es wahrscheinlich schon vermutet. Chajka selbst war eigens hierhergekommen, um Mirale einzuladen, und hatte ihren El-

tern gedroht, sie sollten es nicht wagen, sich einzumischen. Also taucht Bronia heimlich hier auf, ohne daß Chajka davon weiß, und besitzt die Frechheit, von Mirale nicht nur zu verlangen, der Hochzeit fernzubleiben, sondern Chajka auch nichts von ihrem Besuch und ihrer Forderung zu erzählen. Da frage ich dich: Ist nach allem, was Bronia und Selig durchgemacht haben – sie, die sich mehr als zwei Jahre mit einem hungrigen, kranken Kind in den Wäldern und Dörfern der *Gojim* heldenhaft durchschlugen –, ist nach all dem *das* ihre größte Furcht: daß Mirale bei der Hochzeit ihrer Chaja-Gittl erscheint? Ich sage nur: Wenn die nicht *ojlom-gojlom* sind! Was? Ach, ich meinte *olem-golem,* verrückt. Entschuldige, ich vergaß, daß dir das Aschkenasische nicht geläufig ist. Verzeih, daß ich mich manchmal dazu hinreißen lasse, die Sprache einer vergangenen Welt zu benutzen. Hat Chajka dir nicht erzählt, daß ich schon zu Hause hebräisch gelernt und am jüdischen Gymnasium von Wilna das Abitur abgelegt habe? Dann weißt du es jetzt. Ich muß allerdings hinzufügen, daß es zwischen Mirale und Chajkas Eltern nicht immer so war. Anfangs freuten sich Bronia und Selig sehr, daß Mirale gesund und unbeschadet war, und glaubten fest daran, sie jetzt, nachdem sie ihre Familie wiedergefunden hatte, in den Schoß des Judentums zurückholen zu können – was hätte auch dagegen gesprochen? War sie nicht *a teire jiddische tochter*, die nur eine Art Unfall gehabt hatte und mit der nun alles wieder in Ordnung käme? *A kizer*, um es kurz zu machen: Als ihnen bewußt wurde, daß Mirale dem fremden Kult aus Überzeugung anhing, verstießen sie sie. Beinahe hätten sie noch *Schiv'a* für sie gesessen, sie ist ja die Tochter von Seligs Schwester. Wären sie fromme, gesetzestreue Juden, hätten sie das wahrscheinlich wirklich getan. Doch sollten sie je einen Glauben besessen haben, nach dem Krieg ist nichts davon übriggeblieben. Bronia steckt am Sabbat nicht eine Kerze an und schert sich auch nicht um die Speisegebote. Zu *Jom Kipper* fasten sie

nicht und essen an *Pessach* Gesäuertes. Sogar Mirale tut das im Herzen weh – wie merkwürdig und komisch ihr Schmerz Chaja auch scheinen mag. Natürlich würde ein so feines Mädchen wie Mirale nie etwas sagen, denn das Ganze geht sie ja eigentlich nichts an und falls doch, wie sollte sie es in Worte fassen? Nichtsdestotrotz halten sich Bronia und Selig mit allen zweihundertachtundvierzig Gliedern und dreihundertfünfundsechzig Sehnen ihres Leibes für Juden, die nicht weniger gut sind als die frommen und gesetzestreuen. Und sie haben vollkommen recht, denn sie sind Juden, das Martyrium, das sie um des Judentums willen erlitten, hat sie dazu gemacht. Vielleicht können sie deshalb nicht begreifen, daß ausgerechnet in ihrer Familie so ein Unglück geschehen ist, daß ein Mädchen, das nicht weniger zu leiden hatte als sie – du weißt doch, daß Mirale auf der Flucht ihren kleinen Bruder verlor, für den sie verantwortlich war, und bis auf den heutigen Tag keine Nachricht von ihm hat; sie war damals erst neun oder zehn Jahre alt –, daß ein solches Mädchen den Glauben der antisemitischen Mörder annimmt. Das ist der Grund, daß Bronia und Selig sie ignorieren und auf Chajka wütend sind, die sich nicht nur mit ihr trifft, sondern sie obendrein so sehr liebt – auch darin sehen Chajkas Eltern ein Unglück. Würde nun aber bei der Hochzeit für die ganze Gemeinde sichtbar, daß es eine Getaufte in der Familie gibt, dann wäre das eine Katastrophe, größer als alle anderen. Deshalb frage ich dich: Sind das keine *ojlom-gojlom*?
Nachdem ich dir erzählt habe, daß die Angelegenheit in meinen Augen völlig dumm und idiotisch ist und ich sie nie und nimmer erklären könnte, möchte ich etwas ergänzen: Ein bißchen Verständnis habe ich trotzdem. Schließlich komme ich von dort, aus der schlimmsten aller Höllen. Sei froh, daß du hier geboren bist und keine Ahnung hast, was antisemitische *Gojim* sind. Ja, ich weiß, nur widerwillig hast du Mirales Kloster und die Kirche betreten. Chajka und

Mirale sind fast geplatzt vor Lachen, als sie mir erzählten, wie sie dich am Arm nehmen und zwingen mußten hineinzugehen. Und doch, du hast nicht den Schimmer einer Vorstellung davon, was die Kirche für einen Überlebenden des Holocaust bedeutet, selbst wenn es Fälle gegeben hat, in denen Juden mit ihrer Hilfe gerettet wurden. Denn die Kirche besteht nicht nur aus dem namenlosen Priester oder irgendeiner Nonne, die sich einen Platz unter den Gerechten der Völker erworben haben, sie mögen gesegnet sein. Die Kirche, das sind auch die Millionen Herzen, die durch sie von Generation zu Generation mit Judenhaß vergiftet wurden. Deshalb kann ich Bronias und Seligs Empfindungen ein bißchen verstehen, obwohl ich sie nicht rechtfertige.

Überhaupt erscheint Religiosität einer Atheistin wie mir in der heutigen Zeit eher abwegig. Ich begreife nicht, wie einer noch gläubig sein kann. Auch was mit Mirale geschehen ist, ist für mich nur Sinnbild und Beispiel. Dabei fällt mir immer ein, was ich in einer Zeitschrift gelesen habe, wahrscheinlich im ›National Geographic‹, die mein Sohn so gern liest. Vor ein paar Monaten hat er ein Abonnement geschenkt bekommen, da feierte er *Bar Mizwa*, dem Herrn sei Dank, amen. Übrigens haben wir auch eine Tochter, sie ist zehn Jahre alt. Und beide sind sie *Sabres*. Wußtest du, daß Jozy und ich uns nach dem Krieg kennenlernten? Es war unsere zweite Heirat, unsere früheren Familien hatten wir verloren, die Frau, den Mann, die Kinder. Wo war ich stehengeblieben? Ach ja, ich las also im ›Geographic‹ oder irgendwo anders von einer bestimmten Gänseart. Wenn diese Gänse noch Küken sind, bilden sie eine Reihe und marschieren ihrer Mutter hinterher, wohin sie auch geht. Und wenn in einer bestimmten Phase – ich weiß nicht, ob sie länger dauert oder nur einen Tag, es mag sich auch nur um eine einzige Stunde handeln –, wenn dann zufällig ein Mensch vorbeikommt und die Gänsekarawane durchbricht, laufen ihm von da an alle Küken,

deren Blick ihm zugewandt ist, hinterher und betrachten ihn als ihre Mutter. Möglicherweise gibt es auch im Leben jedes Menschen einen solchen Moment, in dem er bereit ist, demjenigen, der seinen Weg kreuzt, zu folgen und ihn zu lieben. Vielleicht ist Mirale genau das mit der Kirche passiert. Wäre ihr damals der Rabbi von Satmer über den Weg gelaufen, hätte sie sich womöglich ihm angeschlossen. Aber zu der Zeit waren keine Rebbes unterwegs, nur die Kirche stand vor ihr im Tal des Todes, in der Ödnis aus Blut, Eis und Schrecken. Glaub mir, ich kenne mich aus. Ich stamme von dort, aus der schlimmsten aller Höllen.
Vorgestern tauchte nun Sa'ad hier auf, der Taxifahrer aus Daburije, ein liebenswerter Mann und guter Freund, der mir für meine Fahrten zu unserem Geschäft in Afula immer einen Spezialpreis macht. Diesmal hat er Bronia bei sich und sagt zu mir: ›Die Dame sucht die jüdische Nonne. Ich habe sie hinaufgefahren, aber dort wurde ihr gesagt, sie wäre nicht da, sondern in der Klinik im Dorf und würde auf dem Rückweg möglicherweise bei Ihnen Station machen. Deshalb habe ich die Dame gleich hierhergebracht.‹ Ich antwortete ihm: ›Das ist gut, Sa'ad, *schukran, ma'a s-salame.*‹ Mirale und ich hatten wirklich verabredet, daß sie bei mir vorbeischauen würde, ehe sie zum Kloster hinaufging. Ich kannte Bronia noch von den wenigen Malen, die sie den Tabor besuchte, als sie noch glaubte, sie würde es schaffen, Mirale für das Judentum zurückzugewinnen. Mirale hatte sie mir damals freudig vorgestellt. Vorgestern nun führe ich sie in dieses Zimmer, und wir sitzen hier so wie wir jetzt. Wir waren mit den Begrüßungsfloskeln noch nicht fertig, da kommt Mirale herein, müde und erschöpft nach ihrem Arbeitstag in der Klinik und trotzdem freundlich wie immer. Als sie uns beide sieht, ruft sie fröhlich auf polnisch: ›Tante Bronia! Wie schön! Du warst so lange nicht bei uns.‹ Mit Bronia reden wir polnisch und jiddisch, denn ihr Hebräisch ist so lala. Bronia antwortet

ihr: ›Ich bin gekommen, um mit dir zu sprechen.‹ Ich sehe einen leichten Schatten über Mirales Gesicht huschen und weiß, daß sie etwas ahnt. ›Wie geht es Selig?‹ fragt sie, und Bronia entgegnet ihr ohne Umschweife: ›Er ist krank wegen Chaja-Gittl.‹ Ich stehe auf und lasse die beiden allein. Nach einer Viertelstunde kommt Mirale heraus und wirft mir ein gezwungenes, schwaches Lächeln zu. Ich sage zu ihr: ›Geh, geh nach Hause, Mirale, wir unterhalten uns morgen.‹

Als ich wieder in das Zimmer trete, fragt mich Bronia unverzüglich: ›Was hat sie Ihnen erzählt?‹ Und ich entgegne ihr: ›Nichts hat sie erzählt. Weshalb fragen Sie?‹ – ›Nur so‹, antwortet sie. ›Schon bei meinem ersten Besuch ist mir aufgefallen, daß Sie beide befreundet sind. Ich frage mich, worüber man sich mit einer Getauften wohl unterhält.‹ – ›Worüber ich mit der Getauften spreche?‹ wiederhole ich. ›Zum Beispiel über meinen kleinen, acht Monate alten Sohn, den die Nazis vor meinen Augen auf ein Bajonett aufspießten und in das Eiswasser des Flusses warfen, als Strafe dafür, daß ich versucht hatte, unter meinem Kind einen Laib Brot und eine Wurst zu verstecken, die ich gegen einen Brillantring eingetauscht hatte, um für mein Kind und Jenkele, meinen Mann, etwas zu essen zu haben. Mein Mann hustete Blut, seit er mit einem Gewehrkolben auf Brust und Rücken geschlagen worden war. Die Schläge und Tritte, die sie mir noch verpaßten, spürte ich nicht mehr. Später gelang es mir, aufzustehen und mich nach Hause zu schleppen, und wie ein Wunder kam es mir vor, dort Jenkele wiederzusehen, meinen Mann, der ein letztes Röcheln ausstieß und dem so, genauso wie mir, die Erklärung erspart blieb, wo unser Kind war. Davon erzähle ich ihr. Zum Beispiel. Wissen Sie das alles denn nicht? Kommen Sie nicht selbst von dort?‹ frage ich Bronia. ›Wem kann ich sonst davon berichten, mit wem darüber reden? Mit meinen wunderbaren *Sabres*? Mein Mund ist wie versiegelt, wenn ich es ihnen gegenüber erwähnen will. Und wozu Trübnis in ihr Leben bringen? Ja‹, fahre ich fort, ›ich weiß, daß Sie Ihrer Chajka alles genau beschreiben, sie hat es mir erzählt, aber jeder muß nach seinem Dafürhalten handeln, ein jeder nach eigenem Ermessen.‹ Entschuldige, Shaul, daß ich nun auch dich, einen *Sabre*, mit einer Geschichte belästige, die niemand gern hört, aber sicher sind dir während des Eichmann-Prozesses viele solcher Erlebnisse zu Ohren gekommen.

›Deshalb habe ich meinen Jozy geheiratet‹, erkläre ich ihr weiter. ›Ich bin eine gebildete Frau, auch wenn ich das Studium nicht abschließen konnte. Mein Vater war Lehrer an einem jüdischen Gymnasium. Lola ist nur mein Kosename, richtig heiße ich Lea. Die Leute sagen, ich hätte Lea als kleines Mädchen nicht aussprechen können und immer Lola gesagt, und seither werde ich von allen so genannt. Eines Tages fand ein in Israel gebürtiger Akademikerwitwer Gefallen an mir, doch sollte ich mich etwa mit ihm über all das unterhalten? Über mein persönliches Unglück? Über die Konzentrations- und Todeslager? Darüber, daß man behauptete, wir wären willenlos wie das Vieh zur Schlachtbank gegangen, und uns als *Muselmänner* bezeichnete? Doch dann begegnete ich meinem Jozy‹, erkläre ich ihr, ›einem einfachen Mann ohne Bildung, aber sanft und so aufmerksam. Mit ihm kann ich über meinen ersten Mann sprechen, über den Säugling, der vor meinen Augen ermordet wurde, über meine Familie und die Welt, die ich verlor. Und im Gegenzug berichtet er mir von seiner Frau und seinen zwei Kindern. Nicht einmal Ihnen, die Sie von dort kommen‹, sage ich zu ihr, ›möchte ich seine Geschichte erzählen. Einerseits will man alles verbergen, verstummen lassen und vergessen, andererseits droht man an den Worten, die immer wieder in einem pochen, um laut ausgesprochen zu werden, zu ersticken. Zu den Kindern, meinen beiden *Sabres*, kann ich kein Wort darüber sagen. Sie haben weder Großvater noch Großmutter, weder

Onkel noch Tante, sie haben nur mich und meinen Jozy. Muß man ihnen das grausame Wissen wirklich aufbürden? Sie spüren ohnehin etwas, auch ohne daß man ihnen konkrete Informationen gibt, das ist unvermeidbar.‹

›Da fragen Sie mich‹, fahre ich fort, ›was ich mit der Getauften zu bereden habe, mit meiner Schwester Mirale? Ich sehe‹, sage ich zu ihr, ›daß Sie das Gesicht verziehen, wenn ich sie als meine Schwester bezeichne. Sind Sie sicher, daß Sie nicht aus Neid so reagieren? Hätten doch auch Sie in einer so reinen Seele wie Mirale eine Verwandte finden können. Ja, für mich ist sie eine Schwester. Eines Tages betrat eine fremde Nonne unser Geschäft, hörte Jozy und mich polnisch sprechen und redete uns in unserer Muttersprache an. Und nach zwei Tagen begann ich zu spüren, daß ich eine Schwester gefunden hatte, mit der ich auf hebräisch oder polnisch oder jiddisch über die Dinge des Lebens reden kann. Auch über die, die man sonst verschweigt. Mein Jozy, der zehn Jahre älter ist als ich, nennt sie liebevoll *tochterl*, und, davon bin ich überzeugt, tief in seinem Herzen empfindet er wirklich wie ein Vater für sie. Manchmal, freitags abends, sitzt Mirale mit uns zusammen. Und dann essen wir, aber was heißt essen? Mirale und ich hauen uns die Bäuche voll! Mit Sabbatbrot und *gefilte fisch*, die wie in der Heimat schmecken. Auch den Nonnen dort oben nimmt sie Sabbatbrot mit. Und Jozy betet sogar den Segen, denn wir spüren, daß sie es sich wünscht – obwohl es für uns nur ein leeres Zeremoniell ist, schließlich kann Gott nicht im Himmel gewesen sein, als sie mein Kind auf ein Bajonett spießten. Trotzdem haben wir die *Bar Mizwa* unseres Sohnes traditionell gefeiert, mit einem Gottesdienst, der *Haftara* und allem Drum und Dran. Unser Sohn wollte es so, weil die anderen Kinder auf die gleiche Art feiern. Meine beiden mögen Mirale sehr. Manchmal hilft sie meinem Sohn bei den Arabischhausaufgaben. Ich frage Sie‹, fordere ich sie heraus, ›haben

Sie noch so viele Angehörige, daß Sie es sich erlauben können, sich Mirale zu entfremden, einer solchen Seele, die Fleisch von eurem Fleisch ist?‹

Später sage ich zu ihr: ›Sie haben mich gefragt, was sie mir erzählt hat, als sie nach dem Gespräch mit Ihnen herauskam. Mag sein, daß Sie gern hören würden, sie sei Ihnen böse und rede schlecht von Ihnen. Aber Sie sollen wissen, daß sie kein einziges abfälliges Wort über Sie geäußert hat, obwohl sie sich um Chajka grämt, die Ihretwegen nicht den Jungen heiratet, den sie liebt.‹ Und Bronia entgegnet mir: ›Chaja-Gittl ist noch ein Kind, sie weiß nicht, was gut für sie ist. Selig ist fast gestorben, weil sie Shaul heiraten wollte. Er hatte einen Herzanfall.‹ Spricht es und steht auf. Als ich sie ein Stück des Weges zum Autobus begleiten will, sagt sie: ›Danke, das ist nicht nötig‹ und eilt aus dem Laden. Am nächsten Tag, also gestern, war dann Mirale hier und hat mir erzählt, Bronia habe sie gebeten, nicht an Chajkas Hochzeit teilzunehmen. Das war's. Nun habe ich dir alles erzählt. Ich weiß nicht, ob du aus meinem Mund Neues über Chajka erfahren und in der Angelegenheit, die dir das Herz zerreißt, Klarheit gewonnen hast. Noch etwas will ich dir mitteilen: Wenn es um die Überlebenden des Holocaust geht, ist alles komplizierter, als es aussieht. Nur dem Anschein nach ist die Sache einfach: Chajka möchte nicht, daß ihr Vater am Kummer und seinem kranken Herzen zugrunde geht, deshalb verhält sie sich so, wie wir es jetzt erleben. Wie soll ich es ausdrücken? Bei uns Geretteten ist die Geometrie verschoben. Etwas bleibt für immer krumm und verbogen. Aber einer Sache kannst du sicher sein: Chajka liebt dich. Ob sie allerdings den Sohn der reichen Abramskis heiratet, um das Leben ihres Vaters zu retten, oder ob sie es wegen ihrer Absicherung tut – darauf kann ich dir keine verläßliche Antwort geben. Schon bei normalen Menschen kennt man sich oft nicht aus, um so seltener glückt es einem bei den Überlebenden des Holocaust.«

Zweiter Teil

Kapitel 24

Am 24. Mai 1967, kurz vor dem Sechs-Tage-Krieg, teilte ich Lupo, meinem Chef und Gönner in Los Angeles, mit, daß ich Urlaub nehmen und nach Israel fliegen würde. Lupo schaute mich einen Augenblick an und hatte sofort verstanden, daß nichts auf der Welt mich davon abbringen würde. Israel befand sich in Gefahr, und das reichte als Grund. Ein Jahr zuvor hatte ich in Stanford das Diplom in Volks- und Betriebswirtschaft mit summa cum laude erworben, und die Universität hatte mich gedrängt, zu bleiben und zu promovieren, um danach zu unterrichten. Mein Tutor hoffte, in meiner Dissertation die Saat aufgehen zu sehen, die ich mit meiner Diplomarbeit gepflanzt hatte. Aber als Lupo mich zum Studium nach Stanford geschickt hatte, war ich die Verpflichtung eingegangen, mich im EDV-Bereich umzuschauen, um ihn darin anzuleiten, also in jenem Sektor, den sein feiner Geschäftssinn als Betätigungsfeld der Zukunft erkannt hatte. Aus heutiger Perspektive bewundere ich Lupo, der schon damals den richtigen Riecher hatte, obwohl er von Datenverarbeitung nicht viel verstand, und der mich zu seinem Berater bestimmte. Und tatsächlich hatte mich der Virus befallen: Ich gehörte zu der Handvoll Freaks, die heute als EDV-Pioniere bezeichnet werden. Von zwei Gedanken war ich infiziert, die meine Phantasie in Fieber versetzten: Im nahe der Stanford-Universität gelegenen Palo Alto, das in den achtziger Jahren mit Entstehen des Silicon Valley zu einem bedeutenden Zentrum heranwuchs, stand in den sechziger Jahren ein wichtiges Forschungslabor von Xerox, und aus dem Gefühl einer vagen Verbindung zu dem, was dort geschah, beschlossen wir – die Handvoll Freaks, die Phantasten und Visionäre –, Projekte zu gründen, um uns mit den Vorstufen dessen zu beschäftigen, woraus sich im Laufe von Jahren die datengestützte Bildbearbeitung entwickeln sollte. Die andere Besessenheit, die mich erfüllte, bezog sich auf die ungenaue Logik oder Mengenlehre des iranischen Professors Sadeh, auf der später die künstliche Intelligenz aufbaute. Zwar warf das alles noch keinen Profit ab und war einstweilen reine Theorie, doch gelang es mir, Lupos Interesse an diesen Dingen zu wecken. Ich erklärte ihm, daß mit der Fortentwicklung der Hardware im Laufe der Zeit auch der ökonomische Wert eines Programms gewaltig steigen und das Wissen, das wir jetzt erwarben, uns einmal nützlich sein würde. Auf meinen Rat hin ließ er sich auf das Spiel ein und investierte bedeutende Beträge in die Projekte, vor allem aber in die Hardware-Entwicklung. Diese Investitionen sollten ihm oder – genauer gesagt – uns in den folgenden Jahrzehnten, besonders in den achtziger Jahren, hervorragende Gewinne einbringen (seit ich mich daran gewöhnt habe, ein reicher Mann zu sein, beziffere ich Summen dieser Größenordnung nicht mehr), nachdem wir die Herstellung der von uns konzipierten Produkte an einige Elektronikriesen in Taiwan übertrugen, was es uns ermöglichte, Filialen in den Vereinigten Staaten und Israel entweder neu zu eröffnen oder zu erweitern. Eine davon war das bereits erwähnte Programmierzentrum Brainstorm. Die fruchtbare Zusammenarbeit mit Lupo wurde mit der Zeit immer enger und vertiefte sich zu einer echten Freundschaft. »Jetzt bewährt sich, daß ich auf dich gesetzt habe«, sagte Lupo manchmal zu mir. »Das gilt umgekehrt genauso für mich«, antwortete ich ihm. Lupo wußte meinen Teil unserer Zusammenarbeit zu schätzen, und ich mochte ihn, weil er großzügig war und mir starken Rückhalt bot.

Lange bevor dies alles geschah, in den sechziger Jahren, am Anfang meines dritten Studienjahres in Stanford, hatte ich einen Artikel in der Wirtschaftsbeilage einer Zeitung gelesen – wirkliche Fachliteratur zum Thema EDV gab es noch nicht. Die Lektüre bildete einen Teil meiner fieberhaften Recherchen in diesem und angrenzenden Bereichen. Ein in dem Beitrag enthaltener Hinweis weckte meine Aufmerksamkeit, und schließlich sagte ich, zwar noch zögernd, zu Lupo, mir scheine, daß es sich lohnen würde, Aktien einer bestimmten Gesellschaft zu kaufen, die kurz vor dem Durchbruch auf dem Gebiet der Chipkarten stand. Das war der erste Vorschlag, den ich Lupo unterbreitete, die erste Prüfung in meiner Funktion als Kenner und Ratgeber. Lupo sah mich lange an wie ein Pokerspieler, der seinen Gegner mit Blicken mißt, und entschied dann, meinen Rat anzunehmen.

Eine halbe Million Dollar legte er in Aktien jener Gesellschaft an, wobei die Höhe des Betrags mich ein wenig erschreckte. Zwei Wochen später kaufte er noch einmal Wertpapiere der Firma für einen Betrag gleicher Höhe. Von da an verdoppelte sich seine Investition jedes Jahr. Als Fairchild verkauft wurde, brachte ich ihn dazu, zunächst National-Semi-Conductors- und im darauffolgenden Jahrzehnt Intel- und Apple-Aktien zu erwerben. Jedenfalls veranstaltete Lupo, eine Woche nachdem ich das erwähnte Studienjahr abgeschlossen hatte, eine kleine Party für mich in seinem Luxusapartment in einem Hochhaus in Los Angeles. Dort zog er mich aus dem Gedränge um die Cocktails in ein Nebenzimmer, um mir feierlich zu verkünden, daß ich mit Anstand vierhunderttausend Dollar bei ihm verdient hätte, das sei der Lohn für meinen guten Tip. Ich war überwältigt. Ich, Shaul Bar Adon, besaß vierhunderttausend Dollar! Dank einer plötzlichen Eingebung hatte ich nicht nur Lupo ein Vielfaches dessen erstattet, das er in mich investiert hatte, sondern war darüber hinaus in einer einzigen Nacht zu Reichtum gelangt, zumindest nach den Maßstäben eines Jungen aus der Nissim-Bachar-Straße. Als ich sah, wie großzügig Lupo gute Arbeit entlohnte, sagte ich zu ihm, daß ich ihm das Geld anvertrauen würde, damit er es nach seinem Gutdünken ins Geschäft einbringe. Selbstverständlich würde ich neben meinem Engagement für die Projekte weiterhin die Augen offenhalten und mich auch in Zukunft für die Entwicklung von Hardware, Technologie und allem, was damit zusammenhing, interessieren. Daraufhin teilte er mir mit, daß er mich bis zum Ende meines Studiums wie gewohnt unterstützen wolle, während er die Belohnung für mich ins Geschäft investieren werde. Innerhalb weniger Jahre vermehrte sich allein mein Kapital zu mehreren Millionen Dollar – mein Geld! Das Geld des Jungen aus der Nissim-Bachar-Straße! Und alles stammte aus vernünftigen Anlagen, von denen viele auf meine Empfehlung hin zustande gekommen waren, und ging den gewaltigen Erträgen voraus, die uns unsere Projekte in den kommenden Jahrzehnten noch einbringen sollten.

Ich brauchte nicht lange, um herauszufinden, daß die Hoffnung auf Reichtum, die neben anderen Motiven in mir vibrierte und mich vorantrieb, wenigstens zum Teil getragen wurde von dem – wenn man so will – kindischen Bedürfnis, Bronia und Selig zu beweisen, was ihre Chaja-Gittl verpaßt hatte, als sie der Verbindung mit den Abramskis den Vorzug gaben. Auf jeden Fall konnte ich so meinen Wunsch bemänteln, daß auch Chaja es erfahren und vor Neid platzen sollte. Ja, selbst einen braven Jungen aus Jerusalem befällt hin und wieder das jähe Verlangen nach dem süßen Geschmack der Rache, wie töricht die Gründe auch sein mögen. Die Wahrheit ist, daß trotz der mildernden Wirkung der Zeit und der geographischen Distanz – nach dem Motto: aus den Augen, aus dem Sinn – ein Rest von Schmerz und Zorn in mir zurückgeblieben war und immer wieder dieser kleine Dämon auftauchte, um mir auf der Nase herumzutanzen und die Zunge herauszustrecken. Das Gehalt, mit dem die Arbeit, die man mir an der Hochschule in Aussicht stellte, entlohnt worden wäre, erschien mir, obgleich anständig bemessen, gering und unbedeutend gegenüber dem, was ich letztlich bei Lupo verdienen konnte.

Dieser Umstand hindert mich jedoch nicht, für die schöne Stanford-Universität, meine Alma mater, eine starke Zuneigung zu bewahren und ihr als einer ihrer Absolventen, die man hier Alumni nennt, auch heute noch Geld zu spenden. Außerdem angelte ich uns in Stanford am Ende der siebziger Jahre ein beeindruckendes Talent, die Tochter vietnamesischer Flüchtlinge, die sich, einmal abgesehen von ihrer Disziplin und ihrem großen Fleiß, als wahres Genie entpuppte. Trotz der Stipendien der Hochschule bedeutete unsere Unterstützung eine Erleichterung für sie, ihre Eltern und ihre Familie. Nach dem Studienabschluß arbeitete sie in unserem Programmierzentrum Brainstorm, heiratete einen Jungen irischer Abkunft und bekam zwei bildhübsche Kinder. Ihre Mitarbeit bescherte uns innerhalb von fünf Jahren verblüffende Erträge. Lupos Tradition entsprechend, wurde auch sie großzügig entlohnt. Doch ausgerechnet als ich sie auf eine führende Position befördern wollte, verspürte sie den Wunsch, zu einer großen Firma zu wechseln, die auf einem anderen Gebiet aktiv war, das sie reizte, ihr Interesse an unseren Tätigkeitsfeldern glaubte sie ausgeschöpft. Ich wünschte ihr viel Erfolg und trennte mich mit Bedauern von ihr. In all den Jahren, die seither vergangen sind, erhielt ich zu jedem *Chanukka* eine Grußkarte von ihr, auf der sie mir dankte. Offenbar wegen der Nähe zu Weihnachten scheint ihr *Chanukka* als Jahresbeginn der Juden passender als unser Neujahrsfest, das im Herbst gefeiert wird.

»Gute Reise, und komm wohlbehalten zurück«, sagte Lupo zu mir, als ich ihm in jenen Tagen der Spannungen, die dem Sechs-Tage-Krieg vorausgingen, sagte, daß ich nach Israel führe, um mich in meiner Reserveeinheit aufstellen zu lassen. »Das paßt mir im Moment gar nicht, aber ich bin stolz auf dich.« Ich mochte es, wenn Lupo so sprach. Längst war mir bewußt, daß er nicht nur ein guter Chef und Förderer seiner Angestellten war, die er mit Respekt behandelte und deren Leistung er zu schätzen wußte, sondern auch eine Art Vater. Mein gesamtes Studium über achtete er darauf, daß ich jedes Jahr zumindest während eines Teils der vorlesungsfreien Zeit Urlaub in Israel machte, vor allem um meine Eltern wiederzusehen, in deren Haus er eigens ein Telefon hatte installieren lassen, das in jenen Jahren nicht einfach zu bekommen war. Rief er mich aus seinem luxuriösen Büro in Los Angeles an, so fragte er mich als erstes: »Hast du diese Woche schon mit deinen Eltern telefoniert?« und erkundigte sich erst dann nach meinem Studium und den übrigen Belangen. Auch später noch, als er mich in einer ganzen Reihe seiner Geschäfte zum Teilhaber eingesetzt und mir das Programmierzentrum Brainstorm ganz übertragen hatte, sah ich in ihm einen Vater. Lupo war Witwer, seine Frau, deren Bild immer auf seinem Schreibtisch stand, war bei einem Verkehrsunfall ums Leben gekommen. Ihre beiden Töchter wuchsen bei seiner Schwester in Israel auf, gemeinsam mit deren Kindern, und in den Ferien brachte er sie in die Vereinigten Staaten mit.

»Ich bin stolz auf dich« – auch Smadar sagte das, mit den gleichen Worten. Und wiederholte mit Tränen in den Augen, was Chaja einmal gesagt hatte: »Sei kein Held, und gib auf dich acht.« Smadar, die elf Jahre älter war als ich, gehörte der Generation an, in der sich die Redewendung »Paß auf dich auf« als Entsprechung des englischen »take care« noch nicht durchgesetzt hatte. Ihr »Gib auf dich acht« klang herzlich und traurig zugleich. Der Grund dafür mochte sein, daß Smadar immer ein wenig traurig wirkte. Gid'on, ihren Mann, hatte sie kennengelernt, als er noch Befehlshaber einer Palmach-Brigade war, ein ruhmbekränzter Kämpfer. Wäre er nach der Auflösung des *Palmach*, so wie es gewünscht wurde, in der Armee geblieben, hätte er gewiß einen hohen Dienstgrad erreicht. Smadar war Krankenschwester im Sanitätscorps seiner Einheit gewesen, wobei es möglich ist, daß diese Abteilung zu Zeiten des *Palmach* anders hieß. Sicher auch aufgrund dieser Erfahrung wußte sie, was sie sagte, als sie mich aufforderte, auf mich achtzugeben. In den USA waren sie wegen der Geschäfte ihres Mannes. »Er reist kreuz und quer durch die Staaten und die ganze Welt, hat rechts und links des Wegs Abenteuer und glaubt, ich wüßte nichts davon«, bemerkte Smadar mir gegenüber. Sie fühlte sich fremd und einsam in Palo Alto, der Kleinstadt, in der sie lebten.

Kurz nach meiner Ankunft lernte ich sie im Supermarkt nahe dem Campus kennen. Ich wandte mich an sie und fragte auf englisch, ob sie zufällig wisse, wo die Reinigungsmittel standen. Ich achtete nämlich auch hier brav auf die Ordnung in meiner Wohnung – Lupo hatte für mich ein kleines Apartment in einem Wohnkomplex in Sunnyvale gemietet.

Sie antwortete auf englisch: »Einen Moment, bitte, ich zeige es Ihnen«, drehte sich zu zwei Kindern um, einem zirka achtjährigen Mädchen und einem schätzungsweise fünfjährigen Jungen, die mit eigenen Interessen, in einem anderen Rhythmus an den Regalen entlanggingen, und sagte zu ihnen auf hebräisch: »Kommt, Kinder«, was nur soviel heißen sollte wie: »Weiter geht's, verliert nicht den Anschluß.«

Es versteht sich von selbst, daß wir von da an auf hebräisch weitersprachen, und wie alle Israelis fragte sie mich, was ich hier tat.

Ich entgegnete ihr: »Ich studiere in Stanford und erhole mich von meinem gebrochenen Herzen.«

Wahrscheinlich lag es an ihr, daß ich etwas Derartiges sagte. Sie war eine schöne, große Frau mit einem kräftigen, doch keineswegs fülligen Körper, deren Gesicht einen gutmütigen, freundlichen Ausdruck hatte, in den sich ein Anflug von Traurigkeit mischte. Als sie meine Antwort vernahm, sah ich zum ersten Mal die energischen Fältchen, die beim Lachen in ihren Augenwinkeln erkennbar wurden. »Erledigen wir unsere Einkäufe doch gemeinsam. Bei der Gelegenheit können Sie mir mehr erzählen«, schlug sie mit bezaubernder Schlichtheit vor. Während der nächsten halben Stunde zwischen den Regalen erfuhr sie die ganze Geschichte mit Chaja. »Und Sie könnten mich schlagen«, sagte ich zum Schluß, »ich weiß nicht, warum ich das vor einer völlig Fremden ausbreite.«

»Vielleicht gerade deshalb«, entgegnete sie, und die Fältchen in ihren Augenwinkeln vertieften sich. »Ich heiße übrigens Smadar Goren – wenn das die notwendige Anonymität nicht stört.«

»Sehr erfreut, ehrlich«, erwiderte ich aufrichtig. »Ich bin Shaul Bar Adon.«

Gern hätte ich die Unterhaltung fortgesetzt, mehr über sie erfahren und weiter von mir erzählt, aber trotz meines Berichts über Chaja hatte ich meine Schüchternheit nicht verloren, im Gegenteil, wahrscheinlich war ich meiner Offenherzigkeit wegen jetzt noch befangener. Irgendwo habe ich einmal gelesen, daß die Schüchternheit sich als Parallelogramm der Kräfte, des Wunsches nach Nähe und der Furcht vor Ablehnung, darstellt. Wir bezahlten an zwei getrennten Kassen, und da ich vor ihr fertig war, ging ich mich von ihr und ihren Kindern verabschieden. Einen flüchtigen Augenblick schauten wir uns an. Beinahe gleichzeitig sagten wir: »Auf Wiedersehen«, danach ging ich hinaus.

Es war schon spät, und ich mußte nach Sunnyvale zurück, wo ich verabredet war. Aus pädagogischen Gründen gab Lupo mir ein nicht gerade üppig bemessenes festes Monatsbudget für die laufenden Ausgaben; mit diesem Geld mußte ich auskommen. Daher wollte ich brav nach Hause fahren, um mich mit einem sympathischen indischen Nachbarn erneut auf den Weg zu machen. Er war auch Student und hatte versprochen, mich zu einer Auktion von Möbeln und Haushaltsgegenständen aus verlassenen Mietwohnungen mitzunehmen und mir, falls ich einen billigen Schreibtisch fände, zu helfen, ihn in sein großes Auto zu laden und zu transportieren. Unausgesprochen war zudem klar, daß Smadars Kinder nach Hause mußten. Dennoch blieb ich an meinem Wagen zögernd stehen. Als ich sah, wie sie den Supermarkt verließen und zu ihrem Auto gingen, nahm ich meinen ganzen Mut zusammen, ging zu ihnen und fragte Smadar:
»Kaufen Sie hier immer um diese Zeit ein?«
»Plötzlich fühlte ich mich wieder wie ein junges Mädchen«, würde sie später einmal zu mir sagen. »Ein junger Mann interessiert sich für mich und versucht womöglich sogar, mit mir anzubändeln, nachdem ich mir Jahre lang unausgefüllt und vertrocknet vorgekommen bin.«
Bis heute sage ich gern »anbändeln« statt »anbaggern« – was für ein schöner Ausdruck, der der modernen Sprache verlorengegangen ist. Jedenfalls antwortete Smadar in jenem Augenblick:
»Manchmal, warum?«
»Nur so, vielleicht sieht man sich noch einmal ... Ich wohne in Sunnyvale, aber ich mache meine Einkäufe immer hier, auf dem Heimweg ...« Ich stockte und lief angesichts ihrer Fältchen rot an. Vielleicht lag es auch daran, daß ihr kleines Mädchen plötzlich zu uns kam und unsere Unterhaltung hören konnte.
»Ja, kann sein«, sagte Smadar, und sie stiegen ins Auto.

Als ich einige Zeit später Smadar gestand, nicht die Wahrheit gesagt zu haben, und ihr erklärte, ich hätte den Supermarkt damals zum ersten Mal betreten, weil ich bis dahin stets in Sunnyvale eingekauft hatte, erwiderte sie auf ihre bestrickend nüchterne Art:
»Das war mir klar. Du wußtest nicht einmal, wo die Putzmittel stehen. Eigentlich kanntest du dich überhaupt nicht aus. Ich mußte dir alles zeigen. Vielleicht wolltest du mir unbewußt damit zu verstehen geben, daß du in Sunnyvale wohnst, in sicherer Entfernung von Palo Alto, mit allem, was das impliziert...« Wenn Sie mich fragen, es gibt kein großartigeres Wesen auf der Welt als die Frau, und keine großartigere Frau als die kluge.
Erst Jahre später verriet Lupo mir, weshalb er für mich eine Wohnung in Sunnyvale, zwanzig Fahrtminuten von der Universität entfernt, gemietet und nicht gewollt hatte, daß ich im Studentenheim lebte: Je näher der Wohnort liegt, desto größer ist die Verlockung, für eine kurze Pause nach Hause zu gehen, die sich dann zu einer längeren auszudehnen droht. Ist der Wohnort weiter entfernt, überlegt man zweimal: zwanzig Minuten hin, zwanzig Minuten zurück – im Handumdrehen ist eine Stunde vergangen. Deshalb bleibt man lieber auf dem Campus und widmet sich wichtigeren Dingen, sitzt zum Beispiel in der Bibliothek, joggt oder trainiert im Fitneßstudio.
Und genau das tat ich. Manchmal verbrachte ich meine Pause auch in der ausgezeichneten Buchhandlung Stanfords, neugierig in Publikationen blätternd, die in keiner Verbindung zu meinem Fach standen, wurde dort, wie es meine Art war, von Melancholie gepackt und plante insgeheim, mir einen Tag freizunehmen, um mich einmal anderen Themen zu widmen, beispielsweise dem geheimnisvollen Fach der Philosophie, von deren Wesen ich, seit ich als Junge Josef, den Friseur, danach gefragt hatte, noch immer keinen Schimmer

hatte. Obwohl ich ein überaus eifriger Student war und das Studium von ganzem Herzen liebte, kam es vor, daß ich nach dem Essen in der Mensa nicht gleich aufstand, vielmehr bewußt sitzen blieb, um mir die Studienanfänger anzusehen, besonders die Studienanfängerinnen. Sie waren jünger als die Studenten in Israel, die zuerst in der Armee dienten, und trotzdem fiel mir die Reife, die in ihren Diskussionen zum Ausdruck kam, positiv auf. Einmal in ihre Gemeinschaft integriert, übernahm ich nicht wenige gesellschaftliche Gepflogenheiten und eine gehörige Portion Gesprächskultur von meinen jungen Freunden. Die Verwurzelung in Stanford und seiner Umgebung war mir förderlich, als viele Jahre später das Silicon Valley aufgebaut wurde.

Da nun meine Abreise nach Israel bevorstand, schrieb ich meinen Letzten Willen auf und betraute Lupo mit der Testamentsvollstreckung. Ich bat ihn auch, sich über das, was ich ihnen vermachte, hinaus, um meine Eltern zu kümmern. Dabei wurde mir bewußt, daß es ansonsten niemanden in meinem Leben gab, dem ich mein schon beträchtliches Vermögen hätte hinterlassen können. Frau und Kind hatte ich nicht, und meine Eltern würden, selbst wenn sie noch so viele Jahre leben sollten, wie es Sandkörner auf dem Meeresboden gab, nicht wissen, wie sie das ganze Geld ausgeben sollten.

Ich vermachte hunderttausend Dollar Tante Bukas; je zehntausend Stella und Rachelika; dreißigtausend Dora, unserer polnischen Nachbarin, der Mutter meiner Kindheitsgefährtin Aviva (ich wußte, daß sie seit der Belagerung Mama eine echte Freundin geworden war, und empfand tiefe Dankbarkeit für die wichtige seelische Unterstützung, die sie ihr gewährte). Fünfzigtausend Dollar bestimmte ich für Avschi und fünfzigtausend für Smadar – diesen Betrag behandelte ich gesondert und überreichte ihn Lupo in Form von Bargeld mit dem Hinweis, die in diesem Fall notwendige Diskretion zu wahren, denn das Geld sollte ihr allein zugute kommen. Der gesamte Rest, eine eindrucksvolle Summe, sollte an meine Eltern gehen. Seit ich gesund aus dem Krieg zurückkehrte, habe ich nie jemandem von den in meinem Testament vorgesehenen Zuwendungen erzählt. Wen wundert es, daß nach alledem auch Lupo vor meiner Abreise zu mir sagte: »Take care.«

Kapitel 25

Die Männer begrüßten mich jubelnd und mit Umarmungen. Avschi klopfte mir auf die Schulter und sagte: »Ich wußte, daß du kommen würdest.« Einen Moment schien es mir, als bedeuteten allein diese Worte eine größere Anerkennung als die vierhunderttausend Dollar meines ersten Lohns. Wir, die meisten Männer der Schwarzen Brigade, waren in das Reserveregiment eingegliedert, das unser Oberstleutnant Modi Edelmann bei Mobilmachung anführte. Ohne Schwierigkeiten fügte ich mich schnell in das Training ein. In den USA war ich ja auch meiner seelischen und geistigen Gesundheit zuliebe, regelmäßig gelaufen und geschwommen und hatte soviel Zeit im Fitneßstudio verbracht, daß mein Körper und mein Gemüt im wahrsten Sinne des Wortes süchtig waren. Nebenbei bemerkt, bin ich es heute noch, mit zweiundfünfzig Jahren, und sehe deshalb »zehn Jahre jünger« aus, wie mir die fünfundvierzigjährige Masi Seaton-Qehati versicherte, die mittlerweile Professorin am Vulcany-Institut für Landwirtschaft ist – und »genauso schön und jung wie immer«, das jedenfalls sagte ich zu ihr, als wir im vergangenen Jahr, im November 1991, zum Essen in einem Fischrestaurant am Hafen von San Francisco verabredet waren, leider nur für zwei Stunden, denn sie mußte noch zu dem Gelehrtenkongreß in Aspen. Damals beschlossen wir, uns im folgenden Jahr nach den Wahlen in Israel zu treffen, und wie erwähnt, erwarte ich sie in der Villa Ben Sinor.

Jetzt aber sind wir zu Dingen abgeschweift, die erst später zu erzählen sind. Avschi hatte mittlerweile sowohl das Studium als auch den Kompanieführerlehrgang mit Auszeichnung abgeschlossen und war in seine Einheit zurückgekehrt. Den Blondschopf Doron – dessen Haar kohlrabenschwarz war – hatte man ebenfalls zum Kompanieführerlehrgang geschickt. Avschi hatte sich inzwischen beruhigt. Das alles war mir bereits bei meinen Treffen mit Avschi, Sakki und anderen Kameraden während meiner Aufenthalte in Israel zu Ohren gekommen. Major Avschi und Major Doron befehligten die beiden einzigen Schützeneinheiten in Modis Regiment, das für besondere Aufgaben eingeteilt war und bislang nur ein Hilfsbataillon und ein Kommandoregiment umfaßt hatte. Als Teil der Division General Avraham Jaffes kämpften wir im Sechs-Tage-Krieg bei der Eroberung des Sinai an vorderster Front. Dabei verriet Avschi mir, daß er einige Jahre zuvor, als er noch studierte, mit drei weiteren Männern der Einheit losgeschickt worden war, um im Rahmen einer strenggeheimen Erkundungsmission auf die Halbinsel vorzudringen. Es war eine schwierige Expedition gewesen, die von vielen Gefahren, Hindernissen und Pannen begleitet war und deren Ergebnisse, für die Avschi immerhin eine lobende Erwähnung erhalten hatte, noch immer der Geheimhaltung unterlagen. Jetzt stellte sich heraus, daß die Expedition Teil der Vorbereitung des Planes zur Eroberung Scharm asch-Scheichs gewesen war. Schon damals hatte sich Avschi in die Wüste Sinai verliebt und war ergriffen von der weiten Landschaft, den wilden Gebirgen und der historischen Last, die sein Herz bewegten. Später sollte er mehrere Jahre dort verbringen, doch nach Beendigung unserer Aufgabe in Scharm asch-Scheich wurde die Einheit erst einmal auf die Golanhöhen verlegt.

Ich möchte keine Kampfschilderungen aus dem Krieg zum besten geben. Doch weil hier die Geschichte einer Freundschaft erzählt wird, muß ich erwähnen, daß ich Avschi das

Leben gerettet habe. Den Mut dazu schöpfte ich aus Avschis Kühnheit selbst. Er setzte sein Leben aufs Spiel, und das meine ich wörtlich. Man kann diese Redewendung nicht wirklich verstehen, solange man nicht gesehen hat, wie der verrückte Avschi beim Sturmangriff ohne Deckung loslief und sich nicht einmal umschaute, ob jemand ihm folgte. Doch sein breiter Rücken, von dem allein eine gewisse Autorität ausging, hatte ein Gefühl der Pflicht und Kameradschaft in mir verankert, das stärker als jede Furcht war, und so hielt ich mich stets in seiner Nähe – bei der Zusammenstellung der Truppen für die Mission hatte Avschi mich seiner Mannschaft zugeteilt.

Als er auf einmal in einen Graben sprang, den wir freikämpfen sollten, sah ich noch von der Böschung aus, wie plötzlich an einer Biegung ein syrischer Soldat auftauchte, der mit dem Gewehr auf Avschis Rücken zielte. Aus Angst und Zorn feuerte ich rechtzeitig eine Salve auf ihn ab – aus Zorn auf Avschi wohlgemerkt. Der schaute sich jetzt erst um und wurde Zeuge, wie ich auf den Syrer schoß. »Willst du dich umbringen?« schrie ich ihn an. »Schnell! Wir haben keine Zeit!« rief er und drängte weiterhin vorwärts, mit mir, der ich mit zittrigen Händen das Magazin wechselte, im Gefolge. Erst danach schlossen sich die übrigen Männer uns an und sprangen in den Graben.

Modi Edelmann hatte mich während meines ersten Interviews gefragt, ob ich bereit sei zu töten. Jetzt wußte ich, daß ich es nicht war – ich bin zum Töten nicht geboren. Heute noch habe ich Alpträume von dem armen Syrer, der im Kugelhagel tanzt, sich krümmt und schließlich niederfällt. Je älter ich werde und je näher mein eigener Tod rückt, desto heftiger erschüttert mich dieser Anblick. Nicht daß ich es nicht wieder täte, doch hat mir der Vorfall bestätigt, daß ich die Wahrheit sagte, als ich Modi gegenüber äußerte, auf diese Ehre könnte ich gut verzichten. Aber schon »unsere seligen Weisen« (wie Sakki, der Clown, immer sagte) hatten festgestellt: Wer vor der Ehre flieht, wird von ihr eingeholt oder so ähnlich. An jenem Abend, als der Tag der Schlacht vorüber und der Krieg so gut wie beendet war, wurde ich zum Befehlsstab des Regiments beordert, wo Modi mir vor Avschi und allen Offizieren dankte, »weil du unseren Avschi gerettet hast. Woher bekämen wir noch einmal einen Kerl wie ihn? So jemanden hat man nicht in der eisernen Reserve parat.« Wir lachten. Ich müßte lügen, wenn ich behauptete, daß ich diese Worte nicht gern hörte, sogar sehr gern, sehr, sehr gern. Avschi hatte ihnen allen den Zwischenfall geschildert, dessen einzige Augenzeugen wir beide waren.

Auch, um die Tränen in meinem Innern zu verbergen, lachte ich. Denn Gamli'el aus Scha'arajim, Nehorai aus Sche'chunat ha-Tiqwa, Zafrir aus dem *Kibbuz* Jogvim, Jossi Golan aus Ramat Aviv, sie alle hatte ich noch aus der Grundausbildung gekannt, sie alle waren im Kampf gefallen und mit ihnen fünf Jüngere, die nach mir in der Brigade gedient hatten. Aus irgendeinem Grund tat es mir um Gamli'el besonders leid, um diesen gestählten, ruhigen Soldaten, dessen weiße Zähne aus seinem dunkelbraunen Gesicht hervorlächelten. Ich erinnere mich, wie er einmal bei einer Expedition stehengeblieben war, Atem geschöpft und gestöhnt hatte: »Ah, ahhh, *Schwarze ficken* macht immer noch am meisten Spaß.«

Es ist schwer begreiflich, was uns am Wesen des einen Menschen mehr berührt als an dem eines anderen. Rund einen Monat nach meiner Rückkehr in die Vereinigten Staaten erinnerte ich mich plötzlich nachts an Gamli'el und mußte weinen. Um all unsere gefallenen Kameraden trauerte ich, doch vor allem um ihn, dabei schien meine Reaktion verzögert, als wären erst jetzt die Mauern eines harten Herzens zusammengesackt. Zu den Verletzten jener Schlacht zählte auch der stellvertretende Kompanieführer Oberleutnant

Jig'al, Sohn des Genossen Burstein, der allerdings tags darauf aus dem Krankenhaus floh und mit einem Verband um den Kopf wieder zu uns stieß – die Kugel hatte seinen Schädel nur gestreift. Auf Anweisung des Regimentsarztes und Modis, des Kompanieführers, mußte er ins Krankenhaus zurück. Der Krieg war beendet, und unnötige Risiken machten keinen Sinn.

Unser Freund Sakki, der Erster Feldwebel war, erhielt vom Kompaniechef eine Belobigung. Als der stellvertretende Kompanieführer Zafrir, der den Truppen im benachbarten Sektor vorstand, fiel, hatte Sakki die Situation unter seine Kontrolle gebracht und die Männer entschlossen geführt, bis auch sie ihren Graben gesäubert hatten. Fast ein Jahr sollte es dauern, bis Avschi zufällig erfuhr – und mir erzählte –, daß der Kampfpilot und Major der Reserve Gerschon Abramski für seinen Einsatz in diesem Krieg vom Befehlshaber der Luftstreitkräfte ausgezeichnet worden war.

Als einziger Sohn meiner Eltern vermied ich es, so gut ich konnte, riskante Einsätze vor ihnen zu erwähnen. Als ich aus den USA heimkehrte, um mich in meiner Einheit aufstellen zu lassen, hatte ich ihnen meinen Besuch zunächst verschwiegen und sofort zum Regiment fahren wollen, doch besann ich mich und ging aus Furcht, daß sie es ohnehin erfuhren, etwa wenn mir etwas zustieß, zuerst zu ihnen. Mein Vater war natürlich stolz auf mich, aber sie konnten ihre Besorgnis nicht verbergen. Nach dem Krieg erzählte ich ihnen, daß wir der Division angehört hatten, die nach Scharm asch-Scheich gezogen war, verheimlichte ihnen jedoch den Kampf auf den Golanhöhen. Ich vergaß, meine Kameraden zu bitten, nicht mit meinen Eltern darüber zu reden, so daß Sakki, der einmal bei uns anrief, um mich zu einer Party einzuladen, ihnen vergnügt erzählte, wie ich Avschi das Leben gerettet hatte.

Sobald die Sperren und Mauern, die Jerusalem teilten, gefallen waren, eilten Araber in den westlichen Teil der Stadt und Juden in den Osten, um in Augenschein zu nehmen, wo sie früher gewohnt hatten. Unter den Juden, die an die Orte ihrer Kindheit strömten, war auch mein Vater. Man kann sich leicht ausmalen, wie aufgeregt er war, als er sich die Altstadt mit dem jüdischen Viertel und der Klagemauer, den Ölberg und den Skopusberg wieder aus nächster Nähe ansehen konnte. Ganze Tage ging er wie ein Träumender in den Gassen seiner Kindheit umher, rauchte in Cafés Wasserpfeife, lauschte den Klängen des *qanun* und der *'ud* und dem schlingernden arabischen Gesang, der aus den Radios drang. Vergebens versuchte er, Mama zu überzeugen, ihn zu begleiten.

Gleich am ersten Tag der Okkupation betete er an der Klagemauer. Das davorliegende Viertel der Moghrabi war noch nicht evakuiert und abgerissen, und so ging er auf der schmalen Fläche, die ihm aus fernen Tagen vertraut war, versonnen zwischen Soldaten und ihren Vorgesetzten sowie den Zivilisten hindurch, die das Wiedersehen mit dem alten Gemäuer feierten. Auch vor dem Sechs-Tage-Krieg waren wir gelegentlich dorthin gegangen. Mein Vater sagte immer: »*Mi hijo*, diese Mauer weint, und ihre Tränen sind so heiß wie die der Menschen.« Sie lag damals versteckt, als habe sie sich zurückgezogen, und Pflanzen wucherten zwischen ihren Steinen. Nun, bei seinem ersten Besuch nach dem Krieg, berührte Papa die Mauer mit den Fingerspitzen, um sie sanft zu streicheln, ehe er den Kopf daran lehnte und ein Gebet murmelte. Als er den vorbereiteten Zettel zwischen die Steine steckte, flossen ihm Tränen aus den Augen. Von da an ging er fast täglich hin und erlebte die Evakuierung und den Abriß des Moghrabi-Viertels sowie die Erweiterung des Platzes für die Betenden – die Tage des Messias waren für ihn angebrochen.

Mama weigerte sich noch immer, ihn in die Altstadt zu begleiten. Allerdings wollte sie sich auf das Grab ihrer Eltern auf dem Ölberg niederwerfen. Der Berg hatte sich verändert, Grabsteine waren beschädigt und umgeworfen oder sogar verschwunden. Inmitten von Schmutz und Verwahrlosung stand Mama da und mühte sich, sich zu erinnern, an welcher Stelle ihre Eltern begraben lagen. Als sie endlich die Gedenksteine fand, konnte sie die Namen kaum lesen, die Buchstaben hatten sich dunkel verfärbt, und einige waren ganz verschwunden. Anderntags kehrte Mama mit Putzzeug zurück und wusch und schrubbte die Steine. Danach strich sie zärtlich darüber und weinte. Zu Papa sagte sie, auch sie wolle auf dem Ölberg beerdigt werden. Mich beschwor sie ebenfalls und rief mir ihren Wunsch immer wieder ins Gedächtnis. Jahre später habe ich meinen Eltern für viel Geld eine Grabstätte auf dem Ölberg gekauft.

Vor wenigen Monaten, im März 1992, bin ich in großer Trauer und mit einem Gefühl der Verwaisung in der Menschenmenge, die dem Sarg Menachem Begins folgte, abermals auf den Berg gestiegen. Der Vater ist tot. Nicht weit vom Grab meiner Eltern, die beide 1989 gestorben sind, wurde er beigesetzt. Menachem Begin hatte sich gewünscht, auf dem Ölberg seine letzte Ruhe zu finden, an der Seite des Etzel-Mitglieds Meir Feinstein und eines der Kämpfer der Freiheit Israels, Mosche Barsani, die sich wenige Stunden vor ihrer Hinrichtung in der Todeszelle in die Luft gesprengt hatten und so dem britischen Henker entkommen waren. Als ich am folgenden Tag in den Traueranzeigen las, daß auch die Kämpfer des *Palmach* im Angesicht des Grabes Begins, des Etzel-Befehlshabers, das Haupt gesenkt hatten, dachte ich im stillen: Schade, daß Papa diese Stunde der Gnade nicht mehr erlebt, die sich beim Tod des Menschen, den er so sehr verehrte, über unser Land senkt.

Kapitel 26

Bis auf den heutigen Tag hängt an einer Wand meines Büros ein Bild von Smadar, auf dem sie neben einem Auto steht. Ein schlichtes Foto in einem nicht ganz so schlichten Rahmen, auf dessen Rückseite zu lesen ist: »Bubika und Bubale, Sunnyvale, 21. April 1963«. Die Aufschrift sieht keiner, denn sie ist auf der Rückseite angebracht, aber ich weiß, daß sie existiert, denn ich habe die Worte selbst in vokalisiertem Hebräisch niedergeschrieben, und zwar an dem Tag, an dem ich das Foto meiner damaligen Kamera, einer Polaroid, entnommen habe. Ich erzählte bereits, daß Leute wie wir – aus dem Volk – zu Fuß gingen oder den Autobus nahmen. Als ich das Gymnasium in Bet ha-Kerem besuchte, das während meiner Schulzeit in ein anderes Gebäude verlegt wurde, um das Gymnasium an der Universität zu werden, kaufte Papa mir nach langem Betteln ein gebrauchtes Fahrrad, auf dem ich fortan zur Schule und überall sonst hinfuhr. Zweifelsohne war dies eines der Dinge, die dem Moped in Chajas Ära einen besonderen Sinn verliehen, denn jedesmal, wenn ich damit einen steilen Jerusalemer Hügel hinauffuhr, erinnerte ich mich an die Mühen, die es gekostet hatte, die Anhöhe mit dem Fahrrad zu bewältigen.

Kurz nach meinem Eintreffen in den Vereinigten Staaten legte ich mir für zweihundertfünfzig Dollar einen acht Jahre alten Chevrolet Station aus zweiter Hand zu. Sicher hätte Lupos monatliche Zuwendung großzügiger ausfallen können, und dann hätte ich möglicherweise einen »jüngeren« Wagen erworben, aber wir haben ja schon gesehen, daß sich Lupo darauf verstand, mich zu gegebener Zeit reichhaltig zu belohnen – außerdem hatte ich damals schon begriffen, daß das bescheidene Budget der ersten Jahre ein Kapitel meiner amerikanischen Erziehung darstellte: zu lernen, wie man spart und zurechtkommt, damit ich das Vorhandensein von Geld zu würdigen wußte. Niemand in den USA schämte sich eines solchen Wagens. In einer Umgebung, in der der öffentliche Verkehr kaum entwickelt war, hätte ich ohne Auto nichts anfangen können, außerdem pendelte ich ständig zwischen Sunnyvale und Stanford. Obwohl ich in der Armee alle möglichen Modelle ausprobiert hatte, war das Autofahren eine aufregende Sache: Ich fuhr mein eigenes Auto. Dieser Chevrolet ist mir in guter Erinnerung geblieben, und genau er ist der Wagen, der auf dem Foto abgebildet ist.

Mein Chevrolet hatte sogar einen Namen: Bubale. So hatte Smadar ihn getauft, als ich einmal wegen dichten Verkehrs zu spät zu einer Verabredung bei mir zu Hause eintraf und Smadar sich ein wenig gesorgt hatte, weil ich eigentlich pünktlich bin. Als sie endlich das Auto vorfahren sah, hatte sie laut gerufen: »Da ist Bob in der Bubale!« Selbstverständlich fragte ich genau wie Sie, was »Bob« bedeutete. Und Smadar, der Schelm, der oft nichts zu lachen hatte, erklärte mir, daß sie während ihres Studiums in Jerusalem einen J. D. Abramski gekannt hatte (der mit den anderen Abramskis übrigens nicht verwandt ist), der in der Nationalbibliothek arbeitete und auch mir bekannt war: ein in seiner Art besonderer, liebenswerter junger Mann, ein kluger Student, mit dem man lachen und diskutieren konnte und der ein ausgefeiltes Hebräisch sprach, das so korrekt war, daß es wie die Sprache meiner Kinderbücher klang. Von ihm erfuhr Smadar eines Tages, daß die männliche Form von »buba« (Puppe) »bob« laute. Sie war sich nicht sicher, ob er das ernsthaft oder nur zum Spaß sagte, doch der Zweifel hinderte sie nicht zu beschließen, daß ich »Bob« war, obwohl sie mich auch Shauli und Shaulik nannte – nur das »o« fehlte noch, und ich wäre wieder Shauliko gewesen wie bei meiner Mutter. Nach einiger Zeit fiel uns die Zärtlichkeit, die in solchen Kosenamen mitschwingt, nicht länger auf, und wir gebrauchten sie ständig, etwa in Sätzen wie: »Warte, ich bringe nur noch die Lebensmittel zu Bubale« oder »Bob, du solltest Bubale wegfahren, damit sie nicht den Driveway versperrt.« Einmal versuchte ich, eine Art sephardische Verkleinerungsform einzuführen und das Auto auch »Bubika« zu nennen, aber die Bezeichnung setzte sich nicht durch, es fehlte ihr Bubales spontane Ursprünglichkeit, so daß »Bubika« gleichsam automatisch für Smadar selbst bestimmt schien. Anfangs unterschied ich noch zwischen Bubale 1, Bubale 2 und so weiter, bis ich den Überblick verlor. Mein heutiges Luxusmodell heißt einfach Bubale. Die Fotografie an der Wand meines Büros zeigt also Bubika, neben Bubale 1 stehend.

Nicht daß ich mich über all meine Frauengeschichten auslassen möchte. Aber Smadar war die erste seit Chaja und gehört ohnehin an diese Stelle der Erzählung. Eine Liebe wie die zu Chaja habe ich nie mehr erlebt, Smadar jedoch mochte ich auf einer anderen Ebene. In ihrer Gesellschaft fühlte ich mich wohl und war zufrieden. Als Geliebte war sie nicht besonders phantasievoll und überließ die Initiative größtenteils mir. Es war mir angenehm, sie zu umarmen, zu fühlen und ihren Körper auf jede erdenkliche Art zu erfreuen, gleichsam als Entschädigung für die Jahre ihrer Vernachlässigung. Sie verwöhnte und kümmerte sich um mich und war eine Seelengefährtin, die von ganzem Herzen nur das Beste für mich wünschte. Aus tiefem Dank für die Hilfe, die sie mir gewährte, indem sie in einer schweren Phase meines Lebens einfach da war, nannte ich das erste von mir entwickelte Programm zu Archivierungszwecken nach ihr. 1971 ging Smadar mit ihrer Familie nach Israel zurück. Als ihr jüngstes Kind

1976 eingezogen wurde, bat sie ihren Mann um die Scheidung, und er willigte unverzüglich und ohne Komplikationen ein. Ein halbes Jahr später heiratete sie Uri, einen verwitweten Akademiker. Seither geht es ihr gut.

In den achtziger Jahren ging sie eines Tages mit Gid'on, ihrem ersten Ehemann, zur Bank, um eine Bürgschaft für ihren Sohn zu unterschreiben – ihre Beziehung zueinander war das, was man »korrekt« nennt, und gemeinsam sorgten sie für die Zukunft ihrer Kinder. Unterwegs, auf der Allenbystraße in Tel Aviv, wurde Smadar von einer übermütigen Laune erfaßt. Sie zeigte auf das Schaufenster eines Computergeschäfts und sagte zu Gid'on:

»Siehst du die Werbung für das Programm, das Smadar heißt? Es ist nach mir benannt.«

Sie grinsten beide, er, weil er darin einen kindischen Scherz sah, und sie, weil sie genau das annahm.

Die Beziehung zu Uri, ihrem zweiten Mann, hatte schon vor der Scheidung begonnen. »Ich weiß nicht, ob ich den Mut dazu besessen hätte, wärst du damals nicht gewesen«, vertraute sie mir bei der bescheidenen Feier, einer typischen Zweithochzeit, an, bei der ich zu den wenigen ausgewählten Gästen gehörte. Uri weiß alles über mich, und auch heute noch bin ich mit den beiden befreundet. Wenige Jahre nach ihrer Heirat, als wir einmal zu mehreren waren, erzählte Uri, vor kurzem sei ein Computerprogramm mit dem Namen seiner Frau auf den Markt gekommen; sie habe in der Zeit, in der sie in der Nähe von Stanford lebte, den späteren Erfinder des Programms gekannt. Unter den Zuhörern war offenbar ein Freund Gid'ons, ihres ersten Mannes, und einige Zeit danach traf sie Gid'on auf der Straße.

»Ich sage dir, Shauli«, erzählte sie mir anschließend, »ich bin nicht schadenfroh, das weißt du. Aber es hat mir einen königlichen Spaß gemacht, als er zu mir sagte: ›Dann war das kein Witz mit dem Namen ...‹ und ich in seinen Augen sah,

daß er die für ihn außergewöhnliche Gnade besaß zu begreifen: Trotz all der Jahre, in denen er sich für so klug gehalten hatte, kannte er mich überhaupt nicht. Und das Vergnügen habe ich dir zu verdanken!« rief sie voller Freude und küßte vor Uri, der immer lächelte, meine Wange.
Smadar konnte davon ausgehen, daß auch ich keine Schadenfreude kannte; was sie allerdings nicht wußte, war, daß Avschi mir 1966 während eines kurzen Aufenthalts in Israel erzählte, daß er auf dem Campus zuweilen Chaja begegnete, die sich einmal auch nach mir und meinen Aktivitäten erkundigt hatte. Dieses Wissen im Hinterkopf, erzählte ich Avschi im Laufe des Gesprächs eher beiläufig, was sonst nur Smadar schon seit über einem Jahr wußte, daß ich nämlich die Idee hatte – oder zumindest den Traum –, ein Archivprogramm zu entwickeln, das ich Smadar nennen wollte. Besser gesagt, »nach einer guten Freundin«, wie ich mich Avschi gegenüber ausdrückte. Mir war klar, daß Avschi es sich nicht entgehen lassen würde, Chaja davon zu berichten, sobald er sie wieder traf... Auch auf elegante Weise kann man ein bißchen gemein sein. Chaja, die Eifersüchtige, würde vor Wut kochen, dessen war ich sicher, obwohl sie es gewesen war, die mich verlassen hatte. Avschi ahnte nicht, daß ich ihn zum Werkzeug meiner kleinen Rache machte, und als er Chaja gegenüber tatsächlich meine Freundin erwähnte, glaubte er, es aus eigenem Antrieb zu tun. Auch er war auf Chaja wütend – um meinetwillen.
Smadar war nicht im üblichen Sinn »meine Freundin«, wie Avschi behauptet hatte. Sie war verheiratet und bezeichnete mich als »einen jungen Mann mit den Bedürfnissen seines Alters«. Sie wolle nicht, daß ich mich durch sie »behindert« fühlte, versicherte sie mir. So hatte ich auch Freundinnen, die gleichaltrig oder jünger als ich waren. Schließlich befanden wir uns in den freizügigen Sechzigern, und es gab noch kein Aids, in der Dekade der Beatles und der Popkultur, in

der mit der raschen Ausbreitung der Pille in den USA die sexuelle Befreiung der Frau einherging. In diesem Jahrzehnt sollten die Blumenkinder der Vereinigten Staaten nach der Devise »Make love not war« den Kampf gegen den Vietnamkrieg aufnehmen. In Frankreich fanden die Maiunruhen der Studenten unter der Führung des roten Dani statt, und der Prager Frühling, jene kurze Blütezeit im Dunkel der kommunistischen Ära, entflammte die Phantasie der jungen Menschen überall auf der Erde. Es herrschte das Gefühl, die Welt gehöre der Jugend, und daher sagte Smadar lachend zu mir: »Laß dich von einer alten Frau wie mir nicht aufhalten.« Wir trafen uns einmal in der Woche oder alle vierzehn Tage in meiner Wohnung in Sunnyvale, immer dienstags von fünf Uhr nachmittags bis Mitternacht. An diesem Tag schliefen ihre Kinder bei Freunden, deren Mütter, eine Israelin und eine Amerikanerin, Smadars Vertraute waren und sie in bezug auf unser Verhältnis entlasteten. Kristin, die Einheimische, war keine Jüdin und verstand nicht, was Bob bedeutete; sie dachte, es handelte sich um meinen Vornamen. Adwa, die Israelin, und Smadar lachten sie deswegen aus, aber Kristin war die, die zuletzt lachte: In kürzester Zeit nannten auch sie und Adwa mich Bob. Der amerikanische Brauch, Kinder bei ihren Freunden übernachten zu lassen, ist ein Segen. Jedenfalls gab es bei meinen Treffen mit Smadar nur uns beide auf der Welt, außer in unseren offenen, ohne Zurückhaltung geführten Gesprächen. Wir verheimlichten nämlich nichts voreinander. Ich verlangte von ihr nicht mehr als das, was sie war: eine Frau und Anhängerin der absoluten Kommunikation. Wenn ich mich mit ihr unterhielt, brauchte ich nichts zu verschweigen und nicht mit krampfendem Bauch die Wahrheit zu verschleiern, wozu ich in den Unterredungen mit Chaja oft genötigt gewesen war. Die Möglichkeit, offenherzig über alles zu reden, wog mehr als andere Faktoren. Ich werde Smadar nie

vergessen, wie sehr sie mir den schwierigen Start nach der Trennung von Chaja erleichterte.
Die intime Seite unserer Beziehung schlief langsam ein, als ich mein Studium beendete und meine feste Wohnung in Sunnyvale aufgab. Alle paar Monate trafen wir uns noch in einem Hotel in San José, bis Smadar 1971 mit ihrer Familie nach Israel zurückging. Dort verabredeten wir uns hin und wieder in einem Restaurant oder Café zu einem wahrhaft freundschaftlichen Gespräch, das mit nichts anderem verknüpft war. Dieses andere ist zwischen uns nie wieder vorgekommen.

Kapitel 27

Mit Lupo hatte ich ein Gentlemen-Agreement getroffen: Wenn die Gefahr für Israel nachließe oder ein eventueller Krieg beendet wäre, würde ich möglichst schnell in die USA zurückkehren. Eine ähnliche Übereinkunft bestand mit Oberstleutnant Modi Edelmann. Ohne ein Zögern hatte er mir zugesichert, mich schnell wieder aus dem Dienst zu entlassen – »Alle Achtung, daß du extra gekommen bist, um dich aufstellen zu lassen«, hatte er gesagt und mich gebeten, ich solle, wenn ich mich einmal länger in Israel aufhielte und Interesse hätte, mit ein paar erfahrenen Feldwebeln eine Umschulung zum Befehlshaber für die Panzerstreitkräfte absolvieren, einen Crashkurs nur für die richtigen Leute, solche, die Erfahrung hätten und zu den Kämpfern zählten. Die Infanterie, erklärte er, sollten wir lieber jüngeren Füßen überlassen. Auch er selbst würde auf Panzer umschwenken, sobald er den Befehl über seine Einheit abgegeben hätte. Drei Jahre später, also 1970 während des Abnutzungskrieges, rund zwei Monate vor meinem dreißigsten Geburtstag, opferte ich meinen jährlichen Israelbesuch dem verabredeten Lehrgang und stieß dort auf mehrere gute Männer aus unserer alten Truppe. Das bedeutet, wir alle verließen unsere Reserveeinheit, die ja zum großen Teil aus ehemaligen Schwarzen bestand, und wurden in ein Panzerregiment mit Tanks des Modells »Schott« (Peitsche) eingegliedert, so hießen die britischen »Centurions« bei der israelischen Armee. Das ist der Lauf der Welt:

Es kommt eine Zeit, Altes abzuschließen und Neues zu beginnen.
Nachdem damals der Sechs-Tage-Krieg mit jenem großen Sieg zu Ende gegangen war, rief ich Lupo an und bat ihn um die Erlaubnis, einen Monat länger in Israel bleiben zu können, obwohl das Regiment bereit war, mich freizugeben. Lupo verstand. Wie alle »unsere jüdischen Brüder im schmerzlichen Exil Amerikas« – so sagten die Scherzbolde – war er wie unter Schock vor lauter Freude und Bewunderung, und nichts war einfacher, als ihm zu erklären, daß ich noch ein Weile in Israel verbringen wollte. Ich möchte nicht von den Begräbnissen unserer gefallenen Kameraden sprechen und auch nicht von den mitunter schwierigen Besuchen bei den Verwundeten in den Krankenhäusern. Es genügt, wenn ich wiederhole, was Avschi sagte, als wir das Haus einer trauernden Mutter verließen: »Leute, schickt mich in tausend Schlachten, aber zu keinem Beileidsbesuch mehr.« – »Und wenn es geht, ohne Tote und Verletzte«, fügte Uri Carasso, unser Regimentsarzt, mit der undurchdringlichen Maske des stillen Zynikers hinzu. Der Doktor bekam später vom Kommandanten noch eine Auszeichnung, weil er bei unserer Schlacht auf den Golanhöhen die Verwundeten nicht nur im Stützpunkt des Regiments, sondern sogar im Feld unter Feuer behandelt hatte. Avschi hielt, als erfülle er ein Gebot, den regelmäßigen Kontakt zu den Familien der Gefallenen und Versehrten unserer Einheit aufrecht und besuchte sie bei jeder Gelegenheit.
Kurz nach dem Krieg organisierte Avschi einen großen, zehntägigen Ausflug »durchs ganze Imperium« für die Offiziere und Unteroffiziere des Regiments. Zwei Abteilungen wurden gebildet. Avschi und eine Hälfte der Leute gehörten zum ersten Zug (mich teilte Avschi wie üblich sich selbst zu), und unter uns befanden sich auch der Arzt und der Stabsoffizier. Doron und die andere Hälfte bildeten den zweiten Zug.

Aus dem Fahrzeugcorps nahmen wir lediglich Tschetschik, den Mechaniker, mit (bei dem ich die Vespa gekauft hatte), und wir selbst wechselten uns am Steuer ab. Nicht zu vergessen: Auch Frauen und Freundinnen, die das Ruckeln der Jeeps vertrugen, durften teilnehmen. Unserer Gruppe gehörten sieben Frauen an, und ich erinnere mich noch an den Namen jeder einzelnen, denn – da können Sie einwenden, was Sie wollen – weibliche Präsenz verleiht allen Dingen im Leben, selbst solch einem Ausflug, ein besonderes Flair.

Eine der teilnehmenden Frauen war Siwa, die junge Witwe Eitans, eines Soldaten, der ein Jahr vor den Feindseligkeiten bei einer Mission unserer Brigade sein Leben verloren hatte. Modi, Avschi und Doron achteten darauf, im größtmöglichen Maße die Angehörigen der Opfer an den verschiedenen Anlässen und Feiern zu beteiligen, doch es versteht sich von selbst, daß die Witwen der Gefallenen dieses Krieges zu dem Ausflug nicht eingeladen waren. Des weiteren begleiteten uns Edna, die Freundin von Oberleutnant Amram, Ilana, die junge Frau meines Freundes Schajke Jahalom, Galia, die Frau von Oberleutnant Jiftach, der selbst verletzt war und dessen linke Hand in Gips lag, und Simcha, die Frau von Stabsfeldwebel Eli, eine beherzte Mutter von vier Kindern, die uns während der Fahrt oft zum Lachen brachte: »Ich sagte mir, *jalla*, los, das ist eine Gelegenheit. Du wärst dumm, wenn du nicht mitführst. Also ließ ich die ganze *Dschami'a* bei meiner Mutter – wozu sind Omas da?« Auch Sakkis Frau Mary hatte Daniel und Tal Rosina anvertraut und nahm zusammen mit Masi, ihrer Schwägerin, am Ausflug teil.

Nein, ich möchte nicht alle Eindrücke wiedergeben, die wir in unserem »Imperium«, wie Avschi Israel jetzt nannte, sammelten, etwa unser Staunen beim Anblick des Suezkanals – Avschi hatte beschlossen, auf dem schnellsten Weg zum Kanal zu gelangen, um in den verbleibenden Tagen nach einem minutiösen Plan zurückzufahren. Auch von der Wüste in all ihrer Schönheit und Pracht möchte ich hier nicht berichten, noch von den beeindruckenden Landschaften dessen, was später als Judäa und Samaria bezeichnet würde, jetzt aber für alle die Westbank war, oder vom Besuch Altjerusalems und der Klagemauer, von unserer und insbesondere Avschis Ergriffenheit, als wir davortraten – ich selbst erzählte allen von der Geschichte über die Bachstelze, die ich einst geschrieben hatte. Auch auf die Dörfer und Städte der Araber will ich nicht eingehen, die wie unter Schock mit verschlossenen oder verlegen lächelnden Gesichtern dastanden, ohne daß man wußte, was in ihrem Innern vorging. Jene Ursprünglichkeit der Worte »Wir sind zu den Quellen zurückgekehrt«, das Wiedersehen mit den arabischen Dörfern mit ihren Kaktushecken und ihrem besonderen Duft, die tiefe Erregung über die Erfüllung des Sehnens von Generationen, all das scheint mir heute aufgrund der Distanz, die die Zeit und die Ereignisse geschaffen haben, undeutlich und verblaßt. Ich weiß nicht, weshalb, doch ist mir ausgerechnet meine Verwunderung über einen Witz im Gedächtnis geblieben, den ich in jenen erhebenden Tagen hörte: »Eine Mutter fährt nach dem Sechs-Tage-Krieg mit ihrem Sohn über die Westbank und sagt zu ihm: ›Schau mal da, ein Esel!‹ Und der kleine Bub (der – für alle, die den Witz nicht verstehen – die Esel der Mandatszeit und der frühen Jahre des Staates Israel nicht mehr kennengelernt hatte) fragte die Mutter: ›Mama, warum ist er ein Esel, was hat er angestellt?‹« Gott, dachte ich verwundert, ist der Krieg nicht erst seit einem Monat beendet? Wann hatte jemand Zeit dazu gehabt, sich einen solchen Scherz auszudenken? Ein großes Gelächter erfüllte den Jeep oder das arabischen Café, in dem man uns mit einer Korrektheit und Höflichkeit bediente, der nicht anzumerken war, was sich dahinter verbarg. Doch gaben wir uns mit dem, was wir sahen, zufrieden und vertieften uns nicht

weiter in das Thema; für die meisten von uns war es bequemer, die Augen davor ganz zu verschließen.
Ich jedoch kann diese Ära von dem, was seither geschah, nicht trennen, und daher komme ich zwangsläufig auf 1976 zu sprechen. Als ich damals, also neun Jahre später, zu einem Besuch nach Israel kam – ich war inzwischen sechsunddreißig Jahre alt und wirkte in meinem eleganten Anzug wie eine angesehene Persönlichkeit –, wurde ich von einem Spezialtaxi abgeholt und zum Büro des Kommandanten des Gaza-Streifens, General David Maimon, gefahren. Man wollte mir für die großzügige Spende, die ich dem Soldatenhilfskomitee hatte zukommen lassen, danken, und jemand hatte sich ausgedacht, mir die Clubräume zu zeigen, die in den Militärlagern vom Geld des Soldatenhilfskomitees eingerichtet worden waren. Offenbar hatte dieser Jemand, vielleicht aber auch ein anderer, in Tel Aviv herumerzählt, ich hätte in einer Kampftruppe gedient, woraufhin das geschehen war, was immer passiert, wenn Legenden von Leuten, die begierig auf solche Geschichten sind, weitergetragen werden. Auf seinem Weg durch Kabel und Telefone blähte sich das Gerücht auf, so daß ich mich bei meiner Ankunft in Gaza dank der wohlmeinenden Phantasie eines Schwätzers längst in einen »Tiger, einen wirklichen Fighter« aus den Elitetruppen verwandelt hatte. Überflüssig anzumerken, daß ich mit doppelter und dreifacher Ehrerbietung empfangen wurde.
Als wir nun auf dem Weg nach Gaza am Eingang zum Flüchtlingslager Dschibalia vorüberfuhren, sah ich neben einer Gruppe bewaffneter Soldaten einen Jeep stehen, dessen Fahrer mir bekannt vorkam. Doch sogleich verwarf ich diese Möglichkeit, die mir in den Sinn gekommen war – undenkbar, daß es von allen Menschen gerade er sein sollte. Nach zweihundert Metern aber sagte ich unserem Fahrer: »Tu mir einen Gefallen, und setz ein Stück zurück oder

wende das Auto. Ich möchte mich vergewissern, ob ich nicht jemanden gesehen habe, den ich kenne.«

»Kein Problem«, antwortete der Fahrer und fuhr mich zu dem Jeep zurück.

»Shaul Bar Adon!« rief kurz darauf Schajke Jahalom, und wir sprangen beide aus unseren Fahrzeugen und umarmten uns fest. Es stellte sich heraus, daß Schajke nach seiner Verletzung im Jom-Kippur-Krieg versetzt worden war, um als Oberfeldwebel eines Jerusalemer Seniorenregiments der Infanterie zu dienen, und daß er jetzt, während seines Reservediensts, im Flüchtlingslager Dschibalia für die Sicherheit verantwortlich war. »Komm einen Augenblick zu mir herein«, schlug Schajke vor. »Ich sitze nicht weit von hier im Polizeigebäude.«

Der Kommandeur erwarte mich, erklärte ich ihm, aber ich würde mich anschließend noch einmal hierherfahren lassen.

»Ich freue mich auf dich«, entgegnete Schajke.

In der Hauptstraße Gazas, der Palästinastraße, stoppten zwei arabische Schüler des Falastin-Gymnasiums mit Signalkellen unmittelbar vor unserem Wagen den Verkehr.

Heute, nach vielen Jahren, scheint es mir, als habe mein Glaube damals, bei diesem Anblick, einen ersten Riß bekommen. Ich erinnerte mich sofort an das, was Golda mit ihrer entschiedenen, nasalen Stimme verkündet hatte, als sie noch Premierministerin war: »Es gibt kein palästinensisches Volk«, und in meinem Herzen fragte ich mich, ob das soeben Gesehene, die Menge kleiner Araberkinder mit den Schultornistern auf ihren Rücken, die genau wie die Schüler in Tel Aviv unter dem Schutz der Verkehrswacht den Zebrastreifen überquerten, nicht doch das palästinensische Volk war.

Mein Vater hätte solch einen Gedanken gewiß als ketzerisch verworfen. Ich dachte viel über sein Verhältnis zur arabischen Bevölkerung Judäas, Samarias und Gazas nach. Einer-

seits war er überzeugt, daß man die besetzten Gebiete auf immer und ewig halten konnte, und er hatte damit auch keinerlei Gewissensprobleme: Was hieß denn das? War es denn nicht unser Land, das uns von alters her versprochen war? Es war der Wille des Heiligen, gepriesen sei er, und der Geschichte selbst – und natürlich der Wille Schim'on Bar Adons. Andererseits fühlte er sich unter Arabern heimisch, und obwohl ihm die arabische Öffentlichkeit in ihrer Gesamtheit stets bösartig und verdächtig schien, mochte er im Umgang mit dem einzelnen viele ihrer Mitglieder gern und gewann zahlreiche Freunde unter ihnen. Für viele setzte er sich bei den Behörden ein, ihnen alle möglichen Wünsche und Eingaben zu erfüllen, insbesondere nach der Machtübernahme des *Likud*, als er in den Verwaltungsfluren immer wieder Erfolge für sie erzielte, und er tat das nicht etwa um eines Lohnes willen, obwohl mancher ihn mit Geld oder einer gleichwertigen Vergütung entschädigen wollte.
Selbst wenn die Lage besonders angespannt war, insbesondere während der Intifada, als Papa schon ein alter Mann war, zögerte er nicht, nach Hebron oder Bethlehem auf den Markt zu fahren, um dort ohne Begleitung zwischen den Verkaufsständen einherzuspazieren und sich respektvoll und freundlich mit Abu Shaul anreden zu lassen. Die Verantwortlichen der Militärverwaltung sowie die Einwohner Qirjat Arbas und der anderen jüdischen Siedlungen, die ihn kannten, mochten und verehrten ihn, so wie auch er ihnen eine tiefe Sympathie entgegenbrachte. In seinen Augen verkörperten die Siedler Judäas, Samarias und Gazas den wahren Zionismus. Eine Zeitlang überlegte er selbst, in eine dieser Siedlungen zu ziehen, doch Mama beeilte sich, ihm jeglichen Gedanken daran auszutreiben. Ich wußte, daß er bis zu seinem Tod mit dieser Überzeugung leben würde. Und so war es dann auch. Er starb 1989 im Alter von vierundsiebzig Jahren, ohne je von seinen unerschütterlichen Ansichten abgewichen zu sein.

Bei mir verhielt es sich anders. Nicht daß es leicht und schnell vor sich gegangen wäre – das nun gewiß nicht! Bis heute, zwei Wochen nach unserer Niederlage bei den Wahlen von 1992, bin ich ein Mann des *Likud.* Ich spende großzügig für die Partei und bemühe mich, bei Wahlen stets im Land zu sein, um meine Pflicht zu erfüllen und dem *Likud* meine Stimme zu geben. 1977, ein Jahr nach dem Besuch des Gaza-Streifens, in der Nacht, in der ich von der großen Umwälzung und dem Aufstieg des *Likud* zur Macht erfuhr und in der das Radio ständig den Namen des künftigen Premierministers wiederholte, verließ ich im Eilschritt die Parteizentrale und fuhr nach Jerusalem zu meinem Vater, dem ich mich in gemeinsamer Freude verbunden fühlte. Wir umarmten uns wie einst nach den Siegen des FC Betar Jerusalem, und Arrak und Wodka flossen in Strömen in der Gruppe der anwesenden Freunde.
Heute glaube ich: So wie der *Likud* – in der Regierung, nicht als Opposition – uns als einziger den Frieden mit Ägypten bringen konnte, wird man dort am Ende freiwillig oder gezwungenermaßen zu der Einsicht gelangen, auf die Idee eines Großisraels zu verzichten, und erst danach wird unter seiner Führung der Ausgleich mit den Palästinensern und Syrern erreichbar sein. Zu diesem Zweck muß jedoch in der Partei selbst harte Arbeit geleistet werden, um Augen zu öffnen und Herzen zu bekehren. Während der ganzen letzten Monate bis zu diesen Tagen im Juli 1992, nach der Wahlniederlage und der Konferenz von Madrid, habe ich innerhalb des *Likud* eine Gruppierung unterstützt, die zwar noch klein ist, doch zu begreifen beginnt, daß es an der Zeit ist, den Kurs zu überprüfen und seine Änderung in Betracht zu ziehen. Ich habe vor, meine Aktivitäten auszuweiten und diese Leute zu stärken.
Was aber den April 1976 betrifft, so kann nur von einem ersten Keim des Widerspruchs die Rede sein, der seit jenem

Besuch des Gaza-Streifens in mir nistete. Noch viel Zeit würde vergehen, bis sich die Kluft verbreiterte. Vor allem, weil mir sonnenklar schien, daß die Araber Palästinas ihr Unglück selbst heraufbeschworen hatten, und zwar mit Hilfe ihrer Brüder in den Nachbarländern. Jeder, der die Verantwortung uns anhängen will, ist entweder naiv oder stellt sich dumm. Gewiß, wer nachforscht, wird unter der Oberfläche – oder *tacht il-ard* – versäumte Gelegenheiten aufdecken, die dem Anschein nach wir zu verantworten haben, und es darf auch nicht unerwähnt bleiben, daß das Verhalten der Araber uns sehr gelegen kam, die Art und Weise, wie sie die Suppe ein ums andere Mal anbrennen ließen. Auch kann ich nicht leugnen, daß sogar der von mir so geschätzte Menachem Begin schwere Fehler beging, etwa indem er in den besetzten Territorien jüdische Niederlassungen inmitten des arabischen Siedlungskerns genehmigte und sich, als die vom Gebiet des Libanon ausgehenden Attacken bereits seit einem Jahr pausierten, dazu verleiten ließ, den Anschlag auf einen israelischen Diplomaten in London zum Vorwand zu nehmen und mit der Parole »Frieden für Galiläa« den Befehl zu jenem erbärmlichen »Krieg der freien Wahl« zu geben, der uns noch heute als Makel anhaftet. Ich behaupte nicht, all das schon am Anfang gewußt zu haben – zu Beginn des Libanonfeldzugs war ich für den Krieg gewesen, hatte allerdings beschlossen, man müsse diesmal ohne mich auskommen, denn wenn dies wirklich ein »Krieg der freien Wahl« war, dann stand mir die Entscheidung zu, nicht daran teilzunehmen – außerdem war ohnehin keine Generalmobilmachung angeordnet.

Es dauerte nicht lange, und ich mußte einsehen, daß die Linke völlig recht gehabt hatte, und zwar vom ersten Moment an. Seither verfolge ich ihre Ansichten aufmerksam, selbst wenn ich nicht immer mit ihnen übereinstimme. Denn nach meinem Dafürhalten haben all die unklugen Aktionen, zu denen wir uns bisweilen hinreißen lassen, ihren Ursprung eindeutig in der strategischen Position der Araber Palästinas und der gesamten Region. Es gebe keinen Platz für eine jüdische Wiedergeburt in Palästina, behaupteten die Araber, und da der Judenstaat dennoch errichtet wurde, bestehe die einzige Lösung in seiner Vernichtung. Hätten die Araber Macht und Möglichkeit, würden sie zweifellos auch heute, das heißt nach dem Friedensschluß mit Ägypten und der Konferenz von Madrid, den Staat Israel eliminieren. Und wer diese Gefahr abstreitet, ist entweder begriffsstutzig oder täuscht vor, es zu sein. Sind wir nicht das einzige Volk und der einzige Staat, denen man bis in die Gegenwart mit Ausrottung droht und deren Feinde unverschämt ihre böse Absicht aussprechen? Ist es denn vorstellbar, daß eine Nation auch nur in Erwägung zieht, irgendeine andere Nation auf Erden einfach auszuradieren? Wird jedoch derartiges bezüglich der Juden laut, so nimmt man es seltsamerweise noch immer als normal, als notwendiges Übel hin. Die westliche Welt übersieht gern, daß die Idee des Dschihad, also des Heiligen Krieges der islamischen Extremisten – und möglicherweise nicht allein der Extremisten einen strategisch-existentiellen Zustand darstellt, dessen Unterbrechung einzig taktisch begründet ist. Wer diese Tatsache nicht anerkennen will, ist aus meiner Sicht der größte Tor und verdient Mitleid. Doch wird es in der westlichen Welt stets einen Staat oder einen anderen Organismus geben, der beide Augen zudrückt, solange er mit den islamischen Extremisten Geschäfte machen und Geld verdienen kann. Geld, das süße Geld. Der Erzeuger aller Sünde. Und der Reinheit.

Denn ohne dies alles zu vergessen, glaube ich als Geschäftsmann an die Kraft eines funktionierenden Marktes, an die ökonomische Zusammenarbeit, die schließlich eine Generation entstehen lassen wird, der der Haß ihrer Väter unbekannt ist und die in der Wirtschaft und in der sich entwickelnden

neuen Politik etwas zu verlieren haben wird. Und allmählich, sicherlich weder zu meinen Lebzeiten noch unmittelbar danach, wird Freundschaft in die Herzen einziehen. Jedoch müssen wir vorerst rational handeln und uns mit einem auf praktischen Erwägungen beruhenden Frieden begnügen, was gewiß besser ist als ein immerwährender Kriegszustand. Wenn es des Jom-Kippur-Kriegs, der Intifada und des Zerbrechens der Sowjetunion bedurfte, um uns zu Gesprächen mit unseren Nachbarn zusammenzuführen, dann akzeptiere ich das alles. Doch duldet meine Intelligenz nicht die Ideen krauser Gehirne, die die Regierungen der letzten Jahrzehnte angreifen und uns einreden wollen, daß alles nur an uns gelegen habe. Insbesondere diejenigen sind mir unerträglich, die danach trachten, den Einfluß des Holocaust auf die Bestimmung unserer gegenwärtigen Sicherheitspolitik zu vermindern, weil sie darin ein Hindernis bei der Schaffung eines Gemeinwesens nach ihren Vorstellungen sehen, das heißt von Strukturen ohne jüdisch-zionistischen Charakter, eines Staates, der allen gehören solle. Ich erkenne keinen Widerspruch zwischen einer explizit jüdisch-zionistischen Prägung und dem Anliegen, wonach alle Bürger gleich sein sollen. In vielen Ländern leben Minderheiten.
Mit ganzem Herzen würde ich mich für die Trennung von Staat und Religion einsetzen, wenn dies bei uns durchführbar wäre. Aber unter keinen Umständen dürfen das jüdische Volk und der Zionismus von der Staatsidee abgekoppelt werden. Dies ist der wichtigste Grund, weswegen ich wahrscheinlich bis zu meinem Tod dem *Likud* angehören und keiner anderen, dem Frieden vielleicht schon aufgeschlosseneren Partei beitreten werde. Ich trage den Bazillus der Treue in mir, meinem politischen Lager und dem Erbe meines Vaters gegenüber, vergleichbar dem Fan-Syndrom der Betar-Anhänger, die ihrem Club überallhin folgen. Außerdem glaube ich, daß allein der *Likud* eventuell in der Lage wäre,

das Fortbestehen einer vernünftigen zionistischen Erziehung nach einem Friedensschluß zu garantieren, ohne die geistige und religiöse Erstarrung der Mafdal-Partei, die viele ihrer wunderbaren jungen Anhänger in die Arme des Messianismus und extremen Frömmlertums zu treiben droht. Ich bin ein glühender Zionist, das sagte ich bereits, und werde es anscheinend bis ans Ende meiner Tage bleiben, denn ich habe keine andere Wahl. Tief in meinem Innern träume ich davon, daß sich nach der Befriedung des gesamten Nahen Ostens, die ich selbst vielleicht nicht mehr erleben werde, die Zionisten des *Likud*, der Arbeiterbewegung, des *Zommet* und des Merez mit den Gemäßigten und Liberalen aus den Reihen derjenigen Religiösen, die sich dem Zionismus verpflichtet fühlen, zusammenfinden und sich in einer großen Zionistenpartei vereinigen. Welch eine Utopie! Es wäre das Ende der Tage, der Anbruch der messianischen Zeit in ihrem einzig möglichen Gewand: dem säkularen.

Kapitel 28

»Kein Problem«, versicherte mir General David Maimon, nachdem ich gemeinsam mit ihm und einigen seiner Offiziere gespeist hatte. Einen der Clubs, der vom Soldatenhilfskomitee in einem der Militärbasen im Gaza-Streifen errichtet worden war, hatte ich bereits besichtigt und beschlossen, mich damit zu begnügen. Ich hatte den Wunsch geäußert, einen Freund zu besuchen, der zur Zeit in Dschibalia diente. Ein Major fuhr mich mit dem Jeep zum Flüchtlingslager und erklärte mir, was mir an diesem Tag während der Tour zu dem Soldatenclub und beim Essen schon ausführlich dargelegt worden war, nämlich daß es keine Komplikationen bereiten würde, den Gaza-Streifen zu halten.

»Kommen Sie, schauen Sie sich das einmal an«, sagte der Major und zeigte mit der Hand auf eine Rauchwolke, die von der Straße aufstieg. Wir näherten uns einem brennenden Reifen, der nicht weit vom Eingang des Flüchtlingslagers auf der Fahrbahn lag. Der Major brachte seinen Jeep zum Stehen, sprang mit der Waffe in der Hand hinaus und hielt ein fahrendes Taxi an. Ohne daß ein Wort gesagt werden mußte, stiegen die arabischen Insassen aus, darunter alte Leute, und löschten erstaunlich geschickt, schweigend und mit ausdruckslosem Gesicht den Reifen, schafften die Reste von der Fahrbahn und stiegen wieder in das Taxi, um weiterzufahren.

»Sehen Sie? Alles ist Übungssache«, erklärte der Major.

»Wie lange noch?« fragte ich unwillkürlich, ohne meine Worte bewußt an ihn zu richten.

Er schaute mich verständnislos an.
»Solange es nötig ist«, sagte er. »Erwiesenermaßen kommen wir zurecht. Hier und da ein paar Verstöße gegen die Ordnung, aber sie können leben, arbeiten und haben zu essen, seien Sie unbekümmert.«
Die Wahrheit sah so aus: Meine Besorgnis hielt sich damals in Grenzen. Vielleicht war mir unbehaglich zumute, doch begriff ich, daß wir keine Wahl hatten, so wie es aus den Worten all meiner Begleiter an diesem Tag herauszuhören gewesen war. Und es mochte sein, daß sie recht hatten.
Nachdem mich der Major am Eingang des alten, von der Armee bezogenen Polizeigebäudes nahe dem Tor zum Flüchtlingslager abgesetzt hatte, schloß ich Schajke mit einem Gefühl echter Freundschaft erneut in die Arme.
»Wird Ihnen eine Stunde genügen?« hatte der Major freundlich gefragt, denn ihm war klar, daß dies ein Treffen ehemaliger Kämpfer war.
»Geben Sie uns zwei Stunden«, antwortete ich ihm, »wenn Sie das nicht in Schwierigkeiten bringt.«
»Kein Problem«, sagte der Major und fuhr davon.
Drei bewaffnete Männer in Uniform, einer trug ein Funkgerät auf dem Rücken, wollten gerade zu einem Patrouillengang durch das Lager aufbrechen, Schajke kontrollierte sie und erteilte ihnen Instruktionen. Zwei der Männer waren schon älter und hatten einen ziemlich dicken Bauch, wahrscheinlich waren es Familienväter; der dritte war jünger und schlanker, und Schajkes Anweisungen entnahm ich, daß er dem Kommando als Befehlshaber diente. Kopfnickend grüßte ich sie, während sie mich, den Mann in dem vornehmen Anzug, neugierig musterten.
»Das ist mein Freund Shaul«, erklärte Schajke ihnen. »Wir waren zusammen in der sagenhaften Einheit, von der ich euch erzählt habe.«
Das Grinsen der Männer wurde breiter, und der Jüngere

sagte: »*Schwarze ficken* macht immer noch am meisten Spaß, eh?«

»Klar doch!« entgegnete ich, und alle lachten.

Sie marschierten los. Ich wurde in einen großen schattigen Raum des einstöckigen ehemaligen Polizeipräsidiums geführt. Das Grundstück war von einer mit Stacheldraht versehenen Betonmauer umgeben, die auch den Wachtturm umschloß, auf dem ein bewaffneter Soldat mit Blick auf das Grundstück und einen Teil des Lagers stand. Neben dem Turm befanden sich die Küche und weitere Gebäude, darunter die Toilettenanlage. All das zeigte Schajke mir am Ende meines Besuchs. Jetzt nahm ich erst einmal in dem großen schattigen Zimmer auf einem Bett Platz.

»Wie geht es dem Fuß, Schajke?«

Ich mochte Schajke. Ich erwähnte schon, daß ich Dankbarkeit für ihn empfinde, weil seine Kontakte in den USA es uns ermöglichten, zur Teilnahme am Jom-Kippur-Krieg nach Israel zu fliegen, obwohl sich die ganze Sache als kompliziert erwies und wir erst zehn Tage nach Ausbruch der Feindseligkeiten ankamen. In diesem Krieg wurde Schajke verwundet, kurz nachdem auch seine Einheit im Regiment der »Centurions«, in dem wir beide dienten, den Kanal überquert hatte. Ein Granatsplitter traf ihn am Bein, zum Glück nur von der Seite her, und zertrümmerte seine Kniescheibe.

»Du fragst nach dem Bein? Ich schäme mich ein bißchen, davon zu sprechen. Schließlich gelte ich als nur leicht verwundet – sehr leicht verwundet, wenn man an die Kameraden denkt, die es ernstlich erwischt hat. Vielleicht erinnerst du dich, daß ich operiert wurde. Ich habe damals sechs Wochen lang in einem Gipsverband gesteckt, von der Fußsohle bis zu den Leisten. Du hast mich so gesehen, als wir zu Avschis Frau fuhren, um ihr zu kondolieren. Wenn nach diesen sechs Wochen der Gips abgenommen wird, ist dein Bein so dünn wie ein Arm und du mußt in der Physiotherapie ganz schön ackern, weil es sonst vollkommen steif wird. Manche üben nur so lange, bis sie das Bein im Sitzen teilweise anwinkeln können, und geben sich damit zufrieden. Aber ich habe mich abgerackert, bis ich mit der Ferse an den Hintern herankam. Ich kann das Knie jetzt wieder ganz beugen. Trotzdem macht es mir selbst heute, nach zweieinhalb Jahren, noch Probleme. Wenn ich zum Beispiel Stufen hinuntergehe, setzt der Fuß manchmal an einer Stelle auf, wo ich ihn gar nicht hinhaben will, und ich muß aufpassen, daß ich nicht falle. Auch von einem Schützenpanzerwagen oder einer Mauer zu springen ist nicht möglich, statt dessen muß ich mich hinsetzen und hinunterrutschen. Aber glaub mir, es ist mir peinlich, davon zu sprechen, wenn ich an Kameraden im Rollstuhl denke. Und wie geht es deiner Schulter?«

Meine Schulter. Als Schajke und ich am zehnten Tag des Jom-Kippur-Kriegs endlich den Flughafen von Lod erreicht hatten, fuhren wir nicht wie üblich zunächst nach Hause, sondern sofort zu unserer Basis in Ze'elim. Von dort wurden wir umgehend weitertransportiert, um die Lücken zu schließen, die in den Reihen unseres Panzerregiments klafften, nachdem es die Ägypter gestoppt hatte. Ich kannte das Regiment noch nicht, da ich am Ende des Umschulungskurses zunächst nur auf dem Papier darin eingegliedert worden war, während Schajke schon mit den Männern trainiert und mir von ihnen erzählt hatte. Mit uns fuhr ein Panzeroffizier, Hauptmann Israel Cooper, und es stellte sich heraus, daß auch er aus den Vereinigten Staaten stammte und zum selben Regiment unterwegs war wie wir. Als wir dorthin gelangten, wurde er zum Kompanieführer ernannt und Schajke seiner Truppe zugeordnet. Ich kam in eine andere Einheit. Auf der ganzen Fahrt von Ze'elim zu unserem nahe dem Kanal liegenden Regiment litt ich an jener vertrauten, von Furcht verursachten Übelkeit, denn ich wußte, daß ich mich dem Unbekannten näherte, das sich hinter dem Angesicht des mächtigen Kriegs verbarg. Diese Furcht ließ ein wenig nach, als ich von meinen neuen Kameraden umgeben war, und verschwand vollends, als wir aufbrachen, um den Feldzug fortzuführen – da wurde sie von der üblichen, durch und durch gesunden, ängstlichen Wachsamkeit des Kämpfenden abgelöst, die sich vornehmlich aus der Realität und – falls überhaupt – nur in vergleichsweise geringem Maße aus Einbildung speist.

Auch jetzt möchte ich keine Kriegsgeschichten erzählen. Wer mehr über das Regiment der »Centurions«, in dem zu kämpfen mir vergönnt war, erfahren will, kann in dem Buch »Sturm im Oktober« von Elischiv Schimschi, unserem Regimentschef, nachlesen. An dieser Stelle möchte ich nur berichten, daß während des Beschusses, bei dem Schajkes Kniescheibe zertrümmert wurde, Hauptmann Israel Cooper ums Leben kam. Der schwere Angriff ereignete sich, kurz nachdem seine Einheit auf den »Timsachim«, jenen französischen Amphibienfahrzeugen, den Kanal überquert hatte. Elischiv Schimschi schreibt in seinem Buch: »Hauptmann Cooper hatte fieberhafte Bemühungen unternommen, um aus den fernen Vereinigten Staaten von Amerika heimzukehren und sich am Krieg zu beteiligen. Er hat bewiesen, wie stark das Band zwischen den Menschen, die aus diesem Land stammen, und ihrer sich erneuernden Heimat ist. Es ist ein Band, das über Tausende von Jahren niemals abriß und in Zeiten der Not auf erhabene Weise sichtbar wird. Zwei Tage kämpfte er in seinem Regiment, dann ist er gefallen. Glücklich das Volk, das solche Söhne hat.«

1986, in dem Jahr, in dem das Buch im Ma'arechet-Verlag erschien, schickte Schajke mir ein Exemplar aus Israel. Als ich die Worte las, war ich so bewegt, daß mir die Tränen in die Augen traten, und ein Schauder überlief mich, als erfaßte ich erst jetzt mit Verzögerung die ganze Größe der Hingabe und Opferbereitschaft Major Coopers, sein Andenken sei gesegnet. Ich selbst war aus den Kampfhandlungen des Regiments ohne einen Kratzer hervorgegangen, zumindest ohne physischen Schaden. Doch kurz vor Kriegsende, nach einer Höllennacht, in der wir so lange erfolgreich und fest widerstanden hatten, bis Elischiv, unser Befehlshaber, uns mit Kühnheit, Verstand und Wendigkeit aus einer schweren Bedrängnis befreite, am Tag nach dieser Nacht, als der Krieg beendet schien und das Regiment bereits die ägyptischen Gefangenen westlich der Stadt Suez zusammenzog, vollführte ich gut gelaunt einen etwas leichtsinnigen Sprung (für einen Augenblick muß ich vergessen haben, daß ich dreiunddreißig und nicht mehr neunzehn war): Nachdem ich überprüft hatte, daß mein Panzer gewartet und mit neuer Munition versehen war, sprang ich von ihm hinab und blieb mit dem Fuß an einer Ausbuchtung hängen. Ich fiel, die Hand vor den Kopf haltend, unglücklich auf die Seite und verletzte mich an mehreren Körperstellen.

Als ich mich vom Boden aufrappelte, stellte ich fest, daß mein Arm baumelte, als gehöre er nicht mehr zu meinem Körper. Daraus schloß ich, daß ich mir die Schulter verrenkt hatte, und später, im Krankenhaus, erwies sich anhand der Röntgenaufnahme, daß die Gelenkkugel angebrochen war. Man versetzte mich in Narkose und brachte die Schulter gewaltsam wieder in die richtige Position. »Das Entscheidende ist, daß kein Nerv in Mitleidenschaft gezogen wurde«, sagte ein Pfleger zu mir, und erst da begriff ich, daß dieses »dumme« Mißgeschick bedeutend schlimmer hätte ausgehen können. Sechs Wochen lang trug ich den Arm gegen meine rechte Körperseite gepreßt in einer Art »halben Zwangsjacke«, wie Sakki bemerkte, als er mich wenige Tage nach Kriegsende und eine Woche nach meinem Sturz besuchte und ich seinetwegen wieder einmal Tränen lachte zu einer Zeit, in der uns beiden das Herz blutete – wegen Avschi, der in diesem Krieg gefallen war.

»Du hast vollkommen recht, Schajke«, erwiderte ich, als er mich jetzt nach meiner Schulter fragte. »Es ist einem peinlich, überhaupt davon zu sprechen, aber mir geht es gut. Die Physiotherapie und die Zeit haben ihre Wirkung getan. Das einzige, das mir wegen dieses blöden Unfalls noch schwerfällt, ist, die Hand zur Seite oder nach hinten zu strecken, wenn ich zum Beispiel im Auto vom Fahrersitz aus das Fenster hinten links herunterkurbele. Trittst du drüben noch ans Vorbeterpult?«
»Und ob – keine Frage! Für die Synagogenbesucher dort bin ich ein Held. Kurz nach dem Krieg, als ich noch den Gips trug, kamen einige Gemeindemitglieder, die gerade auf Israelbesuch waren, zu mir nach Jerusalem. Sie wollten mich für das Vorsingen zum Laubhüttenfest bezahlen. Ich hatte auf meinen Lohn verzichtet, als ich nach Jom Kippur überstürzt aufgebrochen war. Selbstverständlich lehnte ich ab. Ilana – du kennst doch meine Frau, nicht? … Von dem Ausflug damals –, Ilana stichelt immerzu und sagt, ich wäre ein *Freier*, aber sie fügt dann doch versöhnlich hinzu, daß sie mich auch ein kleines bißchen liebt, weil ich keine Angst habe, auch mal Schwäche zu zeigen, wo es doch bei uns üblicherweise als nationale Schande gilt, als *Freier* dazustehen. Sie glaubt übrigens auch, daß das der Grund dafür ist, das Israelis in Hotels im In- und Ausland Handtücher klauen, und ein Großteil der Grobheit und des abstoßenden vulgären Benehmens vieler unserer Landsleute hängt ihrer Meinung nach ebenfalls damit zusammen. Eine interessante These.« Schajke grinste. »Wir haben in der Zwischenzeit eine Tochter bekommen …«
»*Mabruk*, Schajke, *alf mabruk*, tausend Glückwünsche!«
»Danke. Sie ist wunderbar, sie heißt Ja'ela. Von ihrem Bruder Amitai habe ich dir schon im Flugzeug erzählt, nicht wahr? Willst du Kaffee?« fragte er, ohne meine Antwort abzuwarten. »Farkasch!« rief er, und aus der Küche im Hof kam ein

Mann herbei mit der typischen Eilfertigkeit, in der die ewige Symbiose zwischen einem Feldwebel und seinem Koch zum Ausdruck kommt.

»Shaul, das ist Farkasch, er kocht im Hilton in Jerusalem. Er kam mit einem Koffer voll Gewürzen hier an und verwandelt die übliche Armeekost in so umwerfende Leckerbissen, daß die Männer gar nicht nach Hause wollen, wenn sie Urlaub kriegen.«

»Das hättest du gern!« erhob sich eine Stimme aus einer Ecke des Raums, in der ich erst jetzt jemanden mit einer Militärdecke zugedeckt auf dem Bett liegen sah.

»Mach dich fertig, Lugassi«, mahnte Schajke. »Du weißt, daß du in einer halben Stunde Patrouillengang hast.«

»Ich weiß, verflucht!« grummelte Lugassi, als wolle er der ganzen Welt zu verstehen geben, daß er wunderbar ohne diese Pflicht auskäme.

»Farkasch, einen Becher Kaffee für meinen Freund!« rief Schajke nun.

»Sofort, Oberfeldwebel«, sagte der Koch mit starkem ungarischem Akzent. Es war klar, daß er die Anrede »Oberfeldwebel« nicht deshalb gebrauchte, weil ihr Weglassen irgend jemanden gestört hätte, sondern weil ihre Feierlichkeit ihm gefiel und seinem Handeln eine besondere Bedeutung zu verleihen schien. »Möchte der Freund auch etwas zu essen?«

Beinahe hätte ich gesagt, daß ich bereits satt war, schließlich kam ich gerade erst von einer ausgiebigen Mahlzeit mit dem General und seinem Offiziersstab. Doch etwas an dem freundschaftlichen Zusammensein mit Schajke in dieser kameradschaftlichen Atmosphäre hatte unvermittelt meinen Appetit geweckt, so als hätte ich noch gar nicht gegessen.

»Gern, Farkasch«, antwortete ich, »ich habe Lust, kräftig zuzulangen.« Und dachte insgeheim: Die Diät kann bis morgen warten. Tatsächlich achtete ich darauf, nicht übermäßig zu essen, denn es lag mir nicht nur daran, durch sportliche

Betätigung körperlich leistungsfähig zu bleiben, sondern ich wollte auch gern das Bild des Geschäftsmanns der neuen Generation aufrechterhalten; abgesehen davon, daß ich mir einfach selbst gefallen wollte.

»Großartig«, sagte Schajke. »Für mich nur Kaffee. Danke, Farkasch. Ich bin jetzt verantwortlich hier«, erklärte er dann, an mich gewandt. »Wenn du nicht so schick angezogen wärst, würde ich dir mit dem Jeep die Gegend zeigen, obwohl das eigentlich verboten ist, weil du nicht unter Waffen stehst. Ich befehlige mehrere Trupps wie den, den du gesehen hast. Heute morgen hast du mich erwischt, als ich einen von ihnen vor Ort inspizierte ... Lugassi!« brüllte Schajke. »Steh auf, und bereite deine Männer vor!«

Mit entgeistertem Gesicht richtete sich Lugassi jäh in seinem Bett auf, kratzte sich am Kopf, schüttelte ihn, als wolle er den Schlaf vertreiben, der ihn im letzten Augenblick übermannt hatte, nahm ein Handtuch und ging hinaus.

»Wir sind insgesamt fünfunddreißig Leute und sorgen nicht nur im ganzen Flüchtlingslager für Sicherheit, sondern auch im Dorf Dschibalia und seiner Umgebung, kurzum, in Dschibalia und ihren Töchtern, wie es im Buch Josua heißen würde, allerdings mit Ausnahme von Bet Lahija. Heutzutage ist es hier verhältnismäßig ruhig. Ich habe gehört, daß die Gegend hier ein heißes Pflaster war, bis Arik Scharon für Ordnung gesorgt hat. Er ließ breite Breschen zwischen den Häusern schlagen – oder wie, zum Teufel, man diese Bruchbuden nennen soll? Wohnpark vielleicht? Diese Anhäufung von Blechhütten und Lehmbauten, von umzäunten Minigrundstücken mit offener Kanalisation, Scharen von Kleinkindern und allem, was so ein Flüchtlingslager ausmacht. Ich sage dir, Shaul, seit ich hier bin, nein, eigentlich schon seit ich auf der Westbank Reservedienst geleistet habe, werde ich ein immer glühenderer Anhänger eines palästinensischen Staates. Wir schicken Patrouillenkommandos hinaus und beobachten die Lage. Aber jede Nacht muß ich ein oder zwei Trupps zum Schutz einiger Geheimdienstler und Regulärer bestimmen, die Verhaftungen vornehmen. Manchmal gehe ich selbst mit. Mitten in der Nacht klopfst du an fremde Türen, und jedesmal, wenn sie dir öffnen und du hineingehst, um jemanden aus der Familie abzuführen, ist es, als hörtest du die Entsetzensschreie und das Weinen der Frauen und Kinder zum ersten Mal. Ich und meine Leute stehen draußen nur Wache, die unangenehmere Arbeit erledigen der Geheimdienst und die Regulären. Sie fesseln die Hände des Mannes mit einem Plastikkabel hinter seinem Rücken und verbinden ihm die Augen mit einem Baumwolltuch. Sie sind es auch, die den Gefangenen beiseite nehmen und, während er noch unter Schock steht, aus ihm die Namen von zwei oder drei Leuten herauspressen, zu denen wir uns umgehend aufmachen, um mit ihnen genauso zu verfahren wie vorher mit ihm. Dir wurde gesagt, du müßtest zwei Verdächtige inhaftieren, doch zieht sich die Aktion bis zum Morgengrauen hin. Du solltest dir zwei greifen, bist aber mehrere Stunden unterwegs und kommst schließlich mit zwanzig zurück. Und das jede Nacht. Aber wie lange wird das so weitergehen? Einmal rissen wir einen jungen Mann aus den Armen seiner Frau. Man hatte uns gesagt, er stelle eine ernste Gefahr dar, er baue Terrorzellen auf – er hatte gerade geheiratet. Um zwei Uhr früh klopfen wir an seine Tür. Als er öffnet, ist er schon angezogen, er weiß, was wir wollen und ist bereit. Zwar hat er gefragt: ›*Min hada?* Wer ist da?‹ und die Antwort gehört: ›*Dscheesch*, Militär!‹, aber er kann sich noch die Kleider überstreifen, während seine junge Frau im Morgenrock dasteht. Etwas in ihren Gesichtern sagt mir, daß sie gebildete Leute sind. Das Bettzeug, auf dem sie geschlafen haben, liegt noch auf dem Boden. Einen Moment lang schaut mir die Frau direkt in die Augen, als ich auf der Mauer vor ihrer Behausung warte. Ich gebe zu, Shaul, daß all dies unter den gegebenen Umständen notwendig ist, daß wir keine Wahl haben, aber ich habe mich geschämt, sehr geschämt. Vielleicht darf man nicht so empfinden. Die Wahrheit ist: Ich tue meine Pflicht mit der von mir erwarteten Konsequenz, ohne Kompromiß. Denn ich weiß, daß es keinen anderen Weg als dieses Vorgehen gibt. Aber tief in mir fühle ich mich schuldig. Vielleicht fragte sich die Frau, wann sie den Mann, den sie liebt, wiedersieht. Vielleicht fühlte sie stummen Haß auf uns. Wie würden wir uns in ihrer Lage verhalten? Würden wir keinen Widerstand leisten, nicht in den Untergrund gehen? Sicher, möglicherweise sind die Ziele, die sie sich aussuchen, um uns zu treffen, nicht die gleichen, die wir wählen würden, es macht ihnen nichts aus, mit einer monströsen Hartherzigkeit Frauen und Kinder grausam zu ermorden, also diejenigen, die man kurioserweise unschuldige Opfer nennt – welche Schuld tragen alle übrigen? Aber sie stammen aus einer anderen Welt, einer fremden Kultur, und ich würde nicht empfehlen, so lange hier zu bleiben und zu warten, bis es uns gelingt, ihnen unsere Umgangsformen und Normen beizubringen, oder wir die ihren angenommen haben.«

Mir fiel wieder einmal auf, daß Schajke auch ironisch sein kann, wenn ihm der Sinn danach steht. Wie gesagt, im bürgerlichen Leben arbeitet er als Lektor beim Schevna-Verlag. Wenn er guter Dinge ist, kann er seine Zuhörer mit witzigen Bemerkungen über die hebräische Sprache unterhalten, wie ich während des Jom-Kippur-Kriegs auf unserem Flug nach Israel feststellen konnte. »Ist dir schon mal aufgefallen«, fragte er mich damals, »daß man sich in unserer Armee ununterbrochen mit der Einschätzung der Lage beschäftigt? Ein Offizier, der etwas auf sich hält, wird nie sagen: ›Ich denke, daß ...‹ oder ›Ich bin der Ansicht, daß ...‹, und er wird auch nicht sagen: ›Ich stelle mir vor, daß ...‹ oder ›Mir scheint, daß ...‹ Das Hebräisch der Militärs kennt nur eine Tätigkeit und einen Ausdruck: ›Ich schätze‹ oder ›Meiner Einschätzung nach‹ – ›Ich schätze, sie wird in Jeans zum Rendezvous erscheinen.‹ Und genausowenig würde je ein Politiker ›Ich denke, daß …‹, ›Ich bin der Ansicht, daß …‹, ›Mir scheint, daß …‹ und so weiter sagen, denn die Politikersprache wiederum kennt nur den Ausdruck: ›Ich glaube, daß …‹ Das ist natürlich aus dem Englischen übernommen und nicht aus den Dreizehn Glaubensgrundsätzen des Maimonides. Das kommt von: ›Ich glaube, daß die Sitzung pünktlich beginnt‹. Der General sagt also: ›Ich schätze, daß die Ägypter nicht angreifen‹, und der Politiker fügt hinzu: ›Ich glaube, die Syrer halten still‹, *denn angefüllt ist das Land mit Schätzen und Glauben, so wie die Wasser das Meer bedecken.** Und inmitten all dieser Einschätzungen und all dieser Glauben bricht der Jom-Kippur-Krieg aus. Wenn sie nachgedacht, hingesehen und abgewogen hätten, anstatt nur zu glauben und zu schätzen, lägen die Dinge vielleicht anders« – Spruch Schajkes**.

Wenn er redet, hört er sich wie einer von uns an, wenn er aber schreibt, so sagten mir einige Kameraden, erweist er sich als Künstler der hebräischen Sprache. Seine Frau Ilana bezeichnet das Hebräische als Schajkes Geliebte. Leider hat es sich nie ergeben, daß ich eine Probe seiner Arbeit zu Gesicht bekam. Noch ein Projekt, das warten muß, bis ich, vielleicht im Alter, Zeit haben werde, mir ein wenig von dem anzueignen, mit dem ich mich nie habe beschäftigen können, wie etwa der Philosophie.

Diesmal kehrte Schajke aber sogleich zum ernsten Ton zurück. »Vor kurzem war der Tag der Erde, und wir hatten Alarmbereitschaft. Der Major, der dich hergebracht hat, holte mich mit dem Jeep ab, ich sollte helfen und Anweisun-

* Vgl. Jesaja 11,9

** Vgl. mit dem in der Bibel häufig verwendeten »Spruch des Herrn«

gen geben. Schüler und Schülerinnen einer Schule im Lager waren zu einer Demonstration auf die Straße gegangen. Als der Jeep herankam, flohen alle ins Innere des Schulgebäudes. Es ist immer das gleiche. Wieder brennt ein Autoreifen, und wieder werden Anwohner gezwungen, das Feuer zu löschen. Und der Major will dir die ganze Zeit einreden, hier gäbe es kein besonderes Problem, morgen liefe alles wie gewohnt, in der Frühe brächen tausende Arbeiter in Autobussen und anderen Fahrzeugen zur Arbeit nach Israel auf, und abends strömten sie zurück. Im Vergleich zur Westbank sei die Lage völlig entspannt. Glaub mir, Shaul, Manöver, selbst gefährliche Aktionen, sind tausendmal besser als das hier ...«

»Danke, Farkasch«, sagte ich, als der Koch das Essen vor mir auf einem Stuhl abstellte. »Das sieht gut aus. Der Duft nimmt einem die Sinne«, wiederholte ich die Worte, die Chaja bei meiner Mutter ausgesprochen hatte. Keine Woche vergeht, in der mich nicht irgend etwas an Chaja erinnert.

»Wohlsein«, wünschte Farkasch mir. »Ich bin da, wenn Sie noch etwas brauchen.«

Farkaschs Essen war wirklich hervorragend. Eine Mischung aus ungarischer und orientalischer Küche. Ich verschlang es begierig.

»Entschuldige mich«, bat Schajke. »Ich gehe nur hinaus, um das Patrouillenkommando zu kontrollieren.«

»Soll das heißen«, sagte ich bei seiner Rückkehr, »daß unser Doktor auf unserem Ausflug nach dem Sechs-Tage-Krieg recht hatte?«

»Shaul, das ist verblüffend, wahre Telepathie! Genau in diesem Moment habe ich auch an ihn gedacht. Ich erinnere mich oft an ihn – an ihn und das Mädchen, das ihn unterstützt hat, Sakkis Schwester, die später Avschi heiratete, mir ist ihr Name entfallen ...«

»Masi«, sagte ich. »Masi Seaton-Qehati.«

Kapitel 29

Zwölf Jahre nach diesem Gespräch sollte bereits ein ganzes Fallschirmspringerregiment oder eine andere Eliteeinheit aus Regulären oder Reservisten notwendig sein, um das Flüchtlingslager und seine Umgebung, also »Dschibalia und ihre Töchter«, wie Schajke Jahalom gesagt hatte, unter Kontrolle zu halten. Im Jahr 1976 hingegen genügten noch fünfunddreißig alte Herren eines Jerusalemer Seniorenregiments. Die kleinen Palästinenser, die mit einem Tornister auf dem Rücken die Straße überquerten, die Jungen und Mädchen, die in die Schule flüchteten, als der Jeep des optimistischen Majors ihre Demonstration zerstreute, und die Scharen von Kleinkindern, die Schajke zufolge jedes Flüchtlingslager bevölkerten, sie alle waren im nachfolgenden Jahrzehnt in die Intifada verstrickt. Und der Streifen Landes, der vormals als der ruhigste unter den besetzten Gebieten galt, verwandelte sich in den schwierigsten und stürmischsten von allen.

Aus gutem Grund hatten Schajke, ich und gewiß noch andere Teilnehmer unseres Ausflugs den Doktor und Masi in Erinnerung behalten. Innerhalb eines kurzen Zeitraums nach dem Sechs-Tage-Krieg nahm in unserer Mitte nicht nur eine machtvolle Siedlerbewegung ihren Anfang, sondern es erscholl auch zunehmend der Ruf nach der Errichtung eines palästinensischen Staates. Heute, nach all den erschütternden mörderischen Terrorakten, der Intifada und der Konferenz von Madrid und nachdem sich unter einer fünfundzwanzigjährigen Okkupation ein von Stolz, Kampfesmut und Haß erfülltes palästinensisches Volk formiert hat, wird dieser Ruf immer lauter. Und wo ist da die große Weisheit? Das zu erkennen ist heute, im Jahr 1992, nach allem, was wir inzwischen erlebt haben, wirklich kein Kunststück.

Damals aber, weniger als einen Monat nach dem Krieg, in der Zeit des Freudentaumels und der ekstatischen Verblendung, saß ein ruhiger, zynischer junger Mann, unser Regimentsarzt Uri Carasso, auf dem Jeep unserer hochgelobten Einheit. Wie wir alle war er beeindruckt von den Landschaften und der Schönheit unserer historischen Heimat, und dennoch äußerte er damals das, was uns inzwischen nahezu wie eine Prophezeiung erscheint.

Nichts Schreckliches würde passieren, sagte unser Doktor damals, wenn wir in einem kleinen Teil der historischen Heimat für einen Besuch ein jordanisches oder palästinensisches Visum bräuchten; er sei sicher, wir würden in jedem Hotel, das in Nablus für Touristen errichtet würde – auch für israelische Touristen –, höflich aufgenommen; wir sollten den Sieg nutzen und uns nicht zur Hybris versteigen und zuviel fordern. Für ihn wiesen alle Zeichen darauf hin, daß wir uns so verhalten würden, als seien die besetzten Gebiete unbewohnt, als lebe kein einziger Araber darin. Wenn wir uns nicht rechtzeitig zurückzögen, würden wir ein Volk von Besatzern mit allen Verformungen des Charakters, die aus einer derartigen Situation entstünden, und müßten letztlich das, was wir Terror, die anderen jedoch einen Guerillakrieg nannten, niederschlagen. Das waren des Doktors Worte am 2. Juli 1967.

»Wenn ich nicht wüßte, daß du Soldat bist, würde ich sagen, ich hätte es mit einem beschissenen Angsthasen und Defätisten zu tun«, schäumte Avschi. »Ich verstehe nicht, welchen Gefallen jemand daran finden kann, so negativ zu sein.« Eine andere Erklärung kam Avschi nicht in den Sinn – der Doktor wollte uns eben ärgern.

Wir lachten. Es war wirklich schwer, die Worte des Regimentsarztes ernst zu nehmen. Wir hatten uns in der Dunkelheit neben unseren Fahrzeugen niedergelassen, um zu Abend zu essen, gemeinsam zu singen und nächtliche Gespräche in der Wüste Sinai zu führen. Die Burifische, die wir in Al-'Arisch gekauft hatten, schmeckten uns; in Alufolie eingewickelt, hatten wir sie in der glühenden Asche im Erdboden gebacken. Sakki, der Tiberianer, war ein Meister der Fischzubereitung, und Masi, seine Schwester, hatte ihm assistiert. »Hilf du ihm«, hatte Mary, seine Frau, zu ihr gesagt. »Ich habe Ferien und muß verwöhnt werden.« Zu dieser Zeit wußten wir schon, daß Mary ein Arbeitstier war. Entschlossen und durchsetzungsfähig, sollte sie später zunächst den Haushalt führen und ihre Kinder erziehen und später erfolgreich ihren Beruf ausüben, während Sakki als Bauunternehmer mit seinem Kompagnon Avschi am Entstehen des Barlev-Sicherheitswalls mitwirkte und nur am Wochenende vom Flughafen Refidim aus nach Hause flog. Masis promptes Eingehen auf ihre Bitte bewies, daß die beiden Schwägerinnen gut miteinander auskamen.

Sechs Jahre waren verstrichen, seit ich Masi als jenes hübsches Mädchen von ungefähr fünfzehn Jahren zuletzt gesehen hatte, damals, als Avschi mich nach Tiberias mitgenommen hatte, um Sakki zu einem Arrangement mit Mary zu verhelfen. Den dicken Zopf, der über ihren Rücken gefallen war, hatte sie abgeschnitten, so daß ihr volles braunes Haar jetzt knapp über ihren Schultern endete. Eine schlanke, bildschöne Einundzwanzigjährige, die eine stille Selbstsicherheit ausstrahlte und gerade dabei war, das erste Jahr ihres Botanik- und Landwirtschaftsstudiums abzuschließen. Ihrem Verhalten war anzumerken, daß sie in der Armee gedient und bereits einiges über das Leben und die Welt gelernt hatte. Manchmal schien mir, als blicke sie ihren Gesprächspartner zwar offen und aufmerksam an, behalte aber ihre

Meinung für sich. Nur wenn sie lächelte, verschwand ihr geheimnisvolles Sphinxgesicht, und in ihren Zügen zeigte sich gewinnende Herzlichkeit und heitere Ausgelassenheit. Während des gesamten Ausflugs war mir und gewiß auch ihr klar, daß Avschis Worte für ihre Ohren bestimmt waren, selbst wenn seine Augen in eine andere Richtung schauten.
»Außerdem«, sagte Avschi, den wie stets die Neugierde plagte, »was ist Hybris?«
Wieder lachten wir. Der Arzt zog es vor, zu schweigen und auf Avschis Frage nicht einzugehen, so daß ich mich verpflichtet fühlte, sie zu beantworten, um die in der Luft liegende Spannung zu lösen. Heutzutage fiele es mir leicht, den Kameraden zu erklären, was »uns zur Hybris versteigen« beinhaltete; ich würde sagen, »daß uns der Urin nicht zu Kopf steigen soll«. Aber damals war diese überaus ästhetische Redewendung noch nicht erfunden, und so gab ich das Wissen von mir, das ich mir während meines emsigen Englischstudiums in Stanford angeeignet hatte: Es handle sich um ein Wort griechischen Ursprungs, das soviel wie Blasiertheit oder Anmaßung bedeute. Masi, die sich vor den in der Asche schmurgelnden Fischen niedergelassen hatte, schaute auf und sagte: »Also Überheblichkeit und Arroganz.« Offensichtlich kannte sie das Wort und hatte sich erst jetzt dazu entschlossen, sich einzumischen.
Wie den anderen erschienen mir die Äußerungen des Doktors absurd und wunderlich. Anscheinend gab es Leute, die von Natur aus schwarzsahen, gleichgültig, welchen Tatsachen sie gegenüberstanden. Wie gesagt, ich benötigte einige Jahre, bis mein Glauben einen ersten Riß bekam und ich allmählich zu verstehen begann, daß unser Doktor damals schon die Fakten vernünftig gedeutet hatte.
Als wir während jenes Ausflugs vom Zionsberg durch das Dungtor zur Klagemauer gingen, trat der Korrespondent einer europäischen Zeitung auf Avschi zu und bat darum,

ihn etwas fragen zu dürfen. Ich nehme an, daß er ihn seiner Statur und Ausstrahlung halber wählte. Avschi rief mich zu sich, damit ich seine Entgegnungen ins Englische übersetzte. Die genaue Formulierung der Fragen ist mir entfallen, aber ich erinnere mich an einen Teil einer Antwort: »Im Buch der Richter steht: ›Und das Land hatte vierzig Jahre lang Ruhe‹, an anderer Stelle ist sogar von achtzig Jahren die Rede. Zuletzt, von 1956 bis 1967, ließen sie uns elf Jahre unbehelligt. Präg dir gut ein, was ich dir sage, und schreib es in deiner Zeitung. Nach diesem Krieg wird es heißen: Und das Land hatte hundert Jahre lang Ruhe. Schreib, daß dir das ein Major der Israeli Army erzählt hat!« Spruch Avschis.
Ich weiß noch, daß es mir irgendwie unpassend schien, »Ruhe« wörtlich wiederzugeben, vielleicht begriff ich das Wort wegen Avschis Intonation eher als »pacified«, befriedet. Der Korrespondent jedenfalls wirkte zufrieden und wollte Avschi auf dem Jeep fotografieren. Da dies jedoch aus Sicherheitsgründen verboten war, kam Avschi eine andere Idee.
»Setz du dich hierhin, und halt das Steuer«, sagte er zu Masi, die sofort verstand und verschmitzt lächelnd gehorchte.
Avschi kletterte vom Jeep hinunter, statt dessen ließ sich Masi auf dem Fahrersitz nieder und saß allein auf dem Fahrzeug. An diesem Tag hatte sie eine Khakibluse und eine Khakihose an, die sie sich für die studienbegleitenden botanischen Exkursionen zugelegt oder vielleicht noch von ihrer Dienstzeit in der Armee übrig hatte. Sie faßte das Steuer, neigte leicht den Kopf und lächelte in Richtung Kamera; ihr etwas hochmütiger Blick war umwerfend. »Jetzt knipsen!« befahl Avschi dem Korrespondenten. Der erkannte sofort das Potential des Motivs und nahm Masi aus verschiedenen Winkeln auf. Wir notierten ihm Masis Adresse in Rechovot, damit er ihr sowohl die Fotos als auch die Zeitschrift, in der sie erscheinen sollten, zuschickte.

»Das war ein bißchen kindisch und dumm«, sagte Masi.
»Wieso denn?« ereiferte sich Avschi. »Du bist fotografiert worden, was ist schon dabei?«
»Nicht davon spreche ich. Ich meine das, was du dem Korrespondenten gesagt hast, das von den hundert Jahren Ruhe«, erklärte sie grinsend.
»Ein bißchen kindisch und dumm, eh?« wiederholte Avschi und lief unwillkürlich rot oder, genauer gesagt, dunkelbraun an.
»Ich wette mit euch«, sagte Masi, »daß in zehn oder fünfzehn Jahren wieder Krieg herrscht, wenn wir nicht auf den Doktor hören. Mit allem, was er gesagt hat, stimme ich überein.«
Allerdings verfügte nicht einmal Masi, die, das werden Sie zugeben, ein selbständiges Mädchen mit eigenem Willen war, über genügend Vorstellungskraft, um auf den Gedanken zu kommen, daß der nächste Krieg noch früher ausbrechen würde. Ihre Prophezeiung bewirkte, daß Schajke, ich und bestimmt auch andere oft an sie und den Doktor denken mußten, und mit der Zeit bekamen die beiden in unseren Augen etwas Seherisches.

»Glaub mir, Shaul«, sagte Avschi, als ich wenige Monate später, im November 1967, wieder in Israel weilte, während eines Essens, zu dem er und Masi – mittlerweile waren sie glühend ineinander verliebt – mich eingeladen hatten. »Von dem Augenblick an hatte ich den Ehrgeiz, das hübsche Ding in mein Bett zu kriegen. Ein bißchen kindisch und dumm, eh? *Job twoja matj*! Wer hätte gedacht, daß es so weit kommen würde.« Damit wollte er sagen: Wer hätte gedacht, daß ich, der große Avschi, dem die schönen Mädchen zu Füßen liegen, mich einmal in so eine verlieben und wie Staub unter ihren Sohlen sein würde.
Masi fing an zu lachen. »Er redet immer noch wie ein dummer Junge, aber was soll ich tun? Ich bin halt so verrückt, ihn

doch ein kleines bißchen zu mögen – trotz seiner infantilen politischen Ansichten«, erklärte sie und schaute ihn an. Sie verzog das Gesicht, als wollte sie ihn ärgern und ihm auf eine Art, die sie offensichtlich Lügen strafte, bedeuten, daß selbst dieses bißchen noch zuviel war. Ich glaubte es knistern zu hören.

»Wenn ihr euch eine Minute geduldet«, witzelte ich nach Art der rothaarigen Ruthi, »esse ich nur schnell zu Ende und verziehe mich dann.« Ich erinnerte mich, wie Avschi in unserer Wohnung in Jerusalem zu mir gesagt hatte: »*Ja dschachsch*, ein bißchen neidisch bin ich schon.« So ging es mir in diesem Augenblick nicht: Nach der Sache mit Chaja hatte ich noch immer nicht die Kraft für solch elektrisierende Verliebtheit. Die beiden lebten getrennt, Avschi im Wohnheim für Zeitsoldaten in Zahala und Masi in einer Mietwohnung in Rechovot, nahe der landwirtschaftlichen Fakultät, und sie trafen sich bald hier, bald dort. An diesem Tag empfingen sie mich bei ihm, wo ein »fürstliches Mahl auf Baron Avschis Kosten« für mich bereitstand, wie er früher immer formuliert hatte.

»Na ja, wir sind sehr beschäftigt, ich in der Armee und Dschibula an der Uni«, erklärte Avschi. »Wir sehen uns nicht so oft, wie wir möchten. Trotzdem brauchst du nicht gleich zu gehen. Wir werden uns bemühen, den Abend dir zu widmen, nicht wahr, Chischnusa?« fragte Avschi seine Freundin. Sie haben sicher erraten, daß Chischnusa und Dschibula zwei der seltsamen Kosenamen waren, die Liebende füreinander erfinden.

»Beachte ihn nicht«, empfahl Masi mir. »Er ist nur ein verliebter Junge, mein dummer Napischtim.«

»Napischtim wie der aus dem Gilgamesch-Epos?« lachte ich. »Wie kommt man zu so einem Namen?«

»Ganz einfach«, erläuterte Masi. »Probier einmal, mit der Hand über die Brust dieses Napischtim zu streichen, und sag mir, ob sich das nicht anfühlt wie Napischtim auf der Brust von Ud Napischtim.«

Es dauerte eine Weile, bis ich mich von dem Lachen wieder erholt hatte, in das ich ob ihrer absurden Logik ausgebrochen war. Meine beiden Zuschauer versuchten zwar, an sich zu halten, aber schließlich brachen auch sie in großes Gelächter aus.

»Ein Spaßvogel wie ihr Bruder. Das sagtest du über sie, als wir seinerzeit losprusteten, weil sie uns erzählt hatte, sie habe mit Hilfe der Stufen leidlich zu rechnen gelernt, dafür dann aber eine Zwei in Turnen bekommen«, rief ich den beiden in Erinnerung.

»Was für ein Gedächtnis!« staunte Masi. »Das ist zweihundert Jahre her!«

»Es war genau am 4. Mai 1961«, erklärte ich. »Du hattest einen dicken Zopf, der bis zu deinem Po reichte, und als wir zum See hinuntergingen, trugst du eine ärmellose hellgrüne Bluse, einen geblümten Rock und braune Sandalen.«

»Schaut euch den an«, sagte Masi verblüfft und betrachtete mich aufmerksam. Erst dreiundzwanzig Jahre später sollte sie mir in dem Fischrestaurant im Hafen von San Francisco verraten, was sie in diesem Moment über mich gedacht hatte.

»Bist du zufällig noch einmal Chaja begegnet?« fragte Avschi mich beiläufig in einem Tonfall, der der Frage ihr Gewicht nahm.

Ich warf Masi einen flüchtigen Blick zu. Aus dem verschlossenen Ausdruck auf ihrem Gesicht war erkennbar, daß Avschi ihr alles über Chaja und mich erzählt hatte. Lediglich aus Taktgefühl zeigte sie vorläufig nicht, daß sie informiert war. Ich sah ein, daß es nichts gab, was ich hätte verheimlichen können, und entgegnete: »Nein, ich habe sie nie mehr gesehen.«

»Nicht weit von hier, in Afeqa, besitzen sie ein Haus«, sagte Avschi. »Es kommt vor, daß ich Chaja auf der Straße begegne, manchmal mit ihren beiden Kindern. Sie lehrt Chemie an der Uni Tel Aviv. Habe ich schon berichtet, daß ich ihr von dem Computerprogramm erzählt habe, das du entwickeln und nach deiner Freundin Smadar benennen wolltest?«

Am liebsten hätte ich ihm geantwortet: Nein, davon hast du nichts erzählt. Was hat sie gesagt? Aber ich ignorierte seine Frage und schenkte mir von dem Weißwein nach, der den Hauptgang – delikaten Fisch, den natürlich Masi zubereitet hatte – begleitete.

»Soweit ich mich mit Menschen auskenne, gefiel ihr das nicht besonders«, fuhr Avschi fort. »Mit säuerlichem Gesicht sagte sie zu mir: ›Ja? Schön. Entschuldige, ich habe es eilig‹ und machte sich aus dem Staub. Hoffentlich stört es dich nicht, daß ich ihr davon erzählt habe.«

»Nein, ich habe sie nie wiedergesehen«, wiederholte ich, nur um etwas zu sagen.

Ich fühlte, daß ich gern aus Masis Mund gehört hätte, was sie von der Sache hielt, denn ich hegte die gewissermaßen magische Erwartung, daß eine kluge Frau sich auf eine solche Angelegenheit schon den richtigen Reim machen würde, besonders wenn es das Verhalten und die Motive ihrer Geschlechtsgenossinnen betraf. Aus demselben Gefühl hatte es mich gedrängt, die Geschichte Smadar zu erzählen, obwohl sie mir damals noch wildfremd war und bevor sie sich als das erwiesen hatte, was sie war: eine Verfechterin des offenen Wortes. Nun, während der Unterhaltung mit Avschi und seiner Freundin, schien es mir einen flüchtigen Augenblick lang, als liebe auch Masi das offene Gespräch, doch wahrscheinlich bildete ich mir das nur ein aufgrund dieses Bedürfnisses, das gelegentlich – doch immer seltener – in mir erwachte und ohnehin nur noch Sekunden andauerte. Avschis Bemerkung über Chaja hatte abermals den frechen Dämon entfesselt, doch hatte die Zeit bereits ihre heilende

Wirkung entfaltet, und ich beruhigte mich rasch und lenkte die Konversation auf ein anderes Thema.
Die Sache mit Chaja beschäftigte mich kaum noch. Zumindest glaubte ich das manchmal – bis zum nächsten Anfall. Mein Verstand sagte mir, daß alles Grübeln sinnlos war. Einzig Chaja hätte dem, was sie mir gesagt hatte, und dem, was ich selbst schon wußte, noch etwas hinzufügen können, vorausgesetzt, sie selbst begriff die ganze Geschichte wirklich. Aber vielleicht gab es auch gar nichts mehr zu erklären.

Kapitel 30

In der Wartezeit, die dem Sechs-Tage-Krieg vorausging, stand ich eines Abends in der Schlange der Kameraden, die nach Hause telefonieren wollten, doch statt meine Eltern anzurufen, mit denen ich erst am Vortag gesprochen hatte, ertappte ich mich dabei, daß ich vorhatte, die Nonne Mirale in ihrem Kloster auf dem Berg Tabor zu erreichen. Ihre Nummer habe ich stets bei mir, und sie wird von einem Kalender in den nächsten übertragen. Sei's drum, dachte ich. Eine Weile verging, ehe sie in den Klostergebäuden gefunden wurde und ans Telefon kam, die Kameraden hinter mir begannen schon zu murren.

»Mein lieber Shaul!« rief Mirale aufgeregt. »Wie geht es dir? Bist du wegen der gespannten Lage hier? Wurdest du eingezogen?«

»Ja. Wie geht es dir, Mirale?«

»Gott sei Dank ist bei uns alles in Ordnung. Ich habe solche Angst um euch – um uns, uns alle eigentlich. Möge es dem gütigen Gott gefallen, daß kein Krieg nötig wird und alle Heere in Frieden heimkehren, ohne Blutvergießen. Ich bete für euch alle.«

»Das ist gut, Mirale. Hoffen wir, daß dein Gebet erhört wird. Was gibt es Neues bei dir? Arbeitest du noch ab und zu in Jerusalem?«

»Ja. Interessant, daß du danach fragst. In zwei Monaten gehe ich für ein Vierteljahr in ein Jerusalemer Hospiz. Komm vorbei, wenn du in der Stadt bist.«

Als Chaja und ich damals gemeinsam auf dem Tabor waren, hatte Mirale ebenfalls von ihrem Dienst in Jerusalem gesprochen, doch hatten wir sie dort nicht besucht. Wir waren bereits getrennt, und kurz darauf reiste ich ab. »Komm«, nicht »kommt«, sagte Mirale diesmal.

»Ich werde es versuchen, Mirale. Hör zu, hinter mir in der Schlange warten die Kameraden, gleich fangen sie an, mich zu schlagen. Ich wünsche dir alles Gute. Auf Wiedersehen.«

»Schön, daß du angerufen hast, Shaul. Melde dich wieder. Geh uns nicht verloren.«

Kein einziges Wort über Chaja. Ich war ein wenig enttäuscht. Und was sollte das heißen: »Geh uns nicht verloren« – wem? Oder handelte es sich nur um eine Redensart? Nach dem Krieg rief ich Mirale unverzüglich an, um ihr mitzuteilen, daß ich wohlauf war. Offenbar war sie gerade in der Klinik des arabischen Dorfes, und ich hinterließ ihr eine Nachricht im Kloster.

Bei meiner Rückkehr von dem großen Ausflug im Anschluß an den Sechs-Tage-Krieg fand ich bei meinen Eltern zu Hause einen Brief vor. Ich öffnete ihn und wunderte mich zunächst, daß er eine Postkarte enthielt. Sie stammte von Mirale, doch warum hatte sie sie in einen Umschlag gesteckt? Dann sah ich, daß das Bild und die Aufschrift auf der Karte auf das Kloster Bezug nahmen und daß – unter anderem auf hebräisch – ein Vers der Verklärungsgeschichte aus dem Neuen Testament aufgedruckt war. Nun verstand ich. Offenbar aus Taktgefühl hatte Mirale beschlossen, eine solche Karte nicht offen an meine Eltern zu schicken. In einer erstaunlich kleinen, ordentlichen Handschrift schrieb sie:

Mein lieber Shaul,

vielen Dank für die Grüße, die Du mir hast ausrichten lassen, um mir mitzuteilen, daß Du gesund heimgekehrt bist aus der großen Rettung, die Gott seinem

Volk Israel hat zuteil werden lassen. Wie sehr wurde ich in dem Glauben bestärkt, daß Gott seinem Volk nicht mehr zürnt! Ich wußte es, als Gott uns nach jenem furchtbaren Zorn in seiner großen Gnade diesen Staat schenkte. Und nun hat er mir kleinem, armseligem Menschen voller Güte einen weiteren Beweis gegeben. Wie bin ich stolz, hier zu leben, inmitten meines Volkes, das es dank Gottes starker Hilfe verstanden hat, mit Heldenmut und Klugheit die Belagerung aufzuheben, die jene, die sich gegen uns erheben wollten, über das Land verhängt hatten. Ich wäre glücklich, wenn Du mich einmal auf dem Tabor oder in Jerusalem besuchen würdest. Der Herr gebe Kraft seinem Volke; der Herr segne sein Volk mit Heil. Ich bete für Dein Heil und das Heil des ganzen Hauses Israel und aller Bewohner dieses guten Landes.

Mirale

Seltsam, wie sehr mich diese Sätze bewegten. Ich zog mich ins Badezimmer zurück, damit meine Eltern mich nicht weinen sahen. Mir schien, daß ich einen Hauch des Leids, das die kleine Mirale erfahren hatte, zu begreifen begann, jener Neunjährigen, die sich plötzlich allein mit ihrem Bruder in einer »Ödnis aus Blut, Eis und Schrecken« befand, wie Lola, die Ladenbesitzerin im Dorf Tabor, ihre Situation einst beschrieben hatte.
Mirale selbst erzählte nie von sich, abgesehen von zufälligen Hinweisen hier und da, wie damals, als sie lachend davon berichtete, daß sie Kohl anpflanze, weil sie eines Sonntags in der Hungerzeit der Flucht beim Läuten der Kirchenglocken von Kohlsuppe phantasiert hatte. Auch Chaja hatte nicht viel von Mirale preisgegeben, vielleicht hatte ihre Cousine sie darum gebeten, oder sie wußte selbst kaum Näheres über Mirales Erlebnisse. Lola hingegen schien Mirale mehr verra-

ten zu haben. »Du weißt doch, daß Mirale auf der Flucht ihren kleinen Bruder verloren hat, für den sie verantwortlich war, und daß sie bis auf den heutigen Tag keine Nachricht über seinen Verbleib hat. Sie war damals erst neun oder zehn Jahre alt«, hatte Lola mir erzählt. Eigentlich ist dies die einzige Information, die ich bezüglich Mirales Vergangenheit hatte, obwohl klar war, daß auch ihre Eltern und der Rest ihrer Familie gestorben waren und sie ihren Tod vielleicht sogar miterlebt hatte.

Ich saß auf dem Wannenrand im Badezimmer meiner Eltern und las wieder und wieder den Satz auf Mirales Postkarte, »daß Gott seinem Volk nicht mehr zürnt«, und in meiner Vorstellung sah ich »jenen furchtbaren Zorn«, wie er sich in all seiner Macht in dem Moment entfaltete, als Mirale gewahr wurde, daß sie ihren kleinen Bruder verloren hatte. Das hungrige, panische Mädchen, ich sah es vor mir in einer Art Schulschürze, einem Rock und Kniestrümpfen wie auf Fotos, die ich irgendwo gesehen hatte. Es hielt den Bruder an der Hand und ging mit ihm – doch wohin? Durch eine Menschenmenge? Durch die Gassen einer Stadt? Über Dorfpfade? Über mit tiefem Schnee bedeckte Felder? Durch Sümpfe? Über die verworrenen Gleise eines Eisenbahnknotenpunkts? Was außer dem Groll Gottes über sein Volk konnte bewirkt haben, daß Mirales Bruder verschwand, daß Mirale in einem bestimmten Augenblick bemerkte, daß sie ihn verloren hatte. Was tat sie? Lief sie umher und rief nach ihm, schrie sie seinen Namen? Suchte sie eine ganze Stadt nach ihm ab? Oder die Wege verschiedener Dörfer? Vielleicht stand sie auf Straßen, auf vertrauten Wegen, und fragte: »Habt ihr einen kleinen Jungen gesehen?« Und vielleicht lief sie weinend immer weiter, bis sie sich erschöpft irgendwo niedersetzte und vor Verzweiflung laut weinte. All dies geschah nur, weil Gott böse auf sie war, auf sie und sein ganzes Volk Israel. Lag diese Deutung für ein neunjähriges

Mädchen nicht auf der Hand, das zufällig zum größeren Teil der Menschheit zählte, der bestimmt war zu glauben? Welche andere Erklärung hätte es geben können? Sie war nicht imstande gewesen, auf ihren kleinen Bruder aufzupassen. Also war sie schlecht und schuldig, und Gott zürnte ihr. Und genau wie sie waren alle Kinder Israels schlecht und schuldbeladen. Gott war gerecht, und sie und ihr Volk waren böse. Vielleicht ist es einfacher, ein großes Unglück als Strafe anzunehmen statt als blinden Schlag und im Holocaust, jenem großen Zorn, die Hand Gottes zu sehen, in der die Deutschen, ohne daß dies ihre Schlechtigkeit und Verantwortlichkeit minderte, als Peitsche dienten, als der Stab seines Grolls. Möglicherweise ist es auf diese Art einfacher, sich einen Funken der Hoffnung auf Sühne und Vergebung, Rettung und Erlösung zu bewahren. Allerdings ist mir, den das Schicksal den Ungläubigen zugeordnet hat, die Vorstellung unendlich viel näher, die ich mir selbst von Mirales Herz mache, und ich folge viel lieber der Annahme, daß sich Mirale selbst aus der Geschichte geschaffen hat (so scheint es mir jedenfalls, aber wer kann das schon wissen?), als jener Erklärung, die mir einmal ein orthodoxer Jude gab, mit dem ich mich im Flugzeug unterhielt und der selbst nie dabeigewesen war. Um den schmerzlichen Fragen, die ich aufgeworfen hatte, auszuweichen, wollte er mir einreden, der Holocaust sei die Strafe für das Goldene Kalb gewesen – nicht mehr und nicht weniger!

Meine Vorstellungskraft verfügt nicht über das nötige Detailwissen, um mir wirklich ausmalen und ermessen zu können, welche Tiefe der Not ein verfolgtes jüdisches Mädchen durchlitt. Vielleicht kann ich mir gerade noch die Kirchenglocken vorstellen, an die sich Mirale erinnert und die sie an jenem Sonntag gehört hat. Auch ich, der sephardische Sohn einer Familie, die seit sieben Generationen in Palästina lebt, erinnere mich an Kirchenglocken, und zwar in der Gestalt von Charles Laughton, der als Glöckner von Notre Dame die riesige Kathedralglocke zum Schwingen bringt, und ich höre es im Geläut einer Kirche in Mainz, der Stadt Baruchs von Magenza, wie es ein Gedicht von Tschernichowski beschreibt, das sich mir irgendwie eingeprägt hat. Der Klang keiner anderen Glocke, die ich seither irgendwo auf der Welt hörte, reicht an dieses Läuten meiner Kindheit heran. Damals, als die Schwäche des Hungers Mirale befiel und sie von Kohlsuppe träumte, sie mit letzter Kraft den kleinen fünfjährigen Bruder hinter sich herzog oder auf dem Arm trug, vielleicht schlugen da diese Glocken mit entsetzlichem Getöse, wild und unerbittlich und in einer Gleichförmigkeit, die keine Schwäche kennt; in einer Zeit, in der die Welt der Juden zusammenbrach und Juden von der Hand anderer starben oder daran dachten, sich selbst zu zerstören und zu töten, in einer Zeit, in der die Stimme der Juden verblaßt, ja kaum mehr hörbar war – in dieser Stunde tönte das gewaltige Dingdong der Klöppel und kündete von Kraft und Leben und von Macht und Glorie, die zum Erbteil derer gehörten, gegen die Gott nicht wütete und über die der große Zorn nicht gekommen war …

Ich wusch mir vor dem Spiegel im Badezimmer meiner Eltern das Gesicht, um meine Tränen unsichtbar zu machen. Wie war Mirale in das Kloster gelangt? Ich wußte es nicht. Aber war diese Frage angesichts der vielen Geschichten, die sich damals zugetragen hatten, noch wichtig? Auch andere jüdische Kinder waren in Klöstern versteckt worden, und nach dem Krieg kamen Abgesandte jüdischer Einrichtungen, um sie zu sammeln und zum Fels ihres Ursprungs heimzuführen. Wie war es Mirale gelungen, sich dem zu entziehen? Hatte Chaja nicht erzählt, daß sie nicht zum Judentum hatte zurückkehren wollen? Was unternahm sie? Aber war das jetzt, da ich sie selbst nicht danach fragen konnte, überhaupt noch von Bedeutung? War es etwa wichtiger als die Geschichte irgendeines unbekannten jüdischen Mädchens, das in der Gaskammer erstickt und in den Schmelzöfen verbrannt wurde, dem wir nie mehr seine Geschichte würden entreißen können? Nein. Wenn auch Mirale wie so viele Überlebende des Holocaust vorzog, zu schweigen und nichts zu erzählen, so war allein wichtig, daß sie überlebt hatte, daß sie lebte, *denn fürs Leben hatte der Schöpfer des Lichts sie geschaffen, und sie war nicht hinabgestürzt in das unterste Loch.** Wichtig war, daß sie eine liebe und reine Seele war, daß es sie gab und daß sie in Israel lebte. Ehe ich das Badezimmer verließ, versteckte ich Mirales Postkarte unter meinem Hemd.

* Vgl. Jesaja 14,15 u. 45,18

Kapitel 31

Avschi war kein guter Verlierer, nicht einmal beim Backgammonspiel im Club des Militärlagers. Einer seiner Brüder erzählte mir, wenn Avschi überhaupt einmal bei irgendeinem Wettstreit im Viertel ihrer Kindheit verlor, dann waren seine Reaktion und sein Benehmen unvorhersehbar gewesen. Manchmal war er wutschnaubend davongelaufen, und wenn er es nicht länger aushielt, hatte er aufs gröbste geflucht, eine zornige Grimasse aufgesetzt und behauptet, er wäre betrogen und reingelegt worden. Genauso war es auch an jenem Tag im Dezember 1967: Er schleuderte sein rotes Barett auf den Tisch vor Oberstleutnant Modi Edelmann und verlor im wahrsten Sinne des Wortes die Fassung. In seinem Innersten wußte er, daß sein Verhalten ihm nicht zur Ehre gereichte, auch wenn die Mitteilung, daß nicht ihm, sondern Doron Barqai der Befehl über die Einheit übertragen werden würde, ihn ungemein schmerzte. Modi selbst nahm er es nicht übel, war er ihm doch ein guter Vorgesetzter und Lehrer, ein Vater und Vorbild gewesen, Modi, der aus dem *Palmach* kam, dessen ruhmreiche Taten im Unabhängigkeitskrieg und insbesondere im Kampf um Castel und den nach Jerusalem führenden Korridor, bei dem die besten seiner Kameraden fielen, schon zum unveräußerlichen Erbe im Schatz der Heldengeschichten unserer Armee gehörten. Avschi hatte keinen Zweifel: Wäre die Entscheidung von Modi allein abhängig gewesen, wäre er zum Befehlshaber befördert worden. Denn abgesehen von seinen Fähigkeiten, die niemand besser kannte als Modi, hätte dieser an Avschis Ernennung auch ein spezielles Interesse gehabt. Wer verkörperte die Idee, die Modi ausgedacht und für die er gekämpft hatte, besser als Avschi – die Idee, eine Elitetruppe aufzubauen, die in der israelischen Armee ihresgleichen suchte, und darin Soldaten orientalischer Herkunft zu sammeln, junge Männer aus Wohnvierteln und Übergangslagern, deren Ohren seit frühester Kindheit mit dem Arabischen vertraut waren? Schließlich hatte Avschi ihm als rechte Hand gedient und mit ihm gemeinsam das Fundament für diese Einheit geschaffen. Mit den eigenen Händen hatten sie das erste Zeltlager der Einheit vorbereitet. Sie hatten ein Stück Land von Steinen geräumt, mit den Steinen Wege markiert und Zeltdächer gespannt. Und während Modi den Hinweisen seiner »Spione«, wie er zu sagen pflegte, nachspürte, um neue Kandidaten für die Einheit zu interviewen, und darüber hinaus ganze Tage und Nächte beim Generalstab verbrachte, hatte da nicht Avschi ununterbrochen Blut und Schweiß gelassen bei der kräftezehrenden Dressur und Zähmung der rauhen Typen, die Modi als »Urstoff« bezeichnete, der noch geknetet und geformt werden mußte. Avschi war anfangs skeptisch gewesen, ob aus einem solchen Haufen, in dem sich auch Randexistenzen und sogar Gewalttäter fanden, am Ende eine Eliteeinheit entstehen könnte, und daher hatte er Modi Edelmann bedrängt, auch andere Soldaten, die daheim etwas vom Kampfgeist ihrer Väter mitbekommen hatten, einzugliedern. Doch Modi hatte darauf beharrt, zunächst einen harten Kern zu formen, der das stabile Fundament der Einheit bilden sollte. Mit seinen Beziehungen und seinem Ansehen gelang es ihm, andere Befehlshaber davon zu überzeugen, seine Truppe zu besuchen und für die revolutionäre Idee zu werben, daß solche Jungen nicht zwangsläufig vor allem in der

Etappe dienen mußten, als Mechaniker, Proviantmeister, Wachsoldat oder Verkäufer im Kiosk der Basis. Erst nachdem seine Männer etliche Prüfungen bestanden und seinen Glauben in sie rechtfertigt hatten, stimmte er zu, die Einheit um die Blondschöpfe aus den *Kibbuzim* und *Moschavim* und um Abiturienten, die das Arabische in der Stadt gelernt hatten, zu verstärken – sie sollten alle zu einer Gruppe von Kämpfern verschmelzen, von Brüdern im Herzen, die bereit waren, ohne Rücksicht auf ihre Herkunft füreinander ihr Leben zu geben. So waren sie gemeinsam ausgezogen, um anzugreifen, Hinterhalte zu legen und gefährliche Erkundungsfahrten zu unternehmen, von denen ich noch heute nichts Genaueres preisgeben darf, etwa von dem Eindringen Avschis und einiger Männer bis tief in den Sinai, einer Aktion im Rahmen der Erstellung der Schubladenpläne für ein Vorrücken einer Division General Avraham Jaffes auf Scharm asch-Scheich (das war die Expedition, für die Avschi eine Auszeichnung erhielt). Auf diese Weise half Avschi seinem Vorgesetzten, den Verantwortlichen zu beweisen, daß eine Einheit wie diese lebensnotwendig war, und Modi trug ihn dafür geradezu auf Händen und gab ihm zu verstehen, daß er Großes mit ihm vorhatte.
1990 besuchte ich Modi Edelmann, der zum Brigadegeneral der Reserve aufgestiegen war, im Krankenhaus von Tel ha-Schomer. Von der Chemotherapie und den Bestrahlungen war er völlig kahl und sehr mager. Mit schwacher, heiserer Stimme erzählte er mir, wie zufrieden er war, daß er sich in Sakki nicht getäuscht hatte, als er ihn gedrängt hatte, noch zu studieren – wenn auch mit Verspätung –, und daß Sakki tatsächlich seinen Beruf aufgegeben hatte, um mit sechsunddreißig Jahren die Universität zu besuchen.
»Hättest du das geglaubt?« fragte Modi. »Ich jedenfalls habe daran geglaubt. Ich habe zu Sakki gesagt: ›Du darfst dein Sprachtalent nicht vergeuden. Schließlich hast du schon in

der Grundschule, bei der Alliance, phantastisch Französisch gelernt, und wie begabt du für das Arabische bist, haben wir später erlebt. Du mußt studieren!‹ Er lachte und zuckte mit den Schultern. Manchmal frage ich mich, ob er auch zur Uni gegangen wäre und sich zu einem so hervorragenden Wissenschaftler gemausert hätte, wenn Avschi noch am Leben wäre und sie weiterhin ihre Baufirma betrieben hätten. Du weißt, daß ich auch Avschi auf die Uni geschickt habe.«
Und nun berichtete mir Modi, wie er in einem Winkel seines Herzens das Gefühl gehabt hatte, daß Avschi, wenn die Zeit gekommen wäre, das Kommando in seine Hände zu legen, vielleicht nach den Maßstäben mancher der Herren an der Armeespitze nicht über den richtigen Schliff und die richtige Ausbildung verfügt hätte. Deshalb war er darauf bedacht gewesen, ihn bereits vor dem in der Offizierslaufbahn üblichen Zeitpunkt auf die Hochschule zu schicken.
»Darum ging es also«, stellte ich fest, »als du mich batest, in der Armee zu bleiben und Doron zu unterstützen, weil Avschi ›aufgrund verschiedener längerfristiger Erwägungen und Konstellationen‹ studieren sollte.«
»Stimmt genau. Was für ein Gedächtnis du hast!« sagte Modi mit dem müden Lächeln eines Menschen, der an Lungenkrebs dahinsiecht. »Ich wollte jedes mögliche Hindernis ausräumen und plante seine Laufbahn auf lange Sicht. Aber zu meinem Bedauern hat es mir nichts genutzt.«
Ich wollte Modi in seinen letzten Lebenstagen nicht noch bekümmern und behielt deshalb für mich, daß Avschi seinerzeit in großer Erregung einem völligen Trugschluß unterlegen war und eine Weile geglaubt hatte, daß er nur zum Studium geschickt worden war, um ihn vom Weg zur Befehlsgewalt über die Einheit abzubringen.
Das letzte Gespräch, daß Modi und ich miteinander führten, drehte sich also um Avschi. Wir wußten beide, daß wir uns nicht wiedersehen würden. Diesen wunderbaren Menschen

und geachteten Vorgesetzten, der die seltene Gabe besessen hatte, uns allen ein väterlicher Freund zu sein und noch Jahre, nachdem sich unsere Wege in der Armee trennten, an unserem Schicksal Anteil zu nehmen, würde ich verlieren. Als ich aufstand, um zu gehen, bedeutete er mir mit der Hand, mich zu ihm herunterzubeugen, und wir umarmten und küßten uns. Als ich mich danach wieder aufrichtete, versuchte ich mit aller Macht, meine Tränen zurückzuhalten, er aber hob seine zittrige Hand, zeigte mit dem Finger auf mich und flüsterte mit vor Bewegung erstickender Stimme: »Ein positiver Mensch«, als wolle er mein Wesen im letzten Moment noch einmal aus dem Stegreif auf den Punkt bringen. Gerade er sagte diese Worte. Fünf Tage später starb er im Alter von vierundsechzig Jahren.

Avschi selbst hatte an Modis Haltung ihm gegenüber nie gezweifelt. Schließlich hatte er ihn zum Kompanieführer- und Kommandolehrgang und zu weiteren Fortbildungen, vor allem bei der Aufklärung, angemeldet; außerdem hatte er ihm riskante Erkundungstouren hinter den feindlichen Linien und alle möglichen anderen Aufgaben übertragen, die ihn auf die ihm zugedachte Position vorbereiteten. »Mein Sohn, mein Nachfolger« hatte Modi ihn liebevoll genannt, als vollziehe er schon im voraus seine inoffizielle Krönung. Als Avschi bei seinem letzten Gespräch mit Modi erfuhr, daß nicht er Befehlshaber der Einheit werden würde, explodierte er. Ja, er wisse, daß man alles mögliche über ihn erzähle, beispielsweise daß er »einer mit kurzer Zündschnur« sei, jemand, der leicht die Beherrschung verliere und sogar schon Vorgesetzte tätlich angegriffen habe. Aber was bedeute das schon? Sollten sie doch selbst aus solch ungehobelten Gestalten Kämpfer der Spitzenklasse machen, erst danach könne man weiter darüber reden. »Ich sag' dir eins, Modi, ich quittiere den Dienst!«

Avschi mußte sich sehr anstrengen, das, was ihm im Hals saß, nicht herauszubrüllen, Sätze wie: »Da werden wieder die Schwarzen gefickt« oder: »Die Schwarze Brigade ist eine Einheit von Blondis geworden.« – »Ich will ehrlich zu dir sein, Shaul«, erklärte er einige Zeit später, als er mir die Szene schilderte. »Allmählich bin ich zu der Überzeugung gelangt ... Wie soll ich mich ausdrücken? ... Ich glaube nicht, daß die Herkunft in ihren Erwägungen eine Rolle gespielt hat. Was mir weh tut, ist, daß sie mich unabhängig davon für nicht geeignet hielten – das ist es, was an mir frißt. Es wäre leicht, mein Scheitern an meiner Herkunft festzumachen, aber damit würde ich mich belügen. Es war etwas in mir, in meinem Charakter, das ihnen in der Konkurrenz mit dem anderen Kandidaten nicht gut genug war.«

Bei dem Gespräch damals war Modi aufgestanden, um den Tisch gegangen und hatte seine Hände auf Avschis Schultern gelegt. Er war bestürzt von seiner Drohung, die Armee zu verlassen.

»Glaub mir, Avschi, ich bin bis zur höchsten Riege gegangen, habe Schreibtische umgeworfen – im Moment kann ich dir gar nicht sagen, was ich alles unternommen habe. Es hat nicht geklappt. Sie wollen, daß du auf Panzer umsattelst. Dahin entwickelt sich die Armee, und auf diesem Gebiet liegt deine Zukunft, behaupten sie. Ich selbst werde mich dorthin orientieren. Und überhaupt, unter den Guten sind viele, die sich umschulen lassen und Waffengattung und Laufbahn wechseln.« Er zählte einige Namen auf. »Du bekommst schon noch deine eigene Einheit, hab ein bißchen Geduld.« Aber Avschi war verletzt und wollte nicht auf ihn hören. »Das ist nicht dasselbe.«

»Generalstabschef Chaim Laskow«, seufzte Avschi, als er Modi aufgebracht verließ, und er begann, insgeheim mit diesem anderen Mann, den er schon immer bewundert hatte, zu sprechen. »Du warst immer mein Vorbild. Ich erinnere mich noch an deine Besuche bei uns. Beim letzten

Mal, Ende 1960, ein paar Tage bevor du aus deinem Amt ausschiedst, haben wir eine Abschiedsparty für dich organisiert. Du warst traurig und aufgewühlt. Ich weiß nicht, warum, aber mein Gefühl sagte mir, daß man auch dir unrecht getan hatte. Du hast Cognac getrunken und Pfeife geraucht und mit langen Pausen von der Führerschaft und der Armeetradition gesprochen. Du hast große Heerführer aus den Völkern der Welt zitiert. Und am Ende deiner Rede hast du von eurer ›wunderbaren Einheit‹ erzählt, genau so hast du dich ausgedrückt, eure Einheit, in der die ethnische Mischung perfekt ist. Und dann hast du zu unserer Überraschung einiges von dir selbst berichtet, von der Armut deiner Familie und deinem Vater, der Fuhrmann gewesen war. Du hast von deinem beharrlichen, unermüdlichen Kampf gesprochen, voranzukommen und den Weg nach oben zu schaffen. ›Und wenn mir das gelungen ist‹, sagtest du damals zu uns, ›könnt auch ihr es. Jeder von euch ist dazu imstande.‹ Deine Worte haben mich noch in meinem festen Entschluß bestärkt, nach Modi Befehlshaber unserer Einheit zu werden. Ich sagte bewegende Abschiedsworte im Namen unserer Männer, und bevor du in deinen Wagen gestiegen bist, hast du dich zu mir umgedreht, meine Hand gedrückt und mir auf die Schulter geklopft. Ich war nicht der einzige dort, und doch wandtest du dich nur an mich. Ich sah, wie Modi daneben stand und vor Glück strahlte, und hatte das Gefühl, daß ihr über mich geredet hattet. Ich betrachtete die Szene als eine Art Übereinkunft. So als hieltest du mich für würdig, aufzusteigen zu den Leuten, die du gern an der Spitze der Armee gesehen hättest ... Schau her, General, was die jetzt mit mir machen ...«
All dies erzählte mir Avschi völlig offen. Vielleicht waren seine Äußerungen in dem Moment, in dem er sie vor mir wiederholte, abgemildert und zurückhaltender, als er sie tatsächlich vorgebracht hatte. Aber das war alles nebensächlich.

Gleichgültig, welche Worte er benutzte, sie sprachen direkt aus seiner verletzten Seele. Und entgegen seiner Gewohnheit bemühte er sich nicht einmal, seine Gefühle zu verbergen. Dennoch hatte er das Gesicht abgewandt. Wollte er so die Tränen verbergen, die bei der Zwiesprache mit Laskow in seinen Augen gestanden hatten?

Kapitel 32

Mit Freuden willigte Masi ein, als ich sie während meines Israelaufenthalts im März 1975 zum Abendessen ins Hotel Dan in Tel Aviv einlud. Sie war schön wie immer und wirkte stark und erholt. In jenem Jahr hatte ich sie schon einmal gesehen, kurz vor Avschis erstem Todestag, bei dem bescheidenen Festakt anläßlich der Enthüllung des Denkmals, das wir, die Ehemaligen der Einheit, für ihn in der Wüste an dem Pfad errichtet hatten, der zum Berg Jarach hinaufführte. Aber es war uns kaum Zeit geblieben, miteinander zu reden. Ich hatte sie auch mehrmals aus dem Ausland angerufen, doch am Telefon mochte sie keine langen Gespräche führen. Vielleicht fiel es ihr auch immer noch schwer zu reden. Aber an jenem Abend, rund anderthalb Jahre nach Avschis Tod, saßen wir fünf Stunden beisammen, zunächst im Speisesaal und nach dem Essen im Café des Hotels.

»Avschi hat dich sehr gemocht, Shaul«, versicherte sie mir. »Aus der heutigen Perspektive scheint mir, daß er keinen besseren Freund als dich hatte, auch wenn ihr euch in den letzten Jahren nicht oft gesehen habt. Er sagte mir immer, wenn ihr euch träfet, machtet ihr dort weiter, wo ihr beim letzten Mal aufgehört habt. Vielleicht ist dieses Gefühl der Kontinuität eines der Zeichen wahrer Freundschaft. Hunderte von Leuten standen ihm nahe, aber von niemandem sprach er so wie von dir, nicht einmal von Sakki, den er sehr mochte. Nie hat er dir vergessen, daß du ihm im Sechs-Tage-Krieg das Leben gerettet hast. Einige Male hat er mit mir darüber geredet und gesagt, du seist ein Mensch, auf den er sich verlassen könne.«

Ich wurde traurig. Der Verlust Avschis trübte die Freude, die mir diese Worte hätten bereiten sollen. Schade, daß ich sie nicht aus seinem Mund hörte. Mir fiel die Nacht unserer Expedition zum Berg Jarach ein, in der er mich gerügt hatte: »Du hast mich enttäuscht, Shaul.«

»Avschi war wirklich sehr gerührt, als du ihm damals einen Kredit angeboten hast, ohne daß er dich darum gebeten oder auch nur die Absicht gehabt hatte, dergleichen zu tun.«

Damals, das war, als Avschi aus dem Militärdienst ausschied und Sakki ihm vorschlug, Geschäftsführer und Teilhaber seiner Baufirma Malkat he-Afar zu werden. All seine Ersparnisse, die Abfindung von der Armee, mehrere Bankdarlehen und das Geld, das er von mir erhalten hatte, investierte er in das Unternehmen. Und er tat das nicht nur, weil es nötig war, sondern auch, um sich Sakkis großzügigen Vorschlags würdig zu erweisen. Denn im Grunde war die Sache für Sakki ein Glücksspiel – er konnte nur vermuten, welche Qualitäten Avschi in seiner Arbeit zeigen würde. Obwohl sicher auch die Überlegung eine Rolle spielte, daß im Falle der Hochzeit von Avschi und Masi das Geschäft in der Familie bleiben würde.

»Als auch du ihm damals Kredit gabst«, sagte Masi, »war er sehr glücklich. Vielleicht zeigte er es dir nicht, aber mir gegenüber hat er es öfters erwähnt. Sakkis Risikobereitschaft hat sich gelohnt, genau wie deine, denn ich nehme an, daß die Gewährung des Darlehens auch für dich insgeheim eine Art Spiel war. Avschi erzählte mir, daß du ihm den Kredit zu äußerst günstigen Konditionen eingeräumt hast. Aber wie Sakki es ausdrückt, brachte Avschi noch etwas anderes in die Firma ein, das wichtiger war und sich noch mehr auszahlte als das Geld, das er zusammentrug: Er war mit Leib und Seele bei der Sache, so wie immer, wenn er Verantwortung übernahm. Sakki erzählt bis heute gern davon, wie Avschi sich die Geheimnisse seines neuen Berufs aneignete, mit derselben Gründlichkeit und Gewissenhaftigkeit, mit der er alles im Leben tat, wie er sich mit dem schweren Gerät vertraut machte, Traktoren, Bulldozer und Kräne selbst in Gang setzen lernte und auf die richtige Instandhaltung und Wartung der Ausrüstung Wert legte. Darum arbeitete er am Anfang eine Zeitlang als einfacher Arbeiter auf der Baustelle, wenigstens für ein paar Stunden täglich, getreu seiner Regel, daß er alles, was er von seinen Untergebenen verlangte, auch selbst einigermaßen beherrschen mußte – so konnte er den Überblick bewahren und dafür sorgen, daß es kein *monkey business* gab, wie er es nannte«, erinnerte sich Masi mit einem bedrückten Lächeln.

Avschi selbst hatte mir auseinandergesetzt, wie er die Kosten kontrollierte, den Arbeitsmarkt und den Bedarf an Mitarbeitern genau beobachtete, Ausschreibungen und Verträge studierte und wie er Geschäfts- und Vertrauensverhältnisse zu den Offizieren und Vertretern des Verteidigungsministeriums anknüpfte, die seine Auftraggeber wurden und seine Vertrauenswürdigkeit und Zuverlässigkeit schätzten, die er nicht zuletzt seiner Vergangenheit in der Armee verdankte. Schon nach wenigen Monaten steckte er bis über beide Ohren im Geschäft. Sakki, sein Kompagnon, verfügte über viel Wissen, Initiativgeist und Umsicht und war ein Arbeitstier wie seine Frau Mary. Die Partnerschaft der beiden Männer war eine wirkliche Partnerschaft, getragen von Brüderlichkeit, Verständnis und gegenseitigem Rat. Sakki hoffte auch – das hatte er mir selbst einmal verraten –, daß der Tag nicht mehr fern war, an dem Avschi und seine Schwester Masi heiraten würden und sie dann Schwäger wären, und war das an sich schon wunderbar, so würde dadurch die Firma auch noch zum Familienunternehmen werden – was konnte es Besseres geben? Der Betrieb wuchs schnell. Er stellte Kameraden ein, die aus der Armee ausgeschieden waren, und begann schon bald mit dem Bau der Barlev-Linie, den der Zermürbungskrieg erforderlich machte.

»Ich kann schwerlich behaupten, daß ich damals zur Ruhe kam«, fuhr Masi fort. »Ich sah ihn nur an den Wochenenden, wenn er mit dem Flugzeug aus Refidim kam. Und auch das geschah nicht jeden Freitag, denn in bestimmten Phasen wurde ohne Pause gearbeitet, um die Unterstände zum Schutz vor Angriffen fertigzustellen. Seine Arbeit war voller Gefahren, nicht weniger als seine Aufgaben in der Armee, aber Avschi betrachtete sich als Teil des Verteidigungsschildes unseres Heers, und seine Arbeit betrachtete er als geradezu heiliges Werk, das dazu ausersehen war, Soldatenleben zu retten. Bestimmt hast du den eingebuddelten Bauwagen gesehen, den er sich nahe dem Kanal eingerichtet hatte. Dort traf er sich mit den Befehlshabern des Barlev-Walls und hörte sich ihre Wünsche an. Er hat mir beschrieben, wie er so über die Karten gebeugt stand, zusammen mit dem kommandierenden General und den anderen Befehlshabern und Sicherheitsleuten, und wie er, während sie Verteidigungslinien und Wege einzeichneten, seine Meinung dazu abgab. Daß die Offiziere ihn an ihren Überlegungen beteiligten und ihn als ihresgleichen respektierten, war zum Teil seiner Vergangenheit, seinem Dienstgrad und dem Ruf zu verdanken, der damit einherging, aber natürlich auch seiner Eigenschaft als Fachmann in der Umsetzung ingenieurstechnischer Konstruktionspläne.

Ich bin in der Armee operativer Feldwebel gewesen – habe ich dir das erzählt? –, und als Avschi mich im Mai 1969, in der friedlichen Phase, die auf den ersten Vorstoß nach Nadsch Chamadi folgte, zum ersten Mal in seinen Bauwagen mitnahm, fühlte ich mich sofort in einer vertrauten Umgebung – der Wagen sah in jeder Beziehung wie eine Befehlszentrale aus: ein großer Tisch mit grüner Bespannung, an den Wänden eine Reihe von Landkarten mit roten und anderen Stecknadeln, Füllhalter, Bleistifte und verschiedenfarbige Leuchtstifte, Funkgeräte und Telefone. Er hielt dort generalstabsmäßige Sitzungen für die Baustellenleiter ab; dabei war er gleichzeitig Einsatz-, Versorgungs- oder Instandhaltungsoffizier und was es sonst noch so gab, fertigte für sie Pläne an, gab ihnen Anweisungen und beratschlagte sich mit ihnen.

Warum erzähle ich dir das eigentlich alles, obwohl du das meiste wahrscheinlich schon kennst? Ich glaube, daß er sich auf diese Art einen Ausgleich schuf. Durch seine Herrschaft über dieses zivile Königreich, das zugleich soldatische Züge trug, faßte er den Faden gewissermaßen an zwei Enden: Einerseits konnte er durch das Quittieren seines Militärdiensts seine Protesthaltung aufrechterhalten, andererseits lud er sich eine riesige Verantwortung im Sicherheitsbereich auf. Ich glaube, daß diese Verbindung ihm ein wenig half, darüber hinwegzukommen, daß man ihm den Befehl über die Einheit nicht anvertraut hatte. Die Arbeit war für ihn wie eine Droge, wie ein Trank des Vergessens. Heute kann ich das gut verstehen und nachvollziehen. Aus eigener Erfahrung. Ich habe dir am Telefon erzählt, daß ich mich nach seinem Tod fast ein ganzes Jahr lang in meine Doktorarbeit vergraben habe; ich habe versucht, darin Vergessen zu finden und dem Kummer zu entfliehen, der mich fast zerrissen hat …«

Masi verstummte für einen Moment, um das Schluchzen hinunterzuschlucken, das ihr in der Kehle saß, und schenkte sich Saft aus der Karaffe ein. Ich wußte bereits – von Sakki und Avschi selbst –, daß sie innerhalb weniger Jahre Großunternehmer geworden waren. Die Firma machte sich mit der Fähigkeit, auch mit einem dichtgedrängten Zeitplan zu arbeiten und über lange Zeiträume hinweg, nötigenfalls sogar unter Feuer, einen Namen, der ihr immer neue Aufträge bescherte. Avschi kam seinen Verpflichtungen immer nach, auch mir gegenüber; sie liehen beziehungsweise kauften weitere Maschinen, und die Zahl ihrer Mitarbeiter stieg. Sehr schnell erwarb sich Avschi – ähnlich wie ich – eine Sicherheit, die er bis dahin nicht gekannt hatte – die Sicherheit eines Menschen, der mehr als nur ein paar Groschen in der Tasche hat. Von ihm selbst erfuhr ich, daß er nun zum Beispiel seine jüngere Schwester unterstützen konnte, die heiratete und sich ihr Leben einrichtete. Den anderen Schwestern, die bereits verheiratet waren, gab er Darlehen, und er half einem seiner Brüder, ein Selbstbedienungsgeschäft auf dem Markt nahe ihrem Elternhaus zu eröffnen. Dem jüngsten Bruder ermöglichte er das Studium am Technion, und die Wohnung seines Vaters und seiner Mutter, die – genau wie meine Eltern aus der Nissim-Bachar-Straße – nicht nach Hadar ha-Karmel oder an einen anderen Ort ziehen wollten, ließ er erweitern und renovieren. »Rumia, seine Mutter«, berichtete Masi, »sagte zu ihm: ›Geht es mir etwa schlecht? Der Markt ist in der Nähe und die Synagoge gleich hinter dem Haus. Hier habe ich euch alle großgezogen, und hier will ich meine Enkel empfangen – auch deine Kinder.‹ Das brachte sie immer an, als wollte sie mich an eine Schuld gemahnen. Eine Zeitlang warf Avschis Familie mir vor, ich hätte diese Ehe und damit auch die Geburt der Enkelkinder verzögert. Meinetwegen habe Avschi ›die Saat nicht aufgehen lassen können‹, wie einer seiner Brüder mir sagte. Sie begriffen nicht, daß Avschi derjenige war, der sich nicht hatte entscheiden können. Er war es, dem es schwerfiel zu akzeptieren, daß er seßhaft wurde.«

Masis Ausführungen ließen mich an den Tag denken, an dem Schajke und ich das Haus in Afeqa anläßlich unseres Kondolenzbesuchs betraten. Drei Tage nachdem mein rechter Arm fixiert worden war, verlangte ich, aus dem Krankenhaus entlassen zu werden. Ich wollte zu meinen Eltern fahren und eine Weile bei ihnen bleiben. Schajke und ich hatten uns ja nach unserer Ankunft schnurstracks zur Einheit begeben, ohne vorher noch zu Hause gewesen zu sein. Schajke war mit seinem Gipsbein bereits bei seinen Eltern; ich hatte mit meinem Vater und meiner Mutter zwar mehrmals telefoniert, war aber noch nicht zu Hause gewesen. Ich hatte ihnen von meiner Verletzung nichts erzählt, weil ich nicht wollte, daß sie sich sorgten – wenn wir uns trafen, würden sie selbst sehen, daß die Sache nicht so schlimm war. Der Krieg war beendet, und ich saß vor dem Zimmer der Oberschwester, die mir versprochen hatte, mit dem Arzt zu klären, ob ich heimfahren durfte. Tatsächlich hatte ich noch Schmerzen in Arm und Schulter und an anderen Stellen, die bei meinem Sturz verletzt worden waren; ich war voller rotbläulicher Beulen, und obwohl ich nicht gleich wieder arbeiten wollte und die Krankenhäuser, wie man sich leicht vorstellen kann, keinen Bettenüberschuß verzeichneten, war der Arzt nicht besonders glücklich, als ich ihn einen Tag nach der Behandlung gebeten hatte, mich zu entlassen. Inzwischen waren zwei weitere Tage verstrichen, und während ich auf die Krankenschwester wartete, nahm ich ohne tieferen Grund vom Stuhl neben mir ein Exemplar der Zeitung »Ha-Aretz«, das jemand dort hatte liegenlassen, aufgeschlagen – wie in diesen Wochen so häufig – auf der dunkel umrandeten Seite mit den Traueranzeigen für die Gefallenen. Mir wurde schwarz vor Augen, als ich dort las: »Die Israelische Verteidigungsarmee trauert um Major Avschalom (Avschi) Qehati sel., einen ihrer hervorragendsten Kämpfer, und spricht seiner Familie ihr Beileid aus.«

Avschi und Masi waren schon seit fünf Jahren befreundet, aber erst seit vier Monaten verheiratet gewesen. Den Kondolenzbesuch in Afeqa stimmte ich mit Sakki ab, der jetzt Avschis Schwager war. Es zeigte sich, daß die Familie gerade *Schiv'a* saß. Vom Krankenhaus aus fuhr ich kurz bei meinen Eltern vorbei, die nach dem ersten Schrecken froh waren,

daß die Verletzung nicht schwerer war. Ich teilte ihnen mit, daß Avschi gefallen war und ich zu einem Beileidsbesuch aufbrechen würde. Meine Eltern erinnerten sich gut an Avschi und waren erschüttert. Ich bestellte ein Taxi und holte Schajke zu Hause ab. Wegen seines steifen Gipsbeins mußte Schajke allein auf der Rückbank des Wagens sitzen, denn er brauchte den Platz, um es abzulegen. Ich saß unterdessen neben dem Fahrer, den Arm an meiner Seite befestigt wie in einer »halben Zwangsjacke«; so sollte Sakki meinen Verband noch am selben Tag betiteln und mich so zum Lachen bringen – Gott sei Dank nur draußen vor dem Haus, als er uns bei unserer Verabschiedung hinausbegleitete. Allerdings hatte unser Lachen etwas Hysterisches, etwas von einer Flucht vor etwas Schwerwiegendem. Ich litt noch immer unter Schmerzen, insbesondere im Arm, und das schüttelnde Lachen tat meiner verletzten Rippe weh.
Als Schajke und ich in das große Haus getreten waren, in dem Avschi und seine Frau sich erst vor kurzem eingerichtet hatten, hatten Masi, Rosina und Sakki, die zufällig am Eingang zum Wohnzimmer standen, uns bestürzt angeschaut. Wir hatten sie beruhigen und ihnen versichern müssen, daß uns nichts Ernstliches zugestoßen war und es sich im großen und ganzen nur um ganz leichte Verletzungen handelte.
»Schon viele verwundete Jungs waren hier«, sagte Rosina, »und sie alle haben behauptet, es wäre nichts. Wie kann man euch das glauben?«
»Vertrauen Sie uns«, entgegnete ich ihr. »Die, die es schwerer getroffen hat, schaffen es nicht hierher.«
Ich umarmte Masi und Rosina mit dem linken Arm und küßte ihre Wangen. Masi wirkte gefaßt, doch Rosina rannen die Tränen wie Sturzbäche über das Gesicht. Am liebsten hätte ich ihren Arm gedrückt und sie noch einmal an mich gezogen. Im großen Zimmer fanden wir Rumia, Avschis Mutter; sie saß gebrochen auf dem Boden und wiegte sich

hin und her; ihr Mann Schalom Qehati saß neben ihr, versteckt hinter einer Sonnenbrille, trostlos und düster. Später erzählte Sakki mir, daß sich Masi entschlossen hatte, Avschi in Haifa beisetzen zu lassen, damit er in der Nähe seiner alten Eltern war und sie nicht hin- und herreisen mußten; die Trauerwoche, so hatte sie gewünscht, sollte aber in dem geräumigen Haus in Afeqa abgehalten werden.
Das Wohnzimmer war gefüllt mit Menschen. Rumias Blick streifte mich zwar, aber sie erinnerte sich nicht an mich. Auch als ich sie vier Monate zuvor bei Avschis und Masis Hochzeit am selben Ort begrüßt hatte, hatte sie nicht gewußt, wer ich war. Dreizehn Jahre waren vergangen, seit Avschi mich zu ihr mitgenommen hatte. Auch seine Brüder und Schwestern befanden sich unter den Trauergästen. Seine Schwester Margalit begrüßte mich; sie hatte mich schon auf der Hochzeit erkannt. »Du bist Shaul Bar Adon, nicht wahr?« hatte sie mich zu meinem Erstaunen vor vier Monaten angesprochen. Sie war etwas fülliger geworden, und ihr Gesicht, das damals bei der Begegnung in ihrem Elternhaus in Haifa schön gewesen war, war ungewöhnlich schwer gezeichnet. Tiefe Linien hatten sich darin eingegraben. Im Nachbarzimmer, an dessen Tür ich einen Augenblick stehenblieb, sah ich Jechi'el, den Bruder, dem Avschi geholfen hatte, auf dem Markt ein Geschäft zu eröffnen, und der gerade zu seinen Zuhörern sagte: »Laßt uns bloß mit denen in Ruhe, wirklich! Nie im Leben hätten sie einem Schwarzen den Befehl über die Einheit anvertraut!« Ich hatte irgendwie den Eindruck, daß er diese Worte schon tausendmal von sich gegeben hatte, auch vor Avschi, als er noch lebte. Eine große Schar von Kindern lief herum und verbreitete Unruhe im Haus, die Kleinsten weinten oder schrien, wurden liebkost oder gescholten, und vor diesem Hintergrund trat noch deutlicher zu Tage, daß Avschi der einzige unter den Geschwistern gewesen war, der keine Kinder hatte.

»Ich glaube«, sagte Masi mir später, während des Essens im Hotel, »daß er noch nicht bereit war, Familienvater im wahren Sinn des Wortes zu sein, also der Vater von Kindern. Das ist es, was seine Eltern und Geschwister nicht verstanden. Es gab alle möglichen Dinge, die ihm wichtiger waren. Damals wie heute habe ich den Verdacht, daß er – bewußt oder unbewußt – vor etwas flüchten wollte. In den Jahren vor unserer Hochzeit zum Beispiel, das heißt in den Jahren, in denen er viel Geld verdiente und ein reicher Mann wurde, ging es ihm vor allem darum, das zu tun, was sich jemand, der in seiner Kindheit und Jugend keinen Wohlstand gekannt hat, wahrscheinlich manchmal vorstellt, wenn er davon träumt, er wäre reich: nämlich, wie du weißt, zuallererst seinen Angehörigen zu helfen – seinen Eltern, Brüdern und Schwestern. Es war, als ob er sich dadurch eine Art Seelenfrieden erkaufte, als könne er erst danach seinen Reichtum auch sich selbst zugute kommen lassen. Diese Ausdrücke, die er benutzte, wie ›auf Baron Avschis Kosten‹ oder ›König Avschi lädt ein‹, waren nicht mehr einfach nur Sprüche, mit denen er sich über sich selbst lustig machte, sondern er begann, sie beinahe wörtlich zu nehmen oder zumindest metaphorisch. Er kaufte das Haus in Afeqa, und wir fingen an, es zu renovieren, hauptsächlich nach meinem Geschmack – er verließ sich dabei ganz auf mich. Weißt du, obwohl ich wirklich nicht aus einer begüterten Familie stamme – sogar im Gegenteil, wir haben auch schwere Notzeiten erlebt –, wollte es das Schicksal, daß meinem Vater das verlassene arabische Haus in Tiberias zufiel und ich so Geräumigkeit gewohnt war. Avschi und ich lebten zunächst noch an zwei verschiedenen Orten, er in Zahala und ich in Rechovot, weil ich in der Nähe des Instituts sein wollte, aber es war klar, daß das Haus in Afeqa unser Nest war, das wir uns langsam bauten. So vergingen still und leise fünf Jahre, bis er endlich ein wenig zur Ruhe kam und wir einen Termin für die Heirat festlegten.«

Drei Monate vor Ausbruch des Jom-Kippur-Kriegs und ungefähr vier Monate vor seinem Tod hatten Avschi und Masi mit einem großen Fest im Garten des Hauses in Afeqa ihre Hochzeit gefeiert. Gleichzeitig war dieses Fest auch zu einem Treffen aller Angehörigen der Schwarzen Brigade geworden, die Avschi kannten. Wer war nicht alles da! Ich selbst war extra für achtundvierzig Stunden aus Los Angeles angereist. Die ganze weitverzweigte Familie, sämtliche Geschwister und deren Kinder, waren da, und alle fühlten sich geehrt durch das Erscheinen so vieler Persönlichkeiten. Der in Avschis Augen Wichtigste war der Generalstabschef der Reserve Chaim Laskow, aber es waren noch weitere Generäle sowie Generäle im Ruhestand gekommen. Jeder, der einmal mit Avschi zu tun gehabt hatte, machte ihm seine Aufwartung, so auch einige Oberstleutnants, deren Laufbahn bei ihm begonnen hatte, wie etwa Assaf Granot, der zu meiner Zeit in der Brigade diente und mich einmal zur Pessach-Feier nach Mischmar ha-Emmeq mitgenommen hatte. Auch Oberstleutnant Doron Barqai, der Mann, dem die Leitung der Einheit übertragen worden war, war gekommen, um Avschi zu umarmen.

Die religiöse Zeremonie nahm ein jemenitischer Rabbiner nach jemenitischem Ritus vor, und als ich das schöne Paar unter der *Chuppa* stehen sah, fühlte ich in meiner Brust zum ersten Mal einen Stich: Plötzlich sah ich mich als Zuschauer neben dem Baldachin stehen, und ich stellte mir vor, meine Hand hielte die Hand Chajas, meiner Gattin und der Mutter meiner Kinder, genauso wie sich das Paar, das neben mir stand, an den Händen hielt.

Oberst Modi hob sein Glas und sprach den Segen, und alle tranken wir auf das Wohl des jungen Paars – oder sagen wir, des nicht mehr ganz so jungen Paars. Avschi war siebenunddreißig und Masi siebenundzwanzig Jahre alt.

»Ich wollte sofort ein Kind«, erzählte Masi mir, »aber er sagte:

›Du steckst mitten in der Promotion. Beende sie – wir haben bis jetzt gewartet, dann können wir auch noch ein weiteres Jahr warten.‹ Das klang einleuchtend. Er hat mich bei meinem Studium immer sehr unterstützt und mich ermutigt, es fortzuführen und voranzutreiben. Heute werde ich allerdings den Verdacht nicht los, daß er darin – wenn auch nur unbewußt – einfach eine Beschäftigung sah, die mich von Hochzeit und Familienplanung ablenkte; so gab es immer etwas, das erst noch abgeschlossen werden mußte. Inzwischen scheint mir, daß auch der Aufschub der Kinderfrage damit zusammenhing, aber vielleicht übertreibe ich. Auf jeden Fall ist mir klar, daß es ein schwerer Schlag für ihn war, als er bei der Vergabe des Kommandos über die Einheit übergangen wurde. Trotz seines großen Erfolgs im Geschäftsleben und obwohl wir letztendlich heirateten, bin ich nicht sicher, ob er sich jemals davon erholt hat.
Das Traurige an der Geschichte ist, daß er im Grunde gern heiraten und eine Familie gründen wollte, und er sprach mit tiefem Gefühl davon. ›So einen hast du aus mir gemacht, Chischnusa‹, sagte er oft zu mir. ›Einen stinknormalen Typen, einen Langeweiler, der sich eine Frau und Kinder, ein Haus und eine Familie wünscht. Daß das so schön sein kann, habe ich nicht gewußt.‹ Er hatte das Gefühl, daß er wirklich glücklich war, als er sich mit dem Gedanken zu heiraten angefreundet hatte. So war es bis zu dem Tag, an dem er völlig aufgebracht nach Hause kam und mir verkündete, daß er die Armee verlassen würde, weil man ihm den Befehl über die Einheit nicht gegeben hatte. Ich weiß nicht, ob es Avschi recht gewesen wäre, daß ich dir das alles erzähle; ein Macho wie er hätte sich vielleicht geschämt, wenn jemand Bescheid wußte. Aber ich habe das Gefühl, daß es ihm in deinem Fall nichts ausgemacht hätte. Als er mir an jenem Abend seine Unterredung mit Modi schilderte, hat er den Kopf bei mir angelehnt und wie ein Kind geheult. Es war das erste Mal, daß ich ihn weinen sah.

Von da an war er nie wieder wie früher. Ich merkte, daß er jedem Gespräch über die Hochzeit auszuweichen begann – etwas in ihm war erschüttert –, er war nicht mehr sicher, daß er sich tatsächlich niederlassen und Familienvater werden wollte, und begann zu bezweifeln, daß er überhaupt dazu geeignet wäre. Ich begriff, daß ich mich mit Geduld wappnen mußte. Einerseits war ich damals für ihn, wie er es ausdrückte, ›die eine Seele in meinem Leben, die mir in stürmischen Zeiten ein sicherer Hafen ist‹. Das hat er mir tatsächlich einmal gesagt. Weißt du, daß ich in seiner Schublade Gedichte gefunden habe, die er selbst geschrieben hat?«

»Wie bitte?«

»Ja, wirklich. Nicht viele und nichts Berühmtes. Aber daß er überhaupt den Drang verspürte, sich auf diese Weise auszudrücken, heimlich und unbemerkt, das habe nicht einmal ich geahnt. Ich mußte gerade daran denken, weil er manchmal in seine rauhe Sprache ziemlich poetische Wendungen einflocht. Also, auf der einen Seite war ich für ihn eine Art sicherer Hafen, auf der anderen Seite fühlte er sich aber meiner und einer eigenen Familie nicht mehr würdig, er hatte gleichzeitig das Bedürfnis zu fliehen und zu bleiben. Vielleicht gelang es ihm nach und nach, diesen Widerspruch zu überbrücken, als er sich zusammen mit Sakki am Bau der Befestigungsanlagen der Barlev-Linie beteiligte. Vom Reichwerden zum angenehmen Leben, das weißt du selbst, ist es ein kurzer Weg: Da gab es auf einmal das schöne Auto, elegante Kleidung, gute Restaurants, erlesenen Käse und Fleisch und eine Hausbar mit den besten Getränken und aromatischen Zigarren, mit denen man Verwandte und Freunde großzügig bewirten konnte ›wie König Avschi persönlich‹. Selbstverständlich konnte man auch ins Ausland reisen – bei unserer letzten Reise, zwei Monate vor unserer Hochzeit, nach Zürich und Weinigen, warst du ja selbst dabei. Leider begann er, sich zu vernachlässigen, er beendete seinen

ganzen Körperkult und trieb keinen Sport mehr – er war so beschäftigt, daß er träge wurde und die Dauerläufe, Liegestütze und Übungen für den Bauch aufgab, dabei nahm er sich aber immer wieder vor, bald von neuem damit anzufangen. Ich für meinen Teil habe als Kind des See Genezareth nie aufgehört, an mir zu arbeiten, nicht einmal nach seinem Tod, was mir nebenbei auch geholfen hat, die Nerven zu bewahren und nicht völlig die Kontrolle zu verlieren, vor allem wenn ich spätnachts mir ganz allein überlassen war und vor Trauer und Schmerz fast verging. Ich machte meine Übungen zu Hause und fand trotz meines ausgefüllten Zeitplans immer die Gelegenheit, mindestens viermal pro Woche zwei Kilometer rücken-, kraul- und delphinzuschwimmen. Manchmal stupste ich ihn liebevoll in den Bauch«, für einen Augenblick funkelte in Masis Augen ihr schelmischer Blick, »das heißt, wenn er nicht unter erlesener Schneiderware verborgen war, und sagte zu ihm: ›Du verspießerst.‹ Allmählich verwandelte sich auch sein Bauwagen am Kanal in eine Art Club. Es gab dort eine Bar, einen großen Kühlschrank und einen Gaskocher, und abends verwöhnte er die Offiziere der Verteidigungslinie. Zweimal suchte ihn auch der Generalstabschef auf, um sich erklären zu lassen, wie die Arbeiten an den Befestigungen und Bollwerken voranschritten, und wie alle anderen wurde er mit den Köstlichkeiten aus Avschis Speisekammer bewirtet. Du hast den Wagen wahrscheinlich selbst kennengelernt.«
Ich beschloß, Masi nicht zu erzählen, daß Avschi mich während meines Israelaufenthalts im April 1973, ein halbes Jahr vor dem Jom-Kippur-Krieg, auf seiner Rückfahrt vom freien Wochenende mitgenommen hatte, um mir, wie er in Abwandlung dessen, was im Buch Esther über Achaschverosch geschrieben steht, sagte, »den Reichtum und die Ehre meines Königtums und die Pracht und die Herrlichkeit meiner Größe zu zeigen«. Er hatte rechtzeitig eine besondere Ge-

nehmigung eingeholt, und nach der Sicherheitsüberprüfung war ich für einige Stunden offiziell in den Status eines Soldaten versetzt worden; ich ließ meinen Anzug in Avschis Wagen, zog Uniform und Stiefel an und nahm gegen Unterschrift ein Gewehr und Munition entgegen. In Begleitung von Hauptmann Joav vom Kommandostab der Barlev-Linie besuchten wir eines der Bollwerke, die Avschi gebaut hatte, und er demonstrierte mir, wie massiv es war und woraus es bestand, und teilte mir im Kennerton mit, wieviel Sprengstoff nötig wäre, um die Mauern zu knacken. Nichts, das sollte mir klargemacht werden, konnte sie zum Einsturz bringen. Die Männer in der Festung, normale Reservesoldaten, die das Geschehen neugierig beobachteten, konnten mich nicht einschätzen: jemand in nachlässiger Arbeitskluft und ohne Rangabzeichen, der Erläuterungen wie ein General erhielt. Als wir zu dem auf den Kanal blickenden Wachtturm hinausgingen und ich sah, wie eng alles beieinanderlag, wie wenige Soldaten sich in der Festung befanden, die nicht mehr als durchschnittlich wirkten, rutschte mir die Frage heraus: »Avschi, was passiert, wenn die Ägypter eines Tages aufbrechen und über den Kanal setzen?«

»Das sollen sie wagen! Wir sind bereit! Zermahlen werden wir sie, *ja dschachsch*. Vor uns kann keine Armee bestehen. Sieh dir die Panzereinheiten, die Artillerie und die Luftwaffe an, dann wird dir klar, was für eine Macht wir jetzt haben. Nie war unsere Position besser.«

Meine Worte waren nicht so zu verstehen gewesen, daß ich tatsächlich einen Angriff befürchtet hätte. Sie brachten nur das Erstaunen dessen zum Ausdruck, der zum ersten Mal die Anlage sah, mit der man das letzte Wort über die Sicherheit am Kanal gesprochen zu haben meinte, und dessen Neugierde geweckt worden war.

»Joav«, drängte Avschi den jungen Hauptmann, der uns begleitete, als fordere er Schützenhilfe. »Sag du etwas«.

»Ich würde mich nicht wundern, wenn es zum Krieg käme«, antwortete Joav. »Ich höre, was Sadat sagt, und kann sehen, was die Ägypter auf der anderen Seite des Kanals tun.«
»*Ualla*, ihr macht mich fertig. Was ist mit dir los, Joav? Wenn sie überhaupt den Mumm dazu haben, schneiden wir ihnen die Eier ab. Sie reden nur, *ja ibni*«, erklärte Avschi und lud uns zu einem Gelage in seinen Wagen ein. Später sollte ich mich an Hauptmann Joav immer dann erinnern, wenn ich an Uri Carasso dachte, unseren Doktor aus dem Sechs-Tage-Krieg, und natürlich an Masi. Doch auch das beschloß ich, Masi nicht zu erzählen.
»Ja«, sagte ich dann zu ihr, »er hat mich einmal dorthin mitgenommen und bewirtet ›wie König Avschi persönlich‹.«
Wir lachten traurig. »Er hat mir erzählt«, fuhr Masi fort, »daß einmal sogar Oberstleutnant Doron Barqai, der Mann, der den Befehl über die Einheit erhalten hatte, bei ihm zu Gast war – das war in der Phase, in der Männer seiner Einheit nachts zu Spionage- und Aufklärungszwecken den Kanal überquerten, oft genug zu einem hohen Preis und für überflüssige Vergeltungsmaßnahmen, das ist allerdings meine Meinung«, betonte Masi, »nicht Avschis. Ihn freute es, Doron sein Reich zu zeigen, und sie waren wohl beide froh, daß nach diesem Besuch die gespannte Atmosphäre gewissermaßen bereinigt war, die, wie wohl keiner von beiden je zugegeben hätte, zwischen ihnen seit der Entscheidung über das Kommando geherrscht hatte. Dieser Besuch hatte vielleicht auch seinen Anteil daran, daß Doron bei Ausbruch des Jom-Kippur-Kriegs die Entscheidung traf, einen Offizier wie Avschi in die Einheit zu holen.
Ich weiß nicht, ob du davon etwas weißt«, sagte Masi: »Der Alarm, der damals am Mittag des Jom Kippur ertönte, weckte Avschi aus dem Halbschlaf, in den er in der Synagoge gefallen war. Er saß auf dem Platz, den sein Vater ihm jedes Jahr reservierte – es war derselbe Platz, auf dem er schon in seiner

Kindheit und Jugend gebetet hatte. Am Jom Kippur bemühte sich Avschi immer, wenn irgend möglich, bei seinen Eltern in Haifa zu sein; das war eine Art Überbleibsel aus alten Tagen, und auch diesen ersten Jom Kippur seit unserer Hochzeit wollte jeder von uns bei seinen Eltern verbringen – Avschi fuhr also nach Haifa und ich nach Tiberias. Als Avschi die Sirenen hörte, stürzte er auf die Straße und sah, welche Vorbereitungen getroffen wurden. Menschen rannten umher, Autos starteten, und er beeilte sich, zum Haus seiner Eltern zu gelangen. Schon von draußen hörte er das Klingeln des Telefons, und er rannte ins Haus. Es war Doron – ich weiß nicht, warum seine Worte sich mir ins Gedächtnis eingegraben haben: ›Avschi, ich habe dich in Afeqa nicht erreicht und es deswegen bei deinen Eltern versucht. Die Ägypter und Syrer greifen an. Komm sofort zur Basis.‹
Avschi fuhr zur Synagoge zurück, um seinen Eltern Bescheid zu geben. Immer wieder erzählt Rumia, wie sie sein Gesicht mit ihren Händen umfaßt und gebetet hat: ›*Kapporo*, möge der Herr dich, deine Brüder und alle Kinder Israels behüten, amen.‹ Seine Schwester Margalit behauptet, während des ganzen Kriegs habe große Furcht in Rumias Augen gestanden, so als ahne ihr Herz Böses. Nur Avschis Brüder sollten heil aus dem Krieg zurückkehren. Er selbst rief mich in Tiberias an, als er das Büro seiner Einheit erreicht hatte. Er berichtete mir, was Doron ihm gesagt hatte, und wiederholte dann das übliche: ›Mach dir keine Sorgen, wir werden sie in Stücke reißen.‹ Den Spruch kennst du sicher zur Genüge. Im nachhinein überlege ich manchmal – denn schließlich bin ich ein Mensch, und Menschen suchen nun mal ständig nach einem Sinn, einer Erklärung oder symbolischen Bedeutung –, im nachhinein jedenfalls scheint mir, daß Avschi, wie man heute sagen würde, ein Konzept verkörperte und daß er mit ihm zugleich gestorben ist, oder es mit ihm.
Mir ist nicht ganz klar, warum Doron ihn überhaupt in seine

Einheit berief und wie er darauf kam, daß Avschis Platz in einer solch bedrohlichen Lage dort sein könnte. Seine Einberufung wurde ja erst nachträglich bestätigt. Heute glaube ich, daß Doron Avschi einfach ausgenutzt hat. Ihm bot es sich an, sich in einer prekären Situation einen guten Kämpfer und Führer zur Seite zu stellen. Nachdem sich die Spannungen zwischen den beiden durch den Besuch am Kanal und das gemeinsame Essen in Avschis Wagen gelegt und sie sich auf unserer Hochzeit auch noch wie alte Freunde umarmt hatten, fiel es Doron offenbar leichter, um Avschis Unterstützung zu bitten. Am Tag nach Jom Kippur rief Sakki mich aus der Kommandozentrale im Süden an und fragte mich, wo Avschi sei. Ich antwortete ihm, Doron habe sich gemeldet und ihn gebeten, zur Einheit zu kommen. Daraufhin fragte mich Sakki: ›Bist du sicher?‹, und ich wunderte mich etwas über diese Reaktion. Ich habe die ganze Geschichte erst später, nach Avschis Tod, rekonstruiert. Ich glaube, wenn Doron ihn nicht zu sich bestellt hätte, wäre er wahrscheinlich wie Sakki zum Kommandostab Süd eingezogen worden, als Fachmann für die Befestigungsanlagen, an deren Bau er selbst mitgewirkt hatte. Sakki spricht nicht darüber, vielleicht um mich nicht zu bekümmern, aber ich bin beinahe sicher. Denn in den Jahren, die Avschi und Sakki mit dem Bau der Barlev-Linie zubrachten, wurden sie nie zur Reserve eingezogen – schließlich beteiligten sie sich bereits an Wehraufgaben, während des Zermürbungskriegs am Kanal oft sogar unter schwerem Feuer. Avschi war damals überhaupt nicht darauf vorbereitet, an der Seite all dieser jungen Leoparden in einer solchen Eliteeinheit zu kämpfen, er, mit seiner verminderten körperlichen Leistungsfähigkeit, dem Bauch und der starken Raucherei. Bestimmt wäre es ihm lieber gewesen, in einem Panzer oder Kommandowagen zu sitzen. Mein einziger, wahrlich erbärmlicher Trost ist, daß ich mit Gewißheit behaupten kann: Avschi fühlte sich von

Dorons Bitte geehrt. Siehe da, in der Stunde der Prüfung riefen sie ihn auf, in die glorreiche Einheit zurückzukehren. Das war genau das, was er gewollt hatte. Und vielleicht starb er sogar in so etwas wie Seelenfrieden, nun da er wieder in den Reihen seiner Einheit hatte kämpfen können, nach all den Jahren der Bitterkeit und des Zweifels ...«

Um ein Uhr nachts brachte ich Masi zu dem Haus in Afeqa. Am Tor küßte sie mich auf beide Wangen und sagte zu mir: »Es war gut, mit dir zu reden, Shaul. Ich bin froh, daß jemand wie du Avschi so nahestand, und ich hoffe, daß du ein Freund der Familie bleiben wirst, Sakkis und meiner Familie. Meine Mutter Rosina mag dich. Sie hat dich bei der Hochzeit und während der Trauerwoche gesehen, aber sie erinnert sich auch an euren Besuch damals bei uns in Tiberias. Sie sagt, du seist ein feiner Mensch – hat sie nicht recht?«

Wir lachten. Als ich wegfuhr, sagte mir mein Herz, daß Masi stark war und darüber hinwegkommen würde. Avschi, der auch bei seiner Arbeit im Zivilleben Risiken ausgesetzt gewesen war, hatte darauf geachtet, ein ordentliches, genau durchdachtes Testament aufzusetzen, und hatte sicherlich für Masi gut vorgesorgt. Außerdem würde sie selbst bestimmt noch Karriere machen. So war es dann auch. Aber sie heiratete nie wieder und blieb kinderlos.

Kapitel 33

Doktor Irene Garbel – deren Titel mit Betonung auf der letzten Silbe auszusprechen war, denn sie war Phonetikdozentin und ihr lag die richtige Aussprache sehr am Herzen –, Doktor Irene Garbel war eine Dame mit leicht nachlässigem Kleidungsstil, aber natürlich hatten ihre Schüler sie nicht aus diesem Grund in so guter Erinnerung. Schon bevor ich an ihren Stunden teilnahm, hatte ich zuweilen ihre Hebräischsendung im Radio gehört und kannte ihren überaus korrekten Akzent. Nicht nur das »ch« und den Stimmansatz bildete sie streng orthodox tief in der Kehle, sondern wie eine Irakerin aspirierte sie auch alle »q« und bestimmte »t«. Fein säuberlich sprach sie jedes kurze »e« aus, betonte die Wörter stets an der vorgeschriebenen Stelle und richtete sich auch sonst nach dem, was die Gesetze und Traditionen der Sprache forderten. Dieses Hebräisch, das über die Wellen des Äthers verbreitet wurde und vielen vertraut war, war dasselbe, das auch in ihrem Unterricht zu hören war, dessen Teilnehmer aus verschiedenen Fächern kamen, etwa Hebräische Sprachwissenschaft, Semitistik und Orientalistik. Sie ging im Vorlesungssaal auf und ab, und dabei prasselte ihre geschliffene Rede in einer Mischung aus Prophetinnenzorn und Humor auf uns nieder.

So konnte sie nicht fassen, daß ein gutaussehender Riese wie Avschi, dessen dunkle Haut seinen jemenitischen Ursprung bewies, das Hebräische wie ein waschechter aschkenasischer *Sabre* aussprach und Schwierigkeiten hatte, die orienta-

lischen Kehllaute hervorzubringen, die Doktor Garbel doch mehr als alles andere am Herzen lagen und für die sie sich so beharrlich und kompromißlos einsetzte, wie es nur einer aus Deutschland gebürtigen *Jeckin* anstand.
»Herr Avschalom Qehati«, sagte sie mit Betonung auf der letzten Silbe, als sie ihn zum ersten Mal aufrief und seinen Namen von der Liste ablas.
»Man nennt mich Avschi«, entgegnete er und betonte natürlich die erste Silbe.
»Herr Avschalom Qehati«, ließ die Dame, auf ihrer Aussprache bestehend, vernehmen und fügte hinzu: »Vergessen Sie Ihr ›Avschi‹!«, wobei der Akzent erwartungsgemäß auf dem Wortende lag.
Lautes Gelächter erschallte. Auch Avschi stimmte darin ein. Manchmal nannten die Kommilitonen ihn nun spaßeshalber Av*schi*. Er aber erwiderte von ganzem Herzen die Sympathie, die die Frau Doktor ihm unübersehbar entgegenbrachte, ungeachtet ihres Spotts über die grauenhafte Unfähigkeit seiner Sprechorgane.
Avschi strengte sich wirklich an; in unserer Wohnung in Qirjat Mosche übte er immer vor dem Spiegel und fluchte. Er erzählte mir, einmal habe sie ihn in ihre Sprechstunde bestellt und sich bei ihm beklagt:
»Wie ist es möglich, daß ein Mann wie Sie, mit einem solchen Namen, nicht imstande ist, ihn korrekt auszusprechen?«
»Väterlicherseits«, erklärte Avschi ihr, »habe ich eine moghrabische Großmutter – vielleicht hat sie die Linie unterbrochen.«
Gegen ihren Willen hatte die freundliche Dame geschmunzelt und ihm mit dem Finger gedroht.
Das alles fiel mir ein, als Sakki die Geschehnisse jenes hektischen, bitteren Tages beschrieb, die er und andere, soweit es möglich war, mit Hilfe der Augenzeugen rekonstruiert hatten. Sie waren auf den Golanhöhen, um bei der Eroberung

des Hermon mitzuwirken. Den Augenzeugen zufolge wirkte Avschi abgespannt, sein Gesicht schien eingefallen, und auch sein Bauch war deutlich schlanker geworden. Seine Augen blickten stumpf und erschöpft. Man kann wohl annehmen, daß für ihn wie für das ganze Volk Israel etwas an diesem Krieg nicht stimmte. Für ihn vielleicht sogar in besonderem Maße. Irgend etwas war schiefgelaufen. Nach allem, was er in die Befestigungsanlagen investiert hatte, seinen Schweiß und sein Herzblut sowie die besten Materialien, liegt es auf der Hand, daß die Nachricht von ihrem Fall in ihm große Wut weckte. An jenem Tag, kurz vor Kriegsende, war das Gefühl des Scheiterns sicher schon allen ins Bewußtsein gedrungen, trotz der scheinbaren Wende und der Erfolge dieser letzten Kriegsphase. Gegen Abend hatten sie den Aufstieg über den Steilhang begonnen, der den jungen Leoparden, wie Masi sie später im Gespräch mit mir nennen sollte, bestimmt leichterfiel als ihrem Vorgesetzten, einem Siebenunddreißigjährigen, der, wie die Kameraden bezeugten, damals täglich mindestens drei Päckchen Virginia-Zigaretten rauchte, auch wenn sich seine körperliche Form seit Beginn des Kriegs verbessert hatte.

Ein Mann wie Avschi sah in so etwas kein Hindernis, er biß die Zähne zusammen und stapfte mit schwerem Atem voran. Er galt als Experte für diesen Berg, denn es war bekannt, daß er ihn nach dem Sechs-Tage-Krieg auf ausgedehnten, gründlichen Wanderungen erkundet hatte. Hin und wieder blieb er stehen, um Luft zu holen, und sondierte mit dem Feldstecher das Terrain, als nehme sein Tierinstinkt Witterung auf. Sein Verhalten vermittelte den Eindruck von Kompetenz und strahlte Sicherheit aus. Als es dunkel wurde, wurde, Dorons Anweisungen gemäß, beschlossen, Stellung zu beziehen und hinter einer Gesteinsfalte auf einem der Hänge das Nachtlager aufzuschlagen; erst am Morgen sollte der Aufstieg fortgesetzt werden. Doron befehligte eine Truppe,

die sich ein Stück entfernt einen anderen Hang hinaufarbeitete.
Als sie nach einem offenbar unruhigen, ängstlichen Schlaf vor Morgengrauen aufstanden, war es kalt und der Boden reifbedeckt. Jemand erhitzte Wasser, und ein anderer Kamerad stellte ein Päckchen löslichen Kaffee von seiner Marschverpflegung zur Verfügung. Als Avschis großer Körper aus der Dunkelheit auftauchte, reichte einer der Männer ihm den Becher, den er für sich selbst vollgeschenkt hatte, und Avschi dankte ihm und gab ihm das leere Gefäß, das er mitgebracht hatte. Er ließ sich, auf ein Knie gestützt, nieder und trank den Becher nachdenklich aus. Später zog er den Feldstecher aus dem Etui, erhob sich und schaute sich um. Hinter ihnen zeigte sich mit leichtem Schimmer, weiß und beruhigend, der beginnende Sonnenaufgang.
Als Avschi die Umgebung eine Weile erkundet hatte, es war noch dämmrig, flüsterte er plötzlich Giora, dem Oberleutnant, der ihn begleitete, zu:
»Zwei Syrer nähern sich uns. Sie kommen aus der Furche vor uns. Alarmier die Kameraden.«
Giora ging sofort zu ihnen. Sie ließen alles stehen und liegen, einer stellte seinen Kaffee ab, ein anderer warf das Frühstück hin, wiederum ein anderer hörte auf, seine Waffe zu reinigen, und alle gingen in Deckung. Danach erhob sich Avschi und forderte einen der Syrer auf, zu ihm zu kommen.
»Das hätte *ich* tun sollen«, sagte Sakki zu mir, als er die Schilderung der Soldaten wiedergab. »Nur ich sprach richtig Syrisch. Aber ich war weit weg, beim Kommandostab im Süden. Und Avschi, dieser Idiot, er wird mir verzeihen, daß ich wütend auf ihn bin, Avschi steht auf und spricht mit dem Syrer Palästinenserarabisch. Er mit seiner beschissenen Aussprache bildet sich ein, der Syrer halte ihn für seinesgleichen. Und der syrische Soldat, so erzählten mir die Männer, die von ihren Unterständen aus zuschauten, der syrische Soldat

kommt wie hypnotisiert auf ihn zu, ist nur noch dreißig, dann zwanzig, schließlich fünf Meter entfernt, als Oberleutnant Giora Avschi von unten zuflüstert: ›Sei vorsichtig!‹«

Ich habe lange über diese Momente, die Sakki mir beschrieben hat, nachgedacht. Was hatte Avschi vor? Wollte er den Syrer ohne Schüsse gefangennehmen, um vorläufig nicht den ganzen Abschnitt zu wecken und in Aufruhr zu versetzen? Wollte er sich einen Informanten schnappen, der nützliche Auskünfte geben konnte, was sie auf dem weiteren Weg erwartete? Möglich ist alles. Oder ging es einfach nur um Angabe, um Wichtigtuerei und eine Form von Heldenmut, die den jungen Leoparden etwas beweisen sollte? Vielleicht. Tief in meinem Herzen komme ich nicht umhin, auch diesen Verdacht zu hegen. Ich sage »auch«, weil es nur eine von vielen verrückten Annahmen und Ideen ist, die einen nachträglich, nach einem so gründlichen und unumstößlichen Ereignis wie dem Tod, wenn sich das Geschehene nicht mehr umkehren läßt, beschäftigen können. Wie würde Masi sich ausdrücken? Ohne es zu wollen, suchen wir uns einen Sinn, eine Erklärung oder symbolische Bedeutung – im Grunde meines Herzens kann ich nicht ausschließen, daß Avschi an jenem Morgen die Gelegenheit witterte zu demonstrieren, daß sich die Wirklichkeit trotz allem kaum verändert hatte. Angesichts des israelischen Genies war jeder Gegner ein Tor. Früher hatte Avschi seinen Feind im Kampf nie verspottet; er wußte nur zu gut, daß eine derartige Haltung eine Todsünde war. Doch nach den schweren Prüfungen der ersten Kriegstage und aus der Verwirrung heraus, die, da so viele Glaubenssätze, die tief in seinem Herzen gewurzelt hatten, ins Wanken geraten und umgestoßen worden waren, jetzt wohl in ihm herrschte, konnte er vielleicht der Versuchung nicht widerstehen, es den Kameraden und insbesondere sich selbst zu zeigen und ein kleines Stück der Vergangenheit zu retten. Masi würde wahrscheinlich sagen, etwas von dem Konzept. Vielleicht war folgender Gedanke für ihn von Bedeutung: Wenn er sich tatsächlich so sehr getäuscht hatte, war er dann überhaupt würdig gewesen, die Einheit zu führen? Hat dieser beängstigende Gedanke seine Urteilskraft beeinträchtigt und, wenn auch nur unbewußt, dem Drang zu dieser letzten Tat einen verhängnisvollen Antrieb verliehen? Ohne es zu wollen, tragen wir so viele Gedanken im Herzen. Aber wer weiß? Es kann sein, daß all das über niemanden etwas aussagt außer über mich und meine unbändige Phantasie. Masi ist überzeugt, und das ist auch gut so, daß Avschi in seiner letzten Aufgabe endlich die innere Ausgeglichenheit wiederfand, die ihm in den vorausgegangenen Jahren abhanden gekommen war. Vielleicht hat sie recht. Auf alle Fälle läge kein Sinn darin, Zweifel in ihr zu wecken.

»Aber dieser Avschi«, erzählte Sakki, »*schuf lak*, du glaubst es nicht! Er befiehlt dem Syrer sogar noch, seinen Kameraden zu rufen, der ihm folgte. Was, um alles in der Welt, dachte er sich dabei? Daß der Syrer dumm ist? Wollte er sich umbringen? Der Syrer blickt hinter sich und sagt etwas Unverständliches. Dann blinzelt er kurz in die aufgehende Sonne, schaut Avschi an und feuert ein ganzes Magazin auf ihn ab.«

Sofort sprangen Giora und noch ein paar Männer aus ihren Verstecken und liquidierten die beiden Syrer. »Einen Sanitäter«, schrie jemand wie verrückt, als er Avschi auf die Knie sinken und mit dem Gesicht auf den Erdboden fallen sah. »Aber in Avschi war schon kein Lebensgeist mehr. *Kuss immak*!«

Kapitel 34

Nun komme ich zu dem Kapitel, von dem ich bereits die ganze Zeit über spüre, daß ich ihm ausweiche. Es gibt Dinge in unserem Leben, an die wir uns lieber nicht erinnern. Zwei Tage nachdem ich mit Schajke zu Avschis *Schiv'a* nach Afeqa gefahren war, hatte ich das Bedürfnis, noch einmal dorthin zu fahren, und nahm wieder ein Taxi. Wie Sie sich erinnern, konnte ich damals noch nicht wieder Auto fahren, und daher mietete ich keinen Wagen, wie ich es sonst bei meinen Besuchen in Israel tat. Masi und Sakki empfingen mich herzlich und dankbar. Anderntags wollten sie die *Schiv'a* beenden und zum Grab nach Haifa fahren. Ich saß eine Stunde bei ihnen. Noch immer summte das Haus von den ein und aus gehenden Gästen. Rumia wiegte sich wie zuvor auf ihrem Kissen auf dem Fußboden, aber diesmal, vielleicht weil sie mich zwei Tage vorher schon einmal gesehen hatte, erkannte sie mich wieder – das entnahm ich jedenfalls einer leichten Veränderung in der Bewegung ihres Kopfes, den sie mir für einen Moment schüttelnd zuwandte, als wolle sie sagen: »Wehe mir! Schau dir an, wohin ich gelangt bin!« Als ich aufstand, um zu gehen, führten Sakki und Masi mich wieder in die Küche und baten mich, einen Moment Platz zu nehmen. Ich bemerkte, wie sie miteinander Blicke wechselten.

»Chaja war gestern hier«, begann Masi. »Du weißt, daß sie in Afeqa wohnen, ein paar hundert Meter von uns entfernt. Wir sind ihr hin und wieder begegnet, haben aber immer nur Höflichkeiten mit ihr ausgetauscht. Jetzt hatte sie die Todesanzeige an unserem Haus gelesen und kam deshalb zu uns. Sie erzählte uns ein paar nette Anekdoten von Avschi, die wir nicht kannten. Aus der Studienzeit in Jerusalem.«

Ich schwieg. Aber ich fühlte, daß es in meiner Brust zu hämmern anfing.

»Sie erkundigte sich auch nach dir und fragte, ob du über Avschis Tod Bescheid wüßtest«, fuhr Masi fort. »Wir sagten ihr, daß du gestern hier warst...«

»Mit einer halben Zwangsjacke«, fiel Sakki ihr ins Wort. »Wir erzählten ihr auch von deinen Heldentaten im Krieg.«

»Sie hat gefragt, ob es sich um eine ernsthafte Verletzung handelt«, sagte Masi. »Als wir ihr versicherten, daß dem nicht so sei, bat sie uns, dir Grüße auszurichten, von ihr und Mirale vom Berg Tabor. Sie sagte, den ganzen Krieg über sei sie in großer Angst um ihren Mann Gerschon gewesen – so heißt er doch? Die Luftwaffe habe es diesmal schwer gehabt. Er ist aus dem Reservedienst noch nicht zurück.«

Als ich hinausging und in das wartende Taxi stieg, ertappte ich mich dabei, daß ich den Fahrer aufforderte, einige hundert Meter weiterzufahren, zu dem Gebäude, dessen Nummer ich bereits kannte, denn ich hatte mehr als einmal im Telefonbuch nachgeschaut und überlegt, ob ich sie anrufen sollte, um mit dem Abstand all der Jahre, die inzwischen vergangen waren, hallo zu sagen oder ein gutes neues Jahr zu wünschen. Doch jedesmal war ich zurückgeschreckt.

Nachdem wir das Gebäude gefunden hatten, befahl ich dem Fahrer, etwa zwanzig Meter zurückzusetzen. Danach saß ich einfach da und wartete darauf, daß jemand aus dem Haus trat. In diesem Moment mußte ich mich unerbittlich an die Zeit erinnern, an die ich am liebsten nie mehr gedacht hätte. Ich durchlebte noch einmal die Gefühle, die ich in den Tagen damals, vor elf Jahren, empfunden hatte, so als liefe in mir ein Reaktionsmuster ab.

Manche Männer, die von ihrer Freundin verlassen oder betrogen werden, ermorden sie. Von diesen wenigen hört man viel. Sie geraten in eine shakespearesche Tragödie hinein und unausweichlich in die örtlichen Klatschspalten. Andere Männer töten nicht ihre Freundin, sondern sich selbst. »Die Ursache seines tragischen Endes war enttäuschte Liebe.« Von diesen nicht besonders zahlreichen Fällen erfährt man ebenfalls und erst recht von denen, die zunächst die Freundin und danach sich selbst umbringen. Auch über die Männer, die prügeln, bis Blut fließt, wird berichtet. Dabei sind natürlich alle möglichen Varianten denkbar, aber alle laufen auf die romantische Formulierung eines bekannten Liedes hinaus: »Doch wenn er ein Mann ist, wenn er ein Mann ist, verfolgt er sie bis ins Grab« – oder wenigstens ein Stück des Weges. Über uns aber, über Sie und mich, die wir einfach irgendwer sind und die Mehrheit repräsentieren, auch die Mehrheit der Männer, spricht niemand. Glaubt man diesem und tausend anderen Liedern, dann sind wir keine echten Männer. Von der geschlagenen, verlassenen oder betrogenen Frau, die sich wie wir den Gesetzen der Tragödie verweigert, brauchen wir erst gar nicht zu sprechen. Auf alle Fälle blieb ich auch auf diesem Gebiet der brave Junge aus Jerusalem.

Ist der Liebende, der nach dem Erhalt eines Abschiedsbriefs zwei Wochen verstreichen läßt, Höllenqualen der Sehnsucht, der Kränkung und der Eifersucht leidet, dessen Seele einer offenen Wunde gleicht und der sich trotzdem nicht rührt und nichts unternimmt – ist derjenige ein richtiger Mann? Inzwischen habe ich eingesehen, daß er vielleicht sogar männlicher ist als die Mörder und Selbstmörder. Gerschon Abramski beweist das. Nach so vielen Jahren erscheint er mir als der männlichste von allen. »Ich werde auf dich warten«, hatte er Chaja versprochen. »Ich werde warten, bis du darüber hinweg bist.« Welche nächtlichen Qualen muß er damals durchlebt haben? Heute kann ich ihn nur bewundern, denn mir ist klar, wie sehr er gelitten hat. Der männlichste aller Männer. Das weiß ich jetzt. Ich selbst mit meinen zweiundzwanzig Jahren dagegen zweifelte an meiner Männlichkeit, weil ich tatenlos blieb, auch wenn mir klar war, daß das Ende beschlossene Sache war. Doch Vergangenes läßt sich nicht rückgängig machen. An Gerschons Schmerz wollte ich gar nicht denken.

Das Rechtssystem mancher Länder erkennt »Verbrechen aus Leidenschaft« an oder bezieht ein solches Motiv in die Rechtsprechung ein. Aber diese »Leidenschaft«, in deren Bedeutung sowohl der Gefühlssturm als auch das Leid und die Kreuzesqualen des verlassenen Geliebten liegen, vermochte es zunächst nicht, einen Menschen wie mich zu mehr zu bewegen, als mit Avschi über meinen Schmerz und Kummer zu reden. Es tat mir gut, ihn abends in der Wohnung anzutreffen, nach einem Tag, den ich niedergedrückt von Depressionen im Archiv, der Bibliothek und der Mensa verbracht hatte, in einer Zeit, in der mir alles von dichtem Dunst oder Nebel verschleiert schien und ich alle meine Kraft aufbringen mußte, um etwa eine Frage des Genossen Burstein zu beantworten oder auch nur zwei Sätze aus dem aufgeschlagen vor mir liegenden Buch zu verstehen. Es fiel mir damals sehr schwer, allein zu sein. In der Zeit erwies sich Avschi als echter Freund. Ich bin überzeugt, daß er in dieser Zeit auf seine Freizeitvergnügen und alle übrigen Beschäftigungen verzichtet hat und abends meinetwegen nach Hause kam. Als ich ihm das einmal sagte, stritt er es energisch ab und behauptete, er wolle ohnehin kürzertreten. Er müsse nachts lernen. Doch bevor er sich an seine Bücher setzte, hörte er mir zu. Eine Art Redewut packte mich manchmal, wenn ich ihm mein Herz ausschüttete, und ich wiederholte immer und immer wieder die Dinge, die ich schon hundertmal gesagt hatte. Und er hörte mir zu, manchmal mit großer Geduld und manchmal ärgerlich, ärgerlich auf Chaja und mitunter auch auf mich. Einmal konnte er nicht länger an sich halten, sprang aufgebracht von seinem Stuhl auf und schrie: »*Kuss immak*, verflucht! Sie ist es nicht wert, daß es dir so miserabel geht! Du kannst tausend andere haben, die besser als sie sind, das verspreche ich dir!«

»Du verstehst mich nicht. Ich kann mir niemanden vorstellen, der besser für mich wäre als sie. So eine gibt es nicht. Sie existiert nicht. Schluß, aus!« rief ich und brach in Tränen aus. Ohne Scham. Ich hatte nicht die Kraft für solche Nebensächlichkeiten wie Scham. Als mein Weinen gar nicht mehr aufhören wollte, erhob sich Avschi, setzte sich an meine Seite und legte schweigend den Arm um mich. Wenn ich manchmal über ihn nachdenke, sehe ich ihn so vor mir, wie er dasitzt, die Hand auf meiner Schulter, still, mit zum Boden gesenktem Gesicht und einem tiefen intuitiven Verständnis meiner Lage. In solchen Momenten sehne ich mich nach ihm mehr denn je, obwohl ich doch nur ungern an meine Situation damals zurückdenke.

Als vierzehn Tage vergangen waren, also zwei Wochen nach der Katastrophe – so lautete die neue Zeitrechnung in meinem Leben –, machte ich mich auf und fuhr mit dem Moped nach Tel Aviv. Ich kaufte mir eine große, dunkle Sonnenbrille, so daß ich mir wie ein verdeckter Ermittler vorkam, setzte mich in ein Café in die Nähe der Einmündung der Ibn-Gabirol-Straße, nicht weit von dort, wo ihre Eltern wohnten, und wartete auf sie. Müßte sie nicht für irgendeine Erledigung herauskommen? Auch diese Erinnerung bereitet mir Unbehagen: Wie ich dort vier Stunden lang gesessen habe und, als es dunkel wurde, aufgestanden war, mich dem Haus genähert und mich neben einen Strommast am Anfang der Straße gestellt hatte. Über eine Stunde harrte ich dort aus, dann, plötzlich, sah ich sie.

Sie war auf einmal dort auf der Straße und entfernte sich in die entgegengesetzte Richtung. »Chajale«, brüllte eine Stimme in mir. Ihrem Rücken, ihrer Gestalt, diesem so vertrauten Wesen nach, meiner Chaja-Chajka-Chajale. Ich wäre zu ihr gelaufen, hätte sie festgehalten, zu mir umgedreht und heftig umarmt. All dies hätte ich getan, wäre sie nicht in Begleitung Gerschons gewesen. Er ging zu ihrer Linken, seine Rechte um sie gelegt. Ich folgte ihnen. Wie in einem Film. Endlich bekam ich ihn zu Gesicht, wenn auch nur von hinten. In eine lebhafte Unterhaltung vertieft, wandten sie einander zuweilen ihre Gesichter zu, so daß ich kurz sein Profil erkennen konnte. Er hatte ein kräftiges Kinn, beinahe wie ich es mir ausgemalt hatte, aber er war nicht glatzköpfig wie in meiner Vorstellung. Sein volles braunes Haar trug er kurz geschnitten. Er war von stämmiger Statur, mittlerem Wuchs und größer als Chaja. Ich ging weiter hinter ihnen her. Als sie zu einem Fußgängerüberweg kamen, legte er die Hand auf ihren Rücken, als wolle er sie über die Fahrbahn leiten. Genau wie ich es in Jerusalem immer getan hatte. Das gab mir den Rest.

Das gab mir endgültig den Rest, denn in jenem Augenblick fragte ich mich, was sie sonst noch mit ihm genauso machte wie mit mir. Der Gedanke daran war mir schon früher gekommen und hatte mir zugesetzt, besonders nachts im Bett. Doch ich hatte mir eingeredet, daß noch nichts geschehen war. Bestimmt hatte sich Chaja eine Zeit des Wartens erbeten, aus verständlichen Gründen – denn bestimmt litt auch sie. Nicht daß man dieser Berührung ihres Rückens irgend etwas hätte entnehmen können. Aber der Anblick dieser scheinbar so selbstverständlichen Berührung entfesselte meine Phantasie, die sich nun, einmal losgelassen, hemmungslos austobte. Ich beeilte mich, von dort fortzukommen, bestieg mein Moped und fuhr durch die Dunkelheit nach Jerusalem zurück. Mit diesen höhnischen Phantasiebildern und einem wachsenden Schmerz im Herzen muß mein Verhalten und mein Fahrstil auf die Vorbeifahrenden ziemlich seltsam gewirkt haben, und sie hielten mich bestimmt für verrückt. Später würde mir Sharon, die Ende der siebziger Jahre in Los Angeles meine Freundin war, erzählen, wie sie gelitten hatte, als sie zehn Jahre zuvor als Studentin der Columbia-Universität in New York eine ähnliche Trennung erlebt hatte. Sie hatte in dem Apartmenthaus, in dem sie damals wohnte, das Radio auf höchste Lautstärke eingestellt, damit niemand sie hören konnte, dann hatte sie sich mitten ins Zimmer gestellt, den Kopf in den Händen gehalten oder die Haare gerauft und aus voller Kehle geschrien. Keiner, der Sharon je erlebt hat, eine Protestantin aus Neuengland, ein überaus zurückhaltendes Geschöpf mit besten Manieren, das ruhig sprach, ohne je die Stimme zu erheben, kann sich ein derartiges Verhalten bei ihr vorstellen. Ich aber konnte das durchaus, ich sah sie sogar genau vor mir. Schließlich hatte ich diesen Schmerz am eigenen Leib erfahren. Und bestimmt hätte ich, der brave Jerusalemer Junge, größte Schwierigkeiten gehabt, meinen Freunden und Bekannten zu beschreiben, wie ich auf dem Moped gebrüllt und geweint und mit der Faust in die Luft geschlagen hatte, mich nur kurz beruhigt und dann gleich wieder vor Zorn geglüht, am ganzen Körper gezittert, das Gesicht häßlich verzerrt und meine Stimmbänder bis an die Grenze ihrer Leistungsfähigkeit strapaziert hatte.

Ich kam heil in Jerusalem an, obwohl mir unterwegs durch den Kopf gegangen war, daß ein Verkehrsunfall meinen Leiden ein Ende setzen würde. Dabei war ich nicht von der kindischen Idee verschont geblieben, daß es Chaja recht geschähe, erfahren zu müssen, daß ich nur ihretwegen gestorben war, und sie dann von Kummer gemartert würde. Aber, wie gesagt, ich gehöre nicht zu den Selbstmördern.

Statt dessen begann das Kapitel der Eifersucht. Stellen Sie sich einen Menschen vor, der die Eifersucht wie ein Mineral aus dem Stollen bricht, sie zum Kochen bringt, um sie von aller Schlacke zu läutern, sie, zur Stange geformt, ins Feuer hält, mit einem schweren Hammer schmiedet, solange sie heiß ist, und daraus eine scharfe Klinge anfertigt. Und dann malt er sich Chaja in Gerschons Armen aus, stößt sich das Messer der Eifersucht in den Bauch und beginnt es zu drehen. Er dreht es und dreht es, und obwohl keine Wunde sichtbar wird und nicht ein Tropfen Blut fließt, hat er das Gefühl, daß der Schmerz unendlich groß ist, als würde ihm ein wirkliches Messer den Bauch aufschlitzen und die Gedärme herausreißen. Und wieder sieht er Chaja sich in Gerschons Armen wälzen und Gerschon in Chajas Armen, den Armen seiner Geliebten! In den Armen meiner geliebten Chaja, meiner Chajale. Ich stellte sie mir beide in allen Einzelheiten vor. Hörte jedes ihrer Worte. Ihre Seufzer. Ihre Verzückung und Liebe. Und ich drehte und drehte, stumm weinend, fluchend und schreiend, damit Avschi mich im Zimmer nebenan nicht hörte, und konnte das masochistische Harakiri der Eifersucht nicht stoppen.

Und falls Ihnen das noch nicht reicht: Als es wieder vier oder fünf Uhr nachmittags ist, steigt der junge Mann erneut auf das Moped, fährt nach Tel Aviv und legt sich – wie vorher schon – auf die Lauer. Um sie wiederzusehen. Nur einmal noch. Avschi erzählt er, er habe sich bereits ein wenig erholt und gehe, um sich zu beschäftigen, in eine Bibliothek, die bis elf Uhr abends geöffnet sei. Avschi macht ihm Mut und sagt: »Alle Achtung. Du wirst sehen, du kommst darüber hinweg und findest tausend Bessere als sie.« Aber er weiß nicht, daß der junge Mann zu dem Café in Tel Aviv fährt, in dem er sitzt, bis es dunkel wird, und sich anschließend für zwei oder drei Stunden neben dem Strommast postiert, mit einer dunklen Brille im Gesicht (abends! Vielleicht wegen der elektrischen Lichter der Stadt?) und in der Hoffnung, sie zu Gesicht zu bekommen. An acht Abenden – wohlgemerkt: acht Abenden – geschah nichts. Ob sie das Haus überhaupt nicht verließ oder verließen? Oder ob sie in eine andere Richtung oder zu einer anderen Tür hinausgegangen waren? Er wußte es nicht. Jedesmal kehrte er um Mitternacht weinend und schreiend auf dem Moped nach Jerusalem zurück und schwor sich, diesem Wahnsinn ein Ende zu machen. Es reichte. Morgen würde er nicht wieder hinfahren. Doch die ganze Nacht über verzehrten sich sein Herz und sein Körper nach ihr, und die Szenen, die er sich ausmalte, waren wie Folter. Am Ende der Nacht fiel er in einen unruhigen Schlaf, und erst der Morgen brachte ihm eine gewisse Linderung. Schließlich wurde es vier Uhr nachmittags, und die zerstörerische Sehnsucht fraß von neuem an ihm: sie noch einmal sehen! Aus einem zwanghaften Drang heraus, wie vom Teufel getrieben, bestieg er das Moped und startete. Und alles begann wieder von vorn. Am neunten Abend sah ich sie endlich. Genau einen Monat und zwei Tage nach unserem letzten Zusammensein am Reading-Kraftwerk. Arm in Arm kamen sie die Straße herauf und gingen, genau wie zehn Abende zuvor, auf den Fußgängerüberweg zu, um die Fahrbahn zu überqueren. Arm in Arm. So wie ich und sie, als wir zum ersten Mal gemeinsam ihre Wohnung verließen, um durch das Tal des Kreuzklosters zum Campus, zu dem Konzert der schwarzen Musikergruppe zu gehen. Arm in Arm. Würde sie unterwegs auch stehenbleiben, seinen Kopf mit beiden Händen nehmen und ihn auf die Wange küssen wie damals mich?

Ich weiß nicht, welcher Dämon mich ritt. Ich lief los und überholte sie auf dem gegenüberliegenden Bürgersteig, überquerte die Straße am nächsten Zebrastreifen und näherte mich ihnen von vorn. Beim Laufen hatte ich die dunkle Brille abgesetzt. Ich überlegte: Wir werden sehen, was geschieht, mir ist alles egal, und nahm wahr, wie sie, ins Gespräch vertieft, auf mich zukam. Vielleicht lächelte sie auch, doch kann ich das nicht mit Bestimmtheit sagen. Sie war nur noch zehn Schritte von mir entfernt, dann acht,

fünf, vier, und als sie unvermittelt das Gesicht in meine Richtung wandte, erstarrte sie wie vom Blitz getroffen. Ich blieb stehen, schaute sie an und fühlte, wie ihr mein Herz zuflog. Mein Freund Schajke hatte manchmal zu mir gesagt: »Man muß auch auf die einzelnen Worte einer Redewendung oder Metapher hören.« Und tatsächlich, mein Herz sprang aus meinem Körper und flog zu ihr hin. Aber sofort hatte ich mich wieder gefaßt und wollte schon wortlos an ihr vorübergehen, da hatte sie sich schon aus Gerschons Arm gelöst, dessen Gesicht ich vor lauter Nebel in meinem Kopf gar nicht wahrnahm, war von ihm abgerückt und berührte meinen Arm, um mich aufzuhalten.
»Shauli«, flüsterte sie. »Wie dünn du geworden bist und wie blaß.«
Ich wollte sagen: Schalom, Chajale, ich wollte dich nur noch einmal sehen, aber es war, als hätte ich die Stimme verloren. Die Worte blieben einfach stecken. Ich lächelte ein schwaches geisterhaftes Lächeln und spannte meine Gesichtsmuskeln fest an, damit sie mir nicht entglitten. Und dann rannte ich davon. Schnell, bevor ich vor ihr auf die Knie fallen, ihre Hüften umklammern und meinen Kopf weinend in ihrem Schoß verstecken würde – vor Gerschons Augen.
Auf der Rückfahrt hatte ich den Eindruck, mein Herz berste vor lauter Sehnsucht. Ja, ich war dünner geworden. Ein kleines Detail, doch seit ich ihren Abschiedsbrief gelesen hatte, aß ich fast nichts mehr. Aus dem Spiegel schaute mich ein bleiches, abgemagertes Gesicht an. Manchmal kochte Avschi mir etwas und versuchte mich zu zwingen, mit ihm gemeinsam zu essen. Aber in meinem Bauch schien für nichts Platz zu sein außer für das Verlangen, das meine Seele auffraß. Vielleicht ist das die eigentliche Bedeutung des Ausdrucks »es frißt mir die Seele auf«. Verzehrt werden wollen und sterben. Trotzdem war mir diesmal auf der Rückfahrt leichter zumute, denn fast die ganze Strecke nährte ich mich von

dem Krümelchen Liebe und echter Besorgnis, das in ihren Worten gelegen hatte: »Shauli, wie dünn du geworden bist und wie blaß.« Ich war jetzt ruhiger, wie ein Liebessüchtiger, dem seine Geliebte eine kleine Portion der ersehnten Droge verabreicht hatte. Die Dosis reichte aber nur bis Castel. Danach zeigten mir die Teufel wieder die Zunge und begannen ihren Tanz von neuem. Als ich unsere Wohnung betrat, setzte ich mich hin, barg mein Gesicht in den Händen und beichtete Avschi alles, was an den vergangenen neun Abenden und an diesem geschehen war.

»Dem muß ein Ende gemacht werden«, sagte Avschi. »Morgen rufst du Lupo an und sagst ihm, daß du bereit bist fortzugehen.«

Ich willigte ein. Doch am folgenden Tag bat ich ihn, mir zuzugestehen, die Sache um vierundzwanzig Stunden zu verschieben. Ich war ganz offen zu Avschi und erzählte ihm, daß ich zu Mirale, der Nonne, fahren würde; ich wollte mich von ihr verabschieden, aber vor allem wollte ich mit ihr reden. Ich war überzeugt, daß das Gespräch mit Mirale mir irgendwie Erleichterung verschaffen würde, vielleicht konnte sie mir irgendeine Information über Chaja geben, über ihre Haltung mir gegenüber, eine Erklärung, ganz egal, was, Hauptsache, ich würde etwas erfahren. Noch eine kleine Dosis der Droge. Die Nonne habe ich nicht angetroffen, dafür aber Lola in ihrem Laden, und mit ihr habe ich – wie Sie sich sicher erinnern – eine Weile zusammengesessen. Als ich aufbrach, bat ich sie: »Bestellen Sie Mirale Grüße. Ich gehe ins Ausland.«

Jetzt, im Taxi vor Chajas Haus in Afeqa, erinnerte ich mich an all das. Zwar erwachte eine Andeutung des Gefühls von damals in mir, als ich ihr vor dem Haus ihrer Eltern aufgelauert hatte. Aber eben nur eine Andeutung. Vielleicht hatte die Zeit ihre Wirkung getan. Oder meine Freundin Sharon, der die Qualen des Verlassenwerdens und der Eifersucht vertraut waren, hatte recht. »Nach solchem Leid und einer solchen Eifersucht«, hatte sie mir erklärt, »bist du immun. Nie wieder kann dir jemand so weh tun.« Und so war es. Aber ein bißchen schmerzte es doch. Ich befahl dem Fahrer, nach Jerusalem zurückzukehren, ehe ein übriggebliebenes Teufelchen anfinge zu toben und Grimassen zu schneiden.

Kapitel 35

»Shaul, mein Lieber, wie nett! Es ist schön, daß du eure alte Nachbarin nicht vergessen hast und sie besuchst. Komm, laß dir einen Kuß geben und noch einen, so. Was für ein schöner Mann du geworden bist! Verzeih, daß ich frage, aber *an alte jiddene*, eine alte Frau wie ich, darf sich das herausnehmen: Wie kann es sein, daß ein echter *krassawetz* wie du nicht heiratet? Noch ist Zeit dazu. Wie alt bist du? Einundfünfzig, nicht wahr? Zwei Monate jünger als meine Aviva. Es ist noch nicht zu spät, vor allem nicht für einen Mann. Nur schade, daß deine Mutter, sie ruhe in Frieden, es nicht mehr miterleben könnte. Wie sehr sie sich gewünscht hat, du würdest heiraten und Kinder haben … Du willst wissen, wie es mir und Aviva geht und welche Neuigkeiten es bei uns gibt? Du stellst mir nur deshalb so viele Fragen, damit ich vom Heiraten abkomme. Du lachst? … Wie? … Deine Mutter hat immer gesagt, ich sei eine kluge Frau? Oj, wie ich Rivkale, deine Mutter, geliebt habe. Ohne sie fühle ich mich beinahe wie ein Waisenmädchen … Verzeih, daß ich ein bißchen weine. In meinem Alter fängt man an, einsam zu werden. Erst vorige Woche ist wieder eine gute Freundin von mir gestorben, sie war krank, und wie sie sich gequält hat! Ich sage dir: Wenn es Rivkale denn bestimmt war zu sterben, dann war es so am besten – wie eine Heilige, durch einen Todeskuß im Schlaf. Auf jiddisch heißt es: Abends geht der Mensch lebend schlafen, und morgens steht er tot auf. Schande über uns, daß wir hier spaßen! Aber man sollte wirklich so sterben, glaub mir, das ist *a got sach*, ein Geschenk des Himmels. Du willst wissen, wie es mir geht? In meinem Alter – ich bin schon zweiundsiebzig, Rivkale kam zwei Jahre vor mir zur Welt und starb mit achtundsechzig ... Willst du behaupten, daß das schon wieder zwei Jahre her ist? Wie die Zeit rennt! In meinem Alter muß man Gott für jeden Tag danken. Und Aviva – die Jahre vergehen so schnell, wart ihr nicht gestern noch Kinder und habt zusammen in dem Haus in der Nissim-Bachar-Straße gespielt? –, Aviva ist jetzt Rektorin der Grundschule, an der sie schon seit Jahren unterrichtet. Sie hat am Lehrerseminar in Beit ha-Kerem studiert, als du auf der Universität warst, du erinnerst dich sicher daran. Leider hat sie drei Söhne. Warum ich ›leider‹ sage? Es stimmt, alle Menschen wünschen sich Söhne, auch in diesem Land, aber bei Aviva und Jossi, das ist ihr Mann, war es genau umgekehrt. Als mein erster Enkel geboren wurde, nannten sie ihn Ja'aqov, nach meinem Vater, Friede seiner Seele, der bei Hitler umgekommen ist. Die Friedmanns, das sind die Schwiegereltern, hatten schon Jossis Brüdern die Namen ihrer Ermordeten und Verstorbenen gegeben, deswegen konnten Avivas Kinder nach unserer Familie heißen. Als Jankele, *mein sisser Jankele*, geboren war, erklärt Aviva mir: ›Mama, als nächstes will ich ein Mädchen. Jossi‹ – das ist ihr Mann, er ist Filialleiter bei der Matmon-Bank in Gilo –, ›Jossi‹, sagt sie, ›möchte jetzt unbedingt ein Mädchen.‹ – ›Wozu erzählst du das mir? Zeugt ein Mädchen!‹ antworte ich ihr, worauf sie zu mir sagt: ›Uff, Mama, mit dir kann man über nichts ernsthaft sprechen.‹ Bis auf den heutigen Tag redet sie so mit mir, wie mit einem kleinen Mädchen. Aber was soll ich tun? Für mich ist sie immer *mein sisse meidele* geblieben, und so sieht der Dank für meine Liebe aus. Eigentlich darf man nicht klagen, um es nicht noch schlimmer zu machen. Also, sie beide wollten eine Tochter, bekamen aber wieder einen Sohn, Jeschaja, *mein sisser Schajele*. Mein Bruder, Friede seiner Seele, trug diesen Namen. Auch er wurde bei Hitler verbrannt. ›Jetzt mal ernsthaft, Mama‹, sagt daraufhin Aviva, ›das dritte muß ein Mädchen werden. Unter keinen Umständen werden wir akzeptieren, daß es wieder ein Junge ist.‹ Da sage ich zu ihr: ›Befiehl dem Kind, als Mädchen zur Welt zu kommen, vielleicht hört es auf dich. Was verlangst du von mir?‹ Und was erwidert Aviva mir? ›Du kannst nicht ernst sein, Mama, aber ich hab' dich trotzdem ein bißchen lieb.‹ So spricht sie immer mit mir. *Baruch ha-Schem*, man soll wirklich nicht klagen, aber diese *bassichidke* macht mir Spaß – pfui! Und was geschah dann? Ihr wurde noch ein Sohn geboren, Meir, *mein sisser Meirke*. Er wurde nach Avivas Vater benannt, meinem früheren Ehemann, dem größten Fehler meines Lebens – er starb bei einem Unfall, *ha-merucham*, so heißt das bei ihnen, den Urfalen, *ha-merucham* ... Wie? ... Auch bei euch? Natürlich, dir muß ich das nicht erklären! Mein Kopf funktioniert nicht mehr richtig! Aviva nannte also Meirke nach ihrem Vater, den sie liebte, obwohl sie ihn nicht oft gesehen hatte – er heiratete wieder und hatte noch andere Kinder, aber er brachte ihr immer Geschenke und dachte, er könne sie auf diese Weise dafür entschädigen, daß er kein guter Papa war. Anscheinend brauchen auch Mädchen ihre Väter, denn trotz allem liebte sie ihn und gab ihrem Sohn seinen Namen.

Jetzt habe ich drei Enkel – und so viele Sorgen, *baruch ha-Schem*, daß ich nachts manchmal nicht schlafen kann. Jankele ist siebenundzwanzig Jahre alt und – oh, mein Kopf, wie sagt man das nur auf hebräisch? – er ist Hubschrauberpilot, jawohl. Schajele dagegen ist vierundzwanzig und war Offizier, nein, Leutnant bei der Artillerie. Jetzt studiert er, obwohl er oft zur Reserve muß. Und der Jüngste, Meirke, macht bald Abitur und wird im nächsten Jahr eingezogen. Allerdings will die Armee ihn ausgerechnet für die Computer. Sie behaupten, er sei ein Genie auf dem Gebiet. Vielleicht hat er das von Avivas Vater, dem größten Fehlgriff meines Lebens, der konnte auch gut rechnen, oder von Jeschaja, meinem Bruder, der Lehrer am Gymnasium war und an der Universität Mathematik und Logik unterrichten sollte, obwohl er Jude war. Aber ehe eine Entscheidung fiel, kam Hitler und ließ ihn verbrennen …

Wie er heißt, willst du wissen? Meirke – das habe ich doch schon erzählt … Wie sein voller Name lautet? Meir Gilot. Ja, mit ›t‹ und nicht mit ›th‹. Avivas Schwiegermutter sagt immer zu mir: ›Die Namen, die heutzutage erfunden werden! Mein Sohn hieß Jossi Friedmann – was stimmte mit diesem Namen nicht? Da gehen sie eines Tages hin und ändern ihn in Gilot! Aber so soll es wohl sein.‹ Wozu benötigst du seinen Namen? Was? Ah, du arbeitest auch mit Computern. Möchtest du mit ihm sprechen? Ich rufe gleich Aviva an und organisiere das für dich … Gut, wie du willst, ich gebe dir nur ihre Telefonnummer. Schreibst du sie dir auf? Gut. Wo waren wir stehengeblieben?«

»Sie haben eine schöne Wohnung hier«, sagte ich.

»Ja, am Anfang fiel es mir ein wenig schwer, mich einzugewöhnen, nach all den Jahren in der Nissim-Bachar-Straße, aber Aviva und Jossi sagten zu mir: ›Mama, du bist alleinstehend und wirst nicht jünger. Wir wollen dich näher bei uns haben.‹ Sie wohnen nicht weit von hier. Wie Rivkale und ich weinten, als wir Abschied genommen haben! Es war ein Jahr vor ihrem Tod, vielleicht erinnerst du dich. Ich lebe jetzt schon seit drei Jahren in dieser Wohnung, und mir kommt es vor, als wäre ich erst gestern umgezogen. Aber es ist wahr, von hier aus ist es bequemer für mich, wenn ich zu den Kindern gehe oder die Kinder mich besuchen. Am Sabbat und an den Festtagen sind wir immer zusammen. Dann helfe ich Avivele, alles vorzubereiten und zu kochen. Und auch unter der Woche ist es besser so, für den Fall, daß jemand vorbeischauen will oder muß. Seit meine Tante Kela aus Kfar Saba,

Frieden ihrer Seele, tot ist, verbringe ich den Pessach-Abend bei den Kindern oder bei deren Schwiegereltern. Jossi, mein Schwiegersohn, hat alles für mich geregelt, er hat diese Wohnung gekauft und für die andere einen neuen Eigentümer gefunden, und Aviva hat sich darum gekümmert, daß die Sachen eingepackt und herübergebracht wurden, während ich mit verschränkten Armen dasaß wie die Frau eines Gutsherrn. Es war mir wirklich unangenehm, schließlich habe ich mein Leben lang hart gearbeitet. Du weißt, daß ich Krankenschwester war, anfangs bei Tippat Chalav und später in einer Schule, und nach meinem Dienst arbeitete ich gelegentlich noch bei Privatleuten, wenn ich für irgend etwas mehr Geld gebraucht hab'‹.
Immerhin zog ich allein ein Kind auf, auch wenn sein Vater uns mit etwas Geld unter die Arme gegriffen hat. Schließlich war er an meinem Unglück schuld, dieser Fehltritt meines Lebens. Er hatte nicht gewollt, daß ich Krankenschwester lernte, statt dessen sollte ich zu Hause sitzen wie schon seine Mutter und Großmutter. Aber was soll's, ich darf nicht so reden. Er ist tot. *Ha-merucham.*
Seit ich in Rente bin, habe ich nicht viel zu tun. An zwei Tagen pro Woche helfe ich als Freiwillige im Krankenhaus aus. Ich schaue fern und lese ein bißchen, ja, ich habe angefangen, in der Bibliothek Bücher auszuborgen. Wann hätte ich früher Zeit dazu gehabt? Das Alter hat auch ein paar Vorteile. Kennst du ›Der Lebende über den Toten‹ von Aharon Megged? Ja? Ist das nicht ein herrliches Buch? Aviva hat es in der Bibliothek für mich ausgesucht. Es ist interessant zu sehen, wie widerwärtig auch große Männer zu ihren Frauen sein können. Außerdem bemühe ich mich, ab und zu für die Kinder zu kochen, schließlich arbeiten sie schwer, und wenn sie beschäftigt sind, ißt Meirke manchmal bei mir zu Mittag. Was für ein lieber Junge er ist, selbst wenn er für seine alte Großmutter nicht viel Zeit und Geduld hat. Es drängt ihn zu

seinem Computer zurück und zu seinen *junge meidelech* … Ja, so ist das. So ist der Lauf der Welt. Ein junger Mann will mit einem jungen Mädchen zusammensein … Oj, wie bedrückt deine Mutter war, als aus der Geschichte mit deiner Freundin, die du einmal zum Abendessen mitgebracht hattest, nichts wurde. Sie hieß Chaja, nicht? Siehst du, wie ich mich plötzlich erinnere? *Gej, wejss*, wer weiß, wann der Kopf funktioniert und wann nicht. Rivkale hat mir am nächsten Tag von ihr erzählt. Du weißt doch, wir waren Busenfreundinnen und haben uns nie etwas verheimlicht. Falls du nicht im Bilde bist, kann ich dir heute verraten, daß sie mir sogar während meiner Affäre zur Seite gestanden hat …«

»Ihrer Affäre?« Ich verstand nicht.

»Du bist ein erwachsener, moderner Mann, da kann ich dir ruhig verraten, daß ich nach meiner Scheidung mehrere kurze und bedeutungslose Liebesabenteuer hatte, aber *ein* Mann war länger als fünfundzwanzig Jahre mein Freund. Diese Geschichte meine ich. Er war mit einer kranken Frau verheiratet und brachte es nicht übers Herz, sich von ihr zu trennen. Er war ein verantwortungsbewußter und einfühlsamer Mensch. Eine Zeitlang habe ich die Frau an zwei Abenden in der Woche gepflegt. Und dabei haben wir uns verliebt. Ihre beiden Töchter waren fünfzehn und dreizehn Jahre alt, und meine Aviva war elf. Selbstverständlich habe ich bei ihnen zu arbeiten aufgehört, als es mit der Romanze losging. Die Sache war nicht einfach, das kannst du dir sicher vorstellen. Wir mußten sie vor Aviva genauso geheimhalten wie vor seiner Ruthi und seiner Schlomit und vor dem Viertel natürlich auch – du weißt ja, die Leute hier nannten mich die Geschiedene …, ich meine natürlich: dort. Wegen Aviva konnten wir uns nicht in meiner Wohnung treffen, also verabredeten wir uns an anderen Orten. Rivkale war eingeweiht, ich besprach alles mit ihr wie mit einer Verschwörerin …«

»Meine Mutter!«

»Ja, deine Mutter. Warum überrascht dich das so? Er gab ihr manchmal eine Nachricht für mich. Er hat an ihre Tür geklopft und ihr mitgeteilt, was er mir sagen wollte. Mitunter war auch vereinbart, daß er zu einer bestimmten Zeit in den Lebensmittelladen kam und ihr etwas übermittelte – das machten wir so, wenn es schwierig war, mich bei der Arbeit zu treffen. Später, als du ihr das Telefon legen ließest, wurde es leichter. So ging das, bis Aviva zur Armee einrückte, und es wurde noch einfacher, als sie heiratete und auszog. Danach konnte er mich in der Wohnung in der Nissim-Bachar-Straße besuchen. Auch das Viertel veränderte sich. Die Bewohner wechselten, und man wußte weniger über seine Nachbarn, war weniger neugierig und guckte nicht mehr in anderleuts Töpfe. Die Menschen wurden auch egoistischer, man kümmerte sich nicht mehr um den Nächsten. Nun kam es vor, daß wir Rivkale auf einen *findschaniko de café,* so sagte sie immer, oder sogar zum Abendessen einluden, wenn er bei mir war und dein Vater zu irgendeinem Vortrag Begins ging. Unter uns gesagt, sein *schtiklech* mit den Reden auf den großen Plätzen mochte ich nicht. Wie er die Stimmung anheizte! Mir gefiel nicht, was er mit der Wiedergutmachung trieb. Ich bin für die Zahlungen – sollen die Mörder etwa auch noch erben? Hier auf dem Zionsplatz habe ich Begin unschöne Dinge über Ben Gurion sagen hören – Geisteskranker und solche Worte ... Was? Das weißt du nicht? Wie ist das möglich? Aber laß uns nicht weiter darüber reden. Sie sind beide tot. Große Männer. Bedauerlich. Aber wir wollen ja von unserer Rivkale sprechen. Es hat ihr viel Vergnügen bereitet, mit uns zusammenzusitzen, sie war froh, lachte und plauderte – du weißt, so war es nicht alle Tage. Für jede Einladung hat sie sich tausendmal bedankt, als hätte ich Wunder was für sie getan.

Vielleicht verstehst du jetzt, wie bedrückt sie war, als aus der

Sache mit Chaja nichts wurde, mit dem Mädchen, das du zum Abendessen mitgebracht hattest. Ich habe dir schon gesagt, daß sie mir am nächsten Tag davon erzählt hat. Sie sagte zu mir: ›Dorika‹ – seit wir uns während der Belagerung im Jahr achtundvierzig anfreundeten, nannte sie mich immer Dorika –, ›Dorika, frag mich nicht, frag mich nicht, ich sage dir ...‹«

»Wie gut Sie Mama nachahmen!« unterbrach ich sie ehrlich erstaunt. »Diese Stimme und die Bewegungen! Genau wie Mama!«

»Hast du nie gehört, daß ich in der jüdischen Schule in Grodno im Schülertheater gewesen bin? Wir haben Stücke von Abraham Goldfaden auf jiddisch gespielt, aber auch Stücke auf polnisch. Rivkale lachte Tränen, wenn ich ihre Schwester Bukas oder Stella und Rachelika imitiert habe. Ganz unter uns, ich hoffe, daß du mir nicht böse bist – ich habe auch Schim'on, deinen Vater, mit seinem ernsten Gesicht für sie nachgemacht: ›Wir werden es all diesen *Mapainiks* schon zeigen, wenn Menachem Begin, möge ihm ein langes und glückliches Leben vergönnt sein, erst an der Macht ist ...‹ Du lachst genau wie Rivkale, ich sehe, daß du es wirklich lustig findest ... Wie sehr du ihr ähnelst, wenn du lachst. Du erinnerst mich an sie ... Verzeih, daß ich schon wieder weine ... Oj, da kocht und kocht das Wasser. Entschuldige mich nur einen Moment, ich bringe sofort den Kaffee. Auch von dem Kuchen mußt du kosten, er ist etwas Besonderes.

Bitte, nimm auch von den gesalzenen Mandeln. Deine Mutter hat mir beigebracht, sie zuzubereiten. Ich sehe, daß du noch immer schmunzelst. Soll ich dir auch ein Glas Wasser holen? Du weißt, es war nicht leicht, deine Mutter zum Lachen zu bringen, aber mir ist es gelungen!«

»Jetzt bin ich fest davon überzeugt, Dora«, sagte ich und lachte von neuem. Wie sich das Gesicht meines Vaters und seine Redeweise für einen Augenblick in Dora, dieser übermütigen alten Frau, gespiegelt hatte – das war zuviel für mich.

»Wo sind wir stehengeblieben? Ach ja. Rivkale sagt zu mir: ›Dorika, frag nicht, du kannst dir nicht vorstellen, wen Shauliko gestern mitgebracht hat!‹ Daß du mit einem Mädchen zum Abendessen kommen wolltest, wußte ich. Rivkale hatte mir erzählt, welche Ängste sie deswegen ausstanden. Und wie du dir sicherlich vorstellen kannst, war ich nun gespannt zu hören, wie es gelaufen war. ›Du kannst dir nicht ausmalen‹, sagt sie zu mir, ›was für eine *chabuba*, was für ein süßes Mädchen, sie ist, zum Anbeißen, das versichere ich dir! Und so klug und gebildet, es gibt nichts, was sie nicht weiß! Schim'on war ganz aus dem Häuschen, als sie ihm etwas über alte sephardische Familien in Jerusalem erzählt hat. Wie kann ein polnisches Mädchen, eine Überlebende des Holocaust, das alles wissen? Über den *Etzel* und den Dichter Uri Zwi – sie hat sogar am Geschmack der *gefilte fisch* erkannt, woher du stammst, Dorika, ich hab' das Rezept doch von dir. Guck mich nicht so an – sie weiß, wie man es zubereitet! Und sie versteht etwas vom Essen! Du weißt nicht, was für wundervolle Stunden wir hatten, ich war den ganzen Abend über wie verzaubert von ihr. Und frag nicht, was sie mir geschenkt hat: eine Schallplatte von Avraham Farrara ...‹«

»Ferrera – sephardische Romances ...«, sagte ich, noch immer voller Verwunderung. Der Klang der Stimme, die Betonungen, die Wortwahl, alles war wie bei meiner Mutter. Vielleicht zum ersten Mal in meinem Leben verstand ich, was es bedeutet, wenn man sagt, daß der Schauspieler in die Seele einer Theaterfigur hineinschlüpft.

»Ferrera, richtig. Du warst ja dabei. All das erzählte Rivkale mir. Nicht einmal oder zweimal, jeden Tag schwärmte sie mir von euch vor, noch die ganzen folgenden Wochen, so froh war sie. Wer wüßte besser als du, daß wir deine Mutter nicht oft glücklich gesehen haben? Immer wieder hörte sie die Schallplatte und weinte. Sie sagte zu mir: ›Er singt so schön, er erinnert mich ein bißchen an meinen Cousin …‹ Wie hieß er noch gleich? Mein Kopf will nicht mehr …«

»Sasson. Er war Vorsänger in der Synagoge und trat bei Familienfesten auf.«

»Ja, Sasson. Sasson Abulaffia. Siehst du, wie mir der Name plötzlich wieder einfällt? Du kannst dir denken, was für eine Enttäuschung es für sie war, als du ihnen mitgeteilt hast, Chaja würde einen anderen heiraten, weil ihre Familie sie dazu zwingt. Es zerriß Rivkale schier das Herz, daran erinnerst du dich bestimmt noch, du hast ihr unendlich leid getan. Aber was du vielleicht nicht ahnst: Noch mehr schmerzte es sie um Chajas willen. Immer wieder sagte sie zu mir: ›Dorika, denk nur, was für ein Entschluß! Anstatt einen Jungen zu heiraten, den sie liebt! Glaub mir, ich habe es mit eigenen Augen gesehen, sie liebt ihn. Wie sie Händchen hielten und sich gegenseitig anschauten! Es ist so viel besser für ein Mädchen, wenn es seine Liebe nicht verbergen muß. Du weißt nicht, Dorika, was es heißt, ein ganzes Leben mit einem ungeliebten Menschen zu verbringen! Was es heißt, sich von jemandem umarmen zu lassen, wenn dein Herz bei einem anderen ist …‹ Und sie weinte …«

Dora hielt einen Augenblick inne und trocknete sich die Tränen.

»Wegen sich selbst«, sagte ich.

»Ja, wegen sich selbst … Du hast es also erraten. Du bist schon ein großer Junge und durchschaust die Dinge. Ich weiß, daß sie nie mit dir darüber gesprochen hat, aber du hast es wohl schon vermutet, als die Sache mit Chaja zu Ende ging. Du sagtest zu deiner Mutter, Chajas Familie zwinge sie, einen anderen zu heiraten. So hast du es ihr erklärt. Ich habe keine Ahnung, ob das die Wahrheit war oder nur ein Vorwand, weil es dir leichter fiel, die Angelegenheit so zu begründen. Du wußtest, welche Version deine Mutter glauben würde. Ich werde dir etwas gestehen, sei mir nicht böse, aber ich habe dir deine Erklärung nicht ganz abgenommen. Ich habe geglaubt, Chaja hätte es sich nur anders überlegt. Das kann doch vorkommen, und besser, es passiert vor der Hochzeit als später – damit kenne ich mich aus! Ich konnte mir vorstellen, daß ihre Familie keine Freudensprünge gemacht hat, als sie ihnen verkündete, sie würde einen sephardischen Jungen mitbringen. Ich kenne doch meine Polen! Sogar meine Tante Kela hat versucht, mich zu überzeugen, keinen Urfalen zu heiraten, keinen *Frenk*, wie sie ihn bis an ihr Lebensende nannte. Ich weiß also, wovon ich spreche. Aber trotzdem habe ich nicht geglaubt, daß man ein modernes Mädchen wie Chaja zwingen könnte, jemanden zu heiraten, den sie nicht wollte. Mädchen können Starrhälse sein, genau wie ich. Aber du wußtest, daß deine Mutter diese Version glauben würde. Und so verstand ich, daß du von Rivkales Geschichte wußtest oder sie dir zumindest ausmalen konntest. Mir hat Rivkale alles gebeichtet. Seit wir uns während der Belagerung von 48 angefreundet hatten, hatten wir keine Geheimnisse mehr voreinander. Es tat ihr wohl, sich mit jemandem unterhalten zu können. Du bist ihr Sohn, und dir als ihrem Sohn kann ich nicht sagen, was alles sie mir über sich, deinen Vater und ihr Dasein im allgemeinen verraten hat, darunter auch intimere Dinge, du wirst Verständnis haben und mir mein Schweigen nachsehen. Oj, wie kompliziert und traurig das Leben sein kann. War nicht auch dein Vater, wie soll ich es ausdrücken, ein armer Mann? Ja, ein armer Mann. Er liebte sie so sehr und arbeitete hart in der Süßwarenfabrik, renkte an zwei Abenden in der Woche Gelenke und Wirbel ein, sorgte und bemühte sich, denn für ihn gab es nichts Wichtigeres auf der Welt als sie, dich und Menachem Begin. Aber Rivkale war mit dem Herzen woanders. Nicht daß sie irgend etwas getan hätte. Um Himmels willen, versteh mich nicht falsch. Sie war ihm immer treu, falls Treue sich nur an den Taten mißt. Doch ich fühlte, daß sie hoffte, wenigstens bei ihrem Sohn und seiner Braut die Liebe zu sehen, die sie selbst gern erlebt hätte. Als schenktet ihr deiner Mutter das Leben, das sie sich gewünscht hatte. Etwas Ähnliches spürte ich auch, als sie mich bei meiner Affäre unterstützte. Am Ende ist er überraschend gestorben, das ist jetzt vier Jahre her, und Rivkale trauerte mit mir gemeinsam um ihn.

Jetzt stell dir vor, was für Hoffnungen erwachten, als du Chaja mit nach Hause brachtest. Sie war glücklich, außerdem freute sie sich, daß auch dein Vater soviel Gefallen an Chaja fand. Welche Enttäuschung für sie, als es schließlich nicht klappte! Sie war eine so einsame Frau. Als meine Enkel geboren wurden und ich zu Aviva ging oder Aviva die Jungen hierher …, ich meine dorthin, in die Nissim-Bachar-Straße, brachte, war Rivkale froh, wenn sie zu mir kommen konnte, um mit mir gemeinsam auf sie aufzupassen. Die Jungen mochten sie, besonders Meirke, der Kleine, der sie Tante Rivkale nannte. Als sie starb, war er sehr traurig. Er war fünfzehn Jahre alt. Ist sie im Grunde nicht ein einsamer Mensch und bin ich nicht ihre einzige echte Freundin gewesen?«

»Das ist wahr«, sagte ich. »Sie wissen gar nicht, Dora, wie dankbar ich Ihnen bin. Intuitiv habe ich das schon im Jahr 5708, in den Tagen der Belagerung, begriffen, als ich noch ein kleiner Junge war. Mit Stella und Rachelika konnte sie so nicht sprechen.«

»Stimmt genau. Ich sehe, daß du alles verstanden hast. Wer weiß, ob ihr vor lauter Einsamkeit und Kummer nicht in den Nächten das Herz blutete? Ich stelle mir vor, wie schwer es für sie war, als ich auszog und diese Wohnung nahm … Es war ein halbes Jahr vor dem Tod deines Vaters und ein knappes Jahr bevor sie selbst starb … Als dein Vater tot war, besuchte ich sie jeden Tag, um mit ihr *Schiv'a* zu sitzen. Sind wir uns da nicht begegnet? Du kamst doch aus Amerika angereist, und wir haben mit der Beerdigung gewartet, bis du da warst. In dem halben Jahr, um das sie ihn überlebte, habe ich sie zwei- oder dreimal besucht, und ebensooft kam sie zu mir. Außerdem haben wir hin und wieder miteinander telefoniert, aber es war nicht mehr wie zu der Zeit, als wir im selben Haus wohnten ... Entschuldige, daß ich schon wieder weine ... Mir schmerzt das Herz wegen meiner Rivkale ... Sie hätte mehr im Leben verdient ..., ein bißchen Glück ...«

Kapitel 36

Von Zeit zu Zeit ging ich zu den Soldatengräbern auf dem Friedhof in Haifa. Und jedesmal stellte ich fest, daß die Oleander in den Alleen in die Höhe geschossen und die neben dem Eingang aufragende Zypresse dicker geworden war. In der Nähe der Gräberreihe, in der Avschi lag, hatte eine Poinciana Regia ihre Pracht entfaltet und war mit Blüten übersät, deren roter Schimmer von den ovalen Beeten zurückgeworfen wurde. Doch schneller als alles andere wuchs die Zahl der Grabstätten. Manchmal, wenn auch nicht bei jedem Besuch, lebte mein Schmerz über Avschis Tod in alter Frische auf – falls dieser Ausdruck in einem solchen Zusammenhang passend ist –, und ich weinte. Seltsam, aber statt allmählich zu verblassen, wurde die Trauer immer bohrender. Avschi war einer von vielen in dieser aus gleich aussehenden Gräbern und, fast möchte ich sagen, Einheitsgrabsteinen gebildeten Ordnung. Auch die Blumen und Pflanzen waren wie aus einem Guß, und alle, die hier ruhten, schienen Söhne Abrahams und Saras, desselben Vaters, derselben Mutter zu sein. Ich erinnerte mich an die Worte, die Schajke gesprochen hatte, als wir einmal gemeinsam zu Gamli'els Grab in Rechovot gegangen waren, und die wie stets bei ihm gehobenes Hebräisch waren.

»Unter uns sind Männer«, hatte Schajke gesagt, »die mit geschlossenen Augen die Einheit Israels predigen und hoffen, daß uns verborgen bleibt, was sie selbst nicht verstehen wollen, daß nämlich in einem pulsierenden, lebendigen Volk Israel, die Einheit – im besten Sinne verstanden – die ganze Vielfalt und Unterschiedlichkeit der Gesellschaft einschließt, und Einheit dabei das Gemeinsame bedeutet, das in all der Verschiedenheit und gesegneten Vielfalt eines demokratischen Gemeinwesens besteht. Die Prediger der Einheit Israels meinen aber häufig eine Einheit, die auf den Eigenschaften eines beruht, dem alle übrigen gleichen sollen. Sie haben nicht die Einheit Israels im Sinn, sondern seine Vereinheitlichung, die Normierung der Gehirne der Bürger, ein antidemokratisches Denken, eine Wirklichkeit ohne Opposition, eine Herde, die ihrem Führer folgt, eine Verkleidung und Uniformität, die keine Unterschiede mehr kennt. Sie wollen nicht sehen, daß das Heiligste gerade in der Vielfalt besteht. Achte einmal darauf: In Zeiten der politischen Unruhe und der heftigen Kritik aus Kreisen der Opposition, der Regierung oder einer anderen Bewegung oder Partei ziehen sie immer wieder das Argument von der Notwendigkeit der Einheit Israels heran und fordern in ihrem Namen dazu auf, verantwortungsbewußt und wie Koalitionäre zu handeln, andernfalls sei man kein wahrer Jude. Manchmal scheint mir, daß eine absolute Verschmelzung Israels, wie sie nach ihrem Geschmack und ihrem Herzenswunsch wäre, nur im Tod, nur auf diesem Friedhof erreicht werden kann. Einzig die Gemeinschaft der Toten, selbst wenn sie zahlreich sind, entspricht ihrer Idee von Einheit – erst im Tod sind alle vollkommen gleich«, sagte Schajke.

Das waren Dinge, die ich nicht gern hörte, zumal ich den Eindruck hatte, daß ihr Stachel vor allem gegen das nationale Lager gerichtet war. Doch hatte ich mir anerzogen zuzuhören, nicht nur aufgrund meiner langjährigen Demokratieerfahrung in den USA, sondern auch, weil ich im Libanonkrieg begriffen hatte, daß Forderungen wie die Schajkes völlig berechtigt waren, und weil ich seine Äußerungen seither ernst nahm, selbst wenn sie mich wütend machten. Auch diesmal mußte ich Schajkes Worten unwillig recht geben. Manchmal frage ich mich, weshalb keiner meiner besten Freunde Mitglied meines politischen Lagers ist. Avschi war ein Bewunderer Ben Gurions und Anhänger der Rafi-Partei. Würde er aber heute noch leben und wäre er seinen Ansichten noch immer treu, so würde er vielleicht nun meiner Partei angehören und sie, anders als ich, aus voller Überzeugung und ohne über den Weg zu grübeln, unterstützen. Haben nicht auch viele gute Männer der Gegenseite, wie die Schriftsteller Nathan Altermann und Mosche Schamir, die Fahne Großisraels hochgehalten?

Vielleicht war es unter dem Einfluß solcher Gedanken, daß mich bei meinem letzten Besuch an Avschis Grab im vergangenen Jahr die Idee überkam, für Avschi einen Gedenkstein aufzustellen, der nur diesem einen geliebten Vorgesetzten und Freund gewidmet war, seiner ganzen Einzigartigkeit unter den Lebenden und seinem speziellen Gedenken im Tod. Schon zuvor hatte ich in Übereinstimmung mit Sakki und Masi angeregt, Avschi an seinem ersten Todestag ein Erinnerungsmal zu widmen. Wir, die Ehemaligen der Einheit, haben es dann tatsächlich am Weg, der zum Berg Jarach führt, errichtet – am Rande der Route jener Expedition, die wir in einer frostigen Nacht im Dezember 1960 genommen hatten und an deren Ende Avschi mich gerügt und gesagt hatte: »Shaul, du hast mich enttäuscht.« Auf unseren Rücken hatten wir die Steine für das Erinnerungsmal dorthin geschleppt, sie mit Sorgfalt und Liebe behauen und aufeinandergesetzt. Zwei Nächte hatten wir in der starken Kälte der Wüste in Schlafsäcken zugebracht, bis die Arbeit beendet war. Der Teil des Denkmals, der die Inschrift trug, war von einem gelernten Steinmetz auf unsere Bestellung hin angefertigt worden, und wir hatten ihn dann mit einem Auto auf die Sinaihalbinsel transportiert. Der eingravierte Text lautete:

Zum Andenken an Avschalom (Avschi) Qehati sel.,
Vorgesetzter und Kamerad, der uns über diese Pfade
und diese Berge geleitet hat, um uns auf den Krieg
wie den Frieden vorzubereiten.
Seine Soldaten und Freunde

Diesmal jedoch, rund siebzehn Jahre nach Errichtung dieses Denkmals, versprach ich, ihn in einem einzigartigen Werk zu verewigen und ein nach ihm benanntes Institut zur Erforschung des Beitrags der verschiedenen jüdischen Gemeinschaften zur Besiedlung, Sicherung und Entwicklung des Landes zu gründen. Im Laufe meines Lebens hatte ich gelernt, nicht sofort jede neue Idee in Angriff zu nehmen, sondern sie eine Weile reifen und sich konkretisieren zu lassen, wenn man so sagen kann. Diesmal jedoch hielt ich es nicht aus, und ich rief sofort Sakki an, um seine Meinung zu hören. Sakki, dieses achte Weltwunder! Zwei Jahre nach dem Jom-Kippur-Krieg und Avschis Tod hatte er all seine Verpflichtungen abgewickelt und Malkat he-Afar und seine anderen Geschäfte aufgegeben. »Ohne Avschi hat es keinen Sinn«, verkündete er, stand auf und ging an die Universität. Schon seit geraumer Zeit hatte er mit dem Gedanken gespielt. Es war, wie Sie sich erinnern, kein anderer als unser Modi Edelmann persönlich, der Sakki wiederholt dazu gedrängt hatte. »Du hast Talent für Sprachen und zum Studieren«, hatte er bei jeder Gelegenheit zu ihm gesagt und ›Ha-Matmid‹ zitiert: »Auch Rabbi Aqiva war bis zu seinem vierzigsten Lebensjahr unwissend und ohne Bildung, aber dann stand er auf und ging zur *Jeschiva* – und du, Sakki, bist noch ein Knabe!« Schließlich machte sich der »Knabe« Sakki im Alter von sechsunddreißig Jahren auf und schrieb sich an der Universität Tel Aviv ein, mit dem Segen und der Unterstützung seiner Frau Mary, diesem Hort der Kraft. Er erwies sich als *Matmid*, als fleißiger Schüler, und echtes Genie. In sechs Jahren schaffte er sein Doktorat mit einem summa cum laude und gilt heute als einer der Großen unter den Gelehrten der jüdisch-arabischen Sprache und Literatur. Ich wußte, daß er gerade ein monumentales Werk auf hebräisch verfaßte, in das alle Untersuchungen einfließen sollten, die er auf hebräisch und arabisch, aber auch auf französisch und spanisch veröffentlicht hatte. Letztere sind die beiden europäischen Sprachen, die er perfekt beherrscht. Englisch kann er gut lesen, und er spricht es nicht schlecht, aber er schreibt nicht in dieser Sprache.

Ich hatte die Freude, vor einigen Jahren, 1988, Frau Mary Seaton und ihren Gatten, Professor Secharija Seaton, für einige Tage in meinem Haus in Los Angeles zu begrüßen. Wir durchstreiften die Stadt, wie wir es als junge Leute getan hatten, verbrachten aber auch zwei lange Abende im ernsten Gespräch. Mary war zu diesem Zeitpunkt bereits Direktorin eines großen Druckhauses; sie war, wie ich schon angedeutet hatte, eine Zauberin der Textverarbeitung und Expertin im Desktop-Publishing geworden. Mir bereitete es den größten Spaß, ihr in allen Einzelheiten am Computer Smadar zu erklären, die Archivierungssoftware, die ich entwickelt hatte. Ich staunte über ihre schnelle Auffassungsgabe und ihre intelligenten Fragen, und – es zu erwähnen ist eigentlich überflüssig – ich genoß die Bewunderung, die sie dem Programm und ..., ja, weshalb es verschweigen, seinem Erfinder zollte.

»Was gibt es Neues bei Masi?« fragte ich Mary und Sakki damals.

»Ich habe nicht die geringste Ahnung«, antwortete Sakki mir. »Sie ist eine bildschöne Frau, eine erfolgreiche Forscherin und Dozentin, sehr aktiv in der Bürgerrechtspartei und der Frieden-jetzt-Bewegung ...«

»Das hätte ich mir denken können«, sagte ich. »Erinnern wir uns nicht alle noch an den Ausflug nach dem Sechs-Tage-Krieg ...?«

»Auch Sakki macht dort mit«, erklärte Mary.
»Auch du, mein Sohn Brutus.«
»Es gibt keinen anderen Weg, Shaul«, sagte Sakki mit tiefem Ernst. »Wir brauchen Frieden – und zwar schnell! Sie versuchen, Masi zu überreden, in die Politik einzusteigen, aber sie behauptet, frühestens in zehn Jahren darüber nachdenken zu wollen. Jedenfalls hat sie immerzu Verehrer, falls deine Frage auch darauf anspielt, alle möglichen Witwer und Geschiedenen aus der Uni und der Geschäftswelt.
In den zurückliegenden vierzehn Jahren hatte sie ein paar ernsthafte Beziehungen. Aber irgendwie – wie, das ist ihr besonderes Geheimnis – schafft sie es immer, jede weitergehende Bindung zu sabotieren, sobald die Frage danach aufkommt. Sicher sagst du: Wie es aussieht, verdirbt sie sich ihr Leben. Doch sie will es wohl so. Und wer behauptet, daß der Mensch heiraten muß?«
»Aber erklär das mal Mama Rosina!« warf Mary ein.
»Ausgerechnet du sagst so etwas!« neckte Sakki sie. »Mußten wir dich mit Avschis Hilfe nicht erst überreden, mich zu heiraten?«
»Ein neunzehnjähriges Mädchen kann genausogut allein leben wie eine zweiundvierzigjährige Frau. Ich wäre auch ohne Mann zurechtgekommen, obwohl ich ein Kind im Bauch trug«, gab Mary zurück und lehnte ihre Stirn an Sakkis Schulter. Die beiden saßen nebeneinander auf dem Sofa. Sagte ich schon, daß sie mir als das Paar mit der stabilsten Beziehung erscheinen, das mir je begegnet ist?
»Wie geht es Mama Rosina?« fragte ich. Ich wußte, daß Papa Avraham gestorben war.
»Recht gut für eine Siebzigjährige. Wegen der Kinder haben wir uns angewöhnt, sie Oma Rosina zu nennen. Sie wohnt immer noch allein in dem Haus in Tiberias und weigert sich, dort wegzuziehen. Bald bekommt sie eine Urenkelin ...«
»Herzlichen Glückwunsch! Von wem? Sicher von Tal!

Ja'alla! Ihr wollt sagen, daß die Kleine Mutter wird und ihr Opa und Oma? So schnell geht das?«

»Was sollen wir tun? Das passiert, wenn man jung heiratet. Um so mehr Urenkel kann man für seine Eltern produzieren«, sagte Sakki, aus dem sich mal wieder der Clown meldete.

»Oma Rosina erkundigt sich manchmal nach dir«, sagte Mary und meinte dann: »Schaut euch den an! Er redet und redet, aber was ist eigentlich mit ihm?«

Ich zuckte mit den Schultern.

»Sag bloß nicht, es ist immer noch wegen der Liebe zu dieser Chaja! Wir haben schon von Masi gehört, was du Avschi darüber gesagt hast.«

Noch einmal zog ich die Schultern hoch.

»Verzeih, wenn ich das sage, aber in diesem Stadium hoffe ich nur, daß du nicht in die *Idee* verliebt bist, sie wäre die unerfüllte Liebe deines Lebens. Immerhin sind mehr als fünfundzwanzig Jahre seither vergangen, nicht wahr? Aber es ist wohl das, was du brauchst. Verzeih, daß ich mich eingemischt habe ...«

»Ihr braucht euch nicht zu entschuldigen, weder du noch Sakki. Ich bin euch dankbar, daß ihr unbefangen genug seid, um frei zu sprechen. Ich habe tausend Bekannte, aber nur eine Handvoll wirklicher Freunde. Masi hat einmal vor mir wiederholt, was Avschi über die Beziehung zu mir gesagt hatte: Ein Zeichen wahrer Freundschaft sei es, wenn man selbst nach Jahren an der Stelle weitermachen könne, an der man aufgehört hat. Dieses Gefühl habe ich auch bei euch.«

Drei Jahre nach dem Gespräch mit Sakki und Mary, als mich der Gedanke beschäftigte, ein Institut zu gründen und ihm Avschis Namen zu geben, versuchte ich nun, Sakki telefonisch zu erreichen. Mary erklärte mir, daß sie ihn in zwei Tagen aus Paris zurückerwarte. Ich mußte aber schon am folgenden Tag nach Los Angeles und rief ihn deshalb von dort aus an. Ich legte ihm mein Vorhaben dar und sagte, ich würde das notwendige Geld zur Verfügung stellen, wäre ihm aber für jeden wissenschaftlichen Rat dankbar. Sakki begeisterte sich sehr für die Idee, bat mich allerdings, auch mit Masi zu sprechen. »Sie nimmt gerade an zwei Kongressen in den USA teil, in Berkeley und Aspen. Ruf sie dort an«, empfahl Sakki mir und gab mir mehrere Telefonnummern.

Kapitel 37

So geschah es, daß Masi und ich uns im November 1991 in dem besagten Fischrestaurant am Hafen von San Francisco trafen, zum ersten Mal seit sechzehn Jahren, seit jenem Gespräch, das beim Essen im Tel Aviver Hotel Dan, mehr als ein Jahr nach Avschis Tod, stattgefunden hatte. Als ich sie eintreten sah, erhob ich mich, ging auf sie zu, und wir schlossen einander auf halbem Weg zum Tisch in die Arme und küßten uns. Dann trat jeder von uns einen halben Schritt zurück, um den anderen nach all den Jahren betrachten zu können.
»Genauso schön und jung wie immer!« sagte ich und führte sie zu ihrem Platz.
Ich schaute sie an und dachte, daß in der reifen Schönheit der fünfundvierzigjährigen Masi vielleicht ein noch größerer Zauber lag als in der Anmut der Endzwanzigerin, an die ich mich erinnerte. Vielleicht waren es die Linien um ihre Mundwinkel und die leichte Wölbung der Haut unterhalb ihrer Augen, die Fältchen hier und dort oder auch ihr Hals, der möglicherweise weniger zart als einst wirkte, aber immer noch glatt und straff war wie der einer Sportlerin. Oder schien sie mir nur deshalb so schön und jung geblieben, weil ich selbst kein junger Mann mehr war?
»Du siehst auch nicht übel aus. Ich will nicht so übertreiben wie du, würde aber sagen, daß du zehn Jahre jünger wirkst, als du bist.«
»Vielen Dank, auch wenn wir einmal davon ausgehen wollen, daß du trotzdem flunkerst. Man bemüht sich halt, gegen die

Anziehungskraft der Erde anzukämpfen und in Form zu bleiben. Schwimmst du noch?«

»Regelmäßig und eisern. In unserem verrückten kleinen Land ist das gut für die Nerven.«

»Apropos verrücktes Land, ich habe gehört, du bist in der Bürgerrechtspartei und bei ›Frieden jetzt‹ sehr aktiv. Mary und Sakki haben es mir erzählt. Wir haben ein bißchen über dich geklatscht. Natürlich haben wir nur das Beste über dich gesagt...«

Masi lächelte und schaute mich mit jenem verschmitzten, skeptisch-überheblichen Blick an, mit dem sie auch den Korrespondenten bedacht hatte, der sie während unseres Ausflugs auf dem Zionsberg am Steuer des Jeeps fotografierte.

»Auch von dir berichtet man große Dinge. Mary spricht ununterbrochen von der Archivierungssoftware, die du ihr vorgeführt hast. Übrigens, handelt es sich dabei um das Programm, von dem Avschi sagte, du hättest schon damals davon geträumt? Wenn ich mich recht entsinne, wolltest du es nach jemandem benennen – Mary hat mir den Namen gesagt...«

»Smadar – du hast recht. Ein Zeichen der Anerkennung für eine Frau, die in einer schweren Zeit in meinem Leben für mich da war.«

Ich war auf einen leicht amüsierten Blick gefaßt, doch Masi schaute mich ernst an. »Eine schöne Geschichte...«, sagte sie und ließ sich für einen Augenblick von ihren Gedanken forttragen. »Es erstaunt mich jedesmal von neuem, wie ein Traum so wunderbare Ergebnisse hervorbringen kann. Obwohl nichts logischer scheint als das – es erhöht wohl das Gefühl des Erfolges. Als Wissenschaftlerin weiß ich, daß große Errungenschaften manchmal nebenbei erzielt werden, versehentlich, ohne daß ihnen eine Vision, eine klare Idee oder Hypothese vorausgegangen ist. Trotzdem empfinden wir als Laien mehr Bewunderung für den Erfolg, in dem

sich eine fixe Idee, ein verrücktes Streben verwirklicht, nach der Devise ›Wenn ihr wollt, ist es kein Märchen.‹ Weiß die Dame davon?«
»Selbstredend. Schließlich war einer der Beweggründe für diese Anstrengung, ihr eine Freude zu bereiten.«
Masi lächelte mich herzlich an. »Ich weiß schon seit langem, daß du ein netter Mensch bist«, sagte sie, hielt inne und schaute mir dabei weiter in die Augen, dann verschleierte sich ihr Blick, und ihre Gedanken schweiften in die Ferne. Doch sofort riß sie sich wieder los und sagte: »Und du willst, wenn ich Sakki und Mary richtig verstanden habe, den *Likud* revolutionieren, Herzen aufrühren und Menschen gewinnen für einen Frieden unter Verzicht auf Großisrael? Glaubst du nicht, daß dein Plan ein bißchen naiv ist? Wäre es nicht einfacher und realistischer, einer anderen Partei beizutreten?«
»Auch wenn darin eine gewisse Naivität liegen mag, so scheint mir die Sache doch nicht völlig abwegig. Es stimmt, viele haben das Lager gewechselt – ich rede jetzt nur von den Leuten, die ein Gewissen haben und diesen Schritt aus ideologischen Gründen, nicht aus politischem Opportunismus vollzogen haben. Um nur ein paar Namen derjenigen zu nennen, die das rechte Lager verlassen haben: Du hast bestimmt von Binjamin Eli'av gehört – und vorher noch von Lubozki …«
»Sicher, ein achtenswerter Mensch. Ich habe ihn persönlich kennengelernt.«
»Ich auch«, fuhr ich fort, »er ist der Mann, der anfangs ein Anhänger Jabotinskys war. Der lange Weg, der ihn vom revisionistischen Aktivismus über mehrere Stationen bis hinein ins Lager der Tauben nach dem Sechs-Tage-Krieg geführt hat, ist – falls es dich interessiert, darüber zu lesen – in seinem Buch beschrieben, das vor kurzem bei Am Oved herausgekommen ist – wie heißt es noch gleich …?«
»›Erinnerungen an die Rechte‹. Ich habe es vor einigen Mona-

ten gelesen. Er ist 1974 gestorben, aber sein Buch erschien erst in diesem Jahr.«
»Du bist erstaunlich, Masi! Ich habe Eli'av aufgesucht, nachdem mein Chef und ich uns 1971 kurz in London aufgehalten hatten. Dort nutzte Ijo Rager, der heute Bürgermeister von Be'erscheva ist, die Gelegenheit und rekrutierte uns zur Unterstützung von ›Bar ve-Nativ‹, den weltweiten Kampf für die Juden in der Sowjetunion. Er sagte mir, es sei ratsam, mit Binjamin Eli'av zu sprechen, der jahrelang die treibende Kraft in dieser Organisation war. 1972 besuchte ich Eli'av in seinem Haus in der Brodystraße in Jerusalem. Er war anscheinend schon krank. Wir saßen mehrere Stunden zusammen. Ein faszinierender Mann. Doch anstatt mit mir, wie ich es mir gedacht hatte, vornehmlich über die Juden in der Sowjetunion zu reden, versuchte er mich unablässig davon zu überzeugen, wie wichtig es sei, für einen palästinensischen Staat einzutreten. An einen Satz, den er zu mir sagte, erinnere ich mich wörtlich: ›Es gibt keinen Grund, weshalb *unsere* Araber, also die Palästinenser, sich anders verhalten sollten als jedes andere Volk, das unter einer Besatzung lebt.‹ Und ich weiß noch, wie überrascht ich am Ende der Unterhaltung war, als ich ihm erklärte, daß mein Vater dem *Etzel* angehört habe und ich selbst mit den Werten des *Etzel* und des *Betar* aufgewachsen sei, und er daraufhin sagte, auch er habe zum rechten Lager gezählt, zur Bewegung Jabotinskys. Damals begann ich, mich für ihn zu interessieren.
Oder sieh dir beispielsweise an, was mit Nathan Jellin Mor passierte, dem Anführer des *Lechi*. Er wurde ein Mann der extremen Linken. Oder mit Amos Kenan und Boas Avaron von den jungen Lechi-Leuten. Heute stehen sie an der Spitze derer, die für einen palästinensischen Staat das Wort ergreifen. Ich schätze sie sehr, obwohl sie es manchmal schaffen, mich in Rage zu bringen, besonders Avaron. Was ich überhaupt nicht mag, ist sein völliges Übergehen der jüdischen

Seite in uns und seine Überzeugung, daß die Zeit des Zionismus vorüber sei – diese ganze kanaanäische oder hebräische Ideologie, die man uns heutzutage als ›israelisch‹ verkauft …«

»Aber es war eine Bewegung«, unterbrach mich Masi, » – oder vielleicht ist das ein zu großes Wort –, eine Gruppierung, die in jeder Hinsicht positiv war, die nur Positives in diesem Land bewirkt und Zeichen gesetzt hat. Auch mir mißfällt, was du angesprochen hast, aber für mich waren sie eine engagierte Gruppe von Denkern, die ästhetischen Sinn hatten, aufrichtig und überaus kultiviert waren. Trotz allem bieten ihre Vorschläge eine Alternative. Hätten wir heute noch so eine Jugend!«

»Vielleicht ist das so«, sagte ich. Ich den Vereinigten Staaten hatte ich ja gelernt, höflich zu streiten. Dem zionistischen Juden in mir bereitete es Schwierigkeiten, Masi zuzustimmen, auch wenn in ihren Äußerungen eine gewisse Wahrheit lag; und bis ich in meinem Innern Ordnung geschaffen haben würde, konnte ich mich an das Wörtchen »vielleicht« halten, das höflich und unverbindlich war.

»Jedenfalls frage ich mich«, fuhr ich fort, »wer sagt und wo steht geschrieben, daß ein Mensch, der seine Meinung ändert, die Seite wechseln muß? Ist es für die Menschen und zum Beispiel für mich nicht in vielerlei Hinsicht einfacher, in meinen Kreisen und meiner Partei zu bleiben, in der Atmosphäre, in der ich erzogen wurde, im eigenen ›Milieu‹? Ich wäre niemals bereit, auf den leidenschaftlichen Zionismus zu verzichten, wie er im Haus meines Vaters gelebt wurde, im *Betar* und im *Etzel* und unter den Veteranen der ›Kämpfenden Familie‹, in all den Dingen, die ich gelernt habe und mit denen ich aufgewachsen bin. Ich bin der Ansicht, daß man daran festhalten kann, ohne auf eine nüchterne, vernünftige Politik verzichten zu müssen. Sieh dir Tschitsch an, Schlomo Lahat, den Bürgermeister von Tel

Aviv. Ich glaube, daß er zumindest anfänglich noch seinem Lager treu geblieben ist, auch wenn er bei den Wahlen mit einer unabhängigen Liste antrat, dennoch hielt ihn das nicht davon ab, zu den wichtigsten Befürwortern des Friedens zu gehören. Ich meine, in dem Augenblick, in dem der Mensch begreift, daß er seine Haltung innerhalb seines Lagers ändern darf, daß er für eine andere Linie eintreten kann und dennoch eingehüllt bleibt in die Wärme und das Heimatgefühl der Bewegung oder Partei ...«

»Aber die Probleme tauchen auf, sobald es an die Wahlurnen geht«, unterbrach Masi mich. »Es ist unmöglich, gleichzeitig für den *Likud* und den Frieden zu stimmen. Wer am Frieden und einem palästinensischen Staat interessiert ist, muß sich bei Wahlen für eine Position entscheiden. Erst wenn der Frieden erreicht ist, kannst du dir erlauben, in deinen *Likud* zurückzukehren, und dich engagieren, wofür du willst, etwa ein zionistisches Lager zu errichten, das erfüllt ist von Begeisterung und Hingabe – ohne sich in die Herrschaft über ein anderes Volk zu verstricken. Wem nützt du, wenn du mit deinem Kreuzchen die Rechte stärkst? Es ist unvorstellbar für mich, daß ein Mann wie Tschitsch, der sich entschlossen hat, das Friedenslager zu unterstützen, weiterhin *Likud* wählen kann.«

»Ich verstehe dich gut, aber die größten Chancen zur Durchsetzung einer Übereinkunft mit den Palästinensern und Syrern hat meiner Ansicht nach – genau wie damals beim Vertrag mit den Ägyptern – der *Likud*, und zwar mit Unterstützung der Parteien des Zentrums und der Linken. Denn wenn es anders läuft, habe ich die starke Befürchtung, daß hier Blut fließen wird. Nur aus der Position einer Regierungspartei heraus kann der *Likud* gegen die kompromißlose Haltung der Nationalreligiösen antreten. Praktisch gesehen, werden wir sowieso gezwungen sein, auf den Traum von Großisrael zu verzichten. Die Geschichte, die Welt, die

Großmächte und vor allem die Wirklichkeit, das heißt die Palästinenser selbst, werden uns zu einem palästinensischen Staat an der Seite Israels führen – da hilft nichts. Jeder, der etwas anderes glaubt, gibt sich Illusionen hin. Deshalb erscheint es mir besonders wichtig, im *Likud* die Strömung oder die innere Bereitschaft zu stärken, daß wir uns bewußt und freiwillig darauf einlassen und nicht unter Zwang und ohne andere Wahl. Wenn auch der Unterschied lediglich psychologisch ist, so ist er doch von großer Bedeutung. Die Konferenz von Madrid stellt einen Anfang dar, selbst wenn manche aus dem Regierungslager glauben und hoffen, daß sie damit Augenwischerei betreiben und Zeit gewinnen können.«

»Ich habe da große Bedenken«, widersprach Masi. »Und ich bezweifle auch, daß du dich im *Likud*, wie du sagst, noch lange wohl und heimisch fühlen wirst mit dieser Haltung und nach solcher Tätigkeit im Innern der Partei. Du wirst dir nicht viele Freunde schaffen. Aber ich wünsche dir Erfolg«, sagte sie in einem Ton, aus dem ich heraushören konnte, daß es sich ihrer Meinung nach nicht lohnte, den Rest der wenigen, uns zur Verfügung stehenden Zeit mit politischen Diskussionen zu verbringen – sie mußte noch am selben Abend nach Aspen fliegen.

Die Distanziertheit, mit der man mich, wie sie andeutete, in meiner Partei behandeln würde, fürchtete ich nicht. Geld wäscht Stiefkinder rein. Es ist der Vater aller Unbescholtenheit. Nach wie vor gibt es im *Likud* – wie in jeder Partei – genug Leute und Institutionen, denen es nichts ausmacht, Unterstützung bei einer wohlhabenden Person zu suchen, auch wenn sie deren Ansichten für abwegig halten. Das gilt besonders in Zeiten der Vorwahlentscheide – während der *primaries*, wie sie im Ausland heißen –, was übrigens sogar der weise Rashi in seinen mittelalterlichen Bibelkommentaren festgestellt hat. Auf jeden Fall war klar, daß Masi meinen politischen Standpunkt trotz dieses Gesprächs weiterhin für etwas merkwürdig und naiv hielt, wie es bei einem Freund Avschis nicht verwunderlich war. Ich erinnerte mich, wie sie ihn einst wegen seiner »infantilen politischen Ansichten« verspottet hatte. Aber das war mir vollkommen gleichgültig. Mir war klar, daß sie mir meine Freundschaft zu Avschi hoch anrechnete und daß sie mich genauso gern mochte wie ich sie.

Der große Fisch, den Masi, die Tiberianerin, bestellte, war mit allerlei würzigem Grünzeug bedeckt. Masi betrachtete ihren Teller höchst interessiert und drückte das Zitronenviertel darüber aus.

»Erinnerst du dich noch an die in heißer Asche gebackenen Burifische, die wir 1967 auf unserem Ausflug bei Al-'Arisch verspeist haben?«

»Dein Gedächtnis, Shaul! Ich erinnere mich, daß du, als du bei uns warst, in Avschis Wohnung in Zahala – das war im November 67, nicht? –, daß du damals noch wußtest, was ich anhatte, als wir damals zum See Genezareth hinuntergestiegen waren – wann war das?«

»Am 4. Mai 1961. Du trugst einen geblümten Rock, eine hellgrüne ärmellose Bluse und braune Sandalen und hattest einen dicken Zopf, der dir bis zum Po reichte.«

»Dieselben Worte hast du gebraucht, als du mich an all das erinnert hast. Ich weiß noch, daß ich damals dachte, daß ein Mann, der auf solche Einzelheiten achtet und sie so gut behält, es bestimmt gut versteht, seine Liebe auszudrücken, und ein guter Ehemann wäre.«

»Wie du siehst«, sagte ich. Wir lachten. Dann herrschte einen Augenblick Stille. Es war klar, daß wir, deren Lebenssituation sich glich, beide einen Moment abwägten und dann entschieden, das Gespräch nicht in dieser Richtung fortzusetzen.

»Ich wollte mit dir über etwas Bestimmtes sprechen«, sagte

ich und erläuterte ihr meinen Plan, ein Institut aufzubauen, das Avschis Namen tragen sollte.
»Ohne weiter darüber nachgedacht zu haben, scheint mir das eine wunderbare Idee zu sein«, sagte Masi. »Wird dich das nicht ein Vermögen kosten?«
»Geld soll unsere letzte Sorge sein. ›Denn du darfst es nicht mit dir nehmen.‹ Meine Erben werden nicht darum streiten«, antwortete ich in leicht abschätzigem Ton, um nicht theatralisch zu klingen. »Seit meine Eltern tot sind, habe ich keine Verwandten ersten Grades mehr. Den Kindern meiner Tante Bukas, sie ruhe in Frieden, habe ich ein bißchen beim Wohnungskauf und der Finanzierung des Studiums geholfen. Sie haben sich gut etabliert und verfügen über ein beträchtliches Einkommen. Natürlich habe ich sie auch in meinem Testament nicht vergessen, das für alle Fälle bereitliegt, aber unter keinen Umständen will ich sie als meine Haupterben einsetzen. Das hätte ich im übrigen auch meinen Eltern nicht angetan – was hätten sie mit dem vielen Geld anstellen sollen? Ich habe die Absicht, alle möglichen Fonds zu gründen, vor allem Bildungseinrichtungen und Forschungsinstitute, und für gute Zwecke zu spenden. Das sind die Bereiche, in die ich investieren möchte. Und deshalb auch in das Institut unter Avschis Namen. Für mich ist das die nächstliegende Sache, die ich tun kann.«
Masi nahm meine Hand, die auf dem Tisch lag.
»Das berührt mich sehr – deine Treue im Andenken an deinen Freund ...« Es war erkennbar, daß ihr ein Schluchzen in der Kehle steckte. »Weißt du was? Gib mir ein wenig Zeit, sagen wir, einige Monate. Ich will darüber nachdenken und mit Sakki und anderen reden. Ohnehin muß so etwas sehr gut vorbereitet werden. Mindestens ein, möglicherweise sogar zwei Jahre wird es dauern, bis wir mit der Umsetzung anfangen können. Da du mich gefragt hast, laß uns in Ruhe überlegen, danach werden wir uns vielleicht dafür entscheiden,

oder es fällt uns etwas anderes ein. Ich werde in der nächsten Zeit ziemlich beschäftigt sein. Ich muß mich auch auf den Wahlkampf im kommenden Jahr vorbereiten. Laß uns vereinbaren, daß wir uns in einigen Monaten wiedersehen, während eines deiner Besuche in Israel, wenn du willst, gleich nach den Wahlen, wenn wir alles andere satt haben und ein bißchen ausruhen und uns diesem Projekt widmen wollen. Dann werden wir sehen, wo wir stehen. Was meinst du?«

»Ich meine, daß ich jetzt noch einen Beweis habe.«

»Einen Beweis wofür?«

»Jeder, der dich damals auf dem Zionsberg Avschis Ansichten im Gespräch mit diesem Korrespondenten mit den Worten hat kommentieren hören: ›Das war ein bißchen kindisch und dumm‹, betrachtet dich heute als kluge Frau. Was du gerade gesagt hast, beweist es aufs neue.«

»Was für ein Erinnerungsvermögen!« Masi lachte, dachte dann nach und wurde für einen Moment traurig. Dann schreckte sie aus ihren Gedanken und schaute auf die Uhr. »Ich befürchte, es ist soweit, du mußt mich zum Flughafen bringen. Es tut mir leid, denn ich habe Appetit auf mehr ...«

»Ich auch ...«

»... trotzdem muß ich los.«

Als wir uns am Flughafen voneinander verabschiedeten, nahm sie meinen Kopf in die Hände und küßte mich auf beide Wangen wie sechzehn Jahre zuvor nach unserem Gespräch im Hotel Dan in Tel Aviv.

»Erklär mir«, sagte sie, »warum ein süßer Junge wie du letztlich doch den kürzeren gezogen zu haben scheint.«

»Vielleicht aus demselben Grund, aus dem ein süßes Mädchen wie du ...«

Masi legte den Zeigefinger auf meine Lippen, damit ich kein Wort mehr sagte. Im Fortgehen schaute sie sich noch einmal um und schickte mir einen Luftkuß.

Kapitel 38

Als ich mich von Afula entfernte, zeigte sich mir der Tabor in jeder Kurve aus einem anderen Blickwinkel und in neuem Bild. Hier genießt man die schönste Sicht auf den von überall her das Jesre'el-Tal beherrschenden Berg, und dabei habe ich immer meine zehntausend antiken Brüder vor Augen, Fußsoldaten, die seine Hänge hinaufsteigen zu Baraq, dem Sohn Avinoams*, der sie auf Weisung der Prophetin Debora zusammengerufen hat. Von dort ziehen sie im Gefolge ihres Kriegsherrn weiter, stürmen an gegen neunhundert eherne Streitwagen, die Panzer der damaligen Epoche, und besiegen alle feindlichen Lager mit dem Schwert – und der Hilfe des Herrn, versteht sich. Dieser Berg, der für jeden, der das Land Israel und das Buch der Bücher liebt, so symbolträchtig ist, trägt auf seinem Gipfel ausgerechnet ein riesiges Kloster, eines, das sich so bescheiden in seine Ansicht einfügt, als sei es ein Teil seines Gesteins. Aber ich habe nichts gegen dieses Kloster. Es stört mich überhaupt nicht, daß es ausgerechnet diesen hebräischen Berg krönt. Ein Grund dafür ist, daß das Kloster das Zuhause von Mirale ist, die ich, wie wir telefonisch vereinbart hatten, an diesem, ihrem freien Nachmittag, besuchen wollte, um sie zum ersten Mal seit dreißig Jahren wiederzusehen. Ich wollte zu ihr hinauffahren, nachdem ich vormittags unten in Kfar Tabor eine andere Angelegenheit zum Abschluß gebracht hatte.

* Vgl. Richter 4 u. 5

Schon seit vielen Jahren war ich nicht mehr in der Gegend gewesen. Die unschuldige Bauernsiedlung, die noch vom Geruch und dem Kolorit ihrer ersten Bewohner geprägt gewesen war, war wie vom Erdboden verschwunden, und an ihrer Stelle stand ein Villenvorort, eine Art nördliches Kfar Schmarjahu voller Neureicher, dessen Straßen mit roten und hellen Steinen gepflastert und von gelben Geländern eingefaßt waren.

Ich betrat das Museumsdorf und ging vorbei an duftender Minze, die zwischen Beeten mit bunten Veilchen und blaßroten Geranien wuchs. Irgend jemand war auf die Idee gekommen, Kinder der Computergeneration den Geschmack vergangener Zeiten kosten zu lassen, und so waren die Mitglieder einer Besuchergruppe damit beschäftigt, Teig zu kneten und ihn auf einer Art urzeitlichem Steinofen zu backen, der für diesen Zweck dort gebaut worden war. Ein freundliches Mädchen mit Sommersprossen und vorstehenden Zähnen nahm gerade ihr Fladenbrot aus dem Ofen und tunkte es in Olivenöl und *sa'ater*, doch als sie gerade davon abbeißen wollte, bemerkte sie mich, lächelte mich an und fragte: »*Are you from America? This is an Arab pita.*«

Im Nu war ich von neugierigen Kindern umringt, die den amerikanischen Touristen sehen und hören wollten. Auf hebräisch erklärte ich ihnen, daß es auf dem Machane-Jehuda-Markt in Jerusalem, nahe dem Viertel meiner Kindheit, die Bäckerei Schmajas gegeben hatte, und dort hätte ich immer frühmorgens ofenfrische Pita eingekauft. Die Kinder hörten zu, grinsten, musterten meinen Anzug, bemühten sich kurz, wie Kinder das so tun, ihn mit meinem unüberhörbaren Sabre-Akzent in Einklang zu bringen, und wandten sich dann wieder ihrer Beschäftigung zu.

Unterdessen hatte mich vom Haus aus eine Frau entdeckt, die nun zu mir in den Hof trat.

»Guten Tag. Sind Sie Shaul Bar Adon?«

»Ja. Dann müssen Sie Frau Ofra sein.«

»Ofra – ohne ›Frau‹ davor. Ich habe vom Bürgermeister strikte Anweisung, Sie freundlich zu empfangen.«

Wir lächelten. Ofra, eine große, gutaussehende Frau, die ihr langes glattes Haar wie die Kibbuzmädchen der fünfziger Jahre nach hinten gekämmt und im Nacken zusammengebunden trug, führte mich auf dem bescheidenen Hof umher, in dem die Lebenswirklichkeit der ersten Bauern nachgestellt war, die zu Beginn des Jahrhunderts hierhergekommen waren. Ich erinnerte mich an die Menschen, die ich hier bei meinem ersten Besuch mit Chaja angetroffen hatte, zu einer Zeit, als die Bauern selbst noch etwas von dieser musealen Atmosphäre an sich gehabt hatten. Was war wohl aus Ida Berkowitz geworden und aus Herrn Eljoschiv, wie ihn Jozy damals genannt hatte, oder aus dem Bauern, der Bier getrunken und sich dabei über die Worte seiner Frau geärgert hatte? Und natürlich fragte ich mich, was aus den Ladenbesitzern Lola und Jozy geworden war, Chajkas Freunden (so hatten sie Chajas Namen ausgesprochen)? Ich mußte hingehen und schauen, was aus dem Laden geworden war. Dreißig Jahre waren vergangen, und in Kfar Tabor selbst war keine Spur mehr von all den Dingen zu entdecken, an die ich mich erinnerte. Aber das Erbe des Orts sollte bewahrt werden, in konkreter Form, in Fotografien und in Publikationen wie in dem Buch Jig'al Allons »Das Haus meines Vaters«, auf das Ofra hinwies, als wir durch die Räume des Hauses gingen. An dieser Stelle kam nun ich ins Bild. Der Gemeinderatsvorsitzende hatte über fünf Ecken davon gehört, daß ich etwas für das Dorf übrighatte, und war auf den Gedanken gekommen, mich um eine Spende für den Erhalt des dörflichen Erbes zu bitten. Wir betraten das »Haus des Poeten«, das in der Nähe des Museums lag, und Ofra erzählte mir, daß Shaul Tschernichowski, dessen Gedichte ich in meiner Kindheit geliebt hatte, einmal der Dorfarzt hatte werden sollen, aber

nicht angenommen worden war. Einer der Bauern hatte gesagt: »Er ist Doktor und Dichter? Dann ist er weder das eine noch das andere. Haben wir nicht schon genug Verrückte hier?«
Und er hatte recht. An Sonderlingen mangelte es nicht, wenn man sich die ersten Siedler einmal genauer anschaute. Es hatte hier schon einer Portion Verrücktheit bedurft, um die Seelenstärke für eine solche Pionierleistung zu finden. Das »Haus des Poeten« war ein kleines hübsches Gebäude, dessen Tür und Fensterrahmen – wie in unserer Region üblich – gegen den bösen Blick himmelblau gestrichen waren; es hatte eine Front aus behauenem Kreidestein und Umfassungsmauern aus schwarzem Basalt, die ihm den alten, ortsüblichen Charakter verleihen sollten. Hierher kamen Schriftsteller und Dichter, um eine Zeitlang hier zu wohnen, von der schnöden Arbeit auszuruhen und sich ausschließlich ihrem Werk zu widmen.
Wir setzten uns draußen auf eine Bank, die an der Hauswand stand. Dem Tabor vor uns schien ein Pelz gewachsen, er war mit grünem Dickicht bekleidet. So hatte ich ihn nicht in Erinnerung. Auch das Dorf an seinem Fuße, 'Arab asch-Schibli, hatte sein Aussehen verändert, es war größer geworden und in die Breite gegangen, und häßliche Würfelhäuser kletterten die Flanke des Bergs hinauf. Wie machten sie das nur? Anders als uns gelang es ihnen, mitten in die Landschaft zu bauen, ohne sie dadurch zu beeinträchtigen. Ofra redete, und ich hörte ihr mit halbem Ohr zu. Ein Schwarm Feldheuschrecken schwebte über dem Grün des kleinen Gartens. »... sie kommen im Frühling. Und dort ...«, sagte Ofra und zeigte jenseits der lauten Straße auf ein mit grünen Ziegeln gedecktes Dach, an dem sich Arbeiter zu schaffen machten, »... dort sehen Sie ein Haus im Modulsystem, es wurde nach einer amerikanischen Bauweise errichtet.«

Die Public-Relations-Frau des Gemeinderats bemühte sich um den potentiellen Spender. Trotzdem gelang es ihr, eine sehr angenehme Atmosphäre zu erzeugen, als hätten wir uns signalisiert, daß wir beide zur selben »Landsmannschaft« gehörten, und zwar der des alten Israel.
Zwei Familien, Männer, Frauen und ihre krakeelenden Kinder, machten sich auf dem Rasen vor dem »Haus des Poeten« breit, und ehe wir uns versahen, hatten sie einen faltbaren Tisch aufgeklappt, Gläser und Picknickkörbe darauf gestellt und begannen, Getränke hervorzuholen.
»Entschuldigen Sie«, sagte Ofra und erhob sich. »Dies ist ein historischer Ort und kein Picknickplatz.«
»Nechama, komm sofort her!« rief eine der Mütter nach ihrer Tochter.
»Ich möchte Sie bitten, die Rasenfläche zu verlassen«, sagte Ofra in energischem Ton.
»Was ist schon dabei? Eine halbe Stunde, und wir sind wieder weg!« wurde ihr erklärt, und die Frauen packten weiter die Körbe aus und deckten den Tisch, als bestünde Ofra aus Luft. Einer der Männer begann zu singen wie ein »Pavarotti« im Hydepark. In wenigen Augenblicken war die Inbesitznahme des Gartens vor dem »Haus des Poeten« vollzogen. Weder der türkische Kaimakam von Nazareth noch die Regierung ihrer Majestät oder die gesammelten Regierungen, *Mapai*, Ma'arach oder der *Likud*, konnten sie von hier vertreiben, solange sie den Wunsch hegten, hier zu sitzen. Der wäre doch ein *Freier*, der ein solches Fleckchen Heimat freiwillig aufgeben würde.
Ofra schluckte den Ärger hinunter und setzte die Führung fort. Ich staunte über die Villen, die an die Stelle der alten Häuser gerückt waren. Dann kamen wir an einem Bilderbuchsupermarkt vorbei. »Besteht der Lebensmittelladen noch?« fragte ich. »Als ich vor dreißig Jahren hier war, wurde er von einem Ehepaar geführt, Lola und Jozy ...«

»Kannten Sie sie? Nette Leute. Sie sind vor einigen Jahren weggezogen. Sie haben den Laden verkauft und sind nach Afula gezogen. Seither habe ich sie nicht wiedergesehen. In den letzten Jahren hatte Jozy darüber geklagt, daß ihm die Arbeit zu schwer würde.«

»Ofra, ich danke Ihnen für alles ...«

»Warten Sie. Was heißt das? Ich wollte Sie noch zu einem Lammsteak im Ha-Noqed, unserem Feinschmeckerrestaurant, einladen. Der Bürgermeister möchte, daß Sie sehen, was wir aus dem Dorf gemacht haben ...«

»Seien Sie so gut, und richten Sie dem Bürgermeister aus, daß ich ihn anrufen werde. Ich möchte jetzt ins Kloster hinauf, um Schwester Maria zu sehen.«

»Mirale? Was haben Sie mit ihr zu tun?«

»Das ist eine lange Geschichte. Wir sind Freunde.«

»Bestellen Sie ihr einen Gruß. Sie ist in letzter Zeit öfter krank. Man sieht sie seltener hier unten.«

»Ist es etwas Ernstes?«

»Es heißt, sie habe einen Herzanfall erlitten. Aber sie spricht nicht darüber. Wenn man sie fragt, zeigt sie ihr Engelslächeln und macht eine abwehrende Bewegung mit der Hand.«

Weshalb war einzig die Zufahrt zum Kloster nach wie vor so schadhaft und unbequem wie früher? Hing das mit den Prioritäten bei der Mittelvergabe irgendeines Ministeriums zusammen? Die Auffahrt zum Kloster wurde immer noch den gleichen Taxis überlassen, deren arabische Fahrer sich mit der holprigen Straße auskannten. Im Taxi war mir dann doch für einen Augenblick weh ums Herz. Damals hatte Chaja an dieser Stelle neben mir gesessen, und der gesamte Aufenthalt im Kloster hatte im Zeichen Chajas gestanden. Dreißig Jahre war das her.

Von unten hatte ich über mein Handy im Kloster Bescheid

gegeben, daß ich unterwegs war, um Schwester Maria zu besuchen, und als ich ankam, stand sie bereits am Tor, um mich zu empfangen. Durfte man eine Nonne küssen? Wie als Antwort auf meine Frage stürzte sie mir entgegen und umarmte mich so lange, daß es mir beinahe peinlich wurde. Die ganze Zeit über, während wir Wange an Wange standen, hatte sie ihre Arme um meinen Nacken geschlungen und beugte mich leicht zu sich herunter. »Ein großer Kummer erfüllt mein Herz«, sprach eine Stimme in meinem Kopf. Wer hatte das gesagt? Es hörte sich wie etwas an, das ich in meiner Kindheit gelesen hatte. Mirale löste sich von mir, und ich erkannte nun, was ich schon im ersten Moment flüchtig wahrgenommen und unterwegs auch nachgerechnet hatte: Mirale war mittlerweile sechzig Jahre alt. Doch wenn auch die Strähne, die unter der Schwesternhaube hervorlugte, weiß leuchtete, so wirkte ihr Gesicht, trotz müder Hautpartien hier und dort, dennoch jünger, als es ihrem Alter entsprach. Aber sie war dünn, fast mager, und auf ihren Wangen lag eine ungesunde Röte. Einzig die Augen waren unverändert und blickten gütig, vielleicht auch mit einer gewissen Trauer, die ihren Glanz allerdings ungetrübt ließ. Sie schob mich ein wenig von sich, um mich genauer betrachten zu können.
»Du siehst noch besser aus als damals«, sagte sie zu mir. »Die melierten Schläfen verleihen dir zusätzlichen Charme.« Auf ihrem Gesicht erschien ihr freundliches, völlig neidloses Lächeln. Das Wort »Charme« war wohl die Nonnenversion von »Sexappeal«. Schon andere Frauen hatten meine grauen Schläfen bewundert. »Böser Junge! Du hast es nicht für notwendig gehalten, mich während des Jom-Kippur-Kriegs anzurufen, und ich habe mir solche Sorgen um dich gemacht, bis Chaja mir erzählt hat, daß du gesund heimgekehrt warst und lediglich eine leichte Verletzung erlitten hattest.«
Und schon hakte sich Mirale bei mir unter und führte mich in den Garten hinaus, genauso wie sie und Chaja mich da-

mals gegen meinen Willen in die Kirche dirigiert hatten. Dreißig Jahre – weshalb kam es mir vor, als sei es erst gestern gewesen? Ich hatte Mirale am Vorabend des Sechs-Tage-Kriegs angerufen, nach dem Krieg hatte ich eine Postkarte von ihr erhalten, und einmal hatte ich im Kloster Grüße für sie hinterlassen. Das war's, mehr war seit meinem Besuch damals mit Chaja nicht gewesen. Konnte es sein, daß Mirale sich still und heimlich in das begrenzte Pantheon jener Freunde eingeschlichen hatte, mit denen man das Gespräch dort fortsetzt, wo man es beim letzten Mal unterbrochen hat, gleichgültig, wie lange es her war?

»Weißt du was? Ich soll Spaziergänge unternehmen. Laß uns gemeinsam in aller Ruhe zum Dorfcafé gehen. Dort können wir sitzen, und anschließend bringst du mich mit dem Taxi zurück.«

Da hatte Mirale mich bereits aus dem Garten gezogen, hinaus zur abfallenden Chaussee.

»Ganz wie du magst, Mirale«, sagte ich, »ein kleiner Fußmarsch tut gut. Aber warum sagst du: ›Ich soll Spaziergänge machen?‹ Wie geht es dir, Mirale? Und weich mir nicht aus! Unten sagte man mir, du seist gar nicht gesund.«

»Und du glaubst alles, was du hörst? Aber gut, meinetwegen. Ich hatte einen Herzanfall, na und? Du weißt, daß ich im Glauben und in der Zuversicht lebe, und ich habe jemanden, auf den ich mich stützen kann. Für jeden Augenblick, der mir auf dieser Erde zugemessen wurde, bin ich dankbar. Wenn aber da oben beschlossen wird, daß meine Stunde gekommen ist, nehme ich das Urteil freudig an.«

»Mirale. Ich weiß nicht, ob du es weißt: Ich bin ein reicher Mann. Mit Leichtigkeit könnte ich dir zur besten Behandlung der Welt verhelfen.«

Mirale ließ meinen Arm los, trat vor mich und schaute mich an. Sie begann zu weinen. Sie versuchte durch ihre Tränen zu lächeln und mußte noch mehr weinen.

»Warum weinst du, Mirale? Du brauchst dich nicht zu schämen. Ich meine es völlig ernst.«
»Ich weine, weil vor einer Woche Chajale hier war und mir das gleiche angeboten hat, fast mit denselben Worten. In letzter Zeit kommt sie fast jede Woche her, ab und zu mit Gerschon zusammen, und sie ruft mich beinahe täglich an, um zu fragen, wie es mir geht, und mich zu beschwören, daß ich mich an sie und ihren Mann wende, wenn es notwendig werden sollte. Und ich weine auch, weil mir solche Verwandten und Freunde vergönnt sind und weil ich das Gefühl habe, daß sich hier ein Kreis im Leben schließt, und das mit einer so guten Absicht. Chajale, Gerschon und du ...«
Ich schwieg. Mein Herz klopfte so heftig wie damals, als Masi und Sakki bei Avschis *Schiv'a* Chaja erwähnten. Ich bemühte mich, ruhig und gelassen zu wirken. Mirale hakte sich wieder bei mir ein und führte mich weiter.
»Wie geht es ihr?« Die Frage entfuhr mir, ohne daß ich es wollte, aber ich bemühte mich, sie beiläufig klingen zu lassen.
»Das Leben tut das Seine«, sagte Mirale in einem Ton, der besagte, daß wir beide wußten, wovon die Rede war. »Ich glaube, daß sie mit Gerschon zu leben gelernt hat. Er ist ein ausgezeichneter Bursche, ein guter, ergebener Ehemann und vorbildlicher Vater beziehungsweise Großvater – sie haben schon zwei Enkel. Er war geduldig mit ihr. Ich will mich mit meinen Worten nicht versündigen, aber du weißt vielleicht, daß unsere Chajale manchmal ein bißchen kapriziös sein kann ...«
»Sie selbst nannte es ›verrückt‹ ...«
»Richtig«, entgegnete Mirale und lachte. »Ich habe mich nicht getraut, das Wort auszusprechen. Schließlich bin ich Nonne«, setzte sie hinzu und lachte erneut. »Trotzdem kann man behaupten, daß es ihnen recht gutgeht. Sie haben drei prächtige Kinder und zwei Enkel, wie ich schon gesagt habe.

Ich bin wahrhaft glücklich, wenn sie mich hier besuchen kommen. Von Zeit zu Zeit holen sie oder eins der Kinder mich ab, um mich mit zu sich zu nehmen, in das Haus in Afeqa. Sie sind ja meine Familie ...«

Mirale verstummte für einen Moment und setzte dann ihren Gedanken fort: »Selig lebt nicht mehr, er starb vor zwanzig Jahren an einem Herzinfarkt, Bronia wohnt in einem guten und komfortablen Seniorenheim, wie man das heute nennt, und Chajale selbst hat in ihrem Beruf Karriere gemacht. Ja, so ist das, das Leben tut das Seine ... Die Menschheit ist schon mit größeren und schrecklicheren Problemen fertiggeworden, und das Leben ging immer weiter.

In den letzten Jahren ist sie ziemlich ruhelos und reist in der Welt herum. Einige Male ist sie nach Polen, in die Ukraine und nach Rußland gefahren, gewissermaßen auf der Suche nach ihren Wurzeln, zusammen mit Gerschon, ihrer Tochter oder einer Freundin, aber auch allein – einmal hat sie auch mich nach Polen und in die Ukraine mitgenommen. Dort hatte ich ein bewegendes Wiedersehen mit den Schwestern des Klosters, in dem man mich damals versteckt hat. Ich habe es Chaja gezeigt. Ich erinnerte mich daran, wie ich in dem Augenblick, in dem ich hineingebracht wurde und die Tore des Klosters sich hinter mir schlossen, intuitiv wußte, daß der Todesengel stehengeblieben war und mir dorthin nicht folgen würde. Ich fühlte mich beschützt ... In der Hauptsache versuchten wir aber, den Fluchtweg ihrer Eltern nachzuvollziehen. Nachts ist sie schweißgebadet aufgewacht und schrie: ›Die Pferde zertreten mich!‹ Dann nahm ich sie in den Arm und beruhigte sie, als wäre sie wieder das kleine Mädchen, das sie in ihrem ersten Lebensjahr gewesen ist ...«

Mirale hielt inne.

»Sag«, setzte sie erneut an, »meinst du nicht, daß es Zeit wäre, für uns alle ein kleines Treffen zu arrangieren? Vielleicht bei ihnen in Afeqa? Oder hier bei mir? Wir könnten in unserem schönen Garten sitzen oder im Dorfcafé. Was denkst du?«

»Ich weiß nicht. Ich hatte noch keine Gelegenheit, darüber nachzudenken.« Ich merkte, daß meine erste Reaktion negativ war. »Lassen wir die Sache ein Weilchen ruhen, erzähl mir lieber noch ein wenig von dir ...«

»Bist du ihr böse?«

Ich zuckte mit den Schultern, seufzte und lächelte. »Fast dreißig Jahre ist es her. Und trotzdem bin ich nicht sicher ...« Ich hatte den Blick abgewandt, dem Jesre'el-Tal zu, das noch immer in seiner ganzen Schönheit vor uns lag, ungeachtet all der Veränderungen, die in ihm stattgefunden hatten.

Mirale blieb stehen und sah mich mit ihren vernünftig blickenden Augen an.

»Ich weiß, wie sehr du damals gelitten hast, als Chajale sich entschieden hat, Gerschon zu heiraten.«

Ich erwiderte nichts. Ich wollte fragen, wie sie darauf kam, aber ich blieb stumm. Sicher hatte Lola ihr von meinem Besuch erzählt.

»Vor einer Woche habe ich Chajale erzählt, daß du herkommen würdest. Da habe ich ihr ebenfalls die Frage gestellt, ob es nicht Zeit für ein kleines Treffen wäre. Aber sie hat gesagt: ›Er ist mir bestimmt noch böse.‹

Ich glaube, nach dreißig Jahren darf ich dir wohl davon berichten. Ich habe Chajale um Erlaubnis gebeten, und sie hatte nichts dagegen.«

»Mir wovon berichten?« fragte ich.

»Du wirst es gleich erfahren.« Und Mirale begann zu erzählen. Dabei blieb sie zuweilen stehen oder drückte mir unbewußt den Arm. »Du mußt wissen«, sagte sie, »daß mir Chajale unter bitteren Tränen mitgeteilt hat, wie sie dich damals auf der Straße getroffen hat, an dem Abend, an dem sie dich zum letzten Mal sah, auf dem Bürgersteig der Ibn-Gabirol-Straße. Ich erinnere mich noch gut an ihre Worte, denn sie lag mir damit wochenlang in den Ohren: ›Er war dünn und so blaß, Mirale. Was für einen Schmerz es ihm bereitet.‹«

Ich beharrte auf meinem Schweigen, obgleich es in meinem Innern drunter und drüber ging wie im Kochtopf einer Zauberin. Gleich würden die Teufelchen hervorspringen und die Zunge herausstrecken. Ich fühlte, daß Mirale mich von der Seite anschaute, doch ich hielt den Kopf gesenkt und starrte auf den Boden etwa zwanzig Schritte vor mir.

»Und du sollst wissen, daß sie am folgenden Tag zu dir fuhr. Aber sie traf dich im Archiv nicht an. Und das Studienjahr war bereits zu Ende, so daß sie dich auch nicht entsprechend deinem Stundenplan in einer der Vorlesungen hätte finden können. Deshalb ging sie zu eurer Wohnung in Jerusalem, die du mit deinem Freund zusammen gemietet hattest, aber niemand war zu Hause. Sie saß dann stundenlang auf der Treppe und wartete. Bis dein Freund Avschalom kam ...«

»Avschi!«

»Ja, richtig. Avschi. Er ruhe in Frieden. Chajale tat es sehr leid, als sie erfuhr, daß er im Jom-Kippur-Krieg gefallen war. Er ließ sie herein und bot ihr Kaffee an. Sie erklärte ihm, wie sehr sie es bedauere, soviel Schmerz zu verursachen, sie wolle nur wissen, wie es dir gehe, denn sie sei ein wenig erschrocken, als sie dich auf der Straße gesehen habe. Auch sie leide. Daraufhin ging Avschi mit ihr hart ins Gericht.«

So die Formulierung einer wohlerzogenen Nonne. Was hieß »hart ins Gericht gehen«? Avschi konnte grob und abstoßend sein!

»Er sagte zu ihr: ›Junge Frau, ich weiß nicht, wozu du gekommen bist. Es gibt nur zwei Möglichkeiten: Entweder heiratest du ihn, oder du verschwindest für immer aus seinem Leben. Das eine oder das andere. Du kannst nicht plötzlich so auftauchen und mit seinen Gefühlen spielen, auch wenn das nicht deine Absicht ist. Er ist gerade auf dem Tabor bei Mirale. Er ist dorthin gefahren, um ihr auf Wiedersehen zu sagen, weil er für ein paar Jahre zum Studium ins Ausland geht.‹ Verstehst du? Avschi wußte noch nicht, daß du mich nicht angetroffen und mich bei Lola gesucht hattest. Vielleicht hätte Avschi es nicht tun sollen, aber er beschrieb Chajale in allen Details deine Qualen. Auch daß du neun Nächte hintereinander losgefahren warst und stundenlang gewartet hattest, bis du sie dort auf dem Bürgersteig mit Gerschon gesehen hattest. Und die ganze Zeit über, während er redete, weinte sie. Aber er hatte überhaupt kein Erbarmen mit ihr, und sie spürte, daß er wütend auf sie war. Schließlich sagte er zu ihr: ›Er hat sich entschieden, im Ausland zu studieren, um weit weg von dir zu sein. In den zurückliegenden Wochen hat er alles vorbereitet. Modi Edelmann und ein paar Leute mit Verbindungen haben in kürzester Zeit etwas für ihn arrangiert. Er wollte dich nur noch einmal sehen, bevor er abreist – deshalb ist er jeden Abend nach Tel Aviv gefahren und hat dort auf dich gewartet ...‹«

»Das hat er ihr gesagt?«

»Ja. Warum? Stimmt es nicht?«

»Nein, nein ... Es ist in Ordnung ...«

»Hat dir Avschi davon wirklich nichts erzählt?«

»Nein, nichts. Er hat es nie erwähnt. Es ist mir völlig neu.«

»Er sagte zu ihr: ›Ich hab' die ganze Zeit Angst, daß er seine Meinung ändern und nicht abreisen könnte. Er muß fort. Wenn du gekommen bist, weil du vorhast, ihn zu heiraten, dann tu es ohne Wenn und Aber. Bist du allerdings hier, weil du ihn noch liebst, obwohl du ihn nicht heiraten willst, dann verlaß, wenn du ihm Gutes wünschst, auf der Stelle diese Wohnung, und kehr nie mehr zurück. Dann ist in seinem Leben kein Platz mehr für dich. Daß du hier warst, werde ich ihm nicht erzählen, weil ihn diese Nachricht aus dem Gleichgewicht bringen könnte.‹ Das sagte er zu ihr, und sie weinte. Danach ist sie aufgestanden und für immer aus deinem Leben verschwunden. Wenn ich recht verstanden habe, habt ihr euch seither nie wiedergesehen.«

»Nein. Sie kam zu Avschis *Schiv'a* und bat seine Frau und seinen Schwager, mir Grüße auszurichten. Das war das einzige Lebenszeichen, das ich von ihr je erhalten habe. Aber ich habe sie nicht angerufen.«

»Also bist du ihr immer noch böse?«

»Die Wahrheit ist, daß ich es nicht weiß, Mirale. Die Zeit heilt Wunden, aber es gibt Dinge, bei denen man nicht sicher ist, ob sie wirklich vergehen. Ich will dir offen sagen: Immer noch erwacht in mir von Zeit zu Zeit ein kleines Teufelchen, das mir höhnisch die Zunge rausstreckt. Ich brauche Zeit zum Nachdenken.«

»Du mußt wissen: Bis auf den heutigen Tag bindet sie die *Chamsika* gegen den bösen Blick um, die deine Mutter ihr geschenkt hat. Ohne sie geht sie nicht aus dem Haus...«

»Die rationale Wissenschaftlerin«, kommentierte ich und bemühte mich, meiner Stimme einen belustigten Beiklang zu verleihen, aber ich spürte den Kloß in meinem Hals und wandte einen Moment lang den Blick ab. »Ich muß darüber nachdenken ..., lassen wir das Thema, und sprechen wir über dich. Erzähl mir ein bißchen davon, wie es dir in all den Jahren ergangen ist.«

»Für uns Nonnen, die wir uns den Dingen des Glaubens verschrieben haben und dementsprechend leben, gleichen sich die Jahre, als gehörten wir eher dem Zyklus der Natur als den Geschehnissen draußen, in der Geschichte, an. Deshalb laß uns nicht von mir sprechen. Es wäre nicht sonderlich interessant. Statt dessen würde ich nur zu gern etwas über dein Leben hören. Wir setzen uns in das Café im Dorf, du lädst mich zu einem Glas Tee und Kuchen ein – ich verrate dir ein Geheimnis: Ich liebe Kuchen. Zwar ist mir untersagt, welchen zu essen, doch zu Ehren eines solchen Anlasses wollen wir ruhig gemeinsam ein kleines bißchen sündigen«, Mirale lachte laut, »in der Zwischenzeit berichtest du mir alles über dich, alles, was man einer Nonne erzählen darf...«

Wer zufällig dort vorbeikam, auf dem Weg, der den Berg hinabführte, sah einen vornehm gekleideten Mann und eine Frau in Nonnentracht, die dastanden und sich vor Lachen bogen, wobei die Frau sich hin und wieder auf den Mann stützte und an ihm festhielt, um nicht auszurutschen. »Alles, was man einer Nonne erzählen darf!« Auch einer Ordensschwester sitzt manchmal der Schalk im Nacken. Sie hakte sich wieder bei mir ein und brachte mich zu dem Café. Vier Stunden saß ich dort mit Mirale, die zwei Gläser Tee trank und zwei Stücke Kuchen aß! »Was für eine Zügellosigkeit!« sagte sie, als sie vergnügt die zweite Portion in Angriff nahm. Derweil erzählte ich gern und offen von mir. Ich berichtete ihr alles über Lupo und sein Angebot und meine Absicht abzulehnen, falls Chaja nicht hätte mitkommen dürfen. »Avschi hat die Sache leicht verdreht dargestellt«, sagte ich, »weil er es gut meinte.« Ich erzählte ihr auch, daß ich nach Israel zurückkehren und schon ziemlich bald ein Haus in Jerusalem besitzen würde. »Wenn du gelegentlich dort bist«, sagte ich zu ihr, »werde ich es dir mit Freuden zeigen. Dann hole ich dich ab, und wir vertreiben uns die Zeit an unseren Lieblingsorten, an deinen und meinen, in der Heiligen Stadt.«

Kapitel 39

Gestern bin ich in den Süden gefahren. Bevor ich Jerusalem verlassen habe, kaufte ich für unterwegs Madschhul-Datteln und ungeröstete Mandeln, und erst Stunden später, als ich an der kleinen Gabelung, die zu Avschis Gedenkstein führt, abgebogen bin, fiel mir ein, daß Avschi und ich uns immer mit diesen Datteln und Mandeln eingedeckt hatten, wenn wir zu Ausflügen aufgebrochen waren, und irgendwie war mir für einen Moment, als würde ich ihm mit diesem Mitbringsel eine Freude bereiten.

Seit zwei Jahren habe ich das Denkmal nicht mehr besucht, aber wie jedesmal, wenn ich hierherkam, fühlte ich einen Kloß in meinem Hals sitzen. Wir haben die Stelle liebevoll und sorgfältig ausgewählt, nahe der Staubpiste, die zum Berg Jarach führt, auf einer festungsähnlichen Anhöhe oberhalb eines steilen Abhangs, von der man hinüberschaut zum Berg Timna und weiter zu den Bergen Gir und Schacham, im Angesicht der archaischen Schönheit der Wüste, die Avschi so sehr geliebt hat.

Rumia und Schalom, seine Eltern, haben uns damals, am ersten Jahrestag seines Todes, an dem wir die Stelle enthüllten, nicht begleitet. »Ihnen genügt das Grab auf dem Soldatenfriedhof in Haifa«, sagte Avschis Schwester Margalit zu mir, die einzige aus der Familie, die zu der Zeremonie erschienen war. Masi, seine Witwe, hatte zur Bestätigung mit dem Kopf genickt. Die Kameraden forderten mich auf, eine Rede zu halten, aber ich konnte es nicht. Ich konnte es genausowenig

wie Modi Edelmann, dem man ansehen konnte, wie bewegt er war – er hatte zwar gewußt, daß wir für Avschi einen Gedenkstein aufstellen wollten, aber er sah ihn damals zum ersten Mal. Schajke Jahalom, der nicht erfreut war, vor Publikum sprechen zu müssen, war nun unser aller Redner:
»Unser Avschi«, wandte er sich direkt an den Verstorbenen. »Wir haben uns hier versammelt, deine Gefährtin Masi, deine Schwester Margalit und eine Gruppe von Freunden und ehemaligen Kameraden unserer Einheit, um uns ganz deinem Gedenken zu widmen, an diesem Erinnerungsmal, das deine Freunde und Untergebenen mit eigenen Händen für dich errichtet haben. Dein Körper liegt auf dem Soldatenfriedhof in Haifa begraben, aber dein Geist weht über dem ganzen Land, an jedem Ort, den dein Fuß betrat, als du uns kreuz und quer durch dieses Land führtest, und er streicht auch über die Berge und nistet in den majestätischen Felsen und Klippen bei den Seelen unserer Väter, die Kinder dieser Wüste waren und deren Schritte jeder Stein und jedes Sandkorn in deiner bewegten Seele widerhallen ließ, die durchdrungen war von starkem zionistischem Glauben und der Liebe zum Volk und dem Land Israel.«
Und dann erzählte Schajke mit Worten, die uns allen aus dem Herzen sprachen, wer Avschi für uns gewesen war. Masi, Margalit, Sakki und Modi weinten, während ich und die übrigen Freunde nur mit Mühe unsere Tränen zurückhalten konnten.
Heute, rund achtzehn Jahre nach der Zeremonie, stehe ich hier allein. Der Wind weht heftig, und der Sand verschleiert die Sicht. Vielleicht ist das der Grund, weswegen keine Menschenseele zugegen ist und mein Auto als einziges auf dem improvisierten Parkplatz steht. Denn wie durch ein Wunder hat dieser versteckt liegende, bescheidene Gedenkstein sich mit der Zeit zu einem Wallfahrtsort entwickelt, so daß der Weg, der zu ihm hinaufführt, von den Füßen der Besucher

und den Reifen ihrer Wagen hart geworden ist. Jugendliche und Soldaten auf Expedition, Einheimische und Touristen verweilen an diesem Ort, um aus dem Mund von Führern, die Avschi nie kennengelernt haben, zu vernehmen, wer dieser Avschalom Qehati seligen Angedenkens gewesen war, dessen Name in den Stein eingraviert ist. Nun sprach ich selbst still zu Avschi, und nur hin und wieder wurde meine Stimme hörbar.

»Avschi, mein Bruder und Freund«, sagte ich zu ihm. »Ganz in der Nähe, du erinnerst dich vielleicht daran, hast du mich in jener Nacht, in der ich die Einheit angeführt habe, zurechtgewiesen und mich getadelt: ›Shaul, du hast mich enttäuscht!‹ Du sollst wissen, daß ich sogar deinen Tadel, der mir so weh getan hat, vermisse. Normalerweise komme ich mit Schajke oder Sakki hierher, aber diesmal wollte ich dich lieber allein besuchen. Kein Tag vergeht, an dem ich nicht daran denke, wie du gefallen bist. Fast zwanzig Jahre ist es her, und noch immer ist deine Abwesenheit für mich schwer zu ertragen. Vor ein paar Tagen bin ich zu unserer Einheit gefahren. Ich war eingeladen, mir anzuschauen, wie unser Club mit dem Geld, das ich dafür gespendet habe, renoviert worden ist. Ich wurde freundlich empfangen, aber niemand kennt mich dort mehr. Eine neue Generation ist herangewachsen. An den Wänden des Clubs hängen die Bilder der Gefallenen. Auch deines natürlich. Ihr seid so jung geblieben. Auch in meinem Büro hängt immer ein Bild von dir, das mit dem Bart, als du den Kommandantenlehrgang beendet hattest. Ich schaue in deine konzentriert blickenden Augen, und manchmal scheint es mir, als sähe ich eine Fackel, die sich in dem glühenden Eifer verzehrt, den Befehl über die Einheit zu erwerben, voranzustürmen, zu erringen, zu handeln und zu schaffen.

Vor dreißig Jahren betrachteten wir uns als Enkel der Wüstengeneration. Und wir sahen uns gewissermaßen auch selbst als eine Wüstengeneration. Wir haben uns bemüht, unseren Beitrag zu leisten auf dem Weg dieses Volks zu Ruhe und Sicherheit. Welch große Hoffnung hat uns damals angetrieben, die Hoffnung von Generationen! Und wir haben fest daran geglaubt, daß wir dreißig Jahre weiter der Erfüllung dieser Hoffnung nahe sein würden. Wie ist es möglich, daß es nicht so ist? Was besaßen wir denn damals schon, als wir in unsere Einheit kamen und an die Universität, außer dem Traum und dem festen Glauben, daß der Tag nicht mehr fern war, an dem sie sich erfüllen würden?

Und was ist heute? Auch wenn es uns nicht gefällt, so drängt sich doch die Frage auf, ob es das ist, was wir uns gewünscht haben. Ich könnte jetzt, wie Zweiundfünfzigjährige das gern tun, darüber klagen, was gegenwärtig in diesem Land geschieht, und sehnsüchtig das Israel unserer Jugend heraufbeschwören, diese Zeit vor dreißig Jahren. Dabei habe ich immer die Worte unseres Modi Edelmann im Ohr, die er an dem Abend, an dem wir von General Laskow Abschied nahmen, gesprochen hat: ›Welch sonderbares Volk wir doch sind. Da steht Theodor Herzl, ein halbwegs assimilierter Prophet und Träumer, auf, um auf der Grundlage der Zionssehnsucht vieler Geschlechter die Flamme des politischen Zionismus zu entzünden, und Juden, die siebzig verschiedene Sprachen sprechen, kommen aus hundert Ländern nach Palästina, bauen einen Staat auf und sagen zur Geschichte: Da sind wir. Hier sind und bleiben wir. Unsere Einheit bezeugt das, nehmt sie euch zum Beispiel.‹ Erinnerst du dich, was solche Reden in unserem Bauch bewirkten? Ich bin sicher, wenn du heute bei uns wärst, würdest du mein Gefühl teilen, daß sie ihre Kraft und Gültigkeit nicht verloren haben.

Vor zwei Wochen wurde der *Likud* bei den Wahlen geschlagen. Die Linke hat gesiegt. Das Lager von Masi, der Frau, die du geliebt hast. Ich weiß nicht, wo du stündest, wenn du noch unter uns lebtest, und ob das Wahlergebnis in deinen Augen gut oder schlecht wäre. Um dir die Wahrheit zu sagen: Mir fällt es schwer, über die Niederlage zu trauern. Jizchaq Rabin ist jetzt Ministerpräsident – erinnerst du dich noch an seine Besuche bei unserer Einheit? Ein so kriegssatter Großvater wird uns vielleicht dem Frieden näherbringen, denn das ist heute unsere einzige Möglichkeit, die Hoffnung zurückzugewinnen, die wir in unserer Jugend gekannt haben. Wie lange noch können wir kraft unseres Schwertes existieren?

In letzter Zeit halte ich oft innerlich Zwiesprache mit meinem Vater und sage zu ihm: Da kann man nichts machen, Papa, wir müssen auf einen Teil des Traums verzichten und Frieden schließen. Ich gebe zu, Papa, allein bei der Vorstellung, die Hände von Mördern schütteln und auf Teile des Erbes unserer Väter verzichten zu müssen, läuft mir ein Schauder über den Rücken und mir dreht sich der Magen um. Aber wie lange noch können wir über ein anderes Volk herrschen? Haben wir *dafür* gekämpft?

Avschi, mein Lieber, Lupo und ich verlegen unsere Geschäfte endlich nach Israel. Leider zu spät. Papa und Mama sind gestorben und können nicht mehr miterleben, wie ich mir daheim ein Zuhause aufbaue. Ich habe mir gerade eine Villa in Jerusalem gekauft. Übermorgen kommt Masi sie sich anschauen. Wir wollen auch ein Institut mit deinem Namen gründen. Geliebter Avschi, der Wind hier nimmt immer mehr zu, und es wird schwierig, dem Sandsturm standzuhalten. Möge es Frieden werden, mein Freund.«

Kapitel 40

Als *Adon* Elijahu Ben Sinor starb, ging Ministerpräsident Menachem Begin hinter seinem Sarg und mit ihm die Häupter seiner zum *Likud* gehörenden Cherut-Partei, die Veteranen der »Kämpfenden Familie«, der Bürgermeister und die Honoratioren Jerusalems, bei denen sich der Verstorbene besonderer Wertschätzung erfreut hatte, sowie der gesamte sephardische Adel des Landes. Das war 1981 gewesen. Mehr als zehn Jahre danach, im Dezember 1991, nicht lange nach meinem Treffen mit Masi in San Francisco, wandte ich mich aus einer vagen Ahnung heraus an Herrn Salach Schemesch Qatan, den irakischstämmigen Buchprüfer meiner israelischen Unternehmungen, einen gerissenen Profi, dessen Dienste alles andere als billig sind und der sich, auf Geld überaus erpicht, kein Geschäft entgehen läßt. Ich bat ihn herauszufinden, ob die Villa Ben Sinor vielleicht zum Verkauf stand.

»Keine Sorge, *Adon* Shaul. Wir werden prüfen, ob sich das arrangieren läßt«, sagte er in dem ihm eigenen Hebräisch.

Einige Tage später meldete sich bei mir ein Herr Jecheskel Na'im, der elegant gekleidet war und Ähnlichkeit mit einem Efendi aus der Altstadt hatte; sogar mit einer *Misbacha* aus Bernstein war er ausgestattet, die er zwischen seinen Fingern hindurchlaufen ließ. Es gelang mir nicht, zu erfahren, ob er nur Grundstücksmakler oder auch -verkäufer war. Dieser Mann mit besten Manieren, der den Duft von After-shave verströmte und dessen silbergraues Haar von Brillantine glänzte, verstand es, so gewandt und angenehm zu plaudern, daß man ganz vergaß, was man eigentlich hatte wissen wollen. Damit jedenfalls waren die Dinge ins Rollen gekommen. Herr Na'im wußte mir bereits zu berichten, daß das Haus von einem christlich-arabischen Unternehmer namens Chamis erbaut worden war, und zwar mit hervorragenden Materialien »aus ausländischer Produktion«, wie Herr Na'im sich ausdrückte, und daß es an eine »Familie Neudorfer« vermietet worden war, ein kinderloses Ehepaar aus Deutschland. Sie hatten es in eine Pension für Offiziere und Beamte der englischen Mandatsregierung verwandelt, und die sieben Pinien, die sie nebenan gepflanzt hatten, nannten sie Neudorferwald.

»Mit ein bißchen Protektion«, sagte Herr Na'im, »kann man noch ein oder zwei Stockwerke aufsetzen.« Nach Ben Sinors Tod hatte es Streit unter den Erben gegeben, und einer von ihnen, der in Paris lebte, hatte sich all die Jahre geweigert, mit den anderen zu einer Einigung zu kommen. Herr Na'im hielt einen Augenblick inne, um sich an seinem Zigarettenstummel eine neue Zigarette anzuzünden, dann nahm sein Blick einen zugleich verschlagenen und mitleidigen Ausdruck an.

»Es wird also ein bißchen was kosten, *Adon* Bar Adon. Vielleicht müssen wir auch nach Paris.«

»Dann müssen wir eben«, sagte ich.

»Wir prüfen es und sagen Ihnen Bescheid«, versprach Herr Na'im im gleichen Ton wie Salach Schemesch Qatan, was in mir den Verdacht hervorrief, daß sie womöglich verwandt waren.

Innerhalb von drei Monaten legten mir Herr Na'im und sein Sohn Maurice ein detailliertes Angebot für den Kauf des Hauses vor, mitsamt Inventar, wie ich es gewünscht hatte. Das Haus war wirklich wunderbar. Ich hatte zwar in meinem Leben schon größere Pracht erlebt und sogar erwerben können, aber die Villa Ben Sinor verfolgte mich einfach wie ein

Dybbuk, und je weiter das Geschäft gedieh und einem Abschluß näher kam, desto mehr vergaß ich die Regel, wonach es im Geschäft wie bei der Brautwerbung bisweilen besser ist, nicht allzuviel Begeisterung zu zeigen. Daher bat mich Herr Na'im, an den Verhandlungen nicht teilzunehmen.
»Man braucht ein Pokerface, *Adon* Bar Adon. Das Grundstück hat fast nichts gekostet, als man 35 darauf gebaut hat, es war viel günstiger als die Böden in Rechavia und Talbije. Lassen Sie mich es für Sie tun, damit sie Sie nicht auspressen wie eine Zitrone.«
Ich erlaubte ihm, hart zu verhandeln, aber nur bis zu einem bestimmten Punkt, dann hielt ich es nicht mehr aus, und letztendlich bezahlte ich etwas mehr als den Preis, den Herr Na'im für mich vielleicht hätte herausschlagen können (bei den Summen, von denen wir hier reden, ist »ein wenig« sehr relativ zu verstehen). Aber das war mir egal. Auch die Krankenschwester, die noch in dem Haus wohnte und nun umziehen mußte, preßte einiges aus mir heraus – sehr zum Leidwesen von Herrn Na'im und seinem Sohn, deren ästhetisches Empfinden es wohl verletzte, wenn ein Geschäftsabschluß nicht zum vollendeten Kunstwerk gedieh. Herr Schemesch Qatan, mein Buchprüfer, der sich bestimmt seinen Teil der Bezahlung gesichert hatte, sagte zu mir im Stile Efrons des Hethiters*: »Unter uns, *Adon* Bar Adon, was ist Geld im Vergleich zur Verwirklichung eines Traums?«
Es freute mich, aus dem Munde Herrn Schemesch Qatans das Wort »Verwirklichung« zu hören. Mein Freund Schajke Jahalom, der Liebhaber der hebräischen Sprache, hatte einmal, als er auf meine Neujahrsgrüße antwortete, geschrieben, er freue sich, daß mein Hebräisch sich rückwärts entwickle, denn in dem Schreiben an ihn hätte ich das Wort »verwirklichen« gebraucht: »Vormals in Israel«, schrieb Schaj-

* Vgl. Genesis 23

ke mir, »in den Tagen unserer Jugend, »verwirklichte« man sich Träume und geheime Wünsche, und es ging um die »Verwirklichung« von Ideen, der Idee des Zionismus; man zog aus zu ihrer »Verwirklichung« und damit im ideologischen Sinne zugleich zur Selbstverwirklichung der ganzen Nation. Heute hingegen scheint das Wort vergessen, und alle, gleichgültig, welcher Gruppe sie zugehören, »realisieren« nur noch, als wäre die »Realisierung von Gewinnen« das alles Beherrschende, herrschend sogar über die Träume und Ideen, so daß die Menschen sich wünschen, daß all ihre Träume »realisiert« werden. Darin kommt zuallererst die große Eigenliebe der Menschen zum Ausdruck. Ich höre diese Sprache, und mir kommt der Gedanke, daß meine Zeit vielleicht vorüber ist. Darum freue ich mich, daß es noch jemanden gibt, der so altmodisch ist wie ich, und ich hoffe, daß wir einander noch viele Jahre wünschen können, daß unsere Träume Wirklichkeit werden mögen.« – Spruch Schajkes.

Als ich Herrn Schemesch Qatan reden hörte, überlegte ich einen Moment, ob ich Schajke mitteilen sollte, daß ich noch einen Gerechten gefunden hatte, allerdings einen, der ironischerweise genau zu denen zählte, die danach trachteten, Gewinne zu realisieren.

Nachdem mir die Schlüssel übergeben worden waren, waren Herr Na'im und sein Sohn Maurice im siebten Himmel. Mit nikotingelben Fingern die Perlschnur rollend, führte Herr Na'im mich durchs Haus und erklärte mir verblüffend fachkundig jede Einzelheit. Vor zwei beeindruckenden Mitgifttruhen aus geschnitztem Holz blieb er lange stehen.

»Die Füße sind im spanischen Stil«, stellte er fest. »Die Truhen stammen aus dem neunzehnten Jahrhundert und gehörten einer jüdischen Kaufmannsfamilie aus Amsterdam. Sie kamen mit der Familie Jaoilio nach Israel«, erläuterte er mit begehrlichem Blick. »Bei uns in Bagdad gab es herrliche Mitgifttruhen aus Damaskus und dem Libanon und von Berberstämmen aus Nordafrika aus geschnitztem Zypressenholz, das ein Symbol für Reichtum war. Aber Ihre Truhen sind ganz was Besonderes. *Ualla*, ich hatte befürchtet, wir würden beim Preis Verlust machen, und darum habe ich um jede Kleinigkeit mit aller Kraft gefeilscht, *Adon* Bar Adon. Nur bei den Truhen haben sie mich zu packen gekriegt, sie haben mir einfach zu sehr gefallen. Aber das ist nicht schlimm, *Adon* Bar Adon, die Truhen sind ausgezeichnete Handwerksarbeit, eine Freude für jede Braut. *Adon* Bar Adon, Sie müssen schnell alles versichern, damit Sie keinen Schaden erleiden. Ein Jugendfreund von mir, ein ehrenwerter Baghdadi, macht Ihnen einen guten Preis. Schon heute nachmittag kann er herkommen ...«

Seit zwei Monaten gehört die Villa Ben Sinor mir. Die Nachricht, daß ich das Haus gekauft habe, ist bis in die Klatschspalten der Presse gedrungen. Aber das ist mir völlig egal. Ich hatte zwar, nachdem ich mich in den ersten Jahren meiner Zusammenarbeit mit Lupo langsam daran gewöhnt hatte, immer reicher zu werden, gelernt, in Gesellschaft und vor allem in der Öffentlichkeit strengen Wert darauf zu legen, daß über meinen Besitz und mein Vermögen nicht gesprochen wird, aber dieses Mal habe ich mir nicht die geringste Mühe gegeben, die Sache irgendwie verborgen zu halten.
Morgen abend kommt Masi zum Essen. Wie Sie sich erinnern, hatten wir verabredet, uns nach den Wahlen in Israel zu treffen. Darum habe ich sie letzte Woche in Afeqa angerufen und sie in mein neues Heim eingeladen. Da ich ihr ohnehin das Haus zeigen will, habe ich ihr vorgeschlagen, bei mir zu essen anstatt im Restaurant. Ich habe ihr auch angeboten, daß sie, wenn sie mag, bei mir übernachten kann, und zwar in einer Art separater kleiner Einliegerwohnung. Masi hat die Einladung angenommen. Nun sitze ich in dem Sessel im

großen Saal und zerbreche mir den Kopf über das Essen. Ich glaube, ich bestelle bei Al-Muselino auf dem Machane-Jehuda-Markt echte sephardische Hausmannskost nach Art der Küche unserer Eltern.

Anmerkungen des Übersetzers

ADON
entspricht der höflichen Anrede »Herr«

AHLAN
freundschaftlicher Gruß, aus dem Arabischen entlehnt

AIJUBIDEN
kurdische Dynastie, die von 1174 bis Mitte des dreizehnten Jahrhunderts in Ägypten, Syrien, Palästina, Nordmesopotamien und dem Jemen herrschte

ALLGEMEINE ZIONISTEN
Partei, die die politische Mitte repräsentiert

ALLIANCE ISRAÉLITE UNIVERSELLE
internationale jüdische Hilfsorganisation, die seit 1862 Schulen unterhält

ALLON, JIG'AL
einflußreicher Politiker der Arbeiterbewegung und Minister in mehreren Kabinetten

ASCHKENASIM
die Aschkenasim stammen von den im Mittelalter aus West- und Mitteleuropa vertriebenen Juden ab, die sich überwiegend in Osteuropa niederließen

BAR MIZWA
mit vollendetem dreizehntem Lebensjahr wird der jüdische Junge ein Bar Mizwa (wörtlich: Sohn des Gesetzes) und in religiöser Hinsicht erwachsen; zur Feier des Tages darf er zum ersten Mal in der Synagoge aus der Bibel vorlesen

BEN JEHUDA, ELI'ESER
zu einer Zeit, in der vor allem Jiddisch und Deutsch Umgangs- und Kultursprache vieler Juden in Palästina waren, verfocht Eli'eser Ben Jehuda den ausschließlichen Gebrauch des Hebräischen; er gab das erste modernhebräische Wörterbuch heraus; für strenggläubige Juden kam die Verwendung der »heiligen Sprache« im Alltag einem Sakrileg gleich

BETAR
1927 als Verband der zionistischen Fraktion der Revisionisten gegründet; diese verstanden sich als antisozialistisch und radikal-nationalistisch und wollten die gemäßigte Politik der zionistischen Mehrheit »revidieren«; aus der revisionistischen Bewegung gingen die Cherut-Partei und der Likud hervor

CHACHAM
Ehrenbezeichnung für den Rabbiner

CHAMSIKA
von arabisch »chamsa«, wörtlich: fünf; Amulett in Form einer Hand; dieses Symbol, das vor Flüchen schützen soll, ist im ganzen Orient verbreitet

CHAMSIN
heißer, stickiger Wüstenwind

CHANUKKA
das in den November/Dezember fallende sogenannte Lichterfest

CHASSIDIM
Anhänger einer frommen osteuropäischen Strömung des Judentums

CHERUT
Teil des nationalistisch-konservativen Likud-Blocks und die politische Heimat der meisten früheren Etzel-Kämpfer

CHUPPA
Baldachin, unter dem das Brautpaar während der Trauungszeremonie steht

DSCHAMI'A
kommt aus dem Arabischen und bedeutet Versammlung, Gemeinschaft beziehungsweise Sippschaft, Familie

DYBBUK
seit dem siebzehnten Jahrhundert belegte Bezeichnung für eine sündige Seele, die als böser Geist von einem Menschen Besitz ergreift und ihn quält

ETZEL
Abkürzung für Nationale Militärische Organisation; eine antiarabische und antibritische Untergrundgruppierung unter Leitung des späteren Ministerpräsidenten Menachem Begin, die zahlreiche Terrorakte beging und in Opposition zum zionistischen Establishment wirkte; der Etzel wurde nach der Gründung des Staates Israel verboten

FREIER
bezeichnet in der Umgangssprache einen Menschen, der bereit ist, nachzugeben oder eine Schwäche zu zeigen; eine Eigenschaft, die bei vielen Israelis als verpönt gilt

FRENK
Schimpfwort für einen orientalischen Juden

FURCHTBARE TAGE
die Tage um Neujahr und Jom Kippur, die der Einkehr und Buße gewidmet sind

GOJ (PLURAL GOJIM)
bedeutet fremdes Volk und oft im pejorativen Sinn Nichtjude

GOLEM
in der jüdischen Mystik bezeichnet das Wort Golem seit dem Mittelalter ein künstlich geschaffenes, stummes menschliches Wesen, das in manchen Überlieferungen als Retter der Juden auftritt; Löw Jehuda Ben Bezalel, um 1600 Rabbiner in Prag und Mittelpunkt vieler Legenden, soll einen solchen Golem geschaffen haben; in der israelischen Umgangssprache bedeutet das Wort Golem auch Dummrian, Tölpel

GREENBERG, URI ZWI
in vielen seiner Gedichte deutet Uri Zwi Greenberg, der 1929 aus Polen nach Palästina einwanderte, die Nazigreuel als Höhepunkt der christlichen Judenfeindschaft und als Zeit, in der Gott, der den erwarteten Erlöser nicht schickte, zum Friedhofswärter des jüdischen Volkes wurde

HAFTARA
Kapitel aus den prophetischen Büchern der Bibel, das in der Synagoge vorgelesen wird

HAGANA
zur britischen Mandatszeit die Untergrundarmee der zionistischen Exekutive in Palästina; aus ihr wurde im Augenblick der Unabhängigkeitserklärung des Staates Israel die israelische Armee; die anderen militärischen Untergrundgruppen wurden verboten

HA-MATMID
das erste große Gedicht Chajim Nachman Bialiks, in dem er seine Jugend als immer lernender Talmud-Schüler verewigt hat

HAVDALA
Segen, der am Ende des Sabbats gesprochen wird

HERZL, THEODOR
1860–1904, einer der Väter des politischen Zionismus; seine Schriften gehören zum Unterrichtskanon an den israelischen Schulen; von ihm stammt der berühmte Satz »Wenn ihr wollt, ist es kein Märchen«

JABOTINSKY, SE'EV
Gründer und Anführer der Revisionisten (siehe Betar)

JAD VA-SCHEM
die große Holocaust-Gedenkstätte in Jerusalem

JALLA
arabisches Lehnwort, das »Auf!« oder »Los!« bedeutet

JA'ALLA
Ausruf des Staunens, der aus dem Arabischen entlehnt wurde

JAGDSAISON
die Hagana-Führung stellte 1944 den Widerstand gegen die britische Mandatsmacht in Palästina ein, um das Empire im Kampf gegen die Nazis nicht zu schwächen; Menachem Begins Etzel lehnte ein Stillhalten ab und beging weitere Attentate; daraufhin nahmen Hagana-Freiwillige Etzel-Mitglieder in Haft; die Verfolgung der Etzel-Angehörigen ging als »Jagdsaison« in die Geschichte ein

JECKE
aus Deutschland stammender Jude, der viele vermeintliche oder tatsächliche Eigenheiten der jüdischen und christlichen Deutschen in sich vereint, etwa die Betonung von Präzision, Fleiß und Pünktlichkeit; in der rauhen Wirklichkeit des Nahen Ostens wurden die Jeckes oft als weltfremd verlacht

JESCHIVA
jüdische Religionsschule

JISCHUW
hebräisch für Ansiedlung; das jüdische Gemeinwesen in Palästina bis zur Gründung des Staates Israel, das heißt sowohl seine Bewohner und Institutionen als auch die Gesamtheit seiner Siedlungen

JOM KIPPER
aschkenasische beziehungsweise jiddische Aussprache von Jom Kippur (wörtlich: Versöhnungstag), des Namens des höchsten jüdischen Feiertags, der im September/Oktober, kurz nach dem Neujahrsfest, begangen wird

KEFFIJE
eine Art Turban oder Kopftuch; ist die traditionelle Kopfbedeckung der arabischen Männer

KIBBUZIM
genossenschaftlich organisierte Siedlungen nach sozialistischem Vorbild, in denen es ursprünglich fast keinen Privatbesitz gab

KIPPA
gläubige Juden tragen immer eine Kopfbedeckung, die Kippa; die schwarze Kippa ist Hinweis nicht allein auf Gläubigkeit, sondern auf einen streng orthodoxen Lebenswandel

KONSERVATIVE
neben der Orthodoxie, die in Israel Staatsreligion ist, gibt es das konservative und das Reformjudentum. Letzteres ist am deutlichsten an die nichtjüdische (christliche) Umgebung der Diasporajuden angepaßt

LADINO
aus dem Altspanischen abgeleitete Sprache der sephardischen Juden

LECHI
radikale Absplitterung des Etzel

LIKUD
Vereinigung mehrerer rechtsgerichteter Parteien (siehe Cherut)

MAFDAL
die Partei der National-Religiösen, die den großen Parteien bei der Regierungsbildung meist als Koalitionspartner diente

MAKKABÄER
die Familie der Makkabäer und ihre Anhänger gelten als Inbegriff des Freiheitswillens des jüdischen Volkes; sie führten einen Aufstand gegen die Römer an

MAPAI
eine der Arbeiterparteien, aus denen jahrzehntelang das politische und gesellschaftliche Establishment Israels hervorging; auch Israels berühmter Gründervater David Ben-Gurion war Mapainik, also Mitglied des Mapai

MISBACHA
rosenkranzähnliche Kette der Moslems; sie besteht meist aus Holzperlen

MOSCHAWIM
genossenschaftlich organisierte Siedlungen nach sozialistischem Vorbild, in denen meistens nur der Vertrieb der Erzeugnisse seiner Bewohner gemeinschaftlich abgewickelt wird

MUSELMÄNNER
in der Nazisprache die bis aufs Skelett abgemagerten Häftlinge in den Arbeits- und Todeslagern

NEUNTER AW
neunter Tag des jüdischen Monats Aw, der als Trauertag begangen wird

PALMACH
1941 gegründete Eliteeinheit der zionistischen Untergrundarmee Hagana im britischen Palästina; viele spätere israelische Generäle waren ursprünglich Palmachniks, also Mitglieder des Palmach

PESSACH
das Pessach-Fest erinnert an den Auszug der Israeliten aus Ägypten, dem Land ihrer Frohn; auf den langen Zug durch die Wüste nahmen sie ungesäuertes Brot (Matzen) mit, da dies nicht verdirbt; so wird auch während des mehrtägigen Pessach-Fests Matzen gegessen; vor dem Fest muß jede Spur von Sauerteig aus dem Haus entfernt werden

PIONIERE
engagierte Verfechter einer Rückkehr in die jüdische Heimat Palästina; sie gründeten viele Dörfer und leisteten harte körperliche Arbeit im Dienst der Gemeinschaft; ihr Idealismus machte sie zu Vorbildern für alle Zionisten

PO'EL
Name zahlreicher, aus der sozialistischen Bewegung hervorgegangener Sportclubs

RABBI AQIVA (ODER AKIBA)
jüdischer Schriftgelehrter; er lebte von circa 50 bis 135 nach Christus

RECHAVIA
bürgerliches Wohnviertel Jerusalems; galt lange als Hochburg der Juden aus Deutschland und Österreich

SABRE
arabisch für Feigenkaktus; beliebte Bezeichnung für die in Palästina beziehungsweise Israel geborenen Juden, die der Frucht des Kaktus ähneln sollen: Angeblich sind sie wie diese außen stachelig und innen süß

SCHARON, ARIK
Minister in mehreren vom Likud geführten Regierungen und bekannt für seine Ablehnung des Friedensprozesses und sein kompromißloses Durchgreifen gegenüber den Arabern

SCHIV'A
Trauerwoche, die die Familie nach dem Tod eines Angehörigen abhält

SCHOMER HA-ZA'IR
1913 gegründete links-zionistische Jugendbewegung und Vorläufer der Arbeiterpartei

SCHWARZE
als Schwarze wurden in Israel die Juden orientalischer Herkunft verlacht; Schwarze ficken bedeutet soviel wie reinlegen, benachteiligen

SEDER
das mehrtägige Pessach-Fest beginnt mit dem Seder-Abend, an dem vor dem eigentlichen Festmahl zunächst Speisen,

die eine symbolische Bedeutung haben, gekostet werden und die Pessach-Erzählung vorgelesen wird; man folgt dabei einer von der Tradition festgelegten, mehr oder weniger verbindlichen Dramaturgie

SEPHARDEN
die Sepharden stammen von den 1492 aus Spanien vertriebenen Juden ab; verallgemeinernd werden unter dem Begriff oft auch die orientalischen Juden subsumiert

SUKKOT
hebräischer Name des Laubhüttenfests, das im Herbst gefeiert wird

TREFE
rituell unreine Speisen

UALLA
aus dem Arabischen stammender Ausdruck der Begeisterung und Anerkennung

WOHLTÄTER AUS DEN VÖLKERN DER WELT
mit diesem Ehrentitel werden Nichtjuden bezeichnet, die sich durch Wohltaten an Juden hervorgetan haben

ZOMMET
politische Partei, die nur kurze Zeit bestand; vom ehemaligen Generalstabschef der israelischen Armee, Refa'el Eitan, gegründet, erzielte sie bei den Parlamentswahlen 1992 einen überraschenden Erfolg; im Wahlkampf hatte sie ihr Eintreten für die Sicherheit Israels betont und galt vielen als Alternative zu den etablierten Parteien; nach wenigen Jahren spaltete sich Zommet

CARME RIERA
INS FERNSTE BLAU / *Roman*

Aus dem Katalanischen von
Petra Zickmann und Manel Pérez-Espejo
480 Seiten, gebunden in Leinen mit Schutzumschlag
ISBN 3-7857-1519-6

Ein meisterhaft inszenierter Roman um ein dramatisches historisches Ereignis auf Mallorca, in dem durch die große und nuancierte Erzählkunst der Autorin das Wirken von Juden, Aristokraten, Kaufleuten und Inquisitoren Ende des 17. Jahrhunderts auf der Insel zu neuem Leben erwacht.

Vielen Dank für dieses Buch
IN ASPEKTE, ZDF

Eine überaus gelungene Verbindung von Lyrik und Historie, von Phantasie und Realität, von Zorn und Heiterkeit.
ROSA REGAS IN »EL PAIS«

MARIE-PIERRE DE COSSÉ-BRISSAC
DIE TEMPEL VON MADURAI / *Roman*

Aus dem Französischen von Karin Rother
512 Seiten, gebunden in Leinen mit Schutzumschlag
ISBN 3-7857-1514-5

»Nicht wir gehen nach Indien, sondern Indien kommt auf uns zu, und wir können vorher nie genau sagen, wie dies geschehen wird ...«
Das sagt Mike Barclay am Ankunftsmorgen in Bombay. Und Clarisse, die zwanzigjährige Erzieherin seiner Kinder, kann noch nicht ermessen, wie sehr die Erlebnisse in Indien ihr Leben prägen werden.
Die üppige Natur, die lebhaften Städte, geheimnisvolle Tempel und nicht zuletzt die Liebe zu Mike Barclay lassen sie Europa vergessen. Bis sie sich zur Abreise gezwungen sieht und ihren Weg zwischen Ost und West, zwischen Gefühl und Verstand, finden muß.

Ein wunderschönes Buch, zart und voller Sehnsucht. Mit ihm reist man ans Ende der Welt und auf den tiefsten Grund eines Herzens.
MARIE FRANCE

ANDREA CAMILLERI
DIE FORM DES WASSERS / *Roman*
Commissario Montalbano denkt nach

Aus dem Italienischen von Schahrzad Assemi
256 Seiten, gebunden in Leinen mit Schutzumschlag
ISBN 3-7857-1509-9

Salvo Montalbano ist erstens Sizilianer und zweitens Commissario des Küstenstädtchens Vigàta, wo er denn auch gleich seinen ersten Fall zu lösen hat. Dieser beginnt mit dem mysteriösen Hinscheiden eines prominenten Politikers in einer Art Freiluft-Bordell und endet noch lange nicht mit dem Auftauchen einer ebenso pikanten wie verdächtigen schwedischen Blondine. Denn Commissario Montalbano, bewaffnet mit Charme und südlicher Nonchalance, läßt sich Zeit …

Die Geschichten Camilleris sind wunderbare Pastiches aus Mafiageschichten, Familientragödien und grotesken Dorfabenteuern.
NEUE ZÜRCHER ZEITUNG

ANDREA CAMILLERI
DER HUND AUS TERRACOTTA / *Roman*
Commissario Montalbano löst ein Rätsel

Aus dem Italienischen von Christiane v. Bechtolsheim
352 Seiten, gebunden in Leinen mit Schutzumschlag
ISBN 3-7857-1510-2

Wenn sich Commissario Montalbano bisher auf etwas verlassen konnte, dann war es die Mafia. Diese hat – durch und durch sizilianisch wie er selbst – wenigstens ihre Prinzipien.
Das denkt der Commissario zumindest, bis er bei seinen Ermittlungen in einer Höhle auf eine makabre, scheinbar kultartig arrangierte Szenerie stößt: die skelettierten Leichen eines Mannes und einer Frau in inniger Umarmung, bewacht von einem lebensgroßen Schäferhund aus Terracotta …

Andrea Camilleri ist mehr als ein Schriftsteller – Camilleri ist eine Instanz.
DIE WELT

ANDREA CAMILLERI
DER DIEB DER SÜSSEN DINGE / *Roman*
Commissario Montalbano läßt sich verführen

Aus dem Italienischen von Christiane v. Bechtolsheim
320 Seiten, gebunden in Leinen mit Schutzumschlag
ISBN 3-7857-1513-7

In Vigàta, dem malerischen Städtchen an der sizilianischen Küste, geschehen gleich zwei Morde: Auf einem Fischerboot wird ein Tunesier erschossen, und der sizilianische Geschäftsmann Lapecora wird im Aufzug seines Wohnhauses erstochen aufgefunden. Die beiden Opfer haben, außer der Tatsache, daß sie tot sind, offensichtlich nichts gemeinsam. So scheint es zumindest, bis Commissario Montalbano die Spur der schönen Tunesierin Karima verfolgt. Denn diese – wie sich herausstellt – in Vigàta nicht unbekannte Schöne ist das, was die beiden Morde miteinander verbindet ...

Andrea Camilleri ist geistreich, weise und absolut unterhaltsam.
ASPEKTE, ZDF

RAFAEL AROZARENA
MARARÍA / *Roman*

Aus dem Spanischen übersetzt und mit einem
Nachwort versehen von Gerta Neuroth
240 Seiten, gebunden in Leinen mit Schutzumschlag
ISBN 3-7857-1503-X

Mararía war einst das verführerischste Mädchen der Vulkaninsel Lanzarote – bevor Eifersucht und Gewalt, Liebe und Wahnsinn über sie hereinbrachen.

Ein Roman von Weltformat, in dem sich magischer Realismus mit einer faszinierenden Fabuliergabe verbindet.
BADISCHE NEUESTE NACHRICHTEN

Ein herrlicher Erzähler ... Sehr zu empfehlen.
SCHWEIZER BIBLIOTHEKSDIENST, Bern

Ein Meisterwerk der zeitgenössischen spanischen Literatur
WOCHENKURIER HEIDELBERG

editionLübbe

Gesamtverzeichnis

Eli Amir	SHAULS LIEBE
Rafael Arozarena	MARARÍA
Tonino Benacquista	DAS SEIFENOPERN-QUARTETT
Andrea Camilleri	DIE FORM DES WASSERS
Andrea Camilleri	DER HUND AUS TERRACOTTA
Andrea Camilleri	DER DIEB DER SÜSSEN DINGE
Andrea Camilleri	DIE STIMME DER VIOLINE
Marie-Pierre de Cossé-Brissac	DIE TEMPEL VON MADURAI
Christine Daure-Serfaty	DIE LIEBENDEN VON GOUNDAFA
Helen Dunmore	IM ERSTEN LICHT DES TAGES
Helen Dunmore	DER DUFT DES SCHNEES
Giovanna Giordano	ZAUBERFLUG
Jim Harrison	LICHT ÜBER DEM LAND
Marga Minco	NACHGELASSENE TAGE
Katherine Pancol	MONTROUGE, NACHT
Giorgio Pressburger	DIE BEIDEN ZWILLINGE
Irina Ratuschinskaja	DIE FRAUEN VON ODESSA
Carme Riera	INS FERNSTE BLAU
Johano Strasser	EIN LACHEN IM DUNKELN
Barry Unsworth	EIN HAUS IN UMBRIEN